suhrkamp taschenbuch 3679

»Halte mich in gutem Angedenken auf meinem Phantasieroß« – so schrieb Wolfgang Koeppen in seinem letzten Brief an Siegfried Unseld. Damit kennzeichnete er die sein Schreiben prägende Lebenshaltung: Ihn lockten die Flügel des Ikarus und der Zauberteppich des Märchens. Zugleich wies er die Legende vom verstummten Erzähler zurück. Dieser Band erzählender Prosa aus dem Nachlaß mit 170 unveröffentlichten Texten widerlegt diese Legende eindrucksvoll und zeigt die durch die Jahrzehnte ungebrochene Fabulierfähigkeit dieses Autors.

Zu Beginn der fünfziger Jahre veröffentlichte Wolfgang Koeppen die drei großen Romane, die das Klima der »Adenauer-Republik« einfangen. Darauf folgten seine Reiseerzählungen, die dieses Genre in Deutschland zu einer angesehenen literarischen Gattung machten. Da er erst wieder 1976 mit *Jugend* eine abgeschlossene Prosa vorlegte, wurde ihm von der Öffentlichkeit eine Schreibhemmung attestiert. Die Sichtung des Nachlasses des 1996 Verstorbenen hat jedoch ergeben, daß Wolfgang Koeppen, auch wenn er wenig publizierte, sehr vieles, sehr Gelungenes geschrieben hat. Seine nun an den aufgefundenen Manuskripten ablesbare Arbeitsweise erklärt, warum er sich selten zur Publikation entschloß: Seine Erzählungen schrieb er wieder und wieder um, sie waren für ihn »nie fertig«, er besaß ein ständiges Verfeinerungsbedürfnis. In sieben Teile hat der Herausgeber die Prosa Wolfgang Koeppens unterteilt: Sie beginnt mit frühen Versuchen aus dem Jahre 1923, umfaßt die ersten 122 Manuskriptseiten des bislang als verschollen gegoltenen Manuskripts *Die Jawang-Gesellschaft* und endet mit der letzten veröffentlichten Erzählung Koeppens *Im Hochsitz*.

Wolfgang Koeppen, geboren 1906 in Greifswald, starb 1996 in München. 1962 wurde er mit dem Georg-Büchner-Preis ausgezeichnet, 1986 erschienen *Gesammelte Werke in sechs Bänden*.

Wolfgang Koeppen
Auf dem Phantasieroß

Prosa aus dem Nachlaß

Herausgegeben von
Alfred Estermann

Suhrkamp

Umschlagfoto: Nomi Baumgartl/Bilderberg

suhrkamp taschenbuch 3679
Erste Auflage 2005

Druck: Ebner & Spiegel, Ulm
Printed in Germany
Umschlag: Göllner, Michels, Zegarzewski
ISBN 3-518-45679-2

1 2 3 4 5 6 – 10 09 08 07 06 05

INHALT

Und was nun?
Es geht weiter.
Und dann?
Der Tod.

Undatierte
handschriftliche Notiz

Erster Teil

FRÜHE VERSUCHE

1923-1927

KIRCHHOFSSTIMMUNG

Er ist eine stille Insel im Getriebe der Stadt. Gern besuche ich ihn – um eine Weile zu ruhn. Er ist mir lieb und vertraut, der Tod und sein Garten. Der Tod ist zuverlässig, auch mich wird er mal besuchen. Im Leben wartet man auf viel und es kommt nie; aber der Tod kommt bestimmt. Man sollte ihn deshalb lieben.

Ich trug ein einfaches Tannenkreuz zum Kirchhof und legte es auf ein verlassenes Grab. Es war von welken Blättern bedeckt, der Stein bemoost und die Schrift nicht mehr zu entziffern. – Wer mag hier liegen? Das Grab predigt die Vergänglichkeit. Innen der Tote, das vergangene Leben. Die Hecke, ein Strauß und ein zerschlagener Blumentopf zeigen, daß einst Menschen das Grab gepflegt haben; sie sind wohl gestorben oder haben den Toten vergessen, die vergangene Liebe. Auf dem Hügel ist noch eine frische, grüne Pflanze, sie wird der Winter nehmen. – Leise tropft der Regen, gleich Tränen. Tränen über das Leben oder über den Tod? Die alte verwitterte Kirche schaut verstehend herüber. Eine neue Regenwolke steht über ihr. Die alten Bäume rauschen leise. In der Ferne zwitschert ein Vogel. Frieden.

SCHONERBARK ELPISS
Novellette

»Kehr wieder«, riefen die am Ufer stehenden Kinder und Frauen der in See nach fernem Süden gehenden Schonerbark Elpiß zu. »Kehr wieder«, froher Scherz und herzlich, zuversichtlich Lachen schallt zurück. Die jungen kräftigen Matrosen ziehen starke Segel hoch, es bläst der Wind hinein und bald entschwunden sind die weißen Tücher, womit die blonden Frauen Abschied winken.

Das war vor mehreren Wochen. Achtundzwanzig Tage trieb der günstige Wind die Elpiß viele Meilen südwärts. Und unter ihren grauen Segeln war die Mannschaft frohen Muts. Bald würden sie im fremden Hafen sein, Jörn Möhl, der Kapitän, würde seine Waren tauschen, sie würden löschen, laden – auch mit des fremden Landes Mädchen abends tanzen –, dann wieder ihres Schiffes Segel setzen und, übers Meer, fahren der Heimat zu. So schienen alle auf die Fahrt gesetzten Hoffnungen berechtigt, und viele Lieder klangen übers Meer.

Kai nur, der blonde Junge, der seine erste Fahrt machte, blickte wohl manchmal mit leiser Sehnsucht, heimlich, nach dem entschwundenen unsichtbaren Lande hin. Zwar liebte er das Meer und hatte die Fahrt zur Ferne gewünscht, doch die plötzliche Unmittelbarkeit der scheinbar grenzenlosen See erfüllte ihn mit einer ungewissen Ahnung von Hilflosigkeit dieser gewaltigen Natur gegenüber. Ein Baum, eine schmale Küste am Horizont hätten irgendwie Halt gegeben.

So ging das Leben achtundzwanzig Tage. Dann ließ der Wind nach und vom zwanzigsten Tage ab regte sich kein Hauch über dem träg und schwer wogenden Wasser. Klar war der Himmel, zwölf Stunden täglich schien die südliche Sonne, brennend, auf das weiße Deck der Elpiß; nachts strahlten hohe, weite Sterne und immer runder, voller wurde des Mondes erst ganz schmale

Sichel. Der frohe Sinn der zwölf auf des Schiffes engem Raum gedrängten Menschen war entschwunden und eine allgemeine Unlust breitete sich aus. Der Kapitän ärgerte sich über die verlängerte Reisedauer, über deren Kosten, über die schlechteren Handelsaussichten und über die Mannschaft, die mißmutig und fluchend Rost abklopfte, Segel flickte und mit anderen Schiffsausbesserungsarbeiten die Tage füllte. Im übrigen gab es viel Salzfleisch zu essen und wenig Wasser zu trinken. Selten, man lag außerhalb der eigentlichen Dampferstraße, zog eine Rauchfahne am ganz entfernten Horizont dahin. Ihr Anblick erfüllte alle mit Neid und ohnmächtiger Wut.

In diesen Verhältnissen erkrankte Kai. Eine große Müdigkeit und Abgeschlagenheit überfiel ihn, so daß er zu jeder selbst leichten körperlichen Anstrengung unfähig wurde. Seine Farbe und sein Aussehen änderten sich, die Haut wurde welk, schlaff und zeigte ein blasses, erdfahles Kolorit, um die eingefallenen Augen lagen dunkle Ringe, trotz der tropischen Hitze schüttelte ihn Frost. Zuerst ließen ihn die Matrosen gleichgültig in seiner Koje liegen – einige schimpften ihn sogar faul und heimatkrank –, dann, als sein Zustand immer ernster wurde, gaben sie ihm die halbe Schiffsapotheke ein und erzählten ihm Meerabenteuer ihres Lebens. Dem Frost folgte glühendes Fieber und schüttelte den abgemagerten Knabenkörper durch und durch. Um seine Koje – er phantasierte – gaukelten wilde, heiße, buntschillernde Bilder von tropischen Inseln mit Palmen über dunstigem Wasser, und rote, schwüle Düfte ausströmende Blumen wucherten an Sümpfen mit ringelnden Schlangen und Rachen aufreißenden Krokodilen darin, dazwischen gingen, wie ein leichter, kühler Wind, sehr schlanke, nackte, braune Mädchen und lächelten ihm zu; dann wieder sah er seine Heimat, den kleinen Hafen an der nordischen See, sah die Mutter und rief: »Mutter, sei stolz, übers Meer fährt dein Sohn und ›Elpiß‹ – ›Hoffnung‹ heißt sein Schiff!«

Und mit dem stolzen Lächeln eines Knaben, der sich im Spiel als Held gefühlt, starb Kai. Das Seebegräbnis war kurz und jede Feierlichkeit fehlte. In ein altes Segel genäht, mit Eisen beschwert senkte man den toten Körper ins Meer. Die noch Lebenden dachten an sich und ihre Rettung. Die Krankheit hatte alle gepackt. Blaurot war ihr Zahnfleisch, elende Geschwüre bedeckten den ganzen Körper. Heißhunger und wilder Durst wühlten in ihnen; sie bissen, wilden Tieren gleich, in rohes Salzfleisch und tranken besinnungslos – das Süßwasser war längst zu Ende – Meerwasser hinunter. Ihr Geist umnachtete sich, sie tanzten, torkelnd, wilde Tänze und grölten heiße Lieder, bis sie in eine Ohnmacht fielen, in der der Tod sie nahm.

Als nur noch starre Leichen an Bord der Elpiß waren, kam der ersehnte Wind als Sturm mit Donner, Blitz und hohen Wogen, die das führerlose Schiff auf den Meeresgrund hinabdrängten.

Viele, viele Wochen schauten an der nordischen Küste Frauen und Kinder mit banger Sorge nach den Segeln der Elpiß aus. Sie schauten, bis ein anderes von Süden kommendes Schiff ihnen eine auf dem Meer treibend gefundene Planke und einen Rettungsring mit dem Namen »Elpiß« brachte.

DER FRACK

Ein tadelloser Frack klingelt bei Baron von Bergen. Der Diener öffnet. Der Frack murmelt ein paar Worte und tritt unaufgefordert ein. Der Diener, eingeschüchtert, leitet ihn in den Salon. »Die Karte.« »Nicht nötig.« Der Diener meldet einen Herrn im Frack, mit der Art der Leute, die erwartet werden. Der Baron denkt nach – nichts. Immerhin ein Frack. Ärgerlich zieht er die Hausjoppe aus, bindet die Krawatte. »Von Bergen.« Der Frack murmelt. Der Baron (sehr höflich): »Bitte.« Die Herren setzen sich. Der Frack: »Ich habe Ihre Anzeige gelesen.« Der Baron (erstaunt): »Anzeige?« Der Frack: »In der Morgenzeitung.« Der Baron: »Verzeihung, ich erinnere mich nicht – wohl ein Irrtum. Von Bergen.« Der Frack: »Gewiß, Baron von Bergen. Sie suchen einen tüchtigen Pferdeknecht.« Der Baron (nicht verstehend): »Das zwar – Sie wollen mir Ihren empfehlen?« Der Frack: »Ich bin Pferdeknecht und bitte Sie um die Stelle. Als Lohn beanspruche ich ...« Der Baron (lacht unbändig): »Ein guter Scherz, hat wohl Mintsberg im Klub arrangiert.« Der Frack (sehr befremdet): »Wohl ein sehr unpassender Scherz von Ihnen, Sie schreiben eine Stelle aus, um über die Bewerber zu lachen, dies verbietet mir selbstverständlich, die Stelle anzunehmen. Ich bin eine derartige Behandlung nicht gewöhnt. Ich betone nochmals, ein sehr unpassender Scherz.«

DER HERR IM LIFT

Der Boy öffnet. Der Herr steigt ein. »Welcher Stock?« Keine Antwort. »In welchen Stock wünschen Sie?« »Fahren Sie!« Der Lift fährt. Stoppt im ersten. »Weiter!« Im zweiten, dritten, vierten, fünften, sechsten Stockwerk dasselbe. »Weiter.« Der Boy, grob: »Dann müssen Sie erst den Schacht aushaun. Hier's Schluß.« »So fahren Sie nur runter – ohne zu halten.« Boy schüttelt Kopf, fährt aber, öffnet unten die Tür, der Herr bleibt. »Wieder rauf.« Dem Boy fehlen die Worte, er ist eine Entrüstung. Der Herr, ruhig: »Sie sind Fahrstuhlführer und werden dafür bezahlt. Ihre Pflicht ist es, mich zu fahren, wohin ich will – ich müßte mich sonst über schlechte Bedienung beschweren.« »Ja, aber ...« Er schiebt widerwillig die Tür zu. Der Herr wird menschlich. »Ich liebe lange Wege, unsre Zeit kennt diese nicht mehr, man fährt schnell und steht plötzlich am gewünschten Ort – ich brauche den langen Weg zum Überlegen, als moderner Mensch benutze ich die Technik, indem ich den Maschinenweg vervielfältige. Auch die Romantik scheint tot, doch Maschinen schenken uns neue, fahren Sie bitte jetzt so schnell rauf und runter, daß wir nicht mehr wissen, wo wir uns befinden. Wir sind eingebildet forschende Flieger und doch im Gleise des Schachts.« Die Haare stehen dem Boy zu Berge. Er reißt die Tür auf, brüllt »Hilfe, ein Irrsinniger«. Die Bewohner laufen zusammen. Der Herr: »Sie haben einen etwas nervösen Liftfahrer, tut Landaufenthalt not. Wohnt Herr Niew hier?«

AUSVERKAUF?

Ein kleiner Buchhändler macht auf Kunden hoffend seinen Laden auf. Nach fünf Minuten kommt der erste Kunde und kauft ein ziemlich teures Buch. »Morgenstunde hat Gold im Munde«, denkt der kleine Buchhändler. Nach zwei Minuten wieder ein Käufer. »Ein Glückstag«, denkt der kleine Buchhändler. Nach weiteren zwei Minuten schon wieder einer. So geht es weiter. Der kleine Laden ist bald voll Menschen und draußen stehen mehr. Der kleine Buchhändler ohne Gehilfen ist entsetzt. Die Käufer können aus dem Laden, der keinen zweiten Ausgang hat, nicht wieder hinaus und murren. Die draußen Stehenden können nicht rein und murren auch. Die ganze Straße voll Menschen. Polizei mischt sich ein und räumt zunächst den Laden. In der Enge kommt es zu Reibungen. Ein größeres Polizeiaufgebot ordnet den Zug auf der Straße. Für alle Fälle kommt eine Sanitätskolonne. Der kleine Buchhändler glaubt, er träumt schweren Alptraum. Die Polizei erkundigt sich, ob er ohne Erlaubnis einen Ausverkauf veranstalte. Großes Verhör. Die Menge will endlich rein. Der Verkauf wird polizeilich geregelt; immer zwei dürfen den Laden betreten und müssen schnell kaufen. Jeder kauft. Die Regale leeren sich. Die großen Buchhändler, die den kleinen Buchhändler sonst gar nicht beachtet haben, platzen fast vor Neugierde. Sie stehen den ganzen Tag gleichfalls vor der Tür und verfolgen die Vorgänge. Die letzte, längst verstaubte Scharteke ist verkauft. Die Polizei verkündet es und fordert zum Weitergehen auf. Die Menge will frische Bücher bestellen. Der Buchhändler, halb irrsinnig, fleht um Schonung. Der Laden wird polizeilich geschlossen. Als der Buchhändler aus dem Sanatorium kam, lebte er als Rentier.

DER TOD MEINER MUTTER MARIA

November war es, als das Leiden begann: es kamen die Schmerzen. Und sie stürzten sich auf eine zarte Dame, meine Mutter Maria, die (zu dieser Zeit) die besten Stunden des Tages und die halbe Nacht im Stadttheater Greifswald den Schauspielern soufflierend verbrachte. Die Zeit, in der sie nicht im Theater beschäftigt, lebte sie, mit mir, ihrem Sohn (den sie ernährte), in einer einstübigen Hofwohnung. Dies Leben angestrengter Arbeit, das Vielentbehrenmüssen und die einfachen Freuden des Werktages mußten ihr genügen – und taten es. (Doch war nicht dies ihres Lebens Wille gewesen. Stets hatte sie sich nach Freude, Frohsein, Glück gesehnt – und geträumt (dies glaube ich; auch ist es aus ihren Schriften ⟨kleinen Schreibheften⟩ ersichtlich!) Früh (als Tochter einer verarmten Mutter) hatte sie begonnen, sich durch Arbeit zu ernähren – dies, das als Übergang zum Glück betrachtet worden war, bis zu ihrem Tode (eigentlich) nicht aufgebend. Ihre junge Seele (fein künstlerisch empfindend) wurde zum Teil erdrückt und zerstört von der Last des Erwerbs. (Auch wollte sie jung Schauspielerin werden, doch fügte sie verzichtend sich dem alt-ländlichen Willen ihrer Mutter, die sie sehr liebte.) Um ihr zwanzigstes Jahr schneiderte sie schöne Kleider für andere (reiche, hochmütige) Frauen. Doch war sie wohl diese kurze Zeit heiter. Studenten liebten sie, und sie wohl sie. – Dann kam ein Sturz. Dr. med. Reinhold Halben (Privatdozent an der Augenklinik) – ich glaube, ein interessanter Menschentyp – beherrschte sie und gab ihr ein Kind: Mich. – Schwerste Stunden, da sie (um den Hohn der gemeinen gleichgültigen Öffentlichkeit) nahe daran war, sich und mein keimendes Leben zu töten, und sich entschloß, zu leben und mich, zum Trotz, leben zu lassen. – Ihr (und mein) Weg ging zu ihrer Schwester Olga in das Haus des Regierungsrates Wille nach Thorn und Ortelsburg. Wo sie überall arbeitete und sich unfrei fühlte. (Doch stets voll Güte, Liebe und Heiterkeit zu mir – sie war wohl, im Grunde, eine freundlich heitere Natur.) 1918 reifte der Entschluß in ihr, mit mir zurück nach Greifswald zu gehen und sich dort ein eignes, neues Leben zu zimmern. (Sie liebte Greifswald, das ihr Unglück brachte.) Im Frühjahr 1919 führte sie diesen Entschluß aus, und der Wind der Zeit wehte sie in eine enge Hofstube.

Es ist ein Abend im April 1926. Wind und Regen weht über Greifswald. Ich sitze an meinem improvisierten Schreibtisch in der Dachstube, meiner Wohnung in der Langen-Reihe. Und vor mir steht Dein Krankenbild, Dein Sterbebild, und vor mir liegt das Heft, dessen Inhalt Du (sein solltest) und der zu höchst Torso blieb in den Tagen nach Deinem Tode.

Es fließt die Zeit in Ewigkeit. November war es, Schneewolken zogen den Himmel lang, als man Dich in die Erde senkte, nun ist es April und fünf Monate schon hat Dich der Friedhof.

(Mich hatte diese fünf Monate Berlin. Ich wollte Alles dort erringen. Wahr sollten alle Träume werden. Und ich habe nichts gewonnen als neue Träume in Stimmungen in der Stadt. Ich habe obdachlos, von Fieber geschüttelt, im Schneetreiben gefroren, bin durchnäßt und hungrig durch die jagenden Straßen getaumelt, habe geweint über einen Hund, der überfahren wurde, über Larven, die »Prost Neujahr« schrien, über blinde Bettler, über die ganze Welt und über mich in kalten, fremden Zimmern. Und habe Verse geschrieben. Habe im Romanischen Café mich gewärmt am Leben. Habe mich an blanken, in Sonne blitzenden Automobilen gefreut. Habe voll Lust schönen Kindern zugelacht. Und habe meinen großen schwarzen Hut gezogen vor alten, müden Droschkenpferden. Und viele haben über mich gelacht. Du aber warst um mich in Allem, ich dachte Dich überall. Dann war ich, im realen Leben, nichts in Berlin als ein ewig Schiffbruchleidender, ein Alles-Besitzloser. Mußte zurück nach Greifswald in die Wohnung, die Du Dir schufst, aus der Du gingst und die nun mein. Quälen aber tun mich die Menschen, die mich umgeben hier. Doch schön ist der alte Friedhof, wo Dein Grab.)

Der frühe Frühling. Jüngstes Grün lacht von den Bäumen, den Sträuchern, entsprießt den Wässern, den Feldern, den Wiesen, den Gärten – und den Gräbern. Deinen Hügel aber deckt noch der Kränze Last. Sie sind verwelkt, verdorrt, verfault; vom Wind zerrissen sind die Schleifen. (Und ich habe kein Geld und meine Tante hat kein Geld, zu pflanzen Grün und Blumen, zu richten das Kreuz mit der Grabschrift, die ich Dir schrieb. – O, als Du schon krank, doch lebtest, versprach ich im Scherz es Dir, Du wußtest, ahntest wohl da schon den Ernst, und ich will nun erfüllen sehr ernsthaft den ernsten Scherz.) Viele sandten Dir Kränze: Der Intendant Voß (»Unvergessene Mitarbeiterin« nannte Dich seine Schleife, und wie weintest Du oft in der Krankheit, wenn Du Dich vergessen wähntest!), die Schauspieler des Stadttheaters, die Musiker, die Intendantur, die Techniker. Und an Deinem Grabe sprach schön der junge Dr. Eilert, dem Du mal den »Peer« souffliert hattest. O, hättest Du zusehen können dem Begräbnis: Du hättest Dich gefreut. Hätten wir (Du und ich) drüber sprechen können: Wie hätten wir gelacht! Über Liß (ganz Theatertrauerwürde), über Weihert's biedere, bürgerliche Gemütlichkeit, über die Silhouette des schmalen Schauspielers (des einzigen, der Dich als aufgebahrte Leiche sehen wollte, Dich, das »arme Hascherl«) und über den dummen fetten Pfarrer. – Aber wir reden und lachen nicht mehr. Man senkte Dich hinab. Und das Buch, das ich ganz heimlich Dir in den Sarg gab: Wildgans' »Armut«, zu Deinem letzten Geburtstag, den 9. Januar 1925, erfreute ich Dich damit. Du hattest trotz der Krankheit souffliert, ich das Essen gekocht, die Stube freundlich gerichtet und am Nachmittag kam die »Ausgekochte«. Nun liegt das Buch in Deinem Grab und seine Inschrift ist diese:

In Armut reich gelebt
In Armut schwer gestorben
Möge Fahrt durch Armut
Dir geben Kräfte
Zu reichem, erlebenden Leben.

Und ich will Dir
        eine Totenfeier sein
Und meine Dichtung
        dessen Schein
Wie arm (und doch wie reich)
ist dies in Armut
                    Wolfgang.

Zweiter Teil

DER SCHREIBENDE LESER

1928-1933

EIN HEIZER WIRD TOLL

Diese unglaubliche Geschichte geschah auf einem Dampfer, der mit Papierholz beladen von Nordfinnland nach einem holländischen Hafen fuhr. Das Schiff gehörte einer deutschen Reederei, und seine Verhältnisse waren die normalen, eben so, wie sie auf deutschen Schiffen sind. Man schuftete für das Bankkonto des Reeders, die Besatzung war mit Recht unzufrieden, und jeder ließ seinen Ärger auf den Schwächeren los, das heißt, der Schiffsjunge steckte die Prügel ein, und die Offiziere, der Alte, der Erste, der Zweite und zwei Maschinisten waren die Herren. Erwähnenswert als besonders wär höchstens, daß zwei Frauen, die Töchter des Kapitäns, hochnäsige, pralle Bourgeoisdirnen, wegen der guten Jahreszeit die Reise mitmachten.

Der Dampfer, ungefähr zwölf Stunden von Uleaborg entfernt, stampfte einsam, es ist eine verkehrsarme Gegend, und ruhig die Nacht, als der Rudergänger wie rasend in das Logis stürzte, um die Schlafenden, den Bootsmann, den Koch und die Mannschaft, durch laute Schreie zu wecken. Diese, noch schlafbenommen, fragten unwillig, was los sei. »Jochen ist toll geworden und hat den Alten und die Weiber umgebracht!«

Jochen war Heizer auf dem Dampfer. Von Geburt bucklig, durch Leben und Arbeit alt, verdreckt, ein schäbiger Anblick geworden, war er dieses Schiffs, wie jedes Schiffs, wie jeder Hafenschenke und jedes Heuerbüros Sündenbock, Zielscheibe aller faulen Witze. Er war mit den Jahren stumm darüber geworden, steckte alles ein und dachte im Innern: »Der Mensch ist schlecht.« Aber sein Leben lang zitterte sein Herz nach Liebe, denn der stärkste Hohn des Schicksals, das ihn geschlagen hatte, war, daß sein Herz gütig war. Auf diesem Schiff hatte er zum ersten Mal fast einen Freund. Es war der Kochsjunge, der ihn beobachtet hatte, wie er stöhnend und schwitzend die

Winde drehte, an der der zu entleerende zentnerschwere Aschenkübel hing. Und der Junge, dem es selbst sehr dreckig auf dem Schiff ging, half ihm mal. Jochen glaubte fast an ein Wunder. Nachher hatten sie öfter in einer Arbeitspause zusammen auf Deck gesessen und in die Weite gestarrt. Der Junge war hübsch, und Jochen liebte ihn. Der aber begehrte, natürlich völlig hoffnungslos, eine der Kapitänstöchter, der er grade zum Schuhputzen gut genug war. Sie poussierte übrigens mit dem Ersten Offizier, der bald ein Schiff kriegen sollte. Jochen wußte von allen diesen Dingen. Und nun stand er, im frühen Morgengrauen des Nordens, sehr seltsam auf der Kommandobrücke des ruhig liegenden Schiffs, ein schweres Beil in der Hand. Er hatte mit ihm fünf Menschen getötet.

Die Mannschaft schlich an Bord und umlagerte lauernd die Kommandobrücke. Sie wußten alle nicht recht, was sie tun sollten. Die Situation war eben verrückt. Bis Jochen gellend schrie, der ganze mißgestaltete Körper bebte, und bekannte:

Ihr seid nun frei! Ich, der ich der Krüppel bleibe, habe euch frei gemacht! Kein Kapitän, kein Steuermann, kein Maschinist ist da, euch brüllend zu demütigen. Ihr seid frei. Eure Peiniger liegen erschlagen in der Kajüte. Ihr besitzt Schiff und Ladung und könnt fahren, wie es euch beliebt. Nur ich, der Täter, bleibe, unfrei und freudlos. Dreißig Jahre fahre ich zur See. Dreißig Jahre bin ich der elendste Sklave auf aller Herren Schiffe. Im Roten Meer stand ich vor den Feuerlöchern, wo die Glut am gewaltigsten wütete, andere sanken ohnmächtig zu Boden, mir wurde diese Gnade der Besinnungslosigkeit nicht. In China holte sich einmal mein Schiff die Cholera, viele starben, ich, der ich um den Tod bat, nicht. Ich schuftete weiter, getreten, von Spott zerrissen. Jedes Schiff wurde mir ein Fegefeuer, jeder Hafen zur Hölle. Auch in diesem mißgestalteten Körper brannte der Trieb, und Lüste, die andere kostenlos und spielend erlangen, bezahlte ich bar, mit schwer erworbenem Geld, um zu weinen, wenn ich sah, wie der Ekel die Dirne schüttelte. Ich war zum Paria des Lebens verdammt, und bin es, und muß es bleiben. Ihr aber seid schön und stark, ihr könnt das

Leben packen. Nur der Zwang der Macht drückte euch, von dem seid ihr nun frei! Lebt!

Der Tod hatte Mitleid, ein Herzschlag erlöste ihn. Mit bläulichem Gesicht lag er am Boden.

Die Matrosen beugten irgendwie ergriffen die Köpfe. Aber sie folgten dem Rat des Toten nicht. Sie wußten: Das Schiff gehört nach den Gesetzen dieser Welt dem Reeder, und hinter dem steht die Macht. Wir müssen diese Macht für uns und unsere Genossen gemeinsam erkämpfen. So steuerten sie das Schiff in den nächsten Hafen, wo sie die Vorgänge meldeten.

NACH DER TAT

»Berliner Hof – ältestes und erstes Hôtel am Platze – Lift – Zentralheizung – Warmwasser und Reichstelefon in jedem Zimmer«, so leuchtete die Reklame gegenüber dem Bahnhofsportal. »Es wird in jeder Stadt der gleiche Anfang sein«, dachte der Angekommene, »und dieser Ort gefällt mir, sein Name klingt alt und gut, die Polizisten tragen hier noch Pickelhauben und weiße Handschuhe und Straßenbahnen fahren leer, doch voll Eifer und Optimismus über den Platz.« Er ging hinüber in das Hôtel: »Ein schönes Vorderzimmer im ersten Stock!« »Gewiß«, sagte der Geschäftsführer und grinste freundlich.

Er bestellte ein Bad, blieb lange in der lauen Wärme des Wassers und fühlte sich wohl. Dann zog er sorgfältig einen unauffälligen blauen Anzug an und ging hinunter in den Speisesaal. Er wählte bedächtig die besten Speisen, einen Pfälzer Riesling und war glücklich, daß das Geld in seinen Taschen ihm den Genuß dieser Dinge erlaubte. Er brauchte nicht mehr kleinlich zu rechnen und ängstlich zu denken »reicht es auch noch?« Er hatte es geschafft! Am Morgen noch, was war er da gewesen? Ein kleiner Hilfsarbeiter im Kassenbüro mit fünf Mark in der Tasche, drei Tage vorm Ultimo. Und dann? Ja, er war zu früh gekommen und allein im Büro mit einigen Scheuerfrauen. Da kam ein fetter, schwitzender Mann, der es eilig hatte und froh war, schon jemanden zu treffen, in den Kassenraum. Er habe es eilig, müsse zur Bahn, sagte er, und ob er nicht schnell eine Quittung über Zehntausend, die er noch einzahlen wolle, bekommen könnte. Nun, er bekam die Quittung, denn der junge Angestellte war kein Esel, sondern klug und voller Zukunftspläne und erkannte, daß dieser Moment ein einmaliger, der beim Schopf zu packen sei. – Der Hohenzollerntopf machte der Küche Ehre, und auch der Wein erfüllte seine Erwartungen.

Er bestellte eine zweite Flasche. Das Leben war schön! Aber sicher suchte man ihn. Unsinn, man würde ihn nicht finden. Er war kein Ochse, der, kaum geklaut, nichts Besseres zu tun hatte, als das erraffte Geld mit vollen Händen auszuwerfen, auf St. Pauli unter Kontrolle des Fahndungsdienstes. Er würde zunächst hübsch ruhig und gut von seinem Geld leben. Bis Gras über die Geschichte gewachsen. Ein wohlhabender Vergnügungsreisender, der aus Kunstliebhaberei und historischem Interesse kleinere alte Städte besucht, das würde er sein. Hier könnte er zum Beispiel gut zwei, drei Tage bleiben. Die Stadt besaß alte Gassen voll Vergangenheit und eine reizvolle Umgegend mit einem Fluß und Bergen. Abends würde er das Stadttheater besuchen, Lohengrin oder Wallenstein, gute, solide Aufführungen.

Drüben saß ein Mann. Der schaute ihn unverwandt an. »Verdammt! Sollte das? Ein Greifer? Ein Kriminal? – Ach, Unsinn, sicher ein Reisender in Strümpfen, der einen Partner zum Spiel und zum Gespräch sucht. Oder doch ...? Sieht gefährlich beamtet aus! Ich hab dummerweise Bilder von mir zurückgelassen. Man kann Klischees angefertigt und versandt haben. Sehr dämlich! Was schreiben eigentlich die Zeitungen?« Er ging zum Ständer, und die Augen des Mannes folgten ihm. »Nur Nerven behalten, nichts bemerken, unbefangen tun, erst ruhig das Politische lesen! So, und jetzt mal sehen, was in aller Welt passiert ist. Aha! ›Angestellter unterschlägt Zehntausend und geht flüchtig.‹ Soso, flüchtig geht er! ›Man hofft seiner bald habhaft zu werden.‹ Na, dann sollen sie ihn man suchen! Noch immer schaut der Kerl rüber! Es ist sicher, er beobachtet, er sucht mich! Ruhe, Ruhe! Ich heiße noch immer im Notfall Barkoscheck! – Herr Ober, zahlen, bin müde, lange Reise von Königsberg, jawohl Königsberg in Ostpreußen, werde schlafen gehen.«

Das Zimmer war entschieden zu groß für ihn, es schuf Unruhe. Er eilte, immer auf und ab, durch den Raum. Durch das offene Fenster wehte Regen und Kälte. Draußen schaukelten melancholisch spärliche Bogenlampen und erhellten trübe den

Platz. Er fühlte sich traurig, ausgestoßen, verlassen. »Sicher telefoniert der unten jetzt. Mit der Polizei. Mit Berlin. Dann? Verhaftung! Urteil! Zuchthaus! Nein!« Schweiß bedeckte die Stirn. Das Herz raste. Die Pulse zitterten. Die Angst der sich verfolgt Fühlenden packte ihn. »Ich muß fort! Fliehen! Augenblicklich Hamburg, Weltstadt, Tor zur Welt! Südamerika! Hawaii! Natürlich!« Er klingelte, forderte die Rechnung, redete was von einem dringenden Geschäft, eilte zur Bahn, und erst im Zug beruhigte ihn das Rollen der Räder.

Im Hôtel wunderte sich ein alleinsitzender Kaufmann über die Hast des Großstädters. »Hätt gern mit ihm über die Konjunktur gesprochen.«

Nach drei Tagen meldete die Presse, daß der Defraudant A. auf St. Pauli verhaftet wurde, als er sein Geld in lockerer Gesellschaft ausgab.

AUTOGRAMM-MATINEE

Um die Mittagsstunde waren plötzlich auffallend viel junge, hübsche Mädchen an der Zooecke zu sehen. Sie kamen aus der Untergrund und aus der Stadtbahn, sprangen von Autobussen und Elektrischen, fuhren in Taxis vor und in eigenen Wagen, während andere zu Fuß kamen mit raschen, erwartungsvollen Schritten, und alle strömten wie eine Flut in den Filmpalast. Es waren schließlich an fünfhundert Mädchen zusammengekommen und füllten den Riesenraum dergestalt mit Lachen, Reden, kleinen Schreien, quecksilbriger Beweglichkeit, Parfümen und junger Wärme, daß es war, als habe ein Meer sich in plätschernden Wellen über das Parkett ergossen.

Dann aber klang ein Gong; dunkel wurde es und still; der rote Vorhang teilte sich; Scheinwerfer strahlten auf, und in ihrem Licht stand sehr schlank, sehr schön, sehr blond, sehr gnädig lächelnd: der Star! Tausend kleine Mädchenhände machten klatsch, klatsch, klatsch – fünf Minuten lang. Während der Star, der natürlich weiblichen Geschlechts war, in der mimischen Sprache des stummen Films die laute Huldigung so beantwortete: oh, wie gütig, wie reizend, wie lieb ihr seid; das habe ich wirklich nicht erwartet; das verdiene ich ja gar nicht; nein, das ist wirklich zuviel; ich bin ganz beschämt; habt vielen, vielen, herzlichen Dank! Und als endlich die Art der begeisterten Verehrung stiller wurde, nur fünfhundert Herzen noch schneller schlugen und fünfhundert Augenpaare sie verzückt anstarrten, sprach die so Verehrte einige schlichte Worte Autobiographie. Sie erzählte, wie sie der Film entdeckt und von der Schulbank ins Atelier geholt hatte, daß man aber nun nicht denken solle, es sei leicht, groß zu werden, oh nein im Gegenteil, jeder Erfolg sei die Frucht angestrengtester, ernster Berufsarbeit, wenn auch ein echtes Talent sich immer durchsetze! Hiernach durften die fünfhundert Mädchen ehrfurchtsvoll von rechts nach links über die Bühne vor einem Rokokoschreibtisch defilieren, hinter dem nun die Diva sitzend, freundlich lächelnd ihren teuren Namen unter ihr Programmbild schrieb. Und nachdem sie ihr so nahe ins Auge gesehen, glaubten fünfhundert Mädchen, auch sie würden sicher heute noch entdeckt werden vom Film und Hollywood nahe kommen.

Sie stürzten angeregt und zwecklos eilig auf die Straßen, wo einige von ihnen unsanft von Risa Lenay beiseite gestoßen wurden; diese rannte vom »Romanischen« zum Bahnhof, um in Babelsberg für zehn Mark Edelkomparserie zu machen mit der Chance, für die Nacht von einem Regieherrn mitgenommen zu werden und so eine Stufe näher zu kommen dem Ziel: begehrte Autogramme zu verteilen.

DER VERSCHWENDER

In einer amerikanischen Zeitung erschien diese Anzeige: »Junger Verschwender sucht Stellung bei Multimillionär«, worauf sich Mr. Kox meldete. Mr. Kox besaß die feinste Nase von allen Millionären.

Es kam dann ein mit salopper Eleganz gekleideter junger Mann zu Mr. Kox und stellte sich als der Verschwender vor. »Was denken Sie sich eigentlich«, fragte Kox.

»Daß Sie sich langweilen, und daß Ihre Millionen weder Ihnen noch anderen Freude machen. Sie sollen von heut an das Ungewöhnliche tun; Ihr Geld hinausziehen aus dem Kreislauf der Bank, des Handels und der Industrie; es soll springen und tanzen, ein großes Erstaunen, eine tiefe Verwirrung und eine tolle Lustigkeit unter die Menschen bringen; Sie sollen Ihr Geld zum Fenster hinauswerfen!« Der junge Mann ging zum Tisch, wo schweres Tafelsilber lag, raffte es zusammen und warf es mit aller Kraft durch die zerklirrenden Scheiben auf die Straße.

So schnell wie der Wind welkes Laub zu Haufen fegt, fanden sich Menschen zusammen und begannen, sich um das verstreute Silber zu schlagen. Dem wachsenden Tumult schaute Mr. Kox durch die zerschlagenen Scheiben zu, dachte hunderttausend Dollar, lachte aber bald viel und laut und blickte mit Anerkennung auf den jungen Mann.

Eine Stunde später brüllten alle Zeitungsjungens Amerikas: »Kox wirft sein Millionensilber zum Fenster raus, weil es ihm nicht mehr gut genug ist!« Was zur Folge hatte, daß erstens alle Kox-Aktien um zwanzig Prozent stiegen und zweitens Mr. Kox den jungen Mann als Verschwender mit unbeschränkter Vollmacht engagierte.

Der Engagierte stürzte sich mit Feuereifer in die Arbeit, ruhte nicht bei Tag und Nacht, und sprichwörtlich wurde die

Verschwendung im Hause Kox. Es entfaltete sich ein überorientalischer Luxus; Bäder, Bibliotheken, Museen, Sporthallen, Festräume, Parks mit allen Tieren wurden geschaffen, und ein Heer von Angestellten hatte nichts zu tun, als in angenehmer Fröhlichkeit diese Einrichtungen zu benutzen und Gast zu sein auf den Festen und Gastmählern des Mr. Kox. Die ungeheuren Summen, die diese Vergnügungen verschlangen, ruinierten Mr. Kox aber nicht. Es kamen nämlich Fremde aus aller Welt in die Stadt, um dieses Märchen der Verschwendung zu sehen, und Mr. Kox war Besitzer aller Hotels und Restaurants der Umgebung!

Der Verschwender wurde täglich blasser und Mr. Kox in gleichem Masse fetter. So sehr sich der junge Mann auch anstrengte, Kox zu ruinieren, es gelang ihm nicht. Die irrsinnigsten Unternehmungen, die jeden anderen in Eile bankerott gemacht hätten, wandelten sich in Gewinn.

»Draußen steht der Erfinder Dumming«, sagte eines Morgens der Verschwender zu Kox. »Man hält ihn für irrsinnig. Er behauptet, einen Apparat konstruieren zu können, mit dem es möglich sein wird, Edelmetalle, die sich vielleicht auf dem Mond befinden, im vergasten Zustand zur Erde zu ziehen. Er braucht eine Milliarde! Geben Sie sie ihm!«

»Eine Milliarde?« Kox schwitzte.

»Er braucht Maschinen aus reinem Platin und einen Spiegel aus Radium!«

Mr. Kox stöhnte: »Nein! Das ist absolut irrsinnig! Und warum überhaupt? Denn gelingt ihm das Experiment, dann ist die riesigste Entwertung aller Dinge da, die die Welt je gesehen hat. Ich sage: Nein!«

»Und werden mir gegenüber vertragsbrüchig! Ich bemühe mich seit nun elf Monaten, Sie von Ihrem Geld zu befreien! Immer fanden Sie eine Hintertür, durch die es vermehrt wieder kam. Hier endlich ist die Gelegenheit, Sie alles verlieren zu lassen; das Geld überhaupt zu vernichten! Und Sie wollen das nicht erleben? Sie zögern?«

Mr. Kox unterschrieb sämtliche Scheine seines Scheckbuches, ließ es dem Erfinder überreichen und reiste nach dem Norden Fische fangen.

Dumming arbeitete planvoll und zäh an der Verwirklichung seiner Lebensidee. Nach hundertzwanzig Tagen legte sich ein dicker Nebel über das Versuchsgelände. Er zwang die Arbeitenden, Gasmasken anzulegen. Und drei Tage später lag da fünf Zentimeter tief ein grünlich gelber Staub aus Gold, Platin und Silber.

Mr. Kox, der im Flugzeug erschien, hatte insgeheim Truppen geworben, die nun das Goldlager festungsartig umschlossen. Niemand durfte hinein und hinaus. Die Nachrichten, die von dem Ereignis in die Welt drangen, klangen unklar und unglaubwürdig. Revolutionen, die trotzdem hier und da als Folge der Gerüchte ausbrachen, wurden im Keime erstickt. Mr. Kox wurde der reichste Mensch der Welt und ihr Herr.

Der Verschwender bat um seine Entlassung wegen Unfähigkeit. Er erhielt sie.

»HIER KÖNNEN GÄSTE TRAURIG SEIN«

Daß nun der Sommer gekommen ist, daß warm die Sonne scheint, daß jeder etwas Glück und Liebe sucht und sich als anständiger Mensch bemüht, nicht mit einem Sorgengesicht zu stören, sondern heiter zu lachen und die öffentliche Freude zu mehren – das scheint die Gäste der kleinen russischen Konditorei, von der ich hier sprechen will, einen Dreck anzugehen. Sie sitzen still in sich verkrochen wie im tiefsten Winter, und an der Tür steht unsichtbar geschrieben: »Hier können Gäste traurig sein.«

Die Zeit steht still für diese Menschen, die meist alte Leute sind, die ihr Leben gelebt haben, nur noch zurückdenken, nichts mehr erwarten, hier vegetieren von nachmittags drei bis nachts um zwölf bei Tee und Kascha. Sie sprechen fast nichts mehr, haben sich schon längst alles zum hundertsten Mal erzählt in den dreizehn langen Jahren der Emigration. Jeder kennt genauestens des anderen Geschichte, weiß, daß diese Dame da auf dem letzten Hofball mit dem Zaren getanzt hat, daß jener Herr im schmutzigen Anzug der vornehmste Bankier Petersburgs war, daß Baron S., der jetzt mit unversteuerten Zigaretten handelt, einst in Moskau als Snob seinesgleichen nicht hatte – das alles ist bekannt und selbstverständlich. Sie nicken sich nur noch hin und wieder leicht und schmerzlich zu. Die Zeit ist über sie hinweggeschritten.

Gestern aber traf ich ein junges Paar in diesem Café, und ich dachte schon: nanu? Und ich freute mich schon, bald zärtliches Geflüster, verliebtes Lachen, hoffnungsvolle Worte zu hören – da sprach der junge Mann, und andächtig hörte sie zu: »Stoff und Form gehen, wie Du siehst, ineinander über. Dabei wird der Form das Prädikat der Aktualität und dem Stoff nur das der unvollkommenen Potentialität beigelegt. Das Samenkorn ist ein potentieller Baum, und dieser selbst ist nur ...« Und so merkte ich enttäuscht, daß auch dieses Paar der Melancholie des Lokals verfallen war und nun die Liebe metaphysisch zu begreifen suchte.

ÜBER SCHLACHTEREI UND DIE BILDENDEN KÜNSTE

Ein Herr mit Bauch betritt eine ungeheuer exklusive Kunsthandlung; und der Kunsthändler, ein Experte von Weltruf, erkundigt sich höflich nach seinen Wünschen.

Darauf der Herr: Ich heiße Bullhaupt und bin Schlächtermeister.

Der Kunsthändler: Sooo –, ja –, und –?

Der Herr: Und ich will am Lützowplatz eine Schlächterei eröffnen.

Der Kunsthändler: Möglich –; mein Fleischbedarf ist minimal; ich verstehe nicht, warum Sie grade mir ...

Der Herr: Ja, und da hab ich mir nun gedacht, Bullhaupt, wenn du heutzutage was erreichen willst, mußt du ganz neue, deiner Persönlichkeit entsprechende Wege gehen.

Der Kunsthändler, jetzt zu Eis erstarrt: Ich muß Sie doch sehr bitten, mein Herr, zu berücksichtigen, daß auch meine Zeit nicht ohne jeden Wert ist.

Der Herr: Und da ich in erster Linie Ästhet bin ...

Der Kunsthändler: Ästhet –? Sagten Sie nicht, Sie seien Fleischer?

Der Herr: Sie haben's erfaßt! Meine ästhetischen Neigungen bestimmten mich, Schlächter zu werden.

Der Kunsthändler ist stumm erstaunt.

Der Herr: Begeisterung ergriff mich! Haben Sie eine Ahnung von der Schönheit frischen, noch dampfenden Blutes? Wissen Sie um den Anblick der warmen, glänzenden, noch von Leben durchzitterten Teile des eben geöffneten Tieres in den schweren Dünsten des Schlachthauses? Ein Motiv, das Corinth entzückte! Und kennen Sie, später, in der Verarbeitung, die Formen und Farbennuancierungen des Fleisches? Die ersten, nur dem langjährigen Kenner ganz verständlichen, giftigen Verwesungsstreifen, um deren Darstellung sich ein Grünewald bemühte?!

Der Kunsthändler ist seelisch knock out gegangen, unter Zähneklappern stehen ihm die Haare zu Berge, und mit letzter Kraft bemüht er sich, den offenbar sadistischen Irrsinnigen los zu werden: Das ist Genie! Sie sind der zu preisende Entdecker einer Kunstauffassung, die sich den Erdball erobern wird!

Der Herr klopft ihm gönnerhaft die Schulter: Ich werde Sie mal mit ins Schlachthaus nehmen.

Der Kunsthändler: Mein innigster Wunsch! Aber verzeihen Sie, ich muß leider sofort verreisen. Hier ist die Tür! Sie kommen doch wieder?

Der Herr: Selbstverständlich! Ich will doch die künstlerische Ausstattung meiner Schlächterei bei Ihnen kaufen. Die Laokoongruppe im Original, garantiert echt, brauche ich!

Der Kunsthändler: Gewiß, gewiß. Ich werde sofort an Herrn Dossena telegrafieren! Hier, bitte, eine Stufe!

Er schließt eiligst den Laden und läßt die Gitter runter.

ROMAN IM SPIEGEL

Felicitas, die Witwe und einzige Erbin des vor sieben Jahren verstorbenen Millionärs Demorte, ist sechzig Jahre alt und gezwungen, ihre Tage im Bett zu verbringen. Sie leidet an einer schweren chronischen Nephritis, die das Wasser in ihrem Körper sich sammeln läßt und ihn unförmig aufschwemmt. Die Kunst der Ärzte vermag nur noch, sie durch gelegentliche Eingriffe, Verordnung einer strengen Diät und viel Helenenquelle am Leben zu erhalten, aber nicht mehr, sie zu heilen. So ist sie verbittert und ewig gereizt, und es ist schwer, mit ihr zu verkehren. Und da sie das Geld, das sie besitzt, festhält, wohl wissend, daß die Welt sie, ohne diesen Besitz, auf den Kehricht wirft, und nie Bekannten in augenblicklicher Verlegenheit auch nur einen Pfennig geliehen hat, haben diese sich allmählich ganz von ihr zurückgezogen.

DER APFEL

Ich erwachte mit der Lust, einen Apfel zu essen. Er lag auf dem Nachttisch. Ich nahm ihn in die Hand. Umfaßte und fühlte ihn ganz. Dann schlief ich wieder ein, und ohne den Apfel zu essen. Und ich wußte plötzlich im Schlaf, daß eine dicke Made den Apfel durchkriecht. Als ich am Morgen den Apfel aß, fand ich tatsächlich die Made.

DER FURCHTBARE DRACHE

Der Herr war, obgleich hier geboren, Stadtmensch. Er war das so sehr, daß er die Aufenthalte im Dorf als Verbannung und Strafe für seine Sünden nahm.

Er hatte gesündigt. Er hatte, einsam schon von Natur und unbegabt zu lieben, das Mädchen, welches das einzige Wesen war, das zu lieben er imstande, geschlagen. Er hatte sie geschlagen.

SYBILLE

Das Gesicht des Friseurlehrlings war syphilitisch geschwürig, nephritisch geschwollen, Augen und Stirn von tiefen Onanierfalten durchgraben. Schweißig stanken seine Hände. Er wischte das Messer in Zeitungspapier ab.

Ich sah alles nur mit dem Gedanken, was würde S. dazu sagen. Dies erfüllte die Reise mit einer bittersüßen Schmerzlichkeit, die ich nicht mal missen möchte.

»DES GLÜCKES GUNST WIRD NUR DURCH DICH VERGEBEN«

Als er behauptete, ohne sie nicht leben zu können, bat sie ihn, Berlin zu verlassen und ihr so den einzigen Gefallen zu tun, dessen er fähig sei.

Er reiste in der Nacht nach Würzburg und trank dort am Morgen schon viel Frankenwein.

DIE HEIMKEHR ZU DEN SEINEN

Der junge Mann, Graf Bär von Bär-Bärenhof, hatte in den drei Jahren, die er, Philosophie studierend, in Berlin verbracht hatte, jede nur mögliche Enttäuschung erlebt. Es war keine Geliebte, kein Kind und kein Freund da, von dem sich zu verabschieden eine schmerzliche Pflicht gewesen wäre, und er reiste ab, wie er gekommen war, allein, lang, mager, schlotternd in einem ungebügelten Anzug, und ließ keine Spur zurück.

Während der Zug durch die norddeutsche Tiefebene fuhr, und er sichtlich näher kam dem Land an der See, das seine Heimat war, beklemmte ihn eine dermaßen grauenvolle Angst vor dem einsamen Gutshof, vor der Stille im weiten Kreis der Natur, daß er zu sterben entschlossen war.

OHNE EINEN PFENNIG

Wie der auf dem Ozean abgetriebene Ballonfahrer in höchster Not die wichtigsten Instrumente, ja schließlich den Proviant und das Wasser über Bord wirft, um so den Ballon noch eine Stunde lang über Wasser zu halten und vielleicht ein Schiff oder eine Insel zu erreichen, so habe ich meine gesamte Habe, Kleider, Wäsche, Bücher und was man sonst braucht zum Leben, für Pfennige dem Trödler verkauft, um die nackte Existenz, die bloß noch vegetierende, zwei oder drei Tage länger der Möglichkeit auszusetzen, vom Schicksal, vom Glück, vom Zufall vor dem Verhungern gerettet zu werden.

SYBIL IST WIEDER DA

Sybil ist wieder da. Sie ist schön, ist zart, ist voller Lieblichkeit, ist ganz das gute Kind geblieben, das sie war. Ich sehe es und bin entzückt, andere sehen es und sind entzückt, alle sind es! Männer, wie Frauen auch, bleiben stehen, schauen ihr nach, freuen sich. Aber ich, der ich sie am tausendsten Tage liebe wie am ersten Tag – ich freue mich nicht!

Als ich hörte, sie sei zurück, da schien die Sonne gar nicht heller und war der Frühling nicht mehr Frühling als sonst – wie ich es doch erwartet und mir ausgemalt hatte in einsamen Nächten des Denkens an sie –; ich erschrak nur. Ich hatte Angst, die schmerzliche Ruhe des von ihr Entferntseins zu vertauschen mit der erregenden Unruhe ihrer Gegenwart.

Ich liebe sie sehr. Aber wenn ich sie immer gesehen hätte, wie ich sie heute sah, als Dame gekleidet und hübsch gemacht, ich hätte mich in sie ebensowenig verliebt wie in andere Frauen. Das war es ja – daß sie nicht Frau war, eher ein Kind, ein Knabe war. Es ist zu spät. Ich kenne sie zu gut. Ich sehe durch die Kleider.

Sybil ist wieder da. Sie traf schon am Morgen ein. Ihre Stimme klang hell und rein. Sie sei nun wieder da und alles gut. Mein Herz schlug hart und schnell. Ich hatte diesen Moment, in schrecklich wachen Nächten des Denkens an sie, erwartet wie ein Glück. Ich hatte gemeint, die Sonne müsse strahlender, der schöne Frühling mehr schöner Frühling als sonst sein, und jetzt, da es wirklich geschah, was vor Wochen noch nicht im entferntesten zu hoffen war, daß sie, die von mir Geliebte und von meiner Liebe Qual mit Recht Bedrückte und mich Hassende, mich wieder anrief, harmlos und nett, erschrak ich nur. Es war kein Atem Freude in mir. Nur Furcht. Angst vor dem Wiedersehen und der Gewißheit, die schmerzliche Ruhe des von ihr Entferntseins vertauschen zu müssen mit der erregenden Unruhe ihrer Gegenwart.

Sybille ist wieder da und so strahlend schön, daß Sie stehen bleiben werden, auf der Straße, sollten Sie das Glück haben, ihr zu begegnen. Aber gestatten Sie mir, bitte, zunächst mich vorzustellen, der ich eine viel weniger erfreuliche und eher dunkelgraue Erscheinung bin: mein Name ist Schüffernis, ich bin ein alter Zauberer, meine Geschichte ist traurig. Ich habe eine Stunde versäumt mit dem Erzählen der Geschichte vom großen Drachen. Diese Geschichte ist sehr schön, durchaus des Erzählens wert, und sie begeisterte auch das gute Kind, aber sie war zu lang, sie wiederholte sich, die Zeit verging.

Ich heiße Grau und bin ein alter Zauberer. Mein Haus heißt Schüffernis und liegt zwischen den Wolken Immerrot und Niemalsblau. Ich wohne allein mit meinem Drachen Umfangreich, der so alt und müde ist, daß er schon seit tausend Jahren nicht mehr ausgegangen ist. Es sind schlechte Zeiten, auch für uns. Meine Geschichte ist traurig.

Ich frage Sie, was sind schon alle Berliner Schlemmerlokale und der »Jockey« und »Johms Nacht Club« und die »Silhouette«, auf einen Abend zusammengeworfen und vorm zu Bett Gehen genossen, gegen das Gastmahl des Trimalchio? Besten Dank! Sie sprechen mir aus der Seele. Nun aber muß ich Sie weiter fragen, warum macht Francesco, der schön ist, jung ist, klug aussieht und das Geld hat, zu tun und zu lassen, was er will, da mit? Warum steht er stundenlang, den Rücken gegen die Bar gelehnt, die Hände in den Taschen, da rum und blickt gelangweilt über die geschminkten Jungen und Mädchen, die ihn umstreichen und, ach wie gerne, mit ihm schlafen möchten? Warum? Sie wissen es nicht? Ich auch nicht! Ich weiß nur, daß ich, wäre ich Francesco, meine Abende amüsanter verbringen würde! Und wie ich das tun würde? O, auf mancherlei Art! Zum Beispiel würde ich eines Abends mein Geld zum Fenster hinauswerfen. Bitte, versuchen Sie das nicht symbolisch zu verstehen. Ich meine das wörtlich. Auf das Fenster und los: eine Mark, zwei, drei Mark, kling, kling, kling auf das Pflaster, und weiter so stundenlang. Es würde ein wirkliches Fest werden, eine ganz natürliche, volkstümliche Feier. Arm wie Reich, Jung wie Alt würden sich gleichermaßen bücken und zu erhaschen suchen, was nur da ist. Und es würde als Orgie enden mit Polizei und nacktgerissenen Frauen. Seien Sie versichert, wenn ein weiser Mann sein Geld zum Fenster hinauswirft, erschüttert er die öffentliche Ordnung wesentlicher, als ein radikaler Putsch es vermag. Aber vielleicht würde ich mich doch zunächst mit weniger lauten und öffentlichen Feiern begnügen. Ich würde, ganz ruhig, ein Gastmahl nach klassischem Muster geben. Es würden dreißig Personen geladen werden, und zwar: zehn Freunde, zehn Feinde und zehn Leute von der Straße oder aus Lokalen. Den dreißig würden dreißig modern geschnittene Sakkoanzüge aus rotem Tuch gefertigt werden. Sie würden jeder in einem schönen Auto, das sie als Geschenk behalten dürften, abgeholt und fortgeschafft werden. Es würde jeder sich zu seiner Bedienung und Lust ein Mädchen oder einen Knaben wählen dürfen. Und die Freuden der Tafel, sie würden Savarin im Grabe noch den Mund wässern. Ja, wäre ich Francesco, ich gäbe das Fest. Aber würde ich glücklich sein? Denn ich, ich würde ja allein sitzen und viel Würzburger Pfaffenberg trinken auf das Wohl der schönen Sybille, die meine Feste, auf denen ich Francesco wäre, nicht besuchen würde, derweil sie nur an einem See gut schläft.

Bitte, denken Sie sich eine symbolische Landschaft: einen Steinberg, einen See und ein sehr schönes liebliches Mädchen, Sybille genannt. Der Berg ist alt, und Alter schützt vor Torheit nicht, er liebt innigst die Sybille, die innigst den See liebt, und der See, er ist tief und spiegelt die Sybille wie den Berg. Die Sybille geht natürlich aufs Ganze. Sie schläft beim See. Der Berg wird eifersüchtig und beschattet sie. Bei Tag und Nacht. Worauf die Sybille, und das mit Recht, wütend wird und ihm den Körperteil demonstriert, den man meist nicht zeigt.

Wäre ich Francesco und hätte sein Geld, ich würde solche Dinge tun wie mir ein Appartement in einer Pension mieten und dann dort sterben. Oder ich würde zwei schöne Männer genau wie mich kleiden und vor und hinter mir zur Verstärkung meiner Wirkung gehen lassen.

EIN TISCH IM CAFÉ

Ein Tisch im Café: der Bankier, die traurige, sanfte, dem Weinen nahe und dabei manchmal lasziv freche Margritt, der Maler Hofmann, der harmlose zufällige Gast, der kleine heftige Graphologe.

»Der gutmütige Trottel, der Sie sind«, »die ernstlichsten Wertungen, das abfällige Fortwischen des Papiers«. »Sie haben mich herausgefordert.« Als er einen Witz riß von Strammsein zu Margritt, lachte ich etwas verächtlich. Darauf er: »Wir sind Ihnen unsympathisch, aber Sie sind uns sympathisch.« Margritt: »Ja. Sie müssen stramm bleiben. Koeppen nicht, der ist ja noch ein Baby.« Der Graphologe, häßlich: »Ja, diese feminine Art mit den Händen.« Er fühlte sich von mir mißverstanden.

AUF DER REEDE VON HAUKIPUDAS

Die Sonne schwamm in der sehr hellen, weißblauen Luft über dem weiten Horizont und spiegelte sich in dem leichten Wellengekräusel der See wie in vielfach gebrochenem Glas. Das Ufer mit grüner Wiese, dunklem Wald und den weißen Häusern der Sägemühle war klar erkennbar wie von scharfen Pinselstrichen getuscht. Ein milder Wind wehte zart. Es war im Juni, auf der Reede von Haukipudas, im finnischen Meerbusen, nordwestlich von Uleaborg.

Unser Dampfer hieß Eddy, gehörte einer Stettiner Reederei, faßte zweitausendsiebenhundert Tonnen und kam mit Ballast von Reval, um hier Papierholz für Deutschland zu laden. Vom Kapitän bis zum Jungen waren wir zweiundzwanzig Männer an Bord, und dann waren noch ein Hund mit uns und die beiden ferienreisenden Töchter des Kapitäns.

Ich bediente die vierte Winde. Den Steuerhebel fest in der Hand, umrattert und umzischt vom Lärm des dampfenden Getriebes, folgte ich den Kommandorufen des Bootsmannes, der das Anbordnehmen der Ladung überwachte. Rückte ich den Hebel nach vorn, senkte sich die Kette mit den Greifern rechts über die Reeling in den Prahm, umfaßte die glatten, runden Stämme des Holzes und, nach hinten zog ich den Hebel, hob die Last, schwenkte sie in elegantem Bogen über das Deck, um sie schließlich, nachdem wieder vorgestoßen war die Steuerung, tief in den Schiffsbauch rasseln zu lassen, wo finnische Holzarbeiter sie geschickt mit scharfen Haken in eine raumsparende Ordnung stapelten.

Die Arbeit hinter der Winde gefiel mir. Sie forderte nur ein wenig Achtsamkeit und strengte nicht an. Ich war siebzehn Jahre alt, der Schule entlaufen und sehr glücklich.

Hinter mir waren die Kajüte, die Brücke und das Kartenhaus. Der Kapitän schlief. Die Wache hatte der sehr junge, zweite

Steuermann. Er blickte, auf das Geländer der Brücke gelehnt, über das Vorschiff zum Bug. Dort lagen, nicht älter als ich, die Kapitänstöchter und sonnten sich.

Der Matrose Spiegel, ein leidenschaftlicher Raufbold, der kräftigste Mann an Bord, badete. Nackt, muskelbepackt, von Sonne umglüht, stand er, ein olympischer Held, gespreizt auf der Reeling. Eine Badehose verschmähte er.

Die Mädchen starrten in den Himmel. In der Kombüse riß der Koch einen Witz, und durch die offene Tür gluckste Gelächter wie Brackwasser über das Schiff. Der junge Offizier schrie was, und der Matrose Spiegel reckte sich, streckte die Arme hoch und ging im Hechtsprung ins Meer.

Es war nicht gut, daß der Alte seine Töchter mitgenommen hatte. Eine allein wäre zu ertragen gewesen. Sie hätte, um sich nicht zu langweilen, mit dem grad von der Seefahrtschule kommenden Steuermann geflirtet, und uns anderen wäre es ein neidloses Festessen gewesen. Aber da sie nun zu zweit waren, zwei schlanke, sommerbraune, übermütiger Jugend volle Mädchen, wirkten sie schlimm. Jede von ihnen war der anderen Rückenstärkung und Antrieb. Angehörend einer von früh auf sportgewohnten Generation, liebten sie den Kampf, zögerten nie, sich zu messen im kameradschaftlichen Wettstreit, und überboten sich nun, eifernd, Siegerin zu werden in dem erregenden Spiel, den ganzen Kasten liebestoll zu machen.

Es ging über jede Hutschnur, war ein Skandal, ein zu starker Tabak, wie sie rumrannten den ganzen Tag, überall sich zeigten, und in ihrer Nacktheit, die ein straffes Trikot mehr betonte als verdeckte, die landurlaublose Besatzung – denn wir lagen ja weit draußen auf der Reede – aufreizten.

Der junge Steuermann war ihr Hofnarr. Er verfolgte sie mit Blicken, Reden und stetiger, ergebener Dienstbereitschaft. Er durfte ihnen die Liegestühle nachtragen, die Hängematten knüpfen, und manchmal, wenn er Glück hatte, durfte er ihnen auch Schwänke aus seinem Leben erzählen.

Der Matrose Spiegel war sein gefährlichster Konkurrent.

Jeden Abend, nach Arbeitsschluß, gab er den Mädchen eine schwerathletische Schau. Er turnte auf Deck und am Hebebaum, kletterte affengewandt Taue hinauf und hinab, stemmte Gewichte, rang und boxte mit den anderen Matrosen und Heizern, die er alle und immer besiegte, und zeigte so bestens die Vollkommenheit seines Leibes.

Oft, wenn er einen Gegner besonders überzeugend geworfen hatte, klatschten die Mädchen und riefen »Bravo«. Er pflegte ihnen dann einen Arm hinzustrecken, »schlagen Sie drauf, alles Eisen«; und tat es eine, wieherte er schallend wie ein Pferd.

Dieses tierische Kraftgebrüll riß immer die Umstehenden dergestalt hin, daß sie einfielen in diesen Schrei, sich unter die Arme griffen, Matrosen, Bootsmänner, Jungen, Heizer, Maschinisten, Trimmer, Koch, Steward und Erster Steuermann, und hin und her schunkelten im Hamburger Schiffertanz. Nur der junge Zweite stand abseits und krampfte die Fäuste.

Es war aber am Abend auch sonst viel los. Es war ja Juni, die Sonne ging ja nicht unter, hell wachten die Nächte, und wenn das Motorboot den geleerten Prahm mit den Holzarbeitern abgeschleppt hatte, dann kamen, mit der aufkommenden Brise, in kleinen, flinken Booten vom Lande her zu uns die Bauernburschen, die jungen Fischer und die Angestellten des Sägewerks.

Sie waren arme Opfer der in Finnland herrschenden Prohibition, gierten nach Alkohol und wurden nicht enttäuscht. Ein Seemann, der nach Finnland segelt, verschafft sich im letzten deutschen Hafen billigen Schnaps und verstaut ihn so, daß ihn der Zollbeamte bestimmt nicht findet. Das ist ein gutes und anständiges Schmuggelgeschäft, das seine hundert Prozent Verdienst bringt, die Finnen erfreut, und gegen das man nichts sagen soll.

Unsere Kunden waren so durstige und nette Leute, daß sie die eben erworbenen Flaschen der Einfachheit halber gleich bei und mit uns leerten. Das gab dann immer ein kleines Fest.

Es wurde getrunken, gesungen, Unsinn getrieben und getanzt. Eine prima Kapelle spielte uns auf. Einen Geiger und einen Banjospieler stellten die Finnen, während zwei unserer Leute Meister des Schifferklaviers waren.

Die Mädchen schwankten von Arm zu Arm. Es war ungeschriebenes Gesetz, daß jeder sie nach jedem Tanz dem nächsten zu lassen hatte. Wehe dem, der anders getan hätte! Alle wären wir über ihn hergefallen.

Der Kapitän kümmerte sich um nichts. Er saß mit dem Sägewerkmeister in der Kajüte und trank Aquavit.

Unsere Feste entwickelten sich, wuchsen von Abend zu Abend, dehnten sich, wurden länger und toller. Der Ruf unseres Schiffes und unserer Mädchen hatte sich weit in das Land hinein verbreitet. Von den einsamen, großen Gütern kamen die jungen Knechte und von den Waldweiden die Hirten verlangend nach Rausch und Erlebnis. Längst ausgegangen war uns der Schnaps, aber Sprit hatte der Koch und braute mit Zucker, Marmelade, Rosinen, Hefe und Essig ein Gesöff zusammen, nach welchem die Abgehärtetsten sich schütteln mußten, wenn sie es hinuntergespült hatten, und das furchtbar trunken machte.

Die Sonne ging nicht unter vom Abend bis zum Morgen. Die Mädchen glühten im Rückstrahl ihrer eigenen Wirkung. Sie und die hellen Nächte waren es, die uns verrückt machten, die uns den Schlaf raubten, die uns toben ließen die ganze Nacht, obgleich wir alle schwer arbeiten mußten am Tage.

Übermorgen sollten wir fahren. Schon schichtete sich das Holz zu Lasten auf Deck. Wir waren übermüdet und gereizt. Aber heute mußte noch ein Mal, zum letzten Mal, die Lustigkeit geschehen. Jeder versprach sich von ihr das Glück. Jeden lockte ein roter Mädchenmund. Jeden erfüllte Verlangen nach Umarmung, Weibgeruch, Armen, Brüsten, Schenkeln. Und jeder glaubte zu wissen, daß eine grade ihn verheißend angesehen, daß eine mit ihm grade besonders getanzt habe.

Der junge Steuermann, zermürbt von Liebesschmerz, versuchte als erster sie zu küssen, wurde zurückgestoßen und ging unter im Gejohle der anderen.

Der Matrose Spiegel trieb seine Athletik in verbissener Heftigkeit. Er hatte sich, wie die Akrobaten im Zirkus, einen roten Schal um die Lenden geschlungen und stemmte, sonst unbekleidet, Zentnergewichte, die er am Ende jeder Übung wie Kanonenkugeln auf die Planken schlagen ließ.

Dann forderte er zum Ring- oder Boxkampf. Aber heute meldete sich keiner. Sie fürchteten, mit der sicheren Niederlage ihre persönliche Chance für den Abend zu riskieren.

Er höhnte »Feiglinge, Krüppel, Waschlappen«, tödliche Beleidigungen für den Einzelnen; aber gesichert im Kreis ihrer gemeinsamen Ablehnung stehend, lachten nur die Männer.

Da gingen die Mädchen gegen die Front vor! Und nahmen Partei für den Matrosen Spiegel und den Kampf, der morgen, da das gesamte Deck hoch mit Holz beladen, nicht mehr möglich sein würde. Und als nicht sofort einer von denen, die sie armselige Spielverderber nannten, gegen Spiegel antrat, da stiegen sie, neue Amazonen, selbst in den Ring und forderten den Matrosen zum Kampf.

Das schlug ein! Wenn die Sonne plötzlich entfallen wäre dem weißen Himmel der nordischen Nacht – nicht größer hätte sein können die Bestürzung unter den Männern. Auch Spiegel war der so jäh geänderten Situation nicht gewachsen, und das ungeduldige »Los doch« des ersten sich ihm stellenden Girls traf ihn wie ein Schlag.

Es kam jedoch nicht zu diesem Kampf. In wieder anderer Art überstürzten sich die Ereignisse. In den Ring sprang der Steuermann, fegte zur Seite die Mädchen, warf von sich Jacke und Hemd und boxte ein auf die Brust des Matrosen. Nie hatte er sich mit Spiegel geschlagen; aber er hatte boxen gelernt auf den Segelschiffen seiner Lehrjahre und von den Kameraden des Steuermannkursus. Sein, gegen Spiegels grobes Fighten, intelligenter Kampfstil verblüffte diesen und machte ihm zu schaffen, so daß der von dem Matrosen erst lau geführte Kampf bald immer hitzigere Formen annahm. Beide Kämpfer bluteten.

Atemlos folgten die Männer der Schlacht. Ihre Augen fraßen sich ein in die Bewegungen der nackten Körper. Ein Finne schrie manchmal auf. Sein Hirtenruf klang wie Tartarengebrüll.

Die Mädchen zitterten. Sie standen starr zwischen dem Kreis der Männer und den Boxenden in der Peripherie des Kampfes.

Da fiel der Steuermann, haute zu Boden wie ein Brett, schlug auf auf Eisen, lag da und blutete.

Es war kein Laut zu hören. Sekundenlang. Wie allein gelassen schaukelte das Schiff inmitten der Welt.

»Das –, das hab ich nicht gewollt«, eine gebrochene Stimme, die Stimme des Matrosen Spiegel. Und während uns noch alle Glieder gelähmt waren, wandte er sich, packte die Mädchen, beide mit einer Hand, und schlug ihnen, jeder einmal, ins Gesicht. Dann schwang er sich über Bord und schwamm in kräftigen Stößen dem fernen Ufer zu.

Und wir besannen uns. Der Steuermann war nicht erschlagen; Wochen lag er im schweren Fieber einer Gehirnerschütterung, kam aber mit dem Leben davon. Die Mädchen wurden nach Uleaborg gebracht und mußten von dort mit dem Passagierdampfer der Reederei heimreisen. Wir forderten dies vom Kapitän mit der Faust auf dem Tisch und rotunterlaufenen Augen.

Es war nicht gut, daß der Alte seine Töchter mitgenommen hatte.

BESCHWINGTE MELANCHOLIE

Der junge Mann hat keine Frühlingsbraut! Das heißt, er hat schon eine, die er für die Liebste hält, aber sie kann ihn nicht ausstehen. So hat er Kummer! Und sehr viel Zeit und gar kein Geld, weil er faul ist und nichtsnutzigen Grillen nachjagt.

Kein Wunder, daß er da eines schönen Tages sich erschießen will! Schnell gepumpt ist ein kleiner Revolver mit zwei Schuß für alle Fälle; und dann badet er lange, holt das letzte saubere Hemd aus dem Schrank, macht sorgfältigste Toilette, bestellt bei der Wirtin einen extrastarken Kaffee, trinkt ihn, liest zur seelischen Bereitung ein paar Seiten Marcel Proust, schaut das Bild der Geliebten an – und es soll geschehen!

Aber, zum Donnerwetter, die Sonne scheint, der Frühling weht, warum soll er grade in der häßlichen möblierten Bude sterben, warum nicht erst spazieren gehen, und es dann, irgendwo, bei guter Gelegenheit tun?

Also: der Revolver wird eingesteckt, und bald promeniert der junge Mann den Kurfürstendamm auf und ab. Es ist ein wirklich schöner Frühlingstag. Alle gehen mit aufgeknöpften Mänteln und Seelen; die Bettler halten nicht umsonst den Hut hin; schöne, neue Automobile fahren Korso; vor den Cafés sitzt man in der warmen Sonne und trinkt vergnügt den ersten Eiskaffee des Jahres.

»So muß Paris sein«, denkt der junge Mann, und wird noch trauriger, weil er nicht mehr hinkommen wird. Er geht ein wenig bedeppt, rennt gegen ein Schulmädel, die lacht ihn aus, sehr nett und jung mit nackten Knien, und er meint sehr zart und liebevoll: »Kleines Mädchen . . .!« Aber seine Geliebte ist schöner! Warum sie ihn nur nicht mag? *Weil* er kein Geld hat? Oh, hätte er welches, was würde er ihr alles schenken: da, den kleinen Fiatwagen und den schwarzen Schnauzerl dort und hier im Fenster die Stoffe, die Kleider – klagt sie nicht immer:

»Du, ich hab nichts anzuziehen!« –; den ganzen bunten Luxus aller Läden hier würde er ihr kaufen! Und von Fenster zu Fenster geht er und wählt sorgfältig und mit bestem Geschmack. Aber dann kommt ein Laden mit Büchern, und das geht ihn direkt an. Er möchte alle neuen Bücher schnell noch lesen; er geht hinein und durchblättert eine Stunde lang die Novitäten: »Schade, ich wollte auch immer ein Buch schreiben. Wie merkwürdig, daß ich nicht dazu gekommen bin?« Er wundert sich sehr: »Mit Einstein hätt ich mich beschäftigen müssen!« Und dergestalt an die Zeit denkend, gewahrt er, daß es Abend wird und daß er sich eilen muß; und schwer liegt auf einmal der Revolver in seiner Tasche.

»Nur noch ein wenig Musik.« Früher hatte er immer etwas Angst, so ohne einen Pfennig in den Grammophonladen zu gehen und sich die neuen Platten vorspielen zu lassen. Heut hat er diese Angst nicht mehr. Man führt ihn mit Höflichkeit in eine Zelle und läßt ihn dort allein wie in einem Beichtstuhl mit einem guten Apparat und Platten. Er hört und ist entzückt: Columbia 14002, Chopin und Wagner im Jazztempo gespielt von Clément Doucet. Charmant! Und dann den Alabama-Song aus »Mahagonny« und »Wie man sich bettet, so liegt man«. Die Lotte Lenya singt es. Und eines Abends bei Stäckler erinnert sich der junge Mann; da war er verliebt in sie, und dann denkt er, ob es in dieser Zelle, bei der Musik, so laut knallen wird, daß die draußen im Laden es hören werden. »Mein Gott, wenn sie mich nicht hören, und ich liege hier die ganze Nacht!«

Und wieder auf der Straße, sagt er sich energisch: Reimann! Bald sitzt er auf der Terrasse, trinkt einen Wermut und noch einen und findet den Abend angenehm mild. Da kommt Conrad Veidt, der jetzt in der Tribüne den Lieben Gott spielt. Das weiß der junge Mann und ist etwas verwirrt: »Wenn er Gott ist, müßte man ihm doch für das Wetter danken!« Er vergißt es aber, wie auch das Zahlen. Er geht so weg, nach Hause. Denkt erst noch eine Weile »Götz von Berlichingen« und dann: »Das Leben ist doch schön!«

EINE BESONDERE STRAFE

Vor vielen Jahren empörten sich die Kulis einer der chinesischen Provinzen, die so groß sind wie ein europäisches Reich, gegen das Regiment des allmächtigen Kaiserlichen Statthalters Hü-Zi-Yan. Auf den Reisfeldern und den Teeplantagen, in den Papiermühlen und allen Betrieben, auf den Märkten, den Flußdampfern, den Fischerbooten wurde die Arbeit niedergelegt. Handel und Verkehr und jedes Gewerbe kamen zum Stillstand, während die Arbeiter sich in Mengen auf den Straßen und Plätzen versammelten und den Reden radikaler Agitatoren lauschten.

Unter diesen tat sich besonders Li hervor, der kein Arbeiter war, sondern ein armer, entlassener Schreiber aus dem Gerichtsyamen des Statthalters. Wie kein anderer verstand er es, die die Armen knechtende Brutalität der Herrschenden, die ungerechte Verteilung der Lasten, die Bestechlichkeit der Beamten und die Parteinahme der Gerichte anzuprangern. Das Volk jubelte ihm zu, und die Lage wurde für die Regierung allmählich so bedrohlich, daß sie sich zu weit gehenden Versprechungen und hastig eingerichteten Reformen entschließen mußte, um einen allgemeinen Zusammenbruch zu vermeiden. Auf diesem Wege gelang es ihr, die Streikenden wieder an die Arbeit und Li und einige andere Revolutionäre in Haft zu bekommen. Noch aber war die Erregung der Massen eine zu große, als daß man es wagen konnte, Todesstrafen zu vollstrekken, und schweren Herzens mußte sich das Gericht mit einer fünfjährigen Kerkerstrafe für Li begnügen.

Dieses Urteil erfüllte den Statthalter mit Sorge. Er hatte den Charakter seines früheren Schreibers als den eines Fanatikers erkannt und wußte, daß Li nach verbüßter Strafe noch eifriger und erbitterter am Sturz seiner Herrschaft arbeiten würde. Die Kulis hatten ihren Führer nicht vergessen, ihn im Gegenteil, als einen für das Volkswohl Leidenden, noch tiefer in ihr Herz geschlossen, und in geheimen Zirkeln und Organisationen bereiteten sie alles darauf vor, nach Lis Entlassung eine neue und ganze Arbeit leistende Revolution zu beginnen.

In dieser Not rief der Statthalter die obersten Mandarine und Räte der Provinz zu einer Konferenz in seinen Palast. Er fragte sie, wie dem drohenden Übel am besten zu begegnen wäre, und die meisten schlugen vor, Li sehr vorsichtig zu vergiften und dann zu erklären, daß er, leider, einer schlimmen Krankheit zum Opfer gefallen sei.

Diesem Rat aber widersetzte sich der Statthalter. Mit Recht fürchtete er, daß ein solches Verbrechen, das sicher bekannt, zumindest aber geahnt werden würde, das geheime Feuer der Empörung zu hellen Flammen entfachen könnte, und er bat die Versammlung um andere Vorschläge. Stundenlang wurde beraten, ohne daß eine wirklich brauchbare Möglichkeit, Li unschädlich zu machen, gefunden wurde, bis schließlich ein junger Medizinalrat, als letzter um seine Meinung befragt, einen Vorschlag machte, der so unerwartet und ungewöhnlich war, daß alle sehr erstaunten oder in lautes Gelächter ausbrachen. Dieser seltsame Vorschlag aber fand den Beifall des Statthalters und wurde angenommen.

Über ein Jahr lang schon lebte Li in einer scheußlichen, unterirdischen Zelle, als, am Morgen nach der Konferenz, der junge Medizinalrat ihn besuchte und sich ihm als der neue Gefängnisarzt vorstellte, dessen Aufgabe es sei, über die Gesundheit der Gefangenen zu wachen. Er bat Li, ihn untersuchen zu dürfen, was dieser widerwillig und unter Schmähungen auf die heuchlerische Humanität des Statthalters, der ihn in ein Loch zu schlecht für Schweine werfe, ihm verfaultes und zu weniges Essen gebe und ihm statt eines Arztes lieber eine warme Decke schicken solle, geschehen ließ.

Der Gesundheitszustand Lis war kein schlechter. Er war zwar außerordentlich mager und nervös, auch war das Herz etwas angegriffen, aber da er von Jugend auf an Entbehrungen gewöhnt war und die Tatsache seiner Haft mit stoischem

Gleichmut als vorübergehend hinnahm, konnte man ihn weder als körperlich noch seelisch durch die Haft ruiniert bezeichnen. Dies erkannte auch sofort der Arzt, der, ein vorzüglicher Schauspieler, um so mehr sich bemühte, ein ernstlich besorgtes Gesicht zu machen. »Sie gefallen mir gar nicht, mein lieber Li«, sprach er mit beruflich bekümmerter Stimme. »Ihr Herz arbeitet unregelmäßig, Ihr Magen ist nicht in Ordnung, die Nieren sind angegriffen, Sie sind sehr unterernährt, sehr blutarm und sehr nervös, und wenn das so weiter geht, machen Sie es nicht mehr lange.«

Diese Worte erschreckten Li sehr. Da er die Art der Amtsärzte, ein Leiden eher zu verneinen als zu bejahen, zur Genüge kannte, zweifelte er keine Sekunde, schwer krank und dem Tode nahe zu sein. Und er wollte nicht sterben. Gesund und stark in die Freiheit zu kommen, war sein sehnlichster Wunsch, um mit ganzer Kraft das Unternehmen der Revolution beginnen zu können. »Ihr habt mich zu einem Wrack gemacht! Ihr habt mich getötet! Euch trifft die Verantwortung!« rief er und flehte den Arzt an, ihm zu helfen. Der zuckte die Achseln, wies auf die mannigfachen Schwierigkeiten hin, die Gesundheit eines Gefangenen zu retten, und verließ schließlich mit dem Versprechen, sein möglichstes zu tun, einen in tausend Ängsten schwebenden Li.

Gegen Abend aber schon führten zwei Aufseher ihn aus seinem Loch in die geräumige und luftige Mandarinenzelle, wo sie dem Überraschten – auf Befehl des Arztes, wie sie sagten – ein prächtiges Essen von Hühnerfleisch, Bambusragout, Eiersuppe, lockerem Reis und feinem Wein (»zu deiner Kräftigung, Li«) servierten. »Sie haben Angst«, dachte Li. »Sie fürchten den Aufruhr der Kulis, wenn die erfahren, daß sie mich in einem elenden Loch haben verrecken lassen.« Und gierig, in dem Verlangen, seinem Körper Kraft zuzuführen, verschlang er das reichliche Mahl, trank den Wein und sank schwer und voll zurück auf die weichen, seideüberzogenen Daunenkissen des breiten Bettes.

Am Morgen – und von nun an jeden Morgen – weckte ihn der

Arzt, untersuchte ihn, hielt ihm Vorträge über die Schwere seiner Leiden, deutete in diskreter Weise an, daß sein Tod der Regierung sehr unangenehm sein würde, und bat ihn, zu essen und zu essen und immer wieder zu essen.

Und Li aß! In ewiger Angst vor dem Tode aß er vom Morgen bis zum Abend fette Ragouts von Hühner-, Enten- und Schweinefleisch, aß riesige Schüsseln nahrhaften Eierreis, aß schwere Bohnensuppen und scharf gewürzte Sojagerichte und trank drei Liter Wein am Tag. Jahrelang! Er wurde fett. Er bekam einen Bauch, ein Doppelkinn; Kopf, Hals und Körper verschwammen in Fettwülsten. Sein Herz wurde wirklich krank. Er litt an Atemnot. Von Gewürzen und Alkohol gepeinigt, versagten seine Nieren; Stoffwechselschlacken vergifteten sein Blut; und der Arzt sagte immer wieder nur das eine: »Essen, viel essen, alles essen, sonst stirbst du!« Und Li aß!

Für den endlich gekommenen Tag seiner Freilassung bereiteten die revolutionären Organisationen große Demonstrationen. Ein Zug von Tausenden stand vor dem Gefängnistor, ihn zu empfangen. Gespannt blickten sie auf die langsam sich öffnende Tür. Jünglinge waren bereit, ihn auf ihre Schultern zu nehmen; man erwartete, daß er reden würde, eine seiner begeisternden Reden halten und sie alle in den Strom der Revolution reißen würde. Aber war das Li, der dort herausgeführt wurde? Der feiste, zentnerschwere Mann im seidenen Kimono? Das Volk erwartete seinen Märtyrer, einen halb verhungerten, elenden, gefängnisbleichen, fanatischen, und keinen fetten Kerl, der wie ein reicher Blumenbootbesitzer aussah. Das Volk hatte keinerlei Verständnis für diese besondere Art, aus der Haft zu kommen. Es war enttäuscht, es wurde wütend, es lachte, es schmähte, und Li schrie »mein Herz, o mein Herz« und fiel in den Schmutz.

BESUCH IM SCHLOSS

Der Ort, zwischen Weinbergen am Main gelegen, ist bekannt in der deutschen Geschichte. Im Bauernkrieg war er ein Stützpunkt der Aufständischen, und ein Teil des bei Würzburg geschlagenen Heeres konnte sich dort dergestalt günstig verschanzen, daß er Tage später noch, nachdem alles schon verloren und der Sieg der Fürsten ein endgültiger war, einen Abzug zu erträglichen Bedingungen sich erwirken konnte. In der Folge wurde erzählt, daß der Graf, dessen Schloß auf dem St. Annenberg hoch und fest über dem Ort und der Landschaft sich erhob und sie beherrschte, insgeheim auf der Seite der Schwarzen Scharen gewesen sei und sie in jeder Weise unterstützt hätte. Diese Erzählung ist immer nur Gerücht geblieben und nie bewiesen worden. Jedenfalls hinderte das Gerede den Grafen nicht, nach einer kurzen Periode der Zurückgezogenheit eine politische Rolle zu spielen. Er verstand es, den mächtigen Bischöfen von Mainz und Bamberg einige wesentliche und nicht ungefährliche Dienste zu leisten, und die Gunst dieser Kirchenfürsten schützte ihn, wie wiederum böse Zungen behaupteten, vor dem Mißtrauen des Würzburger Domkapitels. Mit dem Geschick des Grafen begann der Aufstieg seiner Familie, die in den folgenden Generationen immer enger sich mit der Kirche liierte und allmählich die höchsten geistlichen Ämter bekleidete: um 1700 wurde ein Enkel des Grafen Fürstbischof von Würzburg. Das Ziel war erreicht, und die Stellung des Geschlechts nun eine so gefestigte und reiche, daß es ein üppiges Mäzenatentum nach italienischem Vorbild entfalten konnte.

Das Stammschloß, mehr kriegerische Burg als schöner Fürstensitz, wurde zum barocken Lustschloß umgestaltet. Deutsche und ausländische Künstler, Architekten und Gärtner, veränderten und erneuerten den alten Bau im Stile der Zeit. Der Schloßberg wurde zum Ort hin geebnet und eine königliche Auffahrt und eine breite Terrasse vor der neu gebauten, edel schwingenden Fassade geschaffen. Die hohen Räume und das jetzt in Marmor gestaltete Treppenhaus wurden von den berühmtesten Künstlern farbenprächtig ausgemalt; Bildhauer stellten ihre nach antiken Vorbildern geschaffenen Plastiken dort auf; während französische Gärtner aus dem wilden Garten einen Park höfischer Art machten. Seit diesen Tagen ist das Schloß ein Begriff der Kunstgeschichte geworden, und die Reisehandbücher empfehlen seinen Besuch. Längst aber ist ausgestorben das Geschlecht seiner Besitzer, ewig vergangen sind die Feste, die ein den schönen Sinnen ergebener Fürst hier gab, und nur ein alter Wächter bewohnt und behütet die pensionierte Pracht.

Es war im Herbst eines der letzten Jahre, als eine Gesellschaft reisender Amerikaner, von Rothenburg kommend, das sie »wonderful« und »very nice« gefunden hatten, auf dem Wege nach Würzburg vorbeikam an dem alten und berühmten Schloß. Ihr Reiseautobus hielt vor dem kunstvollen, schmiedeeisernen Tor des Parkes, und die Amerikaner stürmten hinter ihrem Führer, dem Dr. Shawer von der H.-Universität, die Auffahrt hinauf, über die Terrasse, gegen die oft photographierte Fassade zu. Im Reiseprogramm war für die Besichtigung von Park und Schloß eine Viertelstunde vorgesehen, und eilig schlug Dr. Shawer den schweren, wie ein Hirtenstab geformten Klopfer gegen das geschlossene Portal.

Es war aber ein Herbsttag so goldener Sonne und so süßer Reife voll, wie er nur diesem gesegneten Maintal beschert sein kann. Von einer reinen Schwere und wunderbar gewürzt war die Luft, voll von Ernte, Frucht und Gedeihen. Von den Weinbergen ringsum kam der Duft satter Reben und mischte sich mit dem Parkgeruch trocken knisternden Laubes und braunkerniger Äpfel. In naher Sicht glitzerte in zarten Wellen der Main und strich zu nichts nütze und nur schön vorbei an der alten, kleinen Stadt zu Füßen des Schloßberges, die lärmlos lag und nur im milden Rauch aus morschen, angemoosten Schornsteinen über roten, spitzen Dächern zu leben schien. Es war ein

Bild vollkommensten Friedens, eine der Wirklichkeit ferne Idylle, gebettet in die tausend Farben des Herbstes und von der späten, auf eine sehr gütige Art wärmenden Sonne beschienen.

Und so geschah es, daß, gefangen von der Anmut dieser schönen Stunde, die Herren und Damen aus dem Time-is-money-Land, nachdem ein zweites und ein drittes Klopfen des Dr. Shawer weder das Tor geöffnet noch einen Menschen herausgelockt hatten, nicht lärmten und auch nicht fortstürmten, sondern sich still, zufrieden und seltsam wunschlos auf die leicht erhöhte Steinbrüstung der Terrasse setzten.

Nach einer Weile des Schweigens, von der keiner dieser stets nach der Uhr Lebenden sagen konnte, wie lange sie gedauert, kam ein Gespräch unter den Sitzenden auf. Ein alter Herr, ein in seiner Heimatstadt Chikago bekannter Fabrikant, begann davon zu sprechen, wie oft und wie sehr er sich in seinem Leben stetiger, jagender und schließlich erfolgreicher Arbeit nach dem stillen Frieden eines solchen Ortes gesehnt habe:

»Ich bin echter Amerikaner, schon meine Eltern sind in Amerika geboren, aber der Vater meines Vaters war noch Weinbauer in Deutschland. Vielleicht lebte er hier in dieser Gegend, zog seine Reben auf jenem Berg jenseits des Flusses, kelterte sie dort unten in einem dieser spitzgiebligen Häuser, füllte den süßen Most in die schweren Fässer, die er dann einlagerte in seinen kühlen, sicheren Keller, um später den Wein zu verkaufen an den Handel nach Würzburg, nach Frankfurt oder an ein Kloster. Vielleicht aber schenkte er ihn auch aus in der weiten, niedrigen, holzgetäfelten Diele seines Hauses, in der abends die kleinen Handwerker des Städtchens zusammenkamen, um an weiß gescheuerten Eichentischen zu trinken, zu rauchen und über die Ereignisse ihrer ruhig fließenden Tage zu sprechen. Ich weiß das alles nicht genau, wie ich auch nicht weiß, was ihn getrieben hat, seinen Weinberg und sein Haus zu verkaufen und nach Amerika zu ziehen. Ich weiß nur, daß ich manchmal von Chikago, wenn ich von meiner Fabrik im Osten zu meinem Büro in der City und von dort wieder zu einem Kunden, zu einer Sitzung, zu neuer Arbeit jedenfalls, fahre und ungeduldig hinter dem Steuer meines Wagens im Strom des Verkehrs auf das grüne Licht warte, das mir die Straße freigeben soll, daß ich dann manchmal sehr müde bin und die Vision habe von einem Glück, von einem Ort wie diesem hier.«

Der alte Herr schwieg, offenbar gerührt, und die andern Amerikaner versicherten mittels Worten und Gesten, daß auch ihnen allen, durchweg smarten Geschäftsleuten, derartige sentimentale Anwandlungen nicht fremd seien. Dr. Shawer meinte, es stecke ihnen eben noch der Europäer im Blut, und zwar ein auch in Europa nicht mehr existierender, ihnen heute romantisch und verklärt erscheinender aus der vergangenen Zeit, da ihre Väter von den europäischen Staaten her nach Amerika auswanderten.

Hier mischte sich der Ingenieur-Student Billy Young in das Gespräch ein. Er versicherte, wie der Chikagoer Fabrikant deutscher Abstammung zu sein, und so, wenn auch der Jüngste im Kreis, wohl ein Recht zu haben, auch seine Meinung zu äußern. Er halte die unter dem Einfluß der süßen Ruhe auf dieser Terrasse aufgekommene Verherrlichung eines idyllischen Lebens in einer alten, kleinen Stadt für gefährlich. Wie solle er, der sich das Geld zu dieser Reise in den Automobilfabriken Detroits erarbeitet habe, wieder in diese Fabriken zurückkehren können, wenn er annehmen müsse, hier weniger mühselig, aber zufriedener leben zu können? Er nehme dies aber keineswegs an. Die Geschichte beweise ihm, daß auch hier niemals ein vom Getriebe der Welt ungestörter Friede geherrscht habe.

»Glauben Sie«, rief er, »unsere Väter hätten dies Land verlassen, wenn sie hier glücklich gewesen wären? Glauben Sie, daß dies Schloß, vor dem Sie hier stehen, nicht die Verkörperung einer Macht war, die täglich ihre ganze Kraft brauchte, um dem Ansturm ihrer Neider zu widerstehen? Was wir hier erleben, ist ein schöner Tag, ein Dorfglück und ein berühmtes Schloß, gesehen aus der Perspektive des unbeteiligten Zuschauers. Wir genießen wie in einem Theater. Aber keiner von uns möchte in der Wirklichkeit der Illusion, der wir uns hier hingeben, leben. Es könnte uns dann passieren, in den spitzgiebligen Häusern an Stelle des ersehnten Glücks die Arbeitslosigkeit zu finden.«

»Die in Chikago, in Detroit oder sonstwo in den Staaten sicher schlimmer sein wird als hier, wo niemals jemand verhungern wird«, fiel ihm der alte Herr ins Wort. »Sie, mein Freund, sind noch sehr jung und hingegeben dem Glauben an ein Glück, das am laufenden Band kommt. Ich möchte Ihnen Ihre Illusionen so wenig rauben, wie Sie mit Ihren Worten mir meine alten von einem genügsamen Leben in einer Landschaft wie dieser nicht zerstören können.«

Der Student wurde ein wenig rot. Und wieder fühlten die Amerikaner das Einmalige der Stunde und blickten schweigend in die Weite.

Sie so zu finden, freute den Wächter des Schlosses, der wohl zwei Stunden nach dem ersten Klopfen des Dr. Shawer auf die Terrasse kam. Er war kein Mensch unserer Zeit, und in Berlin hätte man ihn wohl in das Museum stellen müssen. Der Bürgermeister des Ortes aber war so klug, ihm die Verwaltung des Schlosses, die er im Kriege, als niemand sich um den Besitz kümmerte, stillschweigend übernommen hatte, zu übertragen. Die Ordnung im Schloß und im Park war seitdem musterhaft; aber der Alte liebte nur das Schloß und nicht seine Besucher, die er meist verachtete und nicht würdig fand, den Besitz zum Schauobjekt zu degradieren. Es widerstrebte ihm, sie in das Haus zu lassen, sie zu führen und ihnen die Einrichtungen zu erklären. Nur der zwar legitimen, aber doch höchst imaginären Macht der verstorbenen Grafen und Bischöfe glaubte er sich verantwortlich. Er war eben ein bißchen verrückt, und die meisten Touristen mußten so vor verschlossener Türe umkehren oder mit dem Park sich begnügen, der den Kindern zuliebe offen blieb.

Die Amerikaner aber hatten nun, ohne es zu wissen, durch ihr ergebenes Sich-in-die-Sonne-Setzen eine Prüfung bestanden und das Herz des alten Wächters gerührt. Nachdem er sie zwei Stunden lang, hinter einer Hecke versteckt, beobachtet hatte, öffnete er ihnen in der Art eines Rokokohofmeisters aus einer Mozartoper das große Portal. Als ihr derbes Schuhzeug auf dem Marmor der Halle laut wurde, wies er sie an, sich eines Haufens in der Ecke stehender weicher Überschuhe zu bedienen.

Sie taten dies, ohne zu widersprechen.

FÜNFTAUSEND MARK BELOHNUNG

Heinrich war heut nicht zum Lesen seiner Abendzeitung gekommen. Von der Arbeit war er gleich in die Versammlung gegangen, später noch mit einigen Kollegen zusammen gewesen, und jetzt, gegen Mitternacht, da er die Tür seines Mansardenzimmers öffnete, freute er sich auf das Bett.

Es war ein trauriger Herbst. Feucht und kalt. Der Regen fiel trommelnd auf den Blechbeschlag vor dem schlecht schließenden Fenster, und scharf zog der Wind durch die Ritzen in die ungeheizte Kammer. Heinrich hatte kein Geld für Kohlen und Holz.

Um so behaglicher war es im Bett. Schnell zog er sich aus, kuschelte sich warm in die Decken, erinnerte sich dann aber der ungelesenen Zeitung, sprang noch mal raus in die Kälte, holte das Blatt aus der Manteltasche, richtete den Schein der Lampe auf das Bett, wickelte sich wieder in die Decken und begann zu lesen.

Zunächst mal die Überschriften: »Neue Notverordnung in Sicht«, »Erhöhung der Städtischen Tarife«, »Anziehen der Getreidepreise«, »Weiterer Lohnabbau geplant«, das Übliche also und in Berlin und im Reich nichts Neues. Andere Seite weiter: »Fünftausend Mark Belohnung«. Ganz dick gedruckt. Fünftausend Mark? Ne Menge Geld! Wofür denn bloß? Und er studierte die Nachricht von dem Verbrechen.

Auf einmal richtete er sich hoch. Er spürte nicht mehr die Kälte und die Müdigkeit, die ihn ins Bett getrieben hatten. Er saß da aufs äußerste gespannt und las nochmals Wort für Wort den Artikel. Am Ende stimmte alles. Es blieb kein Zweifel mehr: der Mann, der da gesucht wurde und für dessen Ergreifung der Staat fünftausend Mark zu zahlen bereit war, war sein Nachbar Michaelis, ein still und zurückgezogen lebender Uhrmacher, der die zweite Mansarde des Hauses bewohnte.

Heinrich traute ihm die Tat ohne weiteres zu. Mit einem Schlag schien ihm die Existenz dieses Uhrmachers von jeher verdächtig. Warum hielt er die Tür seiner Kammer stets ängstlich verschlossen? Warum hatte er keine Freunde, keinen Verkehr, empfing er niemals Besuch? Warum vermied er es immer peinlich, in ein Gespräch gezogen zu werden und mehr sagen zu müssen als ein flüchtiges »Guten Tag« auf der Treppe? Und gestern, ungefähr zwei Stunden nach dem Verbrechen, war er da nicht auffallend eilig und scheu sich umsehend ins Haus gerannt? Hatte er nicht ein Taschentuch vor seine zerkratzte Wange gehalten? Klar, Michaelis und kein anderer war der Täter.

Heinrich hüpfte aufgeregt aus dem Bett und in seine Kleider. Seine erste Regung war, sofort zur Polizei zu stürzen.

»Mein Nachbar ist der, den ihr sucht! Der Uhrmacher Michaelis, Enge Gasse 6, fünf Treppen hoch, in der Mansarde neben der meinen, ist der Täter. Kommt, ich führe euch zu ihm. Er schläft. Leicht werdet ihr ihn fangen.«

Und die Polizisten würden ihn erstaunt, erfreut, bewundernd ansehen; sie würden ihre Helme aufsetzen und die Sturmriemen runterschnallen; im Auto würden sie mit ihm zurück fahren, unter seiner Führung vorsichtig die alte knarrende Treppe empor schleichen, die Revolver entsichern, um dann rasch, auf ein Kommando hin, den Riegel der Tür zu sprengen, in die Kammer zum Bett des Schlafenden zu stürzen und ihn zu packen. Der Verbrecher, vom Schlaf betäubt, würde keine Zeit mehr finden, sich zu widersetzen, und schon gefesselt sein, bevor er überhaupt die harten Worte des Kommissars begreifen würde: »Herr Michaelis, im Namen des Gesetzes, Sie sind verhaftet!« Dann würden sie ihn abführen, und er, Heinrich, sich wieder schlafen legen und lange schlafen, bis neun, bis zehn, vielleicht gar bis elf; ganz wie es ihm behagen würde. Und dann würde er gemächlich zur Polizei schlendern und nie mehr in die Fabrik gehen. Freundlich würde der Kommissar ihm die Hand schütteln: »Das haben Sie brav gemacht, Heinrich. Hier sind Ihre fünftausend Mark.« Und er würde sie ihm hinzählen in fünfzig glänzenden, kostbaren Hundertmarkscheinen. Welch eine Summe! Nie hatte er, außer in der Inflation, auch nur einen einzigen Hundertmarkschein besessen. Was würde er tun? Sich einkleiden? Selbstverständlich. Eine nette Wohnung mieten? Heiraten? Einen kleinen Handel beginnen? Unsinn, nur nicht sich festlegen. Er war jung. Er würde die Welt sehen. Nach dem Süden fahren! O herrliches Neapel! Kennst du das Land, wo die Zitronen blühen! Dort würde er leben; dort würde es ihm gut gehen. Fünftausend Mark! Fünf – tau – send – Mark!

Jetzt aber halt! Nur nicht blödsinnig werden. Nur nicht die Nerven verlieren. Nichts überstürzen. Besonnen handeln wie ein Feldherr aus dem Lesebuch, damit das Glück, so nahe schon, ihm nicht doch noch davon läuft.

Vielleicht bereitet dieser Michaelis grade seine Flucht vor und verläßt das Haus und die Stadt, während Heinrich die Polizei alarmiert. Leb wohl dann, schöne Zukunft. Dem Burschen ist alles zuzutrauen. Der stiehlt ihm seine fünftausend Mark.

Mal horchen, was er macht. Heinrich drückt sein Ohr gegen die Wand und lauscht. Entfernt hört er den schnarchenden Atem eines fest und ruhig Schlafenden. Er ist zu Hause, schläft, ahnt nichts, fühlt sich sicher.

»O guter Mann, ich danke dir, daß du die Tat getan hast, daß du mein Nachbar bist, daß du schläfst und mich die fünftausend Mark verdienen läßt.«

In diesem Moment liebt Heinrich den Michaelis. Er empfindet ihn als seinen Wohltäter, als den Mann, der ihn reich und glücklich macht. Er greift zur Mütze und will gehen, ihn zu verraten. Will gehen, seinen Wohltäter verraten. Will seinen Nachbarn der Polizei anzeigen. Will ein Verräter sein. Er bleibt stehen. Er stutzt. In seinem Hirn verblassen die Bilder von Sonne, Süden und Meer, verfärbt sich der Traum vom Glück, aufgebaut auf einen Judaslohn von fünftausend Mark. Heinrich grübelt. Heinrich denkt:

»Armer Nachbar Michaelis. In stickiger Amtsstube, umgeben von bösen Akten und nach Beförderung strebenden Beamten, wird man dir in peinlichen Verhören ersten, zweiten und dritten Grades dein Geständnis abringen, während ich über die Alpen fahren werde, Schlafwagen erster Klasse, nach meinen Wünschen befragt von einem höflichen Schaffner. Du wirst die Qualen des Prozesses zu erdulden haben, während ich in Rom spazieren gehen werde. Und später, wenn ich Tag für Tag am blauen Golf von Positano in der Sonne liegen werde, wirst du Tag für Tag, jahrelang, auf und ab wandern in deiner grauen, sonnenlosen Zelle, drei Meter lang, zwei Meter breit. Du wirst irrsinnig werden, während ich süßen Wein trinke, und während ich bei einem schönen, braunen Mädchen liege, wirst du vor Verlangen und Sehnsucht zu Grunde gehen.«

Welch ein Schuft ist ein Verräter. Welch ein tückischer Mörder ist ein Verräter. Arm wie Heinrich ist der Nachbar Michaelis, und Heinrich wird ihn nicht verraten.

Am Morgen erhob sich Heinrich so früh wie immer, nur müder noch als sonst, um zur Arbeit zu gehen. Auf der Treppe traf er Michaelis. Er grüßte ihn überaus freundlich. Sein »Guten Morgen, Herr Michaelis« klang fast zärtlich. Der Uhrmacher dankte höflich und still und eilte vor ihm die Treppe runter. »Wenn du wüßtest«, dachte Heinrich.

Auf dem untersten Treppenabsatz, vor der Tür des Postsekretärs Böttcher, lag eine Morgenzeitung. Ohne es zu wollen fielen seine Augen auf die fettgedruckte Überschrift: »Um Mitternacht gelang es der Polizei überraschend schnell den gesuchten Verbrecher zu fassen. Die Belohnung von fünftausend Mark fällt einer gewissen Frau Z. zu.«

»HERR BIMSENTHAL WÜNSCHT SIE ZU SPRECHEN«

Wenn Sie möbliert wohnen und eine Karte mit Ihrem Namen an die Entréetür gehängt haben, dann kann es Ihnen leicht passieren, daß Ihre Wirtin eines Morgens mit dem Spruch »Herr Bimsenthal wünscht Sie zu sprechen« Sie aus den Federn holt.

Natürlich kennen Sie Bimsenthal nicht, haben nie was von ihm gehört, aber da Sie ein zivilisierter Mitteleuropäer sind und wie Nurmi rennen, wenn man Sie nur am Telefon verlangt, stürzen Sie aus dem Bett in die Kleider, um Herrn Bimsenthal zu empfangen.

Und diese Eile scheint sich diesmal sogar zu lohnen, denn der frühe Besucher, der, in sauber gebürstetem Gehrock und mit gepflegtem weißen Spitzbart, eine dicke Mappe unter dem Arm, höchst würdig ins Zimmer tritt, verkündet Ihnen sofort, daß er gekommen ist, Ihnen eine überaus freudige Mitteilung zu machen.

»Du lieber Gott«, denken Sie, »sollte ich das große Los gewonnen haben; will man mir meine Steuern zurückzahlen; ist mein Ururgroßonkel in Amerika gestorben«, und freundlichst bitten Sie den würdigen Herrn, sich doch zu setzen.

Das macht er dann auch und schneuzt sich lang und laut und offenbar mit Genuß die Nase. Dann holt er aus einem altmodischen Futteral eine Brille, die er mit sorgsamem Bedacht putzt, um sie endlich, während Sie vor freudiger Erwartung fast vergehen, aufzusetzen. Und jetzt schaut er Sie scharf und fest durch die blinkenden Gläser an und spricht beschwörend: »Sie haben ein phantastisches Glück! Bedenken Sie, daß es mir nach vielen Mühen gelungen ist, noch ein Exemplar der höchst seltenen, siebenmal versiegelten Memoiren des Propheten Häuser für Sie zu dem unerhört billigen Preis von zehn Mark aufzutreiben!«

Und schon langt er in die Mappe, holt die siebenmal versiegelten Memoiren heraus und legt sie voller Nachdruck vor Ihnen auf den Tisch, während Sie, sprachlos über den unverschämten Trick dieses Herrn Bimsenthal, voller Gift und Galle, aber zu enttäuscht und gelähmt, um zu widerstehen, Ihre letzten zehn Mark aus der Tasche ziehen.

DAS HERZ VERSAGT

Er war nicht ohne einen Pfennig Geld. Er hatte nur nichts gegessen, gestern nichts, heute nichts und zuletzt, vorgestern, vier Brötchen, vier trockene Brötchen für zwölf in einem Schub gefundene Pfennige. Eigentlich waren es dreizehn gewesen, aber vier Brötchen kosten zwölf, und für den dreizehnten gibt es keine Krume mehr. So blieb ihm ein Pfennig, ein Heckpfennig, und niemand konnte sagen: er sitzt da ohne einen Pfennig Geld.

Vor der kleinen improvisierten Küche in der hinteren Zimmerecke hing ein Schild »Trauriger Umstände halber bis auf weiteres geschlossen«. Aber es war noch Kaffee da, viel Kaffee, guter Kaffee, fast zwei Pfund, ein Geschenk von O. Ein Mädchen pumpte ihm einen elektrischen Kocher, Strom schickte die Stadt Berlin auf Kredit ins Haus, und jede Stunde wurde Kaffee gekocht.

Wie ein großer, böser Kettenhund knurrte sein Magen. Verzweifelt, stetig, grimmig schrie er nach Füllung seiner Leere. Da war gut zuzureden unnütz. Er war im Recht und bestand auf seinem Recht auf Nahrung und Arbeit. Man mußte ihn besänftigen. Man mußte, wenn anderes unmöglich, versuchen, ihn zu betäuben. »Vielleicht ein Täßchen Mocca, der Herr? Kostet im Kaffeehaus sechzig Pfennig, und dann beachten Sie bitte den Unterschied in der Qualität!«

Morgens, mittags, abends, jede Stunde zwei Tassen Kaffee, zwanzig Tassen am Tag und sonst gar nichts drei Tage lang.

Man wird so leicht. Der Kopf schwebt ein wenig über dem Leib, wie ein bleicher, alt gewordener Kinderballon. Es tut nicht weh. Hunger tut überhaupt nicht weh. Das ist ganz anders. Das Denken wird leicht, und fast ist es schön. Man hat Ideen wie noch nie, man hat Einfälle, prächtige, bunte, große, nur – sie bleiben nicht, sie sind eilende Gäste, man kann sie nicht halten, sie steigen auf wie Raketen, entblättern sich, ein großer Pilz, und sind schon Meilen fort lauter sprühende Punkte. Und dann denkt man wieder, immer wieder, plötzlich und selber überrascht: das ist Hunger!

Es ist Nacht, die dritte Nacht, gut wäre zu schlafen, morgen früh kann Geld kommen, morgen früh wird Geld kommen, morgen früh muß Geld kommen, dann gibt es ein Frühstück mit Eiern, Obst und Kuchen, bis dahin schlafen, ruhig schlafen, einschlafen, eins, zwei, drei, vier und bis hundert.

Aber das Herz versagt! Es arbeitet schwer und hart und schnell, wie die Maschine auf SS Lukki, Stettin-Haparanda, Haparanda-Stettin. Da war er noch ein Kind, grade vierzehn geworden, der Schule entlaufen, die Freiheit suchend. Sechs Tage lang schälte er Kartoffeln für vierundzwanzig gute Esser, reinigte das Geschirr, fegte die Kajüten, machte die Betten, bediente den Kapitän, die Steuerleute, die Maschinisten, trug der Mannschaft das Essen in die Back, wurde angeschrieen, gestoßen, gequält und fand nachts, übermüdet und hundematt, keinen Schlaf in seiner Kammer neben der stampfenden Maschine. Am siebenten Tag brauste ein Sturm über die nördliche Ostsee. Meer und Himmel vereinten sich in gräulicher Schwärze. Novembersee! Schnee und Wellen fegten über das Schiff und spülten die Deckslasten von Bord. In der Höhe von Uleaborg trieb Lukki ab. Schwimmwesten wurden angelegt. Beim Auflaufen knirschte und quietschte der ganze Kasten entsetzlich. Der Kessel mit dem Essen stürzte, trotz hochgestellter Schlingerleisten, vom Herd; Brühe, Fleisch, Bohnen, Kartoffeln, Gemüse spritzten durch die Kombüse. Jetzt muß ich alles noch einmal machen, Fleisch hacken, Gemüse putzen, Kartoffeln schälen, dachte er, während das Schiff so schief lag, daß die Schraube, aus der See gehoben, wie ein irrsinnig gewordener Propeller in die Luft schlug. Die Maschine arbeitete noch Minuten lang mit vollster Kraft; dann flammten Signalfeuer auf, und alles und alle zitterten.

Das war. Jahre sind vergangen. Nun liegt er in einem Berliner Zimmer, kein Schiffsuntergang droht, keine Seen springen hoch, ihn zu verschlingen, und er zittert wie einst. Wellen, mal heiße, mal kalte, durchwandern den bebenden Leib, ak ak ak klappern die Zähne, und das Herz stampft und stampft, schwer, keuchend, die Luft abwürgend, ähnlich den letzten Maschinenstößen der sinkenden Lukki.

Ruhig sein, sagt er sich, still auf dem Rücken liegen, einatmen, ausatmen, es geht vorüber. Der Hungerkünstler Jolly hungerte vierzig Tage. Er lag in einem Kasten aus Glas. Er wurde dafür bezahlt. Viele sahen ihn. Er starb nicht. Er konnte Schnitzel essen am einundvierzigsten Tag.

Auch er wird nicht sterben. Drei Tage Hunger sind lächerlich und nicht der Tod.

Ruhig sein, der Kaffee ist es, das Koffein rumort im Blut, auf der Straße schreit ein spätes Auto, und sonst ist alles still. Auch sein Herz wird stille werden. Bald. Noch schlägt es so allein, so schrecklich allein. Warum ist sie nicht da, das Mädchen, das dort an der Wand in einem roten Rahmen hängt und lacht? Für sie schlägt doch sein Herz!

Aber sie ist eine Künstlerin! Künstlerinnen kommen nicht, wenn man sie ruft. Sie leben und sterben für ihre Kunst, und wenig bedeutet ihnen der Mensch und die Liebe. Sie weilt im Süden, sechshundertvierundfünfzig Kilometer weit. Zwölf Stunden braucht der Schnellzug dorthin, das Flugzeug vier, die Reise kostet fünfunddreißig oder siebzig Mark, und das ist viel zu teuer. Aber gut wäre es schon, zu ihr zu eilen, das Leben würde reicher, der Sorgen weniger, die Stunden schöner.

Sie hat in einer Nachtvorstellung zu tun. Der Moment ihres Auftritts könnte gekommen sein. Eine Anfängerin noch zittert sie in der Kulisse. Ein Gong schlägt. Ins Dunkel sinken das Parkett und die Ränge. Der Vorhang teilt sich. Die Scheinwerfer, die großen Oberlichter glühen auf, und, ein schwarzer Strich in makelloser Helle, streckt sich das Seil vier Meter hoch über dem Boden der Bühne. Sie springt hinaus, sieht nichts, hört nichts, weiß nur, die Leiter ist hinauf zu laufen, die der Diener hält und wegstellt, das Seil zu fassen, die kleinen Füße in den weißen Seidenschuhen mutig drauf zu stellen, der gelbe Schirm zu nehmen, die Hände noch am Seil der Schwerpunkt auszubalancieren und dann langsam, vorsichtig sich aufzurichten, zu schreiten und zu lächeln. Das ist das Signal für eine immer sich steigernde Begeisterung! Schmal und zart, ein kleines Mädchen in Wadenstrümpfen, ein Engel aus der Kinderfibel, wandert sie ihren gefährlichen Weg. Sie brauchte nichts zu tun, als auf und ab zu gehen auf dem Seil und sich zu zeigen. Schon spüren viele ihr Herz, erkennen die Gestalt ihrer geheimsten Sehnsucht, ewige Liebe keimt, Pläne werden ersonnen, Briefe geschrieben, Worte gesprochen, Blumen gewählt, Kosten berechnet, Betten gemacht –, nichts brauchte sie weiter zu tun. Aber sie ist eine Künstlerin und untertan dem Trieb, ihre Kunst zu üben in gewagten Sprüngen, schwierigen Drehungen, tollen Purzelbäumen, kühnen Radschlägen, schliddernden Spagaten. Sie tanzt nicht mehr, sie fliegt, sie rast, sie wirbelt, und niemand weiß, wie sie es fertig bringt, sich immer wieder aufzufangen auf dem Seil vier Meter über der Erde und glücklich zu enden, überschüttet von Blumen und brausendem Beifall.

Er aber weiß, weiß in dieser Nacht der Angst, daß sie einmal stürzen wird, daß sie fallen wird, tiefer noch als vier Meter fallen wird vom Seil zum Boden.

Ein Bild begleitet sie auf ihren Reisen. Ein alter italienischer Stich. Immer hängt er über ihrem Bett. Sie sieht ihn vorm Einschlafen und nach dem Erwachen, den kühnen Mann, der, gekleidet in ein gestreiftes Trikot, eine lange Stange in beiden Händen haltend, über ein Seil schreitet, das zwischen den hohen Türmen einer Kirche hängt. Diesem Mann zu gleichen ist ihr Ziel! Als Fünfjährige schon übte sie sich auf den niederen Umzäunungen des Rasens, schloß fest die Augen und glaubte sich näher den Wolken als der Erde. Eine fixe Idee, die nie sie verlassen, die ihr Leben bis heute bestimmt hat, und nun die große Künstlerin, die weltberühmte, heißgeliebte Drahtseiltänzerin, getrieben noch vom verpflichtenden Beifall der Menge, zwingt, es zu wagen.

Sie wird ein Seil spannen vom Turm der östlichen Kirche zum Turm der westlichen Kirche, quer über die ganze Stadt. Und am Mittag eines bitterkalten Tages, beschienen von einer frostigen Sonne, unter einem Himmel unendlich und klar, wird sie es besteigen. Wie eine kleine Nebensonne wird ihr gelber Schirm über der Stadt schweben. Sie selbst wird nur ein schmaler Strich im Winde sein. Das Seil schon allen unsichtbar, die unten stehen und gaffen. Ruhig wird sie so wandern. Viele, viele Meter weit. Bis über seinem Haus, bis grade über seinem Bett sie plötzlich müde wird, ein kleines Mädchen, das von einer weiten Reise kommt und endlich, endlich sich mal ausschlafen, endlich mal Ruhe haben möchte und stille steht und noch ein wenig schwankt, bevor es fällt.

Wer aber, Du lieber Gott, sollte sich schon in ihn verlieben? Selbst eine vom hohen Seil gestürzte Künstlerin würde das Frühstück am Morgen vermissen, die Kälte im Zimmer empfinden, das warme Bad schmerzlich entbehren. Und dann die die Liebe tötende Enttäuschung, wenn der nächtliche Freund aus einem nackten Adonis sich verwandelt in einen schäbig gekleideten Zeitgenossen, ausgefranst die Hosen! Ein solcher Anblick verklärt die Gestalt des Mannes im Pelz, der das stattliche Gewicht seiner täglichen Offenbarungseide im Zwölfzylinder-Rolls-Royce von Gericht zu Gericht fährt. Er schont sein Herz, nie zittert vor Hunger sein Leib, er ist der Sieger in den unheimlichen Schlachten des Lebens, und immer gehörten die Künstlerinnen zur Beute des Siegers.

Er aber, der hungernd Liegende, dessen Herz gequält versagt und dem der Schlaf nicht kommt, er kann es nicht ändern. Er ist zu matt, zu schwerelos. Zu unverankert, keinen Anhalt bietend, schwebt er über dem Leben und fühlt nur die Stiche jetzt von tausend spitzen Nadeln in seinem Herzen und bittet, daß es hell wird und vielleicht gut, daß der Tag kommt und vielleicht Geld.

DIE KRAWATTE

Sebaldus Fink verfügte über das Einkommen eines kleinen Angestellten, lebte und kleidete sich dem entsprechend und war nicht unzufrieden mit seinem Los. Das Bewußtsein, daß Tausende überhaupt keinen Erwerb hatten und nicht sich leisten konnten, was Fink zu bezahlen imstande war, verklärte seine bescheidene, aber sichere Existenz und ließ ihn sich glücklich schätzen.

An einem Abend der großen Ausverkaufswoche nun ging Fink, nach Büroschluß, gemächlich durch die Straßen seinem Abendbrot entgegen und besah sich die erleuchteten Auslagen. Bis schließlich auch er nicht der allgemeinen Kauflust, dem Verlangen, die nie wiederkehrenden Preise wahrzunehmen, widerstehen konnte und einen Laden betrat, der schönfarbige, fast reinseidene Krawatten für den Spottpreis von fünfundneunzig Pfennigen anbot. Und da die Krawatten, die tatsächlich von besserer, weit teurerer Qualität zu sein schienen, ihm gefielen, und da seine alten Schlipse von fadenrieselnder Schäbigkeit waren, kaufte er eine rot und weiß gestreifte.

Nach Hause gekommen, band er sie um und betrachtete sich im Spiegel. Mit Wohlgefallen konstatierte er, daß sie ihn prächtig kleidete und, den abgetragenen Anzug bunt überleuchtend, ihm etwas Elegantes, ja Kavaliermäßiges verlieh.

So war es nur natürlich, daß er diesen Abend nicht, wie es seine Absicht gewesen, im Zimmer verbrachte, sondern hinausging auf die Straße, Untergrund und Autobus fuhr und schließlich ein Tanzcafé im Westen besuchte.

Bis hierhin hatte das stolze Gefühl, Besitzer einer neuen, bunten, seidenen Krawatte zu sein, ihn gehoben und beschwingt getragen. Jetzt aber sollte sein hochgeschossenes Selbstbewußtsein empfindlich gedrückt werden, da ein Boy ihm Mantel und Hut entriß und sie in eine entfernte Garderobe verschleppte, wofür er gebieterisch sechzig Pfennig verlangte, und ein Kellner ihm im Tone eines Vorgesetzten befahl, statt der gewünschten Tasse Kaffee ein Kännchen Mocca double zu nehmen, dessen Preis weit über Finks Niveau lag, wie er verstimmt bemerkte. Auch stach sein blank gebürsteter Konfektionsanzug peinlich ab von der schnittigen Maßeleganz der anderen Gäste.

Noch aber bot der Mann Fink dem Schicksal die Stirn. Rotweiß blähte sich glänzende Seide vom Hals in die Weste hinein, so daß er, nachdem er den teuren Mocca getrunken und die ungewohnte Menge Koffein sein Herz in Trab gesetzt hatte, wie unter einer wehenden Fahne über das Parkett auf eine Dame zuschritt und sie zum Tanz bat.

Die Dame sagte nicht nein; sie lächelte. Und während Fink noch überlegte, ob dieses Lächeln, das ein gewerbliches war, freundlich oder ironisch sei, lenkte sie schon den Ungeschickten in den Bewegungen des Tanzes über das spiegelnde Parkett.

Es störte ihn nicht, daß sie sich Lilo nannte; es verwirrte ihn später, daß sie stark roch nach entblößtem Fleisch, Puder und Essenzen; es beglückte ihn noch später, daß sie bezaubernd fand die neue Krawatte; und er bemerkte nicht zu sehr später Stunde, daß sie nach der Brieftasche griff mit seinem Monatsgehalt.

Es war ein toller Abend alles in allem! Sicher der tollste im Leben des Herrn Fink.

Aber grau kam der Morgen; kam der Weckerschrei; kam die Wirtin mit dem Malzkaffee; kam der ganze Alltag; und mit ihm kam die Nüchternheit und die Erkenntnis. Verschwunden war die Dame Lilo, fort das Monatsgeld, die Miete nicht, das Essen nicht bezahlt –; und auf zerwühltem Bett lag rotweiß strahlend die Krawatte.

Da nahm Fink sie und legte sie zur Schlinge gebunden zum letzten Mal um seinen Hals und sprang, nachdem er das eine Ende um den Türpfosten geknüpft, vom Bett in den Tod.

Aber jetzt, in diesem kritischen Moment, wo alles auf ihre Festigkeit ankam, zeigte sich, daß diese Krawatte doch ein

Reinfall und nicht von bester Qualität war; denn sie riß! Und wenn auch etwas benommen, so doch befreit und fast lachend, lag Fink am Boden.

PYTHIA UNTER DER MASKE

Die alte Frau ist tot.
Sie war meine Mutter
Und hat mir nichts hinterlassen
Als einen Kasten
Mit Traumbüchern und Kartenspielen.
Davon kann man leben,
Wenn man alt ist,
Zahnlos und grau.
Ich spiel die alte Frau,
Um Brot zu bekommen.

Eine Larve deckt mein junges Gesicht.
Ein zerschlissener Modermantel meine Glieder.
Jeden Abend,
In der Dämmerstunde,
Wenn die feinen Herrschaften
Die knarrende Treppe heraufgeschlichen kommen
Zu ihrer Pythia,
Krieche ich in diese Maskerade.

Fragen Sie Frau Sibylle,
Spricht die Dame zur Dame,
Flüstert der Herr dem Herrn.
Fragen Sie,
Wenn Sie sich fürchten,
Fragen Sie,
Wenn Sie schwarz sehen,
Fragen Sie,
Wenn Sie wieder hoffen wollen.

Zu mir kommen alle.
Hier hat mancher gezittert.
Und Namen könnte ich Ihnen nennen.
Namen ....
Sie würden staunen,
Wer zu mir kam,
Wenn der Kater zu meinen Füßen schnurrte,
Wenn meine Stimme brüchig und hohl,
Wenn der Kaffee zum Satz in der Schale verdampfte.

Aber
Fürchten Sie sich nicht!
Es ist
Nur ein Geschäft!
Nur eine Beruhigung!
Nur eine Therapie!
(O, lachen Sie nicht,
Ich bin geschult!)
Und ich prophezeie
Glück und Liebe,
Und das große Los,
Und den steigenden Kurs,
Und die schöne Dollarfrau
Für den dritten Abend.

Ich bin
Herzstärkend,
Staatserhaltend,
Bin eine aufbauende Kraft
– In meinem Geschäft.

Doch zuweilen
Wird die Maske fett und riesengroß
Und saugend!
Meine Jugend,
Meine Zweifel,

Mein Lachen über den Betrieb
Und dies Denken,
Wenn die alten Toren wüßten,
Wie jung ich bin,
Und wie ich bei meinem Freund liege,
Und wie wir all das eingekommene Geld verprassen –
Dies versinkt!
Und ich bin
Wirklich und wahrhaftig:
Die Sibylle!

Und ich sehe,
Sehe über das Meer
Der Lebensangst vor meinem Stuhle,
Die Wahrheit,
Das Ende,
Den Tod.

Dein Prozeß,
O reicher Mann,
Ist nicht zu retten,
Vor mir stehst du schon in Ketten,
Ich –!
Lese den Gerichtsbericht vom kommenden Jahr.

Und das Grauen packt
Und das Mitleid,
Und ich muß dir sagen,
Daß,
Wenn du von mir gehst,
Vor dem Hause
Dir dein allerallerletztes Glück
Nachlaufen wird:
Ich,
Ein ganz junges, dummes Ding,
Die Letzte,
Die dich umarmen wird.

UM GERINGES ZU VERKAUFEN

Großmutter erzählte gern das Märchen vom Mann mit den Stecknadeln. Als armer Junge war er in das Land gekommen und hatte angefangen, mit Stecknadeln zu handeln. Jahrelang zog er mit seinem Kasten von Hütte zu Hütte, und der Erlös reichte grade für ein Stück trockenes Brot. Bis er endlich in die Hauptstadt und vor den Palast des Königs kam. Dort setzte er sich nieder und wartete. Wer zum König geht, dachte er, wird schnell, in letzter Sekunde, noch etwas zu ordnen haben an seiner Kleidung und eine Nadel brauchen. Aber niemand kaufte dem armen Jungen auch nur eine einzige Nadel ab, und bald hatte er nicht mal mehr ein Stück trockenes Brot zum Essen. Dies beobachtete der gute und weise Märchenkönig. Er ließ den Jungen vor seinen Thron kommen. »Mein Lieber«, sprach er, »du bist ein schlechter Psychologe. Die Herren und Damen meines Hofes kaufen ihre Nadeln nicht bei einem Betteljungen, sondern in Parkers Magazin. Gehe in meine Schatzkammer und nimm dir zehn Tonnen Gold. Dafür baue meinem Schloß gegenüber ein prächtiges, sieben Stockwerke hohes Haus und verkaufe dort deine Nadeln.« Der Knabe folgte dem Rat des Königs, baute das prächtige Haus und setzte hundert Verkäufer hinein, die in allen sieben Stockwerken nichts als Nadeln zu verkaufen hatten. Vom frühen Morgen bis zum späten Abend hatten sie zu tun. Nadeln zu tragen wurde Mode im Königreich, kein Kleid, kein Anzug wurde mehr genäht, ein Jeder steckte sie zusammen nach Wunsch und Laune, und aus dem armen Betteljungen wurde ein Millionär, der die Tochter des Königs freite.

An dieses Märchen erinnert der Laden am Kurfürstendamm. Die Front seiner großen, blanken, stahlgefaßten Spiegelscheibenschaufenster strahlt Abend für Abend, von vielen, vielen Scheinwerfern beleuchtet, in fantastischer Helle. Wie eine Bühne bietet sich der Laden der Straße. Und es ist kein schlechtes Theater, das hier gespielt wird! Es gibt Passanten, bargeldlose Liebhaber hoher Künste, die keine Vorstellung dieses unsagbar vornehmen, ja distinguierten Schauspiels versäumen. Darsteller, Bühnenbildner, Regisseure, Direktoren angesehener Häuser sah man angesichts der Szene dieses Ladens klein werden vor Scham und Neid.

Es wechseln Tragödie und Komödie. Oft weiß man schon an der Gedächtniskirche, was gespielt wird. Die Abende der tragischen Form kündigen sich durch eine gesteigerte Unruhe des Publikums an. Eine nervöse, gereizte Spannung liegt in der Luft. Die Sirenen der Feuerwehr und der Polizeiwagen gellen und laut ruft der Zeitungshändler das Unheil aus. Das Licht des Ladens ist messerscharf, totenweiß, mitleidlos. Auf der Vorderbühne stehen die beiden Stahlrohrsessel sich voll Haß gegenüber, wie alte, erbitterte Feinde, angetreten zum Duell auf Leben und Tod. Hinter ihnen, verkörpernd das Geschick, das die Götter trifft wie die Menschen, erhebt sich – lange, schmale, schwarze Ebenholzplatte auf gebogenem Stahl – ein Promethidenfels, genannt Tisch, an den von fünf bis sieben Uhr nachmittags eine große Dame geschmiedet ist. Ihr Kostüm ist schwarz und feierlich. Sie ist, der großen Szene würdig, antik, starr, maskenhaft geschminkt, und eine wahrhaft fürstliche Hoheit ist um ihren Blick, der ernst in die leere Weite geht. Um sie herum, im Hintergrund, die Wände lang, strecken sich gefährlich schlanke Brücken, von geheimnisvollen weißen Tuben belegt. Das ist alles; eine mit sparsamsten Mitteln gestaltete Tragödie; und leise klirren die großen, blanken, stahlgefaßten Spiegelscheiben.

Anders die der Komödie gewidmeten Abende. Die Beleuchtung ist wärmer, ein wenig Rot liegt drin. Die Stahlrohrsessel der Vorderbühne spielen geschickt (und zum Publikum hin mit den Augen zwinkernd, um zu betonen, daß sie eben nur spielen) die leicht Trunkenen, die fröhlich über die Stränge Schlagenden, und lehnen ihre Lehnen aneinander. Ein bunter Schal fällt von des einen Schoß zu Boden. Der Tisch hinter ihnen ist kein

Promethidenfels mehr, sondern der Spiegel aus Schneewittchen. Die von fünf bis sieben Uhr nachmittags dort sitzende Dame hat ihre Arme, die nun nackt und von Ringen bedeckt sind, auf seine Platte gestützt und stellt, den Kopf aus einem weißen Spitzenkragen steckend und munter geschminkt, die alte Frage: Spiegelein, wer ist die Schönste hier? Dem polierten Tischplattenspiegel ist es dann ein Vergnügen, die Frage zu der Dame Vergnügen zu beantworten, und sogar die gefährlich schlanken, von geheimnisvollen weißen Tuben belegten Regale des Hintergrundes versuchen einige unbeschwerte Tanzschritte.

Doch selbst an den Abenden der Komödie bleibt die Dame unerlöst allein, und der Prinz tritt nicht auf. Nie geschieht es, daß die Tür sich öffnet, der Ersehnte eintritt und spricht: ich bitte um eine der geheimnisvollen bleiweißen Tuben, die wohl die Zahnpaste enthalten, deren erlauchter Name blau über Ihnen leuchtet: Sonne, Mond und Sterne Ihrer Welt.

Aber vielleicht ist er, der Käufer, gar nicht der Ersehnte, und wäre, wenn er käme, nur der Entweiher, der Verhunzer einer selbstlos edlen Schau.

Wer kennt die dunklen Wege der Anpreisung? Die guten, weisen Märchenkönige sind schon lange tot, und der arme Junge muß selbst den Einfall haben. Laßt uns den Mann loben, der erst die Flasche erfand, bevor er etwas hineintat, dem patentrechtlicher Schutz verliehen wurde.

WEEKEND ZU DRITT

Marcella liebt Klaus. Klaus liebt Marcella. Sie sind glücklich und egoistisch in ihrem Glück.

Auch Peter liebt Marcella. Hoffnungslos. Seit Monaten. Sowas gibt es.

Peter ist reich. Peter hat ein Auto. Marcella und Klaus behandeln ihn mit gütiger Nachsicht wie ein Kind oder einen Leichtidioten. Sie dulden ihn in ihrer Nähe. Er darf sie spazieren fahren und zum Essen einladen.

Marcella möchte mal ein richtiges Weekend machen, weit hinaus fahren, im Zelt übernachten, am See kochen und so. Natürlich braucht sie dazu ein Auto. Also ruft sie am Freitag Peter an.

»Hallo, Peter, Du hast doch Sonntag nichts vor, nich? Da könntest du uns doch an die See fahren? Wir übernachten dann dort im Zelt, und es wird sicher himmlisch.«

Peter schluckt das »uns«, das Klaus bedeutet, und ist entzückt. Sein Wagen ist ein Roadster mit Notsitz, und da Klaus nicht fahren kann, bedeutet das, daß Marcella die ganze Fahrt über neben Peter sitzen wird, während Klaus unsichtbar und unbequem im Notsitz hocken muß. Peter kann dann träumen, *er* fahre mit Marcella hinaus, und Klaus sei nicht da, oder sei höchstens der Diener, der hinten dekorativ zu wirken hat.

»Erstens kommt es anders, und zweitens als man denkt.«

Am Samstagmittag fährt Peter bei Marcella vor. Vor dem Haus, auf der Straße erwartet ihn schon – »Grüß Gott, lieber Peter« – Klaus, umgeben von verdächtigen Geräten und Pakken.

»Gelt, Peter, da staunst du, was wir alles besorgt haben? Zelt, Faltboot, Ruder, Segel, Feldherd, Töpfe, Liegestühle, Grammophon, Fotoapparat, Decken, Kissen und was man sonst braucht. Muß alles rein in den Wagen.«

Und schon beginnt er, diese kleine Schiffsladung hinten im Notsitz zu verstauen.

Als Marcella süß und munter runter kommt, »Tag, Peterle, wie geht's dir denn«, sieht Peters Wagen einem Möbelwagen ähnlicher als einem Roadster. Und Peter erlaubt sich, Böses ahnend, die Bemerkung, wo Klaus denn sitzen soll, und schlägt ihm großmütig vor, mit der Bahn nachzufahren. Was bei Marcella einen Entrüstungssturm weckt.

»Dich haben sie wohl als Kind zu heiß gebadet? Selbstverständlich fährt Klaus mit uns im Wagen. Wenn wir zusammenrücken, haben wir gut zu Dritt Platz.«

Und schon sitzt Klaus neben Peter, Marcella neben Klaus, so daß die Verteilung im Wagen von links nach rechts Peter, Klaus, Marcella ist.

Peter kocht vor Wut. Der Platz ist eng. Dicht an ihn geschmiegt sitzt warm der glückliche Rivale, und er kann sich ausmalen, wie warm wiederum an diesen geschmiegt Marcella sitzt.

Was tut man, wenn man rot vor Zorn hinterm Steuer hockt? Man rast! Auch Peters Fuß drückt mit Macht auf das Gaspedal, und der Wagen saust im Hundert-Kilometer-Tempo die Chaussee entlang.

»Mensch, paß auf! Eine Kurve!«

Peter hört nicht.

»Bist du irrsinnig geworden? Wir brechen uns den Hals!«

»Wenn schon«, meint Peter.

»Anhalten, du blöder Idiot!« Marcella schreit laut.

»Du kannst mich kreuzweis, mein Engel«, brüllt Peter zurück und holt raus aus dem Wagen, was nur rauszuholen ist. Der Motor heult im Diskant, und das Chassis klirrt und schaukelt, daß man seekrank würde, wenn man vor Angst Zeit hätte.

Als sie einen Baum in Zentimeternähe streifen, entsinnt sich Klaus, daß er Jurist ist.

»Wenn Sie nicht auf der Stelle anhalten, werde ich Sie gerichtlich belangen.« In der Erregung spricht er Sie.

»Ihre Leiche wird hoffentlich besseres zu tun haben, Herr.« Peter lacht.

Dennoch kommen sie heil an die See. Peter hat mal Rennen gefahren und gewonnen.

»Glaub nur nicht, daß deine Raserei uns imponiert, mein Junge. Nicht soviel«, meint Marcella und hält ihm ihren reizenden Finger vor Augen. Sie tut nur noch giftig. Jetzt, nachher imponierts ihr doch. Auch Klaus knurrt »tolle Sache, eigentlich« und vergißt die Jurisprudenz.

Der Abend wird sehr schön. Sie baden, spielen Ball, kochen Konserven und Tee und schlagen das Zelt auf. Nach dem Essen spielt das Grammophon. Sie liegen auf dem Rücken, blicken in den Himmel und rauchen. Die Stimmung ist sehr friedlich.

Auf einmal fällt Marcella ein: »Wo schläfst du denn, Peterle?«

»Na, ich denke im Zelt wie wir alle.«

»Aber du guter, dummer Mensch, da schlafen doch Klaus und ich.«

»Ach so; ja«, Peter würgts.

»Du hättest dir eben auch ein Zelt mitbringen müssen.«

»Hätt ich!«

»Aber du kannst ja im Wagen schlafen. Wenn du dich hübsch zusammenkrümmst, geht das ausgezeichnet, und ich geb dir auch eine Decke.«

»Is gut.«

Peter bekommt eine Decke und krümmt sich, während das Paar umschlungen im Zelt verschwindet und den Eingang verhängt.

Dann beginnt es zu regnen. Tropfen spritzen Peter ins Gesicht. »Es ist zum Heulen«, denkt er und steht auf und schleicht um das Zelt herum. Es ist alles so still und so schmerzlich, und Peter kommt sich so von aller Welt verlassen vor, daß er sich weinend hinters Steuer setzt und in den nahen Badeort jagt, um dort einen Whisky zu trinken.

Und der Regen wird immer stärker und zum Gewitter. Es stürmt und gießt und blitzt und donnert.

Die beiden im Zelt merken es auch.

»Liebling, hörst du?«

»Ja, laß doch.«

»Was heißt, laß doch, ich liege im Wasser, hier fließt es rein.«

»Deine Idee, dieses Weekend! Erst die Raserei mit dem Idioten und jetzt kann man nicht mal schlafen.« Klaus erhebt sich und versucht vergebens, den Wasserzufluß zu stoppen. Aber immer stärker schüttelt der Sturm das Zelt und immer mehr Regen dringt ein.

Marcella seufzt. »Was Peter wohl macht? Wenn man das Verdeck hochklappt und die Seiten verhängt, ist es im Wagen sicher sehr schön und warm.«

»Kannst ja zu ihm gehen, zu deinem Peter. Er wartet nur darauf!«

»Kann ich auch! Werd ich auch! Peter ist überhaupt viel netter als du! – Peter!!«

Keine Antwort.

»Siehst du, der Nette hat sich aus dem Regen gemacht und uns hier sitzen gelassen«.

»Das tut Peter nicht!«

»Du liebst ihn!?!«

»Ja, wenn du es absolut wissen willst! Peter! – Peter!!!«

»Nutte!«

An dieser erfreulichen Stelle unterbricht leider ein heftiger Windstoß die liebliche Diskussion und wirbelt das Zelt in die Luft und weit in das Meer. Schutzlos preisgegeben dem Unwetter sind nun die Liebenden, während Peter als letzter und einsamer Gast in der Bar des Kurhotels beim siebten Whisky angelangt ist.

»Gott, wie das gießt. Die Wochenendler in den Zelten werden nichts zu lachen haben«, spricht der Mixer.

»Ja, bin auch sehr froh, daß ich hier bin. Noch einen Whisky. Nein, danke, diesmal ohne Soda.«

Aber Marcella –? Du lieber Gott, die kleine, zarte, innigstgeliebte Marcella? Liebt er sie doch heiß, auch wenn sie mit Klaus schläft! Er muß hin; muß sie retten!

Der Wagen rast durch die Finsternis. Nach zehn Minuten

erscheinen Klaus und Marcella, erregt winkend und bis auf die Haut durchnäßt, im Lichtkegel des Scheinwerfers.

»Wie konntest du uns nur im Stich lassen?« Klaus tobt. »Feiner Kavalier bist du! Fahr jetzt schnell Marcella ins Hotel und dann hol mich und die Sachen.«

Endlich sitzt Marcella neben ihm im Wagen. Er fährt ganz langsam durch den nachlassenden Regen. Sein rechter Arm legt sich um ihre Hüfte. Sie zittert.

»Marcella, ich liebe dich!«

»Ich dich auch, Peter. So vor zehn Minuten etwa. Ganz heftig. Aber schau, du hast Pech gehabt, warst da grad nicht da. Hast deine Chance versäumt. Und nun mach schon, damit auch Klaus ins Trockene kommt –; ich will ihn doch heiraten.«

Der Wagen springt wieder auf hundert Kilometer.

ZIMMER IN NUSSBAUM POLIERT

Frau Himmelbett findet das Zimmer schön und versichert jedem, daß alles da sei, von der Loreley bis zum schilfrosengeschmückten Waschgeschirr, und sie begreift den Geist des Mieters nicht, der dies alles viel zu viel findet.

Karl hat gemietet, weil er des Herumsuchens müde ist und nur noch vierzig Mark, das Zimmer kostet fünfunddreißig, in der Tasche hat.

Nun sitzt er in der Schreckenskammer. In welche Ecke soll er sich flüchten?

Die Zimmermitte bedroht von oben her ein Kronleuchter, riesig, stachlig, verzweigt, ein Gestrüpp aus Glas, Perlen und Metall, in dessen Eingeweide dunkel und unheimlich ein rotes Licht droht. Frau Himmelbett nennt dies eine stimmungsvolle Beleuchtung, aber Karl hat das Empfinden, einen Regenschirm aufspannen zu müssen, um nicht unversehens von dem hängenden Ungetüm erschlagen zu werden.

Ein Bruder des Kronleuchters ist der Ofen. Derselbe Geschmack hat sie gezeugt. In dem Mikrokosmos dieses Zimmers gewaltig wie ein Babelturm, streckt er sich größenwahnsinnig hoch gegen die Decke, wo er in einer Krone, gebaut aus sechs Medusenhäuptern, doch noch sein Ende findet. In seiner Nähe fürchtet Karl Gottes Zorn.

Aber auch von ihm ab und gegen das Fenster sich zu wenden, ist nicht ratsam. An galgenähnlichen Stangen hängt dort, beschwert vom Staub trauriger Jahrzehnte, blutroter Plüsch herab; umgeben von zum Aufhängen einladenden Schlingen. Was noch möglich wäre, wenn nicht zu beiden Seiten des Fensters je ein wackliger, menschengroßer Dreifuß stehen würde. Der linke ist der Fels einer gipsweißen Loreley, während der rechte einen dito Negerfürsten zu ertragen hat. Der Fürst ist bunt angestrichen und blickt lüstern in das bleiche Haar der

Loreley, die züchtig ihre Augen dorthin lenkt, wo seine Büste in einem Holzfuß endet. Frau Himmelbett nennt dies, den Sinn auf die Ideale richten; doch Karls Gedanken sind leider nicht so reine.

Zwischen Fenster und Ofen haust in traulich engstem Beisammensein das eigentliche Möblement. Was aus Holz ist, glänzt in Nußbaum poliert. Was rot scheint, ist aus Plüsch und altem Staub.

Der Schreibtisch steht schlecht auf gedrechselten Füßen. Ein gewaltiger Überbau in Form eines westpreußischen Bahnhofs von 1890 thront beängstigend auf seiner winzigen Platte. Der Speisetisch ist rund und hält sich, begreiflicherweise, für ein Krinolinenkarussell. Mehr schlecht als recht auf dem Mittelfuß ruhend, dreht sich die Platte gerne auf und nieder schwankend. Eine Schnörkelvase mit etwas traurig Hängendem, entfernt Gewächsartigem, aus Papier Geformtem balanciert kunstvoll im Mittelpunkt. Der Schrank steht, breit wie eine trächtige Kuh, vierbeinig in dem Raum; dick, dumm und gutmütig. Anders das unvermeidliche und unmögliche Vertiko. Du lieber Gott, ist das bösartig! Es sieht aus wie sein Name, trägt ein Geweih, grinst unverschämt, schreit hysterisch auf, als Karl seine Tür öffnen will, und tritt ihm schließlich, indem es von einem Klotz springt, heftigst auf die Füße.

Und so ist es alles in allem kein Zimmer zum Wohnen, sondern eine Schreckenskammer, ein Irrgarten, ein Gegenbeispiel. Der Spiegel hängt, fliegenbeschmutzt und postkartenbesteckt, in der finstersten Ecke. Das Bett sollte dem Patentamt vorgeführt werden als Maschine zur Erzeugung von Alpdrücken. Von den Wänden blicken der rauchende Vesuv, die Berglandschaft eines schizophrenen Stubenmalers, zwei Seifenreklameköpfe, darstellend »Liebesfrühling«, »Unser Herrscherhaus«, ein degenerierter Pferdekopf, die zahllose Verwandtschaft der Frau Himmelbett und der Jahrgang 1903 der vierten Kompagnie eines Artillerieregiments.

Karl packt des möblierten Herrn ganzer Jammer. Aber was kann er tun? Frau Himmelbett hat die Miete, und der Mensch muß wohnen. Ihm kommt der Einfall, dies Zimmer für Geld zu zeigen, und so kann er noch lachen, bevor ihn die Müdigkeit übermannt und in die Kissen wirft, die durchtränkt sind von den Kümmernissen einer Generation von Untermietern.

DER BANKIER

Es war gegen Abend. Das Bankhaus Land, Herberg und Co. hatte seine Schalter geschlossen, und die Angestellten waren mit der Aufstellung der Tagesbilanz beschäftigt.

Direktor Land wollte gehen. Er hatte noch vor dem Abendessen eine Verabredung mit einem netten Mädchen, einer jungen Schauspielerin. Er verkehrte gern in Künstlerkreisen und verstand es, sich geschickt den Ruf eines Mäzens zu schaffen, ohne tief in die Tasche greifen zu müssen. Die berühmten Schriftsteller, Maler, Schauspieler verkehrten als Gäste in seinem Haus, widmeten ihm ihre Bücher, schenkten ihm ihre Bilder und Karten zu den Premieren. Die jungen, noch nicht berühmten besuchte er gelegentlich in ihren Cafés, stand ihnen mit Rat und manchmal auch mit Empfehlungen bei, verstand es aber immer, sich Pumpversuchen geschickt zu entziehen.

Das einzige Talent, das er einer auch finanziellen Unterstützung wert hielt, war das Talent junger Mädchen, schön und reizvoll zu sein, und diese Gabe besaß in hohem Maße Isabelle, die er jetzt treffen wollte.

Leider läutete in diesem Moment, da er gerade gehen wollte, das Privattelefon. Die Leitung dieses Apparates ging nicht über die Hauszentrale, sondern direkt zum Amt, und die Nummer war nur seinen intimsten Freunden bekannt.

Isabelle hatte sie. »Sie wird doch nicht absagen – ?« Er nahm den Hörer.

»Ja, hier Land.«

Nein, Isabelle war es nicht. Die Stimme eines jungen Mannes klang aus der Muschel. Sie zitterte leicht. Er schien erregt zu sein.

»Verzeihen Sie, Herr Direktor, daß ich Sie anrufe. Ich heiße Lost. Ich bin Bildhauer. Wir kennen uns aus dem Café. Vielleicht erinnern Sie sich. Wir sprachen über Rodin. Sie gaben mir den Rat, von der Kleinplastik zum Monumentalwerk zurückzukehren. Ich habe das getan; habe die letzten Wochen wie verrückt gearbeitet; ein weiblicher Torso. Ganz groß. Professor Miny sagt, die Arbeit wird sehr gut. Ich habe auch ein herrliches Modell. Ein wunderbares Mädchen. Sie kennen sie. Aber jetzt kann ich nicht mehr weiter. Ich habe kein Geld mehr. Das Mädchen liegt schon im Bett. Wir haben seit Tagen nichts gegessen. Und da wollte ich Sie um Hilfe bitten ...«

Also ein Schnorrer. Dumm, daß er die Privatnummer hatte. Der Direktor unterbrach den Bittenden.

»Ja, hören Sie, mein Lieber, Sie müssen natürlich weiter arbeiten, und ich will gern mal sehn, ob ich was für Sie tun kann –; nur habe ich leider im Moment gar keine Zeit. Vielleicht rufen Sie Anfang der nächsten Woche ...«

»Entschuldigen Sie, Herr Direktor, das ist zu spät. Wir haben keinen Pfennig mehr. Haben keine Rinde Brot. Das Mädchen ist krank!«

Die Stimme wurde laut und fordernd. Der Mut eines Verzweifelten stärkte sie. Der Bankier blickte nervös auf die Uhr. Die Sache mußte beendet werden.

»Das tut mir furchtbar leid, aber Sie hören ja, ich kann jetzt nicht. Lassen Sie den Kopf nicht hängen.«

»Ich bitte Sie, Herr Direktor ...« Das »bitte« wurde geschrien. Es war das Winseln eines Bettlers. Die Szene wurde peinlich.

»Also dann Anfang nächster Woche! Wiedersehen!« Der Direktor hing ein. Scheußlich! Er würde eine neue Geheimnummer brauchen.

Das Auto brachte ihn zur Ecke, wo Isabelle ihn erwarten sollte. Sie war nicht da. Nirgends zu sehen. An diesem Abend klappte auch nichts. Daran war nur dieser Schnorrer schuld. »Sowas nennt sich nun Bildhauer – wäre ich fünf Minuten früher hier gewesen, hätte ich sie vielleicht noch erreicht!«

»Also, fahren Sie schon nach Hause.« Der Chauffeur nickte. »Wie ein Mann so alle Scham verlieren kann. Fast geheult hätte er zum Schluß! – ja Hunger – wenn der Kerl nur nicht umgefallen ist.« Dem Bankier war nicht wohl zu Mut. Er war kein Schuft. »Wenn die Verabredung nicht gedrängt hätte, hätte ich ihm wohl hundert gegeben. – Unsinn! Sowas spricht sich rum. Morgen kommen dann zehn, übermorgen zwanzig, das geht in die Tausende, das geht in Millionen Mark. Das kann ich mir nicht leisten. – Ich kann die Not auch nicht ändern. Das ist die Zeit. Da muß der Staat eingreifen. Soll er zur Wohlfahrt gehen.«

Der Bankier rechnete. Zahlen beruhigten ihn. Wenn er täglich solchen Leuten zehn Mark geben würde, wären das im Jahr …

In der Villa wartete die Gattin.

BERKE

Berke wohnt in der Stadt. Aber das Haus der Missionare, in dem er wohnt, ist das letzte im äußersten Straßenzug, und Berke kann, schaut er zum Fenster hinaus, das Land sehen und muß sich fürchten. Da liegt es nun – »flach«, denkt er, »und vor meinem Blick ohne Grenze und ohne Ziel«. Und wahrlich, die Weite ist weit, und die Ebene scheint ebener noch zu sein, als sie es ist, wenn man sie so betrachtet, von diesem Fenster aus und an einem Abend vielleicht. Kein Baum und kein Strauch und kein Hügel erhebt sich, kein Wegweiser ist da und kein Mensch, der ihn sucht, nicht einmal ein weidendes Vieh auf dem Weideland, nur die Fläche, das Gras, spätsommerdürr, herbstgesprengelt, kahlschürfig hier und den nackten Boden weisend, wie Narben in eines haarkranken Bettlers Schädel, und dort wieder zu überlangen Büscheln gewachsen, von keiner Sichel geschnitten, von Mäulern nicht benagt und mit dem wuchernden Unkraut gepaart. Endlich in dieser Unendlichkeit scheint nur der Himmel zu sein. Wie ein milchig gläserner Sturz, eine Glocke über einem Gericht, wölbt er sich und schließt mit dem Horizont die Fläche, zieht eine Grenze, der das Auge im Maß seines Vermögens sich beugt; doch des Verständigen Verstand sagt dem Verständigen: nur meinem Auge gilt dieses Halt, und weiter dehnt sich das Land, duckt sich und reckt sich und streckt sich und schlüpft unter dem flimmernden Nebelstreif der fernen okularen Täuschung eines zur Erde hernieder gekommenen Himmels hinweg. Will es vielleicht alle Welt sein?

Berke aber weiß, daß die Fläche endet. Hinter dem Horizont liegen die Dünen. Man braucht Berke von ihrem Dasein nicht zu überzeugen. Er ist überzeugt. Er weiß: sie sind da, wenn ich sie auch nicht sehe. Er glaubt den Karten der Landmesser, den Berichten der Geographen, den photographischen Aufnahmen der Landschaft, wie sie auf manchen Ansichtskarten zu sehen sind, und den Erzählungen vieler, die zu verschiedenen Zeiten und unabhängig von einander dort waren und immer die Dünen gesehen haben. Die Dünen also, Hügel und Sandwellen, und weiter der Strand und das Meer. An diesem Abend wahrscheinlich von einer Färbung des allgemeinsten Grau und in träger Bewegung. Auf den Wellen die Schiffe: vorläufige, schaukelnde Sicherheiten, die Menschenlist über das Bodenlose steuert. Seereisen, Tagereisen, Lebensreisen, Kein-Land-in-Sicht und die Freude der Häfen, die Segellisten und die Abenteuer und über allem Lloyds großes Register – das ist der Weltverkehr. Und man kann schon in der Welt herum kommen, reisenderweise, und ein ordentliches Stück, in Zügen, Autos, Luftschiffen und auf Dampfern, vorausgesetzt, daß der Paß in Ordnung und eine Währung vorhanden ist, die überall in blanke Münze sich wechselt. Doch reisen wir fortwährend, unbekümmert um diese Dinge und ohne es sonderlich zu merken, indem wir mit der Erde fahren. Der Mensch, wenn er es bedenkt, sagt: sie rast. Und die Ziffer ihrer Geschwindigkeit im Weltraum macht ihn schwindeln. Ein Beobachter aber, irgendwo in diesen Raum gesetzt und mit einer anderen Fähigkeit des Blickes, mag vielleicht ausrufen: wie träge sie dahin schlendert! Gott bemerkt sie einmal und denkt: diese Murmel da, diese winzig kleine Murmel da, bewegt sie sich immer noch? Sie bewegt sich und ist wieder für Millionen Jahre aus Gottes Gesicht. Berke, der Knabe, träumte sich fort. Träumte von Inseln, die nur seinem Schiffbruch erreichbar waren. Kein Eiland war Robinsons Eiland genug in unendlichen Meeren. Träumte der Knabe. Berke, der Mann, steht mit vom Kreuz des Fensters kreuzweis zerschnittenem Leib und Gesicht. Seine Stirn lehnt sich gegen das Glas, und ein Hauch trübt die Durchsicht der Scheibe. Berkes Blick, der sehen wollte, wo er schon nichts mehr sehen konnte, wird vom Willen ins nahe Bildliche zurückgerufen, eine Bewegung des Kopfes deutet nach außen die Energie an, die diesen Willensakt vollzieht, und der Blick gleitet also, sagen wir, wieder dem Auge zu, das ihn aussandte, streift vom Horizont über die Ebene heimwärts und bleibt in der Nähe des Beobachtungsstandes schräg abwärts gerichtet auf dem einzigen Haus in der Ebene haften, der Siedlung des Einfältigen, wie Berke sie nennt. Das Haus liegt nicht mehr im Kreis der Stadt, aber doch noch in ihrer Nähe. Die Fenster der Missionare haben vor sich das Land. Die Fenster des Einfältigen aber schauen die Stadt an. Es ist ein neuer, zwei schmale Stockwerke emporgeführter Bau; und was dem Betrachter zuerst an ihm auffällt, ist seine fast vermessene Steilheit. Der spitze Auslauf des schrägen Daches will grade den Himmel stürmen. Die roten Ziegel glänzen wie poliert, und aus dem noch ungeschwärzten Schornstein steigt ein Rauch, der so weiß ist, als ob er in der Esse gewaschen wäre. Der weiße Rauch steigt auf, auch er furchtbar steil, und Berke verfolgt ihn bis zu einer Wolke hin, die, gleich einer ungeheuren Drohung, in Schichten, die gehäuftem Schiefer ähneln, über dem Land sich sammelt. Ein Mann tritt aus der Tür des Hauses heraus und blickt in den Abend. Er guckt auch zum Himmel empor; aber seltsam: ihn scheint der Himmel nicht zu stören. Ein feiner Dampf strömt aus dem Kopf seiner Pfeife an seinem Gesicht vorbei und läuft in schüchterner Konkurrenz zu dem weißen Rauch aus dem Schornstein himmelwärts. Sieht der Mann, der den Abendfrieden genießt, sieht der Mann, der das alte, rührend liebe Bild »Der Abendfriede« darstellt, verkörpert, lebt, sieht er die Wolke nicht über sich und seinem Haus und dem Frieden, in dem er in seinem Haus lebt, empfängt er die Warnung nicht, fühlt er die Drohung nicht, empfindet nur Berke sie so, daß er schreien möchte –? Still tritt der Mann, gemütlich die Pfeife in der bequem ruhenden Hand, in sein gefährdetes Heim zurück, das der höchste, der menschlichste, der vermessen menschlichst höchste Punkt in der Weite ist: muß nicht sogleich der Blitz aus der Wolke springen?

Berke schläft. Und der Regen fällt wie ein Guß aus einer Schütte; stürzt sich über die Stadt, als wolle er in einem großen Aufwischen sie wegspülen. Fort mit den Häusern, fort mit den Straßen und Plätzen; reiner Tisch wird gemacht. Eine glitzernde Glätte, eine polierte, kräftige Kugel und nicht einmal unebene Trümmer mehr – das wird die Stätte der Stadt sein, wenn morgen wieder die Sonne scheint. Hagel muß mitten im Wetter sein. Weiße Geschosse, eisige Schrcte prallen, prasseln gegen das Dach; ein Hagelschlag wie ein Trommelwirbeltanz. Berke schläft. Er schläft unter dem Dach, schläft im dritten Stock, dem Bodengeschoß der Missionsschule. Er schläft –; aber in seinem schlafenden Leib, unter der Haut und den Zügen voll Müdigkeit, wacht eine Unruhe, quält sich im Weiterdenken das Leben. Darf er denn schlafen? Darf überhaupt ein Mensch schlafen? Schlafen auf diesem Stern, diesem Klumpen, der Erde, die durch das All rast, und von der niemand weiß, wie und warum sie denn ist? Berke erschrickt in seinem Schlaf und zuckt zusammen. Er wirft sich herum, wühlt mit Kissen und Decke, greift mit hastender Hand zum Schalter des Lichts – hemmt die Bewegung vor ihrem Ziel, läßt es dunkel sein: wacht.

Unruhe in den Zimmern der Lehrer. Unruhe in den Zellen der Priester. Unruhe selbst schon im Schlafsaal der Knaben. Träumende und frühe Erschreckte. Den Kopf seitwärts auf die am Abend gewaschene Hand gelegt; ein wenig Würzduft der braunschwarzen englischen Seife brennt angenehm im Schleimnetz der Nase; verwirrte Scheitel hellen und dunklen Haars; süße Gesichter, schwellende Münder, blinkende Zähne und die Augen noch hinter langen Wimpern, wie Samt so weich; aber doch schon ein Zucken, eine Falte, ein Mal des Lebens in den jungen Zügen. Atawatajah, der tropische Prinz, schläft mit entblößter Brust. Seine Hände stießen die Decke fort; der europäische, blaue Nachtanzug öffnete sich; braun zeigt sich die Haut, und des Prinzen Leib ist so zart, daß man für sein Leben fürchten möchte. Er träumt von einer Schlange; sie hat sich um seine Füße gewunden und kriecht ihm nun die Schenkel empor, indem sie sie umschließt. Vor dem Leib aber bäumt sie sich auf, steht hoch und züngelnd über Atawatajah, wirft ihren Kopf nach vorn zu des Prinzen Kopf, beißt sich in seine Lippe ein mit spitz stechendem, festhaltendem Biß. Das Kind hebt die Hand zum Mund, führt sie drüber hin, furchtsam, tastend, mißtrauisch –: ein Streifen Blut rötet die schmalen Finger. Der Prinz enthält sich des Schreis. Er ist unter den weißen europäischen Kindern, seinen Kameraden im Saal, der einzige mit einer dunklen Haut. Und ihnen, den Blassen, neidet Atawatajah die Schlange, die ihn heimsucht.

Der Präfekt schläft einen schweren Schlaf. Viele Male würde des Prinzen schmächtiger Leib in den mächtigen des Oberen zu legen sein; und wäre dieser ein Menschenfresser, müßte jener sich fürchten. Groß ist er, in Schweiß gebadet, und das tiefe Einziehen und Ausströmen seines Atems ist wie das Stampfen der Kolbenmaschine eines belasteten Dampfers. Wer bei ihm schliefe, den Kopf auf seine Brust gelegt, würde dem kräftigen Pochen seines Herzens vertrauen.

Doch das Herz des Präfekten ist krank.

Und dies ist der Traum des Präfekten, den er träumt, während Berke wacht und mit immer größer werdenden Augen im Dunkeln allmählich den Schein des Morgens sieht: Er sitzt in einer Kutsche, und er weiß es, denn er sieht sich. Während er schlafend träumend im Bett liegt, sieht der Präfekt sich in einer Kutsche sitzen, und es ist merkwürdig, denn die Kutsche ist aus Glas. Und das Glas, das vor ihm ist, während er hinter ihm sitzt und fährt, ist einer Linse ähnlich, denn es vergrößert die auch ohne dies schon großen und prachtvollen Pferde – es sind ihrer vier –, die die Kutsche ziehen, in den überlebensgroßen Bildhauertraum eines Viergespanns. Zu den Seiten des Sitzes aber ist der Linsenschliff des Glases in einer eher umgekehrten Weise wirksam. Hier wird die Straße, werden die Häuser und die Menschen, die sie benutzen, einer Spielzeugstadt gleich verkleinert, durch die der Präfekt in seiner Kutsche wie ein Riese reist. Dennoch erkennt er die schönste Straße, den Korso, der schönen italienischen Stadt, in der er ein Kind gewesen ist. Und der Präfekt, schlafend und träumend in seinem Bett, denkt im Kopf des Präfekten, der in der Kutsche fährt: diese herrliche Kutsche aus merkwürdig zeichnendem Glas, mit Brokat behangen und leuchtender weißer Seide auf den Sitzen, diese Kutsche eines Kaisers kann nicht des Bischofs Kutsche sein;

und doch weiß er, weiß es in seinem Traum, weiß es ganz genau, sie kann es nicht sein und ist doch des Bischofs Kutsche, die er mir geschickt hat, in seiner Güte, damit ich zu ihm komme, der mich erwartet. Und da ist auch schon der Palast des Bischofs zu sehen, und es ist nicht der Bischofspalast jener schönen italienischen Stadt seiner Kindheit, sondern ein ähnlicher, ein Traumbau, der die Masse des wirklichen ins Phantastische erweitert und erhöht. Das Seltsamste aber ist, daß die Mauern des Hauses, ohne aus Glas zu sein, durchsichtig sind wie die Wände der Kutsche, so daß der Präfekt, während er in der Kutsche fahrend sich ihm nähert, die Verhältnisse sehen kann, die im Innenraum gegenwärtig sind. Herren sind in ihm versammelt, und sie deuten mit sowohl abwehrenden wie winkenden Gesten zu der Kutsche des Präfekten hin, die fährt und bald da sein wird, und ihre Mienen sind bekümmert. Der Präfekt sieht den Bischof in seinem Ornat, den ernsten Hohen Vikar der Diözese, die Domherren mit ihren runden Hüten, die vom Kopf zu nehmen sie vergessen haben, und einige jüngere Priester, die flüsternd, doch erregt, disputieren. Der Präfekt hört zuweilen ein Wort ihrer Rede, wenn auch das meiste vom auf die Dauer sehr intensiven Klirren seiner Glaskutsche übertönt wird. Er vernimmt aber doch, daß die Versammelten, uneinig im einzelnen, im großen der Meinung sind, daß der Präfekt in der Kutsche, die sie ihm geschickt haben, mit jeder Sekunde, die ihm den Bischofspalast näher bringt, um ein Unendliches sich vom Paradiese entfernt. Im Fahren, da er nicht anhalten kann – denn wer würde es wagen, mit einer menschlich fleischernen, knöchernen Faust gegen die Wände *dieser* Kutsche zu pochen –, erschrickt der Präfekt fürchterlich. Er weiß: ich weiß es nicht, was es ist, aber es ist so. Und auch der schlafende, träumende Präfekt weiß es, und er bebt zwischen den Tüchern in seinem unter dem Druck knarrenden Bett. So ist er angekommen. Die Pferde vor dem Wagen bäumen sich, wie zum Finale einer Rosseparade im Zirkus, nur auf den Hinterfüßen stehend hoch, während die vorderen Hufe die Luft schlagen und der weiße Schaum von der Kette ihres Gebisses tropft. Die jüngeren Priester vereinen sich zu einem Chor und traurig klingt ihr Gesang: Er ist nun hier und aller Freud entrückt. Lakaien springen herbei, um den Schlag der Kutsche zu öffnen, der Bischof, der Hohe Vikar und die Domherren blicken in ängstlicher Erwartung –: und da weiß der Präfekt, daß er tot ist. Weiß, schlafend und träumend: der Präfekt in der Kutsche ist tot. Keinen Schlag wird sein Herz je wieder schlagen. Und da umarmen sich die Herren, und sie weinen, und sie preisen ihn selig und preisen die Gnade des Himmels. Die jüngeren Priester hören mit dem Singen des Chorals auf und sprechen nun den frommen Spruch vom Reichen, der nicht in den Himmel kommt. Dann berühren sie alle das Gold, das in einer offenen Lade liegt und für den Präfekten gekommen und bereit war, ohne daß er von ihm gewußt hatte. »Toren« aber denkt der Präfekt in seinem Schlaf und in seinem Traum. Denkt es auch noch für sein verstorbenes Bild, das steif im gläsernen Sarg der gläsernen Kutsche sitzt. »Toren und nicht Gerechte! Selig preist ihr mich und wißt nicht, daß ich schon verdammt war, als ich es noch nicht wußte. Denn während ich fuhr, und auch vorher schon, als ihr überlegtet, mir den Wagen zu schicken, und noch weiter zurück in der Zeit, als das Gold kam, und dann noch viel früher, als jemand es für mich bestimmte, da war ich nicht mehr der, der ich zu sein glaubte, der, dem nicht viel mehr als sein Kleid zu eigen war, sondern war ja schon, auch wenn ich es nicht wissen konnte, der Reiche, von dem es heißt, daß er nicht in den Himmel kommt – und gilt der Spruch, dann müßte es erst mit dem Kamel geschehen, daß es durch das Nadelöhr ginge. Es kann geschehen, bei Gott kann es geschehen; aber die Wahrscheinlichkeit, daß es für mich geschieht, ist gleich der Wahrscheinlichkeit, daß das Wasser über einem Feuer gefriert, gleich einem Bruch mit einer Unendlichkeit hinter dem Komma. Und ihr, Flüchtige, deren Gewissen nicht prüft, wagt zu entscheiden und mich zu preisen?« Schwer geht das Herz im schweren Schlaf des zu Ende träumenden Präfekten. Auf seinem breiten Gesicht sind die Wellen: die Wellen des Schweißes aus den Poren einer in den Talgdrüsen nicht ganz reinen Haut, die Wellen eines natürlich gutmütigen und die Wellen eines vom Denken herkommenden listigen schlauen Lachens. Berke denkt: So zart ist sein (des Präfekten) Gewissen.

DIE ANHEUERUNG

Eine Erzählung aus Berke's Aufzeichnungen

Ich war damals noch ein kleiner Junge; aber ich glaubte, erwachsen zu sein. Vierzehn Jahre alt, hatte ich die Schule verlassen, sobald das Gesetz es erlaubte. Ich habe das nie bereut. Auch schien das Glück mich zu begünstigen; denn das schönste und gelehrsamst aussehende Antiquariat in unserer kleinen Universitätsstadt, die Akademische Buchhandlung von Sommer und Wobbeling, in deren Räumen auch am Tage das Licht brennen mußte, weil die Stöße der Bücher, die in den Regalen keinen Platz mehr fanden, die Rahmen der Fenster verdunkelten, hatte mich auf meine erste Bewerbung als Laufjungen angenommen. Froh trat ich, in dieser bescheidenen Stellung, in die Welt der Bücher ein, nach der ich mich von jeher gesehnt hatte; und ich wußte, daß mir nun, wenn ich auch nur ein Diener war, der den Staub von den Einbänden zu entfernen hatte, der Weg zu den freien humanistischen Studien (ich gebrauchte diesen Ausdruck natürlich noch nicht) geöffnet war. Ein unwilliger Schüler der nüchternen, der Erziehung zum praktischen Leben gewidmeten Unterrichtsstunden der Bürgerschule, hatte ich immer von heimlicheren, tieferen und weniger dem Allgemeinsten dienenden Quellen der Unterweisung geträumt; und ich war glücklich, sie nun vor mir zu sehen. Ich erfüllte gewissenhaft meine neuen Pflichten, und wenn ich sie getan hatte, durfte ich mich hinsetzen und in den Büchern lesen. Und bald wurde mein Eifer schon herrlich belohnt, indem man mir erlaubte, Werke, die mich besonders interessierten, für den Abend mit nach Hause zu nehmen. Sicher ist, daß ich mir während meiner Zeit bei Sommer und Wobbeling eine erste, wirkliche Vorstellung von der Größe und den Möglichkeiten des menschlichen Geistes geschaffen habe, wie sie –

so klein und nur ahnend sie auch gewesen sein mag – meinen einstigen Mitschülern, die dem Unterricht für das praktische Leben bis zu seinem Ende gefolgt haben, nie zuteil geworden ist. Doch ist es möglich, daß ich mich, weil ich den graden Weg verließ, um eine Höhe für den Umblick in einem weiteren Kreis als den natürlichen meiner Verhältnisse zu erreichen, daß ich mich auch damit für immer von dem Genuß eines nahen und ruhigen Glückes entfernt habe; des Glückes, das, wie ich hoffe, jene früheren Kameraden lächeln läßt, wenn sie ihrer Frau und ihren Kindern bei Tisch das Brot reichen dürfen.

Als ich von der Buchhandlung als Laufjunge angenommen wurde, war Herr Wobbeling schon lange tot, und Herr Sommer lag auf seinem Sterbebett. Dieses Sterben währte viele Monate und lange genug, um mir Herrn Sommers Freundschaft zu schenken. Es war eine meiner täglichen Aufgaben, den kranken Chef in seinem Extrazimmer in der Chirurgischen Klinik zu besuchen, ihm die Neuigkeiten aus dem Geschäft zu übermitteln, ihm die Post, das Börsenblatt für den Buchhandel, die Zeitschriften und die eben erschienenen Bücher mitzubringen und seine Weisungen für den ersten Gehilfen, einen trotz seiner scharfen Brille sehr kurzsichtigen Doktor der Philosophie, aufzunehmen.

Um zu dem Bett des, wie man mir gleich zugeflüstert hatte, sterbenden Herrn Sommer zu gelangen, mußte ich durch viele Gänge und alle Stockwerke der Klinik laufen. Draußen herrschte ein kalter Winter, und um so fühlbarer war die Hitze in den Räumen des roten Krankenhauses. Dicke, mit weißem Asbest umwickelte Röhren, in denen es gefährlich zischte und zuckte, führten längs meines Weges den siedenden Dampf in die verschiedenen Zimmer und strahlten eine solche Glut gegen meine noch frostroten Wangen, daß mir war, als wenn ich neben einer Lokomotive herliefe. Hinzu kam ein Geruch von Chloroform und Desinfektion, der mich benommen machte. Auch begegneten mir in den Gängen die Ärzte in ihren weißen Kitteln und die Schwestern mit ihren Hauben, und manchmal sah ich, wie ein Kranker auf seiner Bahre zur Operation gebracht oder von ihr weggetragen wurde. Das waren haftende Eindrücke, Bilder vom Leben und seiner Gefährdung, deutliche Hinweise auf das Ende schon, die mir so, oft unter blutigen Verbänden, geboten wurden; und meistens war mir, erreichte ich endlich die Tür des Herrn Sommer, ein wenig übel zu Mute.

In seinem Zimmer, dem kleinen Extrazimmer eines treuen Gastes, herrschte dieselbe intensive und betäubende Atmosphäre wie in den Gängen, und ich nannte sie bald, der in mir aufsteigenden Schwindel wegen, die Luft des Traumes, ohne dabei im besonderen an die Injektionen zu denken, die mein Chef jeden Morgen und jeden Abend erhielt und die ihn die Schmerzen ertragen ließen. Auch gesellte sich hier noch der Duft von einer besonderen, rötlichen Apfelsorte dem allgemeineren Krankenhausgeruch – ein Duft, der dem sterbenden Antiquar den Vorstadtgarten seiner Eltern wiederbrachte, in dem er als Kind gespielt hatte – und machte ihn erst recht zu jenem typischen Hauch, zu der Luft des Traumes, die sich mir für ewig mit der Erinnerung an Herrn Sommer verbunden hat.

Die Äpfel, die er selber nicht essen durfte, wurden ihm von seiner Haushälterin – er war Junggeselle – gebracht, und immer schenkte er mir einige von ihnen, während er die anderen an die Ärzte und die Pflegerinnen verteilte. Ich gestehe, daß mir die ersten Male ein würgender Ekel die Frucht verleidet hat; ein Ekel vor der Krankheit, dessen ich mich zwar schämte, den ich aber doch erst im Maß meiner wachsenden Zuneigung zu dem Kranken überwinden konnte, so daß mir kurz vor seinem Tod seine Äpfel am besten schmeckten.

Wie erstaunten mich seine Augen! Wie waren sie ausdrucksvoll, ansprechend und lebendig! Ich bin auch später nur wenigen Augen begegnet, die so sehr ein Spiegel der Seele und ihrer Regungen waren. Vielleicht war dies eine Folge seiner Krankheit und geschehen, weil er sich sonst nur noch wenig regen konnte. Aber selbst wenn man überlegte, daß all sein Leben sich in seinem Blick gesammelt hatte, selbst dann noch mußte die psychische Kraft dieses Lebens verwundern, mit der sich die eines jeden Gesunden noch lange nicht messen durfte. Ich hatte sogleich im Glanz dieser Augen eine Sympathie für mich gelesen und dankbar empfunden. Bald konnte ich die Ursachen, die seinen Blick strahlen machten, in ihrer Verschiedenheit unterscheiden: das Vergnügen zum Beispiel, das zu empfinden er durchaus und trotz der Schmerzen fähig war; oder den Ärger, der ihn plötzlich und bis zur heftigsten Wut überfallen konnte; die Qual des Leidens, den trockenen Glanz des Fiebers und, endlich, die feuchten, schwimmenden Lichter aus dem Gift des Morphiums. Selten, es waren die schlechtesten Tage der Krankheit, verschmähte es Herr Sommer, sich mit mir zu unterhalten. Es ergab sich, daß ich ihm bald nicht nur von den Ereignissen in der Buchhandlung berichten, sondern auch von den Büchern erzählen durfte, die ich gelesen hatte; und in der ernstesten Unterhaltung – freundlicher mich unterweisend, als je einer meiner Lehrer es gekonnt hatte – mäßigte er manchen zu ungeduldigen Vorstoß meiner Wißbegierde und lehrte mich, beharrlich und Schritt für Schritt, das vorgenommene Ziel zu erreichen. Oft schenkte er mir auch eine Karte zu einem Schauspiel in unserem Stadttheater, und ich mußte ihm dann an dem der Aufführung folgenden Tag eine genaue Beschreibung der Vorstellung geben. Dann leuchteten seine Augen wie die Sterne, und mit kleinen, listigen Fragen lockte er mich, meinen Bericht immer anschaulicher zu gestalten und keine Farbe der Bühne, keinen Ton und keine Geste der Schauspieler zu vergessen. Und so wunderte es niemanden, weder die Angestellten noch die Kunden der Buchhandlung und des Antiquariats, daß ich nach einiger Zeit aus der Stellung eines Laufjungen in die eines Lehrlings gerufen wurde, der sich an den buchhändlerischen Geschäften beteiligen sollte. Auch wurde ein Lehrvertrag ausgefertigt, den Herr Sommer und meine arme Mutter unterzeichneten und den mit einem Stempel bestätigen zu lassen wir leider vergaßen.

Ich glaube, ich wäre ein rechter Buchhändler geworden; und ich denke noch heute, in einem bewegteren Leben, mit Bedauern daran, daß dieser schöne, auf seine stille Weise dem Wissen, der Literatur und den Künsten dienende Beruf nicht mehr der meine ist.

Herr Sommer starb; und seine Erben, entferntere Verwandte, verkauften die Buchhandlung an einen Herrn aus Leipzig, der Golm hieß und eines Tages mit einer Schiffermütze auf seinem Kopf im Geschäft erschien; so, als ob er das Kommando auf einem Boot übernehmen wollte. Gleich fiel ihm die scheinbare Unordnung eines Tisches auf, der, in die Nähe der Ladentür gestellt, antiquarische Bücher mancher Art, ungeschieden von einander, zu tragen hatte, und er rügte sie. Nun aber verhielt es sich so, daß dieser Tisch und seine »Unordnung« von uns besonders betreut wurden, daß sie zur Tradition der Buchhandlung gehörten und unsern Kunden eine vertraute und liebe Einrichtung waren, die es ihnen möglich machte, zu stöbern und zu finden, was sie gar nicht gesucht hatten. Die Rüge, und mehr noch der Ton, mit dem sie ausgesprochen wurde, kränkte uns und trieb dem ersten Gehilfen, dem kurzsichtigen Doktor der Philosophie, die Röte in das Gesicht. Darauf wandte Herr Golm sich zu mir, der ich gerade ein Paket zuschnürte, und verwies es mir, indem er sagte, daß das in Leipzig ganz anders gemacht würde. Das mochte wahr sein oder nicht; bestimmt aber konnte später kein noch so regelrecht zugeschnürtes Paket die Antipathie mehr mit sich forttragen, die zwischen uns entstanden und natürlich war. Findig wie er sein konnte – und wer wollte es ihm verbergen? –, hatte er dann auch bald erfahren, daß ich zuerst nur der Laufjunge gewesen war, und er fand dies eines Geschäfts unwürdig, das jeder Zeit einen Abiturienten mit erfreulich anzuschauenden Anzügen und den nützlichsten gesellschaftlichen Beziehungen als Volontär haben konnte, wie er mir deutlichst zu verstehen gab. Ich hinwiederum fand es unwürdig, daß Herr Golm das Antiquariat, mein geliebtes Antiquariat, ein totes und nutzloses Kapital nannte, einen Haufen verstaubter, Platz und Licht raubender Makulatur und mit dem Gedanken umging, es gegen eine Schreibwarenabteilung aufzugeben.

Der erste Gehilfe kündigte, und wie mein Verhältnis zu dem neuen Chef sonst schlimm geendet hätte, weiß ich nicht, denn ich wurde krank und kam in die innere Abteilung derselben Klinik, auf deren chirurgischer Station der gute Herr Sommer gestorben war.

Am Anfang lag ich, ein Patient der niedrigsten Beitragsklasse, in einem großen Saal, an den ich mich, vom Fieber heimgesucht und von jedem äußeren Eindruck isoliert, kaum noch erinnern kann. Dann aber, als das Fieber vorüber gegangen war und es mir wieder besser ging, ließ mich der Professor, der mich aus der Buchhandlung kannte, in ein kleineres Zimmer legen, wo ich einem Studenten Gesellschaft leisten sollte, der sich dort, allein, langweilte. Dieser Student war für mich eine neue Erfahrung. Er war schon fünfundzwanzig Jahre alt und körperlich ein Riese. Seine Beine ragten, wenn er sich streckte, über die längste Bettstatt hinaus, und sein breiter Leib schien mir, wenn er für eine Viertelstunde sich erheben durfte, um sich zu waschen, mit ungeheuren Wülsten von Fleisch und Fett behangen zu sein. Er lag schon seit drei Monaten in der Klinik; doch am meisten erstaunte es mich, daß dieser Koloß sich ausschließlich von einer Babykost, von dünnem Milchreis und bleichem Griesbrei, nährte. Bald bat er mich dann auch, ihm etwas von meinem Essen, Gemüsen mit Kartoffeln und Fleisch, gegen eine Portion Milchreis abzugeben. Ich war zu jung, um ihn mit einem Nein zu erzürnen; und ich folgte seiner Bitte, wenn auch, seinetwegen, mit Widerstreben und schlechtestem Gewissen. Das Essen, das ich ihm reichte, verschlang er wie ein schnappender Hund, und wahrhaft animalisch war auch die Nachlust, mit der er sich, unbewußt, den Mund leckte. »Mensch, Junge«, sagte er dann, »jetzt ein Bier! Und 'n ordentliches Beefsteak! Und noch 'n Bier!« Sein einst feistes, nun von der Milch-Diät und dem langen Im-Bett-Liegen bleich und weich gewordenes Gesicht, einer amerikanischen Schmalzkugel ähnlich, wie sie in dem Margarinegeschäft in der Langen Straße lagen, strahlte, und die Schmisse auf seinen Backen röteten sich wie eben geschlagene Striemen. Seine Zunge stieß, während er schnalzte, ein paar Mal flink und lüstern in die Luft, wie in den perlenden Schaum des frisch gezapften Bieres hinein, das sein Verlangen ihn sehen ließ, wie der Wanderer in der Wüste die ferne Oase zu schauen meint. Er war ein guter Kerl, und abwechselnd erschien er mir kindlicher und männlicher, als ich es zu sein glaubte. Er tat mir leid; zumal ich wußte, daß die Entzündung seiner Nieren ihn noch lange zu einem Leben verurteilen konnte, das ihm, dem Riesen, dem trinkfesten Korpsstudenten, der doch, wie sich nun zeigte, das Trinken gar nicht vertragen hatte, besonders schwer fallen mußte. Beide bekamen wir, während wir zusammen in demselben Zimmer lagen, wenig Besuch. Ich nicht, weil ich niemanden kannte; und er nicht, weil seine Freunde in den Ferien waren und die Freundinnen nicht zu kommen wagten. So bemühte ich mich, ihn zu unterhalten; aber es wollte mir nicht recht gelingen, und manchmal war ich ihm im Stillen böse, weil seine Langeweile mich am Lesen hinderte. Die Welt, von der er hören wollte, war mir fremd; und meine Anstrengungen vermochten ihn nicht zu amüsieren. Schließlich vertauschten wir die Rollen, und er erzählte mir die Anekdoten aus seinem Leben. Die Anekdoten, das Besondere und nicht den gewöhnlichen Verlauf aller Tage; er sprach nicht von seinem Zuhause, nicht von dem Geld, das er bekam und verbrauchte, nicht von seiner Arbeit und seiner wahrscheinlichen Zukunft; allein die Abenteuer schienen ihm erwähnenswert, die Streiche, die Freunde, die Gefahren, Fechtbodengeschichten, die Intrige und dann, vor allem, die Liebe. Bald schmückte er seine Erinnerungen mit Phantasien aus; auf seinem Krankenbett wurde er zum Dichter; und weniger um mich zu unterhalten, was er tat, vielmehr um sich selber noch einmal am lustigen Leben zu berauschen, das er so sehr geliebt hatte, gab er seinen Wortbildern eine solche Wirklichkeit, daß ich mich fragen mußte, ob ich bisher blind in der Stadt gelebt hatte, in der sich so mannigfach Erregendes auf allen Straßen ereignen konnte.

Es ist anzunehmen, daß des Studenten Schilderungen des einzig wahren, des echten und wirklichen, kurz des lebenswerten Lebens und seiner Freuden auch in mir eine Bereitschaft zum Abenteuer geweckt und meinen späteren Entschluß, zur See zu fahren, vorbereitet haben. Zunächst aber führten die

Geschichten eine Katastrophe herbei. Der Erzähler konnte, als seine dichterische Kraft sich erschöpft hatte und ihm nichts Neues mehr einfallen wollte, dem Verlangen, wieder zu handeln statt zu reden, nicht widerstehen; und als der Arzt ihm mindestens noch einen weiteren Monat der Bettruhe und der Diät verkündigt hatte, war der Patient dem Drang seiner durch die eignen Worte neu gereizten Lebensgier gefolgt und aus der Klinik geflüchtet. Mit Recht schalt mich der Professor, weil ich den stillen Abschied des Studenten nicht verhindert hatte, und ärgerlich hieß er mich, leidlich genesen, zu gehen, weil das Zimmer nun anderweitig gebraucht wurde.

In die kleine Hofwohnung meiner Mutter zurückgekommen, sah es traurig für mich aus. Das erste, was ich hörte, war, daß Herr Golm mich entlassen hatte. Einmal der langen Krankheit wegen, zweitens weil ich seinen Ansprüchen nicht genügen würde, vor allem aber weil der zwischen meiner Mutter und Herrn Sommer abgeschlossene und ohne amtlichen Stempel gebliebene Lehrvertrag von gar keiner rechtlichen Gültigkeit sein konnte. Ich glaubte es; denn ich hatte keine Lust, darüber zu streiten. Ich wollte gar nicht in die Buchhandlung zurückkehren, die Herr Golm mir sowieso verleidet hatte, und im Grunde empfand ich seinen Brief als die einfachste Lösung eines drückenden Problems. Sogleich tauchten auch, wie eine sehr reale Vision, die Lebensbeschreibungen des Studenten wieder in mir auf, und ich hatte nur noch den einen Wunsch, aus unserer Stadt hinaus (wo ich das Leben des Studenten ja doch nicht führen konnte) und in weitere Verhältnisse zu kommen. Die einzige Möglichkeit, dies zu erreichen, schien mir die zu sein, ein Seemann zu werden, woran ich früher nicht im entferntesten gedacht hatte. Die Schwierigkeit war, es meiner Mutter zu sagen. Sie aber muß keine rechte Vorstellung von der Sache gehabt haben – auch gab es in unserer Familie das Beispiel eines Verwandten, der jung in ferne Länder gereist und dort, wie man so sagt, sein Glück gemacht hatte –, denn ich erhielt ihre freundliche Einwilligung, ohne mich besonders um sie bemühen zu müssen.

Stettin war die erste größere Stadt, die ich sah, und es war ein trüber Morgen, an dem ich auf ihrem Bahnhof ankam, um mir ein Schiff zu suchen. Der Verkehr auf der Straße, der mir heute wohl gering vorkommen würde, verwirrte mich. Das Geklingel der elektrischen Bahnen, das unaufhörende Tuten der kleinen Schleppdampfer in dem Wasser gleich vor dem Bahnhofsportal, der Donner von den Zügen, die über mir, wie seltsame, schwere Schatten, durch den Milchglastunnel der Oderbrücke fuhren, die schnelle Bewegung der Automobile und der Radfahrer, das entschlossene Vorwärtsschreiten aller Menschen, das, wie mir schien, durch nichts in der Welt mehr aufgehalten werden konnte – all das gab mir die Vorstellung, ein winziges, aber hier das einzige lebende und fühlende Wesen zu sein, das in eine riesige, ratternde Maschine geraten war, deren tausend Funktionen ihm immer fürchterlich und ein Rätsel bleiben würden. Endlich fragte ich jemanden, der ein wenig wie ein Seemann aussah und unwirsch vor mir stehen blieb, nach dem Weg zum Hafen der großen Schiffe. »Immer am Bollwerk entlang«, sagte er, »und dann rechts über die Hängebrücke.«

Ich erreichte die Brücke, und von der Brücke aus sah ich zum ersten Mal Fahnen fremder Nationen von dem Heck von Schiffen wehen, die in einiger Entfernung unten auf dem Fluß lagen. Da fühlte ich eine Freude wie nach einem erfüllten Versprechen. Es war also wahr! Es gab die fernen Länder; es gab die Schiffe, die dahin fuhren; und ich, ich stand vor dem Tor, brauchte nur einen Schritt noch zu tun, vor dem Tor, das in die weite Welt hinaus führte, die ich mir unvergleichlich herrlicher dachte, als alles, was ich zu Hause verlassen hatte.

Doch kam ich erst nur bis zu einem ernüchternd gewöhnlichen, aus Eisen und Beton zusammengefügten Tor mit mehreren Schildern, auf denen »Freihafen« und »Zollgrenze« und viele Verfügungen und Verbote geschrieben standen. Ein Mann in einer grünen Uniform fragte mich, wo ich hin wollte, und ich sagte: »Zu einem Schiff.« »Zu welchem Schiff?« fragte der Mann. »Das weiß ich noch nicht«, erwiderte ich, »zu irgendeinem«; und dann erzählte ich ihm, daß ich zur See fahren wollte. Daraufhin blickte er mich ernst an und schien nachzudenken. Ich hoffte schon, daß er überlegte, ob er mich einem Kapitän empfehlen könnte; aber dann wurde ihm der Fall und jede Überlegung lästig und er sagte nur: »Da mußt du zur Paritätischen gehen.« Er wandte sich von mir fort, um in seinem Häuschen, einer Art von Portierloge, zu verschwinden; denn es fing an zu regnen. Ich hatte ihn aber nicht verstanden, wußte nicht, was er mit seinen Worten gemeint hatte, und lief ihm nach. Wieder kehrte er sich mir zu; wieder schaute er mich ernst und wie nachdenkend an; und diesmal fürchtete ich, er würde wütend werden. Doch blieb er ruhig und erklärte mir, bedächtig sprechend, die Bedeutung einer Paritätischen Heuerstelle, des offiziellen Arbeitsnachweises für alle Seeleute, und daß ich mich dort eintragen lassen und mir ein Musterbuch besorgen müßte, und daß dies der einzige Weg wäre, um auf ein Schiff zu kommen.

Ein wenig enttäuscht und Schwierigkeiten ahnend, die ich nicht vorausgesehen hatte, folgte ich der neuen Weisung und suchte die Adresse, die mir der Mann gegeben hatte. Unangenehm tropfte ein mit Kohlenschmutz gesättigter, ungewöhnlich unlustiger Regen auf mich herab, und ich fragte mich: ist das nun das freie Leben?

Vor der Heuerstelle, einem neuen und sauberen Haus, standen mehrere Männer, den Rockkragen hochgeschlagen, unter einem Vorsprung des Daches und rauchten. Sie sahen unzufrieden aus und nicht, wie ich mir Matrosen gedacht hatte. Eher erinnerte ihr Gehaben an die Leute, die bei einem Zirkus die technischen Dinge zu tun haben, die das Zelt bauen, die Lichtmaschine bedienen und die Traktoren lenken müssen. Ich näherte mich ihnen zögernd, und irgendwie fürchtete ich ihren Spott; doch beachteten sie mich in keiner Weise. »Wahrscheinlich sind sie die Heizer«, dachte ich dann, und der Gedanke befriedigte mich, weil er meine ältere Vorstellung von dem Aussehen der Matrosen nicht antastete. Innen, im Raum hinter der Tür, aber saßen, auf langen Holzbänken, andere Männer, die den draußen stehenden wiederum ähnlich waren; und ich machte so meine erste Bekanntschaft mit den Seeleuten unserer von den Maschinen beherrschten Zeit, mit den Transportarbeitern der Dampfer, die mehr von der Mechanik einer Winde als von der Kunst des Segelns verstehen, und die doch auch im Overall des Monteurs die Matrosen der alten Erzählungen geblieben sind. Das aber sollte ich erst erfahren, als ich mit ihnen reiste, und hier, im Schalterraum der Paritätischen Heuerstelle, befremdete mich allein der Ausdruck des Mißmutes und der Langeweile, der deutlich von ihren Gesichtern zu lesen war. Die einzige Hoffnung, von einem der Schalter für ein Schiff angenommen zu werden, gaben mir einige Jungen, die neben den Männern auf den Bänken saßen, weil ihre Anwesenheit mir zu verbürgen schien, daß man auch Leute meines Alters gebrauchen konnte. Doch waren diese Genossen meiner Jugend von einem anderen Schlag; robuster als ich und wahrscheinlich tüchtiger in allem, was hier verlangt werden konnte. Sie trugen zu blauen Konfirmandenanzügen bunte wollene Halstücher und helle Sportmützen mit weit vorgeschobenen Schirmen; Übertreibungen, die sie zu Kerlen von der Art amerikanischer Filmhelden erheben sollten und die andeuteten, daß sie jedem Wetter und jedem plötzlichen Aufbruch gewachsen sein würden. Mit wirklicher Bewunderung aber erfüllte mich die sichtliche, wahrhaft erhabene Gleichgültigkeit dieser Jungen gegen die möglichen Zufälle ihres Lebens; sie schliefen, die Gesichter in rote, aufgesprungene Hände gestützt, während ich glaubte, daß ich niemals in einem Raum die Augen schließen würde, in dem man in jedem Augenblick aufgerufen werden konnte, um nach Indien zu reisen.

Mein Herz klopfte erregt, als ich endlich zu einem der Schalter trat und dem Beamten mit gepreßter Stimme erzählte, daß ich eine Stellung auf einem Schiff annehmen wollte. »Hast du schon ein Seemannsbuch?« fragte er mich. Ich hatte keins. »Dann gib mir den Erlaubnisschein.« »Den Erlaubnisschein?« erwiderte ich. »Ja, natürlich, den Erlaubnisschein deiner Eltern, daß du zur See fahren darfst.« Daran hatte ich nun nicht gedacht. Ich wurde rot und verwirrte mich. »Na, nu mach schon«, sagte der Beamte, »wenn du den Schein vergessen hast, mußt du ihn holen.« Diese ein wenig mürrische Aufforderung zeigte mir auf einmal, wie eine blitzschnelle Erleuchtung, die schwierige Lage, in die ein kindliches Vertrauen mich gebracht hatte. Ich konnte ja gar nicht nach Hause fahren, um mir den verlangten Schein zu besorgen. Ich hatte ja kein Geld. Ich hatte mir eine Fahrkarte nach Stettin gekauft, aber an eine Rückfahrt überhaupt nicht gedacht. Ich war sicher gewesen, in diesem großen Hafen schon am ersten Tag von einem Schiff angenommen zu werden und nichts weiter zu brauchen. Ich versuchte das, ungeschickt, weil erregt, dem Herrn hinter dem Schalter zu erklären, der mich nun mit unverhohlenem Mißtrauen betrachtete. »Bist du vielleicht ausgerissen«, sagte er, »wie ist dein Name?« »Nein, nein«, rief ich, »Sie können ja an meine Mutter schreiben!« Er schien es zu überlegen und blätterte derweil in vielen Papieren, als ob er meinen Namen dort finden wollte. Etwas freundlicher sagte er: »Du kannst selber schreiben; aber dann muß die Unterschrift deiner Mutter von der Polizei beglaubigt werden.« So war noch nicht alles verloren. Aber wie lange würde es dauern, bis ich auf ein Schiff kommen konnte? Der Beamte zuckte die Achseln. »Ein paar Tage dauert es sowieso«, meinte er dann. »Aber ich werde dir schon eine Nummer geben, damit es schneller geht; doch vermitteln darf ich dich erst, wenn du mir den Schein und ein Paßbild für das Seemannsbuch gebracht hast. – Am besten wird es sein, wenn du im Seemannsheim schläfst«, riet er mir noch, während er meinen Namen in eine Liste eintrug. Das wollte ich gern. »Aber was kostet das?« fragte ich. »Eins fünfzig.« Die hatte ich nicht.

Traurig trat ich von dem Schalter und wieder tiefer in den Raum zurück, in dem die Männer und die Jungen saßen, deren Genosse ich jetzt werden sollte. Schon schienen mir der Mißmut und die Langeweile auf ihren Gesichtern dem Wartezimmer angemessen; und konnte mich die Gleichgültigkeit der Jungen gegen jede Möglichkeit ihrer nahen Zukunft noch weiter verwundern, da ich selbst, mit fünfzig Pfennigen in meiner

Tasche, dem Abenteuer der nächsten Tage, dem furchtbaren Kampf um Schlaf und Essen in einer fremden Stadt, doch auch schon seltsam unerregt, mehr betäubt auf einmal als besorgt, gegenüberstand?

Ich setzte mich an einen der Tische und schrieb auf die Postkarte, die meiner Mutter meine Abreise nach fernen Ländern hatte melden sollen, die Bitte um den Erlaubnisschein mit der polizeilich beglaubigten Unterschrift. Ich warf die Karte in den Postkasten, der an der Tür der Heuerstelle angebracht war; und wie ich zu dem Paßbild kommen sollte, blieb mir ein Rätsel, bis die Vorsehung in Gestalt eines merkwürdigen Mannes mich fragte, ob ich mich hypnotisieren lassen wollte.

Ich habe keinen zweiten Mann gesehen, der zugleich so schäbig und so elegant war wie dieser Herr mit dem schwarzen, steifen Hut, dem angeschmutzten weißen Kragen, dem taillierten Mantel, an dem die Knopflöcher ausgefranst waren, den langen und bleichen Händen mit den dunklen Nägelrändern und den knarrenden, rissigen Lackschuhen. Er hatte einen heißen, unangenehmen Atem, flackernde und doch wieder stiere Augen und alles in allem eine Art, die zwingen und überreden wollte, während sie sich unsicher fühlte. Er hätte ein politischer Agitator, ein Aufhetzer kleiner Leute ebenso gut sein können wie ein Mann, der die religiösen Traktätchen der Sekte vom nahenden Weltuntergang an der Wohnungstür aufdrängen will. Er schob mich, ehe ich ihm in meiner Verblüffung hatte antworten können, mit rohen, in Wahrheit aber mehr zaghaft ungeschickten Stößen in die Mitte des Warteraums und erklärte, daß er allen Anwesenden außergewöhnliche Experimente auf dem Gebiete der Hypnose und der Willensübertragung vorführen würde. Seine Absicht schien niemandem unwillkommen zu sein. Die Seeleute erwachten aus der Schläfrigkeit, mit der sie hier auf ein Schiff warteten, und augenblicklich sah ich mich, zusammen mit dem Fremden, in einem Kreis neugieriger Gesichter stehen. Der Mann sprang drei Schritte zurück, beugte sich dann vor, als ob er sich gegen einen schweren Wagen stemmen wollte, und hob seine langen und bleichen Hände mit den schmutzigen Nägeln in die Luft. Dabei starrte er mir – durchdringend, wie er hoffte – ins Gesicht, und mit einer blechern klingenden Stimme sang er die langgezogene Monotonie: »Müüde biest duu, müüde; schlaafen muußt duu, schlaafen.« Wirklich hatte ich mich vor kurzem noch müde gefühlt; jetzt aber war jede Schläfrigkeit wie weggeblasen, ich war wach, munter und schließlich amüsiert. Zunächst mochten der Fremde und die Art, wie er mich seinen Plänen dienstbar zu machen versuchte, mich geängstigt haben. Bald aber kämpfte ich gegen ein Lachen an, das mir irgendwie unpassend schien; denn es war doch immerhin ein ernstes Experiment. Ich sah die Oberlippe des dürftigen Mannes vor Anstrengung zittern, und neben seinem rechten Auge erblickte ich eine Warze, die mir sehr komisch vorkam. Der Mann hätte kein Glück mit mir gehabt, wenn ich es ihm nicht endlich auf eine Weise hätte glücken lassen, die er wieder nicht vorausgesehen hatte. Seine Wahl war schlecht gewesen. Der Zufall hatte mich zur Tür geführt, und der Mann hatte, zunächst mit Recht, wenig Widerstand von mir erwartet und mich zu seinem ersten Opfer gewählt. Doch war er damit auch – er verstand es übrigens wirklich, zu hypnotisieren, wenn die Bedingungen ihm günstig waren – dem einzigen möglichen Spielverderber unter allen Besuchern der Heuerstelle begegnet. Jeder andere hätte sich in der Erwartung, hypnotisiert zu werden, gesammelt. Das Besondere, dies geschah einem ja nicht alle Tage, die Neugier, das vage und übertreibende Wissen von den Möglichkeiten der Suggestion, wie die billigen Kriminalgeschichten sie beschreiben, all dies hätte einen anderen Erwählten in die natürlichste Konzentration und in den Schlaf getrieben. Ich aber begann, die Kräfte des Meisters anzuzweifeln, und ich war viel zu nervös, um nun allein an den Schlaf oder an einen Widerstand gegen die Schlafsuggestion zu denken (an einen Widerstand, der dieselbe vom Hypnotiseur gewünschte Konzentration herbeiführt) und, im Gegenteil, zerstreute ich meine Gedanken, indem ich diese und jene Eigenart des Mannes, seine Anstrengung, seine Furcht vor einem Mißerfolg und seinen aufkommenden Ärger beobachtete, und er allmählich mich amüsierte. Dann mußte ich an den Betrüger in Schillers »Geisterseher« denken, und es freute mich die kindisch-hochmütige Idee, wohl der einzige an diesem Ort zu sein, der diese schöne Geschichte kannte. Ich wurde vergnügt, und unwiderstehlich trieb mich mein Vergnügen zu dem komödiantischen Spaß, zu spielen, was nicht eingetreten war, und den Hypnotiseur und alle Zuschauer zu täuschen. Ich erinnerte mich an einen Artisten, den ich vor einer Jahrmarktsbude, starr und mit einer brennenden Glühbirne im Mund, hatte stehen sehen, und ich bemühte mich, seine leblose, doch aufrechte Haltung nachzuahmen. »Schlääfst du?« fragte der Herr, von einer Sorge befreit, und schob seinen steifen Hut ein wenig in den Nacken. »Ja-a«, hauchte ich, was alle sichtlich befriedigte. Nun rieb mein Einschläferer sich die Hände und ging zu den Versuchen über, mich im Schlaf handeln zu lassen. Er suggerierte mir, ein Soldat zu sein, und ich war ein Soldat, wie ich es später gewesen bin, ich marschierte, ich grüßte, ich präsentierte, warum nicht?, und alles mit einer ein bißchen steifen Haltung, die das Unwache der Aktion herrlich andeutete. Ein Flieger war ich, der ich auch werden sollte, und ich sprang wundervoll dramatisch mit meinem Fallschirm aus meiner brennenden Maschine, kühl die Schauer genießend, die mich einmal heimsuchen sollten. Ein Bettler war ich natürlich auch, ich ging mit einem hingehaltenen Hut zu jedermann, genau wie später, wenn es auch kein Hut war, man lachte und warf die kleinen Münzen hinein, und der Hypnotiseur, ein Zauberkünstler außerdem, ließ sie flink und unbemerkt in seiner Tasche verschwinden. Dann verwandelte er mich in die Tiere, die ich, wer weiß, in früheren Leben gewesen bin, und alles gelang mir auf das natürlichste. Nur daß mich das viele Hüpfen allmählich außer Atem brachte und das anhaltende Gelächter der anderen auch meine Lachlust verstärkte. So hielt mein Meister es für geraten, mich aus dem Schlaf wieder zu erwecken; und ich ließ es ihn dreimal sagen, bis ich verwundert um mich blickte und mir, auch das war noch Theater, verlegen die Augen rieb. »Du bist ein gutes Medium«, sagte der Herr zu mir. Und dann hatte er ein leichtes Spiel mit den anderen, mit den Jungen und Männern; wenn ich auch nicht begreifen konnte, daß niemandem der Unterschied zwischen ihren wirklichen, traumschweren Schlafbewegungen und meiner willigen Schaustellung auffiel. Zum Schluß ging der Hypnotiseur noch einmal, jetzt persönlich, mit seinem Hut die Runde ab; und er hielt eine schöne Ernte. Von mir verlangte er nichts; aber er flüsterte mir zu, doch um sieben Uhr des Abends wieder vor der Heuerstelle zu sein.

Die Sache war zwischen uns abgemacht, ohne daß er mir je gesagt hat, daß er mich durchschaute. Er hielt daran fest, daß ich ein gutes Medium wäre und von ihm entdeckt und auserkoren. »Man begreift mich ja nicht. Die Leute sind hier ja so zurück! Man muß ihnen ein Beispiel geben«, klagte er. Und so suchte ich dann, vor ihm, doch als sein Beispiel, die Kneipen auf, in denen er arbeiten wollte. Er hatte mir einiges Geld für ein Bier gegeben; aber da ich Hunger hatte, kaufte ich mir Brot und Würstchen dafür, die ich mir gut schmecken ließ, bis mein neuer Chef (und was hätte der gute und tote Herr Sommer von ihm gehalten) erschien und mich, nachdem er mit dem Wirt verhandelt hatte, wie zufällig, zum Objekt seines ersten und jeden weiteren Erfolg entscheidenden Versuches machte. Wir arbeiteten in allen Hafenlokalen. Betrunkene bewunderten den Mann und seine magischen Kräfte; und mich bemitleideten dicke Mädchen, die, während der Dauer des Experiments, mich willenlos in einer Gewalt glaubten, die ihnen ebenso unheimlich war, wie sie sie erregte. Alles ging prächtig und klappte wunderbar. Ich aß viele Paar Würstchen und trank endlich, als ich satt war und nichts mehr essen mochte, sogar das Bier, das mir nicht schmeckte, doch war es sicher, daß der Student recht gehabt hatte: Das Leben konnte einem, wie ein starker Strom, zu unbekannten und verführenden Ufern treiben.

Als der Abend zur Mitternacht geworden war und die Lokale schlossen, schenkte mir der Hypnotiseur etwas Geld, und ich mußte versprechen, ihn am nächsten Tag wieder zu treffen. Ich hatte nun mehr als die Summe, die ich für ein Bett im Seemannsheim brauchte, und ich beeilte mich, das mir angegebene Haus in der Nähe der Heuerstelle zu erreichen. Die Tür war schon gesperrt, und ich drückte, erst zaghaft, dann kräftiger auf den Knopf der Klingel, die wie eine Alarmglocke anschlug. Nach einer Weile des Wartens erschien die Frau des Verwalters in einem mit bunten Blumen bestickten Schlafrock. »So ein Junge und schon ein Bummler«, zankte sie. »Ich habe gearbeitet«, sagte ich mit einer gewissen Würde und hielt ihr das Geld hin. »Gearbeitet?«, lachte sie böse, »gearbeitet? Das kennt man. Pfui, was stinkst du nach Bier.« Sie hatte wohl recht, wenn ich auch weniger nach dem Bier riechen mochte, das ich getrunken hatte, so war doch der schwere Alkohol- und Tabakdunst der Kneipen in meinen Kleidern haften geblieben. Ich fürchtete schon, die Frau würde mich wieder in die Nacht hinausjagen, aber sie richtete mir mit einer unwirschen und doch umsichtigen Sorge, die ihr wohlzutun schien, ein sauberes Bett in einem kleinen und sehr netten Zimmer. Schon hoffte ich auf den erquickendsten Schlaf, als böse Träume sich der Nacht gesellten. Der Tag wiederholte sich im Alptraum und war ein Kaleidoskop des Schreckens; der Beamte der Heuerstelle schoß aus dem Hinterhalt des Schalters seine Schreibfeder wie einen Pfeil nach mir; die Seeleute, die ich gesehen hatte, verfolgten mich schreiend in den fremden, lärmvollen Straßen, durch die ich als das Tier rannte, in das der Hypnotiseur mich verwandelt hatte; wie überhaupt dieser lächerliche Mann mit dem schwarzen, steifen Hut im Reich des Traumes zu einer Macht gelangte, die ich ihm am Tage nie zugetraut hatte; ja, nun war er der Herr meines Willens, jetzt bannte mich sein flackender Blick, die Warze neben seinen Augen war das brennende Mal des Teufels und gar nicht mehr komisch, seine langen Hände mit den schmutzigen Nägeln würgten mich, er hatte mich, ich war ihm untertan, ich kämpfte um den Atem, schlug um mich, schwitzte und schrie, während ich, schon erwacht, ihn noch vor meinem Bett zu sehen meinte.

Trotz dieser Träume habe ich noch vier Mal, solange ich in

Stettin war und dort leben mußte, dem Gaukler auf seiner Kneipentour geholfen; und, wie ich gestehen will, mit immer neuem Vergnügen an dem Spaß, den mir dies Treiben bedeutete, wenn in jeder der folgenden Nächte auch von einem Spaß und Vergnügen nicht mehr die Rede sein konnte und meine also doch durch die Experimente gereizten Nerven der gespenstischen Rache dieses lächerlichen Schwindlers ausgeliefert blieben. Meine Vergütung wurde mir sogar ein wenig erhöht, und ich konnte mir nicht nur ein Paßbild, sondern auch die helle Sportmütze und das grellfarbene wollene Halstuch besorgen, wie die anderen Jungen sie hatten. Wie sie, saß auch ich nun während der Bürostunden im Warteraum der Heuerstelle, vergessend fast, warum ich gekommen war, schläfrig nach den unruhigen Ängsten der Nacht und gleichgültig beinahe, mit halbem Ohr, nach dem Aufruf der Nummern hörend, drei Heizer und ein Jungmann für den Dampfer Grille –, und niemals traf ich hier einen Seemann, der fragte, wohin ein Schiff reiste. Als mein Erlaubnisschein gekommen war, und als endlich meine eigene Nummer aufgerufen wurde, war ich fast verwundert, daß es geschah. Doch wäre ich beinahe noch an der Klippe der ärztlichen Untersuchung gescheitert; der Doktor wollte mich zurückschicken, und auch ihn mußte ich betrügen, indem ich ihm die erst vor kurzem überstandene Krankheit verschwieg und meine Schwäche als augenblicklich bagatellisierte. War das das Leben, daß man nur mit Betrug sich oben halten und durchsetzen konnte, was man durchsetzen mußte?

So kam ich wieder vor das große Hafentor. Der Wächter fragte nach dem Schiff. Ich sagte: »Eddy«, und er nickte. »Halt«, rief da ein anderer, als ich das Tor schon passieren wollte, »die Eddy geht nach Finnland!« – »Ja, richtig«, sagte der erste wieder, »komm mal her!« Und sie nahmen beide den alten Flickensack meiner Mutter, den ich mir zum Seesack eingerichtet hatte, und befühlten ihn von allen Seiten. Wenige Wäsche war drinnen, ein paar Schuhe und eine Menge Bücher. Die Bücher (sie liegen noch in der Ostsee) machten den Sack schwer und faßten sich hart an. »Schütt mal aus«, befahlen die Wächter, und meine Habe zerstreute sich über den Boden. »Hast ja gar keinen Schnaps!« riefen sie enttäuscht. Und verlegen halfen sie mir, alles wieder in den Sack hinein zu tun, hoben ihn auf meine Schulter, und freundschaftlich stießen sie mich voran: »Geh' los, Junge, zum Finnlandkai!«

Ein paar Schritte noch, – ich stand im Freihafen. Heute will es mir scheinen, als ob dies die Stunde war, in der das Leben mich anheuerte. Es war ein kalter, nebliger, feuchter Tag mit einem böigen Wind, und die Schreie der Möwen klangen rauh und höhnisch über das schmutzige Wasser.

DAS BOMBENSICHERE PATENTSCHLOSS

Ohne Arbeit, ohne Wohnung, ohne Geld und ohne Freunde mutterseelenallein in Berlin zu sein ist schlimm. Aber Fritz war erst fünfundzwanzig Jahre alt, nicht auf den Kopf gefallen und ließ den Mut nicht sinken; irgendeine Chance, meinte er, müsse sich ihm schließlich und zum Donnerwetter nochmal bieten.

Die einzigen Stellenangebote, die die Zeitungen heute in Mengen bringen, sehen so aus: »Bis zu sechzig Mark täglich verdienen jüngere, intelligente Herren durch Vertrieb meines patentierten Massenschlagers. Leichter, angenehmer Verdienst, denn jedermann ist Käufer.«

Als Fritz diese Anzeige zum hundertsten Male las, glaubte er zwar ebensowenig wie beim erstenmal an die sechzig Mark, aber in der Not frißt der Teufel Fliegen, und vielleicht lassen sich wirklich sechs Mark mit dem patentierten Massenschlager verdienen. Also meldete er sich bei dem inserierenden Herrn Krause, der ihn dann auch für würdig hielt, das Sicherheitsschloß »Immerzu D.R.P.« an den Mann oder an die Frau zu bringen.

Schon früh am Morgen des nächsten Tages ging Fritz, bewaffnet mit einem alten Koffer, in dem die Schlösser und das zur Montage notwendige Werkzeug lagen, hoffnungsvoll auf die Tour und suchte sich mit Bedacht einen Neubaublock, dessen eben eingezogene Bewohner sicher noch nicht an den Erwerb eines Sicherheitsschlosses gedacht hatten. Das war schon richtig, bis auf die Fritz betrübende Feststellung, daß die Leute auch gar keins haben wollten und ihm die Tür vor der Nase zuschlugen.

Treppauf, treppab rannte er, hielt immer wieder und schon ganz ermattet seine einstudierte Lobrede auf den unerhörten, patentierten Massenschlager und verdiente bis Mittag nicht einen Pfennig.

Verzweifelt beschloß er endlich, die Sache aufzugeben und

Herrn Krause die unverkäuflichen Patentschlösser auf den Kopf zu hauen, als sich die Tür, vor der er gerade stand, öffnete und ein bildhübsches, junges Mädchen, verschlafen und noch im Morgenrock, ihn fragend ansah.

Du lieber Gott! Dieses Mädchen war so ganz »sein Typ«, daß er verlegen und sprachlos wurde und ihm seine Schloßhymne im Halse stecken blieb. Schließlich gelang es ihm, etwas von Einbruch, Schloß, Sicherheit zusammenzustottern, bis die schöne Frau »na schön, bringen Sie's an« sagte, und ihn vor Staunen ob des Wunders Verstand und Rede völlig verließen.

Sie ging in die Wohnung zurück und ließ ihn in der offenen Tür stehen, so daß ihm endlich gar nichts übrig blieb, als das Schloß anzubringen, wie Herr Krause es ihm gezeigt hatte. Er bohrte, schraubte, hämmerte, was das Zeug hielt, und dachte immerwährend: Junge, ist das Mädchen schön!

Auch auf diese Art bringt man mit der Zeit ein Schloß an. Es saß fest in der Tür, er steckte den Schlüssel rein, und es ließ sich vorzüglich zuschließen –, aber leider nicht wieder auf.

Was nun? Irgendwo mußte ein Fehler stecken, und den würde er, das war sicher, nie entdecken. Er versuchte noch einige Zeit dran rumzubasteln, begnügte sich dann aber, es anzustarren und sich im übrigen erbaulichen Betrachtungen hinzugeben. Und als nun kein Bohren, kein Schrauben, kein Hämmern mehr zu hören war, erschien wieder, und jetzt entzückend angezogen, die schöne Frau auf dem Korridor, wo Fritz ihr mit Begräbnismiene das Geschehene berichtete.

Da fuhr sie ihn aber an: »Sie sind wohl irrsinnig geworden, Sie Idiot! Wir können hier doch nicht eingesperrt bleiben. Die Wohnung liegt im fünften Stock, ein Hinterausgang existiert nicht, in einer halben Stunde habe ich Tanzprobe und kann nicht mal absagen, da das Telefon gesperrt ist; also los, machen Sie, Sie sind doch Schlosser!«

Worauf Fritz nur ergeben erwidern konnte, daß er sein Möglichstes schon versucht habe, von Schlössern leider gar nichts verstehe, von Beruf Schauspieler sei und zuletzt in Neudorf mit riesigem Erfolg den Hamlet gespielt habe.

Was blieb der Schönen weiter übrig, als sich in das Gegebene zu schicken und Fritz zum Kaffee einzuladen?

Es war sehr nett und wurde später noch viel netter, bis jemand vergeblich versuchte, die Korridortür von draußen zu öffnen, und als ihm das nicht gelang, wie verrückt zu klingeln und »Liebling« zu rufen begann.

Das war der Freund und Manager des schönen Mädchens, der sich wütend nach dem Grund ihres Fernbleibens von der Probe erkundigen wollte und noch wütender wurde, als sie ihm verwirrt durch die geschlossene Tür erklärte, nicht öffnen zu können, ein Mann sei da, das heißt, er sei nicht da, nur sein Schloß sei da und säße fest an der Tür.

Es gab einen Riesenkrach! Nachbarn mischten sich ein und holten die Polizei. Die Tür wurde aufgestemmt, Ohrfeigen knallten, Tränen flossen, und das Ende war, daß Fritz die Schlösser hinwarf, tanzen lernte und der Partner des süßen Mädchens wurde.

BRIGITTA

Brigitta, fünfzehn Jahre alt: Es ist alles so langweilig. Es müßte mal was passieren. Wenn eine ihr Kleid auf der Bühne verlieren würde. Wenn mir was platzen würde. Ha, das wär ein Spaß. Oh bin ich unglücklich, daß ich keinen Wagen habe. Aber nicht so einen gewöhnlichen. Nein, einen ganz schnellen, mit dem ich immer rasen kann. Ja, ein Rad hab ich auch. Ich bin so waghalsig. Immer vor den Autos weg. Mit meiner Freundin hab ich angegeben. Hundertfünfundvierzig Kilometer sind wir auf der Avus gefahren. Mir passiert nichts. Und daß ich keinen Hund habe oder eine Katze. Ach, ich fang heut abend wieder von an. Aber so auf Reisen? Dann muß man sich wieder von trennen. Ich hab eine Schildkröte. Mit der geb ich an. Die trag ich in der Manteltasche. Das ist dann so aufregend. In der Untergrund: so viel Menschen. Starren einen an. Wenn man die Mütze mal anders auf hat, wenn man geschminkt ist, tuscheln sie, die gar keinen Charme haben. Ich starr den jungen Männern auf die Füße oder die Hände. Das macht die unsicher. Onkel Gu. Die Schildkröte heißt Olsen, son Name wie Müller im Norwegischen. Ich wüßt schon was aufregendes. Die drei Swifts sind nett. (Mit den drei Swifts schlafen?) Artisten sind so albern. Der junge Reinhardt ist nicht nett. So eine schiefe Schulter. So eine schlechte Haltung. Bei Forster sind die Arme zu kurz. Und das Gesicht hängt so. Als Krauss im Theater war, das war aufregend. Es müßte immer einer da sein; die Bibo und ich, wir suchen uns immer einen raus, für den wir tanzen.

Gar kein aufregender Wagen! Mädchen, wie langweilig, daß ihr alle auf teure Wagen und scharfe Bügelfalten fliegt. »Ich kann mich auch verstellen. Man muß das ausnützen.« Natürlich kannst du das. Das sieht man dir an.

EIN DANKBARER MENSCH

In der Filiale der großen Bank erschien seit einer Woche jeden Vormittag, kurz vor Schalterschluß, ein etwa dreißigjähriger, einfach, unauffällig gekleideter Mann, der immer etwas müde und unterernährt aussah, wie einer, der seine Kraft nicht auf das Nutzenbringende, sondern auf das ideelich Spekulative wendet – man konnte ihn für einen Privatgelehrten, wahrscheinlich einen Mathematiker oder Grammatiker, vielleicht auch für einen wissenschaftlichen Literaten halten. Er fragte den Beamten immer mit höflicher Stimme, in der schon jetzt die zu erwartende Enttäuschung zitterte, ob auf das Banksparbuch 46 L Geld eingezahlt sei. Und wenn der Beamte dann nach kurzem Hinsehen »nein« sagen mußte, dann fragte der Kunde stets nach einer kleinen Pause: »Ist auch unter den neuen Eingängen nichts?« Was auch verneint werden mußte.

Nun versah zufällig in dieser Filiale der Sohn des Bankdirektors, der den Beruf von unten auf lernen sollte, den Schalterdienst. Er war ein etwas leichtsinniger, von Natur gutmütiger junger Mensch, der sich hier herzlich langweilte und nebenbei etwas auf eigne Faust an der Börse spekulierte, was ihm schon einige tausend Mark Gewinn eingebracht hatte.

Dieser junge Mensch kam eines Tages auf die Idee, dem immer vergeblich Fragenden einen Kredit anzubieten.

»Ich sehe, Ihr Geld verspätet sich, und Sie brauchen es sicher nötig. Beanspruchen Sie doch, wie all unsere Kunden in ähnlichen Verlegenheiten es tun, einen Kredit bei uns. Wir können Ihnen gern das Geld langfristig zu geringem Zinssatz leihen, Sie brauchen nur die Summe zu nennen, diesen Schein auszufüllen, und Sie haben in fünf Minuten die Summe, die Sie brauchen.«

Der Kunde blickte überrascht, ungläubig und doch mit einer neuen Hoffnung: »Aber es ist nur eine geringe Summe, die ich zu erwarten habe, und ich kann Ihnen auch weder Bürgen noch Sicherheiten stellen.«

»Das Bankgeschäft beruht auf dem gegenseitigen Vertrauen von Kunden und Bank. Nennen Sie nur die Summe, und Ihre Unterschrift wird uns Sicherheit genug sein.« Der junge Mann lachte aufmunternd.

»Es würde sich um hundert Mark handeln...«, meinte zögernd der Kunde.

Worauf der junge Mann herzlichst lachte: »Sie scherzen, das lohnt sich doch gar nicht. Nehmen Sie, wenn Sie es gar nicht anders wollen, unseren üblichen Mindestkredit: fünftausend Mark!«

Dem Kunden stand der Verstand und das Herz still: fünftausend Mark, er glaubte zu träumen; mechanisch unterschrieb seine Hand das Formular und mechanisch steckte er hundert Fünfzigmarkscheine ein, sagte »danke« und ging.

ERLEBNIS EINER PASSANTIN

Als sie – zwanzigjährig, stramm gewachsen, unverheiratet, aber befreundet mit vielen – am hellen Mittag, auf der belebten Hauptstraße, auf dem Wege zum Bäcker, drei Häuser weit von ihrem Haus entfernt, von dem Mann gepackt wurde, fühlte sie sich zu heftig strampelnder und schreiender Gegenwehr verpflichtet. Es war weniger ein Widerstand oder gar ein Ekel gegen seine deutlichst aufs Ganze gehende Absicht, die im festen Griff seines rechten Armes um ihren Leib, in dem harten, beißenden, saugenden Kuß eines unerhört Durstigen und in dem verlangend gierig streifenden Tasten der Hand an seinem anderen Arm, die unter ihren Rock zu kommen und ihn hochzustreifen sich bemühte (unterstützt von dem pressenden Schenkel, der sein eines Knie zwischen ihre weichen zu schieben suchte) – als die Empfindung des Unpassenden im Ort und in der Zeit und der des Beleidigtseins durch eine unhergebrachte Plötzlichkeit!

Erst viel später, nachdem der Auflauf (die Folge ihres Geschreis) und die Empörung (die laut und schlagend sich äußerte) der andern Straßenbetreter geendet und der offenbar plötzlich wahnsinnige Liebhaber von der Polizei zu ihrem (und nun auch zu seinem) Schutz mitgenommen war, da erst, als ihre von der Sitte vorgeschriebene Haltung von ihr sich löste, erkannte sie die irrsinnig ausbrechende (und grade an *sie*, unter Tausenden, sich wendende) Leidenschaft des Mannes als eine gewaltige und öffentliche Huldigung.

ERNA

Nach dem Abendbrot ist das Geschirr abzuräumen und abzuwaschen. Frau Bonte liebt es nicht, daß eine Arbeit liegen bleibt bis zum nächsten Tag. Sie ist dann gleich mit Sprichwörtern da, wie »Morgen, morgen nur nicht heute sagen alle faulen Leute«. Erna ist aber gar nicht faul; sie ist nur müde. Müde auch der leicht vom Munde kommenden Worte, mit denen andere ihre Arbeit begleiten. Sie ist ein Waisenkind und kennt Arbeit und gute Reden seit ihrem sechsten Jahr.

Aber nach zehn Uhr ist auch dies geschafft, Teller und Schüsseln stehen geputzt im Schrank, der Töpfe glänzende Alluminium-Parade aufgereiht über dem Herd, von dessen fleckenloser Platte man essen könnte, ohne sich zu ekeln, und Erna kann zu Bett gehen.

Die Kammer der Hausangestellten von heute ist die Dienstmädchenkammer von gestern. Die Ernas ist der Hängeboden über dem Bad, und wenn nachts einer auf die Toilette geht, hört sie das Wasser rauschen. Aber das stört sie nicht, auch nicht die Enge des Raumes und die niedrig hängende Decke. Erna ist klein, und ihr Haar streift nur beinahe den weißen Putz. Sie liebt sogar die Kammer, die sie gern »mein Zimmer« nennt, in dem sie schläft und mal allein sein kann, und wenn Erna ein Lyzeum besucht hätte und Englisch könnte, würde sie wohl beim Eintreten aufatmen: my home is my castle.

Und wirklich, diese Kammer löst sich ab von der Wohnung der Frau Bonte (die blaue Farben liebt), wenn Erna die Tür hinter sich schließt und der rote Schein der von rotem Stoff umhüllten Lampe auf die rote Decke des schmalen Eisenbettes und den Strauß verstaubter Papierrosen vor dem kleinen Bodenfenster fällt. Erna ist sehr für Rot. Es gibt Freude, Wärme, Behagen und Träume die halbe Stunde lang vor dem Schlaf.

Dem Bett gegenüber hängt ein Spiegel, und wenn sie hineinschaut, tut sie das nicht, um ihr erwachsenes Waisenkindgesicht zu sehen (die von der stahlgefaßten Brille vergrößerten Augen, Pfützen im bleichen Acker des Gesichts), sondern der Fotografien wegen, die dort im Rahmen stecken.

Da sind erst mal ihre drei Herrenbekanntschaften. Max hatte sie angepumpt, so lange was da war, und war dann fortgeblieben. Heinrich hätte sie beinahe die Tiergartenliebe gelehrt und war verstimmt gegangen, als sie im letzten Moment aus dunkler Furcht heraus geschrieen hatte. Und Richard, der Ordentliche, war ihr Bräutigam gewesen und hatte drei Sonntag-Nachmittage lang von einem Milchgeschäft geschwärmt, sich dann aber, nach Aufdeckung von Ernas Finanzen, doch einer vermögenderen Köchin zugewandt. Nein, mit den Männern hatte Erna auch kein Glück. Freigiebig hatten sie nur ihre Fotografien geschenkt, die nun, traurige Erinnerungen in Sonntagsanzügen, im Spiegel steckten.

KLAS SIEHT SEINEN VATER

Der Lehrer fragte den Schüler Klas überflüssig oft nach seinem Vater, und Klas antwortete dann stets, angesichts der ihn anstarrenden Klasse, mit ruhiger und fester Stimme: »Ich habe keinen«, und es schien ihm nicht der Rede wert zu sein, so selbstverständlich klang es. »Unehelich« stand in seiner Geburtsurkunde, aber es war ein Wort, das ihn nicht bedrückte. Auch interessierte der nie gesehene Vater ihn nicht sonderlich, und er fragte nie nach ihm. Doch wußte er von der Mutter, die ihn ernährte und die er liebte, daß dieser Vater ein großes und berühmtes Leben in der Hauptstadt führte. So wuchs Klas auf, in einer Hofwohnung, in die die Sonne sehr selten fiel.

Später, gestorben war die Mutter, verließ er das muffige Nest seiner Jugend und fror und hungerte in der Hauptstadt sich empor zu einem Ziel. Bis er eines Abends, kaltfeucht waren die Straßen, in die Dämmerung eines kleinen Kinos versank. Hier, wo gleichgültige Geschehen über die Leinwand flimmerten, wo man warm und traumnah saß, schien es ihm gut, Körper und Geist auszuspannen. In diese müde Ruhe sprang plötzlich der Name seines Vaters, den er fast schon vergessen hatte. Und was nun kam, war ein sonderbar verwirrendes Abenteuer, da Klas zitternd und starren Blickes saß in der apathischen Menge, verhuschte der Name, und der Herr dieses Namens erschien im Licht, wo er lautlos redete, lachte und sich drehte wie ein Mannequin, zu den blechernen Klängen eines verstimmten Orchestrions. So diesen Mann sehend, erkannte Klas, daß der krank sein müsse im Hirn auf eine gefährliche Art, die sich vererbt. Und in ihm, dem nichts Besitzenden, stieg Wut, jetzt, da er zu wissen glaubte, auch er würde erben, zwar keine Güter, aber Unerwünschtes, Schicksalschlägiges. Er stürmte hinaus und rannte durch Regen und Dreck zu einem feinen Haus, um dort den fremden, ihm doch nahen Mann zu töten.

Dort erschien er schweißtriefend, und ein keuchender Ruf erschreckte den Diener, den er beiseite stieß, als er ihm den Weg sperren wollte. Er kam in einen Saal, der sehr lang und hoch war, und hinten – es schien von der Tür sehr entfernt – brannte auf einem schweren Tisch eine Lampe, und in ihrem Licht saß der, den er suchte.

Die Fäuste auf den Tisch gestemmt schrie Klas ihn an: »Ich bin Ihr Sohn, und Sie haben sich vor mir zu verantworten! Denn Sie veranlaßten leichtfertigst mein Leben und sind so schuld an dieses Lebens Leid!« Da stand der so Angeschrieene auf und sagte: »Ja.« Dann schritt er sehr langsam und etwas bucklig gebeugt durch den langen Saal bis zur Tür, die er behutsam hinter sich schloß. Auf dem Tisch lag aber, wie zufällig vergessen, ein Revolver, aus dem im selben Augenblick geschossen wurde.

DER KNABE ADRIGELO

In der Manege arbeitet die Löwennummer und gibt an wie zehn hysterische Weiber. Don Alfonso ist ein Meister der wilden Dressur, und ausgezeichnet versteht er es auch, seine Nummer zu verkaufen. Schneller schlagen die Herzen der Zuschauer und von Spannung gepreßt geht ihr Atem, denn wahrlich, es sieht lebensgefährlich aus, so knurren, brüllen, fauchen die Tiere und reißen das Maul auf, zeigen die Zähne, schlagen mit ihren Pranken hart und schnell die Latten, die der Dompteur ihnen hinhält, zu Splitter, um endlich, nach Pistolen- und Peitschengeknall, das Gruppenbild zu stellen, vor dem Don Alfonso sich zu verneigen wünscht, und den, nun wie ein Orkan dahinbrausenden, Beifall entgegenzunehmen.

Das ist der Moment vor der großen Pause, in der der Knabe Adrigelo zu zittern beginnt, denn nach ihr soll er mit seinen bunten Bällen vor die noch zerstreuten und zum Teil überhaupt ihren Platz wieder suchenden Zuschauer treten und nie wird ihm der Beifall des Löwenmannes gespendet werden.

Jede mittelgroße deutsche Stadt hat sechs schwule Männer, und die waren jeden Abend da und sandten ihm Konfekt, Blumen und auch manchmal Bücher und Geld.

Jede mittelgroße deutsche Stadt hat zwölf geile, alte Weiber, und die waren jeden Abend da und sandten ihm Konfekt, Blumen und auch manchmal Stricksachen und Mettwürste.

Jede mittelgroße deutsche Stadt hat tausend vierzehn-, fünfzehnjährige Mädchen, und die waren jeden Abend da und sandten ihm Konfekt, Blumen und auch manchmal eigene Gedichte und parfümgetränkte Spitzentücher.

DER »LIEBE GOTT« TRINKT EINEN WERMUTH

Gestern mittag, als hell und warm die Sonne schien, als frühlingsverliebt mit offenen Mänteln, Seelen, Taschen, Herzen die Menschen spazieren gingen, als die Schar der Bettler gute Geschäfte machte, während junge Kaufleute die Luft über dem Kurfürstendamm pariserisch nannten und sich für heimliche Dichter hielten, setzte Gott sich in Gestalt eines engagementslosen Schauspielers auf die Sonnenterrasse eines bekannten Kaffeehauses und bestellte einen Wermuth.

Das Servierfräulein erfüllte seinen Wunsch mit der gewöhnlichen geschäftlichen Freundlichkeit, zu der ihr Beruf sie verpflichtet; und die Gäste übersahen ihn mit jener distanzierten Interesselosigkeit, die man unauffälligen Unbekannten entgegenbringt. Kein Mensch ahnte, daß Gott unter sie gekommen war.

Gewiß, seine Absicht war es, hier verkleidet und unerkannt einen Wermuth zu trinken, aber daß man so gar keine Notiz von ihm nahm, daß so ganz jenes zugleich devote und eingeweihte Lächeln fehlte, mit dem man inkognito reisenden hohen Herrschaften begegnet, das ärgerte ihn denn allmählich doch, und leicht gekränkt sprach er zu der Dame, die neben ihn sich gesetzt hatte: »Ein freundliches, dankendes Wort könnten Sie mir schon geben für den schönen Tag!«

Die Dame, die nicht recht wußte, ob diese Worte überhaupt für sie bestimmt waren und, wenn ja, zu welchem Zweck, verhielt sich abwartend und lächelte verbindlich. Als der seltsame Herr aber weiter meinte, er hätte ja auch Schnee schicken können, rückte sie beunruhigt ihren Stuhl ein Stück vom Tische ab.

Zum Glück betrat im selben Moment ihr Gatte das Café. Er hatte sich verspätet, war erfreut, seine Frau noch zu treffen, und sagte: »Gott sei Dank!«

Worauf sich Gott erhob und ihm die Hand reichte: »Mein Sohn, es ehrt Dich, daß Du mir dankst!«

Und jetzt kam der Krach. Der so unverhofft und öffentlich belobte Herr blickte erstaunt. Die Dame schrie: »Der Mann belästigt mich schon die ganze Zeit!« Die Kaffeehausbesucher reckten die Hälse, amüsierten sich und lachten. Passanten blieben stehen und freuten sich der Sensation. Gott aber streckte die Arme: »Mit einem einzigen Blitz könnte ich Euch zerschmettern.«

Dann griff ein Schupo ein und nahm ihn mit, was alle billigten. Nur ein kleines Mädchen meinte: »Aber Mammi, wo es doch der Liebe Gott war?«

EIN LUMP

Gabriel Jerwin liebte gebratene Hühnchen. Er lud die Frauen zum Essen ein. An schönen Sommerabenden sprach er sie an auf Straßen, Plätzen, in den Alleen des Parks. Er war ein netter Mensch. Sie hielten ihn für was besseres, eine sogar für einen Zahnarzt, was Jerwin belustigte. Er bevorzugte die schönen Abende. Er ging mit den Frauen in einen Biergarten, in ein Ausflugslokal am Stadtpark. Er war galant. Er genoß die Atmosphäre und es schien ihm auf das Geld nicht anzukommen. Er zeigte sich freigiebig. Die Kellnerinnen hingen an seinem Blick. »Wollen wir Vorspeisen?« pflegte er zu fragen. »Russische Eier? Schön? Etwas Lachs? Aber ist er auch ungesalzen?« Gabriel war ein Kenner. Er bestellte Hühnchen, die am offenen Rost rotierten und deren leckerer Bratenduft das Lokal durchzog. Manchmal trank man das gute Bockbier, manchmal auch Wein. Zu Beginn war Jerwin gesprächig, später, wenn sie Vertrauen gewannen und zu reden anfingen, Geständnisse machten, Geständnisse der Einsamkeit der Frauen, wurde er still. Er dachte an seine Kindheit, sah sich als Knabe, er dachte an seinen ersten Auftritt. »Dumme Gans, Ziege, warum bist du so dämlich.« Eine Wut packte ihn. Er zermalmte den letzten Knochen, spülte das Bier hinab. Er stand dann auf und mußte mal verschwinden. Die Sache war für ihn erledigt. Er kam nicht wieder. Der Dame krampfte sich Verbitterung ums Herz. Sie bezahlte. Einige zahlten stumm die Zeche. Andere suchten sich mit dem Wirt auseinanderzusetzen, hochroten Kopfes, Tränen im Auge. Jerwin empfand keine Reue. Er hatte seine Großmutter ins Irrenhaus gebracht und ihr Geld verpraßt. Das Geld war zerflossen. Er liebte das Geld nicht. Er wollte frei sein. Um frei von Hunger zu sein, führte er die Mädchen aus; aber er fürchtete sich vor ihren Umschlingungen. Manchmal erschien ihm die alte Dame im Traum.

DIE MENSUR

Als Thomas gegen Abend über die alte hölzerne Zugbrücke in das Fischerdorf hinein und zum Strandhotel gefahren wurde, konnte er von der Höhe des Brückenbogens aus die roten, backsteinernen, gotisch eckigen Türme der drei Mittelalterkirchen der kleinen Universitätsstadt, die hinter ihm lag und die er den Tag über besichtigt hatte, noch klar im letzten Widerschein der schon untergegangenen Sonne, vor einem Horizont, der hinten weit sich rundete und schließlich im rieselnden Grau der Wiesennebel endete, erkennen. In diesem Moment, der ihn an ein berühmtes Bild des Malerromantikers, der hier geboren war, denken ließ, war seine Fahrt vom Main an die Ostsee getan. Schon hob man seinen Koffer vom Wagen, schon grüßte diensteifrig und freundlich (es kamen nur wenige Fremde hierher) der Besitzer des Hotels, schon sah Thomas sich in einem angenehmen Zimmer, dessen Fenster auf das Meer blickten, und ahnte nichts von dem kriegerischen Abenteuer, das ihm bevorstand.

Er hatte den Ort, der ihm von einem Kunden der Frankfurter Buchhandlung, in welcher er als Gehilfe angestellt war, beiläufig genannt war, mit Bedacht gewählt. Das Seebad war mehr ein Fischerdorf als ein Badeort. Anstelle der Cafés und Ladenstraßen berühmterer Kurplätze schlängelten sich noch krumme, grasbewachsene Gassen durch eine Siedlung einstökkiger Häuser. Dennoch bot das Strandhotel (das einzige im Dorf) dem daran Gewöhnten einigen städtischen Komfort, ohne für diesen Luxus inmitten der dörflichen Idylle einen übertriebenen Preis zu fordern.

Thomas war mit seiner Wahl zufrieden, und es schien ihm der rechte Ort, um drei Wochen lang auszuruhen. Er hoffte, alle Vorzüge des Landlebens hier genießen zu können, ohne von einem schlechten Lager, unbekömmlichem Essen und schwierigen Verhältnissen der Sauberkeit gequält zu werden. Überdies versprach er sich von der eine Wegstunde entfernten Universität mit ihren Instituten und Bibliotheken manche geistige Unterhaltung, wenn ihm ein Verlangen danach kommen sollte.

So war alles gut und recht, bis er am Mittag des nächsten Tages – er hatte das erste Seebad genommen und war vergnügt hungrig – die feindliche Begegnung, wie er sie später nannte, hatte. Rotbemützte Studenten hatten sich auf der Terrasse des Hotels zu einem Kommers versammelt.

NARCISS
Ein Brief

Meine liebe gnädige Frau,

Sie werden sich wundern, daß ich Ihnen schreibe. Sie boten sich mir dar mit allen Ihren entzückenden Reizen und – ich nahm Sie nicht; oder vielmehr ich ließ mich nicht nehmen. Ich verstand Sie. Ich, meine Jugend, mein, wenn man bei einem Mann davon sprechen kann, Unberührtsein, reizte Sie, die reife, in allen Liebessachen erfahrene Frau. Sie sagten, als ich in Ihrem Boudoir zu Ihren Füßen saß, Sie trugen einen raffiniert gearbeiteten, fast durchsichtigen Pyjama, der jede Linie Ihres herrlichen Körpers erkennen ließ, und Sie nicht berührte, nicht küßte, mich auch nicht küssen ließ, Sie durften nur mit Ihrer gepflegten Hand leicht über mein Haar streichen, da sagten Sie, Sie könnten mich nicht verstehen. Mein Sexualleben müßte doch schon erwacht sein. Nachher nannten Sie mich Narciss. Ich wurde rot. Ich bestritt es. Sie sagten, es wäre doch so, ich sollte mal darüber nachdenken. Ich habe nachgedacht und Sie haben recht. Ich war Narciss und bin durch Sie noch mehr Narciss geworden. Liebe gnädige Frau, ich liebte und liebe Sie. Als ich zu Ihren Füßen saß, mußte ich mich mit Gewalt zurückhalten, Sie nicht zu umfangen und in Ihren Armen in die Seligkeit eines kurzen Rausches zu versinken. Ich hielt mich zurück aus Egoismus. Ich wollte nicht den kurzen Rausch, ich will Sie lange lieben, ohne Erfüllung, von weitem, ich will mir einbilden, unglücklich zu lieben. Denn der größte und längste Rausch ist das verzehrende Feuer einer unerfüllten Liebe. Ich bin Narciss, indem ich Sie liebe, liebe ich mich selbst. Vielleicht erschieße ich mich vor Ihren Augen, es ist der schönste Tod, vor den Augen der Geliebten zu sterben, man hat das Gefühl des Helden einer tragischen Rolle auf dem Theater, der Tod ist der

Schluß der gut gespielten Rolle und der Applaus, die Bewunderung ist mir, dem Helden, sicher.

In Gedanken küsse ich Ihnen, die in meiner Einbildung unerreichbare, Ihre schmale Hand.

ORLANDO

Er war noch nicht mit den Wundmalen des Herrn gesegnet, aber vollbracht waren schon die ersten Opfer, vollzogen die Trennung vom reichen Vaterhaus, von den üppigen Festen der patrizischen Jugend, gewichen war das farbenfrohe Prunkkleid der braunen Kutte, die ersten Kirchen gebaut, die ersten Predigten, die ersten Fasten gehalten und die ersten Jünger geworben, als der heilige Franciscus, vom Tale von Spoleto nach der Romagna wandernd, vorbeikam am Schloß Montefeltro, wo grade ein großes Ritterfest gehalten wurde.

Während der Zug der Pilger sich dem Schlosse näherte, erkannten die Ritter Francesco Bernardone, von dem sie gehört hatten, daß er, den man vor kurzem noch die Blüte der Jugend genannt, einem reichen Erbe und einem Leben weltlicher Freuden freiwillig entsagt hatte. Und da auch andere Gerüchte von Seltsamkeiten, wie die, daß er den Tieren und Vögeln des Waldes predige, über ihn von Mund zu Mund eilten, schickten die Bewohner der Burg, in der Erwartung, ihren Spaß zu finden, einen Boten hinab zu dem Heiligen, ihn zu bitten, hinaufzukommen und zu predigen.

Im Glauben, Gutes dort wirken zu können, folgte Franciscus dem Ruf. Er neigte sich vor den Rittern, bestieg eine Mauer und sprach. Er schilderte das Leben der Märtyrer und der Apostel, ihre Schmach und ihr mannigfaltiges Erleiden, und auch von den großen Büßenden und ihren höllischen Bedrängnissen redete er. Die Inbrunst seiner Rede und die Gewalt seiner Stimme waren aber derart, daß jedes Gelächter den Spottlustigen im Halse erstickte, und sie hingerissen hingen an seinen Lippen und stumm auseinandergingen, als er geendet hatte.

Es war aber unter den Rittern einer mit Namen Orlando, ein reicher und großer Herr aus dem Toscanischen, mehr den Büchern ergeben als den Ritterspielen, aber doch ein Weltmann und Held mancher Schönen. Der war besonders gepackt von den Worten des Francesco und führte ihn abseits und bat ihn um Rat für die Gestaltung seines Lebens.

Er erzählte dem Heiligen, er besitze einen in Einsamkeit liegenden Berg, Alverra genannt, und wolle dort ein Kloster bauen und sich dort zurückziehen mit stillen und frommen Männern, denn das Leben sei ihm zuwider. »Schon als Knabe ahnte ich, daß seine Erfüllung mir nicht sein würden Frauen ...«

HOCH ÜBER DER MANEGE

In dem zu Meditationen völlig ungeeigneten Moment, da sie, Bella, die Königin der Luft, mit den Füßen in den Ringen des Trapez hängend, hoch über der Manege hin und her schwingend, bereit, ihren von einer gegenüberschwingenden Schaukel sich lösenden und im doppelten Salto ihr zufliegenden Partner, den kühnen Harras, mit den beiden Händen zu fangen und festzuhalten, fiel ihr ein, daß sie Ella R., Tochter eines Bäckers aus Schweinfurt und für den Artistenberuf unbegabt sei.

Die nächste Folge dieser Erkenntnis war, daß der kühne Harras an ihren Händen vorbei ins Netz flog und sich den Arm verstauchte. Was ihn nach der Vorstellung zu bitteren Reden und schlagenden Argumenten gegen Bella veranlaßte.

DER PASS

Als der Kellner meines Stammcafés mir die aufregende Mitteilung machte, daß Herr Grabitsch, der Zigarettenboy, mit der Einnahme der letzten Woche durchgegangen und vorläufig nicht zu finden sei, da konnte ich ihm zu seinem bekümmerten Erstaunen nur erwidern: »Das habe ich mir gedacht!«

Seit Tagen war mir das veränderte Benehmen des Jungen aufgefallen. Nicht mehr wie früher rannte er munter und übermütig »Zigarren, Zigaretten« rufend durch das Lokal, sondern stand vielmehr in sich versunken, den Warenkasten auf eine Stuhllehne gestützt, in einer Ecke des Lokals und starrte zum hundertsten Mal in das aufgeklappte amtsgrüne Paßbuch in seinen Händen.

Anfangs glaubte ich noch, es sei nur die Lust, sich schwarz auf weiß gesiegelt und bestätigt zu sehen und so in dieser unsichern Zeit wenigstens seine dokumentarisch beglaubigte Existenz in den Händen zu halten, aber wie ich dann sah, wie er jedesmal auf den lauten Ruf eines Gastes oder der scharfen Stimme des Geschäftsführers erschreckt zusammenzuckte und verträumten Gesichts aufblickte wie aus einer anderen Welt kommend, wußte ich, daß er schon jetzt auf Reisen sei.

Die Worte: »der im Ausland reist« hatten es ihm angetan, und der Paß war ihm Lockung und Tor in die Welt. Während wir von ihm, sitzend in einem Café des Postbezirks Berlin W 50, Tabak verlangten, erlebte er im Geiste schon Paris, New York, vielleicht die Steppen, Hochgebirge und den Dschungel.

Und ich glaube, diese Stunden im Café, träumend und nur manchmal angeschrien von unwillig Wartenden, waren die besten im Leben des Jünglings Grabitsch, denn nun, wirklich in einer fremden Welt spazieren gehend, wird bald auch er die traurige Erfahrung machen, daß die gebratenen Tauben dort so wenig wie hier einem in den Rachen fliegen, und daß überall die Polizei sich um Gäste kümmert.

UNHEIMLICHE STUNDE

Am Nachmittag war W. auf einem Spaziergang, als er, nicht weit von seiner Wohnung, doch schon in einer Gegend, die ihm fremd war, hinter einem Lattenzaun, der eine Baustelle begrenzte, Musik und Lärm hörte. Eine enge Pforte, die sich der Straßenecke zu öffnete, ließ erkennen, daß man auf dem Platz, um ihn vorläufig zu nützen, eine Art von Lunapark errichtet hatte. Schaubuden lockten mit schreienden Paraden, Schaukeln stiegen und fielen in die Luft, während vier verschiedene Karussells sich unaufhörlich im Kreise drehten. Doch war die gradezu heftige Rotation, die in dem Raum des umzäunten Platzes tobte, in seiner Mitte wie ein Mühlstein mahlte und noch am Rande so stark war, daß W. sich ihr nicht entziehen konnte, weniger eine Folge der Karusselldrehungen als des unermüdlichen in die Runde Wanderns der Menschenmenge, um die Lustbarkeiten herum und in einem Staubwirbel, der von ihren Füßen her in die nach Zwiebel und Benzol riechende Luft sich hob.

Nachdem er den ersten zögernden Schritt getan, wurde W. in die Menge hineingezogen und von ihr vorwärts getrieben. Um einen Moment ruhen zu können und um einen Überblick über das Ganze von innen her zu gewinnen, mußte er sich an einer Barriere festhalten. Er sah sich vor einer bühnenähnlichen Erhebung stehen. Auf Fässer gelegte Bretter bildeten ein primitives und knarrendes Sportforum, das von jungen Burschen begangen wurde, die ihre muskulösen und etwas untersetzten Körper in enge schwarze Anzüge von übertrieben modischem Schnitt gezwängt hatten. Auf ihren vor leiblicher Anstrengung geröteten Köpfen trugen sie elegant gerollte olivengrüne Hüte, aus den Brusttaschen ringelten sich ihnen Spitzentücher, und grellbunte Schlipse stachen von steif gestärkten Hemden ab. In dieser Kleidung, die das Ideal des Gentleman zu parodieren schien, hüpften sie über schwingende Seile, bearbeiteten Boxbälle, stießen mit blauroten und gefährlichen Händen gegen baumelnde Sandsäcke oder trieben schwitzend und atemlos Fahrräder über surrende Rollen, während eine Schar halbwüchsiger Mädchen, in der Umgebung W.s vor der Barriere, sie durch spottend anfeuernde Zurufe zu einer immer anstrengenderen Krafthergabe veranlaßte. W. hatte das peinliche und ihn später in Träumen verfolgende Gefühl, einem Varieteákt beizuwohnen, der durch ein Unglück sein Haus verloren hatte. Die Agierenden aber, im Eifer ihrer Vorführung, ahnten noch nichts von der Katastrophe um sie herum und schickten sich an, den komischen Schluß zu demonstrieren, die Nähte ihrer Kleider platzen zu lassen, um dann, halbangezogen, sich einem beifälligen Gelächter zu stellen. Wie aber würden sie in dieser Erwartung dem Spott der Wirklichkeit, der auf ihr Zerlumptsein lauerte, gewachsen sein?

EIN WEIB NUR NOCH

Dies ist die Szene, da sie sich andrängt, geilende Hündin, gurrende Katze, Straßendirne von Hafenträumen, ein Prinz in rotem Sweater, Jack v. Repport zurück aus den Staaten, mit einem großen, gemeinen Mund, der saugt und will, so daß sie eingeht, ein Weib nur noch, ein Mund, ein Brunnen, der sich leert und füllt mit anderen, der Wind zwischen den Häuten, ein Strom fließt ihre Schenkel lang, und dann die Wendung rückwärts, liegend nun in den Himmel blickend, ganz geöffnet, alle Türen des Körpers sperrangelweit und rauschige Lichter in den Augen.

DIE ZWERGIN UNTER DEN BLINDEN

Als Kind, dem mitleidslosen Spott der Kinder preisgegeben, hatte die kleine, verkrüppelte Anna B. sich in die Arbeit gerettet und war durch eisernen Fleiß die erste der Schülerinnen geworden, deren Arbeiten die anderen, die großen, die gesunden, starken mit Vergnügen und allmählich mit Respekt abschrieben. Nachdem sie sich dergestalt in der Schule durchgesetzt hatte, setzte sie auch ihrem Vater gegenüber den Wunsch zu studieren durch. Sie arbeitete auf der Universität wie auf der Schule, wurde durch nichts von ihren Aufgaben abgelenkt, erwarb mit einer gründlichen Dissertation über die pädagogischen Prinzipien Pestalozzis den Doktortitel und bestand sehr jung das philologische Staatsexamen mit höchster Auszeichnung.

Und nun wollte sie Lehrerin werden. Sie gab diese Absicht auch nicht auf, als alle Welt ihr davon ab- und zu theoretischen Arbeiten riet. Doch waren zunächst all ihre Bemühungen um eine Schulstellung vergeblich, denn kein Schulleiter wagte es, die kleine, verwachsene Person, die stehend nicht über den Katheder gucken konnte, seinen Zöglingen als Erzieherin vorzustellen. Endlich aber wurde ihr, und nur dank besonderer Empfehlung, die Stellung der Lehrerin in einem Heim blinder Kinder angeboten. Und sofort reiste sie nach E., stellte sich dem Direktor vor, besah genauestens die Anstalt und die Kinder, verpflichtete sich dann und blieb da.

Und wirklich schien die richtige Person an der richtigen Stelle zu stehen. Erstaunlich waren ihre Erfolge. Spielend lernten die blinden Kinder nicht nur das vorgeschriebene Pensum, sondern noch weit mehr und ohne jeden Zwang, ohne jede Überanstrengung, willig und voller Verehrung für ihr Fräulein Doktor. Kein Kind verlachte sie, und keines erschreckte ihr

Anblick, denn wie klein, wie häßlich, wie grotesk im Vergleich zu den normalgebauten Menschen ihre Lehrerin war, sahen ja die blinden Kinder nicht. Es merkten wohl die größeren am Klang der Stimme, die von unten zu ihnen sprach, oder auch durch eine Berührung, daß sie klein und anders war als die andern; aber welcher Art nun dieser Unterschied, das konnten sie mit ihren nur theoretischen Vorstellungen vom Aussehen der Menschen nicht begreifen. So kam es, daß die harmonische und alle direkt Beteiligten befriedigende Arbeit der zwergkleinen Lehrerin Dr. Anna B. nur durch die erwachsenen und nicht blinden Bewohner der Anstalt, den Angestellten also, gestört wurde.

Diese empfanden nun, wenn sie die Zwergin unter ihren Zöglingen, die sie oft um mehrere Köpfe überragten, sahen, ein unbestimmtes und peinliches Grauen, das sich bald in Empörung, Wut und hinterhältiger Bosheit bei ihnen äußerte. So geschah es, daß Personen des Pflegepersonals, Dienstmädchen und Wärter, die Kinder gegen ihre Lehrerin aufzuhetzen versuchten. »Wie die aussieht, die Doktorsche, wie eine Kröte, von der würde ich mir nicht einen Ton sagen lassen«, so gingen die Reden und wurden auch nicht von Scham erstickt, wenn dann die blinden Kinder sprachen: »Wie eine Kröte? Dann muß eine Kröte etwas sehr Liebes sein!«

Diese Versuche hämischer Gemüter, die Stellung der kleinen Lehrerin zu untergraben, hätten wohl kaum, und selbst auf die Dauer nicht, die erwünschte Katastrophe herbeigeführt, wenn nicht das Unheil in seiner gefährlichsten Verkleidung, wenn nicht die Liebe das Fräulein Doktor übermannt hätte. Sie war nun dreißig Jahre alt geworden, ohne einen Mann geküßt und ohne mit einem geschlafen zu haben; und täglich schon besiegter kämpfte sie gegen das Verlangen, es zu tun. Die völlige Aussichtslosigkeit auf eine Erfüllung hatte in den eigentlichen Jahren der Jugend, des Auslebens, ihre Erotik nicht derart aktuell werden lassen, als es nun, da sie sich auf ein bestimmtes Objekt fixiert hatte, und eine, wenn auch gefährliche, Möglichkeit, dem Begehren nachzugeben, zu bestehen schien, der Fall war. Sie liebte einen ihrer Schüler, einen hübschen, blendend gewachsenen, kräftigen Fünfzehnjährigen, blind wie die andern. Daß er gut aussah, wußte sie schon lange, aber es wäre dennoch nicht zu der schlimmen Störung ihres Lebens gekommen, wenn nicht der Junge sie, in einer Frage seiner erwachten Mannbarkeit um Rat bittend, direkt in ein erotisches Verhältnis zu ihm gestoßen hätte.

Die entsetzliche Qual, die in einsamen Nächten häßliche, außerhalb der allgemeinen erotischen Beziehungen stehende Menschen erdulden, vergiftet und zermürbt den besten Charakter. Ihr erlag auch die Zwergin, Dr. Anna B., Lehrerin im Heim blinder Kinder zu E., und spätere lebenslängliche Patientin der Irrenanstalt W. Als sie endlich den schönen Schüler, ihren geliebten Jungen hatte küssen wollen, da hatte dieser keck und naiv gemeint: »Man sagt, Sie seien wie eine Kröte, Fräulein Doktor, küssen Kröten auch?«

JOANS TAUSEND GESICHTER

Die Familie des Photohändlers stand bestürzt. Der Mann war gegen Abend vom Parterre des Ladens atemlos in die Etage der Wohnung gerannt, hatte einige Sachen notdürftig in einen Koffer geworfen und war fortgestürmt, ohne auch nur mit einem einzigen Wort den besorgten und empörten Zurufen der Angehörigen zu begegnen. Als diese sich nach seinem Abgang in den Laden hinunter begaben, sahen sie die Tür zur Straße sperrangelweit offen stehen und in der Kasse eine größere Geldsumme liegen.

Was dann folgte, waren flüchtige Kartengrüße aus fernen Städten und zu Hause ein Wandel der Gewohnheiten. Die Frau trat aus ihrem Bridgeklub aus und hinter den Ladentisch. Die Kunden, denen sie Platten, Filme und Apparate verkaufte, sahen ihr Haar grau und ihre Züge alt werden. In der Dunkelkammer bemühten sich der Sohn und die Tochter um die Arbeiten der Amateure. Ihre Sportgeräte staubten im Schrank. Betrübnis herrschte im Haus. Über ein Jahr lang blieb der Mann fort.

Als er wiederkam, war er wie ein anderer. Sein Gesicht konnte ein Rennpferd getragen haben, so mager, nervös, gehetzt oder jagend war es. Man wußte nicht, ob er die Peitsche geschwungen oder zu fühlen bekommen hatte. Arme und Hände schienen ihm länger gewachsen zu sein. Die Finger waren greifender. Der Gang schneller und zuweilen springend. Auch konnte er bei einem Geräusch auffahren wie ein scheuer Verfolgter. Bei alledem aber lachte er das unbekümmerte Lachen eines Siegers und zeigte den Blick des Mannes, der Erfolg hatte. Und am Abend schon erzählte er seine Geschichte:

Am Morgen des Tages, an dessem Abend ich abreiste, hatte ich meinen Laden wie immer um acht Uhr geöffnet. Das ist für mein Geschäft viel zu früh, denn vor elf besucht mich kaum ein

Kunde. Aber ich hatte die frühen Stunden gern. Ich liebte das Alleinsein unter den Geräten meines Berufs. Ich staubte die schwarzen Kamerakasten ab, putzte die blinkenden Objektive noch blinkender und ordnete die Aufstellung des Schaufensters. Mein Leben drohte im Gleichmaß der sicheren Tage flach zu werden. Ich wußte am Morgen, was es am Mittag geben würde, und nur manchmal noch kam mir der Einfall zu einem Bild, zu einer besonderen Art der Einstellung eines Apparates auf ein lockendes Objekt hin, erlebte ich die Leidenschaft meiner Jugend, die mir zum Beruf geworden war. In einigen verschlossenen Mappen ruhten die Bilder, die ich gemacht hatte. Man konnte sie nicht im Fenster zeigen und sie gefielen den Photographierten nicht. Es lagen da groß aufgenommene Münder auf manchem Gesicht, die nicht von guten Taten sprachen.

Diese Bilder wollte ich wieder einmal in der Stille des Morgens betrachten, als die Ladentür schellte und ein Herr zu mir hereinkam. Er sagte mir gleich, daß er nichts kaufen, sondern wissen wolle, ob ich bereit sei, einige Aufnahmen zu machen. Ich nannte ihm die Adresse mehrerer mir bekannter Photographen; er meinte jedoch, daß er die Aufnahmen nicht in einem Atelier, sondern in einem Laden gemacht haben wolle.

»Wissen Sie«, sagte er, »im Atelier, da ist nur ein Apparat. Und jeder Apparat zeigt eine andere Frau. Ich besitze schon viele Bilder von Joan. Sie sieht immer anders aus. Ich weiß nicht, woran ich bin. Die, mit der ich lebe, ist nie von den Photographen erfaßt worden. Nicht, daß Joan ein Photographiergesicht hätte, wie es Spiegelgesichter gibt. Wenn meine Mutter sich puderte, war ihr Antlitz im Moment der Verschönerung Pastell. Nein, Joan hat keine Hemmung vor dem Akt der Aufnahme. Sie ist frei und willig. Ihre Züge leben. Aber wie sie leben ist das Unbegreifliche. Sie spielt, sie stellt Masken aus, sie ist alles vom Kind bis zur alten Frau. Auf jedem Bilde ist sie ein anderer Typ, aber eben nur ein Typ. Verstehen Sie, einer! Während sie neben mir in jeder Sekunde die ganze Reihe der Möglichkeiten erfüllt. Wenn sie heute stirbt, bin ich ohne ein Abbild ihres Seins.

Von Ihnen wünsche ich dies: Sie kennen die Geschäfte der Uhrmacher. Sie kommen um die Mittagsstunde hinein. Der Meister beguckt Ihre Uhr, und während er arbeitet, schlägt es plötzlich im ganzen Laden zwölf. Von hinten, von vorn, von rechts und links kommen die Schläge, in Dur und Moll, sonor und schrill, der Kuckuck springt aus dem Nest, der Choral läuft über dem Türgesims ab, die Zeit erfüllt den Laden, sein Raum ist voll Klang, die Stunde dringt unmittelbar auf Sie ein. So sollen Sie Joan photographieren! Ziehen Sie die Zeitauslösung Ihrer Apparate wie Uhren auf. Stellen Sie die Objektive ein, hier auf diesen Kreis gerichtet, von nahe und von fern. Überall müssen Apparate sein. Am Erdboden, auf den Stühlen, den Tischen, den Regalen, den hohen Leiterstufen. Und alle Stative haben direkt im Kreis zu stehen. Fesselhöhe, Kniehöhe, die Hände, der Leib, die Arme, die Brust, der Hals, jeder Flecken Haut im Gesicht, jeder Fall des Haares muß vom Aufblinken der Verschlüsse getroffen werden. Schalten Sie die Kohlenlampen ein, legen Sie die elektrischen Blitze zurecht, richten Sie alles aus, ich hole Joan, sie schläft noch drüben im Hotel, und hier haben Sie Geld für Ihre Mühe.«

Ich stand und starrte auf den Packen der Scheine in meiner Hand. Wenn die Mappe nicht vor mir gewesen wäre mit meinen Aufnahmen, ich hätte den Mann für wahnsinnig gehalten. So aber berührten mich seine Worte wie ein alter eigener Wunsch, der jetzt von anderen genannt wurde. Ich bemühte mich, ihn zu erfüllen. Ich rannte voll Eifer umher, legte in der Dunkelkammer Filme und Platten in die Kameras, richtete die Zeitstellung ein, besorgte das Richten der Objektive und das Legen der Kabel für die Lampen.

Ich war kaum fertig, als mein Kunde zurück kam. Ich hatte noch gar keine Zeit gehabt, mir über diese Joan, die ich in so vielfacher Form aufnehmen sollte, Gedanken zu machen. Als ich sie nun hinter dem Fremden eintreten sah, schien sie mir nicht mal schön. Ein schlankes Girl aus dem kalifornischen Film. Da aber die Lampen aufsummten, das Licht weiß und zitternd über sie herfiel und sich in jeder ihrer Poren verfing, da ihr Kleid von den Strahlen zerschnitten wurde und wie ein Schleier zerging, war sie im Ganzen wie etwas Fließendes, das nicht als Erscheinung zu halten war, das immer sich fortwandelte und die Phantasie des Betrachters in eine Flucht greller Vorstellungen jagte. Ich glaubte mich zu erinnern an Bilder, Statuen und Träume. Derweil geschah es schon, wir alle hatten es vergessen, daß die Verschlüsse knackten und die Linsen die Bilder schluckten.

Im Moment danach unterbrach ein Kurzschluß die durch die vielen Lampen überlastete Lichtleitung. Der Laden stand im natürlichen Schein des Vormittags, und Joan war wieder nur das Girl aus Kalifornien, das lachend über die optische Orgie sich freute, die ihretwegen geschah. Der Mann aber blieb ernst. Am liebsten hätte er die Bilder im selben Augenblick noch gesehen, und er und sie unterstützten mich antreibend bei der enormen Arbeit des Entwickelns.

Zu dritt standen wir in der engen Dunkelkammer. In den Tauchbädern berührten sich unsere Hände beim Spülen der Platten. Die des Mannes waren schiffstauig und nervös, ihre von einer trockenen felligen Kühle, wie meine sich anfühlten, wußte ich damals noch nicht. Ich mußte auf den Lauf der Arbeit aufpassen und spürte nur entfernt die wahnsinnige Sucht des Mannes, Joans ganzes Wesen in seine eine Hand zu schließen. Und als wir die Aufnahmen gegen das Licht hielten, erfaßte auch mich das Wunder. Das waren Gesichter, Schultern, Glieder und Gestalten, Ausschnitte, die wir da sahen, Masken und Torsos, blickrechte und solche von perspektivischer Verzerrung, aber die Frau, die zwischen uns stand und manchmal rief, »es ist doch ähnlich; es ist doch ähnlich«, die Frau war auf den Bildern nicht zu sehen. Und während der Mann Platte nach Platte an der Kante des Tisches zerbrach und die Filme zerschnitt, wurde mir klar, daß Joan in ihrer Schlankheit ein Schwamm war, der alles in sich aufgesogen hatte, was es an Frauenmöglichkeiten gab, und daß die Platte immer nur die eine Schicht, die im Sekundenbruchteil des Aufnahmemoments gerade außen lag, erfassen konnte.

Ich kann nicht sagen, daß Joan als Frau mich reizte. Als Objekt nur rief sie mich. Vor dem Scherbenhaufen der Platten und Filme fühlte ich mich beschämt und berufen. Was ich im Gleichlauf der Tage nicht mehr zu hoffen gewagt hatte, meiner Tätigkeit ein Ziel zu geben, ein neues Streben bot sich mir jetzt. Ich war der Jäger, der diese Frau, und so die Frau überhaupt, für die Ewigkeit zu fangen hatte.

Als das Paar von mir ging, wußte ich, daß sie abreisen würden. Ich folgte ihnen in keinem anderen als in meinem eigenen Auftrage. Ja, es kam so weit, daß ich mich vor ihnen, die meine Verfolgung als Last zu empfinden begannen, verstecken mußte. Das bekümmerte mich nicht. Ich wußte ja, daß die Aufnahme heimlich wie ein Mord geschehen müßte. Und ich entwickelte in mir alle Fähigkeiten des großen Verbrechers. Im Laufe eines Jahres war Joan keinen Tag ohne mich.

In tausend Verkleidungen beschlich ich sie. Ich photographierte hinter Zeitungen und Bücher, durch Knopflöcher und Fingerschlitze hindurch. Nachts erschreckte sie das Aufflammen meines Blitzlichtes. Ich bestach Ärzte, sie zu Röntgenaufnahmen zu schicken, die ich machte und so ihr Innerstes durchleuchtete. Die Ergebnisse waren Stückwerk. Nur Schritt für Schritt drang ich vor. In den Museen erkannte ich die Ursachen. Ich sah, wie der Schwamm sich vollsog. Im Prado, im Louvre, in den Uffizien und den Galerien amerikanischer Millionäre sah ich sie vor den Gemälden der berühmten Frauen stehen, und ich beobachtete, wie ihre Haut das Bild trank, wie sie Mona Lisa wurde oder die Venus des Tizian, und wie sie Venus war und Mona Lisa. Die Aufnahmen, die mir in den Ausstellungen gelangen, bereiteten mich vor auf das Ziel, das ich auf einer Autostraße im Staate Kansas erreichte, wo Joan von dem Mann durch einen Herzschuß getötet wurde. Das schöne, stille Gesicht der Toten war die letzte Schicht, die über alle anderen kopiert nun die Erscheinung gab, die der Mann und später ich als Joan erkannt hatten. Mit dieser Aufnahme, hier in dieser Rolle liegend, konnte ich heimfahren.

LIEBE SYBILLE!

Komisch. Es gelingt mir nicht. Ich möchte von dir erzählen, möchte eine Geschichte über dich schreiben, so wie ich sie für das Blatt schreiben muß. Leichte Themen, begrenzte Episoden: Abfahrt, Ankunft, Ausflug nach Fürstenfeldbruck, Lachen über Hinken, irgendsowas. Es gelingt nicht. Schon der erste Satz sprengt die Form, so harmlos er auch beginnt. »Sybille winkt.« Es geht nicht. Ja, wenn es ein Mädchen wäre, irgend eine, die da winkt – die Geschichte würde von selbst sich schreiben. Was ist nicht von einem Mädchen aus zu beginnen? Wir könnten sie leben oder sterben lassen nach dem strengen Gesetz des literarischen Zufalls. Aber Sybille? Das geht nicht. »Sybille winkt«, und schon muß man die Wahrheit bekennen. Dich zu fangen, ist die Aufgabe. Möglich, daß einmal ein Wort es schafft. Tausend tuen es nicht. Mehr glaube ich an die Millionen Worte dicker Bücher. »Sybille winkt!« Gehen wir vom äußersten aus, dem Tuch, mit dem sie winkt, und gleich begreifen wir erschreckt, daß es ja *ihr* Tuch ist, mit dem sie winkt, daß *ihre* Hand es ist, die es hält, und Tuch und Hand bereiten schon die Schauer, die weit, weit über eine Geschichte hinaus wirken. Denn wer, der dich kennt, kann es verantworten, vermißt er sich von dir zu sprechen, nur deinen Schatten zu geben? Sybille winkt, o Freude und o Trauer, Sybille winkt, wie winkt sie denn – Ja, das zu gestalten wäre Titanentat und Genienwerk, der Rausch der Schöpfung und der Rausch des Wahns, wie winkt Sybille von den Fingerspitzen (Buch der Finger) bis zum Herzen? Der Arm, nein erst die Hand und dann der Arm, also die Hand, der Arm, der Hals (blaue Adern), der Leib, der Kopf darüber und die Glieder in Verbundenheit, dazu das Blut, der Nerv, der Trieb, der winken läßt (o Bücher, Bücher, Bücher von den Teilen) und plötzlich, endlich: die Gestalt! Marmorne Form und voll Leben! Statue, die *du bist*, die man fassen kann wie den gehauenen Stein der Meister (Michelangelos Stein, Rodins Stein, Lehmbrucks Stein), und die dann doch sich löst und schmiegsam ist, ein Kälbchen, ein junges Pferd, leichter Rotz unter der Nase und ein trockenes Fell, das dich zusammenhält.

Als ich von dir gegangen war und vor dem Staatstheater auf die Straßenbahn zum Bahnhof wartete, war die Gelegenheit (das schreibe ich, um jedes Pathos zu meiden, aber ich meine das Schicksal) versäumt. Ich stand ausgeleert, ausgewühlt, ausgelitten, eigentlich fühllos in einem dumpfen Schmerz da und versteint. Ich hatte der Meduse ins Antlitz gesehen. Es gab keine Hoffnung mehr.

Warum war auch der letzte Schimmer genommen? Der Hauch, der ferne blaute? Warst du nicht freundlich gewesen am letzten Tag? Durfte ich nicht zum Schluß noch dein Haar streicheln, durfte meine Hand nicht (ein großes Glück!) deinen Kopf fühlen, hinabstreichen ihn zum Nacken, die Rundung, die schöne, reine Form deines Hauptes halten, in meiner Hand haben, dich haben, dich halten? Und dann, war in der Treppenhalle der Bonbonniere deine Hand nicht ruhend in meiner, war nicht ein Druck da, eine währende Empfindung, kam nicht dein Haar (dein Jungenshaar, das ungepflegte, windverwehte – Sybillenheu mit dem Geruch von weiten Sommerwiesen) meinen Lippen nahe, und war es nicht, wenn du dich auch sträubtest, beinahe schon ein Kuß?

Es war! Beinahe! Ich durfte! Und die Hoffnung schwand.

Du erhältst den Brief eines Mannes, der viele Stunden lang in einem einsamen Coupé sich mit Denken quälte und nun in seinem Zimmer sitzt wie in einer Taucherglocke, tief in ein Meer gesenkt, ganz allein und nur noch durch einen Schlauch, der kaum zum japsenden Atem reicht, mit dem Leben verbunden. Der Mann ist nicht hysterisch, auch nicht wahnsinnig, und wenn er erregt scheint, dann nur, weil er klar sieht, weil er sein Urteil kennt, und Verurteilte *scheinen* oft sonderbar in ihrem Benehmen. (Um noch einem Irrtum zu begegnen, der Mann treibt keine Literatur; er versucht nur mit dem einfachsten, ihm vielleicht noch möglichen Mittel sich verständlich zu machen.)

Zweimal haben wir, während ich jetzt in München war, miteinander gesprochen: einmal am Abend und einmal am Vormittag. Am Abend, es war nach dem Cabaret, nach deinem Mutterbesuch, sprachen wir von dir und vom Theater. Du warst sehr ernst. Hattest den wunderbar heiligen Ernst, den nur zuweilen die Kinder haben, und sprachst von der Julia und warst sie schon, wie du bei mir da saßt in dem großen Sessel. Und ich empfand dich wieder wie eine Beglückung, eine ganz abstrakte, ein kostbares und seltenes Wesen, zu hüten und zu pflegen, damit es sich herrlich entfalte. In solchen Momenten bist du Beatrice, der Engel, dessen Bild das neue Leben spendet. Oder die ideale Braut all der Philosophen von Plato bis Schleiermacher, die von einem Eros träumten, so schön von Leib und Seele.

Am Vormittag war beinahe die Rede von mir. Du stapftest in deinem Schlafrock durch den Raum. Er hüllte dich wie ein Fell, hielt deinen Körper und seine Wärme, begrenzte dich nach außen, machte dich zu einem festen Ding, zu einem Tier, einem Igel in sich gerollt, einem Kater schnurrend in der Ofenröhre, einem griffigen Block, der Sympathie ausstrahlte. Darüber dein Gesicht, noch ungeschminkt, vom Schlaf erweicht, vom Traum verschattet, sehr nach Mädchen riechend (dies ist ein im Zusammenhang mit dir für mich fest stehender sehr schöner Begriff, den ich leider nicht erklären kann), in einer Wolke noch von Nacht und Bett, die deinem Mund, jetzt schlaff und bläßlich, einen (er hat ihn ja in jeder Gestalt!) besonderen, ich muß sagen besonders nackten, natürlichen, *sexuellen* (denn er war urwüchsiger als der ästhetisch-erotische) Reiz gab. Ein *Organ*, das (nach deiner keuschen Nacht) wie ausgesogen war von trinkenden Küssen (wie ich überhaupt stets die Vorstellung habe: von deinen Lippen, aus deinem Munde *trinken*) und aus dem doch deine Stimme klang: ruhig und klug.

Wir sprachen über mich. Du meintest, der »Fall Sybille« könnte eines Tages für mich ganz unwichtig werden, und als ich widersprach, heftig und mit Gründen widersprach, brachst du die Unterhaltung ab, sagtest »Du bist ja verrückt ....«

Nein! In diesem Fall nicht. Bestimmt nicht. Das liegt auf der Hand. Ich habe zu viel darüber nachgedacht, habe Prüfungen jeglicher Art, der Zeit und des Raumes, bestanden, mich absichtlich in Ablenkungen, Arbeiten, Vergnügungen (man sagt so) gestürzt, habe jede nur denkbare Therapie angewandt. Unaufgeregt und nüchtern. Das Ergebnis ist immer dasselbe geblieben, einfach und alt: ich liebe dich, *liebe nur dich*.

Quittieren wir dankend das Gelächter, das »Na und« und das »Was weiter«. Das Wort »Liebe« ist noch keinen Groschen wert unserer Generation, die in der Kloake schwimmt, gespeist aus den Abwässern der Presse, des Kinos, der Romanscheiße, der Schlagworte, der kalten Schnauze, der Moden mit und ohne Herz, der sich begattenden Sportabzeichen. (Vielleicht eine notwendige seelische Vorbetäubung für die Gasnebel, die unser harren.) Auch ich stand da nicht abseits. Ich habe mich in den ersten (und doch schon alles entschieden habenden) Anfängen meiner Liebe zu dir in dummen Worten geschämt, habe dir geschrieben, oh' ich dächte gar nicht daran, eifersüchtig zu sein (ich müßte es ja auch auf deine Haut sein – Verbrämung der Wahrheit!), über Lappalien solcher Art sei ich erhaben, heute ich und morgen der, hoch die lulumoralische Polygamie und im übrigen seien wir ja schwul. Lüge, Lüge, eine von Anfang an mir wenigstens schwach bewußte Lüge. Ich hätte dich am liebsten vom Fleck weg geheiratet .... und jeder, der zu dir in Beziehung gestanden, ist mir zur nie heilenden Wunde geworden.

Die täuschenden Nebelchen, die wärmenden, gesuchten – sie sind entschwunden. Ich bemühe mich, den Tatsachen gerecht zu werden und die letzte Hoffnung sterben gehen zu lassen. Es ist sicher: du wirst mich nie lieben, nicht mal »mögen« wirst du mich. Unsere »Freundschaft« ist ja nichts als eine immer wieder zu befestigende Folge meiner blindwütigen Überrennung deines Widerstandes gegen sie! Und ausgeschlossen ist es, daß du je mit mir schlafen wirst. Es gibt für mich kein anderes Glück.

Ich habe in den Kirchen Gott darum gebeten, und ich habe Gott verflucht.

Was mir vom Leben bleibt, wer will mich hindern, es der Macht einer Liebe, die ich nun als Schicksal und Verdammung anerkenne, zu unterordnen? Ich werde versuchen, sie zu gestalten, ein Dokument zu schreiben. Anderes kümmert mich nicht, geht mich nichts an. Die Tage der lächerlichen Versuche, mich dem sogenannten Leben anzupassen, sind vorbei. Mögen die Leute, die zufällig meine Bekannten sind, mich für impotent halten, mag die Jauche ihres Hirns Blasen werfen – mir ist das gleichgültig. Ich habe in Verkennung der Wahrheit diesem Caféhausprestige geopfert, habe gehurt, habe mich mit jugendlichen Schönheiten gezeigt, habe Mädchen und junge Burschen ins Bett genommen und mißbraucht, wozu sie nur allzu gerne zu mißbrauchen waren, immer mit dem geheimen (kindlichen) Gedanken einer Rückwirkung auf *dich*, *du* würdest davon hören, *dich* könnte es verführen. Unverständlich blöde! Werbe ich um eine Kuhmagd? Ich wasche mich rein. Beginne einen Verzicht, der mir keiner ist. Dein Name, in einer Theaternotiz gelesen, wiegt alle bereiten Leiber auf. Ich liebe Sybille Schloss, verwest da nicht jedes fremde Fleisch?

Ich ahne, du bist erstaunt (aber ich ahne ja nicht! Ich weiß ja nie, was hinter deiner Stirn steht, ich breche ja immer wieder nieder vor dieser Mauer, martere mich zu denken, was du denkst, suche die Gründe deiner Abwehr zu ergründen, quäle mich, warum du mich quälst, und manchmal denke ich dann sogar (aber es ist ja nur der brennende Wunsch, und ich glaube es selber nicht), denke sogar, daß du so bitter tust, weil du fürchtest, mich lieben zu können – du siehst, ich ahne nichts), ich gebe also an zu ahnen, daß du erstaunt, ärgerlich erstaunt bist und fragend: ich sah in München keinen Grund zu solcher Erregung.

Nun, ich bin verzweifelt. Mein Zimmer ist ein Sarg. Berlin ist ein Sarg. Ich bin ganz allein. Ich friere. Die Luft ist Feuer. Ich sehne mich ja so wahnsinnig nach dir, nach deinem Gesicht, nach deiner Hand, nach deinem Wort, nach deinem Leib,

Geruch und Wärme, Atem, Blick, nach dir. Und wir werden nie gemeinsam sein! Und alles sollte, müsste, *könnte* anders sein. Denn, Sybille, wenn du auch sagtest (freilich im Scherz), meine Leidenschaft für dich sei das einzige, was für mich spricht, so gebe ich ja freudig zu, daß sie für mich spricht. Aber auch von ihr abgesehen, fühle ich mich dir, die du mir ja das höchste menschliche Maß überhaupt darstellst, ebenbürtig. Ich, Sybille, beginne erst, ich habe noch viel zu sagen, ich fühle Kräfte und Gesichte und Stimmen und einen Ernst, der vielleicht die Unsterblichkeit bringt. Wir, Sybille, könnten uns genügen. Ich dir, du mir.

Aber wir halten ja auf der Schwelle, du bist mein Glück und bist meine Hölle. Um dir der Kamerad zu sein, den du gerne hättest, müßte ich erst mal mit dir geschlafen haben – so fällt mir der Witz nicht ein, der die Situation rettet, und ich sitze stumm da, und du sagst es, und du findest, ich sei ja so erregt, und du meinst, ich solle doch weg gehen, und du steigerst dich in eine Bosheit, den Fall Fischel. Warum läßt du dich nicht küssen.

Nein, dann toben die Erinnerungen, und was an Besinnung noch blieb, denkt: jetzt nicht schreien, jetzt nicht brüllen, jetzt nur nicht schreien. Und dann schreit man ja nicht. Und dann ist man ja ein gesitteter Mensch und schneidet sich nicht vor den Augen der Damen den Hals durch.

Hoffnungslos? Ja. Wenn ich es jetzt bedenke, halte ich es sogar für die wahrscheinliche Folge dieses Briefes (dessen Wirkung auf den Leser ich für absehbare Zeit nicht beurteilen kann), daß du auch den letzten äußeren Verkehr mit mir abbrechen wirst. Bitte nicht, liebe Sybille. Vergiß dann den Brief, verliere ihn, ich muß ihn dir senden, aber dann laß ihn liegen.

Hoffnungslos? Ja. Ich beginne morgen ein Buch zu schreiben, den Roman »Das Haupt der Meduse«. Ich fühle mich da verpflichtet. Ein nüchternes der Sache Dienen und kein Streben. Ruhm und Geld? Für mich ein Dreck! *Du* würdest auch einen Gefeierten nicht lieben! Und *du* würdest auch nicht zu bezahlen sein. Wenigstens für mich nicht. Ein scheinbarer

Wert, der auf der Linie der Verdammung liegt. Denn dich kaufen, hieße immerhin, dich haben, wäre ein Weg, wenn auch kein angenehmer, innerhalb der Weltgesetze, während so eine höhere, ganz unmaterielle, absolute Tragik einbricht, dies: dich nicht, dich um keinen Preis, den Zufallsmann von der Ecke vielleicht, wenn es sein muß, dich nicht, du bist und bleibst ausgestoßen, verdammt! Das Unmöglich! Unmöglich wie der Sprung in die Sterne!

Hoffnungslos? Ja. Vielleicht, Sybille, wenn du einmal deine Arme, deine lieben, mageren Akrobatenarme, mir um den Hals legen würdest, wenn einmal deine Brust die meine streifen würde, wenn einmal dein Gesicht, die feinen süßen Züge, der Traum in deinem Blick, dem meinem nahe kämen, wenn ein einziges Mal dein Mund meinen fände, und wenn dies eine Mal meine Hände, von beiden Seiten und ins Haar gesenkt, deinen Kopf halten dürften, wenn du einmal nur zu mir sanft wärst und lieb – ich weiß, Sybille, ich würde ruhig und schön und dankbar sein dem Leben.

Hoffnungslos? Ja.

Liebe Sybille, ein Traum gegen Morgen: es war eine Kammer über einem Gerüst von Schienen, Hoch- und Untergrundbahnhöfen. Dein Bett und eine Decke, von der ich mich entsinne, daß du sie in der Motzstraße besessen hast, gehörten mir. Du lagst auf dem Bett und hattest die Decke halb über dich geschlagen. Unausgesprochen war die Frage da, wo ich mich niederlegen sollte, denn Bett und Decke gehörten mir. Es folgte dann, glaube ich, eine Geste, die einladend war. Es war die, die einmal getan wurde, als ich, spät schon, in der Motzstraße mich zu dir legte. Was dann folgte, war ein Bergwerk. Über das Schienengewirr gingen die Züge in die Tiefe der Kohlenschächte, rußig und nicht zum Atmen. Auf einer bestimmten Sohle hatte ich zu tun. Es war wie eine Aufgabe. Dazwischen sah ich wie von einer tiefen Straße her hoch oben das Licht aus dem Zimmer, in dem ich neben dir lag.

Die Kunst ist wohl, das Denken bewußt zu machen. Es zu dirigieren. Im Phantastischen schwer. Ich dachte nicht, *es* dachte in mir. Ein früher Morgen, nicht ohne Glück. Ein lästiges Fieber war vorbei, die Mattigkeit der beginnenden Gesundung ließ den Traum, der nicht zu deuten war, in deiner Gestalt weiter laufen. Es war nicht dumm.

Ich erinnere mich, daß du ankamst, in das Zimmer kamst, unerwartet, einen Koffer abstelltest; ob du was sagtest, weiß ich nicht. Jedenfalls schienst du entschlossen.

Ich meinte noch, der Brief! Meinte, er sei schon der Alp der Erkrankung gewesen. Wollte erklären, daß nun alles anders und besser – während du dich auszogst (ich überlegte hier lange, ob ich »auskleiden« schreiben könnte, aber es war bestimmt ein »ausziehen«, wie wenn man müde ist). Es hing bald ein Kleid über einem Stuhl. Es folgten schnell Höschen, Strümpfe und ein Gürtel. Es war mir recht, daß auf dem Stuhl diese Sachen lagerten. Sie waren bunt und hatten einen guten Geruch, das Zimmer wurde bewohnbar. Persönlicher!

Und dann warst du bei mir und sagtest: ich bleibe. Mein Arm legte sich um deine Hüften. Deine Brüste standen und dein Gesicht tauchte unter in das Gesicht des Zimmers am Wittenbergplatz, als deine Hand so fest in meiner lag und Cognac aus deinem Mund floß. Natürlich beugte ich mich über diese Landschaft. Die Hände jetzt unter den Rundungen deines Gesäßes und das Streifen deiner Haare an den meinen.

Der Atem aus deiner Lunge aus deinem Leib, der durch dich durch gegangen ist.

Wieso war plötzlich alles klar?

Am Abend in einer freundlichen Stimmung:

Wie lustig, mit dir auszugehen! Zu hinken, alter Mann, kleiner Mann, großer Mann. Oder auf einem Bein zu hüpfen, wie einer, der es so eilig hat, daß er den zweiten Fuß vergißt.

Und dann die Fenster!

»O das Tuch mit den Tieren!«

»Ja, Brigitta würde es gut stehen.«

»Wenn du meinst, mich so zu reizen ... ich liebe Brigitta.«

»Das ist eine Rache.«

Und dann die andern Reden:

»Und Ihr Sohn, Frau Rat, hat er nun seinen Referendar gemacht?«

Das Leben ist doch schön!

BABELSBERG

Die Lehre eines Professors der Psychologie in Marburg schildert das Übel wie ein Samenkorn, das, einmal in das Bewußtsein gepflanzt, wie ein Unkraut wuchernd, zu neuem Unheil immer wieder aufblüht. Der Wartende (und nur in diesem Zustand des Wartens soll er hier beschrieben werden) ahnte am Morgen schon, daß sie am Abend nicht erscheinen würde. Die einfache Erfahrung lehrte, daß eine Begegnung, von welcher er sich, wenn nicht mehr, ein Gegenüber, ein freundliches Gesicht versprach und die er in der Zeit menschlicher Isolierung herbeisehnte, nicht wie selbstverständlich zustande kommen könnte durch eine Frage ins Telefon gesprochen und ein Ja als Antwort. Was half es, daß er, den Bann zu brechen, in die Quartanerlitanei des »Ich komme dran« vor der Mathematikstunde gefallen war und den ganzen Tag über wiederholt hatte: Sie wird nicht kommen? Gar nichts, denn das Telefon läutete und sprach, wenn auch mit sanfter Stimme, das Wort »Babelsberg« aus.

Und den Hörer einhängend, sah er die Wege nach Babelsberg. Die Schienenstränge vom Potsdamerplatz und vom Bahnhof Zoo; die Chaussee über Zehlendorf, die schwarze teerige Avus. Wege nicht ohne Romantik. Wege, die, um einer verbreiteten und belebten Darstellung des Glückes auf dieser Erde zu folgen, gradenwegs in die Glashäuser von Hollywood führen.

FÜRSTENFELDBRUCK ODER DER GEFANGENE MOND

Die Nachtluft wehte kalt in den Raum. Sie kam vom Siegestor und hatte in der überbreiten Leopoldstraße einen langen Anlauf genommen. In ihrer Frische konnte Schnee liegen. Man schrieb November.

Ivan überlegte, ob er sich einen weißen Morgen wünschen sollte. Eigentlich fror er, von einer Decke und seinem Mantel bis zur Nasenspitze zugedeckt, auf der harten Couch und verfluchte das offene Fenster und den Ammersee, der geschworen hatte, in abgeschlossener Luft zu ersticken. Freilich lag er im Bett und hinter einer schützenden Wand, einer Wand, hinter der auch Sybille schlief.

Ein Ausflug war für den Morgen verabredet worden, und um seinen frühen Beginn nicht durch einen Treffpunkt, den jeder verspätet erreichen würde, zu verzögern, verbrachten sie die Nacht gemeinsam in einem Raum.

Ihre Begeisterung war groß. In der eingeräucherten Stube von Knecht hatten sie Wein getrunken, um den ein Streit entbrannt war. Rhein oder Franken waren zu wählen. Die stolzen Dome von Worms, von Mainz und von Speyer warfen die Majestät ihres Schattens und ihrer erlauchten Namen auf die Reben ihrer Landschaft. Die Bocksbeutel aber schwangen wie volle Glockenklänge um die barocken grünspanenen Kuppeln der Kirchen von Würzburg. Schließlich hatten die Weinkenner sich, erhitzt und durstig geworden, in die Neutralität eines billigen, doch guten Pfälzers gerettet. Und als dann Stille herrschte, die Reden beinahe schon vergessen waren, rief Sybille auf einmal: Fürstenfeldbruck! Ein schönes Wort: Fürsten – Feld – und das dunkel nachhallende Bruck! Aber – wieso? Und Sybille mußte erklären, daß sie an eine weiße Kirche denke von oberbayrisch barockem Stil, der die Feldsteine weißte, weil er in

Marmor dachte, und daß sie die Kirche von Fürstenfeldbruck zu sehen wünsche, denn in Fürstenfeldbruck sei sie geboren. Das war den Fremden neu, in ihrem Paß stand München, der Ammersee und Ivan glaubten an Schwabing, aber die Wege des Mädchens waren von je ein Labyrinth.

IM PARK VON VEITSHÖCHHEIM

Am Morgen seines dreißigsten Geburtstages steckte der Ingenieur Kilian Hock nicht seine Karte in den Rachen der Kontrolluhr hinter dem Eingang III des Wernerwerkes Berlin-Siemensstadt, sondern verließ den Bahnhof seiner Heimatstadt Würzburg und ging, zu seiner Rechten die Weinberge und zur Linken den Main, von der Sonne des Frühjahres beschienen, dem Dorf Veitshöchheim entgegen.

Die Zigeuner, mit denen ich damals reiste, weil ich nichts Besseres zu tun hatte auf der Welt als Jarmila zu lieben, die indianerbraun und faul und zart und mager wie ein Knabe war, zogen durch den Spessart den Main entlang von Frankfurt über Aschaffenburg nach Würzburg.

Es war eine herrliche Zeit! Warm stand die Sonne über dem gesegneten Maintal, die Bauern ließen sich willig betrügen durch Wahrsagerei, Heilzauber, Tanz, Musik, so daß uns das Geld für den Tag nie ausging, und nachts fischten und jagten wir heimlich kleine silberne Mainfischle, große, schwere Hechte, manchen Hasen, wilde Kaninchen und tranig-fette Wasservögel.

Wir schliefen meist mittags, Jarmila und ich, blieben zurück hinter den Wagen, die wir spät abends wieder einholten, und lagen irgendwo in der Sonne im Gras. Der Fluß war noch nicht vom Sommer durchwärmt und die Kühle ließ ihren Körper erzittern nach dem Bade, und ihre kleinen, scharfen Zähne schlugen mir in meine Lippen, bevor sie einschlief in meinen Armen. Wir waren sehr jung und sehr glücklich.

Allmählich näherten wir uns Würzburg. Die Sonne brannte heißer auf unsern nun schattenlosen Weg am Fuße der grauen Weinberge. Die Landschaft bekam etwas Italisches, und wie wir von einer Höhe die Türme der vielen Kirchen der Heiligenkiliansstadt und die große, barocke Kuppel von Stift Haug sahen: So meinten wir, auf Rom zu blicken.

Dritter Teil

DER UNBEKANNTE SCHRIFTSTELLER

1934-1941

IM HAFEN VON ROTTERDAM

Herbert, der am Mittag in Rotterdam, das er nicht kannte, angekommen war, wandte sich, nachdem er die Sperre des Bahnhofs passiert hatte, sofort und entschieden nach links. Ohne sich um die Reihen der wartenden Kraftdroschken, der Autobusse und der Straßenbahnen zu kümmern und ohne einen der groß und mächtig auf dem Platz stehenden Schutzmänner nach dem Weg zu fragen, eilte er allein nach seiner Erinnerung an einen Plan der Stadt vorwärts, den er als Kind, bunt und auffallend genug mit unendlich viel himmelblau gezeichneten Wasserläufen, an der Wand eines kleinen, verräucherten Kohlenkontors hatte hängen sehen. Bald erreichte er so, indem er stetig einen Fuß vor den andern setzte und von keinem Gedränge beirrt mit einer brutalen Gewandtheit durch den ungeheuer anschwellenden Verkehr sich schlängelte, den Coolsingel, den Börsenplatz und endlich, mit dem Ufer einer Handelsgracht, die große Brücke, die, über den breiten Arm der Maas gespannt, die Stadt mit den Hafeninseln verbindet.

Kaum daß er die Brücke betreten hatte, fügte sie ein Schwingen in seinen Schritt. Links auf dem erhöhten Steg der Bahnlinie überholten ihn donnernd und dampfend die rasenden Eilgüterzüge. Er selber schob sich inmitten eines Stromes vorwärts, der sich aus Leuten aller Art, wie Kaufmännern, Handelsangestellten, Matrosen und Werftarbeitern und geschäftigen Boten auf blanken, surrenden und immer schrill schellenden Zweirädern sowie aus Lastfuhrwerken mit breitbrüstigen belgischen Pferden und erregt hupenden Automobilen zusammensetzte und der allmählich das Tempo seines vom Schwung der bebenden Brücke mitgerissenen Gehens bestimmte. Pferdehufe, Menschenfüße, Wageneisen und Autoreifen bedeckten den Beton der Brückenfläche in einer dergestalt dichten Folge von Bewegungen, daß ein zu Boden gerichteter Blick das harte

Grau nur flüchtig und unter Schatten wahrnehmen konnte. Rechts aber, durch die Lücken in dem starken Netz der Pfeiler und der gewundenen und vernieteten eisernen Träger, konnte Herbert den Fluß sehen, wie er mit überraschender und eigentlich unheimlicher Geschwindigkeit dem Meer zuströmte, nachdem er unter der Brücke, der Betonstraße voll von Verkehr, für alle, die auf ihr eilten, im Moment seines Unterdurchfließens unsichtbar gewesen war.

Hier hörte Herbert den dritten, dumpfdröhnenden Heulton aus der Sirene des Amerikadampfers. Wenn er seinen Kopf über die Köpfe, die vor ihm waren, hinausreckte, konnte er in einiger Entfernung, hinter den Teerdächern flacher Schuppen, die breiten Schornsteine des Ozeanriesen in einer schrägen Parallele vor dem Horizont stehen sehen, der ein wenig nach Regen aussah; doch stieg der Sirenendampf, als der Ton nur noch in immer weiteren Echos aus der Stadt zurückgeworfen wurde, in einer blendend weißen und lieblich flockigen Wolke grade zum Himmel auf.

Herbert hatte es von niemandem erfahren, aber auch ohne daß es ihm ausdrücklich gesagt worden wäre, wußte er, daß all die Menschen und die Güter auf der Brücke zu diesem einen, zur Ausreise bereiten Dampfer drängten. Gleichzeitig auch wurde sein Knie von dem Schmutzflügel eines Taxis gestoßen und verwundet, das in eine plötzlich vorhanden gewesene, jetzt aber schon wieder geschlossene Weglücke sich hatte vordrängen wollen, während eine überaus erregte alte Dame mit einer strahlend gelben und knarrenden Reisetasche auf den verzweifelt das Steuer haltenden Führer des Autos einschlug. Herbert aber glaubte keine Zeit zu haben, sich jetzt um die erlittene und leider schmerzende Verletzung, das Taxi oder die Dame kümmern zu können. Er fühlte jetzt den festen Boden der ersten Hafeninsel unter seinen Füßen, die, vom Brückenschwung befreit, wieder fester auftraten, und er folgte über Schienenstränge, Frachtpfade und zwischen Speichern hindurch weiter der Menge, die selbst die weißen Bananendampfer, die das Licht und den Duft Westindiens in den Hafen gebracht zu haben schienen, unbeachtet ließ.

Mit einem Mal wurde die Bewegung, der er als einer von tausend Teilen jetzt angehörte, gestoppt, und Herbert prallte gegen den Rücken seines Vordermannes wie ein Eisenbahnwaggon gegen einen Puffer. Beide wurden sie zur Seite gedrängt, so daß eine Zufahrtsstraße für die Schiffspassagiere sich bilden konnte, und beide sahen sie zur gleichen Zeit, wie sie ihre Augen nun nach oben richteten, in einer Höhe, die über eine Haushöhe hoch war, das geputzte und bewimpelte Deck des Schiffes mit all seinen blendenden, gelackten und gescheuerten Aufbauten. Einige besonders vornehme Reisende, die ungewöhnlich lange und weitläufig karierte Mäntel trugen, promenierten dort schon in der Gesellschaft der Schiffsoffiziere, während sie die Sorge um ihre Unterkunft, die Leerung ihrer Koffer, die Ausbreitung der Toilettensachen und der Wäsche, die sie zur Nacht anziehen würden, ihren Dienern überließen. Auf dem Vorder- und dem Achterdeck waren mehrere Dampfkräne mit dem Einholen der letzten Frachten beschäftigt, die, in große Netze geschnürt, wie die Spielsachen einer Riesendame durch die Luft geschwenkt wurden. Auch ein rechteckiger Kasten, der von Herberts Standplatz aus klein wirkte, jedoch ein schönes Pferd, das unter unruhig entsetzten Augen matt wieherte, umschloß, wurde in scheinbarer Mühelosigkeit an Bord gezogen. Kaum waren diese Arbeiten zu Ende geführt, als der Dampfer zum dritten Mal und nun mit besonderer Inbrunst seine Sirene gehen ließ. Ihr antworteten sogleich viele andere, mildere, aber doch verwandtschaftlich gestimmte Töne, und ein Rudel von kleinen, wendigen Schleppern zog bis dahin unsichtbare Stahltrossen straff, die von dem Heck der kleinen wie die schrägen Wege kühner Seiltänzer zum Bug des Ozeanschiffes führten. So, im Anfang seiner Fahrt ein wenig ungelenk und hilflos, wurde das Schiff aus dem Hafen bugsiert, und nur die Klänge seiner Bordkapelle, die den Abschiedsmarsch intonierte, blieben in der Menge zurück, die ihrerseits hurra rief.

Es mußte auf eine unmerkbare Weise viel Zeit vergangen sein, denn nicht die sich schnell vollziehende Entfernung, sondern die schneller noch über den Hafen herabgesunkene Dunkelheit verschluckte das Bild des Dampfers, von dem bald nur noch die Lichter zu sehen waren, die aber von den anderen der Seezeichen und der Laternen auf den Kais kaum noch sich unterscheiden ließen. Die Menge der Menschen und der Fahrzeuge entwirrte sich mit einer beinahe tänzerischen Anmut. Viele von den Leuten um Herbert entpuppten sich als Gaffer und Müßiggänger, die nur, um zu schauen, in den Hafen geeilt, jetzt aber von dem Augenschein eines gesicherten Amerikaverkehrs seltsam befriedigt mit gereckterem Schritt in der Dunkelheit verschwanden. Herbert blieb allein zwischen den Schuppen zurück, die, was ihm bisher nicht aufgefallen war, nach Tee und Gewürzen dufteten. Da glaubte er den Drehorgelton eines Karussells und die Melodie des alten Schlagers »Valencia« zu hören, und über eine Zugbrücke, die vollkommen menschenleer war, folgte er den Klängen auf die zweite Insel des Hafens.

Dort wirkte alles unendlich düster. Eine schnurgrade gezogene Ziegelstraße zeigte zu beiden Seiten die Fronten ärmlicher Wohnhäuser, deren rohgezimmerte Türen von Kinderhänden mit grellen Kreidestrichen verunziert waren. In einer stillen Bucht des Flusses lagen einige Frachtdampfer, ein paar Kohlen- und Petroleumschiffe wie eine Versammlung von Schatten, die nur hin und wieder von einer einsam glühenden elektrischen Birne erhellt wurde. Auf dem breiten Kai aber, auf dem verrostete, schmutzbedeckte und offenbar nicht mehr gebrauchte und vergessene Schienen lagen, drehte sich im roten Licht eines in bestimmten Zeiten aufflammenden und verlöschenden Scheinwerfers ein Schaukelkarussell um eine mühlenartig gebaute Mitte. Die einzelnen Sitze hingen an langen, messingenen Ketten und waren in dem Schwung der ziemlich schnellen Umdrehung weit nach oben und nach außen geschleudert. Von einem Plafond, der wie ein Stück Himmel über dem ganzen schwebte, glitzerten Spiegelscherben und Kristallbehänge sterngleich auf. Ein junger Mann, der sein blaues Hemd nach seemännischer Weise auf der Brust offen trug, aber einen städtisch-steifen, melonenförmigen Hut schräg auf den Kopf gesetzt hatte, von dem das Haar unter dem Hutrand in einer kunstvoll gebürsteten Frisur seitlich abstand, versuchte in einer dem Lauf des Karussells entgegengesetzten Bewegung mit seiner Schaukel die andere eines rothaarigen Mädchens zu erreichen, das, während es mit seinen Händen den kurzen und straffen Rock im Fahrtwind festzuhalten suchte, heftig kreischte.

Bevor noch der Matrose mit dem städtisch modischen Hut zu dem Mädchen sich hingeschaukelt hatte, wandte Herbert sein Gesicht einem Chinesen zu, der neben ihm stand. Dieser war schon ein alter Mann, der die blaue, abzeichenlose und am Kragen hochgeschlossene Jacke eines Oberheizers anhatte und dessen Züge einen sehr würdigen Ernst wie auch eine leichte, wenn auch nachsichtige Mißbilligung des Karusselltreibens ausdrückten. Als der Chinese aus dem roten Licht des Karussells fort und in die schnurgrade Straße hineinging, folgte ihm Herbert. Nach wenigen Schritten öffnete der alte Mann die Tür eines kleinen Ladens, der am Tage Grünkram verkaufen mochte, und ließ mit einer höflichen, aber keineswegs knechtischen Verbeugung Herbert den Vortritt. Drinnen war es erst dunkel, aber gleich leuchteten viele mattweiße Birnen unter der hohen Decke des leeren und rechteckigen Raumes auf, dessen Boden mit gelben Matten belegt war.

Von irgendwoher kam wohltuend die Wärme eines Feuers und ein Duft nach Räucherwerk. Herbert hatte das angenehme Gefühl der Sauberkeit, die Empfindung, nach einem Bad in einem frischbezogenen Bett zu liegen. Er hockte sich auf den Mattenboden nieder, der Chinese klatschte in die Hände, und ein kleines Mädchen kam mit einem Hocker und einer Schale aus dünnstem Porzellan, in der ein hellgrüner Tee dampfte. Auf den kleinen Hocker stellte das kleine Mädchen die Schale vor Herbert hin. Herbert wollte die Hand nach dem Tee ausstrekken, als in rascher Folge andere Chinesen in den Raum traten. Es waren dies jüngere Männer in blauen, amerikanisch geschnittenen Anzügen mit weiten Hosen und wattierten Schultern. Unter ihren Jacken trugen sie auffallend weiße Hemden, aber ihre Gesichter und ihre Augen waren hart, eilend und nervös wie die Gesichter und Augen von nimmer rastenden Geschäftsmännern. Bald konnte Herbert unter den vielen neuen das liebe und würdige Gesicht des Alten, mit dem er hergekommen war, nicht mehr finden. Die andern aber setzten sich, ohne Herbert weiter zu beachten, gleich ihm auf den Boden, wo auch sie den Hocker mit der Teeschale serviert bekamen.

Auf einmal ging über allen Köpfen das Licht aus; doch sofort öffnete sich im Hintergrund des Raumes ein Vorhang, der die erleuchtete Bühne eines Speichers (im Hintergrund sah man Fässer, Säcke und Kisten) den Blicken frei gab. Vier Männer in einfarbigen Kitteln und mit maskierten Gesichtern setzten sich in die Bühnenmitte. Der eine schlug mit seiner Faust gegen einen großen, hellklingenden Gong. Der andere bearbeitete einen kleineren, dumpfer tönenden mit einem Klöppel. Der dritte schlug mit einem Hammer gegen einen eisernen Stab; und der vierte, der den eigentlichen Rhythmus angab, rieb in furchtbarer Anstrengung zwei ungeheure Schallbleche gegeneinander. Es war, als ob ein Schnellzug über eine Brücke rast, die hoch über einer tiefen, den Schall tausendfach verstärkenden Schlucht hängt. Die Musik verkündete und begleitete aber das Erscheinen des großen Drachen.

Zwölf junge Männer stellten sich, einer hinter dem andern, in einer Reihe auf und hoben die Arme empor. Dann nahm der erste das greuliche Haupt des Drachen, der am Boden lag, auf und hielt es über sich. Hinter ihm wehte es gelb. Die anderen, die dem ersten in der Reihe folgten, griffen in die Seide und deckten sie über sich, so daß sie, hinter dem Drachenhaupt, zu einem gewaltigen, gelb sich windenden Leib sich vereinigten. In Kurven und Serpentinen, durch die Luft fliegend, auf dem Boden kriechend und über ihn schreitend, bewegte sich in einem bald feierlich erhabenen und bald wieder höllisch wilden Tanz der große und furchtbare Drache stundenlang und bis zur Erschöpfung seiner Träger um die vier unausgesetzt hämmernden Musiker herum.

Wie ein Betrunkener schwankend verließ Herbert endlich, nachdem er behutsam über die verzückt liegenden Zuschauer hinweg bis zur Tür gefunden hatte, den Raum. Er eilte die schnurgrade Straße bis zu ihrem Ende entlang, wo eine Leuchtschrift den Eingang zur Alaska-Bar kennzeichnete. Herbert spürte den kaltgewordenen Rauch billiger Zigaretten kratzend in Mund und Nase, und er bestellte ein Schnapsgetränk, das er schnell hinunterstürzte und brennend fühlte. Er sah hinter dem Bartisch einen jungen Chinesen stehen, der den Zuschauern der Tanzzeremonie ähnlich sah. Seine linke Hand ruhte auf dem Zapfhahn, und seine Augen verfolgten rechnend und messend den gelben Fluß des Bieres. Seine rechte Hand strich mit einem Holzspatel den Schaum von dem Glas, das er einer blonden Barbedienerin reichte, die ihm mit einem ergebenen Blick unentwegt in das harte, scharfe, chinesische Gesicht starrte. Das Mädchen war jung und hübsch, und sie hatte etwas Liebliches und etwas Warmes in ihrem Tun und in ihrem Wesen. Herberts Augen folgten ihr, wie sie mit dem vollen Bierglas zu einem dänischen Matrosen ging, der hinter einem Holztisch saß. Der Matrose nahm das Glas und hob es, wie zu einem Prosit, doch nicht zu seinem, sondern zu ihrem Mund und sagte: Trink! Sie aber wandte sich entgegen der Sitte solcher Hafenschenken von ihm ab und wieder der Theke zu. Da schleuderte er mit einem dänischen Fluch das Bier gegen sie, das sie in kleinen Schaumperlen über und über benäßte. Sie aber blieb, als ob sie keinem Exzeß einer Roheit erreichbar wäre, regungslos und verzückt vor dem Angesicht des Chinesen stehen, dessen Hände auch nicht für den kleinsten Teil einer Sekunde von ihrer das Bier messenden Arbeit ließen. Herbert empfand: sie sind verzaubert, oder sie leben ein Leben nach dem Kino.

DIE ELEKTRIZITÄTSSTRÖME IN MIR

Die Elektrizitätsströme in mir: bei Gewitter. Bei gewissen Gedankenreihen, z. B. denken an S. Ferner beim Anblick jener vollkommenen (also das Vollkommene!) hell-schlanken-sauberen Gestalt am 21. Juni im Scheveninger Kasino. Dieses: ES GEHT MIR DURCH UND DURCH. Der Strom(kreis?), der im Herzen beginnt und von dort ausgeht, besonders fühlbar in den Adern des Arms, bis er in den Spitzen der Finger in »unsichtbaren kleinen Flammen« ist (endet, leuchtet, ausströmt, oder die Leuchtrundung des Stromes ist, wie in einer elektrischen Birne – negativer/positiver Pol –, eventuell aber auch Sender, von dem Ausstrahlungen ausgehen?). Dasselbe vor gewissen Entscheidungen, bei bestimmten oder unbestimmten Befürchtungen.

ERZÄHLUNG EINES PRIESTERS

Ich wurde zu einem Sterbenden gerufen. Im Haus waren seine Frau, seine Kinder, seine Diener, auf dem Tisch stand dampfend das Essen. Die Familie begriff es nicht. Sie rang die Hände. »Warum, warum«, riefen sie. Der Sterbende wollte allein sein, niemand wollte er sehen. Die Verwandten aber wünschten, daß er mit den Segnungen des Himmels sterbe. Von seiner Schläfe tropfte das Blut über die bleiche Wange. Er lag im Sterben, aber er war bei Bewußtsein. Ich fragte ihn, warum er es getan habe. Er sagte: »Ich ging vor Mittag durch die Stadt. Ich ging im Strom der Menschen. Ich sah ihre Gesichter, die mir entgegen kamen, und ich sah die Schritte, die mich überholten. Eine unendliche Traurigkeit überkam mich. Ich fragte, warum. Ich sah, daß ich allein bin. Daß ich immer allein war. Ich sah meine Frau, meine Kinder – was waren sie mir? Fremde! Was wußten sie von mir? Nichts. So viel wie Niemand! Ich sah keinen Sinn. Ich war von zu großer Traurigkeit benommen. Da entschloß ich mich zu sterben.« »Und bereuen Sie es nun«, fragte ich ihn. Seine Augen brachen schon, kaum daß seine Stimme noch sein Flüstern trug. Er sagte: »Bereuen? Nein; aber auch der Tod hat keinen Sinn.«

FRAU V.D.S.

Nach dem Abendessen erschien Frau v. d. S., eine Dame von so aufreizender Wirkung, daß sie selbst bei günstigster, ruhigster Nervenlage mehrtägige Störungen traurigster Mißstimmung verursacht. Diesmal schrie sie mir schon von weither zu: Sie sind in meiner Achtung gestiegen! Ich habe Ihr Buch gelesen. Es ist wahrhaftig nicht meine Schuld, daß es auch dazu kommen mußte. Ich hatte die Nichtachtung der Dame in Demut getragen, aber ihre Achtung wurde mir sogleich unerträglich.

JANNIE

Sie saß stupide da. Mit ihrem weißblonden Haar, das so glatt und fest anlag wie eine Masse. Er sagte etwas von der Melancholie ihrer Augen, und sie fragte: was ist das? Sie verstand ihn in keiner Weise. Meinen Sie das im Ernst, fragte sie. – Er faßte sie an, umschloß mit den Händen ihre Schläfen, schaute in sie hinein und sprach: nur Böses bist du, nur Böses wird von dir kommen. Er sprach es auf Deutsch, und sie begriff nicht die Worte und ihre Bedeutung. Sie schaute zu ihm mit der gleichgültigen Ruhe einer Kuh, die von einem Hütejungen gestreichelt wird, ohne daß sie begreift, warum es geschieht. »O liefste!« Sie sagte es mit der übertriebenen Betonung der Falschheit, wie Schauspieler, die eine Liebesszene parodieren. Es war so deutlich, daß auch sie es tat, daß er dachte, sollte sie, wie ja ich, es anders meinen und nur aus der Furcht, daß der andere es so wünscht, es in diesem Ton, wie den Versuch mit einem Ballon, sagen? Er dachte dies einen Moment und dann wurde er wieder wachsam; hart, aber auch nicht klar. Er kämpfte mit den Lächerlichkeiten der Sprache.

KEMPINSKI

Kempinski / Traum von der Fülle / der ungenaue Beobachter im Sinn der naturwissenschaftlichen Erkenntnis / der Zufall und die Kausalität / Kempinski-Gott-Zeus, mit Bart, ein gewichtiger Vater-Zwerg am Pult / die Elektrizität in den Gängen, die menschenhohen Elemente, die Drähte, Hochspannungszeichen, unter ihnen das Mädchen, das mich führt. Verführung durch das Mädchen. Keine erotische Absicht, aber doch wollüstiges Verlangen. Werbung: Ich bin Schriftsteller und hergekommen, einen Vortrag zu halten; es wäre lächerlich, wenn es aufkäme, ich hätte Sie hier vergewaltigt! Wieder die Unmöglichkeit der exakten Beobachtung! Der Friseur, Kempinskis persönlicher Friseur!, mit dem Ohr, aus dem Eiter trieft. Alter Graukopf. Sehr schäbig für seine ausgezeichnete Stellung. Steifer Hut. Lächerlich. Dennoch – der Tod. Sehr schäbiger Tod. Ich flehe ihn an, mich zu rasieren. Sage: Ich komme aus Rom. Will mir dadurch Bedeutung geben. Er hört nicht. Ich schreie. Vergebens! Ich schreie immer wieder: Ich komme aus Rom! Er aber hört nicht, ißt getrocknete Bananen am Trockenfrüchtelager und hat schon Feierabend gemacht. / Kempinski ist hier ein riesengroßes Geschäft, ein Warenhaus wie Wertheim, nur für Lebensmittel, doch muß es einen Friseursalon haben, der wohl riesig ist, aber den ich nicht erreiche, den ich trotz aller Führung nicht zu sehen bekomme. Ich komme tatsächlich von der Bahn, wenn auch wohl nicht aus Rom, eher aus Mecklenburg. Ich bin dreckig und unrasiert und habe in gradezu quälender Weise den Wunsch, mich rasieren zu lassen. Wahrscheinlich ist es die Gegend des Bahnhof Friedrichstraße. *Das alte Berlin!* Es ist Abend. Laternen brennen. Der Eingang zu Kempinski ist eine Halle mit Neonlichtern und vielen Türen, die ins Innere führen. In der Halle viele beschäftigte Stände mit Schuhputzern. Ich erwäge, mir die Schuhe putzen zu lassen, denke aber dann, daß sie mir während des Rasierens geputzt werden können. Auch dies ein Irrtum! / Mehr noch eine verhängnisvolle Unterlassung!!!!

DAS PROBLEM DES ZUFALLS

Am Abend eines mißmutig verbrachten Tages begegnete mir in einem Volkslokal ein fremdes und schönes Mädchen, mit dem ich mich aber, sie redete einen flämischen Dialekt, sprachlich kaum noch verständigen konnte. Sie war ein gefälliges Kind, und ich begleitete sie in ihre Wohnung, wo sie, sehr gastfreundlich, über einer Spiritusflamme einen Tee bereitete. Derweilen betrachtete ich die Photographie eines Negermusikanten, von dem mir berichtet wurde, daß er ein Tenorsaxophonist und überall in der Welt bekannt und geliebt sei. Dann aber, in dem Bestreben, mich zu erheitern und zu unterhalten, fing das Mädchen an, mir eine Geschichte zu erzählen. Sehr langsam sprechend, jede Silbe deutlich betonend, gab sie sich die größte Mühe, verstanden zu werden. Es gelang ihr – und ihre Worte waren fürchterlich. Wie widerhakige, diamantharte, vergiftete Pfeile flogen sie von des Mädchens ahnungslosen Lippen zu mir und in eine schon offene, schon brennende Wunde. In meiner wachsenden Erstarrung hatte ich das Empfinden, steinern anzuschwellen, ein Denkmal zu werden, den Raum des Zimmers einzunehmen und seine Wände zu sprengen, riesig – und auch sie, das Mädchen, gewann an Größe hinter ihrem angestrengten Mund, wuchs aus zur Riesin, glich der Gestalt der Schicksalsgöttin, einer Tragödin auf hohen Kothurnen, züngelnde Schlangen auf rotzüngelnder, eigener Zunge Spitze – ohne es zu wissen.

DIE TRAURIGEN

Die Traurigen / Du bist die Welt, die mir verschlossen ist. Der gelbe Reif / wie Milchrahm, obwohl gelb, sehr hell wirkend, von einem *inneren* Leuchten. Man kann sich in ihm spiegeln, wie in einer Mattscheibe. In der Hand liegt er fest, wie ein Schlagring. Gut anzufassen. Auch die Markise des Fensters spiegelte sich in ihm, in schmalen oder breiteren roten und weißen Streifen, je, wie man den Reif hielt. »Sie führt in ihrer höchsten Reinheit immer die Natur des Hellen mit sich, und besitzt eine heitere, muntere, sanft reizende Eigenschaft.« Goethe über die »sinnlich-sittliche Wirkung der (gelben) Farbe«.

VAN BEUK

Ein Sonntag im August (oder schon herbstlich). Am Vormittag war ein Gewitter niedergegangen und hatte die Straßen überschwemmt. Doch es war schwül geblieben. Am Abend noch hatten die Straßen (des Haag) den schweren süßlichen Blütenduft von alten Friedhöfen. Auch ein Nebel lag über den Grachten und neben den Köpfen der Laternen. In Scheveningen war die See nach Noordwijk hin grau. Der Dunst war wie eine Waschküche. Er sah das weiße Haar der alten Frau. Die feuchte Wärme drang durch die Kleider, ja durch die Haut. Auf dem Boulevard der Korso der jungen Menschen. Die Brüste der Mädchen stachen spitz durch die Blusen. Er ging, obwohl das Wetter drohte, zum Strand hinab und in die Schwaden. Die Lichter des Boulevards (des Bootekippennichtwassers), die Lichter der Terrassen des Palacehotels, in dem Frau X (Frau des Reeders) mit Y getanzt hatte, allmählich lagen sie hinter ihm. Kein Gewitter, aber ein dichter Regen, der Nebel zerrann eben zu Wasser, setzte ein. Der Leuchtturmschein. Er ging weiter. Er (Kriegsland) war der Heimat seiner Väter nicht mehr gewachsen gewesen. Die Liebe auf dem Boulevard, das Lachen der Mädchen, die Scherze der Burschen! Er ging weiter. Er geriet in eins der Dünenlöcher, von denen er gehört hatte. Sein Schrei ging unter in dem Nebelruf eines Frachters der X-Reederei, der des Sonntags nicht achtend ausfuhr. (Plastisch die Arbeitsnot der Besatzung.) Der klagende Ruf! Er sank ein. Der Sand drang in ihn ein. Es war wie eine ungeheure Umarmung, es war, als wenn all die Mädchen des Boulevards, die nicht die seinen gewesen, wie ein einziges, eindringlich liebendes Wesen mit hunderttausend sanften Gliedern ihn umarmten. Durch die Jacke, die Hose, in alle Haare, alle Poren, in das Blut drang der Sand der *See*, in seinen Mund rieselte er wie ein unsagbar wollüstiger Kuß und erstickte ihn. (In seinen Mund rieselte das Land!)

DIE CHRISTGEBURT ODER DES FESTES FREUDE

Die Wandlung des jungen Schr. (?) W. zur Realität, zum Kaufmann, zur wirklichen (und doch so unwirklichen!) harten Welt. Er ist in H.: der Nebel, das Vorhaben, die Güte der Aufnahme. Dann der Brief aus Z. Es ergibt sich eine einmalige Gelegenheit. (Der Moment ist gekommen!) Denn unter der Aufforderung, wir könnten zusammen das Fest feiern, lebt der Ruf, das Flehen, sind die gestreckten Arme der Verlassenen und der Not. Die Versuche, erste Reden, erste Peinlichkeiten, erste Briefe, der Plan mit dem Geldmann C. Warten. (Darstellung der Beziehung.) Fehlschlagen des Planes mit C. (Er antwortet nicht.) Gespräch mit der Dame. Möglichkeiten! W. aber will mit dem Herrn sprechen. Das Gespräch mit dem Herrn. Die Balzacsche Erzählung des reichen Mannes. (Die Versicherungen, die Häuser, die Entwertungen.) Hinweis auf die Kinder und verwandte Lasten. Die Folge des Gesprächs: W. ist zu weich, auch zu erschüttert, um seine Sache zu vertreten, die von dem Herrn trotz aller Achtung doch mehr so nebenbei als die Sache einer leichtsinnig teuren Laune hingestellt wird. W. kann nicht gegen (auch nicht heimlich, was durch die Frau ihm möglich gemacht wird) das Gebot des Herrn handeln. (Durch diese moralische Hemmung aber grade fühlt er sich im Innersten betrogen und übertölpelt. Wie durfte der Herr diesen Riegel vorschieben?!) Die Eilbriefe, die Telegramme, das erste Telefongespräch, die Güte der Frau (sie verkauft Schmuck), doch auch diese Güte macht mehr unmöglich als möglich. W. versäumt die Flucht. Er starrt in den Nebel, gebannt, gelähmt, die Züge gehen und immer erst nach jedem Zug bricht er zusammen. Verzicht und Tröstungen. Dann der Heilige Abend. Die Krise. Er rafft sich zum Leben auf, indem er sich verspricht, am ersten Festtag zu fahren. Neues Gespräch mit der Frau. Für einen Tag? W. sagt, *er* (wenn er eben das Geld hätte) würde es auch für eine halbe Stunde tun. Er spricht von der Lüge, die das Bleiben bedeutet. (Er deutet sie an.) Die Frau wirft mit Magdalenenmiene das Geld durch den Türspalt auf das Bett; man hört den Mann; W. könnte fahren. Er ist aber betroffen. Die moralische Hemmung ist neu geweckt. Er will nochmal telefonieren. Fährt zur Post, um die Abgeschlossenheit der Zelle zu erreichen. Anmeldung des Gesprächs. Er gibt Geld und merkt, es sind Schweizer Franken, die er bekommen hat. Bestürzung: die Vorstellung, er gibt sie mit ihr aus. Das Gespräch: sie liegt im Bett. Ihre Stimme ist älter als beim ersten Gespräch. Was steckt hinter den Worten? Sie sagt: du sollst dir keine Gewissensbisse machen. Sie sagt: ich bin milde gestimmt. Er sagt: ich überlege, ob ich noch für einen Tag kommen soll –, aber es ist wohl wirklich Wahnsinn. (Er wartet aber auf das Kommen.) Sie sagt (und was meint sie?): ja, das ist wohl wirklich Wahnsinn. Und während sie dies sagen, und während sie sich zur *Vernunft* bekehren, zur allgemeinen Vernunft, zur wohlmeinenden Ansicht, wissen sie, daß sie *nun das Wahnsinnige tun*, daß sie, für *ihre Charaktere*, das Schlechte wählen, den Verzicht, der keinen Wert hat (für sie nicht!), daß sie verlieren! Über ihnen und über der Leitung, die durch die Lande geht und sie verbindet, schwirren in großen Zügen mit riesigen Schwingen die Vögel des Wahnsinns. Die Zelle auf dem Postamt ist wie voll Blut. Es tropft von Decke und Wand. W. tritt aus der Zelle in den Schalterraum wie nach einem Mord. »Es ist vollbracht.« Er fährt mit der Straßenbahn heim. Kinder spielen. Die Bahn gleitet gut. Sie gleitet in einer Kurve gefährlich nahe an den Rand einer Gracht. W. geht noch ein Stück des Endweges zu Fuß. Radfahrwagen mit frischem weißem Flieder begegnen ihm. Er weiß, die Kindesfreude kommt nicht mehr. Was ist ihm das Fest? Wer ist ihm geboren? (Und auch die Kuchenküchengerüche sind nicht mehr.) So wird es später noch mehr sein. Bald wird das Fest kommen, an dem er auch nicht mehr die Stimme wird hören. Immer umschließender wird das Eis. Die Seele darf sich rühren. Sie wird gewalzt. Und ihre Flucht ist die Lüge ihres Schreis in der Literatur, diese dumme Unbefriedigung, *wo er doch eine Stunde das Leben haben wollte!* W. ist ein Bettler Midas, dem jede Zukunft schon in Eisen verwandelt ist.

DIE JAWANG-GESELLSCHAFT
Ein Roman
[Fragment]

»Zudem«, sprach er, »haben diese Puppen den Vorteil, daß sie antigrav sind. Von der Trägheit der Materie, dieser dem Tanze entgegenstrebendsten aller Eigenschaften, wissen sie nichts: weil die Kraft, die sie in die Lüfte erhebt, größer ist als jene, die sie an die Erde fesselt.«

Kleist: Über das Marionettentheater

Die Insel, die dem Freiherrn gehörte, ist eine der kleinsten unter den friesischen Inseln vor der nordholländischen Küste. Sie ist nicht viel mehr als eine größere Düne; zwei festere als des Wassers Wellen und zwischen ihnen ein Tal, von Strauch, Halm und dürrem Gras bewachsen und zueinander gehalten; Sand und gebrochene Muscheln, von der Strömung der See herbeigetragen und nie von ihr freigegeben, nie aus ihrem Besitz entlassen, nie ganz zum festen Land geworden; eine Insel, von den Wellen umspült, wenn auch nicht von ihnen verschlungen.

Wird dieses Eiland einmal aus einer Entfernung betrachtet, vom Bord eines Schiffes oder aus dem Fenster der Flugmaschine, die von Amsterdam nach London fliegt und die an klaren Tagen dem Reisenden einen weiten Überblick gewährt, dann glaubt man, es sei grade nur für den Moment der Betrachtung in das Licht gehoben worden. Zurück strahlt der Sonnenschein aus dem Strandsand der Insel wie aus dem Wasser, das Dünengras beugt und hebt der Wind wie die Gischt des Meeres; und man erwartet, während man hinschaut, die kleine Feste in der ewigen Bewegung von Ebbe und Flut vergehen und verrinnen zu sehen, wie die Wellen, die sie umgeben – so innig scheint sie ein Teil, ein geringster Teil nur der großen See zu sein.

Die Familie des Freiherrn gehörte dem aussterbenden niederländischen Adel an. Heute, nach dem Tode des letzten Erben, ist das Geschlecht in seiner rechten Linie erloschen. Sein Name wird in keinem Telefonbuch mehr zu lesen sein, aber in den Büchern der Geschichte wird er genannt bleiben. Weit läßt er sich dort in die Vergangenheit zurück verfolgen, und in der großen Zeit der Niederlande, den Glaubenskriegen und dem Abfall von der Spanischen Krone, war er nicht weniger zum Symbol der Freiheit geworden, als der besser im Gedächtnis gebliebene, weil von der Dichtung verherrlichte des Grafen von Egmont.

Carel Johan Tobias Pieter Blois hat die Schlußprüfung des Gymnasiums bestanden. Er ist ein magerer, hochaufgeschossener Jüngling. Eine nach vorn gebeugte Haltung gibt ihm das Ansehen einer frühen Nachdenklichkeit. Gefragt, würde ein Mann bestätigen, daß Carel ein schöner Junge ist. Höchstens noch: er solle sich besser halten, solle Sport treiben.

Ob ein Mädchen dieselbe Antwort geben würde, bleibt im Zweifel. Zwar scheinen die Augen des jungen Freiherrn schön und hell, zwar läßt die Stirn auf einen edlen Sinn schließen und deutet das sauber geschnittene Haar in seiner doch nicht zu unterdrückenden Ungebärdigkeit, die der Glätte der Frisur schadet, Kraft und Willen an, und zeugt der Vorsprung der Nase auch von dem kecken Mut, der gefällt und gewinnt, so sind das Kinn und der Mund doch zu weich, zu kindlich schon für die Jahre, wenn auch von einer Kindlichkeit, der die Schwermut nicht fremd ist, träumerisch, wie Kinn und Münder von schlafenden, dem Traum hingegebenen Kindern sind. Aber das ist es gar nicht, was den Mädchen mißfallen oder sie hindern könnte, Carel zu lieben. Mit all dem ist er hübsch. Es ist nicht die Leibesform aus Haut, Fleisch, Knochen und Blut, nichts physisch Sichtbares ist es, eine Ahnung nur, daß dieser Mann einsam sein wird, daß es sein vornehmstes Schicksal ist, allein durch das Leben zu kommen – und das, dies, wie sie vielleicht sagen, Ungesellige seines Wesens, das mögen die Mädchen nicht und sie spüren es auch auf, viel schneller, als ein Mann es bemerkt. Vielleicht ist das deshalb so, weil die Neigung der Mädchen, ihre Zuneigung, ihre Liebe einen Mann bilden kann; und sie sind doch gezwungen, dem Willen Gottes zu dienen. Denn »Gott verschwendet nicht«, spricht Violaine in der »Verkündigung« von Claudel, »und gestattet keinem Wesen, angesteckt zu verbrennen, ohne daß nicht zugleich auch ein wenig des Unreinen mitverginge, des eignen oder des fremden um einen herum, wie die Kohlenglut im angefachten Weihrauchkessel!«

Er ist neunzehn Jahre alt. Er steht auf der Insel. Wenn er einundzwanzig ist, wird sie ihm gehören, wie sie seinem Vater gehört hat und dessen Vater und vielen Vätern vordem. Der Vormund, ein Oheim, hat ihn von der Schule auf die Insel gerufen.

Der Oheim ist ein strenger Herr: Ehrendoktor der juristischen Fakultät an der Universität zu Groningen, Präsident eines Gerichtshofes, Vorsitzender einer Kommission zum Studium des Rechts, Kammerherr im besonderen Dienst der Königin, Großoffizier im Orden von Oranje-Nassau. Doch ist es nicht sein Wille, mit all dem, was er ist und vorstellt, den Neffen und Mündel einzuschüchtern. Er kennt ihn kaum; doch versucht er, wie ein Freund zu ihm zu sprechen. Wie ein älterer Freund natürlich, aber doch wie ein Freund.

Aus dem Kriegshafen hat sie ein Lotsenboot auf die Insel gebracht. Der Pächter des Gutes hat sie begrüßt, und seine Frau hat ein Essen bereitet. Der große Kamin in der Halle des weißgekalkten, schüchtern den Stil eines höfischen Barocks andeutenden Herrenhauses brennt. Mit einem Hinweis auf die Rauheit der Luft, der eine beiläufige Entschuldigung der Handlung ist, schenkt der Oheim den scharfen, hellen Genever aus der braunen Steinkruke und bietet dem Neffen davon an. »Zum Wohl!« Der Oheim ist kein Duckmäuser.

Pferde werden ihnen gebracht, und sie reiten über die Insel.

Ein paar Äcker, so unergiebig, daß auch der Laie es sieht, ein paar Weiden, dürr, Schafherden, fröstelnde, blökende Tiere, die vor den Reitern erschrecken. Der Hirt betrachtet sie aus großen, weitaufgerissenen, wasserblauen Augen; doch ist keinerlei Bewegung in seiner Gestalt und keine Regung in seinem Gesicht zu bemerken; es ist, als sei er blind. Vögel fliegen aus ihren Erdnestern vor dem Huf ihrer Pferde auf. Das Meer trifft sie mit dem Geräusch seiner Brandung, mit funkelnder Nässe, Salzbrand auf Haut und Lippen und peitschendem Wind. Möwen kreischen, zahllos, über den Wellen.

»Das ist die Insel«, spricht der Oheim. Er nennt den Namen, der Carels Familienname ist. »Das wird nun dein Besitz.«

Sie sitzen wieder in der Halle. Das Feuer im Kamin schwelt, und der Rauch dringt in den Raum. Sie husten. Der Oheim trinkt noch ein Glas, diesmal den Neffen übergehend, dann legt er Rechnungen vor, Belege seiner Vormundschaft; doch geht das Gespräch um die Entscheidung für die Zukunft.

Viele Wege stehen Carel offen. Ist ein nennenswertes Vermögen auch nicht mehr vorhanden, ein Name gilt noch viel. Und wenn die eigene Bewirtschaftung des Inselgutes nur die bloße eigene Existenz sichern würde, so kann man doch, hält man die Pacht mit dem tüchtigen Verwalter aufrecht, mit einem kleinen Zuschuß aus diesem Handel rechnen und dann mit ihm und den vielen Beziehungen des Oheims manches im Leben erreichen.

Da ist die Welt der Kontore. Carel kann in die Handelsgesellschaft eintreten, in eine der Banken, in ein Schiffahrtsunternehmen; es gibt ja so viele in Amsterdam, in Rotterdam und im Haag. Der Oheim weiß Bekannte zu nennen, Träger alter Namen, die als Volontäre in einem dieser Häuser begonnen haben und nun im Direktorium sitzen und herrschen, wie nur je ein Ritter geherrscht hat. Doch leider ist auch von anderen zu berichten, Unbegabteren für die Kunst des Handels vielleicht, die auf dem Sessel des Clerk sitzen geblieben sind, hundert Gulden im Monat verdienen und traurig und enttäuscht aus den Fenstern der Büros blicken; traurig und mit einer vagen Sehnsucht auch am Abend hinter den angeschmutzten Scheiben preiswerter Pensionen stehen.

In den Ämtern ist es nicht viel anders. Ein Studium kann den Empfohlenen zu hohen Posten führen, ist er tüchtig und fleißig in seinem Fach. »Interessiert du dich für etwas? Für die Wissenschaft, für die Verwaltung?« Der Oheim fragt es. Sonst: es gibt so viele! Dritter Sekretär an einer Gesandtschaft, Vizekonsul in Honduras; gewiß, auch aus den Gebäuden dieser Ämter kann man traurig und enttäuscht auf eine fremde Straße starren.

Was also schlägt der Oheim vor? Was will er? Was ist sein Plan? Das Militär? Die Karriere in der See- und der Landmacht? Er hält nicht viel von dem ewig gleichen Dienst in den Kasernen. Das Avancement bietet kaum Überraschungen. »Wir sind ein kleines Land.« Der Oheim spricht diese Phrase so halb mit Ernst und halb mit Spott, so mit dem verzichtenden Bedauern, daß es nun mal so ist, und dann doch mit dem Tonfall des Sich-lustig-Machens über die eigene dumme Rede, denn es ist ja gar nicht so, im Gegenteil: ein gutes Land, ein herrliches Reich! Und dann schildert er Carels nicht allzu gefestigte Gesundheit, wie er meint, schmäht die Zimmerluft, predigt gegen Bürokratie und Aktenstaub und preist dafür die Weite der Welt; ja, er hebt die Stimme, wird laut, enthusiastisch, und sein Gesicht rötet sich, während er eine Laufbahn in der Marine dem Neffen vorstellt und entwickelt. Eine alte Sehnsucht, ein Jugendtraum scheint in ihm wachgeworden zu sein, und im Leben des Jüngeren wünscht er ihn geschehen zu lassen; es ist, als möchte er selber lieber der Kommandant eines Kreuzers als der Präsident eines Gerichtshofes sein. Bis die Begeisterung, die ihn bewegt, ihn auf einmal erschreckt und er mit einem nüchternen »Nun überleg es dir« endet.

Es ist Abend geworden. Die Dämmerung, ein Zwielicht zwischen Tag und Nacht, liegt über der Insel. Von der untergehenden Sonne brechen Streifen roter Glut durch den Schleier von Wolken- und Nebelgrau am gar nicht fernen Horizont.

Carel blickt über die See. Ein schmaler Schatten, behauptet er sich vor der Unendlichkeit, wie jemand, der auf einem verlorenen Posten ausharrt. Nicht breit und schwer und wie ein Bauer, der mit jedem Schritt in seinem Acker ihn von neuem in Besitz nimmt, vielmehr zögernd und nachdenklich geht er über den Strand, der ihm gehört, und der Sand, mit dem Wind und Wasser bauen, weist ihn eher auf die Idee der allgemeinen Vergänglichkeit als auf den ewigen Besitz verbürgten Eigentums. Die Flut setzt ein, und mit kleinen vorauseilenden Zungen schluckt das Wasser den Strand und leckt gegen Carels Füße. Ein Leuchtfeuer blinkt auf. Es ist der Ort, an dem das Unglück geschehen ist.

Sein Vater war einer von den dritten Sekretären auf der Gesandtschaft gewesen, aber er hatte die Aussicht gehabt, einmal selber zum Gesandten ernannt zu werden. Sein Amt war in Paris und dort hatte er auch geheiratet. Eine kleine Baronesse aus dem Faubourg hatte den großen blonden Holländer wie ein Wunder der Kraft angestaunt und dann beruhigt ihr Schicksal mit dem seinen vereinigt. Sie hieß Gilbertine, und Carel war in Paris in einer Etagenwohnung geboren worden, an die er sich nicht mehr erinnern konnte, obwohl er die ersten Jahre seines Lebens in ihr verbracht hatte. Doch war ihm das Bild einer Göttin im Gedächtnis geblieben; einer Göttin, deren rußgeschwärzte Marmorgestalt den Giebel des gegenüberliegenden Hauses tragen mußte und deren Gesicht sich im wechselnden Licht des Tages erstaunlich verändern konnte: vom lieblichen Engelsantlitz bis zum furchtbaren Haupt der Meduse. Es blieb seine einzige Erinnerung an Paris. Das Ministerium hatte den Vater zurückgerufen, und er sollte im Haag auf einen Posten außerhalb Europas vorbereitet werden. In dieser Zeit wohnten sie auf der Insel. Es war nicht der Vorschlag seines Vaters, es war die Idee Gilbertines gewesen. Der Gedanke, daß eine ganze Insel einem alleine gehören konnte, hatte sie begeistert. Auch hatte sie eine vage Vorstellung von der Geschichte, und sie sah sie so, daß die Ahnen ihres Mannes sich nach fürchterlich blutigen und gefährlichen, aber immer siegreichen Feldzügen, die auch Raubfahrten gewesen sein konnten, erschöpft, doch mit Schiffen voll von Gefangenen und voll von Beute, auf die

Insel als in eine Festung zurückgezogen hatten. In einem viel kleineren, viel weniger abenteuerlichen Verhältnis ist es auch so gewesen. Vor langen Zeiten. Damals, als Gilbertine aber auf der Insel wohnte, herrschte dort nur die Stille eines für das Eiland ungewöhnlich heißen Sommers. Wo sonst immer der Wind wehte, bewegte er in jenen Tagen keinen Halm, und das Meer lag so glatt wie ein Spiegel da. Gilbertine spielte mit den kleinen Wellen, die zum Strand kamen, wie sie mit ihrem Kind spielte, und sie nahm den Schaum in ihre Hände, wie sie das flockige Fell der jungen Lämmer nahm, die hinter der Küste weideten und zutraulich gelaufen kamen, wenn sie vorüberging. Der Freiherr, der auf der Insel aufgewachsen war und nicht allein das friedliche, sondern auch das tückische Meer kannte, hatte seine Frau gewarnt, dem glatten Spiegel, der so sanft sich gab und so freundlich die Schwimmerin zu tragen willig war, nicht gänzlich zu vertrauen. Vor unsichtbaren, gefährlichen Strömen mußte man auf der Hut sein, die einen weit von der Küste fort und in den Tod ziehen konnten. Und dann geschah es doch. An einem Abend, der schwül war – Carel war schon, sechs Jahre alt, zu Bett gebracht worden, ein Wetterleuchten flackerte in der Ferne, aber das Gewitter schien vorüberziehen –, waren Gilbertine und der Freiherr noch zum Strand geritten. Gilbertine, nach der Kühle verlangend, lief schon in das Wasser, während ihr Mann noch den Pferden das Sattelzeug locker schnallte. Sie schwamm mit den ruhigen, gleichmäßigen Bewegungen, die sie in einem Hallenbad in Paris gelernt hatte. Einmal hob sie die Hand und winkte, und einmal rief sie den Mann, der noch immer bei den Pferden stand, und dann war sie schon weit draußen, und er schrie nun, komm zurück, und bildete mit den hohlen Händen ein Sprachrohr vor seinem Mund, weil er noch glaubte, sie könne ihn nicht verstehen. Aber sie bemühte sich schon, ihm wieder näher zu kommen und mehr von ihm zu sehen, als sie aus ihrem entfernten im Wasser Liegen von ihm sehen konnte – und da ging es schon nicht mehr. Sie merkte, sie kam dem Ufer nicht näher, sie trieb immer noch von ihm fort, wenn sie auch schon zu ihm hin wollte; es war, wie wenn man im

Traum nicht mehr Herr der Bewegung ist, die anfängt, verhängnisvoll zu werden. Nicht, daß sie sich fürchtete; eher war sie erstaunt. Sie war in eine große und ihr fremde Gewalt gekommen, die sie zwar fest, aber nicht unangenehm anpackte. Gar nicht rauh, erschreckend und furchtbar, eher war es ein wohliges Gefühl; zumal, als sie es aufgegeben hatte, mit den Bewegungen ihrer Arme gegen den unsichtbaren Zug anzukämpfen, was, wie sie zu begreifen begann, ein kindlich unnützes Tun war, eine Vergeudung der Kraft, die sie vielleicht noch nötig haben würde, vor allem aber eine Störung dieses so angenehmen Dahintreibens, dem sie sich nun ganz überließ. Anders war die Lage des Freiherrn. Er begriff, was geschehen war. Seine Frau trieb in dem Strom. Er begriff es härter, unerbittlicher und schmerzlicher als sie, die bis zum Ende nicht an das Sterben dachte, das über sie gekommen war. Der Freiherr nahm, als er in das Wasser ging, seinen Abschied vom Leben. Er schwitzte, und es ist ruhig zu sagen, daß er sich fürchtete, denn er wußte, was er tat! Und er wußte dazu, daß es falsch war, daß es gar keine Hilfe war, sondern nur ein Opfer, daß er zu ihr schwamm, wie einer, der zu einem Kranken kommt und sich zu ihm legt, um mit ihm zu sterben, statt ihm zu helfen. Auch er wurde wehrlos im Strom; wehrlos und treibend wie Gilbertine, die wie ruhend auf dem Rücken lag, ohne Bewegung, die Augen gegen den Himmel gerichtet, und nur mit gelegentlichen Schwimmschlägen der Füße dem Treiben noch eine Richtung zu geben versuchte. Der Freiherr sah sich, als nicht mehr möglich war, das Richtige tun, zu dem ihm der Mut gefehlt hatte, nämlich wegzulaufen, zu schreien, Hilfe zu holen, die Fischer in die Boote zu befehlen – es war zu spät. Er schrie jetzt zwar; aber wer sollte ihn hören? Das Gewitter schien doch noch zu kommen. Es donnerte und mit dem schönen Wetter würde es vorbei sein. Die See wird morgen sich wieder wild gefährlich zeigen, dachte er. Und Gilbertine, die seine Schreie um Hilfe erschreckt hatten, streckte die Hand nach ihm aus. Er erreichte sie, er sah ihre Augen, die Augen, die ihn in Paris entzückt hatten –: haßte er sie nun? Ihre Hand lag warm in der seinen;

seltsam war, daß sie ihm trocken erschien, obwohl sie ja naß sein mußte, und daß er das wahrnahm. Er wollte sie küssen, und wie er den Arm um sie legte, zog ihre Schwere sie in die Tiefe. So war es mehr wie ein Kampf, aus dem sie wieder auftauchten, nach Atem ringend, das Wasser schlagend, strampelnd, pustend. Es war nur gefährlich. Er sagte es. Er sagte, daß es sie wieder zum Land ziehen könnte, wenn sie ruhig liegen blieben, gar nichts tun, abwarten und vertrauen würden. Da trieben sie dann, Hand in Hand.

Carel braucht es sich nicht zu überlegen; er weiß es schon, bevor er anfängt darüber nachzudenken: er wird Offizier werden, aber nicht Offizier zur See. Es ist nicht Furcht, die ihn bestimmt. Viel eher ist es eine Scheu, der Neigung nachzugeben, die ihn zu dem Meer hinzieht; zu dem Meer, das seine Eltern wegtrug, zu dem Meer, dessen scheinbare Unendlichkeit ihn mächtig lockt. Er geht und sagt es dem Oheim. Der ist enttäuscht, weil er nicht begreift, daß die Beschränkung, die der Neffe sich auflegt, ein Zeichen seiner Selbstzucht ist.

Auf der Militärakademie in Breda ist Carel bald der beste Kadett seines Jahrganges. Die andern haben es schwer, sich zu gewöhnen. Für Carel ist die Ordnung in der Kaserne nicht sehr verschieden von der Ordnung in dem Internat des Gymnasiums, das ihn erzogen hat. Die Kameraden kämpfen gegen die Regel, die jeden Tag bestimmt. Ihm ist sie vertraut; und freier ist er darum als die andern.

Halten sie ihn für einen Streber? Nein. Jedenfalls nicht in dem Sinn eines in der Tugend Beschränkten, der sein grades, aber enges Leben lebt; unerfreulich, es zu sehen, und ohne Glück, es zu führen. Sie aber im Gegenteil halten ihn für einen Glücklichen, für einen, dem alles zufällt. Nicht nur das Wissen, das Zulernende, die Zuneigung und das Lob der Lehrer, sondern auch das Abenteuer und alles, was das Leben erhellt, Farben in den Alltag bringt und überrascht. Die Kameraden denken, er ist nicht nur der erste in der Gruppe, er ist auch der erste in der Stadt und auf den Ausflügen in das Land und in das Belgische hinein bis zu den Spielsälen von Spa. Da er gefällig ist und freundlich, sehen sie nicht, daß er sich nur anpaßt, indem er mitmacht. Wenn nach einem Casino-Abend die anderen ihn trunken umschwanken, dann meinen sie, statt zu denken, daß er nur wenig getrunken hat und mäßiger gewesen ist als sie, er verträgt unendlich viel, und sie sind noch stolz, einen so Trinkfesten in ihrer Mitte zu haben. »Gestern«, sagt er eine, »waren wir alle besoffen. Aber Carel konnte man nicht das geringste ansehen. Gott verdamm mich, was der verträgt!« Ebenso schmeichelt ihm das Gerücht von der Liebe. Man weiß nicht, mit welchem Mädchen er schläft. Man sieht ihn mit keiner bestimmten und eigentlich nur mit denen, die Freunde ihm vorstellen und für eine Weile in seine Gesellschaft bringen, als wenn sie ihre Wahl dem Urteil seines Geschmacks unterbreiten wollen. Aber grade weil man ihn mit keiner beobachten kann, steigert sich sein Erlebnis ins romanhaft Ausschweifende. Eine verheiratete Dame, ein eifersüchtiger Gatte, zärtliche Stunden der Leidenschaft und der Gefahr in den Verstecken der Zimmer umliegender Städte, geheime Botschaften, Drohungen, anonyme Briefe und die Möglichkeit von Schüssen sind im Gerede. Weiß Carel von ihm? Nicht im einzelnen, nur das Ungefähre aus den scherzenden und bewundernden Anspielungen der Jüngsten. Er weiß also dies, daß sie nicht ahnen, wie fern er von all dem lebt. Noch ist er ein Einsamer, von dem die Umwelt es nicht weiß. Sein Zeichen ist von ihnen noch nicht erkannt worden. Begreifen sie aber die Wahrheit, werden sie über ihn herfallen. Der Spott sucht immer den, der am Gröbsten nicht teilhat. Diese Überlegung macht ihn älter als die Gleichaltrigen. In anderer Art ist er jünger als sie (und wird es bleiben), die bedenkenlos das Leben anpacken und sich nehmen, was die Jahre ihnen bringen. Carel lebt ohne die Geliebte, die das Gerücht ihm schenkt. Er ist ohne Freundin. Vielleicht ist er es deshalb, weil sein Verlangen so groß, seine Sehnsucht nach diesem zweiten Teil des nach Platon getrennten Ich so groß ist, daß es die Mädchen erschreckt. Und er begegnet ihnen schüchtern, obwohl er es in der allgemeinen Bedeutung des Wortes nicht ist. Erst weil er die Frauen einschüchtert, schlägt es auf ihn zurück, und man sieht, daß er das Wort nicht hat, das leicht die Liebe weckt, weil es sie leicht macht und nimmt. Ein Glück ist es noch, daß allein die Mädchen es fühlen und die Kameraden nichts davon merken. Sie sind selbst erstaunt, wenn sie, wie es zuweilen geschieht, die Empfindung der Eifersucht gegen ihn haben, und ihre Braut, die, die es grade ist und die sie mit ihm gesehen haben, dann, zur Rede gestellt, verwundert sagt: »Ach den Carel meinst du –?«; und in diesem fragenden Ton die ganze Unmöglichkeit liegt, sich eine Liebschaft mit dem Freiherrn vorzustellen.

Einer der wildesten Kadetten ist Moerland. Man kann sagen, er treibt es wüst. Die Mädchen auf der Promenade am Abend, die Verkäuferinnen in den Geschäften, die, die noch zur Schule gehen, und die, die schon zum Tanzen laufen, sie alle sind um Moerland wie die Fliegen um ein Stück Fraß, das sie lockt. Es ist nicht so, daß er sie jagt. Er bemüht sich wenig. Er kommt mit seinem hübschen Gesicht, seinem kleinen Schnurrbart, dem glatten schwarzen Haar, das ein wenig zu fettig glänzt und in dem ein wenig zu scharf der Scheitel gezogen ist, er kommt irgendwohin, eine Röte liegt auf seinen Wangen, ein Feuer schwimmt in seinen Augen – im Vorübergehen hat er in zwei, drei Kneipen, an zwei, drei Tonbänken, zwei, drei Bols getrunken, zwei, drei Gespräche geführt –, er kommt, lächelt gutmütig, schlägt einem Kameraden auf die Schulter, der Alkoholatem weht aus seinem Mund und mischt sich süß mit dem Lavendelduft der Pomade, er will ein Gespräch führen, darüber zum Beispiel, wie man in Spa gewinnen kann, er hat ein wunderbares System und wird dann alle Schulden zahlen, beim Schneider, der den schönen blauen Uniformmantel geliefert hat, beim Whiskyhändler, der hundert Gulden bekommt, bei der Manege, die sein Pferd verpflegt und für deren Rechnung ihm sein Vater schon mehrere Male das Geld geschickt hat. Moerland ist guten Willens, die Zukunft scheint hoffnungsvoller als am Morgen zu sein, am Sonnabend wird er Urlaub nehmen und mit einem Autobesitzer, den er kennt, wird er nach Spa fahren und das neue System probieren – und da, während er dies spricht, wirklich interessiert, ernst, leidenschaftlich, begeistert, ein Freundschaftsgespräch mit einem Kameraden führt, eine Männersache beredet, die kein Mädchen was angeht, was kümmern ihn schon Mädchen?, da sieht er, daß die Freundin dieses Kameraden dabei steht, jetzt sieht er sie erst, und er sieht auch, aus glänzend verschwommenen Augen, durch die angenehmen Nebel des Genevers hindurch, sieht auch, daß sie ihn anguckt, nur ihn, gar nicht mehr den Kameraden, und Moerland will sie nicht, er will nichts Böses, will niemanden kränken, ist ein freundlicher Junge, ein guter Kerl, und schon ist er, keiner weiß, wie das eigentlich kommt, schon ist er mit dem Mädchen weg, und der Freund, der sie zu halten glaubte, steht nun da, allein, und flucht und trinkt dann selber ein Glas und eins nach dem andern.

Die wirklichen Streber im Kadettenkorps – auch diese sind vorhanden –, die Söhne mittlerer Beamten, Jungens mit kleinen Zuschüssen, harten Manieren, denen nichts zufliegt und die alles nur durch Fleiß und angestrengtes Betragen erreichen, sie beginnen den Umgang mit Moerland zu meiden. Es heißt auch, er wird entlassen werden; und da wird der Kreis sehr klein, der zu ihm hält. Alle haben sie von seinem Wein getrunken; doch als nun die Rechnung präsentiert wird, sind die Betrunkensten die Nüchternsten der Nüchternen geworden. In diesem kritischen Moment scheint es zu einer Freundschaft zwischen Carel und Moerland zu kommen. Moerland empfindet eine ehrliche Bewunderung für Carel, die er naiv, doch mit einer gewissen Verlegenheit äußert. Auch Carel bewundert Moerland. Beide denken sie sich so, wie der andere ist. Moerland spricht zu dem schönsten Mädchen von Breda über Carel. Indem er sich selber schlecht macht, lobt er den andern. Er hat schon viel getrunken und wird sentimental. Er verkündet, daß er sterben, ein schon verlorenes Leben der Haltlosigkeit beenden wird, und er empfiehlt dem Mädchen, sich an Carel zu halten, der ein Mann ist, wie er sagt. Der Arm des Mädchens liegt auf dem seinen, der lang über den Schanktisch gelegt ist. Er schiebt mit seiner sonnenverbrannten Hand die weiße des Mädchens von sich weg und stößt sie, so daß sie gegen Carels Schulter fliegt, der an ihrer anderen Seite sitzt. In Moerlands Bewegung ist die Geste eines Vermächtnisses: Da, nehmt euch! Carel und das Mädchen lachen verlegen. Während ihre Schultern sich berühren, zucken sie schon zurück. Das Mädchen sagt: Trink nicht soviel! Nimmt aber dann selber Carels noch halbvolles Glas und trinkt es aus. Es ist ein schnelles Aufräumen mit der Verlegenheit, die sie so handeln läßt, ein Vorwurf gegen Moerland, ein Hinunterspülen des aufkommenden Ärgers über seine Rede und auch ein rasches sich wieder Versöhnen mit Carel, den sie, indem sie vor ihm zurück zuckte, gekränkt hat, wenn er es vielleicht auch nicht ahnt, was sie nicht wissen kann, und dem sie sagen will, wie sie sein Glas nimmt und aus ihm trinkt: siehst du, Freundschaft, ja, aber die Freundschaft ist noch keine Liebe. Und langsam bahnt ihre Hand sich über den Tisch hin wieder den Weg zu Moerlands nun gekreuzten Armen, auf denen schwer sein Kopf ruht, so daß das Haar in Strähnen zur Seite und ein paar weiße Schuppen aus ihm auf den Tisch fallen.

Die Jahre gehen. Endlich bestehen sie alle die Examen, werden zu Offizieren ernannt und sollen als jüngste Leutnants auf verschiedene Truppen verteilt werden. Auch Moerland ist befördert worden. Carel hat ihm im Schriftlichen geholfen, wo es nur immer heimlich zu machen war. Und im Exerzieren ist Moerland nicht schlecht. Im Felddienst könnte er sogar der besten einer sein, wäre er zuverlässiger. Im ganzen: kein schlechter Soldat für den Krieg. In die Ordnung des Friedens fügt er sich schwerer. Die Gläubiger drängen nun. Der Vater, ein Kaufmann, der wohlhabend war, es aber nicht mehr ist, hat getan, was er tun konnte. Die Freude, den Sohn ernannt und nun in die Laufbahn gebracht zu sehen, heißt ihn die Vorwürfe zu unterdrücken. Das meiste ist bezahlt, anderes dem Vater verschwiegen worden. Dem alten Moerland bleibt nur noch wenig. Er läßt es sich aber nicht anmerken; eine gewisse Großzügigkeit scheint in der Familie zu liegen. Er ladet den Sohn und Carel in das teure Restaurant ein. Es gibt Champagner. Der Vater sagt immer: Herr Baron.

Es ist auch die Examensfeier für Carel. Mit wem sollte er sie sonst begehen? Der Oheim ist vor einem Jahr gestorben. Das Inselgut der Eltern und auch des Oheims bescheidenes Erbe ist in seinen Besitz übergegangen. In seiner Brusttasche fühlt er das Bankbuch, in dem nur wenige Abhebungen von der Summe notiert sind. Er überlegt unwillkürlich, daß der Anzug des älteren Moerland von englischem Stoff und bester Arbeit ist – aber blank, leider schon blank auf den Revers und am Unterteil des Ärmels. Er denkt, daß er vielleicht mehr Geld hat, als Moerlands Vater nun noch haben mag. Das ärgert ihn. Er ist eingeladen, und er weiß nicht, wie er es ermöglichen kann, selber zu bestellen. Er spricht davon, daß er nun eine neue Flasche – und da sagen sie schon, auf keinen Fall, was fällt dir ein, ruft der Freund, und sie nehmen es nur für einen Wink, selber für einen neuen Trunk zu sorgen.

Sie haben vier Wochen Urlaub erhalten, und Carel möchte nach Paris reisen. Moerland aber drängt ihn, mit nach Monte Carlo zu fahren. In Spa war es nichts mit dem fein ausgedachten System, die Bank zu sprengen, aber in Monte Carlo wird er vielleicht einfach Glück haben. Ja, er fühlt es, er wird dort gewinnen, und dann kann er die noch verheimlichten Schulden bezahlen und sich einrichten. Carel versucht zu widersprechen. Er beweist das Kindische des Unternehmens. »Du wirst alles verlieren, was du noch hast!« Aber Moerland ist diesmal seiner Sache so sicher! Und der Bekannte, der ein Auto hat, wird sie hinfahren; und das schöne Mädchen wird mitkommen, sie, die Moerland noch immer liebt und die Carel lieben sollte. All dies erschreckt den jungen Offizier aber mehr, als daß es ihn lockt. Dennoch aber ist etwas da, was ihn zu diesem Unternehmen treibt. Er weiß nicht, was es ist. Er würde viel lieber alleine nach Paris reisen; aber es ist, wie wenn das Schicksal ihn zwingt, mit dieser Gesellschaft nach Monte Carlo zu gehen. Schließlich läßt er sich von dem Vorwand überreden, daß er der einzige von ihnen ist, der gut französisch spricht, und daß sie ihn brauchen.

Die Reise ist nur anstrengend. Der Besitzer des Autos ist ein junger Mann, der irgendwelchen Handel treibt und in seiner

Rede zuviel von zu großen Summen spricht, um sie zu haben. Sein Äußeres ist recht elegant; sein Benehmen zu schnell das eines alten Vertrauten, und Carel befremdet es. Er sitzt hinten in dem geschlossenen Wagen und hat das Mädchen neben sich, die mißvergnügt scheint und im Gefälle des Weges es nicht vermeiden kann, gegen ihn anzustoßen. Er fühlt sie dann warm und atmet ihren jungen Körpergeruch zusammen mit dem Duft des populären »Soir de Paris«. Er kann den Gedanken nicht aus dem Hirn verbannen, mit ihr im Bett zu liegen. Es ist ihm unangenehm, vor allem weil er kein Gesprächsthema findet, um sich von dieser Vorstellung fortzubringen, die er als gemein empfindet. Auch Moerland und der junge Kaufmann, die vorne sitzen, sprechen nicht miteinander. Sie sind leidenschaftliche Automobilisten und verfolgen aufmerksam das Verschwinden der Straße unter den vorderen Rädern. Sie rauchen englische Gold Flake Zigaretten, deren Aroma süßlich im engen Raum hängt. Carel findet, daß der Kaufmann schnell, aber nicht sicher fährt. Nach einigen Stunden ist er so nervös, benommen und erschöpft, daß er schwitzend gegen die Gier ankämpfen muß, sich in den geschminkten Mund des Mädchens zu verbeißen. Er zupft an seiner zivilen Kleidung, die neu ist und fremd sitzt. Endlich halten sie vor einem Gasthaus und essen zu Mittag. Nachher steuert Moerland den Wagen. Carel hat sich neben ihn gesetzt, und sie hören, wie hinten der Kaufmann und das Mädchen lebhaft sind, reden, lachen und scherzen. Auch Moerland, der Wein zum Essen getrunken hat, fährt zu schnell. Carel ärgert sich, keine Fahrprüfung gemacht zu haben und keinen Führerschein zu besitzen. Schließlich wird es wieder still im Auto, das Mädchen schläft und hat ihre Wange auf die Schulter des Kaufmanns gelegt. Der schnarcht. Spät kommen sie nach Straßburg und mieten zwei Zimmer in dem Hotel, in dem sie auch zu Abend essen. Carel will vorschlagen, doch drei zu nehmen; aber der Gedanke, daß dies unkameradschaftlich wirken kann, hindert ihn. Moerland und das Mädchen verschwinden, nachdem sie alle noch getrunken haben, in dem einen Zimmer, und der Kaufmann macht eine Bemerkung, die es

Carel nun richtig unangenehm scheinen läßt, die Nacht mit ihm in dem andern Raum zu verbringen. Er sagt, er möchte noch zum Münsterplatz gehen. Der junge Kaufmann lacht und erwidert, natürlich, was dachten Sie denn? Vertraulich hängt er sich in Carels Arm, zieht ihn mit, sie gehen durch die Straßen, der Kaufmann scheint sie zu kennen, auch im dämmerigen Licht der Laternen, der Münsterturm wuchtet nur einmal über die Giebel, dann treten sie durch die enge Tür in das Haus ein, in dem die Mädchen warten. Nach einer Stunde steckt der Kaufmann seinen Kopf durch den Spalt des Vorhangs, der das Zimmer verschließt, und sagt, daß er ins Hotel zurückgehen möchte. Carel bittet ihn, allein zu gehen. Er will bleiben und erst am Morgen nachkommen. Der Kaufmann, erst erstaunt, lacht und wünscht eine gute Nacht. Carel liegt an der Außenkante des breiten Bettes. Zur Wand hingewandt schläft eine junge Frau mit einem derben, gutmütigen Dienstmädchengesicht. Nachdem er ihr den Schein gegeben hat, ist er ihr gleichgültig geworden. Natürlich darf er bleiben. Daß er sie nicht anrührt, verwundert sie nicht einmal. Sie ist rechtschaffen müde und schläft einen festen Schlaf. Wasserstoffblond ist ihr Haar ein stumpfer heller Fleck im Laternenschein, der von draußen durch die vorhanglosen Milchglasscheiben fällt. Es ist wie im Augenblick nach einem Kurzschluß in einer Zahnklinik. Carel, der sich als Junge tapferer betragen hat, als Jungen sind, fühlt sich von einer Verlassenheit bedrückt, daß er weinen möchte. Am Morgen fällt das Sonnenlicht auf ein zersprungenes Waschgeschirr. Carel geht, ohne Abschied zu nehmen. Es ist niemand da, der ihn hindert. Er findet das Hotel, und im Bad gebraucht er eine Bürste, bis seine Haut sich rötet. Der Kaufmann grinst über das ganze Gesicht, als er es sieht. Auch beim Frühstück fallen die Scherze. Sie wissen es alle schon. Das Mädchen ist, als die Fahrt weiter geht und er wieder hinten mit ihr im Wagen sitzt, viel munterer als sonst in seiner Gesellschaft. Würde sie über ihre Empfindungen nachdenken, dann müßte sie entdecken, daß sie Carel nun »menschlicher« findet, natürlicher und ihr vertrauter. Einen Vormittag lang kann sie sich irren, und sie legt sogar ihre Beine ihm über die Schenkel, gegen die Seitenwand des Autos gelehnt. Das ist bequem. Ihre Strümpfe sind wie Spinnweb fein, und während die Wärme ihres Blutes das seine erregt, findet er sie ein vollkommenes Wesen. Schon fahren sie durch das Tal der Rhône. Ein weißer Staub umweht den Wagen wie eine helle Wolke. Begehrt er das Mädchen? Die Überlegung soll den Wunsch verneinen, aber sie ist kräftiger eine Vorstellung der Freuden, die seine Erfüllung verspricht. Der Gedanke läßt seinen Blick wie durch einen Schleier kommen. Sein Geist scheint entrückt zu sein, während er sich mit dem Nächsten bemüht. Das Mädchen überkommt ein Unbehagen, sie hebt die Füße, rutscht wieder in den rechten Sitz und sagt, daß es heiß ist. Sie öffnet das Fenster, und der stauberfüllte Zugwind der Fahrt mischt sich unter die Luft im Innern des Autos, unter den Dunst von menschlicher Wärme, von Parfüm und englischem Zigarettenrauch.

In Monte Carlo führen sie das abscheuliche Dasein »wie eine Familie«, von dem sie mit vielen Worten sprechen, welch ein herrliches und freies Leben es ist. Die möblierte Wohnung, die sie in der Gegend der Promenade gemietet haben, ist nicht billig; doch ist es schon deutlich, daß sie irgendwie verkommen und herabgesunken ist; vielleicht wie die Bewohner, die in ihr gelebt haben. Die hohen Wände tragen Risse, die üppigen Ruhelager orientalischer Nachahmung knarren in überanstrengten Sprungfedern, im Plafond der Decke sind Sprünge wie Flußläufe in einer Landkarte, und lau fließt das warme Wasser ins Bad. Aber die Aussicht geht bis zum Meer, sie ist herrlich, und oft sitzt Carel vor dem Fenster und blickt über das Hinundher der Promenade in die von weißen Segeln belebte Weite. Der Aufenthalt mißfällt ihm. Er kann nicht sagen, daß er enttäuscht ist, weil er es ja geahnt hat, daß es so kommen würde, wie es gekommen ist. Aber was war es denn, was ihn getrieben hat, wider das bessere Wissen mitzufahren? Die Gereiztheit zwischen den Reisegenossen wächst in dem Maß, in dem man sie zu verschweigen sucht. Jeder ist des anderen Spiegelbild der eigenen schlechten Laune, vielleicht auch der Scham, sich einem Müßiggang hinzugeben, aus dem sie keine echte Freude zu schöpfen wissen. Moerland hat im Casino verloren. Wieviel es ist, und was ihm noch übrig bleibt, weiß Carel nicht. Er ist bereit, die Rechnung für alle zu bezahlen; nur würde er am liebsten abreisen, zurück nach Holland fahren, sich in der neuen Garnison einrichten – es ist so sinnlos, hier zu sein. Doch hindert ihn die Angst, unfreundschaftlich, ja verächtlich zu handeln; auch ein Gefühl der Verantwortung für das Tun des Freundes. Dies, obwohl er es als ein überflüssiges Bedenken des Gewissens erkennt; denn wer hat ihn geheißen, und wie vermag er es, des Kameraden Führer zu sein, der in eine immer schneller abtreibende Fahrt gekommen ist. Früh schon steht Moerland auf seinem Balkon und pfeift dem Hausknecht der »Bar von St. Martinique«, der, zwei Häuser von ihrem entfernt, mit Scheuerlappen und Besen die kleine Terrasse des Lokals reinigt, und ruft ihn, eine Flasche des scharfen, scharf riechenden und schon im Duft belebenden Rums zu bringen. Er trinkt ihn im Bett und im Bad; und die Gefährtin trinkt ihn, nachdem sie gescholten hat, daß er ihn trinkt, und gegen Carel gehöhnt hat, daß er ihn nicht trinkt. Dann bleiben sie bis über den Mittag ruhend, rauchen ununterbrochen die opial süße Gold Flake und sprechen davon, doch noch im Casino zu gewinnen. Der junge Kaufmann liebt es in diesen Vormittagstunden, sich zu ihnen zu legen, während der Tag in einem milden Schein durch die geschlossen gebliebenen Vorhänge dringt. Er trinkt weniger als Moerland, und Carel scheint es selbst, als wenn er sein Glas heimlich zum Boden entleert. Dennoch animiert er dauernd, lobt mit dem Gebaren eines Erfahrenen den Rum und gibt eine genaue Beschreibung von den Schönheiten der Tänzerinnen in den Nachtklubs, die er am Abend besucht hat. Sein Gesicht wird käsig, und rote Streifen durchziehen das Weiß seiner Augen. Die Antipathie, die Carel gegen ihn empfindet, steigert sich mit jedem Tag. Mit Ekel sieht er ihn, halbangekleidet, auf dem Bett und neben dem Mädchen liegen. Ist es schon Eifersucht, die ihn befallen hat? Er glaubt es nicht, weil es ihn entsetzen würde; so sehr wehrt er sich dagegen, dieses

Mädchen, das mit Moerland gereist ist, zu lieben. Es verwundet ihn aber, daß der Freund so gleichgültig, so träge daliegt; lächelnd mit seinem hübschen Gesicht, das vom Alkohol munter belebt ist, scheint er jedermann wohlgesonnen zu sein und mit umflortem Blick in eine harmlose Welt zu schauen, die allein von Spielverlusten, unbezahlten Rechnungen und Gläubigern für eine Weile, bis zum nächsten glücklichen Gewinn, verdunkelt werden kann. Carel, der, zu einem Spaziergang angezogen, auf den Bettrand gestützt dasteht, empfindet für Moerland das warme Gefühl der echten Freundschaft. Doch graut ihm zugleich vor diesem, seinem einzigen Freund, dem man alles, aber wirklich alles, am Ende als eine bloße Lässigkeit eines guten Kerls wird vergeben müssen. Und dann graut ihm auch auf einmal vor dem Garnisonleben, das ihn erwartet. So liegt nun sein bester Kamerad vor ihm. Und die andern? Die Eifrigen, die der Karriere Bestrebten? Noch fremder sind sie ihm als dieser! Das Mädchen sagt: dann schenk uns wenigstens ein; und Carel gehorcht, mischt Wasser und Zitrone unter den Rum und reicht ihr das Glas, aus dem die drei trinken. Das Mädchen ist immer böser gegen ihn. Einmal wirft sie das Glas, so, daß es ihn hart gegen die Brust trifft, und das Getränk braun und klebrig über seinen Anzug rinnt. Moerland ist verlegen, begreift nichts, sagt, sie neckt dich, sie liebt dich, steht auf und sucht verlegen mit einem Handtuch über die beschmutzte Stelle zu wischen. Das Mädchen lacht nur. Carel lacht auch. Sagt: es ist nichts! Möchte gehen, müßte gehen, um der Situation willen und um sich umzuziehen, kann aber nicht gehen, vermag es nicht, sich aus dem Zimmer zu rühren, weil der Kaufmann noch stets auf dem Bett liegt und den Vorfall böse und apathisch beobachtet. Nun ist Carel überzeugt, daß die beiden einmal wegfahren und nicht wieder kommen werden. »Wären sie es nur schon! Und der Teufel soll sie holen!« möchte er rufen; aber er ist dabei so voll Wut, daß er zusammen mit dem Stuhl, auf den er sich gesetzt hat, zittert. Kann Moerland mit dem dummen Sprichwort die Wahrheit enthüllt haben? Und ist es für Carel eine Entschuldigung, sich zu sagen, daß, wenn er das Mädchen nicht nimmt, der Kaufmann mit ihr davonfährt? Wie aber kommt er zu dieser Überlegung? Sicher ist, daß sie nur Moerland liebt.

Sie haben einen Landsmann kennen gelernt, der in Monte Carlo wohnt und sie in einen privaten Klub einführt. Man ist erfreut, Carels Namen in die Liste der Besucher eintragen zu können, und es ist, als ob seine Begleiter nur diesem Umstand den Zutritt zu verdanken haben. Die Gesellschaft ist so elegant wie übernational. Engländer, Amerikaner, Russen, Leute mit Titel oder Leute mit Vermögen, wie es scheint, ein paar Franzosen, hier und da ein Deutscher. Die Frauen sind nach dem Rang der Schönheit gewählt worden; man sieht nicht die Damen aus dem Casino; es sind einfacher und doch reicher gekleidete Erscheinungen; ein paar Schauspielerinnen sind unter ihnen. Das holländische Mädchen, mit dem die drei Männer in den Saal treten, wird viel bemerkt. Eine erste Verlegenheit, nicht in einem schleppenden Abendkleid gekommen zu sein, wird von ihr überwunden, als sie die Bewunderung fühlt, die die Blicke – und nicht nur die Blicke der Männer – ihr spenden. Carel denkt: wir sind verloren. Auch der Kaufmann scheint unruhig zu sein. Moerland schreitet, wie magnetisch angezogen, zu den Spieltischen. An der Roulette ist viel Platz. Im Hintergrund ist man mehr mit den Karten beschäftigt. Moerland setzt sofort auf die Farbe und gewinnt. Er läßt die Summe als neuen Einsatz stehen und gewinnt wieder. Das Mädchen setzt auch. Zéro! Die Harke des Spielleiters holt sich die Einsätze, die auf dem Tuch liegen. Man lacht. Eine Dame will das Mädchen trösten. Sie redet mit vielen zärtlichen Worten der französischen Sprache auf sie ein. Das Mädchen versteht nicht, schüttelt den Kopf, lächelt liebenswürdig. Die Fremde wiederholt ihre Trostsprüche in einem reinen akzentfreien Englisch. Das Mädchen lächelt weiterhin und sagt zögernd: ich kann Deutsch verstehen. Die Dame spricht, wie es scheint, das Deutsche nicht; dafür aber zieht sie das Mädchen an sich, küßt sie und geht mit ihr in den Saal, in dem getanzt wird. Der Kaufmann folgt ihnen sofort. Carel zögert. Er will Moerland von der Roulette wegholen; der ist aber schon von dem Landsmann zum Bakkarat geladen worden. Carel könnte nun gehen und niemand würde ihn fürs erste vermissen. Hat er es sich nicht gewünscht, den Abend allein zu verbringen, durch die alte, noch italienische Stadt zu gehen, ein Glas Wein zu trinken, zu denken? Aus purer Verlegenheit, weil er nichts mit sich anzufangen weiß, nicht gehen und nicht bleiben will, setzt er auf eine Nummer der Roulette. Die Nummer gewinnt, und alle bewundern ihn. Ein großer Betrag wird ihm zugeschoben. Einen Teil verliert er gleich wieder, den Rest steckt er ein. Sein Vorwand, zu bleiben, ist, daß er den Freund nicht am Spieltisch verlassen kann. Aber kümmert er sich um den Freund? Er geht nun auch in den Tanzsaal und findet in dem rötlichen, dunklen Tangolicht zuerst niemanden. Erst als ihm Gelächter auffällt, sieht er das Mädchen mit der Fremden und einer größeren Gesellschaft in einer Loge sitzen. Man scheint sehr lustig zu sein. Der junge Kaufmann steht ziemlich unbeachtet im Eingang. Ein angetrunkener Engländer erzählt ihm eine Geschichte, die er auf Mallorca erlebt haben will. Wenn der Engländer zum Ende gekommen ist und schweigt, stellt der Kaufmann, der englisch spricht, eine Frage, um den Engländer wieder zum Reden zu bringen, denn dies Gespräch ist der einzige sichtbare Vorwand für ihn, hier zu stehen. Das Mädchen sitzt zwischen der fremden Dame und einem älteren Herrn, der ihre deutschen Worte der schönen Fremden ins Französische übersetzt. Was sie erzählt, kann Carel aus der Ferne nicht verstehen. Aber alle lachen und sie selber lacht auch. Carel denkt, daß es das klügste für ihn sein wird, wieder in die Spielsäle zurück zu gehen und Moerland zu suchen. Was geht ihn das Mädchen an? Dennoch: was ist das für ein Kreis, in dem sie weilt, schließlich, welche Leute mögen hier verkehren, er weiß es nicht, er ist ein Fremder, und er geht nun doch zu dem Eingang der Loge, magnetisch von ihr angezogen, wie Moerland von den Spieltischen. Sofort glaubt er, daß ihm der Mut fehlen wird, die Situation zu verändern. Er könnte das Mädchen um einen Tanz bitten. Aber wenn sie nicht will? Und das ist anzunehmen. Zwar hat er den Vorteil, er kann Holländisch zu ihr sprechen, und niemand wird verstehen, was er sie fragt. Niemand, bis auf den Kaufmann, der, sonst so im Umgang gewandt, gleichfalls die Frage nach dem Tanz zu scheuen scheint. Carel aber kann nicht wie er, fast wie ein Eindringer, dastehen und ein Gespräch der bloßen Verlegenheit mit irgendeinem Unbekannten führen. Zum Glück kommt ihm, wie eine Erleuchtung, die einfachste und natürlichste Rede. Er wendet sich an die fremde Dame, ist höflich, liebenswürdig, dankt ihr, daß sie sich der Freundin angenommen, während er am Spieltisch sein Glück versuchte, und er bedauert zugleich, bedauert es unendlich in seiner Rede, ein Weltmann, ein Kavalier, ein Feldherr mit strategischem Geschick, daß er sie nun aus der Gesellschaft entfernen muß, daß sie gehen wollen und noch weiter verabredet sind für den Abend. Das Mädchen kann ja zum Glück den Sinn der französischen Rede nicht verstehen, und wenn auch das Mißtrauen in ihrem Blick wächst und sie manchmal, wie um zu protestieren, ungeduldig die Hand hebt, so ist der fremden Dame doch jede Möglichkeit genommen, zu widersprechen. Sie ladet ihn zwar noch für einen Augenblick zum Bleiben ein, bietet ihm ein Glas Champagner an; er dankt aber, nennt noch einmal die vorgetäuschte Verabredung, die nun schon dringend wird, und ehe sie sich richtig widersetzen kann, steht er mit dem Mädchen draußen auf der Straße und ruft nach einem Taxi. Er erwartet den Ausbruch ihrer Empörung, die Wut, die sie so zu schütteln vermag, wie er weiß, daß sie mit den Zähnen knirscht und mit den Fäusten schlägt, flink wie die Hämmer in einem Klavier, wenn das Tempo der Musik sich steigert. In den Wagen geschoben aber weint sie sofort, schluchzt wie ein Kind, beugt den Kopf und den Leib in die Ecke der Polster und stößt nur mit einer Bewegung des ganzen Körpers seine Hand fort, die sich auf ihren Rücken gelegt hat. Die Situation ist ärgerlich; auch ist sie komisch. Was will er eigentlich? Was bezweckte er mit dieser Entführung? Schon als der Chauffeur des Wagens ihn fragt, wohin er das Auto lenken soll, muß er die lächerlich unbestimmte Antwort geben, daß er nur erst mal fahren soll, irgendwohin. Sich in ihre Wohnung zu begeben, scheidet aus, weil er sicher ist, daß der dritte Reisegefährte, der Kaufmann, ihnen sogleich dahin folgen wird. Ein Hotel? Ein Hotel ist natürlich das Richtige. Woher kommt ihm die verzweifelte, brutale Neigung zu diesem Mädchen, dieses Begehren, das er selber viehisch schimpft und das ihn treibt, noch jetzt, während sie weint und schluchzt und seine verschmähte Hand sie schon trösten möchte, sie mehr zu beißen als zu küssen, sie mehr in die harte Umklammerung des Ringkämpfers als in die zärtliche Umarmung des Liebhabers zu nehmen? Es ist die Verzweiflung! Die Verzweiflung eines leeren, eines unerfüllten Lebens, eines Haderns mit diesem Leben und eines Haderns mit Gott, wo doch alles nur die eigene Schuld ist; denn was hat er versucht? Seine Mutter wurde im Sacré-Cœur erzogen. Es geht ihm durch den Kopf. Er erblickt die Gartenwege eines Schulklosters, sieht die kleinen Mädchen im Anstaltskleid, die Hauben der Oberinnen – Visionen von Wirklichkeiten, die er nie gesehen hat. Hat seine Mutter, mit dieser Erziehung auf die Welt vorbereitet, ein frommes Leben gelebt? Hätte sie ihm ihren Glauben gelehrt, wenn sie auf der Erde geblieben wäre? Die Ahnen des Vaters haben gegen die Macht gekämpft, die ihre vorzüglichste Kraft aus der Religion der Kirche schöpfte, deren Kind die Mutter zumindest in ihrer Jugend gewesen zu sein scheint. Er ist ein Sohn aus einer Verbindung der beiden Konfessionen, und niemand hat versucht, ihm den einen oder den anderen Glauben zu hinterlassen. Seine Umwelt hat sich immer indifferent in allen Fragen der Religion gezeigt und teilt diese Eigenschaft mit der sichtbarsten Allgemeinheit. Würde Gott ihm helfen, wenn er ihn bitten würde? Er weiß es nicht. Er sieht sich in einem Alleinsein gebannt, das schwer zu ertragen ist, solange es leer, inhaltslos von Tag zu Tag sich schleppt und nicht durch eine höhere Bestimmung, ein Ideal, dem man dies Leben schenken kann, seine Weihe erhält. So – kann man doch auch ein Verbrecher sein? Warum nicht? Was spricht dagegen? Ein braver Mann zu sein, von dem es heißt, er strebt und fügt sich in die Welt, und dem doch die Tage wie unfruchtbarer Sand durch alles Tun laufen; oder einer zu sein, der dieses

Mädchen, das da weint, vom Leben befreit, indem er sie würgt, während sie fahren und das Licht der nächtlichen Straße, das Licht der Lokale, das grelle Licht aus den Scheinwerfern anderer Wagen, das huschende des Leuchtturms sie trifft und zwischen Licht und Schatten setzt –, sie würgt also und dann, wenn er verdammt dasteht von den Menschen, abgeurteilt, ausgestoßen, geschmäht, der dann vielleicht, weil er außermenschlich geworden ist, dem unsichtbaren Gesetz und dem Geheimnis von Gottes verborgenem Willen näher gekommen sein wird? Doch dann spricht der Weltgeist in ihm, das Wort der Zeit, die Deutung, daß die Säfte es sind, die ihm kranke Bilder zaubern, spricht die Vernunft, es ist so simpel, nimm jetzt diese kleine Dirne, fahr in ein Hotel, schlaf mit ihr, sie wird dann nicht mehr weinen; wenn du selber weißt, was du willst, wird sie dir zärtlich tun, und ein lichter Morgen kommt. Den Tiefen aber scheinbar näher als andere, fehlt Carel grade der Entschluß, ja die Lust, zum abgründigen wie zum leichtherzigen Tun. Ist es nicht gedacht, schon geschehen? Oder ist es sein Engel, der ihn vor der Zerstörung beschirmt, die jedes wirkliche Geschehen bringt? Er streckt sich, er sieht, daß sie draußen vor der Stadt und auf der Straße nach Nizza sind, und er befiehlt, vor einem ländlichen Gasthof zu halten. Er möchte allein noch nett zu dem Mädchen sein. Warum weinte sie? Er weiß auf einmal nicht mehr, daß er eben noch wußte, daß auch sie ein verzweifelter Mensch ist, der fast gierig den Anstoß hingenommen, im dunklen Meer des Schluchzens unterzutauchen. »Du bist doch nicht böse? Die Nacht ist so schön, ich wollte etwas draußen sein, und wir können ja, wenn du willst, wieder in den Klub zurück fahren. Wir holen dann Moerland, der vielleicht was gewonnen hat – aber erst können wir doch hier noch ein wenig verweilen, etwas trinken; hast du Hunger?« Er spricht mit einem Ton, wie zu einem Kind. Halb hat er sie aus dem Wagen gehoben, halb ist sie ihm gefolgt. Im Laternenlicht des Gasthofes, vor dem sie halten, streicht er ihr das Haar zurecht, sie nimmt die Puderdose aus der Tasche, spiegelt sich, wischt mit der Quaste den Glanz von der Nase weg und nickt: ja, sie hat

Hunger. Sie sitzen hinter dem Haus in einem kleinen Garten. Er trinkt Wein, trinkt viel, ohne aber eine Wirkung davon zu wollen oder zu spüren; eigentlich nur aus Unruhe. Sie ist diesmal mäßig, nimmt nur ab und zu einen Schluck und ein paar Bissen von der Omelette, die locker und goldfarben in der Pfanne brutzelt. Sie sprechen mit keinem Wort über die Absicht und den Sinn dieses Ausflugs. Für eine Weile macht sie sogar das Schweigen einander vertraut. Überdies sind sie beide erschöpft, und sie fahren wie Ermattete, in ihre Mäntel gewickelt, und Schulter an Schulter nach Monte Carlo zurück.

Im Klub sind nur noch wenige übermüdete Besucher. Ein paar hartnäckige Spieler um kleine Einsätze. Die Diener räumen Flaschen und Gläser von den freien Tischen. Moerland ist nicht mehr da. Sie fahren in die Wohnung. Da ist der Kaufmann allein. Und diesmal hat er die Gläser nicht heimlich zu Boden gegossen. Er hat sie sich vollgeschenkt und sie ausgetrunken, und am Ende hat er sich die Mühe gespart und gleich den Flaschenhals zum Mund geführt. Er ist vollkommen hinüber, liegt auf dem Boden und lallt, und man begreift, wie in seinem unsagbar gequälten und stieren Blick das Zimmer mit allen Möbeln sich schneller und schneller dreht, und wie alle Personen vor ihm auf und nieder tanzen, viele und einer werden, und wie jeder Schritt, den sie tun, in seinem Hirn wie ein Kanonenschlag dröhnt. Gemeinsam schleppen sie ihn auf sein Bett. Das Mädchen ist von einem reinen Mitleid erfüllt. Sie wischt ihm den Schweiß von der Stirn und geht ins Badezimmer, um ein Handtuch naß zu machen, das die Schläfen des Vergifteten kühlen soll. Derweilen öffnet sich sein Mund, Gestank und Speichel entströmen ihm, Carel denkt, daß der Magen sich entladen will, aber es sind allein die Worte, die hervorbrechen: habt ihr – –; mit gedehnten Silben und unsagbar gemein. Sie löschen das Licht und verlassen ihn, der auf seinem Bett in der Hölle eines fürchterlich schwankenden Schiffes liegt. Aber wo ist Moerland? Carel ist vollkommen nüchtern, und das fahle Licht des anbrechenden neuen Tages ist Vorwürfen und bösen Ahnungen günstig. Liegt auch er betrunken irgendwo in einer

Bar? Oder ist ihm Carels Fortgehen mit dem Mädchen berichtet worden und hat er, der so lässig scheint und so erhaben über jede Eifersucht, von denselben Vorstellungen heimgesucht wie der Kaufmann, der leichtes Glück bei vielen Mädchen gefunden und nun grade dieses haben will (und das ist noch das Beste an dem ganzen Mann!), hat er sich verlassen, betrogen gefühlt und ist mit dem Schmerz in die Nacht gerannt? Carel erwartet, daß ihm das Mädchen die Schuld zusprechen wird. Sie aber schweigt. Doch meidet sie seine Nähe, während sie unruhig das Zimmer durchquert. Die Vertrautheit, die eine Stunde lang zwischen ihnen lebendig war, ist gestorben. Erinnert sie sich ihrer noch, die – und das weiß sie sicher nicht mehr, hat sie nie gewußt – eine Kameradschaft der verzweifelten Seelen war? Endlich verlangt sie, daß er den Wagen suchen soll. Der Kaufmann ist aus irgendeinem Grunde, vielleicht weil es ihm schneller ging, zu Fuß oder in einem Taxi nach Hause gekommen, und es ist nun möglich, daß das Auto noch vor dem Klubhaus steht oder daß Moerland es benutzt hat. Carel geht auch auf die Straße, die fast menschenleer ist. Nur ein paar Frauen, die den Schmutz des vergangenen Tages aus den eleganten Läden der Amüsementsstadt fegen, gießen aus zinkenen Eimern trübe Seen auf das Trottoir, die Carel auf ihrem Fluß zum Rinnstein durchschreiten muß. Schon von fern sieht er auf dem Parkierplatz des Klubs den Wagen stehen. Er denkt, ob Moerland vielleicht in ihm geschlafen hat, und er geht und öffnet die Wagentür; aber es sitzt niemand im Innern. So geht er wieder nach Hause; Frauen begegnen ihm, die von ihrer Nacht heimkommen und verstört und mürrisch, die Augen in einem Morast verwischten Blaus, ihn streifen, ohne ihn zu beachten. Von einem Transportwagen werden weiße Blumen in einen Laden getragen. Es fällt ihm ein, von den Trägern einen Strauß zu kaufen, und er bringt ihn dem Mädchen mit. Das heißt, er stellt ihn selbst in eine Vase. Moerland ist noch immer nicht gekommen. Das Mädchen liegt angezogen wie am Abend auf dem Bett und trinkt den Kaffee, den sie, während Carel auf der Straße war, gekocht hat; auch für ihn ist eine Tasse auf den Nachttisch gestellt. Endlich läutet es an der Tür der Wohnung, und ein Schuljunge bringt einen Zettel und wartet mit begehrlichen Augen auf einen Franc. Carel soll in ein kleines Café kommen, das sie einmal zusammen besucht haben. Carel nimmt seinen Hut, und das Mädchen will mitgehen. Er versucht, sie zum Bleiben zu bewegen: es ist ja nichts; er wird nur zuviel getrunken haben –. Aber das Mädchen ist schon mit ihm vor der Tür, die sie zuschlägt. In dem kleinen Café sitzt Moerland und ist seltsam nüchtern. Er ist die Nacht über am Meer gewesen; jetzt hat er Kaffee getrunken. Um seinen Mund fliegt ein Zittern, das auch in seinen Händen ist. Mit einem Cognac, den er nun bestellt, vergeht es. Das Mädchen weckt nicht mehr das alte Lächeln auf seinen Lippen. Sie scheint ihn mehr zu stören als zu erfreuen. Er begrüßt sie kaum, und er zieht Carel in den Hintergrund zu der Theke des sonst noch gänzlich unbesuchten Lokals. Carel weiß nun schon, daß nicht um das Mädchen gerechtet werden wird, die dem Freund eine sichere und sehr beiläufige Sache zu sein scheint. Unwesentlich jedenfalls im Moment. Also ist es der Verlust im Bakkarat. Eine für Moerland unerschwingliche Summe. Der freundliche Landsmann hat sie ihm abgewonnen, der freundliche Landsmann, der überdies mit ihrem Konsul befreundet ist und alle Gesellschaft kennt. Es ist das Ende. Das Ende der Karriere. Bis zum Mittag schuldet er die Summe auf Ehrenwort, und dann –, ja dann würde der Landsmann sich mit einer Bürgschaft vorläufig zufrieden geben. Carel lacht. Er wird von einer solchen Heiterkeit gepackt, daß er sich an der Messingstange der Theke festhalten muß, um nicht vor lauter Belustigung umzufallen. Den Freund beleidigt und entsetzt es, und Carel bittet ihn auch schon um Verzeihung; aber er kann mit dem Lachen nicht aufhören. Wie komisch ist doch die Welt! Das also ist ein Ehrenwort! Man spielt mit den Karten wie die Kinder mit dem Dreck, und dann reckt man die weißgestärkte Hemdbrust und sagt »Auf Ehrenwort«, natürlich auf Ehrenwort, und dann spielt man den Ernst, fordert mit Ernst, und zahlt mit Ernst, wenn man zahlen kann, oder schießt sich vielleicht mit Ernst eine Kugel in den Kopf, wenn man das

Geld zum Zahlen nicht hat. O törichte Welt! Wenn einem der Pump gelingt, bleibt man der Ehrenmann, und wenn er einem nicht gelingt, dann ist man ehrlos und zumindest für den Kreis seiner Freunde verstorben. Und Mütter, die nicht wissen, wie sie heute und morgen das Brot finden sollen, bleiben am Leben und ersticken nicht die Kinder in den Kissen. »Auf Ehrenwort«, sagt Carel, und er schluckt an diesem allerkomischsten Wort, »auf Ehrenwort, ich werde für dich bürgen!« Moerland, dem die Komik nicht aufgeht und den die Lachsucht des Freundes unsicher macht, glaubt, wenn auch durch Carels Ehrenwort nun wieder erleichtert, daß er selber noch etwas an Sicherem hinzusetzen muß, und er spricht von einer Erbschaft, die ihm doch noch bleiben wird, wenn der Vater stirbt; aber Carel schließt ihm direkt den Mund mit der Hand und sagt, es ist gut. Er ist wirklich sorglos, wie er das tut. Er überlegt gar nicht, ob die verspielte Summe größer sein kann als das eigene Vermögen. Er empfindet den Vorfall, ohne über das Warum sich schon klar zu sein, wie eine schöne Lösung. Er nimmt, geselliger, als es seine Gewohnheit ist, Moerlands Arm, und vereint gehen sie zu dem Mädchen zurück, die sich Moerlands, des von allen Sorgen befreiten, lächelnden Moerlands Kuß entzieht und über seine Schulter Carel mit Dirnenaugen anblickt, wie diesem auf einmal scheint, und so, als ob sie von der Verabredung der Bürgschaft weiß und sich selber zum verpfändeten Besitz rechnet. Wie komisch auch diese Folge! Carel muß gegen eine neue Heiterkeit ankämpfen. Es gelingt ihm, weil ihm einfällt, das Paar könnte sein nervöses Benehmen für ein Zittern unter der Bürde halten, die sie ihm aufladen. Das ist aber gar nicht der Fall. Im Gegenteil, er fühlt sich leicht und der Schwere und dem Alltag entbunden. Zu der Schwere und dem Alltag gehört auch das Mädchen. Es ist schade, daß er das Geld nicht auf den Tisch legen, seinen Hut nehmen und mit den freundschaftlichsten Gefühlen von ihnen gehen kann. Es braucht noch einige Tage, einige Formalitäten, einige Auflösung des kleinen Haushalts, man ißt noch manche Mahlzeit zusammen, und Carel entdeckt nun, wie lieblich Monte Carlo gelegen ist. Der freundliche

Landsmann ist gerne einverstanden, sich mit Carels Unterschrift zu begnügen; und auch Moerland findet das Leben wieder schön und eigentlich alles in seine Ordnung gebracht. Das Mädchen umhalst Carel einmal, sie scheint sich sogar ein wenig an ihn anzuklammern und wird erst böse, als er sie nur freundlich auf die Stirn küßt. Am folgenden Tag sind sie und der Kaufmann verschwunden; und auch der Wagen ist fort. Das ist natürlich; denn er gehört ja dem Kaufmann. Carel kauft im Reisebüro zwei Fahrkarten nach Holland und spürt ein wenig von der kindischen Befriedigung, die man empfindet, wenn ein Ereignis, das man lange voraus gesehen hat, eingetroffen ist. Moerland nimmt den Vorfall für einen Anlaß mehr, um sich zu betrinken. Er ist mehr empört über den heimlichen Abschied des Kaufmanns als über das Verschwinden seiner Geliebten. Am Abend schon kommt er mit einer anderen heim. Am Morgen reisen sie.

In Holland wurde dann viel darüber gesprochen. In allen Garnisonen war davon die Rede und auch in den Bürostuben des Haag. Die Herren, die Carel kannten, konnten es nicht begreifen. Von jedem anderen hätten sie es eher erwartet als grade von diesem, der ihnen schon in seinen jungen Jahren besonnen und überlegen erschienen war. Die ihn nicht kannten, sprachen von dem Leichtsinn der Jugend, der immer einem einmal zum Verhängnis wird. Spiel, Mädchen und Schenken! Doch fehlte es nicht an Versuchen, das Ansehen eines alten und ehrwürdigen Namens zu retten und seinen Träger vor einem Schritt zu bewahren, der allen überflüssig vorkam. Es kostete Carel Mühe, sie von seinem Willen zu überzeugen, von seinem Willen, etwas zu büßen; und am Ende war er es noch, der trösten mußte. Erst nach Wochen ihm peinlicher Bemühungen war es soweit, daß er seinen Besitz verpfänden und auf den Rang eines Leutnants verzichten durfte, um unter bürgerlichem Namen und als gemeiner Soldat in die Kolonial-Armee einzutreten.

Die alten Kameraden erzählten noch lange von Carel, wie er seine Güter und seinen Namen verspielt habe. Er wurde zu einem Beispiel des Leichtsinns und zu einer Warnung für alle Jüngeren. Und schließlich wußte jeder, daß Moerland noch große Summen von ihm zu bekommen habe.

Ich sah ihn nicht, und ich hörte ihn nicht; aber ich wußte, daß er da war. Ich fühlte, daß er dort irgendwo unten im Schiff der Kirche stand, nicht kniete und nicht betete, sondern nur da war, an einen Pfeiler gelehnt. Erst glaubte ich, daß er dem Epitaph eines Bischofs im Würzburger Dom ähneln müßte, versteint und grau und in den Pfeiler hineingekrochen, böse und heilig zugleich, aber tot, tot, tot. In seinem Blick aber mußte eine Kraft sein, die stärker war. Er traf mich, obwohl er ja nicht zu mir schaute; er traf mich, nur weil der Mann einen Moment vielleicht an mich dachte. Im Nacken fühlte ich ihn körperlich, diesen Blick. Es war das Gefühl von etwas Scharfem; so wie man einen Dolch fühlt, der im Dunkeln gegen einen gerichtet wird, aber einen im Fleisch noch nicht berührt. Das war nun seltsam. Ich saß ja oben auf dem Chor, und er stand unten. Es war ihm ganz unmöglich, mich so zu sehen und dann noch seine Augen scharf gegen meinen Nacken zu richten. Unmöglich! Erst wenn er zum Altar gegangen wäre und sich auf seine Stufen gestellt hätte, erst dann wäre es wahrscheinlich geworden, daß er, neugierig, meinen Kopf und meinen Rücken hätte sehen können. Aber es war vollkommen ausgeschlossen, daß der Mann so etwas tun würde. Erstens war er absolut nicht neugierig, und dann schon gar nicht auf mich, und daß mein Haar hinten schon lange nicht geschnitten und über den Kragen gewachsen und daß mein Rücken ein wenig krumm war, das interessierte ihn bestimmt nicht. Daran war aber nicht zu denken; und ich würde mir Mühe geben müssen, wenn ich überhaupt einmal von ihm gesehen werden wollte – und wenn er es dann auch wünschen sollte, dann würde es mir gelingen. Sonst: er könnte auch durch mich durchsehen, wie durch die Luft. Wie durch die Luft an einem klaren Tag sogar. Er kannte dunklere. Aber dennoch waren wir, wie wir beide in der Kirche waren, in einer Verbindung. Vielleicht machte es der Raum; er unten im Schiff und ich oben auf dem Chor. Vielleicht *mußte* eine Spannung zwischen uns entstehen, wie wir so alleine waren; denn die Kirche schloß mit ihren Mauern die Welt aus, und außerdem waren wir auf dem höchsten Punkt der Insel und um uns war das Meer –. Jedenfalls, ich konnte mir nicht denken, daß es nur seine Kraft war, obwohl ich von ihr die Vorstellung der allergrößten hatte, die auch mich ihn sehen ließ, den ich nie gesehen hatte; nicht nur seine Kraft, sondern die Kraft des Raumes mußte es sein, die sich auch auf mich, auf meinen gebeugten Rücken legte und mir die Stärke gab (ich selber hatte ja keine), ihn mir so vorzustellen, wie er dann wirklich war – ich hatte ja kaum von ihm gehört. Der Pfarrer hatte nur einiges gesagt; und das mit der Scheu, die einem Alten eigentümlich, wenn er nicht – von schlechtem Stamm – geschwätzig geworden ist. Ich aber sah ihn, und sofort mußte ich an die Atjehkämpfer des Generals von Heutsz denken, die ich im Haag in einem Umzug zu Ehren der Königin gesehen hatte. Es war ein harmloser Umzug gewesen, provinziell und rührend, mit Opernchorverkleidungen, Turnvereinen, Schulen und netten Mädchen, die auf dekorierten Wagen verlegen lächelnd vorübergefahren wurden. Ich hatte inmitten der Menge in der Heerengracht gestanden, und ich hatte mich amüsiert, wie die Mädchen sich an die künstlichen Palmen geklammert hielten, aus Furcht vor den Blicken der Zuschauer, wie aus Sorge, im Rucken des plötzlich stehenden und plötzlich wieder anfahrenden Umzuges zu fallen. Und dann waren die Männer von Atjeh den Wagen gefolgt. Man vergebe es mir: erst hatte ich sie für Feuerwehrleute gehalten, und dann für Konstabler, die, im Dienst beschädigt, ein wenig klapprig auf den Beinen noch einmal mitmarschieren durften. Dann aber sah ich sie! Sah die Gesichter! Sah sie unter den Helmen, die so an Feuerwehrhauben und altmodische Helme pensionierter Polizisten erinnert hatten, sah die Gesichter, und in den Gesichtern war die Legende von Atjeh! Das waren die Männer, die im Wald gelebt hatten, die mit dem Messer aus dem Busch geschlichen waren, die den grausamen und harten Krieg der Kolonialgeschichte geführt hatten, da waren Listen und Geheimnisse, da waren die Fieber und ihre Verzückungen, da waren unbekannte Tränke und das Gift von fremden Wesen, von Schlangen, Kräutern, Säften, Pfeilen und dem Biß der Insekten unter der gelben Haut und im seltsamen Feuer der Augen. Es waren die Tropen des weißen Mannes, die da vorübermarschierten, die Angst und die Überwindung der Angst, die Meisterung über sich selbst und über andere, der Schauer vor dem Unbegreiflichen einer ganz anderen Welt und der Triumph der Gesittung über diese Fremde; ein Triumph, der zweien und dreien am Ende so fragwürdig schien –. Das war in ihrem Blick zu lesen; und es war sein Blick – so mußte er aussehen. Genau so. Und wie ich damals im Haag begriffen hatte, warum sie zuerst mir wie krank und müde und nicht mehr sicher auf den Beinen erschienen waren, weil sie nicht fest und mit dröhnendem Tritt marschierten, sondern grade das ihre Stärke war, lautlos zu kommen, mit lockeren Knien, ein wenig gebückt und die Arme hängend, so wie man im Wald schleicht, von Stamm zu Stamm und durch das Gestrüpp und all die Umwindungen der heißen Üppigkeit, so wußte ich nun, wie er in die Kirche gekommen war, wie er verweilte und wie er ging: lautlos.

Ich war vom Sommer übrig geblieben, und allmählich gewöhnten sich die Bewohner der Insel so sehr daran, mich noch immer zu sehen, daß ich mir nicht einmal einbilden konnte, sie überhaupt noch an den Sommer zu erinnern. Ich war in ihren Alltag aufgenommen worden, wenn auch als Nichtstuer, und es war mir recht. Ich hatte einen Rückflugschein von Amsterdam nach Texel und von Texel nach Amsterdam gehabt, aber ich habe ihn nur auf der ersten Strecke benutzt. Der Abschnitt für den Rückflug ist verfallen. Ich könnte ihn wegwerfen; doch wage ich es nicht, in die Tasche meiner Jacke zu greifen. Das ungültig gewordene Billett muß dort in der Gesellschaft von Briefen und Telegrammen liegen, die ich nicht gelesen habe, die mir aber alle Unruhe der Welt ins Gedächtnis rufen, wenn ich sie nur in die Hand nehme. Warum also? Ich liebe es nicht, wieder wie ein

Junge dazustehen, der den Aufsatz von Tag zu Tag hinausgeschoben hat, bis er an einem Morgen sich sagen muß, nun ist es zu spät; und dann schaut er das Heft lieber gar nicht mehr an, bevor er es mit seinen weißen, unbeschriebenen Seiten – die Pulse stechen und das Herz klopft bis in den Hals – dem Lehrer überreicht. Es war nicht meine Absicht, auf der Insel zu bleiben. Nicht einmal besuchen wollte ich sie. Ich war nur zufällig mit einem Fischer von Texel aus hinüber gefahren und war dann dageblieben, weil ich in der Kirche auf der Orgel spielen durfte. Erst später ließ ich durch den Fischer mein Gepäck holen. Er brachte auch einen Brief von einer Dame, die ich auf dem Flug nach Texel kennen gelernt hatte und die dort Badegast gewesen war. Sie schrieb mir, wie sehr sie mich beneide, daß ich nun »so ganz im Frieden der herrlichen Natur« leben könne. Was für ein Unsinn! Ich gehöre zu den Menschen, die sich von der Natur und ihrem vermeintlichen Frieden höchstens angezogen fühlen, weil sie ihnen unheimlich sind, und die viel lieber in den großen Städten wohnen würden, wenn sie dort nicht auf Schritt und Tritt Damen begegnen müßten, zu deren Eitelkeiten es gehört, von der Natur zu schwärmen. Nein, die Natur war es nicht, die mich zum Inselaufenthalt veranlaßt hatte. Ich litt eher unter dem dauernden Wind, und die Nebel bedrückten mich, die nun mit dem Winter aufkamen, und oft ließ mich die Sirene, die Tag und Nacht heulte und die Schiffe warnte, weder denken noch schlafen. Es war eine Verrücktheit von mir, dort geblieben und vom November bis zum März so gut wie von der Welt abgeschieden zu sein. Es war eine Verrücktheit von mir, die auf der Anziehungskraft beruhte, die die weiße Kirche auf der Dünenhöhe – die weiße Kirche der Winde, wie ich sie nannte –, die Orgel in ihr und die Atmosphäre auf mich ausübten. Mit der Atmosphäre meine ich nicht so einfach nur die der Natur. Die war natürlich auch in der weiteren Umschreibung des Wortes enthalten, aber der ganze Begriff war doch mehr zu jener Luft des Schicksals geworden, wie sie über Schlachtfeldern und den Stätten der großen Dramen hängt, der Terrasse von Helsingør zum Beispiel, oder wer könnte durch Theben gehen, diese schmutzige kleine Stadt, ohne im Tiefsten bewegt zu sein? Schon als ich noch niemanden von den Inselbewohnern kannte und auch über keinen Sonderliches gehört hatte, wußte ich, daß wenigstens einer unter ihnen auserwählt war. Für so etwas habe ich eine Witterung, wenn ich auch selber nie zu diesen Erwählten Gottes gehören werde. Und schon der erste, der mir begegnete und mit dem ich sprach, war Verheißung genug. Es war der Pfarrer, der mir das Spielen auf der Orgel seiner Kirche erlaubt hat.

Er war einer von den protestantischen Heiligen; und also war er ein Greis. In der katholischen Kirche ist das Heiligwerden eines Menschen nicht so unbedingt an ein hohes Alter gebunden wie in der reformierten. Dort gibt es die Kinder, die schon, und oft unter Schmerzen, berufen werden, wie Vitus und Pankratius, die heiligen Knaben-Märtyrer; man kennt die Erscheinungen der verklärten Jünglinge, die eine kurze Weile, wie um den Strahl von einer Möglichkeit zu zeigen, schon auf Erden den Engeln gleichend, zu uns kommen, wie Ludwig von Toulouse und der heilige Kasimir, der auf die Krone Ungarns verzichtete, um einer höheren Berufung willen, und die jung sterben; man zählt dort die Männer und die Helden, die Heilige wurden, und wer weiß nicht von einem Bild des Sebastian, der ein Befehlshaber war in der Leibwache des Kaisers Diokletian, ein Mann, ein Soldat, der getroffen wurde vom Heiligen Geist. Alle sind sie Kinder einer Gnade, und selbst noch ihr Tod für Gott ist wie ein Geschenk, das ihnen gewährt wurde. Anders ist es mit einem protestantischen Heiligen. Gott schenkt ihm nichts. Es ist, als ob die Möglichkeit der Gnade ihm von allem Anfang an versagt ist. Mühsamer, ernster und freudloser ist sein Pfad; und viele Kreuzungen, Nebenwege und Abzweigungen gibt es, die alle in die Welt, aber nicht in den Himmel führen. Die Welt ist die große Verführung des Protestanten. Nicht im katholischen Sinn der sündigen Welt, sondern sündig mehr wie blind, weil die Augen auf das Nächste gerichtet bleiben und jeder gute Trieb zum Antrieb einer Tätigkeit wird, die die Verhältnisse hier ordnen und Werte im Irdischen schaffen will. Erst wenn der Leib müde geworden und der Geist enttäuscht ist von all dem Tun, vermag die Seele des protestantischen Menschen zu einer Freiheit zu kommen, die sie von der Schwere des Bodens unter den Füßen ihres Trägers befreit und ihr den Flug gestattet, der zu den Sternen oder zu Gott oder zu dem Geheimnis ihrer Herkunft zurückführen kann. Ist dieser Zustand eingetreten, wird der Mensch, dem eine solche freigewordene Seele gehört, die Behauptung seiner menschlichen Würde lassen und an Strenge verlieren. Sein Gesicht wird kindlicher werden und seine Augen werden wieder erstaunen, weil er nun neu, seit langem, seitdem er ein Kind war, das Wunder sieht; das nämlich, daß alles wunderbar ist, unerklärlich und nicht von Menschen getan und unter der Ordnung der Menschen. Dies zu erkennen, bedeutet noch nicht, es gut zu finden. Der Pfarrer war weit davon entfernt.

Erst hatte er sein Leben in der Welt vertan, der Welt, die für ihn die Insel geworden war, von der er, unter dem Einfluß seiner Frau, sich vergeblich fortgewünscht hatte. Nun war die Frau gestorben, die beiden Söhne lebten in der Stadt und ihm fremd; nun konnte er ein Leben in Armut, Keuschheit und Betrachtung führen wie ein Mönch.

Im Pfarrhaus hingen noch die Bilder der Familie an der Wand und standen noch die Geräte des Haushalts in den Zimmern. Sie waren aber nicht mehr im Leben des Pfarrers, und man sah, schon bei einem ersten Besuch, daß sie »tote Dinge« waren. Der Konsistorialrat aus Amsterdam, der an einem Sommertag einmal den Inselpfarrer aufgesucht hatte, war auch dem Hauch des Abgestorbenseins im Pfarrhaus erlegen. Aber er hatte ihn mißverstanden und sich falsch gedeutet. »Der arme Kerl, man sah ihm den Witwer an«, sprach er zu seiner Frau und verband mit dieser Erzählung den Gattenstolz lutheranischer Prediger, »alles war wie blind und wie in einem Haus, dessen Bewohner gestorben ist und das man dann abgeschlossen hat. Aus Pietät hat er alles so stehen und liegen lassen, wie es war, bevor seine Gefährtin ihm starb. Auf dem Tisch im Salon lag selbst das Nähzeug noch. Eigentlich doch komisch, daß er keine

Wirtschafterin hat, die das wegräumt. Ich fürchte, die Einsamkeit bekommt ihm nicht. Ich habe ihm vorgeschlagen, zu emeritieren und hier bei seinen Söhnen zu leben. Aber er will nicht. Er sagt, er muß auf der Insel bleiben. Auf seiner Insel, wie er behauptet. Ich denke, er will das Grab seiner Frau nicht allein lassen und später neben ihr begraben werden. Vielleicht ist das Verhältnis zu den Söhnen auch nicht so, wie es sein sollte. Wer weiß das? Man hört zwar nur Gutes von ihnen –« Der Konsistorialrat hob die Schultern, als wollte er sagen: Die Welt ist unbegreiflich und sie ist schlecht; aber des Herrn Wille geschehe!

Er täuschte sich. Das Glas vor den Bildern von den Familienangehörigen des Inselpfarrers ließ diese zwar wie von blinden Augen betrachtet erscheinen, aber das war nur, weil sie eben schon lange von keinem Blick mehr gesehen wurden, weil sie wie nicht vorhanden waren und so unter dem Hauch des Vergessens blindgewordene Scheiben schienen, und nicht durch Staub und mangelnden Hausputz einer Wirtschafterin.

Der Pfarrer schlief auch nicht mehr in dem breiten Ehebett mit den Pfühlen von Gänsefedern und dem Geruch von Landleben, Lust, Gemütlichkeit, Krankheit, Geburt und Tod. Er hatte sich eine Feldpritsche, die mal für einen Ernteknecht bestellt worden war, der dann nicht gekommen war, in die weite Hausdiele gestellt; und dort schlief er; vor einem Tisch aus unpoliertem Holz, einem harten Stuhl und dem Bestand an Büchern, an denen er zweifelte. Dieser Zweifel geschah gelassen. Es war keine Qual; eher eine Heiterkeit. Wäre er ihm in seinen jungen Jahren gekommen – was vorausgesetzt hätte, daß er da schon zu diesem seinem mönchischen Leben gelangt wäre –, dann wäre er zu einer Verzweiflung geworden. Nun war es ihm so, daß die Lehre dies sagte und das. Und es war ihm nicht mehr, als wenn einer von den Fischern über das Wetter von morgen sprach. Das Wetter kam anders, als der Fischer es verkündigt hatte, und doch war Weisheit, Resultat von Erfahrung, Beobachtung, Überlegung und alles Menschenmögliche eben in der Rede des Fischer enthalten gewesen. Das Denken konnte den Weg nicht weisen. Das bedeutete nicht, daß es überflüssig war. Nichts schien dem Pfarrer wichtiger als dies – und auch der Fischer, der das Wetter ergründen wollte, war ja von dieser Wichtigkeit überzeugt; denn er wollte ja mehr, als nur den Regen oder den Sonnenschein ergründen, die gute Vorwände waren für das Unerkennbare an sich, das Geheimnis und das Gesetz des Weltenlaufs –; aber wichtig eben doch nur als eine von den Bemühungen, denen man sich zu unterziehen hatte, um jenen Zustand zu erreichen, jene seelische Bereitschaft, die das Rechte möglich machen konnte, daß man guten Willens und guten Einfalls war, kräftig in jeder Minute und nicht schwach in einer Voreingenommenheit zu einem Ziel, sondern so, daß man eine Kraft war, die mehr schon durch ihre Strahlung wirkte als durch ein beabsichtigtes und überlegtes Tun.

Von dieser Empfindung seiner Kraft war auch ich berührt worden. Ich wußte damals noch wenig von der Kraft der Asketen, von den Yogis und ihrer Maja, und ich hatte auch noch nicht darüber nachgedacht, daß es dieselbe Kraft war, die in einer ihrer Teilerscheinungen fakirisch, katholisch, protestantisch, mystisch oder heldisch wirken konnte. Ich spürte die Strahlung, als ich in ihren Kreis gekommen war. Viele empfinden sie nicht, und sie kommen nur durch die Beobachtung dieser oder jener Besonderheit in der Lebensführung des Begnadeten zu einer Ahnung, daß »etwas los ist«.

Ich bat ihn, auf der Orgel spielen zu dürfen; und er bat mich im selben Moment, es zu tun. Doch zweifelte ich gleich, ob er mir zuhören würde. Es war dann auch so, daß die Musik ihn gar nicht berührte. Später war ich versucht zu glauben, daß der Sturm zu ihm sprach und daß er ihn besser hörte, als wir andern, und daß er so selbst über den stürmischsten Herzschlag der Musik, von anderen Stimmen berührt und kräftigeren Registern getragen, hinausgehoben und in lichteren Regionen war. Er bat mich nur für mich. Er wollte, daß ich spielen sollte, weil er mich dann auf dem Weg sah. Auf meinem Weg, verschieden von dem seinen. Vielleicht aber auch, weil er an Carel dachte.

Wenn ich hier schreibe, daß er mich sah, mein Schicksal, meine Entwicklung, meine Möglichkeit, und wenn ich sage, daß er an Carel dachte, so ist das nicht in dem Sinn zu verstehen, daß er sich etwas überlegte und disponierte. Das war gar nicht der Fall. Und es hätte scheinen können, daß nur ich es war, der eine Tiefe und Hintergründigkeit in die Freundlichkeit eines Greises deutete, der nichts tat, als mir in der höflichsten Weise einen Wunsch zu erfüllen, den mir zu verwehren er auch keinen Grund hatte.

Ich gab den Pfeifen einen großen Atem, so daß der ausströmende Ton mächtig im Raum sich erfüllte und das Schiff der Kirche wie erhoben war, weil der Klang noch weiter wollte, höher, über die Mauern hinaus, und dann ließ ich die Melodie meiner Vorstellung so hoffnungslos enden, so sich verlaufen, daß alle Kraft wie fliehend verhuschte, die Weihe und die Erhebung in sich zusammensank, absackte, schwer von den Wänden fiel, wie Regen zur Rinne rinnt, in seiner Reinheit beschmutzt; auf dem Steinboden starb die Dehnung des letzten Basses, kroch noch in die Rillen zwischen den Platten, sickerte durch zu den Gerippen der alten Toten dadrunter, und hatte nur noch die Kraft, nachzuziehen, zu Boden zu locken, zum Sterben. Man lag im Staub und die Zunge schmeckte ihn. Ratten zogen über den verwesenden Leib. Nagten an den Gliedern mit spitzen Zähnen. Eklige Schwänze kitzelten den Nasenschleim. Ich sank zurück, und er war ganz von dem Pfeiler verschluckt und von dem Schatten der Nacht. Da erhob sich der Sturm.

Es war ein Wintergewitter mit einigen Schlägen, die scharf und grell zuckten. Nun beugte ich mich. Ich rutschte vollends herab von dem Stuhl des Organisten und kniete vor ihm, wie vor einem Betschemel. Meine Hände erstarrten, indem sie ins Holz sich krallten, an dem ich mich kniend hielt. Ich betete nicht. Ich betete nie. Ich hatte nur einen Herzanfall. Eine Kindergewohnheit. Ich fürchtete mich. Nichts kann mich so sehr erschrecken wie ein Gewitter. Ich habe bei Unruhen hinter einer Mauerecke gestanden, gegen die die Schüsse schlugen. Ich habe als Kind Bomben fallen hören, und ich habe die zerrissenen Toten gesehen. Man lebt in seiner Zeit. Man braucht kein Soldat zu sein, um sie zu erleben. Ich habe nicht geschrien. Ich war nicht feige. Es ist möglich, daß ich bleich war; aber es war die Erregung und nicht die Furcht. Dem Gewitter aber bin ich ausgeliefert mit aller Furcht. Es ist der Schrecken für mich. Nicht die Angst ist es, getroffen zu werden. Das Entsetzen vielmehr, in die unsichtbare Verbindung zu kommen. Dieses: der entscheidende Punkt zu sein, der zweite Pol, der, der den Tod so will, wie er aus der Wolke kommt. Nicht ich will ihn. Und ich bin auch nicht der Punkt. Es ist in mir. Ich trage diesen Tod in mir. Ich bin dem vollkommen ausgeliefert. Ich knirschte vor Machtlosigkeit mit den Zähnen. Ein Arzt hätte es für ein Symptom des Herzkrampfes gehalten.

Wen hatte ich versucht? Wen mit meinem Spiel auf der Orgel herausgefordert? Ich sagte nicht Gott, aber ich dachte natürlich an ihn; denn wenn ich auch gestehen muß, daß ich nicht glaube, so kann ich doch nicht umhin, mich immer wieder in eine Beziehung zu Gott zu bringen; und ist es nun, daß ich mich so zu ihm dränge, oder ist es doch, daß er sich um mich kümmert, indem er mich erschreckt? Gott wäre fürchterlich hinter den Wolken! Doch unerträglich ist mir der Gedanke, daß er es nicht ist, sondern daß die physikalischen Gesetze (schlau nach ihrem Gesetz, aber blindwütig für das Geschick des Menschen) allein dort walten. Wüßte ich, daß Gott mich sieht, wie würde es mich stärken! Und wie hoffnungslos das andere, Gottes Gleichgültigkeit oder Gottes Nichtdasein! Dennoch, obwohl diese Überlegungen in mir leben, kann ich mich nicht einen gläubigen Menschen nennen. Und wenn ich mich fragte, lebe ich christlich, ich müßte antworten: nein!

Der Gedanke, daß wir in der Kirche der höchste Punkt über der Insel und über dem Meer waren, der höchste Punkt, in den es aller Logik nach einschlagen mußte, dieser Gedanke besaß mich mehr, als daß ich ihn besaß. Langsam löste ich mich von dem Spielschemel vor der Orgel und langsam, denn ich mußte mein Herz vorsichtig tragen, rutschte ich auf den Knien zur Balustrade des Chors. Was war mit ihm, der mir zugehört hatte?

Wollte ich ein Menschengesicht sehen? Ich verwünschte bei alldem, daß ich auf der Insel geblieben, daß ich in die Kirche gegangen war, daß ich der späten Jahreszeit vertraut hatte, daß ich mich auf all dies eingelassen hatte. Ein knatterndes blaues Feuer flutete von links und von rechts durch die hohen Fenster, durchschlug die Nacht, und der Ton war, als durchschlüge er zugleich auch das Dach, von dem ich wußte: es kann mich nicht schützen.

Da sah ich ihn, der von dem Pfeiler weggetreten war. Er war zum Altar gegangen, und dort war er, wie ich im Schein des Blitzes erkennen konnte, nicht stehen geblieben, sondern in einer lautlosen Bewegung. Er schlich dort herum – anders vermochte ich es nicht zu empfinden –, und war er nun verwirrt und wollte dem Heiligen nahe sein, oder, ich weiß nicht, wie mir dieser Gedanke kam, machte er sich dort auf eine besondere Weise lustig, zum eigenen Spaß oder mit der Berechnung der Wahnsinnigen zu meinem Entsetzen, indem es schon sein Wille gewesen war, der meine Beobachtung auf sein Tun gelenkt hatte?

Doch folgte diesem letzten kein anderer Blitz mehr, und das Kirchenschiff blieb in der tiefsten Dunkelheit still. Draußen wüteten die Böen des Sturmes gegen Turm, Dach, die Mauern und die Fenster; aber wir in der Kirche waren wie in dem Zentrum eines Zyklons. Kein Windhauch rührte den Schweiß auf meiner Stirn an. Die Luft war unbewegt. Allmählich schnupperte ich sogar, wie ich alle meine Sinne anspannte, den alten Kerzengeruch vom Sonntag-Abend-Gebet; und wäre die Kirche katholisch gewesen, ich hätte den Weihrauch der Messe atmen und das rote Licht der ewigen Lampe unbewegt scheinen sehen können.

Auf einmal mußte ich lachen. Die Vorstellung, daß er noch immer schleichenderweise auf dem Altar sich hin und her bewegen konnte, war mir nicht fatal, sondern nur noch komisch. Ich lachte. Das Gewitter war vorüber. Mein Herz schlug ruhiger. An all dem erkannte ich dann gleich, daß er überhaupt nicht mehr in der Kirche war. Weder auf dem Altar noch in dem

Schiff. Seine Kraft war nicht mehr anwesend, und ihr Wegfall war es, der den Raum entspannte.

Ich hatte kein Licht bei mir, und ich tastete mich bis zu der Treppe, die vom Chor nach unten führte. Unter meinen vorsichtigen Schritten knackten die alten Holzstufen. Endlich klinkte der Stein des Kirchenbodens kühl und unpersönlich unter dem ersten Aufsatz meines Schuhs. Es war, als wenn ich wieder die Stadtstraße meiner Zeit erreicht hatte.

Aber ich ging weiter durch das Schiff und zu der Kirchentür hinaus. Ich ging schnell und sicher und ohne anzustoßen, obwohl die Finsternis undurchdringlich war. Der Sturm riß mir draußen die Tür fast aus der Hand, und ich hatte Mühe, sie gegen diese Gewalt wieder ins Schloß zu bekommen. Dann konnte ich nur gebeugt gehen. Der Dünenpfad, vom Kirchenhügel herab zum Dorf, lag so im Brausen, daß es mir war, als wenn ich dauernd gegen einen Schnellzug anrannte, der mir auf einem sehr nahen Gleis entgegenkommen und von endloser Gestalt sein mußte. Die Haut meines Gesichtes entzündete sich von Sand- und Salzkörnchen getroffen; meine Augen tränten, und mein Atmen ging schwer. Dennoch durchströmte mich ein gewisses Behagen. Der Unmut darüber, auf der Insel zu verweilen, war verflogen, und ich fühlte mich selbst mit Befriedigung inmitten dieses Wütens der Luft, dem der Blitz allerdings entfallen war. Es war noch ein Ton wie Donner im Sturm, aber das war die Gewalt des Meeres, das in hohen Wellen gegen die Küste schlug. Manchmal machten die Nacht und mein Weg es möglich, daß ich den weißen Schaum der Wogen wie ein ungewisses, rasendes Gemisch erblicken konnte.

Im Dorf brannten nur noch wenige Lichter. Vom Pfarrhaus löschte die Gartenhecke den Schein. Die Hecke war noch von der Frau und den Kindern des Pfarrers angelegt worden. Man erkannte noch den Schnitt, der die Absicht gehabt hatte, bestimmte Formen darzustellen, zum Beispiel eine Burg mit Wehren, Türmen und Schießscharten, und der jetzt verwildert und von unbeschnittenen Ranken überwachsen war. Der Buchsbaum, sich selber überlassen, hatte sich schnell entschlossen, sich zu der Hecke eines Grabes zu entwickeln, dessen Pflege von den Angehörigen aufgegeben worden ist.

Ich strebte diesem Pfarrhaus zu. Ich wußte, daß mir durch den Sturm schon einer vorangegangen war. Er, den ich in der Kirche gesehen hatte. Ich war nun entschlossen, seine Bekanntschaft zu machen.

Früher war ein Hund da gewesen; aber auch der Hund war tot. So konnte niemand mein Erscheinen im Hause melden. Eine Schelle war vielleicht vorhanden, aber ich hatte sie nie gesehen und nie benutzt; und sie nun in der Finsternis zu suchen, wäre vergeblich gewesen. Ich öffnete also die Tür – sie gab sich sacht und wurde nicht vom Sturm beherrscht wie die Pforte zur Kirche – und ich traf sofort auf einen Anblick, den ich nicht erwartet hatte. Der Freiherr lag auf dem Pritschenbett des Pfarrers. Er hatte seinen Mantel, der vom Regen naß war (er war ja vor mir gegangen und hatte noch den Nachregen des Gewitters zu spüren bekommen; später erzählte man mir, daß auch Schnee dabei gewesen war), nicht ausgezogen. Das gab ihm etwas von der Erscheinung eines Feldherrn, der, während die Schlacht tobt, in seinem Zelt gegen einen Augenblick der Erschöpfung ankämpft. Der Pfarrer saß auf dem Stuhl. Zwischen dem Stuhl und dem Lager stand der Tisch. Dies alles hätte mich nicht überraschen können. So oder ähnlich hätte ich die Szene erwarten müssen. Aber daß sie Schach spielten, das erstaunte mich. Ich weiß nicht, warum. Sie im Gebet zu finden oder im Streit – alles wäre mir natürlicher erschienen. So war es auf einmal – sie mußten mein Eintreten, wenn nicht durch meinen Schritt, so durch den Luftzug spüren, der durch die offene Tür mit mir herein kam; aber sie wandten sich nicht mit ihren Gesichtern zu mir – so war es auf einmal, als wenn ich in das Berliner Kaffeehaus zu den Schachspielern gekommen wäre, die ich dort oft in ihrer Abgeschiedenheit bewundert und nicht verstanden hatte und die, die fanatischen wenigstens, die »echten«, die, die schon am Morgen kamen und erst gegen den neuen Morgen zu wieder gingen, mehr den Spuken glichen als den Menschen. Nur Augen noch aus großen Köpfen, nur

Hände noch, die die Figuren schoben; aber abgestorbene Leiber. Hier war nun nicht dies. Sie waren zugleich lässig und fix. Jeder Satz des einen wurde sofort von dem des andern begegnet. Kaum, daß sie auf das Brett schauten. Der Pfarrer hatte es zwar vor seinem Blick, der aber irrte über den Tisch hinweg, über das Bett mit seinem Spielpartner hinweg – weit weg, wie er auch von weit her zu kommen schien. Der andere hatte eine mehr spielerische Haltung. Sein Arm hob sich; seine mageren und braunen Hände faßten eine Figur, schoben sie oder nahmen sie; einen Moment lang schien es, als wär es eine zupackende Hand, aber dann ließ sie sofort wieder von der kleinen Plastik, öffnete sich, verzichtete, fiel zurück. Die Augen waren gegen die Decke des niedrigen Raumes gerichtet. Sie wanderten nicht über das Gebälk, das dort war. Sie hafteten unbeweglich an einem Punkt.

Ich weiß nicht, wer das Spiel gewann; und sie wußten es wohl auch nicht. Jedenfalls ließen sie es auf einmal. Es war in ihrem Benehmen danach etwas, das besagte, daß sich nichts entschieden hatte, aber daß sich auch nichts hätte entscheiden können. Vielleicht, weil die Entscheidungen schon viel, viel früher gefallen waren, oder weil sie überhaupt nicht geschehen konnten. Der Pfarrer nahm ein Tuch und wischte mir die Nässe vom Gesicht und aus den Haaren. War es Schweiß oder war es Regen? Ich hätte es nicht sagen können. Mir war nun kalt. Es brannte kein Feuer in dem Kamin. Der Pfarrer nahm eine Decke vom Fußende des Pritschenbettes, legte sie um meine Schultern. Dann wanderte er mit großen Schritten im Raum auf und ab.

Sollte ich mich dem auf der Pritsche Liegenden nähern? Es war keine Aufforderung an mich ergangen. Der Pfarrer hatte keinen Versuch gemacht, mich vorzustellen; der Freiherr keine Geste der Begrüßung. Wir schwiegen. Ich setzte mich schließlich auf den Stuhl des Pfarrers. Überall wäre das Schweigen peinlich geworden. Hier herrschte es. Das war etwas anderes. Man fügte sich wie unter eine strenge, aber gute Macht.

Er nahm kein Buch von dem Bücherbord, und das Licht war auch nicht so hell über dem Bett, daß er dort hätte lesen können. Er zitierte also aus dem Gedächtnis, seine Stimme war klar, aber sie war so, als ob sie diesen ruhenden Leib nun ganz hinter sich ließe, als ob sie das Lebende wäre und er nicht mehr. Er sprach zögernd und in deutscher Sprache:

»Wenn es so wäre, wie die eingebildete Klugheit meint, stolz, daß man sie nicht betrügen könne: man solle nur glauben, was man mit seinen leiblichen Augen sehen könne: dann sollte man vor allen Dingen aufhören, an die Liebe zu glauben. Und wenn man das täte, und täte es aus Furcht, betrogen zu werden, wäre man dann nicht betrogen? Sich selbst um die Liebe betrügen ist das Furchtbarste, ist ein ewiger Verlust, für den es keinen Ersatz gibt, weder in der Zeit noch in der Ewigkeit. Denn wenn sonst gesagt wird, wie auch immer, es sei jemand in seinem Verhältnis zur Liebe betrogen worden, so steht der Betrogene doch in einem Verhältnis zur Liebe, und der Betrug ist nur der, daß sie nicht da war, wo sie vermutet wurde; aber der Selbstbetrogene hat sich selbst ausgeschlossen und schließt sich selbst aus von der Liebe. Man sagt auch: jemand sei vom Leben oder im Leben betrogen worden; wer sich selbstbetrügerisch selbst ums Leben betrog, dessen Verlust ist unersetzlich. Selbst dem, der sein ganzes Leben vom Leben betrogen wurde, kann die Ewigkeit reichlichen Ersatz aufbewahren; aber der Selbstbetrogene hat sich selbst gehindert, das Ewige zu gewinnen. Wer grade durch seine Liebe ein Opfer des menschlichen Betruges wurde, ja, was hat er denn eigentlich verloren, wenn sich in der Ewigkeit zeigt, daß die Liebe bleibt und daß der Betrug aufhört? Doch wer listig – sich selbst betrog, indem er klug in die Schlinge der Klugheit ging, ja, und wenn er sich das ganze Leben lang in seiner Einbildung glücklich priese, was hat er verloren, wenn sich in der Ewigkeit zeigt, daß er sich selbst betrog! Denn in der Zeitlichkeit kann es dem Menschen vielleicht gelingen, die Liebe zu entbehren, vielleicht gelingen, durch die Zeit zu schlüpfen, ohne seinen Selbstbetrug zu entdecken, das Furchtbare: in einer Einbildung zu bleiben, stolz, in ihr befangen zu sein; in der Ewigkeit aber kann er die Liebe nicht entbehren und der Entdeckung nicht entgehen, daß er *alles* verscherzt hat.«

Wen meinte er? Sich oder andere? Sah er sein vergangenes

Leben als verloren an, oder suchte er einen Glauben zu rechtfertigen, den er sich erhalten hatte? Der Pfarrer, der weiter über die Diele gewandert war, scheinbar unbekümmert um den Spruch, ging nun in holländischer Sprache auf ihn ein. Er verwies dem Freiherrn den Kierkegaard. »Sie sind wie ein Kind, und wir sprechen hier wie Studenten, die den Sokrates spielen, indem sie Gelesenes mit Nachdruck wiederholen. Ich hätte Ihnen das Buch nicht geben sollen.« Es war Ärger in der Stimme. Aber auch eine Achtung vor der Person des Freiherrn, die ich erst auf den Umstand zu schieben versucht war, daß der Freiherr, wäre sein Leben in ruhigeren Bahnen verlaufen, der weltliche Patron des Pfarrers geworden wäre. Es war aber anders. Die Achtung war das Wesentliche und sie kam von tiefer her, als das Gespräch in seinem Verlauf, den ich gehört hatte, rechtfertigen konnte. Und der Ärger war ein Erschrekken. Ein Erschrecken darüber, daß er den Freiherrn, den er für weitergekommen hielt, ja, für wirklich schon weit gekommen, in die Kinderkrankheiten des Geistes geraten sah, das Bücherlesen der Studenten, unter den Einfluß Kierkegaards, der hierfür typisch war. Dabei lag der Fall so, daß der Freiherr erst jetzt diese Bücher in die Hand bekommen hatte, jetzt, nachdem er seinen Weg schon gegangen war. Ihm konnten sie nicht mehr Stufen hinauf, ihm konnten sie nur Fußangeln sein, die ihm nicht in den Weg gelegt waren, sondern ihm nun nachgeworfen wurden. Der Pfarrer haßte theologische Diskussionen. Der Freiherr schien sie zu suchen. Wenigstens suchte er sie mit dem Pfarrer. Sonst sprach er ja zu keinem. War es nun, daß er eine Sicherheit wollte, daß er einen Glauben zu finden meinte, oder war es, daß er nagte. Ich meine, daß er an der Gläubigkeit des Pfarrers nagte, von der er überzeugt war. Ich konnte das nicht auf einmal übersehen. Ich ahnte nur, daß sie jetzt miteinander kämpften, was sie, während sie sich Schach boten, nicht getan hatten.

Vor das Bild des Freiherrn, der dort vor ihm lag auf seinem Bett, schob sich dem Pfarrer das Bild seiner Söhne. Er dachte nicht mehr oft an sie. Sie verlangten es nicht. Sie brauchten es nicht. Sie gingen ihren Weg, und so lange sie seiner sicher waren, konnte der Vater sie nicht führen. Der eine war Arzt. Klug, tüchtig, energisch hatte er schon mit jungen Jahren sich eine schöne Praxis geschaffen und war Leiter einer Abteilung des evangelischen Krankenhauses geworden. Sein Verhältnis zu Gott war das, daß er ihm nie begegnet war. Doch billigte er den Glauben an ihn als nützlich. Zum Beispiel war es gut, mit den frommen Diakonissinnen zu arbeiten. Sie waren fleißig, gewissenhaft, zuverlässig. Er wußte, daß seine Verordnungen von ihnen auf das genaueste befolgt wurden, auch wenn der Patient sich wehrte, die Medizin nicht schlucken wollte, den Wickel ablehnte, ungläubig war an die Einsicht und die Tüchtigkeit des Arztes und eine andere Behandlung sich wünschte. Da waren die Schwestern am Platz und brachen jeden Widerstand, indem sie ihn ignorierten. Wenn nötig, faßten sie mit festen Händen das Haupt des Kranken, und dann schluckte er eben die bitteren Tropfen, gegen die seine Ahnung sich wehren wollte. Sie gaben nichts auf Ahnungen, die Schwestern, für sie existierte nur die Ordnung, die Ordnung des Hauses. Und da diese Ordnung von altersher ihre Spitze in Gott gefunden hatte, war Gott gut und am Platz; auch für den Arzt. Der andere, der zweite Sohn hatte dem Herzen des Vaters näher gestanden. Im bürgerlichen Sinn hatte er ihm Sorgen gemacht. Er war schwer durch die Schule gekommen. Er war eher träge als fleißig. Ob er weniger ehrgeizig war als sein Bruder, blieb eine Frage. Doch sicher war sein Ehrgeiz nicht auf ein bestimmtes und klares Ziel gerichtet. Er schweifte mit ihm zu einer Reihe von Möglichkeiten hin, für die er vielleicht auch begabt war, von denen aber eine zu wählen und sich nun für immer für sie zu entschließen ihm schwer fiel. Jetzt war er Journalist, und er glaubte nun, auf dem rechten Weg zu sein. Der Vater hatte ihn einmal, schon nach dem Tode der Mutter, in der Hauptstadt besucht, und er hatte an diesen Besuch eine Erinnerung wie an einen bitteren Geschmack. Der Sohn, der früher nie mit seinem Geld ausgekommen, immer in Schwierigkeiten gewesen war, in einer Gesellschaft auch verkehrt hatte, die der Konsistorialrat liederlich genannt hätte, dieser Sohn war, als er ihn damals wiedersah, ein korrekt angezogener Mann, der ihn, ein Diplomat – schwarzer Hut, schwarze Strickkrawatte, den gerollten Regenschirm in der Hand –, auf dem Bahnhof empfangen, ihn zu einem kleinen Wagen geführt hatte, den er selber dann steuerte, bis sie zu seiner Wohnung kamen, einer Etage in einem Flathaus, die von Sauberkeit strahlte und in der Gummibäume vor dem Fenster standen, die, während die Sonne auf sie fiel, in dem Pfarrer den Gedanken weckten, daß sie jeden Morgen mit Seife gewaschen würden. Der Sohn zeigte sich stolz auf diese Umstände und das mit Recht. Er hatte es eben grade geschafft. Hatte durch Vermittlung eines Freundes aus der früheren »liederlichen Gesellschaft« den Redakteurposten einer neuen Zeitschrift bekommen, in der er nun, von vielen bewundert, für den Fortschritt und eine vernünftige Ordnung aller menschlichen Verhältnisse kämpfte. Der Konsistorialrat hätte ihn nun unbedenklich in seinem Haus empfangen. Ja, der angesehene Schriftleiter hätte die Tochter des Rates zur Frau haben können, wenn dies in seinen Wünschen gelegen wäre. Er zog es aber vor, unverheiratet zu bleiben und sich mit gelegentlichen, sehr sauberen und fortschrittlichen Verhältnissen auch in der Liebe zu begnügen. Was war es, was den Pfarrer so traurig gestimmt hatte? »Hast du nicht Gedichte geschrieben?« Der Sohn hatte eine wegwerfend resignierende Bewegung der Schulter ausgeführt. »Das war ja nichts!« Nein, das war wohl nichts gewesen, und dann ließ man es besser sein. Aber der Pfarrer, er wußte, es wäre ihm lieber gewesen, sein Sohn hätte in einer Dachkammer gelegen, betrunken gar, verschuldet und den Anzug im Leihhaus – es wäre mehr Hoffnung in diesen Umständen gewesen. Der Pfarrer hatte aus dem Fenster auf einen Platz mit geordneten Rasenanlagen geblickt, auf dem ordentliche Kinder sehr ordentliche Spiele spielten, und während sein Sohn ihm von seinen Erfolgen sprach, von der Möglichkeit sogar, in das Parlament zu kommen, da hätte er vor Enttäuschung weinen mögen, und er kämpfte mit den Tränen, bis seine zuckenden Hände die glatten Blätter der Gummibäume berührten, und da beherrschte er sich, denn Tränen würden hier nicht segnen, sondern beschmutzen.

So waren seine Kinder versorgt und seine Sorge kreiste um diesen Mann hier in seinem Zimmer, auf seinem Bett, diesen Mann, der wie ein Jüngling von Kierkegaard sprach und sich dessen Worte zu eigen machte.

Lange hatte der Pfarrer unter einem Gefühl der Schuld gelitten. Der Schuld, der Mitschuld zumindest an dem Schicksal des Freiherrn. Damals, als Carel seinen Abschied als Leutnant genommen und nach den Kolonien sich eingeschifft hatte, damals hatte den Pfarrer, der grade in jungen Ehejahren lebte, das Gerücht davon in der üblichen Lesung erreicht. Spielschulden, andere Affären und schließlich die Katastrophe. Der Pfarrer hatte es geglaubt. Er hatte nicht einmal viel darüber nachgedacht. Es hatte ihm eigentlich nur um den Besitz leid getan, der an das Reich fiel und von diesem an mehrere Bauern verpachtet wurde, und auch dieses Leidtun nur, weil der Besitz so historisch war (was den Pfarrer damals sentimental berührte) und schon so lange in der Familie. In seiner Predigt, die er am Sonntag darauf gehalten, waren aber selbst diese Gefühle nur bedingt zum Ausdruck gekommen. Er hatte sich in ihr – und das beschämte ihn heute noch – in einer billigen Moral verirrt und von verspielten Herrenrechten und den Tugenden des kleinen Mannes gesprochen. Und war das nicht dazu noch »Wes Brot ich esse, des Lied ich singe« gewesen? Der Freiherr hat sein Patronat über die Kirche verloren, und der kleine Mann war der Patron geworden. Seine Frau hatte ihn nach der Predigt beglückwünscht und sie besonders schön gefunden. Die arme Frau! Dann hatte es Schweinebraten gegeben. Sehr kroß gebraten. Mit einem Stück Schwarzbrot in der Sauce, so wie er das Rezept von seiner Mutter her und seiner Frau mitgebracht hatte.

Vielleicht weil diese Erinnerung, diese Schmach, wie er es nannte, ihn überwältigte, schritt der Pfarrer zu dem Liegenden hin und legte mit einer unendlich liebenden Gebärde die Hand ihm auf die Stirn; und wirklich, die samaritäre Geste schien eine beruhigende und wohltuende Wirkung auf die Gedanken hinter dieser Stirn auszuüben, denn Carel schloß die Augen wie zum Schlaf, und zum ersten Mal sah ich ein Lächeln auf seinem Gesicht erscheinen.

Der Pfarrer blieb wohl zehn Minuten lang in dieser Haltung, und auch ich rührte mich nicht. Dann schritt er leise vom Haupt des Liegenden weg, den ich nun für einen Kranken hielt, und er deutete mir an, ihm in einen anderen Raum zu folgen. »Er ist eingeschlafen«, sagte er. »Es ist so selten, daß er für eine Weile die Unrast verliert, die in ihm lebt.« Wir standen nun in einem Zimmer, das früher das Speisezimmer der Familie gewesen war. Auf einem Büfett war eine große Zahl von Schüsseln und Tellern ziemlich wahllos aufgestellt. Es hatte den Eindruck, als habe man sie nach dem Abwaschen dahin gebracht, dann aber noch nicht die Zeit gefunden, alles wieder einzuräumen. Wenn ich näher hingesehen hätte, hätte ich den Staub bemerken müssen, der auf dem obersten der Teller lag und von einer vergangenen Zeit sprach. Mehr frappierte mich aber ein Strauß künstlicher Blumen, der in einer Vase auf der Mitte des früheren Eßtisches stand. Es waren grelle Chrysanthemen, die man, um der farbigen Wirkung willen, in ein Gestrüpp von Herbstlaub gestellt hatte, das vom hellsten Gelb bis zu einem äußerst dunkelen Rotbraun schillerte. Diese Blumen, die aus Blech oder mit Lack beschmierter Pappe waren, paßten so wenig zu der Lebensart des Hausherrn und waren so ein Versehen liebloser Bedienerinnenhände, daß man sie mit einem der Totenkränze aus Silber und unter Glas vergleichen konnte, einem Totenkranz, der aus einem Versehen des Gärtners zu einer Kindstaufe geschickt wurde. Was mich nachdenken ließ, war, daß dies möglich war. Daß der Pfarrer es nicht sah, daß es ihm nicht weh tat, daß er es nicht änderte. Es bestätigte sich mir immer wieder von neuem, daß es zu seiner wirklichen Weltentsagung gehörte, blind zu sein für den Alltag um ihn herum. Ich meine, für den Alltag, den man ihm errichtete. Dennoch blieb es seltsam, daß die, die dies tat, eine Fischersfrau, es mit so wenig Gefühl, ja mit einem Hang zum Grotesken besorgte. Es war, als wenn sie diesem einsamen und grade dem Bezirk häuslicher Wärme entrückten Mann das Heim in seiner allerschrecklichsten Form bieten wollte. Ich war überzeugt davon, daß sie es sich in ihrem Haus angemessener gestaltete. Im Pfarrhaus übertrieb sie. Oder waren die Schlummerrollen, die über jedem Stuhl hingen – mit Ausnahme des Stuhls in der Diele, auf dem der Pfarrer wirklich saß –, nicht die Sorge dieser Wärterin, sondern allein die gespenstisch weiterwirkende Hinterlassenschaft der Pfarrersfrau, die so noch, nach dem Tode, eine Tyrannis des »Lebens in der Familie« ausübte, und vielleicht um so mehr, weil ihr Gatte in Wahrheit dieser Sphäre entrückt und der spirituellen einer mönchischen Existenz nahe gekommen war? Verhielt es sich so, dann war der bedienenden Fischersfrau höchstens noch die Schuld einer Helferin zuzusprechen, die um so entschuldbarer war, als sie, ohne selber zu denken, sklavisch unter dem Zwang der Pietät handelte und alles erhalten wollte, wie es gewesen war.

Der Pfarrer stützte sich leicht gegen die Kante des Tisches auf dem die fürchterlichen, künstlichen Blumen standen. Die grellen Farben setzten das Schwarz seines Kleides in den Schatten der traurigsten Resignation. Es war, als ob er, zu einem Begräbnis bestellt, sich gegen den Sarg lehnte und vergeblich auf die Angehörigen des Toten wartete, die es zwar noch für nötig gehalten hatten, die lieblosen Blumen zu schicken und den Geistlichen zu rufen, die aber selber, schon mit dem Teilen des Erbes beschäftigt, zur Feier nicht mehr erschienen waren.

»Sie fürchteten sich«, sprach er, »warum?« Seine Augen schauten mich an. Der Blick ruhte lange auf mir. Es war nichts Forderndes in ihm. Er schien eine Antwort von meinem Gesicht lesen zu wollen, auf dem sie erscheinen mußte, wenn er geduldig genug warten würde. Ich sagte nichts. Nicht, weil mich seine Frage überrascht hatte, sondern weil ich fühlte, daß meine Worte seine Betrachtung nur stören würden. »Ich weiß nicht, welche Musik Sie schon auf unserer Orgel gespielt haben«, fuhr er fort, »aber ich denke, daß Sie eine große Freiheit haben. Sie beginnen ein Stück, Sie fangen an, eine – « er zögerte eine Weile, als ob er sich auf den Ausdruck besinnen mußte » – eine Fuge zu spielen. Eine Fuge von Bach. Und Sie spielen sie so, wie Sie sie studiert haben oder nach den Noten, die vor Ihnen liegen. Ich denke nun, daß es Gesetze in der Musik gibt, daß der Aufbau, der Weg, den die Noten laufen, nicht willkürlich ist; daß Sie also, wenn Sie das Stück nach der Regel begonnen haben, es auch nach der Regel zuendeführen müßten. Dennoch ist es nicht so. Sie können doch den, wie man glauben sollte, sich von Ton zu Ton gesetzmäßig entwickelnden Ablauf verändern. Sie können gegen die Absicht des Schöpfers einen Weg in die Höhe wählen oder einen in die Tiefe; ja, Sie vermögen die Melodie sterben zu lassen oder sie selbst nach dem Schlußzeichen weiter zu führen. Es ist dann wahrscheinlich nicht mehr diese Fuge von Bach. Aber ich gehe ja davon aus, daß Sie die Fuge, so, wie sie geschrieben worden ist, begonnen haben und daß Sie erst, während Sie sie schon spielten, die Musik aus dem Anfang nach eigener Laune weiter entwickelt haben. Eine große Freiheit, nicht wahr?« Jetzt heischte sein Blick eine Antwort. Einen Moment lang war er selbst herausfordernd. Aber schnell fügte er, und wie demütig, hinzu: »Das ist wohl gefährlich.«

Ich irrte mich nun. Ich glaubte, daß der Freiherr, der nebenan auf dem Bett des Pfarrers lag, von meinem Spielen erzählt hatte, und wie ich die Musik auf einmal so schwermütig hatte ausklingen lassen. Ich fragte mich sogar, ob die Worte mich rügen, mir meine Eigenmacht vorwerfen wollten. Doch kündeten die Augen des Pfarrers mehr eine Besorgtheit, eine Kümmernis als einen Ärger oder eine Zurechtweisung. Langsam begriff ich, daß er an einem Beispiel Verhältnisse ungreifbarerer Art zu klären versuchte. Ich bemühte mich, ihm mit einer möglichst einfachen Überlegung zu antworten; doch bemerkte ich bald, daß ich selber kein rechtes Urteil – überdies ein Dilettant, der ich war – hatte. Ich gab zu, daß der ausübende Musiker vom Text der Noten abweichen und weiterhin nach eigener Willkür phantasieren und gestalten konnte. Aber ob es Recht war und wo die Grenze lag, wo das Recht zum Unrecht wurde – wer konnte wagen, das zu entscheiden? Man konnte das Ich über alles andere stellen und sagen: es macht mir Spaß, also tue ich es; ich spiele zu meinem Vergnügen. So war wohl auch, unbewußter, das Handeln. Aber war dies noch zu rechtfertigen, wenn man es bedachte? Drückte man es mit Worten aus, dann wurde alles, was natürlich sein konnte, hintergründig und fragwürdig. Ich sagte schließlich: »Man sollte es wohl nicht tun. Oder man muß so groß und so stark sein oder soviel Glück haben (eine Fähigkeit, glaube ich, wie andere), daß es gelingt, und daß es statt zu einer Vernichtung des ursprünglichen Werkes zu einer Steigerung kommt, wenn es auch nur eine Steigerung für den Augenblick seines Ereignens ist. Man muß in der Gnade leben und mehr nach ihr als nach einem Willen und mit Vorbedacht handeln, so wie wohl die, die als die ersten die Töne der gemeinten Musik empfingen und sie in die Schrift der Noten setzten, die Komponisten auch nicht so – nicht so – « ich wußte auf einmal nicht weiter, ich verhedderte mich, ich sah den Sinn nicht mehr, ich hatte sagen wollen » – nicht so nüchtern waren«, und das schien mir nun dumm und lächerlich; und ich schwieg beschämt.

Zum Glück rief der Pfarrer sofort: »Ich verstehe Sie!« Hatte er mir zugehört, oder hatten seine eigenen Gedanken ihn weiter geführt, als meine Rede gekommen war? »Sie wissen es nicht. Sie wissen es auch nicht.« Das klang böse, ironisch, mitleidlos. Es war wie Schadenfreude. Ein fremder, aber ein älterer Ton beherrschte seine Stimme. Ich wurde rot. Der Pfarrer schien mir ein Greis geworden zu sein, der recht behalten wollte und der sich freute, daß die Jüngeren noch immer vor denselben Rätseln standen. Wie hatte ich ihn je in einer gewissen Verklärung sehen können, die ihn leidenschaftslos, weise und über den Streit erhaben machte? »Aber das ist ja auch was anderes, was ganz anderes!« Er löste sich von dem Tisch und fing an, im Zimmer hin und her zu laufen. In meiner Nähe lächelte er mal, es war ein »Schon gut, schon gut«, aber nicht frei von Ungeduld.

»Sie dürfen nicht vergessen, daß ich ihn nur einmal gesehen hatte«, wieder wandte er sich mir zu, unbeherrschter, mit einem überredenden Klang; wogegen verteidigte er sich?, »und da war er der Herr, und ich ein junger Pfarrer, wenn ich auch natürlich viel älter war als er. Er war in Uniform, und er war durchaus so, wie ich mir einen jungen Offizier vorstellte – ohne überhaupt eine Vorstellung zu haben. Das war nicht mein Reich. Er kam aus einer anderen Welt. Ich bin arm gewesen. Ein Bauernstudent. Stipendien. Ein Freitisch. O, Sie wissen nicht, was das heißt, und wie man dann froh ist, wenn man auf seiner Pfarre sitzt, in seinem Haus, und wie man dann auch als erster am Tisch sitzen will, man heiratet, und wie man zittert, um das bißchen Glück, die Herren hier mehr fürchtet als den Herrn dort – so war ich. Heute entdeckt er für sich den Kierkegaard. Ich hatte ihn damals schon gelesen. Wahrscheinlich hatte ich wirklich gehungert, um mir die Schriften zu kaufen. Wie leichtsinnig und wie gefährlich hätte das mein Lehrer genannt. Aber das Schlimme war ja grade, daß es nicht mal leichtsinnig und gefährlich war. Wie erfreute ich mich an diesem Verstand und wie erregte mich diese andere Art der Prüfung, die so fragwürdig erscheinen ließ, was ich als sicher lernte. Es erregte mich – aber –. Ich erkannte mich gut in dem Kandidaten Ludwig Fromm, der erst alles andere tun, erst alles im Irdischen regeln muß, studieren, Examen bestehen, Verbindungen pflegen, die Pfründe sich suchen, der sich verlobt, heiratet und sorgt und all dies zuerst bedenkt und endlich predigt ›Erst das Reich Gottes‹! Ich erkannte mich wohl. Vielleicht machte es mir sogar Spaß. Aber, leugnen Sie es doch, leugnen Sie es ruhig, die harte Welt zwingt einen, zwingt einen so, daß man gar nicht mehr darauf kommt, daß vielleicht Gott es sein könnte, der dich schmieden will! Ich sah ihn in seiner Uniform, und ich wußte: das ist mein junger Patron. Als Gutsherr war er, nach der Satzung unserer Kirche, unser Ältester. Nun, ich wußte, daß er nicht bei uns leben würde. Er kam aus der anderen, der großen Welt, wie ich meinte, die ich nicht kannte und nicht kennen lernen würde. Es hätte auf dem Mond sein können. Ich sah ihn flüchtig und ohne Neid. Ich hätte nicht sagen können, wie seine Augen waren. Er kam am Sonntag in die Predigt, nahm seinen Platz ein, und ich wertete diese Höflichkeit, die ich und jedermann erwartet hatte. Ich gab mir Mühe. Ich wollte gebildet sprechen. Vielleicht erwähnte ich Kierkegaard. Aus reiner Eitelkeit. Vielleicht hatte der Freiherr den Namen gehört. Ich konnte nicht ahnen, daß er ihn lesen würde. Konnte ich es nicht?«

Er blieb vor mir stehen, als erwartete er von mir ein Urteil. »Und dann? Er reiste also wieder ab?« fragte ich ausweichend.

»Ja. Er reiste wieder ab. Nach Breda. Auf die Akademie. O, es reisen viele in die Kolonien. Mancher lebt dort. Sie finden das hier in allen Familien. Das ist nicht schlecht. – Sehen Sie: *darf* man ein Schicksal ändern? Kann man eingreifen? Nehmen wir mal an, ich hätte ihn damals erkannt, als ich ihn zum ersten Male gesehen habe (und dies setzt voraus, daß ich selber imstande gewesen wäre, zu erkennen) – was hätte ich tun können? Ach, natürlich, unendlich viel, wenn man den Willen in sich fühlt, der einen treibt und zwingt, unendlich viel, aber dieser Wille wäre ja nun in keinem Fall möglich gewesen; denn ich bin überzeugt, es sollte so sein; es war sein Weg. Und wünsche ich ihn anders? Nein, es wäre Sünde. Aber daß er noch immer nicht angekommen ist! Ich muß mir doch Vorwürfe machen –.«

Das letzte blieb dunkel. Der Pfarrer schwieg, und ich konnte den Sinn nur ahnen. Er war wieder zu dem Tisch getreten. Diesmal stützte er sich fest und mit beiden Armen und Händen auf die volle Fläche. Es hatte ihn erschöpft. Die künstlichen Blumen standen wie eine Sonne aus grellen Flecken vor seiner Brust. Der Sturm war wieder stärker geworden und rüttelte am Haus. Es mußte schon lange nach Mitternacht sein.

»Wird er hier schlafen?« Der Pfarrer nickte nur. Auf einmal schien er zu fürchten, daß selbst ein Flüstern den Freiherrn in der Diele vor dem Zimmer, in dem wir standen, wecken konnte.

»Und Sie?« Ich war besorgt, daß er die Nacht über wachen würde. Ich selber fühlte mich nun müde und wünschte, zu Bett zu gehen; aber ich wollte den Pfarrer auch nicht allein lassen, bevor ich nicht sicher war, daß auch er ein Lager und den Schlaf finden würde.

Aber ich wurde leicht angefaßt, wurde an der Schulter berührt; es war nur so, als ob ein Blatt auf sie gefallen wäre. Dennoch begreife ich nicht, daß ich nicht erschrak. Es will mir heute so vorkommen, als wenn ich sehr und heftig hätte erschrecken müssen. In Wirklichkeit wandte ich mich ruhig und bloß höflich um; ich brauchte nicht neugierig zu sein; ich wußte, daß er hinter mir stand, so wie ich es auf meinem Platz vor der Orgel wußte, wenn er unten im Schiff der Kirche war. Auch seine Lautlosigkeit, dies, daß er eigentlich herangeschlichen war, selbst der Tür seinen Willen aufgezwungen hatte, die ohne zu quietschen und zu knarren ihm den Weg freigegeben, selbst dies Befremdende und vielleicht Ungezogene (denn er hatte doch zumindest mit meinem Erschrecken als mit einer Möglichkeit rechnen müssen) verwunderte mich nicht. Ich hatte ihn kennenlernen wollen. Es konnte sein, daß das der Grund war, weshalb ich die Insel nicht verlassen hatte, als es noch Zeit gewesen war, dies zu tun. Nun also, es war so weit. Ich blickte ihm gelassen ins Gesicht.

»Kommen Sie«, sagte er, ohne sich weiter mit einer Feststellung unserer Bekanntschaft aufzuhalten, »wir wollen ihn nun verlassen. Ich habe sein Bett gewärmt, und er wird gut schlafen. Sie müssen noch für mich spielen.«

Er berührte mich dann am Arm, wieder so leicht, wie vorher an der Schulter, und doch war soviel Bestimmtes in dieser Geste, die grade auf der Grenze des Körperlichen sich bewegte, daß sie viel zwingender und unwiderstehlicher war, als wenn er mich fest gepackt und zur Tür geschoben hätte. Seine Aufforderung, nun, in der Nacht noch, für ihn zu spielen, hatte ebensowenig von einem Befehl wie von einer Bitte. Es mußte schon seit langem zwischen uns ausgemacht sein, daß ich spielen würde, so, wie es natürlich ist, daß man atmen wird. Warum es noch weiter erwähnen? Wir gingen fort – ich weiß nicht mehr, ob der Pfarrer mir noch die Hand reichte, ob wir Abschied nahmen; ich glaube eher, er war auf einmal nicht mehr zu sehen – und der Sturm packte uns.

Ich redete nichts, weil ich gegen den Sturm hätte schreien

müssen, überdies auch nichts zu sagen wußte. Das Wort war an ihm. Wenn er sprechen wollte: gut. Wenn nicht, war es auch gut. Ich war nicht mehr müde; aber ich war auch nicht erregt. Ich fühlte mich an die Hand genommen. Wie ein Kind. Ich hatte auch Zutrauen; ich weiß nicht, ob Zutrauen zu ihm, zu der Nacht, zu den Umständen –. Zum Glück standen keine Bäume am Weg, den wir gingen. Der Wind hätte sie leicht aus dem leichten Sandboden entwurzeln und auf uns werfen können. Von der See kam ein Leuchten.

Die Orgel war von älterer Bauart, und wir hätten, bis es Tag wurde, auf einen Bälgetreter warten müssen, wenn nicht vor kurzem dem Instrument ein Motor eingebaut worden wäre, der die Windkraft durch eine sinnreiche Mechanik besorgte und in die Pfeifen trieb. Der Freiherr hatte für die Beleuchtung in der Kirche gesorgt, und ich mußte denken, daß sie, auf ihrem Hügel gelegen, von draußen wie die traulich erhellte Kapelle der Heiligen Nacht auf den alten Weihnachtspostkarten aussehen mußte. Ich hatte zwei Manuale und ein Pedal zu bedienen. Ein mächtiger Einsatz hatte mir vorgeschwebt, ein Marche Pontificale, etwas wie ein Übernehmen des Sturmes in die Stimme der Orgel, aber war es nun der Gegensatz der vollkommenen Lautlosigkeit in dem Raum der Kirche oder *seine* Nähe, die schon wieder nur fühlbar und nicht zu hören war, ich begann sofort mit dem schwebenden Ton der Vox coelestis, der Himmelsstimme, und ließ, an kein Ritual gebunden, das Hallelujah der Engel vor allem anderen ertönen.

Wir waren im anderen Verhältnis als vor Stunden, da mit dem einbrechenden Gewitter mein Spiel geendet hatte. Er verweilte nicht, nur zu ahnen, unten im Schiff, sondern er saß mit einer freundlichen Kameradschaftlichkeit, die ebenso natürlich seine Art war wie das seltsamere Wesen nach der Weise der Schatten, schuljungenhaft, mit einem Schenkel auf dem Gitter des Chors, hinter mir, mir zur Seite, und blickte interessiert auf die Bewegungen meiner Hände. Ich konnte mich nicht zum Übergang in ein bestimmtes, festgelegtes Musikstück entschließen – vielleicht eine Folge meines Gesprächs mit dem Pfarrer –, und ich improvisierte weiter. Ich befreite die anderen Stimmen, ging zu den Bässen hinunter und ließ den Menschen gegen den Jubel des Himmels auftreten. Die kleine Flöte der Hirten, aus der die Orgel, die mächtige Königin der Instrumente, sich entwickelt hatte, kam zu Gehör, und das Gespenstische und Berauschte, die halb göttliche, halb irdische Weise, den süßen, verführenden Sang der Syringe, der Flöte des Pan – ich versuchte ihn zu zitieren.

Ich endete sanft. Eine Arabeske, ein kleiner Scherz, wie ein Auftakt zu einem Menuett waren der Schluß. Leicht ist es, die Anmut auf den Orgeln in den Lichtspielhäusern erklingen zu lassen; auf den Orgeln in der Kirche ist es schwer; sie widersetzen sich dem, und es war dann auch ein Klappern in der Melodie wie von den locker schwingenden Knochen tanzender Toter.

Ich wandte mich zu ihm um und fragte ihn – es war das erste Mal, daß ich das Wort an ihn richtete –, was er während des Gewitters vor dem Altar getan habe. Die Frage war mir plötzlich entschlüpft, und ich erschrak, als sie ausgesprochen war. Ich erwartete auch sogleich keine Antwort. Es überraschte mich, als er mit seiner leisen und so deutlichen Stimme sagte: »Ich verreiste.« Dann lachte er. Vollkommen lautlos. Es war nicht weiter merkwürdig, daß mir die Person eines Priesters der schwarzen Messe, des Abbé Docre von Huysmans, einfiel. War dies hier der Fall?

»Aber Sie? Sie lagen doch auf den Knien, Sie beteten also, nicht wahr?« Er hob sein Gesicht, zeigte mir offen sein lautloses Lachen. Zum zweiten Mal wurde ich nach der Furcht gefragt, die ich während des Gewitters empfunden hatte. Erst hatte es der Pfarrer getan; jetzt er. Ich erwähnte es. Ich gab auch zu, mich gefürchtet zu haben. Ich versuchte es nicht zu entschuldigen. Ich gestand, daß der Blitz mich zittern machte. Ich tat es mit einem gewissen Trotz. »Und Sie«, sagte ich, »Sie fürchten sich nie?«

Er hob sich aus seinem nachlässigen, halb angelehnten Sitzen und zog den Mantel, der ihm über den Schultern lag, ein wenig fester um sich. Er schien zu frieren und zugleich amüsiert zu sein. Er machte ein paar von seinen lautlosen Schritten, die ihn schnell in der Runde herumtrieben. »Übrigens haben Sie recht. Sie haben vollkommen recht«, sagte er. »Ich habe Gewitter erlebt, die mit unserm nicht zu vergleichen sind. Eine Hölle, die sich plötzlich ausgießt! Aber der vereinzelte Strahl fällt hier viel sengender. Die Gefahr hat sich in einem Aufleuchten gesammelt. Wer sie gesehen, wer sie erkannt hat – wie wird er weiter leben? – Ich freute mich, als Sie knieten! Und ich dachte auch, daß wir uns im Pfarrhaus sprechen würden; aber Sie haben länger zu dem Weg gebraucht, als mein Wunsch, mich mit Ihnen zu unterhalten, ertragen konnte. Sie leiden unter dem Wind? Er packt Sie, wie? Da reibt sich die Luft an Ihnen, die über der Erde und dem Wasser ist. Wissen Sie, woher er kommt? Was in ihm ist? Die Weite – und kennen Sie die Märchen von den Windgöttern? Ihre Musik machen sie auch. Als ich vor dem Altar stand, als es dunkel war in der Kirche, dunkel wie in einem Wald, als der erste Donner sich erhob und Sie eine solche Vernichtung in die Beendigung Ihres Spieles legten, daß wir erbebten, da weckte das Echo des Schalles in mir den Klang des Gamelan wieder auf, und ich war weit fort. Nun, es bedarf nicht so viel, daß ich dies wieder höre.« Und das Lächeln auf seinem Gesicht, lautlos wie sein Lachen, aber huschend und auch strahlend wie ein heiliger Schein, galt nur noch seiner Erinnerung und sprach nicht zu mir.

Er kam zu Schiff, und sie landeten im Hafen der »unteren Stadt«. Er empfand alles wie durch einen Schleier photographiert.

Das Detachement der Kolonialen Truppe mußte warten, bis es den Befehl bekam, an Land zu gehen. Eng aneinander und hintereinander gereiht lehnten sich die Soldaten über die kurze Reeling des Zwischendecks. Sie schwitzten. Die Kragen ihrer grasgrünen Uniformen waren geöffnet. Den meisten war beklommen ums Herz. Einige, Bauernburschen von Hause aus, lachten. Sie versuchten zu winken. Vom Kai antwortete ihnen niemand.

Die Passagiere der ersten und der zweiten Klasse schritten über die Laufbrücke. Sie wurden begrüßt. Manche von ihnen waren in der Kolonie bekannt, kamen von ihrem europäischen Urlaub zurück und wurden von Freunden umringt. Andere waren Neuankömmlinge. Zu ihrem Empfang waren die Vertreter der Firmen erschienen, die die Neuen engagiert hatten; oder ein Abgeordneter des Amtes, dem sie verpflichtet waren. Das »Guten Tag« war dann weniger intim. Am herzlichsten war es da, wo indische Studenten aus Leiden und Delft in die Heimat und die Familie zurückkehrten. Ihre europäische Verwandlung fiel von ihnen ab, und der Anzug des akademischen Schneiders, der Hut von Christie in London, das bunte Halstuch, zuletzt noch in der Galerie in Marseille gekauft, wurden zu nichts. Die Tünche wurde belanglos. Die Luft schien sie abzuwaschen. Sie hüpften und beugten sich in Zeremonie und Freude; kindlicher und würdiger als ihre Haltung im »Mutterland«, das nicht ihr Mutterland war.

Ein paar fahle, kahle, häßliche Bretterschuppen wie im Hafen von Schiedam, meinte einer. Carel nickte. Er war ein Kamerad unter ihnen, sie wußten nichts von ihm, sein Name war ein anderer; einen Freund hatte er nicht. Doch war die Schiffsreise die härteste Schule geworden. Die Wirklichkeit erst seines Wollens, seiner Überlegung, seines Gedankens. Er war nicht lange in Nijmegen in der Kaserne der Kolonialen Truppe gewesen. Die Offiziere hatte sein Fall verlegen gemacht. Man hatte ihn, um diese Verlegenheit zu beenden, sogleich in das Detachement gereiht, das als das nächste ausgesandt werden sollte. Eine militärische Ausbildung hatte er ja nicht gebraucht. Die besondere für den indischen Dienst lernte man sowieso erst im Land. So hatte sein Leben in den neuen Verhältnissen erst auf dem Schiff begonnen. Im Zwischendeck. Einem engen, immer heißer werdenden Raum, mit mangelnder Lüftung, die von vielen Menschen, kräftigen jungen Männern, in erzwungener Trägheit auf den Betten gähnend, verbraucht wurde. Ausdünstungen, Schweißgerüche, die Leiden der Seekranken, Schläfer, die schnarchten, und Träumende, die sprachen, Streitsuchende und Singende, die Zotenerzähler und die Fresser – brave Jungen alle; doch was half es Carel, der zuerst die Gesellschaft erleiden mußte, daß er sich sagte, die Kameraden von einst, die Offiziere, würden, in dieses Zwischendeck gesperrt, in keiner Weise anders sein? Er dachte an Rimbaud. Als das Holländische Koloniale Heer noch Ausländer in Dienst nahm, hatte Rimbaud sich anwerben lassen. Er war im Zwischendeck gereist; er hatte es bis zur Neige gekostet; in Indien angekommen, war er desertiert. Carel sprach das Gedicht »Caporal«. Er sprach es viele Mal an jedem Tag, möglichst steif, möglichst wenig atmend in seiner Koje liegend, den Blick gegen die Eisenplatte des Oberdecks gerichtet, einen halben Meter über ihm, wie die Decke über dem Oberbett im Schlafwagen. Er hatte ein oberes Bett; aber das oberste von dreien.

Beinahe schon am Ende der Reise hatte ihn ein Exemplar der Passagierliste erreicht. Aus reinem Stumpfsinn las er hinter Colombo die Namen. Er entdeckte Bekannte in der ersten Klasse, Freunde seiner Familie, Verwandte sogar. Hohe Beamte, hohe Offiziere, Direktoren von großen Gesellschaften, ihre Frauen, ihre Kinder – wie hätten sie ihn begrüßt, mit ihm geplaudert, gespielt, getanzt, wenn er nur so, ein junger Herr, zu seinem Vergnügen oder zu seiner Unterrichtung gereist wäre, oder wenn er als Offizier sich hätte aussenden lassen. Nun war er von ihnen durch die Klassen geschieden. Die Passagierliste führte seinen Namen nicht. Er dachte an die Überraschung, wenn er sich in seiner Uniform des gemeinen Kolonialsoldaten bei ihnen würde melden lassen. Der Soldat Carel Jansen bittet um die Gunst, der Gemahlin des Gouverneurs von Ost-Sumatra die Hand küssen zu dürfen. Er war also mit dem Wechsel des Kleides ein anderer geworden. Er bereute es nicht. Es bedrückte ihn nicht. Aber es lehrte ihn was. Er stand mit den anderen auf ihrem kleinen Deck; sie hörten die Tanzmusik aus dem großen

Speisesaal. Einer wünschte sich, einmal dort mitzuessen, mitzufeiern. Es lohnt sich nicht, sagte Carel. Guck mal den Sozi, rief der dann, hast wohl schon mit Freule von Stirum getanzt: rumbaba, rumbaba; er wiegte sich in den Hüften. Carel hatte es wirklich getan. Wie gelassen einen das machte! Würde er sie jetzt her holen können, aus der ersten Klasse, da, Hille, komm mal, tanz mal mit dem da? Wahrscheinlich, daß sie ihm den Gefallen tun würde. Welch ein Spaß! Denk dir nur, Pa, wer an Bord ist, Carel!, und unter lauter ganz gewöhnlichen Soldaten. Aber ist doch nicht möglich! Welch ein Spaß. Aber für ihn war es eben kein Spaß mehr. Er konstatierte es nur, und ohne jede Bitterkeit. Er dachte noch, man sollte jeden einmal in eine andere Klasse versetzen als seine eigene. Er würde die Täuschung des Belanglosen schneller durchschauen.

Um die Soldaten kümmerte sich noch immer niemand. Auf dem Kai waren nur noch die Kulis zurück geblieben. Sie hockten mit unterschlagenen Beinen in dem kurzen Schatten der Schuppen. Ein paar nahmen träge die Packen in Empfang, die der große Schiffskran an Land setzte. Endlich kam ein Lastauto mit einem Sergeanten angefahren.

Der Sergeant begrüßte sie, hielt eine kleine Rede, schüttelte jedem die Hand. Man nahm die Tornister auf. Die Mäntel gab man in ein Depot auf dem Schiff. Sie wurden nach Nijmegen zurückgeschickt. Für das nächste Detachement. Im Gänsemarsch hintereinander gehend, verließ man den Dampfer. Der erste Schritt auf indischem Boden wurde getan.

Sie blieben in der Marinestadt und kamen zunächst für einen Tag in die Goebeng-Kaserne. Am Abend durften sie sich Soerabaja ansehen.

Carel ging zum erstenmal in der neuen Uniform aus. In Nijmegen hatte er die Kaserne nicht verlassen. Er ging allein. Die anderen bewegten sich in kleinen Gruppen durch die Straßen; einige hatten sich der Führung von Marinesoldaten überlassen, die hier bekannt waren.

Carel war bald in der Oberstadt, dem Wohnviertel der Europäer. Hinter Gartenhecken lagen Villen in dem traditionellen niederländischen Landhausstil; ein gelungener Versuch, die Villenviertel des Haag, Wassenaar, oder Amsterdams, die Siedlungen zwischen Haarlem und Zandvoort, nachzuahmen.

Vor den Gartentüren standen amerikanische Autos. In den offenen Veranden brannte das elektrische Licht. Die Familie saß da und genoß den Abend. Ein ganz leichter Wind wehte. Sie saßen in hellen Kleidern, zurückgelehnt in bequemen Stühlen, lasen die Zeitungen und tranken rote Limonaden. Das Radio spielte den letzten Blues. Es war wie zu Hause, wie daheim Wassenaar, Zandvoort, Haarlem.

Doch hinter den Hecken regten sich lautlos braune Gestalten: die eingeborene Dienerschaft. Bunte Tücher um den Kopf, bunte um Schulter und Hüften. Sie standen müßig da, oft ein junger Mann und ein Mädchen zusammen; sie standen da, für sich und isoliert von dem europäischen Haus, und doch gebunden, nach dem Laut lauschend, der sie rufen konnte. Ihre Augen blickten offen und trotz ihres warmen Glanzes mit der kältesten Gleichgültigkeit auf den fremden Soldaten.

Aus einem der Gärten trat ein weißer junger Mann auf die Straße. Er trug einen Abendanzug aus einem leichten, für die Tropen bestimmten Stoff und ein weiches Hemd aus blütenweißem Batist, dazu eine schwarze Schleife. Er wirkte so elegant wie der junge Herr auf den Modezeichnungen der teuren Schneider. Er hob die Motorhaube eines netten, rotlackierten Wagens hoch, prüfte eine Kerze und schaute, als er fertig war, mit derselben Gleichgültigkeit, wie sie die eingeborenen Diener in ihrem Blick hatten, zu Carel hin, der grade vorüberging.

Plötzlich unwillig, kehrte Carel um und schritt den Villenweg zurück. Noch nie hatte er sich so allein in der Welt, so verlassen gefühlt wie an diesem ersten Abend in Soerabaja. Freiwillig und leichten Herzens hatte er sich aus der Gesellschaft verbannt, in die er hinein geboren; von ihr unbefriedigt, von ihr unberührt, so daß er sie nicht brauchte, wie er glaubte. Hatte er aber gewußt, wie stark man sein muß, wie innerlich reich, oder wie sehr besessen von einem Ziel, oder wie innigst mit einem Höheren verbunden, so daß man die Gesellschaft der

Menschen zu missen vermag? Die Starken, die Dichter, die Künstler, die Philosophen, die Religiösen, sie mochten das Vorbild sein; der traurige Menschenhasser war die Gefahr.

Carel schritt schneller aus. Bald erreichte er die Eingeborenenstadt, kam in eine Bazarstraße. Würde er sich nun an dem Fremden freuen? Es enttäuschte ihn. Er empfand seinen eigenen Zustand als sonderbar und energielos. Er war nicht in der Stimmung, von irgendeinem Indien überrascht zu werden. Es schien ihm alles sehr gewöhnlich. Genau wie auf dem Markt in Amsterdam. Gewiß umgaben ihn andere Gesichter, Javanen, Malaien, Chinesen, Araber, aber wenn man hinsah, waren es dieselben Gesichter in einer anderen Hautfarbe. Carel erkannte den und jenen aus Breda. Sein Schuhmacher zum Beispiel – hier in Indien hieß er Mohamed und handelte mit Fischen.

Er ging noch weiter zum Hafen hinab. Er fühlte ein Verlangen nach verrufenen Gassen. Er floh vor seiner Unerregung; er war bereit, eine falsche Aufregung hinzunehmen. Doch kam er statt zu den Kneipen in das Viertel der Banken, der großen Handelshäuser, der Verwaltungsgebäude. Es war wie ausgestorben. Nur in einem einzigen Haus brannte noch Licht. Er las das Messingschild an der Tür: De Indische Vloot Aalmoezenier, R.K.S.S. Der Marinegeistliche also wachte noch und unterhielt eine Römisch-Katholische Missionsstation. Carel hatte Lust, hinaufzugehen. Man konnte doch mit dem Mann sprechen. Über irgendwas. Über den Sinn des Lebens, wenn es dem Geistlichen recht war. Carel setzte schon den Fuß auf die Stufen, hob schon die Hand zur Klingel, als ihn das Grün seines Uniformrocks wieder hinderte. Der Marinegeistliche gehörte dem Offizierskorps an. Es würde Carel einen militärischen Verweis eingetragen haben, wenn er den Offizier jetzt am späten Abend zu einem theologischen Disput herausgefordert hätte.

Dann also doch der Hafen. Es gab aber die Gassen nicht, die man in Amsterdam und Rotterdam findet. Reihen von Schuppen nur; hin und wieder ein paar scheue Gestalten, die lautlos in der Nacht verschwanden, bevor er sich ihnen nähern konnte.

Er ging wieder zum Markt und kam endlich in eine laute, lebenvolle Straße. Eine Matte verdeckte den Eingang zu einem Lokal, aus dem Klänge der Radiomusik mit besonderer Stärke drangen. Er schlug die Matte zurück und stand in einem Dunst aus Schweiß, Alkohol und Zigarettenrauch. Matrosen waren da, Soldaten des Marinebataillons, Seeleute von den Handelsschiffen, und alle Kameraden des Detachements der Kolonialen Armee, mit dem Carel angekommen war, hatten sich allmählich hier eingefunden. Er wurde von den schon Angeheiterten mit Halloh begrüßt. Er bestellte Whisky. Er tat es, weil er in allen Romanen, die in den Tropen spielten, gelesen hatte, daß man dort Whisky trank. »Mensch, bist du aber bei Kasse!« Die andern scherzten. Sie tranken in Batavia gebrautes Bier. Ja, prosit dann! Er lachte mit den andern. Es war aber nur sein Mund. Die Sodaperlen, die Schärfe des Getränks kitzelten ihm den Gaumen. Das Eis zerkaute er zwischen den Zähnen. Gott sei Dank: für einen Augenblick kam die Empfindung der Kälte. Er hatte Lust, noch ein Glas zu trinken. Sollte er sich genieren? Er mochte kein Bier. »Nun, weil es der erste Abend ist«, sagte er, sich entschuldigend, zu irgend einem. Gut! Sein Verlangen nach diesem Trank wuchs mit jedem Schluck. War also das das Ergebnis, daß er nur eine weitere Reise hatte zu machen brauchen, um ein Trinker zu werden, wie Moerland? Er hatte nie Freude am Trinken gefunden. Jetzt freute es ihn. Er kam sogar zu einer gewissen geselligen Fühlung. Nach dem vierten Glas legte er den Arm um eines anderen Schulter. Auch sie waren von ihrem Bier benommen. Man sang. Das Was war dumm und gleichgültig; nur daß man's zusammen sang, war gut. Carel begegnete den Augen eines jungen Chinesen. Die Augen prüften ihn. Kalt, rechnend, rücksichtslos. Es war klar, daß der Soldat noch Geld hatte. Der Chinese hob seine Hand und warf drei Würfelsteine so geschickt über den Schenktisch, daß sie zu Carel rollten. »Um wieviel wollen wir spielen?« fragte er direkt. Carel schob die Steine zurück: »Überhaupt nicht!« »Aber Sie werden Glück haben. Sie setzen fünf Gulden, und ich zahle, wenn ich verliere, was Sie getrunken haben; das ist schon viel mehr.« Er hatte etwas lauernd, zwinkernd Europäisches in seinem Blick. Sein Hemd war französisch. Er hätte auch in Paris, an einer Bar, mit demselben Vorschlag kommen können. Unwillkürlich wiederholte Carel in französischer Sprache seine Versicherung, nicht spielen zu wollen. Des Chinesen Blick wurde noch fester. Er überlegte eine Weile, Carel glaubte schon, er habe nicht verstanden, als er dann auch in gutem Französisch erwiderte: »Sie wollen also ein Mädchen haben!« Carel amüsierte dieser Schluß, der nicht so dumm war. Aber warum sollte er sich in irgendein schmutziges Haus führen lassen? »Aber nein, danke«, sagte er. Und dann, weil er fürchtete, der Mann würde sich nun zurückziehen – und er war doch der einzige, der ihn abzulenken versprach an diesem Abend –, fragte er ihn, ob er was trinken wolle. »Gern. Einen Kaffee!« »Keinen Alkohol«, fragte Carel. »Nein, nie«, der Chinese grinste heftig. »Was haben Sie denn noch?« forschte Carel. Er fand, ein klein wenig betrunken, Gefallen an dieser Unterhaltung mit einem Gauner, wie er glaubte, an dieser Konversation in der französischen Sprache, die ihm mit dem Gefühl des »Früher« schmeichelte. Auch wäre ihm ja ein der Fremde angemessenes Abenteuer, irgendwas ungewöhnliches, was man zu Hause nicht haben konnte, willkommen gewesen. »Das darf ich nicht«, sagte der Chinese. »Was nicht?« – »Opium.« Schade. Carel hatte zwar gar nicht an Opium gedacht; aber jetzt dünkte es ihm verlockend. »Zehn Gulden«, sagte er. Der Chinese schien nicht zu hören. »Sie ist noch nicht fünfzehn«, meinte er nach einer Weile.

Der Lärm wurde immer lauter. Auch die andern Neuangekommenen fragten nach Frauen. Es war keine einzige im Lokal. Die Marinesoldaten und die Matrosen flüsterten. »Komm, Carel«, schrie einer der Kameraden und zog ihn am Arm, »laß den Gelben!« »Geh nur schon«, Carel stieß ihn freundlich weiter. »Sie ist also in keinem Haus«, wandte er sich wieder zu dem Chinesen. »Nein, dazu brauchen Sie ja mich nicht. Es ist die Tochter meiner Hospita. Sehr anständige Leute!« »Da haben Sie sich's ja schön eingerichtet!« Der Chinese zuckte, verständnislos für die Ironie, die Schulter.

Carel wollte an diesem Abend nicht allein gelassen werden. Es schien ihm, als ob er die Gesellschaft des jungen Chinesen, der offenbar von Einkünften außerhalb des Gesetzes lebte, für diesmal nicht mehr entbehren konnte. Vielleicht war es auch die erste Gelegenheit, etwas Wahres über den Alltag in der Kolonie zu erfahren. Und was hätte er sonst tun sollen? Noch länger am Bartisch zu verweilen, hätte ihn zum Trinken weiterer Gläser verführt und ihn schließlich betrunken gemacht. Nicht, daß ihm der Rausch heut unwillkommen gewesen wäre! Aber er mußte ja in die Kaserne zurück; und wie hätte er, betrunken, den Weg finden können in der Dunkelheit der fremden Stadt? Er durfte sich – er am wenigsten von allen – nichts zuschulden kommen lassen, sich keine Blöße geben. Wußten sie in der Kaserne, wer er war? Wahrscheinlich. Es stand wohl in der Personalakte. Zumindest war der Kommandant unterrichtet worden. Ob der Chinese ihn berauben wollte? Vielleicht lauerten hier Mörder in einsamen Häusern. Feige? Nein. Er hatte zwar keine Waffe bei sich – das war Vorschrift, wenn man am Abend ausging –, aber das beunruhigte ihn nicht. Er konnte bei all dem nicht mal sagen, daß der Lockvogel, die Aussicht auf die Fünfzehnjährige, wohl eine Chinesin, ihn sonderlich reizte. Das Kind, das er sehen würde, das fremde Kind, die fremde Sitte, sie machten ihn eher schon vorher verlegen. Vielleicht gab es sie gar nicht. Vielleicht erwartete ihn wirklich was anderes. Eine Gefahr? Er wollte sich aber, nun war es schon Eigensinn, unter keinen Umständen von seinem neuen Bekannten trennen. Auch war er neugierig. »Also gehen wir!« Der Chinese setzte sich einen weichen braunen Hut auf den Kopf.

Sie kamen allmählich in Gassen, die man in Filmen für ähnliche Situationen als die gegebene Kulisse aufgebaut hätte. Schließlich gingen sie über Laufplanken, unter denen ein träges Wasser gluckste. Ein fauliger Geruch stieg in die Nase. »Aha, die Blumenboote. Joshivara«, dachte Carel. Das gab es also. Aber das war es nicht. Sie traten in ein kleines Holzhaus, und der Chinese bat Carel, in einem Raum, der mit sauberen Matten ausgelegt war, zu warten. Ein europäisches Lager, eine Art von einem niedrigen Divanbett, war das einzige Möbel. Carel setzte sich. Draußen auf dem Gang hörte er ein fröhliches Lachen. Dann kam der Chinese mit einem Mädchen in einem hellblauen, seidenen Schlafmantel herein. »Hier haben Sie die Kleine«, sagte er. »Ich schau später mal wieder rein.« Er war hier, in seinem Haus, weniger zivilisiert und zugleich natürlicher, würdevoller und weniger der flinke Maquereau von der Place Pigalle. Carel fürchtete auch nicht mehr, beraubt zu werden. Das Mädchen setzte sich nach bequemer einheimischer Art auf den Boden und blickte Carel recht freimütig an. Sie war hübsch. Ein nettes lustiges Gesicht; eine zierliche Figur. Sie konnte noch ein Kind sein, aber ebenso gut auch ein junges Mädchen. Das war hier schwer zu schätzen. Wollte sie verführen? Carel konnte es nicht glauben. Sie saß mit einem gewissen Anstand; eigentlich wie eine Dame, zu der man auf Besuch gekommen ist. Es war nichts in ihrer Haltung, was sie ordinär oder lasziv machte. Zugleich aber schien sie willig, bereit und ergeben; ohne darunter zu leiden. Es mußte ihr natürlich sein. Sie bemühte sich um keine Konversation. Sie war gekommen; nun schön; der Herr mochte befehlen. Das war alles. Sie saß vor ihm, schaute aus großen, ruhigen Augen, lächelte freundlich.

Carel genoß die große Stille, die im Zimmer war. Er empfand einen Frieden, wie er ihn, wer weiß wie lange schon, nicht mehr erlebt hatte. Ein tiefes Gefühl der Dankbarkeit und der Zuneigung zu dem kleinen Chinesenmädchen erfaßte ihn. Er hatte sich auf dem europäischen Bett ausgestreckt, und er blickte zu ihr hin. Sie sitzt da, wie ein kleiner und lieber Hund, dachte er. »Sprichst du holländisch?« – »Ja, mein Herr.« Ihre angenehme Stimme klang nur höflich. Nicht mehr. Wie gut, daß sie so wenig wollte! Aber vielleicht würde sie doch meinen, daß sie nicht so »ununterhaltsam« bleiben dürfte. Er fürchtete das, und darum wollte er sie beschäftigen. »Erzähle mir doch was«, sagte er. »Ich weiß nichts«, sie lachte. »Kannst du etwas Tee besorgen?« – »Oh ja, gerne!« Sie sprang auf, verschwand, kam wieder, barfuß, mit kleinen, leichten Schritten. Auf einem

Tablett brachte sie einen amerikanischen Spirituskocher, einen kleinen Aluminiumkessel mit Wasser, eine braune Steingutkanne und zwei Tassen. Der Tee war lose in einer Tüte. Während sie ihn bereitete, war Carel entzückt, ihr zuzusehen. Ihre Bewegungen waren so angenehm, so unbeschwert und blieben so wunderbar in ihrem natürlichen Maß, obwohl sie sich ja beobachtet wußte. Endlich summte es in der Kanne, und sie brachte ihm die Tasse. Er stellte die Tasse neben das Bett und nahm eine Hand des Mädchens. Wahrscheinlich schenkte seine Phantasie ihm die Einbildung, daß diese Hand nach Zimt und Nelken duftete. Bestimmt aber war sie sauber und glatt. »Setze dich doch.« Sie tat es, setzte sich zu ihm; aber ein wenig steif. »Und dein Tee?« Gehorsam erhob sie sich wieder, schenkte sich selber ein, kam zurück zum Lager. »Bleibst du lieber auf dem Boden hocken?« Sie nickte. »Nun gut.« Beide schlürften sie den Tee. Wenn er seine Augen von der Tasse hob, sah er ihr angenehmes, kleines Gesicht grade vor sich. Der Ansatz der Nase zwischen den Augen war ein wenig zu breit. Sonst schien es ihm überaus harmonisch zu sein. Sollte er sie bitten, den Mantel auszuziehen? Eine Weile dachte er mit Verlangen an den Anblick ihres nackten Körpers. Dann beschäftigte sein Geist sich mit ihrem Haar. Diesem straffen, strähnigen schwarzen Haar. Hier war nun wirklich der Geruch von Kokosöl. Baudelaire! Seine Erinnerungen an die Tropen. Das Gedicht »La chevelure«. Viele zweifelten, daß Baudelaire jemals in den Ländern gewesen war, nach denen er sich sein späteres Leben lang gesehnt hatte. Was tat das? Carel war nun da; und würde er je die Stärke haben, diese Fremde so zu erleben, wie der französische Dichter sie geträumt hatte? Vielleicht, vielleicht sollte man doch Opium rauchen. Er fragte das Mädchen nochmal. Sie blickte verwundert, schüttelte den Kopf.

Der Tee war schon lange ausgetrunken; sie saßen und lagen noch immer in derselben, von einander entfernten Haltung. Es mußte schon spät sein. Der junge chinesische Mann klopfte gegen die Bretterwand. Er fragte auf französisch, ob er Carel holen dürfte. »Ja, kommen Sie nur!« Er kam und schien nicht erstaunt zu sein, die beiden so zu finden, wie er sie fand. Was aber hätte ihn überhaupt erstaunen können, fragte sich Carel. Er stand auf. Das Mädchen erhob sich auch von dem Erdboden. »Ach, bitte, holen Sie mir doch etwas Wasser«, sagte er zu dem Chinesen. Der verstand und ging. Carel holte, was er an silbernen Gulden bei sich hatte, aus der Tasche und drückte das Geld, wobei er sich bemühte, daß es nicht klirrte, dem Mädchen in die Hand. »Versteck es«, flüsterte er. Und wußte zugleich, daß es eine sinnlose Bemühung war. Das Kind war zu ehrlich, um es denen, die von ihr lebten, vorzuenthalten. Er küßte sie auf die Stirn. Sie ließ es so willig geschehen, wie ein Fohlen es duldet, daß man es auf der Weide streichelt. Man weiß nicht, ob es nur aus einer Höflichkeit gegen den Menschen still hält oder ob es wirklich ein Gefallen an der Liebkosung empfindet. Der Chinese schenkte sich, als Weltmann, den Requisitenscherz, mit dem Wasser wiederzukommen. Er wartete im Gang. »Sie werden mich ein Stück zur Kaserne bringen?« – »Natürlich.« Sie gingen. »Und was schulde ich Ihnen?« fragte Carel nach einer Weile. »Sie werden es wissen.« Sie überboten sich an Höflichkeit und Kühle. Carel wollte schon alles weggeben, was er an Geld noch besaß. Aus Dankbarkeit. Aber dann besann er sich; warum vor dem Chinesen den Narren spielen? Er holte einen Zehnguldenschein aus seiner Brieftasche. Es mußte reichlich sein. Der Chinese sagte: »Danke.« Sie gingen schweigend weiter. Sie waren schon mitten in der Stadt. »Wenn Sie nun gradeaus gehen, kommen Sie direkt zu Ihrer Kaserne.« »Schön. Gute Nacht, dann.« »Sie finden mich immer in der Bar«, der Chinese rief es ihm noch nach; aber ohne besonderen Nachdruck.

Das war also sein erster Abend in der neuen Welt gewesen. Der Posten ließ ihn passieren. Die Mannschaftsstube nahm ihn auf. Morgen begann das Exerzieren, morgen kam vielleicht schon der Urwald, die Wildnis. Sie sollten ja nicht in Soerabaja bleiben.

Als Kind hatte man auch ihm, wie jedem holländischen Jungen, ob reich oder arm, die Märchen aus dem Rimboe erzählt, die Geschichten aus den großen Wäldern auf den fernen Inseln, die auch der Königin gehörten. Carel hatte man sie nicht oft erzählt. In Paris nicht. Die Mutter und die Ammen kannten sie ja nicht. Doch auf der Insel war eine holländische Kinderfrau gewesen, die hatte es nachgeholt. Sie war die einzige gewesen. Denn später, im Internat, da waren auch keine Märchen mehr erzählt worden. Dennoch waren sie haften geblieben in seinem Gedächtnis; und nun fielen sie ihm ein. Ja, er sehnte sich nach dem Wald, nach dem Geheimnisvollen, nach dem Leben unter den Tieren und diesen lautlosen, braunen Menschen, die zu beherrschen auch er ja angestellt war. Über das Problem hatte er kaum nachgedacht. Auf der Schule hatte man es als etwas, das sich von selbst verstand und verdient war, gelehrt bekommen, daß man das reiche Kolonialland hatte. Viele, viele Male größer als das europäische Holland. Und nun, würde nicht das Selbstverständliche in Frage gestellt sein; würde er, der Soldat, der Herr hier in seinem Haus sein, oder doch der Eindringling, der gehaßte oder geduldete Eroberer; denn: konnte man hier zu Hause sein?

Aber mehr noch beschäftigte ihn die Frage, ob er so froh war, aus der Stadt heraus und in den Wald zu kommen, weil er vielleicht doch Begegnungen mit den Menschen seiner Klasse fürchtete; daß er doch darunter leiden würde, ihnen, den in Allgemeinheiten Denkenden, deklassiert zu erscheinen; daß ein verwunderter, ironischer, mitleidiger Blick seinen Zorn wecken und ihn reizen würde, im anständigen Kleid des einfachen Soldaten (wie er doch meinte, und wie es in der Öffentlichkeit immer heuchlerisch versichert wurde) in die Halle des vornehmen Hotels Des Pays Bas zu gehen und mit der alten Gelassenheit sich zu der »Gesellschaft« zu setzen, die dort ihren langweiligen Cercle hielt. Schon das Gesicht des Empfangschefs, der sich so auf einmal vor eine delikate Frage gestellt sehen würde, mußte der Spaß doch wert sein. Aber wer war er, um solchen Spaß sich zu erlauben? Er war ja nicht der vermummte Kalif, der König in den Kleidern des Bettlers; er war ja von keiner Höhe herabgestiegen, als von der des Scheins, auf der die andern sich noch zu behaupten versuchten; und wenn er, wie auch immer, dahin zurückkehrte, so kam er nicht wie jemand, der kraft seines innersten Wertes überall sein konnte, wo er sein wollte (sei es nun ein Armenhaus oder der Palast), sondern wie einer, der reumütig aus der rauhen Welt in die künstliche, kunstvoll errichtete und mit viel Anstrengung gehütete Geborgenheit einer Schicht zurückkam, die selber schon an dieser ihrer Behütung und Sicherung zu zweifeln anfing. Es gab für Carel nicht die Freiheit, hier und da aufzutauchen, und sowohl von den Getränken des Volks zu kosten wie an den Kelchen der Reichen zu nippen. Der Versuch schon mußte ihn lächerlich machen. Von dem einen zum andern führte nicht mal ein Seil, es war kein Todesweg darüber hin, auf dem die Gefahr, sich den Hals zu brechen, einen Anschein von Größe schenken konnte –; es war nur der Torkelpfad eines Clowns, unten im Staub. Es war, als wenn er der Welt entsagt hätte, wie ein Mönch. Er mußte sich bescheiden, bleiben, wohin er sich in freiem Entschluß gestellt, denn seiner Welt hatte er ja entsagt.

Er fiel endlich in einen Schlaf, in dem ihm das Bewußtsein, in Indien zu schlafen, doch noch zu einem Traum wurde. Die Hitze fieberte trocken in seinem Blut. Er lag in einer ungewöhnlichen Weise mager unter seiner Decke. Sein Herz schlug schwer, als ob es kämpfte. Die Erregungen der Reise, die Ankunft, seine ganze Lage, sie lebten auch im Schlaf fort. Und der Whisky und der spät noch getrunkene Tee hatten seine Nervosität noch verstärkt und den Nachtwandel der Phantasie zu grelleren Bildern getrieben. Er sah sich im Schlaf in einem Indien, das dem Tahiti des Gauguin glich, von dessen Gemälden ihm auch die Erinnerung und die Vorstellung kam. Ein roter Wald lockte ihn in seine feuchte, schattige Wärme wie in eine rückbildende Geburt. War es also der Wunsch, sich aus dem Leben zurückzuziehen, der Carel hierher gebracht hatte? Der Wunsch, das menschliche Leben nicht mehr zu leben (wie es in Europa am vollkommensten und zugleich am schwersten ausgebildet ist), sondern es in das Reich der Schemen zu schicken, eine Geistgestalt aus den Träumen zu sein, ein Peter Schlemihl, der nur noch den Schatten wollte und den Leib verbannte; denn schon bevölkerte sich der rote Wald mit zarten, sanften anderen Schatten (zu zart, zu sanft, zu blumenhaft, um menschlich sein zu können), deren Haut von einem glänzenden Blau war, nachtblau, nachtschmetterlingsblau, das Blau gewisser Nachtschattengewächse (die Symbolik des Namens, die eine Vorstellung weckte), glatt, weich, kühl, dem Monde zugewandt, dem kalten Licht und überdrüssig der Sonne, von deren Strahlen sie zuviel schon in sich aufgenommen haben, so daß die vergiftete Wurzel, der von zu vielem Licht berauschte Saft für alle Zeiten noch wärmen, brennen – fiebern lassen. Sagt man nicht auch von gewissen, sterbenwollenden Kranken, daß sie in einer inneren Glut sich verzehren, während der Tod schon blau in ihrem Gesicht erscheint? Carel träumte die letzte Phase existenzieller Erscheinung, das Ich ging in den Wald ein, die Seele zu den Schatten und der Leib zum Humus; mit den Blättern und der Grundfeuchte, den Kadavern auch von allerlei Getier, gefallener Frucht und verdorrtem Kraut gab er den Urstoff, aus dem wieder Pflanzen- und Tier- und Menschenleib sich bilden konnte. Die Seele schwebte schon über dem Wipfel; noch im Schein der Sterne, aber so erhöht, daß die Sonne, wenn sie wiederkam, sie als erste treffen mußte. War die Seele erlöst, war sie befreit, wohin ging der ferne Flug?

Wie mit einem Schlag wich die Nacht. Draußen war es strahlend hell, und durch die Ritzen der Jalousien blinkerte das Licht in die Schlafsäle der Kaserne herein. Ein Trompetensignal weckte sie. Einige wälzten sich, benommen, andere sprangen sofort von ihrem Lager auf. Was würde der Tag bringen? Die meisten fürchteten sich, ohne daß sie es sagten, vor dem Waldlager, das nun so nahe gerückt war. Sie wären gerne noch eine Zeit lang in der Stadt geblieben, die, wenn auch eine Stadt in der Kolonie, doch mit ihren Häusern, Menschen und Gelegenheiten an das verlassene Holland erinnerte.

Die Kaserne war sehr modern eingerichtet. Es gab eine Dusche von kühlem Wasser, die angenehm erfrischte. Dann gab es Tee zum Frühstück und den runden Zwieback, wie er zu

Hause in Zaandam gebacken wurde. Einige verschmähten den Tee und wollten Kaffee haben. Es gab ihn nicht. Die andern waren zufrieden.

Nach dem Frühstück mußten sie, entblößt, vor dem Arzt antreten. Sie wurden geimpft. Carel bemerkte, daß einige der Kameraden vor der Impfnadel sich fürchteten, bleich und unruhig im Glied standen, ja mit Übelkeit zu kämpfen hatten. Auffallend war, daß es grade Burschen waren, die von kräftigster Konstitution, als besonders mutige Kerle galten, die jetzt am intensivsten der Angst vor dem kleinen Stich ausgeliefert waren. »Die Primitiven fürchten den Medizinmann«, mußte er denken. Er selber war von dem Detachement der Gelassenste. Ob er es auch im Gefecht sein würde? Er hoffte es. Besser als die Bauernjungen hielten sich die Angehörigen einer städtischen Mittelschicht, die Söhne von kleinen Kaufleuten und Handwerkern. Hier aber wollte es Carel dünken, als ob sie, wenn es zum Schießen kam, denen vom Lande an Mut nachstehen würden. Wahrscheinlich kam es bei dem Impfakt nur darauf an, ob man es gewöhnt war, zum Arzt zu gehen oder nicht.

Nach dem Gesundheits-Appell durften sie die Kaserne nicht verlassen; aber sie hatten auch nichts zu tun. Der Sergeant hatte ihnen empfohlen, zu ruhen. Viele schliefen noch einmal. Andere schrieben nach Hause. Auch Carel hatte Lust zum Schreiben, aber er wußte nicht, an wen er eine Mitteilung senden sollte. Einen Moment dachte er daran, ein Tagebuch zu führen. Die Ankunft in Indien war ein guter Anlaß, mit solchen Aufzeichnungen zu beginnen. Er kam aber von dem Gedanken wieder ab. Die Impfstelle schmerzte ein wenig. Das Serum wirkte wohl. Am Abend sollte ein Sanitäter kommen, um ihre Temperatur aufzunehmen. Wahrscheinlich würden sie fiebern.

Carel überlegte. Wenn er ein Tagebuch begonnen hätte, dann würde er nun einen Gedanken niederzuschreiben versuchen, über den Betrug an der Krankheit. Man lockt sie für einen Tag herbei, wie die Maus aus ihrem Loch; sie glaubt, es ist nun ihre Zeit, sie will sich den Körper unterwerfen, will über des Menschen Leben triumphieren, und, ritsch-ratsch, da ist sie in die Falle gegangen, abgewürgt, aus, der unsichtbare Feind, der Bazillus, liegt am Boden und hat noch selber dazu beigetragen, daß der Mensch immun ist und ihn nicht mehr zu fürchten braucht . – Aber bald hindern ihn Kopfschmerzen am Denken; er möchte schlafen, kann es aber nicht, und wieder zieht sein nicht mehr klares, jetzt halbwaches Bewußtsein in den roten Wald und zu den blauen Schemenwesen. Er möchte wissen, ob die andern ähnliche Bilder vor ihren geschlossenen Augen haben. Er weiß aber nicht, wie er das fragen soll. Zum Abendessen gibt es heute nur ein wenig Reis und Tee. Aber selbst von dem wenigen, dem Reis, wird kaum von einem etwas genossen.

Nach einigen Tagen fuhren sie mit der kleinen Eisenbahn in den Wald, in das Innere der Insel hinein, aber zunächst zu den Bergen, in die Höhe, damit sie sich in einem milderen Klima an das tropische gewöhnen konnten. Vom Fenster ihres Zuges sahen sie die Reisfelder, die

MICHAEL

Es war gegen Abend. Michael konnte die Sonne nicht sehen. Aber ihr Licht erleuchtete noch die Welt. (Falsch.) Er kam in den Wald. Ein kleiner Hain vor der Stadt. Laub – herbstlich? Er schritt eine Anhöhe hinauf. Die erste Düne. Dann aber war es, als er in das Tal, das sich öffnete, hinab schritt, als ob er in die einsame Landschaft eines Hochgebirges – des Hochgebirges – erhaben. Unmenschlich. Vision von der Erde. Er glaubte, er, der kleine der winzige Punkt auf ihr, daß sie rase, und in einem Gefühl des Schwindels mußte er sich an sie anklammern. Er empfand sich am Außenrand der Erde und des Daseins. Wie jemand auf einer sausenden Drehscheibe hinausgeschleudert und nur noch mit der Energie der Hände an sie gebunden. Nun kam Gesang von der Höhe. Die Kinder: sie schritten schnell, rasch, flink, mit kleinen Schritten. Lustige Fahnen. Lampions, die im Zwielicht schimmerten. Ein Pappköfferchen, wie man sie für wenig kaufen kann, klappte auf, und ein roter Apfel von glänzend polierter Schale rollte zu seinen Füßen. Er nahm ihn auf, reichte ihn dem ersten der Kinder, dieses aber und die anderen, schritt, schritten unbekümmert, ohne sich um ihn zu kümmern, weiter. Ihre Gesichter freundlich, weißblonde Haare, die Augen ernst, aber nicht unfreundlich. Das Kind, das den Koffer trug und sein Scharnier im Gehen wieder festigte, ohne sich aus dem Takt des Zuges bringen zu lassen, sagte ein liebes Wort der Zurückweisung, ein Nimm oder Behalts zu dem Fremden. Ein jüngerer Mann, wohl der Lehrer der Kinder, schwarz gekleidet, ein geistiges Gesicht unter einem schwarzen breitkrempigen Hut, schritt ernst vorüber. Sie waren bald tiefer als Michael, ihr Licht und ihre Fahnen überwehten sie, während sie den Pfad durch das Tal nahmen. Michael schritt wieder höher, der Weg steilte sich, und oben auf der letzten dieser Höhen angekommen, hörte und sah er das

Meer. Die Nordsee! Das Nördliche! Das Graue! Das Conradsche! Das Weite! Der Wind! Das Salz. Die Luft. Der Hauch. Ein weiteres Gehen zum Badeort. Das Hotelpalastviertel. Die Terrasse. Der Sonnenuntergang. Die Menschen. Wenige. Die ersten Bogenlampen. Ein Motorrad, knatternd, böse, Erdöl, Steinkräfte. Wandte sich, kam auf die Plein. Halte der Straßenbahnen. Casino geschlossen. Fahrt in den Haag. Von rechts das Leuchtfeuer. Der Gang durch Westeinde. Das Volksviertel. (Fragte er den Bobby?) Nacht. Kinder. Räucherfischlädengeruch. Weiter. Dem Ende zu das Kino Babylon! »Misdaad zonder Hartstocht«, Verbrechen ohne Leidenschaft. Dort auch die Missionsschule. (Der Schwarze mit dem weißen Haar als Pförtner?) Er reichte einen Brief. Er bat ihn. Die Gänge. (Dunkler Gesang?) (Niemand sonst?) Der Präfekt mit der Schärpe. Die Zelle. Ein Fenster in das Land. Doch von der Seite das Licht: Misdaad zonder Hartstocht. Der Mond war aufgegangen. Der Präfekt zündete die elektrische Birne nicht an. Er stand vor dem Fenster in dem Zwieschein des Mondes und der Kinoreklame. Ein Rot ohne Blut, stechend, wässerig, wie eine Limonade, doch mit Scharfem und Bitterem wie ein Aperitivtrank – das Rot auf der Schärpe aber war blutrot. Blut! Warmes Blut. Echtes Blut. Der Präfekt schaute ihn an. Ein bleiches, ein volles, ein großes, ein flächiges Gesicht. Falten. Augenhöhlen. Haare, Nase, genaue Beschreibung des Präfekten. Die Hände, haarig dickliche Finger. Ein Ring. Ein Stein. Wirkung auf Michael. Er führte die Hand zur Brust, und es war, als ob sie sich krallte. Riß die Kutte auf. Die nackte Brust, haarig, schwarz, mächtig, Brust eines Kriegers, Brust eines Heizers, Brust eines Schiffers, hob sich, senkte sich, arbeitete schwer. Röchelnd die Stimme: Hören Sie, hören Sie mein Herz schlagen? Herzkrank. Kühl das Ohr Michaels auf der (heißen?) Brust des Präfekten. O, wie kühl! Auf einmal die Strenge: schnelle, rasche Schließung der Kutte. Sachliche Stimme (das Latein?). Ihr Zimmer. Vorläufig. Mein Freund, willkommen. Ab. Das Licht von Babylon erloschen. Nur noch der Mondschein, er selbst nicht sichtbar, eine unendliche Weite. Bleiches dürres Gras. Ein Graben (schlafend, schlafende Tiere, schlafendes Gras, schlafendes Wasser, winterschlafendes Krötengetier), eine kleine Brücke, ein Baum. Die Niederlande.

DER RYK

Es war einmal ein Fluß. Von seinem Anfang weiß ich nichts, und auch sein Ende wird mir unbekannt bleiben. Vielleicht wird er mit dem Erdteil verschwinden, wenn furchtbar, in einer Nacht, die große Flut sich erhebt; doch glaube ich nicht, daß Europa auf eine so natürliche Weise, unter einer großen Flut, begraben wird.

Der Fluß heißt der Ryk. Irgendwo in Pommern entspringt er einem spärlich rieselnden Quell. Doch kräftiger speist ihn der Regenüberschuß der nässesatten Wiesen, und bald ist's ein schöner Bach, der in gemächlichen Windungen träge durchs flache Land zieht. Erst bei Greifswald darf man ihn einen Fluß nennen. In einem weiten Bogen begrenzt er die Neuen Anlagen, einen Park, in dem am Sonntag die Bürger spazieren gehen, und fließt an der Chirurgischen Klinik vorüber zur Steinbeckerbrücke. Dort endet, kiesbestreut und fein säuberlich, die Promenade. Das Wehklagen verwundeter Hunde steigt in langgezogenen, jaulenden Tönen aus den Versuchskäfigen des Klinikgartens auf; und der Fluß wird durch eine Schleuse in das gemauerte und tiefere Bett des Greifswalder Hafens gepresst. Niedere Häuser, ein paar Ladeschuppen, ein eiserner Kran und schließlich zwei Speicher bilden die Hafenstraße. Die Speicher sind alt, schwach und morsch, schief stehen sie im Wind, und in ihrem Fachwerk ächzt es, wie sterbensmüder Greise angstvoll zahnloses Gemurmel. Nun führt ein Pfad am Ufer entlang, das wieder Wiesen engen, und in einer halben Wanderstunde zur Steinmole der Flußmündung an das Meer. Hier mag die Sommersonne auf dem Wasser liegen und im feinen Strahlenspiel von Schein und Widerschein die Luft, die Himmelskuppel und fern den Horizont mit Licht und Flimmern füllen. Am Ende zeigt sich wohl ein dunkler Schleier, der trübe verwehte Rauch eines Dampfers, der seinen steten Kurs schwimmt; unerreichbar schon unseren Augen. Ein kleiner Frachter ist es vielleicht, ein schmutzig verwahrloster Tramp, mit Stückgut und allerlei Gerät von Stralsund nach Stettin unterwegs, oder, Heringstonnen auf dem Deck, aus denen grün die salzige Lauge trieft, von Stettin nach Stralsund; doch genügt sein bald hauchdünn, ein Strich in der Kimmung werdendes Rauchzeichen, um für eine Weile den Blick zu fesseln und im Herzen eines jungen Menschen das der Liebe ähnelnde wehmütig drängende Gefühl der Weltsehnsucht zu wecken, jenes immer unmögliche Verlangen, sich der Weite hinzugeben, der Erdengröße und jeder Möglichkeit des Glücks, die scheinbar offen, bereit und einzig unseres Zugriffs harrend vor uns liegt. Sollte es aber an einem Wintertag geschehen, daß wir, wenn die Ostsee unruhig ist, wenn Schneewolken schwer zu ihren Schaumhäuptern sich neigen, dem Frostwind preisgegeben auf der Mole stehen, wird mehr noch als die Idee der Weite im Symbol des Wassers die Aussicht auf die Klosterruinen von Eldena den Empfänglichen beeindrucken. Hoch ragen die Mauerreste und leer in ihnen die schlanken Kapellenfenster. Nun sind sie nicht, wie im Sommer, vom Laub des Elisenhaines verdeckt, und während in schärfer und schärfer werdenden Schlägen das Meer gegen die Steine der Mole brandet, herrscht dort das Schweigen. Aber ist es wirklich die Landschaft und ihre Romantik, ist sie es allein, die unsere Phantasie bannt und den Herzschlag regiert, oder nicht vielmehr noch die Erinnerung, die Erinnerung an ein Bild, in dem dieses Schweigen uns schon einmal so unbedingt vor die Augen kam? Wir erkennen »Die Klosterruine im Schnee« und gedenken des Malers Caspar David Friedrich. Er war eines Seilers und der Stadt Greifswald größter Sohn – und einsam. So ist denn die Einsamkeit ungeheuerlich, vorherrschend und überall in diesem Bild. Wie auch in den zwei anderen Gemälden, für die sein Heimatort ihm das Motiv gab; seine Heimat, in der er unbekannt gewesen und nicht gestorben ist. Den Hafen zeigt das eine der Bilder, und er ist voll von Segelschiffen. Ihre Rahen und ihre Masten stehen hoch und geheimnisvoll einander verschwistert vor einem ungewissen

Licht. Traumschiffe sind es, die im Hauch des Abends beben und gern nach Indien entschwinden mochten. Heute weiß niemand mehr sich einer solchen Ausfahrt zu erinnern, und viel, viel ferner ist Indien jetzt, als jemals es war. Dunkle, schwermütige Kohlenkähne, ein Rügendampfer und Grille und Greif, die Sonntagausflugboote nach Eldena – das ist die Flotte, die vertäut am Bollwerk liegt. Eher läßt sich in Wirklichkeit und Gegenwart das dritte Bild wiederfinden: die Ansicht der Stadt von den Neuenkirchner Wiesen her. Klein dukken sich die Häuser in den Schatten der drei Kirchen, die auch heute noch überragend, eine jede für sich und den Menschen fern sind.

EINE CHAUSSEEHAUS-TRAGÖDIE

Am Beispiel des Gastwirtes Wilhelm Wiehe, Besitzer des alten Chausseekruges bei der Ortschaft Im Graben, dort, wo hinter Reinfeld die Straße von Hamburg nach Lübeck in einem scharfen Knick sich biegt, zeigt sich, daß auch ein tätiger, bürgerlich geregelter, der städtischen Verführung ferner, den Mann und seine Familie ernährender und im weiten Umkreis alle befriedigender Lebenswandel nicht vor dem plötzlichen Sturz in die Tragödie, nicht vor dem Versinken in Wirrnis und Kummer schützt.

Wilhelm Wiehe war achtundvierzig Jahre alt und war zufrieden. Die gute Zeit der Urväter, in der die Kaleschen der hansischen Kaufherren und die schweren Fuhren der Rollkutscher vor dem Chausseekrug für einen Trunk oder für einen Imbiß Station machten, schien wiedergekommen zu sein. Der Vater hatte, von der Eisenbahn geschädigt, mit wechselndem Glück der Landbestellung sich zuwenden müssen; Wilhelm Wiehe, der Sohn, lebte wieder von der Chaussee. Tag und Nacht ging der Automobilverkehr über die schon zu schmal gewordene Straße, und immer hielten einige Wagen vor dem Krug. Eine Tankstelle und eine kleine Werkstatt, die beide von einem von Wiehe angestellten Mechaniker betreut wurden, hatten sich dem Wirtshausbetrieb zugesellt. An jedem Sommersonntag waren Haus und Garten voll von Ausflüglern. Die Spezialitäten der Wirtschaft, eine besondere Art von Hühnerpastete, eine rauchfrische Katenwurst zu selbstgebackenem Brot und, wenn es gegen Abend kühl wurde, ein Grog, der wie ein Feuerstrom ins Blut ging, waren unter den Autofahrern der Gegend bekannt geworden. Auch kehrten viele bei Wiehe ein, weil Speise und Trank bei ihm billiger zu haben waren als sonstwo an der Chaussee. Lastzüge und elegante Kabrioletts, Motorräder und Limousinen, Lieferwagen und Benzinautos standen zuweilen in Mengen vor dem Wirtshaus, so daß ein besonderer Parkplatz für sie im Garten eingerichtet werden mußte. Ein harmlos fröhliches Treiben herrschte vor, Wiehe schenkte selber das Bier aus, scherzte mit den Bedienerinnen, der Ton schon machte die Gäste froh, sie labten sich, der Musikautomat wurde von immer neuen Groschen angetrieben, die jungen Leute tanzten, und die Hunde schnupperten vor der Tür zur Tenne, wo die Würste und die Schinken aufbewahrt hingen.

Manchmal aber ereignete sich im Straßenknick auch ein Unglück. Ein Autofahrer kam zu schnell in die Kurve und wurde aus ihr hinausgetragen und in den Chausseegraben, auf den Acker oder gegen einen Baum geworfen. Die meisten dieser Unfälle verliefen glimpflich mit Quetschungen, Arm-, Bein- oder Schulterbrüchen, und Wilhelm Wiehe zeigte sich auch den Verletzten gegenüber als guter Wirt. Während eines stillen Wintermonats hatte er im Kreiskrankenhaus zu Oldesloe einen Samariterkurs mitgemacht und war in der ersten Hilfe bei Unglücksfällen bewandert. Eine von Natur aus glückliche Hand befähigte ihn, die gebrochenen Glieder geschickt zu schienen, das Blut zu stillen, die Wunden auszuwaschen und die Schmerzen zu lindern, bis der Krankenwagen mit dem Arzt kam und die Verunglückten abholte.

Man sage nicht: ein Unheil kommt unverhofft. Die Erfahrung lehrt vielmehr, daß einem wirklichen Fall von Schicksal, wie dem Einschlagen des Blitzes, Zeichen vorhergehen in der Natur, die Unruhe zeugen bei den Menschen und bei den Tieren. Dieses Mal war es so, daß am Morgen ein Pferd sich losriß im Stall, mit seinen Hufen das Holz der Tür zerschmetterte, im Gesplitter hängen blieb und zu Fall kam. Der Schrei des blutenden Tieres war wie das schrille Winseln der gemarterten Kreatur auf den Schlachtfeldern und weckte in Wilhelm Wiehe die Erinnerung an eine Hölle. Gegen Mittag weigerten die Kühe das Melken; mit vollem Euter senkten sie drohend das Haupt mit den Hörnern gegen die Mägde, die mit Schemel und Eimer gegen den Angriff der schweren Leiber sich wehren mußten. Am Abend stach dann ein scharfer Wind in die Schwüle des Tages. Er riß den Staub der Straße in dichten Schwaden hoch und fegte die halbreife Frucht von den Bäumen. Worauf die Erwartung, aufs höchste gepeinigt, die bleigraue Wand des Unwetters am Himmel sich in Stellung setzen sah. Und bald waren der Feuerschein, der Donnergroll, der Hagelschlag und Regenguß über dem Land.

Wenn sie ein wenig später oder ein wenig früher gefahren wären, wenn sie irgendwo an einem Chausseestein sich den Hals gebrochen hätten – –!; das war, Wochen nachher, als es schon Herbst und alles vorbei war, die Klage der Frau des Wilhelm Wiehe, Klage über dem Haupt der Kinder, Klage zu den Leuten, Anklage in die Welt, weil sie, mit sein Opfer, das Gesetz in dem Walten des Zufalls nicht erkennen konnte.

Das Unwetter währte eine Viertelstunde; aber wenn es auch nur eine Minute gedauert hätte, die Zeit hätte genügt, den kleinen Hamburger Sportwagen, vom Blitzlicht geblendet, gegen die Mauer des Gartens zu treiben und in entsetzlichem Krach das schwerste Autounglück, das je in der Gegend passiert war, entstehen zu lassen.

Der Wagen war zerschmettert. Aus seinen Trümmern drang ein Stöhnen. Hinter dem Steuerrad saß ein Jüngling. Die Speichen waren ihm in die Brust gedrungen; er war tot. Sein Gesicht zeigt noch den aufmerksamen Ausdruck des Mannes, der eine Gefahr im letzten Moment erkannt hat und sie abzuwenden versucht. Die Stöhnende war ein Mädchen. Sie war vom Sitz gesunken und lag ohnmächtig neben den Pedalen auf dem Boden des Wagens wie in einer schützenden Muschel. Ihre eine Hand klammerte sich über seinem Knie in die Hose ihres toten Gefährten. Sie mochte fünfzehn Jahre alt sein. Ob und in welcher Art sie verletzt war, konnte man draußen im Regenlicht nicht erkennen, und sie wurde von Wilhelm Wiehe behutsam genommen und in das Haus getragen.

Um die Verwundung des Mädchens festzustellen, mußte man sie entkleiden. Wiehe schickte die Mägde nach Binden und reinem Wasser aus; sein Weib bemühte sich, durch das sturmgestörte Telefon das Krankenhaus zu erreichen; während er selbst mit einer scharfen Schere Mantel, Bluse, Wäsche und Rock der Ohnmächtigen auftrennte. Er suchte den Schaden zu finden, den sie genommen hatte, doch überall war ihre Haut ohne Makel und ohne Riß. Nur eine Schramme im rechten Winkel des Mundes blutete und ließ den Mund und die Lippen größer und breiter scheinen, als sie es wirklich waren. Und Wiehe, der sie so vor sich liegen sah, nackt auf dem sandgescheuerten Buchentisch, und überlegte, wie er ihr wohl helfen könne, bemerkte auf einmal, daß sie schöner war als jeder Mensch, den er jemals gesehen hatte. Er erinnerte sich an die Jungen, mit denen er als Knabe zusammen im Teich gebadet hatte, er sah die schmalen, energischen Rücken der jungen Soldaten beim Waschen nach dem gemeinsamen Marsch, er dachte an die ersten Frauen, die sich vor ihm enthüllt hatten, er überlegte die Gestalt seines Weibes, den Körperbau seiner Kinder, und seine Seele, seine ruhige, zufriedene Seele, war dem Anblick verfallen, der ihm zum erstenmal die Lust am Schönen gegeben. Ohne zu wissen, was ihm widerfahren, denn Plato und alle Philosophie der Schönheit waren ihm fremd, sah er sich genötigt zu verehren. Er handelte natürlich und richtig in einem unverdorbenen Gefühl, als er, Tränen der Rührung in den Augen, die Hände faltete, wie um anzubeten. Aus dieser Andacht wurde er erst gerissen, als die Frau und die Mägde wieder in das Zimmer traten und durch das Geräusch ihrer Schritte die Ohnmächtige weckten, welche die Arme hob, den verglasten Fieberblick gegen den Wirt richtete und »Wilhelm, Wilhelm« rief, worauf er in die Knie stürzte und bewußtlos zu den Füßen ihres Lagers niedersank.

Wilhelm Wiehe fand sich wieder in seinem Bett. Man hatte sein plötzliches Zusammenbrechen auf eine Nervenstörung infolge des schrecklichen Unfalls, dessen Zeuge er gewesen war, zurückgeführt. Die Nachricht, das Mädchen sei inzwischen in das Krankenhaus eingeliefert worden, hörte er ohne ein Zeichen eines besonderen Interesses. Erst der Bericht in der Zeitung, der den Vorfall zu einer Sensation machte, wurde von dem Wirt aufmerksam und verschiedene Mal gelesen. Es war in diesem Bericht von dem furchtbaren Ende die Rede, das die Entführung einer Minderjährigen gefunden habe. Die Sache war so dargestellt, als ob der tödlich verunglückte junge Kaufmann Wilhelm Lübkert das Mädchen, das er liebte, zu einer Flucht nach Dänemark verführt habe, um sich dort mit ihr gegen den Willen der beiden Elternpaare trauen zu lassen. Das Mädchen, dessen Name von der Zeitung nur mit Margot H. preisgegeben wurde, sei, hieß es weiter, wie durch ein Wunder beinahe unverletzt geblieben und schon der häuslichen Pflege wiedergegeben.

Dieses Zeitungsblatt wurde von Wiehe aufgehoben, auch versuchte er noch, von Bekannten andere Blätter mit anderen Berichten über das Unglück zu erhalten. Sein Wesen hatte sich verändert. Er war in sich gekehrt, versonnen im Geschäft und voll Unruhe in allen häuslichen Dingen. Vergebens bemühte sich seine Frau, den Grund seines Kummers, denn für einen solchen hielt sie seine gewandelte Art, zu erraten. Jedem Gespräch mit ihr aber wich der Mann freundlich aus. Es ist nichts, sagte er, oder, du begreifst es nicht, und war zu keiner weiteren Äußerung zu bewegen. Dafür fing er an zu lesen. Er hatte in einer Ecke des Hauses und ziemlich verstaubt eine Bibliothek der Deutschen Klassiker gefunden, die er nun, soweit es sich um Prosastücke handelte, Band um Band zu Ende las. Auch kam es vor, daß er zum Pfarrer ging, sich mit ihm besprach, und vom Lehrer sich Kunstbücher mit vielen Abbildungen auslieh.

Die Wahrheit war, er litt. Von Häßlichem nur sah er sich umgeben. Das Haus war ihm zu niedrig, die Stube zu dunkel geworden. Sein Weib empfand er als grobschlächtig und schwer, seine Kinder als ungelenk und dummen Gesichts. Ein weniger redlicher Mann als Wilhelm Wiehe hätte in diesem Zustand um sich geschlagen, wäre ein schrecklicher Tyrann in der Familie geworden. Wilhelm Wiehe aber sagte sich, ich muß sie lieben. Sie können nicht schuldig gesprochen werden, weil mir die Erkenntnis von einem Anderen außer dem Kreis meines Hauses aufgegangen ist. Er bemühte sich, zu ihnen freundlich zu sein aus Pflicht, wenn ihre Gegenwart ihm auch eine Qual bedeutete. Es war auch kein Verstehen für ihn im Haus; daß er mit einem Buch sich zurück zog, nahm man als Sonderlichkeit und glaubte, ihn mit Reden erheitern zu müssen, die seinen neuen Abstand von ihnen nur noch vergrößerten.

Er sehnte sich, sehnte sich ganz allgemein, sehnte sich fort, dachte daran, von Kunstgeschichten angeregt, nach Italien zu fahren, aber da er sich geschämt hätte, auf eine Frage zu antworten, ich sehne mich nach dem Hellen!, legte er all sein Verlangen nach diesem idealen Licht in die Person, durch welche der neue Sinn ihm gekommen. Manchmal schloß er die Augen und glaubte, sie zu sehen, nackt und makellos, wie sie vor ihm gelegen auf dem sandgescheuerten Tisch. Schließlich wurde das Verlangen, sie zu schauen, diesen Anblick noch einmal zu haben, so ungeheuerlich, daß es ihm das Leben bedeutete.

Er richtete einen Brief an den Direktor des Krankenhauses, in dem er behauptete, der damals Verunglückten eine Mitteilung machen zu müssen, und reiste, als er so die Adresse Margot Hagens erhalten hatte, nach Hamburg.

Er war sich, merkwürdigerweise, über das Seltsame seines Tuns im klaren. Er handelte nicht wie ein Besessener oder wie ein im Traum Wandelnder, sondern er ging, entschlossen und mit Bedacht, seinen Weg erst, nachdem er, der Gefahr wegen, zu Hause wie ein guter Wirt und Vater alles bestens geordnet hatte, so daß der Besitz auch nach seinem Tode leicht zusammengehalten werden konnte. Der Abschied von den Seinen geschah ernst, und es war, wie wenn in diesem Moment die Frau, von einem überirdischen Schauer berührt, dem Schicksal sich beugen wollte.

In Hamburg fand Wilhelm Wiehe ein reiches Haus. Er wurde, nachdem er erklärt hatte, daß er gekommen sei, um die junge Dame wieder zu sehen, die er nach dem Unglück aus dem Wagen getragen habe, freundlich empfangen und, da Margot noch in einer Sportstunde weilte, zu Tisch geladen. Der Vater des Mädchens, ein großer Teehändler, unterhielt sich mit Wilhelm Wiehe über den Landbau, als Margot ins Zimmer trat. Sie begrüßte den Fremden, denn sie erinnerte sich seiner nicht, gleichgültig, und erst, als man ihr berichtete, warum er gekommen sei, wurde sie aufmerksam. Ein Schatten legte sich über ihr junges Gesicht, sie dachte an den, der gestorben war, und das Mahl wurde stumm zu Ende gegessen. Als die Tafel aufgehoben wurde, glaubte man, der Besucher würde sich verabschieden, und erstaunte, als er statt dessen die Bitte aussprach, mit der jungen Dame eine Weile allein sein zu dürfen. Die Eltern erteilten diese Erlaubnis, von der sie nicht wußten, wozu sie führen sollte, mit sichtbarem Befremden. Das Herz ihrer Tochter aber zog sich im Beben zusammen, denn sie glaubte, Wiehe komme mit einer Botschaft.

»Wilhelm«, sagte sie, als sie allein waren, »Wilhelm hat Ihnen, bevor er starb, ein Wort für mich aufgetragen«, und sie blickte den Wirt an mit demselben glasigen Fieberblick, der damals auch in seinem Haus in ihren Augen gebrannt hatte.

Wiehe neigte sein Haupt und bat sie, sich zu setzen. Er zitterte am ganzen Leib; ein unbändiges Verlangen, zu den Füßen dieses Mädchens niederzusinken, erschütterte ihn; und seine Stimme bebte, als er endlich »Nein« sprach, »mir ist keine Botschaft für Sie aufgegeben worden«. Das Mädchen, verständnislos und in einer plötzlichen Erwartung getäuscht, brach in ein wildes Schluchzen aus, und Wiehe mußte sich zusammenreißen, um sie zu beruhigen. Endlich hatte er sie soweit, daß er seine Geschichte vorbringen konnte.

Er berichtete, wie er sie gefunden, wie er sie gesehen, und wie sie ihm die Schönheit offenbart habe. Ernst wie ein Vater zu seinem Kind in der Stunde der Not sprach er zu ihr von der Unruhe und dem Verlangen, die seitdem in sein Leben getreten. Ernst hörte sie ihn an, und dann tat er seine wahnsinnige Bitte: ich lege Leben und Tod in deine Hand, sagte er und bat sie, sich ihm noch einmal zu zeigen, nackt und makellos, damit sein Herz die Ruhe wiederfinde.

Wilhelm Wiehes Schicksal lag in den Händen des Mädchens und erfüllte sich. Die Hände waren aufgehoben wie beim Erwachen aus der Ohnmacht, wie bei dem Ruf: Wilhelm! Wäre des Wirtes Bitte aus dem Mund eines Kavaliers gekommen, mit Recht hätte man ihm die Tür gewiesen. Wilhelm Wiehe aber war kein Kavalier. Er war ein Mann, dem spät das Glück der Freude wie ein Danaergeschenk zuteil geworden war; ein Mann, der mit seinem ganzen Sein ehrlich den Weg ging, den er gehen mußte, und der tief in seinem Gemüt etwas ahnte von der Tragik, Gottes vollkommenstes Werk in einem Mädchen zu verehren. Sie hätte das Schicksal empfinden müssen, das um diesen Mann war. Sie hätte sich ihm zeigen sollen, denn dieser Mann war es wert; und wahrlich, sie hätte sich ihm zeigen können, ohne vor Scham zu vergehen, denn dieses war keine Sache der Scham wie die Male vor ihm und nach ihm, wo sie sich anderen enthüllt hatte für andere Begehren. Sie aber tat das Falsche, schrie, rannte und lachte, tat, was zu des Wirtes Vernichtung von ihr verlangt wurde, und überließ Wilhelm Wiehe einem entrüstet verwunderten Haufen, der ihm die Haustür öffnete.

Er trotzte nicht dem Geschick und nahm das Los, wie es gefallen war. Er reiste mit dem nächsten Zuge heim, kam in der Nacht zu seinem Haus, beschwichtigte den Hund, der ihn begrüßen wollte, und schlich sich in die Tenne, wo er seinem Leben ein Ende machte.

Vierter Teil

DER EINSAME ERZÄHLER

1945-1950

AM WEITEN MEER

Wir saßen im Café »Sport« an der Seepromenade in Scheveningen, und ich trug den Kieler Anzug mit der weiß-blau gestreiften Bluse. Onkel Robert bestellte zwei Genever und flüsterte, wenn du es deiner Mutter nicht sagst, mein Kleiner, darfst du auch einen alten Klaren trinken. Ich nickte. Wir prosteten uns zu, und Onkel Robert sagte, du mußt ein Mann werden.

Auf der Promenade wandelten die Einheimischen und die Fremden. Fern im Meer, weit hinter dem Pavillon der Landungsbrücke, ertrank die rote Sonne, ein riesiger Feuerball. Die Promenierenden wurden von dem letzten Glühen des Tages wie die Figuren eines Schattenspiels beleuchtet, und die leichten Sommerkleider der Frauen waren wie aufgelöst in diesem Licht.

Onkel Robert sagte etwas Häßliches über die Mädchen, und ich ärgerte mich, weil er das gesagt hatte und weil ich fühlte, daß ich rot wurde. Du mußt dreist sein, sagte Onkel Robert, wenn du schüchtern bist, wirst du leiden.

Ein Mädchen von den Malaiischen Inseln ging am Café »Sport« vorüber, und sie war wie eine Prinzessin aus dem Märchen, eine Gestalt aus dem Orient der Tausend Nächte, und ihr Gesicht lockte so fernöstlich reizvoll, daß ich wie der Dichter mein Verlangen fühlte: »Jussufs Reize möcht' ich borgen, deine Schönheit zu erwidern!«

Onkel Robert sagte, diese Kinder aus den Kolonien sind schön, du hast Geschmack, Kleiner, wenn sie wieder vorbei kommt, sprichst du sie an. Er reichte mir eine Zehnguldennote und lachte sein häßliches und so entsetzlich trauriges Lachen. Aber gib ihr das Geld erst nachher, schärfte er mir ein, erst nachher, vergiß es nicht! Er stieß mich auf den Weg, und sein häßliches Lachen begleitete mich.

Ich folgte dem Mädchen, und die Kehle war mir wie zugeschnürt. Schließlich jedoch faßte ich mir ein Herz und sprach sie an und sagte, Mejuffrouw, und ich wunderte mich, daß ich holländisch sprechen konnte, und vielleicht konnte ich es, weil die Wörter dieser Sprache so kindlich klingen; und die liebliche Fremde nahm meine Hand und führte mich von der Promenade hinunter an den Strand.

Der Mond war aufgegangen, die Sonne versunken. Wir gingen über den glatten, ebenen Sand hinter der zurückweichenden Flut, und von Scheveningen her hörte man die Tanzmusik aus dem Grandhotel, und die bunten Lampions der Terrasse wurden allmählich klein wie die Augen einer schläfrigen Katze.

Wo kommst du her, fragte ich meine Begleiterin. Sie antwortete, aus Madoera; mein Vater war ein Chinese. Kannst du zaubern, fragte ich sie. Und sie sagte, alle Chinesen in Madoera können zaubern; deshalb sind sie ja da.

Da vergaß ich Onkel Roberts Mahnung und gab dem Mädchen die Zehnguldennote, und die kleine Chinesin nahm das Geld, knixte wohlerzogen und fragte, soll ich mich nun ausziehen, mein Gebieter? Ich erwiderte, ja, bitte, ziehe dich schnell aus und zaubere! Sie streifte ihr Kleid über den Kopf und stand zart im Mondlicht und erinnerte mich an eine Puppe aus Porzellan auf dem alten, polierten Sekretär meiner Mutter. Ich zitterte in meinem Kieler Anzug, aber meine Freundin sagte, du darfst nicht zittern. Sie führte ihre Hände über den blau-weißen Waschstoff meiner Bluse, und ich wurde in ein Kaninchen verwandelt, in eines der graubraunen, wilden Dünenkaninchen, aber ich war dennoch ganz zahm. Die Chinesin pflückte eine der großen blauen Stranddisteln, reichte sie mir und sagte, iß! Ich biß in die Distel und schmeckte den bittersüßen Saft des Unkrautes und meinte, noch nie eine so herrliche Frucht gekostet zu haben.

Da erschien Onkel Robert am Strande. Er lachte wieder sein trauriges, häßliches Lachen und sagte, sieh' mal, dir schmeckt es.

Er schlug mit seinem Spazierstock die Blüten von den Stranddisteln und warf sie mir vor die Füße. Friß nur weiter, friß nur immerzu, rief er. Dann wendete er den Stock in seiner Hand und führte den Knauf, der ein Elefant aus Elfenbein war, gegen die Brust meiner Freundin. Diese Bewegung mit dem Stock aber ärgerte die kleine Chinesin dergestalt, daß sie mit einem ihrer nackten Füße den Sand aufwirbelte, der, da sie ja zaubern konnte, zu einem Sandsturm wurde, der uns alle voreinander verhüllte.

EINE HINRICHTUNG

Unser Schiff landete in Hoboken, und die Leute von der Einwanderungskommission kamen an Bord. Ich stand als letzter in der Reihe, und alle waren sehr nervös. Der kleine Mann vor mir wischte sich den Schweiß von der Stirn. Er sagte: »Hoffentlich finde ich die richtigen Antworten.« Er sagte immer wieder: »Hoffentlich finde ich die richtigen Antworten.« Und dann sagte er: »Sie müssen mich hineinlassen. Meine alte Mutter schickt mich doch!«

Die Kommission hatte sich im Rauchsalon niedergelassen. Endlich wurde ich gerufen. Die Herren waren der immer wiederkehrenden Fragen schon müde, und ich sah, daß sie mir die Prüfung leicht machen würden. »Wollen Sie den Präsidenten ermorden?« fragte mich der Vorsitzende der Kommission, und er sagte es beiläufig und schien nicht mal hinzuhören, als ich antwortete: »Ja, natürlich will ich den Präsidenten ermorden. Aus keinem anderen Grunde bin ich in Ihr Land gekommen.«

Einer der Herren aus der Kommission hatte meine Antwort verstanden und rief gleich verzweifelt: »Nun ist es wieder nichts mit dem pünktlichen Mittagessen!« Da merkte der Vorsitzende, daß sich etwas Ungewöhnliches ereignet hatte. »Die Koffer«, rief er, »schnell seine Koffer! Stellen Sie die Koffer dieses Passagiers sicher!« Ein paar Detektive rannten und kamen nach einer Weile enttäuscht zurück. Sie hatten in meiner Kabine keine Koffer gefunden. »Wo haben Sie Ihr Gepäck«, fragte mich der Vorsitzende, »Ihre Waffen, Ihre Gifte, Ihre Fallen?« Ich schüttelte traurig den Kopf. »Ich habe kein Gepäck«, sagte ich. »Hier diese kleine Handtasche ist alles.« Der Vorsitzende riß die Handtasche an sich und öffnete sie. In der Tasche war eine deutsch-englische Ausgabe der »Grashalme« von Whitman, mein Lehrbuch der Sprache Amerikas. »Sie sind ein

Anarchist«, schrie da der Vorsitzende, »ein verdammter, gefährlicher Anarchist! Aber Sie werden schon sehen!«

Die Detektive umringten mich, und dann fuhren sie mit mir in einem Auto nach New York. Die Fenster des Wagens waren schwarz angestrichen, und ich vermutete, daß wir in dem städtischen Bestattungsautomobil saßen. Wir kamen zu einem der berühmten Wolkenkratzer, und ich konnte den Himmel vor lauter Steinen nicht sehen. Wir traten in einen Fahrstuhl und ein junges Mädchen kam zu uns und alle nahmen die Hüte ab. Das junge Mädchen schminkte sich mit einem überaus andächtigen Gesicht die Lippen, während der Fahrstuhl immer höher fuhr, und einer der Detektive flüsterte mir zu: »Das ist unsere Königin; es gibt sie millionenmal.«

Wir hielten im fünfundsechzigsten Stock, und ich wurde in einem runden Saal unter eine runde Kuppel gesetzt, und der Vorsitzende räusperte sich und sagte: »Sie sind in Abwesenheit zum Tode verurteilt, das wissen Sie wohl, hier ist das Telegramm des Präsidenten.« Ich nickte, und dann rückten von allen Seiten die großen Aufnahmeapparate für Fernsehsendungen gegen mich vor. Ein überaus sympathischer Mensch, der wie ein Ringkämpfer aussah, der an der Volkshochschule Vorlesungen über das Sein bei Kierkegaard hält, trat auf mich zu und sagte: »Sie kennen mich wohl aus den Illustrierten. Ich bin Orson Welles, der Regisseur.« Ich stand auf und reichte ihm die Hand und sagte: »Wie geht es Ihnen? Ich würde gern Ihre Filme sehen.« – »Diesen Wunsch werden wir Ihnen austreiben«, sagte Mister Welles. Und dann erhitzten sich die Apparate, die Kamera-Augen glühten und sogen mein Gemüt in sich hinein, um es überall hin zu senden, wo ein Fernsehempfänger im trauten Heime stand. »Es ist eine einfache Schutzimpfung für unsere Landsleute. In winzige Dosen überall hin verstreut, macht der Bazillus gegen die Ansteckung immun«, sagte der Vorsitzende der Einwanderungskommission, und ehe ich es gedacht, war alles vorüber, und ich fühlte mich behaglich, leicht und frei. Es war eine entscheidende körperliche Veränderung mit mir vorgegangen. Ich war dick, schwer und kräftig geworden. »Hallo«, rief der Vorsitzende, »Sie sind nun o. k., alter Bursche, Sie könnten glatt in unsere Polizeitruppe eintreten!«

»Natürlich«, erwiderte ich, »natürlich will ich Polizist werden. Natürlich, alter Junge«, und ich stieß meine schwere Boxerfaust dem Vorsitzenden in den Magen.

BEGEGNUNG IN METROPOLIS

Bericht des Chorknaben.

Ich, Joseph, und vierzig andere Knaben meines Alters sind aus dem stillen Konvikt in dem Bergtal unserer Heimat über den Ozean gefahren und gestern in dieser großen Stadt angekommen. Es war Abend, als unser Schiff von den kleinen, kräftig schnaubenden und schrill heulenden Dampfern in den Hafen geschleppt wurde. Eine Riesenfackel leuchtete über den Masten, und ein hoher Wald von Lichtern schien glänzend uns aufnehmen zu wollen.

Und wirklich, es war wie ein Traum. Unser Chormeister, der mit einer früheren Klasse schon einmal hier war, hatte uns zwar gesagt, daß diese Stadt gewaltiger sei als alle anderen Städte der Erde, aber der Eindruck der ersten Fahrt vom Hafen ins Hotel übertraf doch alle unsere Erwartungen. Wir fuhren in einem Autobus aus lauter Glas, so daß wir die ganze Herrlichkeit der Stadt sehen konnten. Wir bewegten uns wie auf dem Grund eines tiefen Kanals, dessen hohe Ufer von unten nicht mehr zu erkennen sind. Schnell wie Blitze sprangen fortwährend bunte Lichter über die Mauern und formten sich zu verschlungenen Zeichen, die wir nicht entziffern konnten, obwohl wir, eingekeilt in eine unendliche Reihe von Fahrzeugen, nur langsam vorwärts kamen. Es war mehr ein Dahingleiten als eine Fahrt, endlos schien die Straße zu sein, doch plötzlich waren wir in der Halle unseres Hotels.

Offen gestanden, ich bin nicht der Kleinste von uns Jungen, aber in diesem Hotel komme ich mir doch sehr winzig vor. Der Herr, der uns begrüßte, sagte, unser Gastspiel müsse richtig aufgezogen werden, der Vorverkauf sei hinter den Erwartungen zurückgeblieben, die Zeit sei schwer, und man müsse etwas für die Publicity tun. Dann fuhr er mit uns in den zwanzigsten

Stock und gab uns jedem ein Zimmer. Es stehen viele leer in diesem feinen Hotel, und es hieß, wir sollten für die Wohltätigkeit singen. Es kamen dann auch bald viele Herren in auffälligen, großkarierten Anzügen und photographierten uns. Wir mußten uns in die viel zu großen Betten legen, das Telephon mit seinen vielen bunten Knöpfen, die wir nicht begreifen, in die Hand nehmen, und das Blitzlicht flammte blendend auf, während die Verschlüsse der Apparate knackten. Endlich ließ man uns allein, und wenn wir untereinander auch nicht darüber reden, so haben wir uns in dieser Nacht, verloren ein jeder in seinem großen Zimmer, in dem Riesenhotel und in der gigantischsten Stadt der Erde gefürchtet.

Und heute ereignete sich dann der große Festzug für die Wohltätigkeit. Es war so arrangiert, daß wir in den ersten Stock des Hotels geleitet wurden und auf die lange Galerie hinaustraten, wo wir uns in unseren schwarzen Kitteln mit den weißen Krausen vor unserem Meister aufstellten. Das war ein Lärm, der näher kam! In diesem Schacht der Wolkenkratzerstraße, an dessen einer Mauer wir wie ein verirrter Bienenschwarm klebten, flimmerte ein merkwürdig nebliges Tageslicht. Und dann unterschieden wir Paukenschläge, Schalmaienklänge, Dudelsack und Flöte, und Rufe, Schreie, Singen, Räderrollen und sahen einen Strom, der nicht zu überblicken war, mit Fahnen, Masken, Wagen, Luftballons und Fabeltieren, überschüttet von einem Orkan von Papierschlangen und Schnitzel, der aus allen Fenstern der nicht zu zählenden Stockwerke niederstürzte. Bis endlich vor unserm Hotel die Spitze des Zuges hielt, ein Schweigen aufkam und wir auf das Zeichen unseres Meisters mit hellen Stimmen Mozart sangen.

Ich entsinne mich, daß ich während des Singens mir vorgenommen habe, ein Mann wie der mächtige Offizier auf dem Pferd zu werden und bei einer ähnlichen Gelegenheit die schöne Dame, die weiß und mit Engelsflügeln zu uns emporschaute, aus dem verwirrenden Gewühle der Menschen und der Schreie zu retten.

Bericht der Figurantin mit den Flügeln.

Ich wurde gestern von unserem Girl-Captain gefragt, ob ich Lust hätte, als weißer Engel an der Spitze des Wohltätigkeitszuges zu marschieren. Ich sagte ja, als ich hörte, daß man mir zehn Dollar dafür zahlen würde. Im City-Tabarin bekomme ich nur fünf den Abend, und dafür müssen wir Mädchen auch noch mit den Gästen tanzen und im Parkett Ansichtskarten verkaufen. Und dann überlegte ich auch, daß ich in dem Schleierkostüm mit den Flügeln sehr hübsch ausschaue und daß man vielleicht von jemand gesehen werden könnte, der einen zum Film bringt.

Es war aber an diesem Mittag sehr kalt, und ich fürchte, ich habe mich in dem dünnen Schleierkleid erkältet. Es dauerte Stunden, bis die Menge vor dem Stadthaus sich soweit geordnet hatte, daß wir abmarschieren konnten. Und dann war alles ganz anders, als ich es mir gedacht hatte. Eigentlich hatte ich einen Jux erwartet und winkende Freunde am Rande der Straße. Aber man sah überhaupt nichts. Die Gesichter der Zuschauer am Rande der Straße glitten zusammen zu einem einzigen schweigenden Antlitz. Und auf einmal wurde ich stolz und ernst, so allein, hinter der Kapelle und vor der Truppe, mit Flügeln angetan, für die Armen zu marschieren.

Unheimlich war's, jetzt weiß ich es! Ich habe meinen Bruder lange nicht gesehen. Er arbeitete zuletzt auf den Docks, und auch da sollen sie viele entlassen haben. Und dann stockte auf einmal der Marsch. Ich wurde von den Nachdrängenden eingezwängt und konnte mich nicht mehr rühren. Der grobe Polizist auf dem Pferde schrie uns was zu, und wir hörten über uns helle Stimmen. Sie sangen eine Sprache, die ich nicht verstehe, aber es war furchtbar feierlich. Wir schwiegen alle; nur die dicke Anita hinter mir, die als Fortuna mitgekommen war, schluchzte. Die Gesichter der singenden Knaben wirkten von unten wie kleine, zarte schwebende Abziehbilder über ihren schwarzen Anzügen, und fast ärgerte es mich, daß diese Kinder wirklichen Engeln glichen, während ich mit meinen lächerlichen Flügeln frierend und gedrängt auf der Straße stand, ein wahres Gespött!

Bericht des Polizeikapitäns.

Der Chef hatte mir schon gesagt, es würde für meine Bereitschaft ein harter Tag werden. So ein Massenumzug bedarf der Organisation, und man weiß nie, was passieren wird. Aus irgendeinem unsinnigen Erschrecken kann leicht eine Panik entstehen, und dann ist es schwer, in einer bis zum Bersten verstopften Straße die Fallenden vor den Tritten der irre Fliehenden zu retten; ganz abgesehen von den wirklichen Unfällen und den Verbrechen, die in einer Stadt wie der unseren möglich sind.

Schon am frühen Morgen ließ ich meine Leute vor dem Stadthaus antreten und wies ihnen ihre Posten an. Ja, wenn die Menschen vernünftig wären, dann wären Umzüge und Sicherungen wie diese nicht nötig. Dann würden die, die was haben, denen, die nichts haben, helfen, ohne daß man erst mit Gas gefüllte Drachenungeheuer spazierentragen und der Polizei Arbeit machen müßte. Mein Kamerad von der Ostseite hatte es schwer, den Gegenzug der Armen, die ihr Elend neben die bunten Masken stellen wollten, vom Hauptweg abzulenken.

Aber ich bin Beamter im Sicherheitsdienst und habe mir nicht solche Gedanken zu machen. Um zehn Uhr war es so weit, daß ich dem Gouverneur den Abmarsch melden konnte, und um viertel nach zehn setzte sich der Festzug in Bewegung. Ich ritt vor der Kapelle. Mein gutes Pferd ist gegen jeden Lärm abgehärtet und schritt ruhig im Gedröhn der Paukenschläge durch den Konfettiregen, der aus allen Fenstern auf uns niederfiel.

Meine besondere Aufgabe war es, die Spitze der Marschierenden vor dem großen Hotel, von dessen Galerie ein Knabenchor, der aus Europa zu uns gekommen ist, ein geistliches Lied singen sollte, so allmählich zum Stehen zu bringen, daß sie nicht von der Flut der Nachdrängenden überrannt werden konnte. Ein solcher Vorfall kann einem Polizeikapitän Kopf und Kragen kosten. Ich gab meine Befehle laut und überallhin vernehmlich, und sie wurden von der Kette meiner Leute den Zug zurück bis zum Stadthaus wiederholt und ausgeführt. Es ging alles gut. Doch war ich erschrocken, als ich in das von mir befohlene Schweigen horchte. Viel angreifender schien mir die Stille als der Lärm zu sein. Und dann setzte das Singen ein! Ich kann mich nicht entsinnen, jemals jemand so singen gehört zu haben wie diese Knaben –, und ich hatte doch schon den Wachtdienst in der Oper. Es war so ein heller Ton, daß mir die Straße, die ich doch gut kenne, im Mittagslicht fremd und verändert erschien.

Ich habe Metropolis immer geliebt. Ich hielt dies Meer der großen Häuser für den prächtigsten Ort der Welt, und ich war froh, hier auch zu meinem Teil bestimmend mitzuwirken. Jetzt aber, während die Knaben sangen, mußte ich an die denken, derentwegen wir hier alle standen: an die Millionen der Ostseite, an die langen, grauen Elendsstraßen in allen Distrikten, die uns Sorge machen. Ich bin ein kräftiger Mann und habe nie daran gedacht, aus meinem Dienst zu fliehen. Aber es beschäftigt mich nun die Vorstellung, daß mein Großvater aus dem Land dieser Sängerknaben hierher gekommen ist. Es soll dort hohe Berge geben, grüne Wiesen und Täler mit stillen Seen. Die Luft wird dort reiner sein als hier. Vor allem jedoch irritierte es mich, immer wieder diese dumme Theaterkomparsin mit den Engelsflügeln zu sehen. In meinen Gedanken wurde sie zu der Heldin eines Filmbildes, das neulich vorgeführt wurde. Da lief ein Mädchen um irgendeinen Rekord. Sie kreiste immerwährend um die Aschenbahn des Olympia-Stadions. Kein Mensch war sonst in dem weiten Raum. Gähnend leer stieg die Reihe der Bänke in die Höhe. Doch das Mädchen rannte wie wahnsinnig und wie allein auf der Welt. Es war ein Bild voller Grauen, und diese Theaterkomparsin wurde mir entsetzlich.

BEIM MORGENGRAUEN

Der Morgen graute. Das Licht fiel fahl durch die Fenster. Ein Läuten schreckte mich auf. Noch im Bett griff ich nach dem nächsten Kleidungsstück, um mich anzuziehen. Es war ein Waffenrock, bunt, aus blauem Tuch mit rotem Kragen und langen, bis zu den Knien hinabreichenden Schößen. Ich hatte den Rock nie gesehen, aber er war warm und saß mir wie angegossen. Nur ein Monokel fehlte mir noch, und ich hätte eine gute Figur auf dem grünen Rasen abgegeben.

Vor der Tür stand ein Wachmann. Er suchte einen Versteckten, den ich nicht kannte, und als ich ihm keine Auskunft geben konnte, betrachtete er erstaunt meinen Waffenrock.

Es ist wohl ein altes preußisches oder bayerisches Stück, sagte er und befühlte mit groben Händen das feste Tuch.

Ich hätte gern seiner Vermutung widersprochen. Viel schien davon abzuhängen. Wäre ich nur im Hemd zur Tür geeilt, statt das Kleid anzuziehen, das mir ein Kobold vor das Bett gelegt hatte! Da erblickte ich auf den Knöpfen des Rockes das Zeichen des Drachen, und ich rief: Da, achten Sie doch auf die Zeichen, es ist eine chinesische Uniform.

Wie kommen Sie zu dieser Montur und mit welchem Recht dürfen Sie sie tragen, fragte mich der Wachmann mit scharfer Stimme; der Stimme, die er beim Verhör von Verbrechern haben mochte.

Nun, sagte ich, ich werde wohl beim Morgengrauen, wenn Sie friedliche Leute aus dem Schlaf schrecken, irgend etwas überwerfen dürfen, um Ihnen zu öffnen; ich hätte auch meine Hauptmannsuniform anziehen können ...

Der Wachmann straffte sich, wie er es gelernt hatte, aber er mißtraute mir. Sind Herr Hauptmann hier überhaupt gemeldet, fragte er.

Ich holte aus der Tasche meines chinesischen Waffenrockes den roten Anmeldeschein und zeigte ihn dem Wachmann.

Unterdes kam mein Nachbar, ein grauer, unscheinbarer Mensch, den ich nur flüchtig kenne – wir grüßen uns stumm auf der Treppe –, und blickte über die Schulter des Wachmannes, dem er wie ein Bruder ähnlich war, in den Schein. Dann nahm er das Papier an sich und steckte es in ein dickes Merkbuch, das von einem schmutzigen Gummiband zusammengehalten wurde.

Was tun Sie mit meiner Anmeldung, fragte ich empört.

Ich lege sie zu Ihren Akten, sagte er ruhig, es wird kaum noch Platz in der Mappe sein.

Er ging in seine Wohnung zurück und nickte vertraulich dem Wachmann zu, der mich, ermüdet von der frühen Amtshandlung und enttäuscht von ihrem Ergebnis, stehen ließ und gleichmütig die Treppe hinunterstieg, um vielleicht noch für eine Stunde zu Hause einzukehren und unberührt von Sorgen, die mich nun verzehren, zu seiner Frau ins nachtwarme Bett zu steigen.

»DU HAST UNS EINEN BÄREN AUFGEBUNDEN ...«

Eine Erzählung

Wenn mein Vormund sich im Ministerium geärgert hatte, mußte ich es entgelten. Einmal sagte er beim Mittagessen: »Ich habe es satt.«

»Du hast doch noch nichts gegessen, wie kannst du satt sein«, fragte ich.

»Ich habe es satt, dich zu ernähren«, sagte er.

Tante Mariechen mochte mich gern. Seit sie in der Zeitung gelesen hatte, daß Maler die schönsten Hüte erfinden, wollte sie von mir einen Hut entworfen haben. Sie dachte, mit einem eigenartigen, doch nicht zu extravaganten Hut, einem Parlamentsgebäude en miniature, die Damen ihres Kränzchens verblüffen zu können. Um mich zu schützen und um den Frieden unseres Mittagessens zu retten, versuchte sie, Onkel Theo von dem gefährlichen Gesprächsthema abzulenken, das ich unglücklicherweise für ihn war. Sie reichte mit Betonung dem Onkel die Tunke über den Tisch.

»Nimm dir ordentlich«, sagte sie. »Es sind Eier dran.«

Onkel Theo ließ sich nicht ablenken. Er war ein Fanatiker jedes kernigen Familienstreites. Die Erwähnung der teuren Eier in der holländischen Sauce war überdies kein Mittel, ihn zu besänftigen. Die Eier ließen Onkel Theo an das Geld denken, das ich ihn kostete, und sie erhöhten nur seine Wut.

»Du sitzt hier und mästest dich an der Eiertunke«, schrie er. »Dabei habe ich dir eine Lehrstelle bei De Gruyter besorgt.«

»Mag Herr De Gruyter keine Eier«, fragte ich.

»Spotte nur über De Gruyter!« Der Onkel lachte grämlich. »Sie sind die Ersten am Platz. Farben en gros. Aber du willst ja keine Farben verkaufen. Du willst sie verschmieren. Ein zweiter Rembrandt!«

Onkel Theos Stimme schrillte in einem rostigen Diskant wie eine alte verschrammte Fahrradklingel. Ich dachte an das Gewimmel der Fahrräder am Kastaniensteg, wenn am Abend die Mädchen aus den Kontoren kommen und ihre hübschen Beine über den Pedalen zeigen. Ich stand oft am Kastaniensteg und sah den Mädchen zu.

Tante Mariechen sagte: »Denk an dein Herz, Theo!«

»Du hast recht«, stöhnte der Onkel. »Man wird mich auf einer Bahre hinaustragen, wenn ich weiter mitansehen muß, wie dieser junge Mann wie die Lilie auf dem Felde wuchert und dabei mein Brot bricht.«

Onkel Theo liebte eine bilderreiche theologische Sprache. Er übernahm sie von Pastor Kunze, mit dem er im Kirchenvorstand saß.

»Es gab heute Fisch«, protestierte ich.

»Was soll das heißen«, fragte der Onkel.

»Daß es kein Brot gab«, sagte ich.

»Das ist unverschämt«, rief er. »Fisch oder Brot – es ist genug! Du wirst nicht länger unter dem schützenden Dach meines Hauses weilen.«

»Laß ihn doch wenigstens zu Ende essen«, beschwichtigte das gute Tantchen Mariechen.

»Du unterstützt ihn noch in seinen Ideen«, ereiferte sich Onkel Theo. »Wenn er jemals auch nur ein einziges Bild verkauft, einen einzigen bezahlten Auftrag bekommt, jemand zu porträtieren, dann heiße ich Hans, und er soll ewig an unserem Tisch sitzen.«

Ich war äußerst beunruhigt. »Warum soll ich, wenn ich einmal Geld verdiene, an deinem Tisch sitzen, Onkel Theo?«

Ich hätte beinahe schon »Onkel Hans« zu ihm gesagt. Wenn ich ein Bild verkaufte, hatte ich gehofft, mir ein Atelier mieten zu können, um ungestört Nell zu empfangen. Nell war das schönste Modell in unserer Stadt. Ich fand sie herrlich; aber sie war nicht Onkels Geschmack. Nell trug durchbrochene Strümpfe, hatte einen wunderbaren rot geschminkten Mund und war furchtbar frech. Sie hätte zu Onkel Theo ohne weiteres

»alter Quatschkopf« gesagt. Mir sagte sie noch ganz andere Sachen. Es paßte mir gar nicht, ewig am Tisch des Onkels sitzen zu sollen. Ich liebte Nells andere Sachen sehr.

Onkel Theo aber erwiderte gravitätisch: »Du darfst, wenn du etwas verkauft hast, wieder an meinem Tisch sitzen, weil du mir dann aufrecht in die Augen blicken kannst.«

Ich hätte lieber Nell in die Augen geblickt. Ihre Augen waren von Achat, wie die Augen der Katzen. Nell war eine sehr schöne Katze. Aber ich wagte nicht, es meinem Onkel zu sagen.

»Es müßte ja einer verrückt sein, wenn er sich von dir malen ließe«, fuhr der Onkel fort. »Für mich sind deine sogenannten Gemälde Pinseleien, grüne Krähenfüße, unverständliche, krankhafte Verirrungen, die den Psychiater angehen. Deine Bilder sehen aus wie Schnittmusterbogen, die in grüne Tinte gefallen sind. Ist es nicht so Mariechen?«

Tante Mariechen nickte bekümmert: »Das muß ich leider auch sagen, so gern ich dich habe, deine Bilder ähneln den Linien auf einem Schnittmusterbogen. Hoffentlich werden deine Hüte besser.«

»Nur etwas für Verrückte«, triumphierte der Onkel.

»Schön«, sagte ich und stand auf. »Ich werde mir einen Verrückten suchen.«

»Aber er kann doch so nicht weggehen, es gibt doch noch Pudding«, rief Tante Mariechen entsetzt.

»Laß nur. Ich weiß schon, wo ich hingehe«, sagte ich. Aber ich wußte es nicht. Die Verrückten, die ich kannte, kauften keine Bilder.

Ich ging in mein Zimmer und schnürte ein paar Malsachen und etwas Wäsche zusammen. Es war ein leichtes Gepäck. Es war gerade das richtige Gepäck für eine kleine Kunstreise.

Über meinem Bett hing ein Originalölgemälde von Professor Leberwahn. Das Bild war für mein Empfinden ein Schinken in einem pompösen Goldrahmen aus Gips. Das Bild ärgerte mich, weil Onkel Theo es in mein Zimmer gehängt hatte, um meinen Geschmack zu bilden. »Ja«, pflegte er bewundernd zu sagen, »wenn du malen würdest wie Professor Leberwahn! Schau es dir an! Das ist ein Seestück! Wer erkennt nicht sofort unser Bad? Da ist die Mole und hier sind die Strandkörbe. Erinnerst du dich? Ein echter Leberwahn!«

Ich nahm das Werk, das mich sechs Jahre lang als Vorbild bedrückt hatte, von der Wand und hüllte es in eine Tischdecke. Es war durch den Gipsrahmen sehr schwer, und ich schlich vorsichtig die Treppe hinunter, um Onkel Theo mit dem von ihm so geschätzten Meister nicht zu begegnen.

Auf der Straße erregte ich mit dem Bilde Aufsehen. »Maler Pinsel, Maler Pinsel«, riefen die Kinder hinter mir her, und der Wind verfing sich in der Tischdecke und der Leinwand, die mich wie geblähte Segel vor die Straßenbahn trieben. Endlich erreichte ich den Paradeplatz und die große Gemäldehandlung, in der die Bilder gekauft werden, die man seltsamerweise zu Hochzeiten schenkt. In den beiden breiten Schaufenstern waren prächtige Seestücke und Berglandschaften ausgestellt, die alle aussahen, als wären auch sie von Professor Leberwahn gemalt.

Ich ging in den Laden, deutete auf meinen Packen und sagte: »Ich habe hier einen Professor Leberwahn. Ein Seestück.«

»Packen Sie es ja nicht aus«, rief der Ladenbesitzer, ein verbitterter und über meinen Besuch gar nicht erfreuter Herr.

»Es ist billig«, sagte ich.

»So billig kann ein Bild nicht sein, daß ich es kaufe«, sagte der verbitterte Herr und deutete auf hundert Schlaf- und Eßzimmermotive, die unverkauft an seinen Wänden hingen.

Leberwahn enttäuschte mich. Mühsam und schwitzend trug ich ihn weiter zur Straße der Althändler. Die Sonne brannte, und der Gipsrahmen wurde immer schwerer. Ich besuchte einen Laden, der düster und voll von Gerümpel war, und aus dem Gerümpel ragten überall Hirschgeweihe hervor, so daß man meinen konnte, in einem Walde zu sein. Ein alter Mann in einer schmierigen Jägerjoppe trat mir entgegen und fragte nach meinem Anliegen.

»Ich habe hier einen Professor Leberwahn«, sagte ich. »Ein Seestück. Ein sehr schönes Bild. Würden Sie es vielleicht kaufen?«

»Professor Leberwahn? Lassen Sie mal sehen«, sagte der Jäger. »Professor Leberwahn kaufe ich immer.«

Ich packte das Bild aus der Tischdecke, und der Jäger ging mit ihm vor die Tür in die Sonne. Er holte eine riesige Lupe aus den tiefen Taschen seiner Jagdjoppe und betrachtete eingehend das Gemälde.

»Merkwürdig«, sagte er. »Ein Leberwahn! Ich kann es gar nicht fassen.«

»Wieso«, fragte ich. »Was ist da nicht zu fassen?«

»Die Menschen am Strande! Die haben ja kein Gesicht! Und keine Knöpfe an den Kleidern! Sehen Sie nur durch die Lupe! Kein Gesicht! Keine Knöpfe. Nur Farbflecke! Das ist Expressionismus!« rief der Jäger entrüstet.

»Nein, nein«, sagte ich. »Sie irren sich. Professor Leberwahn ist mindestens fünfzig Jahre tot. Mein Onkel schätzt das Bild sehr. Wenn es expressionistisch wäre, würde mein Onkel es verabscheuen. Sie können es unbesorgt kaufen.«

»Für mich ist das ein hypermodernes Bild«, sagte der würdige Jäger. »Eine Modetorheit! Nehmen Sie es nur wieder mit. Ich handele mit Kunst, aber nicht mit Expressionisten und Impressionisten.«

Der Jäger ließ mich verächtlich mit Professor Leberwahn auf der Straße stehen und stelzte in seines Ladens dunkle Gründe.

Ich bereute meinen Einfall, den Professor von der Wand genommen zu haben. Nie hätte ich geglaubt, einmal kollegiale Sympathien für den ehrwürdigen Meister zu empfinden. Jetzt, da sein Werk unverkäuflich wie meine eigenen Bilder war, tat er mir leid. Ich schleppte sein schönes Seestück noch bis zum Gemüsemarkt. Aber weiter konnte ich es nicht tragen. Der Gips war zu schwer. Ich löste das Bild aus dem Stock und hängte den goldenen Rahmen über den Haken eines Schildes »Johanna Großkopf, Eier und Butter, täglich frisch«. Der goldene Rahmen paßte gerade, und er verschönte das Schild der Butterhändlerin sehr. Das Bild von Professor Leberwahn aber packte ich als leichte Leinwand zu meinen Malutensilien.

»Was machst du denn hier? Verkaufst du Butter«, rief mich

jemand an. Es war Adam, der Philosoph. Er warf nasse, mit Fischschuppen bedeckte Kisten auf einen Lastwagen.

»Was hast du mit den Fischen gemacht«, rief ich.

»Von der Philosophie kann man nicht leben«, entgegnete er resigniert. »Ich bin Chauffeur in der Fischhalle. Willst du mitfahren? Ich fahr ans Meer.«

Ich stieg ein, und wir fuhren über die schöne, breite Parkstraße, die zu unserem Seebad führt. Die schweren Automobile wohlhabender Kaufleute, die hier ihre Villen haben, überholten uns. Die Automobile sahen in dieser Straße wie Schiffe auf einem Strom aus. Wir rauchten eine Zigarette, und es war recht gemütlich, neben Adam zu sitzen; nur stank es furchtbar nach Fisch.

»Hältst du das aus«, fragte ich ihn.

»Ich will heiraten«, sagte er.

»Denk an Sokrates«, warnte ich.

»Eben darum will ich heiraten«, sagte er. »Man braucht eine Xanthippe.«

»Deine Philosophie gefällt mir nicht«, sagte ich.

»Machst du Ferien«, fragte er.

»Ich bin rausgeflogen.«

»Warum?«

»Um Geld zu verdienen.«

»Schlimm! Fahr Lastwagen.«

»Kann man die Badegäste malen«, erkundigte ich mich.

»Du nicht«, sagte Adam.

»Wie ist die Saison?«

»Kein Geld. D'Annunzio und Oscar sind da, aber sie verdienen nichts.«

Das war eine schlechte Nachricht. Wenn D'Annunzio und Oscar nichts verdienten, war die Saison nicht gut.

»Und der Zirkus«, fragte ich.

»Spielt. Vielleicht kannst du Schnellmaler im Zirkus werden oder Anstreicher. Ich an deiner Stelle würde Anstreicher werden.«

Wir waren beim Kurhaus angekommen und Adam bremste

den Wagen. Auf der Kurhausterrasse heulte ein Saxophon, und es klang wie ein Nebelhorn.

»Du mußt aussteigen«, sagte Adam. »D'Annunzio und Oscar stehen bei der Mole.«

D'Annunzio und Oscar waren unbeschäftigt. Sie blickten traurig über den Seeboulevard: Oscar war sehr gealtert. Sein Kopf war kahl geworden und sein Gesichtsausdruck verzweifelt. Seine langen Beine aber waren noch immer erstaunlich muskulös. Er würde seinen Beruf noch eine Weile fortsetzen können. Ich dachte: »Wie alt er wohl werden mag«; aber ich wagte nicht, D'Annunzio danach zu fragen. D'Annunzio begrüßte mich, wie immer, sehr feierlich. Selbst mit den Kindern, seinen Kunden, sprach er wie ein Gentleman zu anderen Gentlemen in einem langweiligen englischen Club. Vielleicht war er deshalb bei den Kindern so beliebt, weil er so gar nicht kindlich mit ihnen sprach. Er saß auf dem leichten, gummibereiften Wagen, mit dem Oscar die Kinder über den Boulevard ziehen mußte. D'Annunzio kam aus Rom. Oscar kam aus der Wüste. Er war ein Strauß. Er und D'Annunzio reisten jeden Sommer in unser Bad, um die Kinder über den Boulevard zu fahren.

»Willst du dich erholen«, fragte D'Annunzio.

»Nein. Malen«, sagte ich.

»Es ist nichts los«, sagte D'Annunzio. »Aber vielleicht ist es für einen Maler gerade interessant, daß nichts los ist«, fügte er nach einer Weile hinzu.

Ich packte mein Malgerät aus und setzte mich an den Strand. Oscar pickte nach den Farbtuben und aß einen Pinsel auf. Vielleicht war der Pinsel nicht gut. Der Strauß schüttelte melancholisch seine Federn.

Onkel Theo und Tante Mariechen hatten recht, wenn sie meine Bilder die grünen nannten. Es gibt blaue Picassos. Ich hatte meine grüne Periode. Ich malte den Strand und das Meer in grünen, abstrakten Linien. Ein Vater stellte sich mit seinen Kindern hinter mich. Sie sahen mir zu, und dann sagte der Vater: »Gebt acht, Kinder, der Herr ist ein Kartograph und nimmt eine Seekarte auf.« Später fuhren die Kinder mit Oscar über den Boulevard, und D'Annunzio war mir dankbar, weil ich die Kinder angelockt hatte.

»Wo wohnst du«, fragte D'Annunzio.

»Ich weiß es nicht. Vielleicht in den Dünen.«

»Du kannst sicher bei Fientje Jordaan unterkommen«, sagte er. »Bei Fientje Jordaan wohnen Oscar und ich. Wir sind sehr zufrieden.«

Fientje Jordaan war eine maßlos dicke und überaus resolute Frau. In ihrem Logierhaus wohnten die Leute vom Zirkus, die Strandhausierer, die kleinen Künstler der Cabarets, die Musiker der Tanzkapellen und ihre Mädchen.

Fientje war bereit, mich aufzunehmen. Das Haus sei zwar voll, aber in Zimmer elf könnte ich schlafen.

»Willst du ein Bier haben«, fragte Fientje.

»Ich habe kein Geld«, sagte ich.

»Was bist du«, fragte sie.

»Kunstmaler«, sagte ich.

»Dann mal mich«, forderte sie mich auf.

»Ist das ein bezahlter Auftrag«, erkundigte ich mich und dachte an Onkel Theo.

»Du bekommst ein Bier und ein Essen«, sagte Fientje.

Ich malte Fientje in schönen, molligen, grünen Linien, und die Araber, die in langen, weißen Mänteln am Fenster saßen und Skat spielten, fanden das Bild sehr gelungen. Es heißt immer, daß die Araber nichts von Kunst verstehen; aber ich finde, daß sie sehr viel davon verstehen.

Fientje hängte das Bild neben die Theke, und auf meinen Wunsch bestätigte sie mir, daß sie mir den Auftrag gegeben hätte, sie gegen Bezahlung zu porträtieren.

Ich war müde und wollte zu Bett gehen.

»Kann ich den Schlüssel haben«, bat ich Fientje.

»Den Schlüssel? Man wird dich nicht stehlen«, sagte sie beleidigt. »Paß auf die Treppe auf. Es ist dunkel. Der Schalter ist oben, am Gang, gleich rechts.«

Ich tastete mich die Treppe hinauf, und oben im Gang hörte ich jemand auf weichen Sohlen tappen.

Da er da im Dunkel umherirrte, und da ich den Schalter nicht gleich fand, rief ich: »Ist da jemand?«

Ich hörte ein Gebrumm, wie von einem mißmutigen Besoffenen und dann wieder das Tappen, die schweren, weichen Schritte, ganz in meiner Nähe.

Irgend etwas beunruhigte mich an diesen Schritten, und ich streifte hastig mit der Hand über die Mauer, um endlich den Schalter zu erreichen. Als ich Licht machte, sah ich mich einem großen, aufrecht gehenden Bären gegenüber.

Ich sauste die Treppe hinunter und rannte zu Fientje.

»Ein Bär ist oben im Gang«, stotterte ich aufgeregt.

»Ja, Lotte«, sagte die Wirtin. »Willst du noch was?«

»Nein. Aber der Bär«, erwiderte ich verwirrt.

»Um Lotte brauchst du dich nicht zu kümmern«, sagte Fientje. »Die hat bisher dein Zimmer gehabt. Jetzt muß sie eben im Gang schlafen.«

Ein Herr, der stark nach Kümmel roch und einen großkarierten Anzug trug, mischte sich ein, als ich noch zögerte, wieder nach oben zu gehen: »Nee, da brauchen Sie nicht zu zittern, junger Mann, Lotteken hat 'ne erstklassige Stellung beim Zirkus, die tut keener Flieje wat.«

»Auch mir nicht«, fragte ich noch immer zweifelnd.

»Ooch Sie nich«, sagte der Mann und sah mich verächtlich an.

Ich schlich mich vorsichtig nach oben, spähte in den Gang, aber Lotte war nicht zu sehen.

Ich fand Nummer elf, ein kleines, rechteckiges Zimmer, das nur mit einer Chaiselongue möbliert war. Ich legte mich angezogen auf die Chaiselongue und versuchte zu schlafen.

Das ziemlich hohe Fenster des Zimmers hatte keinen Vorhang, und eine glutrote Leuchtschrift des Zirkus erhellte in regelmässigen Abständen den Raum. »Der Todessprung« hieß die Reklame, und immer wieder flammte der Todessprung über mein Bett. Auch Geräusche waren zu hören. Eine Ziehharmonika spielte ein Tanzlied. Löwen brüllten, und die Dieselmotoren ließen mit lautem Surren die Lichtmaschinen des Zirkus laufen.

Endlich mußte ich eingeschlafen sein. Ich träumte gerade, den Todessprung zu wagen, als ich unsanft aus dem Bett gestoßen wurde. Ich erwachte am Erdboden, und auf der Chaiselongue lag Lotte, die ihren alten Schlafplatz wieder erobert hatte.

Ich sagte: »Lotte, du wohnst doch nicht mehr hier. Du schläfst im Gang.« Aber Lotte brummte mir was und rollte sich behaglich zusammen. Sie anzurühren, wagte ich nicht.

Ich ging auf den Gang hinaus. Ich wußte nicht, was ich tun sollte. Fientje Jordaan wollte ich nicht noch einmal mit dem Bären belästigen.

Hinter der Tür von Nummer siebzehn wurde »Dina« gesungen. Es war eine Mädchenstimme, und ich dachte: »Vielleicht ist das die Dompteuse, und sie kann dem Bären sagen, daß er auf dem Gang schlafen soll.«

Ich klopfte an, und »Dina« wurde abgebrochen und die Stimme rief: »Wer ist da?«

Ich sagte: »Ich.«

Und dann sagte die Stimme: »Unschuldiger Engel.«

Ich öffnete die Tür und sah Nell vor mir stehen. Sie hatte ein schilfgrünes Nachthemd an und sah wie Undine aus.

»Bist du verrückt«, schimpfte sie, »mir hier nachzulaufen.«

Ich sagte: »Ich wohne hier. Ich bin der Untermieter vom Bären.«

»Wenn du hier zu Hause bist, darfst du rein kommen«, sagte Nell. »Ich arbeite in der Saison mit Alfredo.«

»Ist er eifersüchtig«, erkundigte ich mich.

»Er ist sanft wie eine Taube«, sagte sie.

»Dann paßt er zu dem Bären«, sagte ich.

Ich wollte die unvermutete Gelegenheit wahrnehmen und Nell küssen. Ihr Mund war auch zur Nacht wunderbar rot geschminkt, und meinem Onkel hätte der Mund sehr mißfallen.

»Still«, rief Nell und stieß mich zurück. Sie lauschte nach dem Gang und dann sagte sie: »Schnell!«

Sie nahm eine alte Waschkommode mit einer schweren

Marmorplatte und zerrte sie gegen die Tür. Instinktiv half ich ihr dabei.

Auf dem Gang rief jemand: »Nell!«

Und dann hämmerten in kurzen Abständen zwölf sausende Schläge gegen die Tür.

»Was ist das«, flüsterte ich.

»Das sind Messer«, sagte Nell. »Alfredo ist Messerwerfer.«

»Ein Glück, daß er kein Pistolenschütze ist«, stöhnte ich. Ich wischte mir den Schweiß von der Stirn.

»Hast du Angst«, lachte Nell, und jetzt küßte sie mich. Sie konnte küssen. Ich war atemlos.

»Aber Alfredo«, flüsterte ich.

»Ich sagte dir doch, er ist sanft wie eine Taube.« Sie schmiegte sich an mich.

»Ich bin seine Partnerin«, sagte sie. »Er wirft die Messer nach mir. Am Abend will er immer noch mal trainieren, aber ich mag dann nicht mehr. Er wirft dann die Messer gegen die Tür und geht schlafen.«

Nells Zimmer war komfortabler als meins. Es hatte eine Chaiselongue und eine Waschkommode. Wir legten uns auf die Chaiselongue. Die Leuchtreklame des Zirkus störte hier weniger. Sie war blau und gab Nells schönem Gesicht eine geistvolle Verklärung.

»Das Paradiesspiel« hieß hier die Schrift. »Das Paradiesspiel« flammte immer wieder auf.

Am nächsten Morgen ging ich mit Oscar und D'Annunzio zum Strand. Ich war sehr besorgt. Ich hatte Nell versprochen, ihr einen Badeanzug zu kaufen. »Der Badeanzug kostet fünfzig Mark«, hatte sie gesagt, »er ist so teuer, weil man ihn kaum sieht, und ich kann ohne ihn nicht leben.« Ich wollte aber, daß Nell weiterlebe, und ich war deshalb sehr besorgt, wie ich zu fünfzig Mark kommen sollte.

D'Annunzio spannte Oscar in das Geschirr und wartete auf die Kunden. Oscar war wieder sehr schlechter Laune und pickte gelegentlich nach D'Annunzio.

»Ist das ein Benehmen für einen Strauß«, sagte D'Annunzio.

Ich breitete meine Malsachen aus und zeigte D'Annunzio meine Bilder. »Glaubst du«, fragte ich ihn, »daß einer der Badegäste mir ein Bild abkaufen wird?«

»Im vorigen Jahr ja, in diesem Jahr nein«, sagte D'Annunzio.

»Warum im vorigen Jahr«, wollte ich wissen.

»Da war Mister Cornedhead hier«, antwortete D'Annunzio. »Der war so verrückt, daß er jeden Abend im Smoking auf Oscar ins Palais de Danse ritt. Der hätte dir bestimmt ein Bild abgekauft.«

»Dann muß ich mich ertränken«, sagte ich.

»Aber was hast du denn da«, fragte D'Annunzio und deutete auf die Leinwand von Professor Leberwahn, die ich aus Pietät für den verschmähten Professor oder für meinen Onkel mit mir herumschleppte. Wenn man pietätvoll ist, weiß man meistens nicht, für wen.

»Das ist nichts«, sagte ich.

»Aber das ist doch hier die Mole«, sagte D'Annunzio, »und das ist das Meer, das kannst du sicher verkaufen. Du mußt nur noch ein bißchen daran malen. Wenn die Leute sehen, daß du gerade daran malst, kaufen sie es lieber.«

Ich stellte Leberwahn auf meine Knie und erneuerte ihn mit etwas Firnis, den ich zufällig bei mir hatte. Oscar trabte hin und wieder mit einem schreienden Kind im Wagen von der Mole zum Kurhaus und zurück. Leberwahns Meisterwerk glänzte unter dem fett aufgetragenen und immer wieder polierten Firnis.

»Ausharren ist alles«, sagte D'Annunzio.

»Aber der Badeanzug«, sagte ich.

»Nell wird sich in ihm erkälten«, sagte D'Annunzio.

Gegen Mittag kam ein Ehepaar vorbei, das aussah wie Onkel Theo und Tante Mariechen. Ich hätte wetten mögen, daß der Herr im Ministerium beschäftigt war. Sie blieben hinter mir stehen, und der Herr sagte: »Guck mal, das schöne Seestück, das der junge Mann hier gemalt hat. Da ist die Mole und da ist das Meer. Du kannst alles genau erkennen.«

»Ja«, sagte die Dame, »du hast recht, Otto, ich sehe die Mole und das Meer. Es ist sehr natürlich.«

»Hoffentlich haben sie keine Lupe bei sich«, dachte ich. »Wenn sie eine Lupe haben, werden sie sehen, daß die Leute am Strand keine ausgemalten Gesichter tragen, und sie werden das Bild für expressionistisch halten.«

»Sie sind ein Talent«, sagte der Herr zu mir. »Ich habe lange von keinem modernen Maler ein so natürliches Bild gesehen.«

»Die andern malen alle abstrakt«, sagte ich bekümmert. »Nur grüne Linien! Mit Natürlichkeit ist kein Geld zu verdienen.«

»Sagen Sie das nicht«, ereiferte sich der Herr. »Jeder Kunstfreund wird Ihr Werk bewundern. Und wenn Sie es verkaufen wollen, würde ich es unter Umständen nehmen.«

»Zur Erinnerung«, sagte die Dame. »Es würde gut in unser Eßzimmer passen.«

»Ich trenne mich schwer von dem Bild. Aber für fünfzig Mark würde ich es hergeben«, sagte ich.

»Was meinst du«, sagte der Herr zu seiner Frau.

»Ich meine schon«, sagte die Frau.

»Ich tue es für die Kunst«, sagte der Herr.

»Ein Mäzen«, murmelte ich und verbeugte mich tief.

Ich eilte in den Bazar und kaufte den Badeanzug, den sich Nell gewünscht hatte. Man packte den Anzug in eine winzige Tüte, und ich brachte ihn Nell.

»Hier ist der Badeanzug«, sagte ich, »man sieht ihn kaum.«

»Leg ihn nur hin«, sagte Nell.

»Was ist denn? Freust du dich nicht«, fragte ich.

»Weißt du, eigentlich brauchte ich ein Abendkleid«, sagte Nell.

»Aber heute früh war es doch noch ein Badeanzug«, rief ich verstimmt.

»Ich habs mir überlegt«, sagte Nell. »Ich will mit Mister Cornedhead ins Palais de Danse gehen.«

»Ist Cornedhead wieder hier?«

»Sein Sohn«, sagte sie.

»Ist der verrückt«, fragte ich.

»Nein, er liebt mich«, antwortete Nell.

»Dann ist er verrückt«, sagte ich. Aber ich wußte, daß er zu den Verrückten gehört, die keine Bilder kaufen.

Ich stand traurig vor Fientje Jordaans Logierhaus, als Adam der Philosoph mit seinem Lastwagen vorbeikam.

»Fährst du in die Stadt«, rief ich.

»Ich bring Flundern auf den Markt. Willst du mitkommen«, fragte er.

Ich stieg ein. Wir fuhren die breite Parkstraße stadteinwärts. Wir rauchten eine Zigarette. Es war gemütlich, und es stank furchtbar nach Fischen.

»Du siehst vergrämt aus«, sagte Adam.

»Laß mich«, sagte ich.

»Hat dich ein Mädchen geärgert«, fragte er.

»Nein, eine Schlange«, sagte ich.

»Auch du brauchst eben eine Xanthippe«, sagte er.

Ich hatte die Freiheit satt und ging zu meinem Onkel. Ich kam gerade zum Abendessen.

»Ich kann dir aufrecht in die Augen sehen und darf ›Onkel Hans‹ zu dir sagen«, sagte ich. »Ich habe eine Hotelbesitzerin gegen Bezahlung porträtiert und am Strande ein Bild verkauft.«

»Wo ist das Geld«, fragte Onkel Theo.

»Das Geld? Das liebe Geld?« Ich stotterte und suchte in meinen Taschen.

Tante Mariechen wollte ablenken und bot die Sauce an.

»Nehmt euch ordentlich«, sagte sie. »Es sind Eier dran.«

Onkel Theo ließ sich nicht ablenken.

»Wo ist das Geld«, erkundigte er sich beharrlich.

»Ich habe es verschenkt«, sagte ich.

»Du hast uns einen Bären aufgebunden«, sagte Onkel Theo entrüstet.

ELISENHAIN

Im Frühling zog es das Fräulein in den Elisenhain. Ich mochte den Wald nicht. Ich liebte die Wohnung, die Spiele im dämmerigen Flur, die Stadt, die belebten Straßen und das erstarrte Lächeln der Puppen in den Schaufenstern der Geschäfte. Ich wollte die alte Konditorei besuchen, das Völkerschlachtdenkmal aus Sahne und Zucker sehen, den Mandeldunst des Marzipans einatmen, die Tropen der Vanille, ich wollte die Polster der fransenreichen Sitze fühlen, die stolzen, naschsüchtigen Damen bewundern, ihre wippenden wohlfrisierten Köpfe unter Hüten mit Reiherfedern, Vögeln, Früchten und Blüten auf Seide und Stroh, und den Silberklang der kleinen Löffel vernehmen, wenn sie sich durch Rahm und Gelee gegraben und am Porzellan des Tellers kratzten. Aber das Fräulein sagte, hinaus ins Freie! Sie schwärmte für die Natur, die auf unser Entzücken verzichten konnte.

Das Fräulein hieß Berta oder Frieda, und einmal hieß es Liselotte. Im Elisenhain roch es nach Waldmeister. Liselotte duftete nach Waldmeisterseife. Bevor wir in den Hain gingen, hüllte sie sich in Schaum. Gezeichnet von Seifenblasen glich ihr Bäuchlein dem Mann im Monde, bis die schillernde Wolke platzte und Liselotte der Venus gleich aus dem feuchten Gekrause stieg. »Ihr Leib, ihr Leib ist eine Melodie«, ein albernes Lied; meine kleine Cousine summte es. Sie hatte es aufgeschnappt oder erfunden. Das Fräulein schlüpfte in Rüschen, knüpfte rosa Bändchen ins Hemd und Haar und legte einen gestärkten Matrosenkragen um den rotgeriebenen Hals. Ich liebte des Fräuleins stechende Seife, deren scharfe Spritzer uns anflogen und in unseren Augen brannten. Wenn mir die Tränen kamen, spottete meine Cousine, du weinst aus unglücklicher Liebe zur schönen Liselotte. Nicht wahr! Nicht wahr! Mir flossen Tränen, weil mich die Lauge schmerzte und weil mit der großen Wäsche des Fräuleins die Freuden des Tages zuende gingen und nur noch der Wald mit seiner Langeweile drohte.

Im Elisenhain trafen wir die Studenten. Sie saßen unter dem jungen Grün der Birken auf vermoderten Bänken und sangen. Als ich die holländischen Tulpenfelder sah, erinnerten sie mich an die Studenten im Elisenhain. Mit ihren bunten Mützen sahen sie, nach Verbindungen gruppiert, wie Beete schnittreifer Blumen auf dem Feld des großen Todes aus.

Wir bekamen Limonade, die so grün wie das Laub war, und heimlich gossen wir sie in das Moos. Der prickelnde Trank galt uns als Medizin, als böser Heilsaft einer Kur, von der Tante Gussy gesagt hatte: im Frühjahr in Karlsbad trinke ich immer meinen Brunnen. Wir hätten das Wegschütten nicht zu verbergen brauchen. Des Fräuleins Augen waren abgelenkt und blickten in eine aufgerichtete Riesenmuschel, in deren morgenroter Höhlung eine Militärkapelle versammelt war. Ein Walzer, ein Student scharrte vor uns mit den Füßen, daß auf dem Platz seiner Bewegung der Waldboden verwundet blieb, Ameisen starben, und forderte Liselotte zum Tanz. Unser Fräulein war geadelt, aber wir freuten uns nicht, weil der Student gnädiges Fräulein gesagt hatte; wir waren eifersüchtig und haßten es, allein gelassen zu werden.

Um uns zu rächen, spielten wir Studenten töten. Wenn der Kavalier unser Fräulein zurückbrachte – beide waren sie erregt und schweißnaß vom Wirbel des Walzers –, starrten wir ihn eine Weile ernst und mit erstaunten Gesichtern an, bis wir in ein einstudiertes fassungsloses Lachen ausbrachen. Die Studenten rückten dann an ihren Mützen, schoben das Band zurecht, das sie über der Brust trugen, mißtrauten ihrer Kleidung und Haltung und traten schließlich beschämt in das Beet ihrer Verbindung zurück. Liselotte verwies uns das Lachen und versuchte, uns mit neuer Limonade zu besänftigen; aber Verweis und verschmähter grüner Trank besserten uns nicht; wir lachten und verscheuchten die Freier.

Gegen Petermann verloren wir die Schlacht. Er setzte sich mitten in unser Gelächter, streifte mit großartig ausholendem

Arm die Limonadengläser vom Tisch und versprach und forderte Bowle. Er bestach uns, indem er uns mit der Bowle zu den Erwachsenen lud. Wir stießen mit ihm an und fanden den Elisenhain schön. Petermann hüpfte mit Liselotte die wilde Polka, während wir uns aus der Kanne die Gläser nachfüllten.

Wir waren vergnügt, Liselotte, Petermann, meine Cousine und ich, und unmerklich wurde es Abend. Petermann schlug einen Waldspaziergang vor. Wir sollten Waldmeister suchen, sagte er, und wenn wir welchen gefunden hätten, mochten wir rufen. Petermann wandelte mit Liselotte vom Wege ab. Meine Cousine und ich fanden kein würziges Kraut. Nur eine kleine Schlange kam über den Pfad gekrochen. Meine Cousine nahm sie auf, wir verabredeten, die Schlange Tante Gussy ins Bett zu legen. Liselotte rief jetzt. Wir eilten zu ihr und meinten, sie oder Petermann hätten den Waldmeister gefunden. Aber sie hatten auch keinen Waldmeister gefunden. Des Fräuleins gestärkter Matrosenkragen war zerdrückt, und des Studenten Gesicht war rot, als ob er sich mit Liselottes Seife gewaschen hätte. Wir starrten uns eine Weile an, und die Schlange biß meine Cousine in den Zeigefinger. Liselotte schrie wieder. Meine Cousine ließ die Schlange fallen, und der Student schlug sie tot. Dann beugte er sich über den Finger meiner Cousine und saugte die Wunde aus. Das fanden wir nun so komisch, daß uns wieder einfiel, Studenten töten zu spielen und herzlich zu lachen. Es ist gut, daß sie was getrunken hat, sagte der Student, sie muß gleich noch was bekommen und der Junge für alle Fälle auch. Petermann studierte wohl Medizin.

Wir gingen zu den vermoderten Bänken zurück, wo die Studenten jetzt einen Kommers bei schwelendem Fackellicht hielten, und Petermann gab uns scharfen Schnaps zu trinken. Auch Liselotte mußte von dem Schnaps trinken, sie hustete sehr, und dann weinte sie plötzlich, was wieder sehr komisch war. Petermann tröstete Liselotte mit kleinen Küssen, weil sie der Schnaps so gebrannt hatte. Endlich lag sie still in seinem Arm, und wir wurden müde und fanden, daß der Elisenhain doch nur langweilig sei.

Nach Jahrzehnten bin ich noch einmal in den Wald gegangen. Die Bänke waren nun ganz verfallen, und die Muschel, in deren Höhlung die Militärkapellen sich verborgen hatten, war von Wind und Regen zerfressen. Kein Mensch weit und breit. Nur eine Katze saß auf einem brüchigen Tisch. Guten Tag, nichts los hier, sagte ich. Magere Feldmäuse, antwortete die Katze. Eine Kellnerin kam, der zwei Vorderzähne ausgeschlagen waren, und fragte mißmutig: Sprudel mit oder ohne? Ich fragte, kommen die Studenten nicht mehr? Die Studenten sind tot, antwortete die Kellnerin. Mit oder ohne Geschmack, fragte sie wieder. Ich bat: Mit. Die Kellnerin brachte die grüne Limonade der Kindheit. Zu spät und traurig erkannte ich, daß es eine Limonade wie Wasser mit Geschmack war.

ES WAR KEIN TRAUM

Während ich mit Hillegonda telefonierte und sie zu überreden suchte, ihren Gatten, ihr Haus, ihr Vermögen zu verlassen und mit mir in die Urwälder Brasiliens zu fliehen, hob sich die Telefonzelle, in der ich stand, in die Luft. Zuerst war es, als wenn ein Fahrstuhl in einem Warenhaus anfährt, einer der Expreßfahrstühle, die gleich bis zum fünften Stock in die Lebensmittelabteilung steigen, wo Fisch und Wein sich begegnen, aber dann, als wir schon über den Dächern der umliegenden Häuser waren, stellte sich der gläserne Kasten, in den ich eingeschlossen war, ein wenig schräg, wie ein Fesselballon, der, vom Winde erfaßt, an der Leine zerrt. Ich konnte nicht erkennen, ob mich noch ein Seil mit der Erde verband. Vielleicht war es ein unsichtbares Tau, das mich hielt, und das Merkwürdigste war, daß meine Verbindung mit Hillegonda nicht abriß.

Sie erzählte mir gerade, daß sie nicht mit mir fliehen könne, jedenfalls heute nicht und morgen nicht, weil ein Kleid nicht fertiggeworden sei und weil sie auch lieber als nach Brasilien an den Ammersee fahren möchte. Ich unterbrach ihr kindliches, kindisches Geplapper, das ich so gerne höre, weil ich sie liebe, und sagte ihr, daß ich in einer Telefonzelle hoch über der Stadt schwebe. »Das ist eine deiner Verrücktheiten«, sagte sie, »du willst mit mir nach Brasilien fliehen zu Affen, Königsschlangen und roten Flamingos, aber da du wahrscheinlich das Geld nicht hast, um an den Ammersee zu fahren, erfindest du eine Telefonzelle, mit der du über der Stadt schwebst.«

»Nein, nein«, rief ich, »es ist wahr. Wenn du dich aus dem Fenster beugtest, könntest du mich sehen. Aber paß auf, daß dich die Sonne nicht blendet. Ich werde bald nur noch ein kleiner Punkt sein, ein kleines Stück glitzerndes Glas.«

Es beunruhigte mich. Die Zelle stieg langsam, aber stetig

weiter, wie ein Luftballon, der an Höhe gewinnt. Schon wurde es unangenehm kalt, und die Stadt lag winzig, wie aus einer Spielzeugschachtel geschüttet, unter mir.

»Vielleicht rufst du die Polizei an«, rief ich in das Telefon. »Man muß die Stadt verantwortlich machen! Was für ein Unsinn, daß hier die Telefonzellen plötzlich in die Luft steigen!« Aber Hillegonda sagte immer wieder: »Es ist doch nur ein Scherz. Ich kann dich am Himmel nicht sehen.«

»Aber vielleicht kannst du mich sehen, wenn es dämmrig wird«, rief ich. »Es brennt eine Lampe in meiner Zelle. Ich werde ein kleiner Stern am Nachthimmel sein!«

»Du willst nur, daß ich dich für einen Stern halte«, antwortete Hillegonda, »für einen stolzen Stern, glänzend und unerreichbar.«

»Nun hör schon mit dem Blödsinn auf«, rief ich empört. »Ich weiß nicht, wie ich hier wieder runter komme. Du mußt versuchen, mir ein Flugzeug zu senden. Ich bin doch schließlich nur deinetwegen in diese Lage gekommen.«

Damit erzürnte ich Hillegonda. »Was sollen die Anspielungen? Wer wollte mit mir fliehen? Wer verfolgte mich mit seinen Anrufen? Wer wollte mir Brasilien zeigen und die roten Flamingos?« zischte sie in das Telefon.

Jetzt war ich über den Wolken. Von der Erde war nichts mehr zu sehen. Ich schwebte über weißem Flaum. Die Kälte war unerträglich. Meine Stimme vereiste. Ich konnte nur noch flüstern. »So hilf mir doch, hilf mir doch«, flüsterte ich. »Ich bin weit, weit weg, über den Wolken, den Sternen nahe –.«

»Mein Mann kommt«, unterbrach mich Hillegonda. »Wir müssen Schluß machen.«

»Nein, Nein«, schrie ich. »Du darfst nicht einhängen! Du darfst nie einhängen! Ich könnte nicht wieder anrufen. Wir müssen ewig verbunden bleiben. Ich habe keine Telefonmarke. Wie soll ich hier in dieser Höhe eine neue Telefonmarke bekommen?«

»Du hast eben alles wieder bis auf den letzten Pfennig ausgegeben«, sagte Hillegonda streng. Sie war böse und sehr fern. Und dann knackte es im Apparat, und ihre Stimme verschwand.

Würde ich ewig so weiterschweben? Ein Schatten bewegte sich draußen vor dem Glas der Zelle. Flügel rauschten, ein harter Schnabel klopfte an. Ich preßte mir die Nägel meiner Hand in das Fleisch, um zu sehen, ob ich nicht träume. Ich spürte den Schmerz. Es war kein Traum. Draußen rüttelte ein häßlich schöner, ein überlebensgroßer, schwarzer Geier an der Tür der Zelle. Ich kann es niemandem mehr sagen, aber bald wird der Geier, der überlebensgroße, häßlich schöne Geier, zu mir in die Zelle treten, seine schwarzen Flügel werden sich erdrückend um meine Brust legen, seine Krallen meine Lenden umklammern und sein scharfer Schnabel mir den Blick aus dieser Höhe für ewig rauben, während Hillegonda im warmen Zimmer mit ihrem Gatten zur Nacht speist und kindisch-töricht über Kleider, vielleicht auch zur Verwunderung des Mannes, der ein Konkursverwalter ist, über rote Flamingos plappert.

DIE FLIEGENDEN TÖPFE

Eine Anekdote
aus dem nächsten Krieg

Kaum daß der nächste Krieg ausgebrochen war, saßen wir auch schon alle im Keller. »Jetzt kommen sie«, sagte mein Nachbar. Er nickte düster und bedeutungsvoll. »Geübt haben sie ja lange genug. Diesmal wird die Welt untergehen.«

Welches Kind hatte nicht schon von den fliegenden Untertassen gehört? Ein unheimliches Zischen lag in der Luft. Wir zitterten alle. Wir ahnten, daß sie jetzt über uns waren – geheimnisvolle Kaffeegeschirre, von denen die Zeitungen geschrieben hatten. Sie waren über uns und würden ihren Inhalt an Tod und Leid und Tränen über uns ausgießen.

Aber es sollte schlimmer kommen! Es waren Waffen erfunden worden, von denen unsere Kriegspropheten und -propagandisten nichts geahnt hatten. Man hörte keine Einschläge, keine Explosionen, die Erde bebte nicht. »Gas«, flüsterte mein Nachbar. Aber wir lebten, und nach der Entwarnung stellte sich heraus, daß auf dem Marktplatz ein großer Topf niedergegangen war.

Das Kriegs- und Propagandaministerium nahm sich des Topfes an. Der Marktplatz wurde von der Luftschutzpolizei abgesperrt und die umliegenden Straßen geräumt. Mit größter Vorsicht näherten sich einige ausgesuchte Männer hinter Bleiwänden, die vor radioaktiven Strahlungen schützen sollten, in bakteriensicheren Anzügen und mit Gesichtsmasken dem Topf. Unter atemloser Spannung unserer führenden Politiker, die in ihren Bunkern an ihren Fernsehapparaten den Vorgängen folgten, wurde der Deckel des Topfes gehoben. Eine genaue Untersuchung ergab, daß Schweinebraten und Knödel im Topf waren, ein lieblich duftender Schweinebraten mit schöner brauner Kruste.

Das Propagandaministerium gab sofort die fälligen Weisungen an Rundfunk und Presse. »Unerhörte Perfidie unseres Feindes«, schrieben die Zeitungen. »Beleidung der Nation«, tönte es aus den Lautsprechern. »Schweinebraten – eine typisch plutokratische Kampfesweise«, war die Parole des Tages. Die Volksgenossen wurden belehrt, daß der Feind nun erst recht zu hassen sei, und der Schweinebraten und die Knödel wurden auf dem Marktplatz öffentlich verbrannt.

Beim nächsten Alarm gingen zehn Fleischtöpfe in unserer Stadt nieder. Beim übernächsten waren es zwanzig. Und bald fand man die Töpfe in allen Straßen und auf allen Plätzen. Sie enthielten wechselnde Gerichte: Ungarisches Gulasch, Kalbsnierenbraten, Hammelrücken, und am ersten Kriegssonntag fielen Hunderte von Gänsebraten in großen Schmortöpfen vom Himmel.

Im Kriegs- und Propagandaministerium war man außer sich. Die Parolen überschlugen sich. Verbrechen gegen die Menschlichkeit wurden konstatiert. Die Presse berichtete von einer Vergeltung, die nicht auf sich warten lassen würde. Den Volksgenossen war es streng verboten, sich den Töpfen zu nähern. Die jüngsten und die ältesten Jahrgänge, die nicht zum aktiven Heeresdienst eingezogen waren, wurden zu Volkssturmkolonnen zusammengestellt. Sie hatten die Töpfe einzusammeln und sie zu großen Verbrennungsöfen zu transportieren. »Ein Hundsfott, wer vom Feinde ißt«, war die Losung des Propagandaministeriums. Aber der Duft der leckeren Braten stieg von den Straßen in die Fenster der Häuser und quälte die unter einer strengen Rationierung lebende Bevölkerung. Immer häufiger kam es vor, daß gleich nach den Luftalarmen niedergegangene Fleischtöpfe von der Straße verschwanden, und aus manchen Haushaltungen drang aufreizend der feindliche plutokratische Geruch. Bald verkündeten rote Anschläge in der Stadt, daß die Entfernung der feindlichen Fleischtöpfe mit dem Tode bestraft würde.

Die Todesstrafe hatte bisher nur das Abhören des feindlichen Rundfunks bedroht. Da nun das Verbot bei den Fleischtöpfen umgangen wurde, hörten auch immer mehr Volksgenossen den feindlichen Rundfunk. Der Feind hatte durch seine Fleischtöpfe an Kredit gewonnen. »Wir können gegen Leute, die solche Braten durch die Luft fliegen lassen, nicht kämpfen«, sagten die Volksgenossen und dachten an ihre schäbigen Rationen.

Die entscheidende Wendung des Krieges trat aber erst ein, als der feindliche Rundfunk meldete, daß neue Fleischtöpfe erfunden und dergestalt eingerichtet seien, daß dem Rundfunkhörer die tägliche Familienportion direkt in die Wohnung geliefert würde. Man brauchte nur den feindlichen Nachrichtendienst einzuschalten, und während man den Heeresbericht von drüben hörte, flog einem der Gänsebraten durchs offene Fenster auf den Tisch.

Bald erkannte man, wenn man durch die Stadt ging, daß der Krieg verloren war. Die Passanten sahen zufrieden und wohlgenährt aus. Und weil sie zufrieden und wohlgenährt aussahen, konnte man annehmen, daß sie gegen ihre Regierung rebellierten. Kein Mensch, der nicht aus den feindlichen Fleischtöpfen aß, hätte bei uns so gut aussehen können. Das Schönste und Belustigendste war, daß auch unsere führenden Politiker mit kleinen Pausbacken herumliefen, so daß man wohl annehmen durfte, daß auch bei ihnen ein Bratentopf niedergegangen sei.

Der Propagandaminister, der einzige Magere unseres Volkes, unternahm einen letzten Versuch zur Rettung des Krieges. Er rief eine Massenversammlung in den Sportpalast. Er bestieg hager und offensichtlich ausgehungert die Rednertribüne und hielt eine zündende Rede. »Wollt ihr den totalen Hunger«, schrie er ins Mikrophon. Doch als die Massen, von seiner Rede hingerissen, sich erhoben und jubelnd »Ja« brüllen wollten, kam ein solcher Schwarm von gebratenen Tauben durch die Luft geflogen, daß er das Licht der Sonne verdeckte, und jedem, der seinen Mund zum »Ja« geöffnet hatte, flog eine gebratene Taube ins Maul, so daß sein Ruf in einem wohlgefälligen Schmatzen erstickte.

Der Krieg war verloren.

DAS KLEID DER FRAU DES PROMETHEUS

Vor meiner Ehe war mir der Gebrauch von Schere und Nadel fremd. Ich bin die Tochter eines Geldwechslers und Rosenliebhabers aus Schiras, und die Vertreter der ägyptischen Haute Couture legten mir zweimal im Jahr in der Laube unseres Gartens ihre neuesten Modelle vor. Erst mein eigener Hausstand hat mir das Nähzeug in die Hand gedrückt. Ich habe mir die Finger blutig gestochen, aber ich war eifrig und guten Willens, und am Abend war das neue Kleid fertig. Ich war stolz auf mein Werk, und ich zeigte es Prometheus, meinem Mann.

Prometheus saß vor seiner Elektronenrechenmaschine. In der Hand hielt er Zettel, die er mit einer Gleichung im Unendlichen bekritzelt, einem Zahlenrätsel, von dem ich nach der Erfahrung meiner jungen Ehe annehme, daß er es niemals lösen wird. Auch nicht mit Hilfe seiner elektrischen Roboter.

»Ist das Kleid nicht hübsch«, fragte ich Prometheus. Ich lächelte. Ein Lächeln verschönt mich, ich weiß es, und ich wollte schön sein in meinem hübschen, neuen Kleid. Ich wollte Prometheus bezaubern. Nur wenn ich ihn bezaubere, errege ich seine Aufmerksamkeit.

Diesmal gelang es mir nicht. Vielleicht war ich nicht schön genug. Vielleicht lag ein Schatten der Sorge auf meinem Gesicht. Vielleicht dachte ich an die Lichtrechnung, die noch nicht bezahlt war. Prometheus liebt nicht meinen Gram. Er will mich heiter sehen. Er warf einen flüchtigen Blick auf das Kleid und sagte: »Es ist lächerlich!«

Wahrscheinlich störte ich Prometheus wieder. Ich störe ihn immer. Wenn ich an die Tür seines Zimmers klopfe, wenn ich sie, da er nicht antwortet, vorsichtig öffne, – ach, es wäre nicht nötig, die Augen zu ihm zu wenden, ich weiß, welch ein Bild sich mir bietet. Prometheus sitzt da mit seinen wirren, grauen

Haaren, in einem faltenreichen Sweater, in einer alten Arbeitshose des Gärtners meines Vaters und mit zerrissenen Pantoffeln an den Füßen, sitzt da und starrt auf die Zettel mit der unlösbaren Gleichung im Unendlichen. Arbeitet er? Verdient er gar Geld? Er behauptet, nachzudenken. Immer behauptet er, nachzudenken. Vielleicht ist das seine Arbeit. Geld verdient er nicht. Wenn ich nach einigem Zögern zu sprechen beginne, und es mir gelingt, seine Aufmerksamkeit zu erregen, so bleibt sein Blick doch abweisend und gequält. Er will allein gelassen werden. Ich weiß es. Aber in einer Ehe, wenn man sich eine junge Frau genommen hat, geschieht doch manches, was gemeinsam besprochen werden sollte.

Nun gut; Prometheus lehnte mein Kleid ab. Da ich soviel Mühe darauf gewandt hatte, versuchte ich, für meine Arbeit zu kämpfen. »Warum findest du das Kleid lächerlich«, fragte ich, »es ist aus reiner Seide und nach einem Pariser Schnitt gearbeitet.«

Prometheus schaute mich noch einmal an. »Der goldene Schnitt«, murmelte er. Das Kleid schien ihm jetzt besser zu gefallen. Ich war schon glücklich. Da sagte er: »Du siehst wie eine Wiese aus, löwenzahngrün und butterblumengelb.«

Das stimmte. Löwenzahngrün und butterblumengelb waren die Farben des Stoffes. Verletzt rief ich: »Verdirb mir doch nicht die Freude! Es ist eben ein Frühlingskleid!«

»Natürlich«, erwiderte Prometheus, »es ist ein Frühlingskleid. Du hast recht. Es ist appetitlich. Es ist außerordentlich appetitanregend.«

Er stand auf und kam zu mir. Seine Neugier war geweckt. Er ist sehr neugierig, und ich fürchte, daß er die Ehe mit mir nur eingegangen ist, um zu wissen, wie das ist, mit einer Frau zusammen zu leben. Er betastete den Stoff. Er hat überaus geschickte Hände, man muß es ihm lassen, und ehe ich es recht merkte, hatte er mir mit seinen geschickten, seinen überaus flinken Händen das Kleid über den Kopf gezogen. Ich stand nackt vor ihm, und ich schämte mich, obwohl ich ihm angetraut bin.

Prometheus befühlte und beroch den Stoff. Er prüfte ihn genau. Die Seide sprühte und knisterte in seiner Hand. Er rief: »Schnell! Beeile dich! Hole Essig und Öl, Pfeffer und Salz, Zucker, Senf, Curry, eine große Schüssel, Messer und Gabel, beim Zeus, ich habe Appetit bekommen!«

Ich bin es gewohnt, daß Prometheus plötzliche, mir unverständliche Einfälle hat, und da ich mir bei dieser Gelegenheit einen Morgenmantel überziehen konnte, eilte ich widerspruchslos, alles zu besorgen. Wahrscheinlich will mein Mann sich einen Salat bereiten, dachte ich. Aber wo mag er nur die frischen, grünen Blätter herhaben?

Erst als ich ihm alles gebracht hatte, erkannte ich, an welchen Salat Prometheus gedacht hatte. Er nahm den Essig und das Öl und goß sie in reichlicher Menge über die zarte Seide meines Kleides. Er streute Pfeffer und Salz und Curry in die Falten und Rüschen. Er vergaß nicht den Löffel Senf und die Prise Zucker. Er mischte alles in der großen Schüssel, trennte mit Messer und Gabel gewaltige Lappen aus dem Stoff, schwenkte sie durch die Tunke und führte sie gierig zum Munde.

Niemand, der es nicht selbst erduldet hat, weiß, was es heißt, mit einem erfindungsreichen Manne verheiratet zu sein!

»Das muß frisch zubereitet gegessen werden«, sagte er genießerisch, während er mit vollen Backen kaute. Ich betrachtete ihn und haßte ihn. Ich haßte ihn, weil er so arrogant und so rechthaberisch ist und weil er sich soviel auf seine technischen Fähigkeiten und auf seine Kunst, Salate anzumachen, einbildet. Und dabei verschweigt er, daß er das Rezept von seinem Vater geerbt hat, der ein bekannter Familientyrann war.

»Du könntest mir ein Bier holen«, unterbrach Prometheus meine Gedanken.

Er sprach mit vollem Munde, und die Seide knirschte zwischen seinen Worten. Ich verstand kaum, was er wollte. Aber ich sah es ihm an, wie es ihm mit Bier noch besser schmecken würde, und ich dachte: nein, ich will nicht, ich will nicht sein Sklave sein!

Aber Prometheus kann nicht aufhören, das zu verlangen,

wonach es ihm grade gelüstet, und er klagte: »Die Seide ist rauh. Sie ist viel zu rauh. Sie enttäuscht mich. Sie sah so gut aus, und nun ist sie zu rauh. Man muß ja ein Bier dazu trinken. Hörst du denn nicht, wie der Stoff auf der Zunge knistert, und ahnst du nicht, wie trocken er in der Kehle brennt?«

Ich vernahm den Vorwurf, und er ärgerte mich. Was konnte ich denn dafür, daß die Seide nun auch noch zu rauh war? Ich hatte sie ja für ein Kleid und nicht für eine Mahlzeit gekauft. Und warum sollte ich nun am Abend zum Wirt gehen und Bier holen, ich, die am Tage so fleißig genäht, während Prometheus nur nachgedacht oder sich wieder mit dem alten Adler gestritten hatte? Ich verabscheue den Vogel. Was kommt bei dem stundenlangen Gezänk mit dem gefräßigen Ungeheuer heraus? Nichts, sage ich, jedenfalls nichts für den Hausstand, und lieber hätte ich einen kleinen Hund.

»Ich hole das Bier nicht«, rief ich erbost.

»So eine bist du nun«, brummte Prometheus. Er spielte den Verbitterten. »Nicht einmal ein Bier gönnst du dem Durstigen!« Da der Himmel fern war, blickte er angewidert auf den vom Adlerflügel und Adlerschnabel zerspaltenen Plafond des Zimmers.

Der Mut verließ mich. Ich ahnte, daß ich in meinem Morgenmantel dürftig und blaß aussah. »Gib doch wenigstens dem Adler etwas ab«, sagte ich traurig, »wenn er schon bei uns ist, muß er gefüttert werden.« Ich hatte mir so große Mühe gegeben, das Kleid recht akkurat zu nähen, und ich konnte es einfach nicht mit ansehen, wie Prometheus nun alles allein aß.

»Unsinn«, sagte er, »du denkst wieder nicht, bevor du redest.«

Das ist eine von Prometheus Lieblingsbehauptungen. Er streitet mir die Denkfähigkeit ab. Vielleicht erreiche ich nicht einen so hohen Gedankenflug wie der räudige Adler.

»Ich sehe, daß der Adler Hunger hat«, sagte ich.

Aber Prometheus wußte sich zu wehren! »Das Kleid war zu kurz, meine Liebe«, rief er. »Es reichte ja hinten und vorne nicht! Und dann die halben Ärmel! Glaube mir, es war nichts dran. Wie kannst du dich wundern, wenn für dich und den Adler kein Essen übrig bleibt? Ihr werdet hungrig zu Bett gehen.«

»Ich bat nicht für mich. Ich bat nur für den Adler, den ich nicht leiden mag«, sagte ich leise.

Prometheus aber ereiferte sich: »Meinst du, daß euer Hunger mich nicht bedrückt? Denkst du, ich sehe nicht, wie du mit deinem hungrigen Gesicht mich anstarrst? Seit wir verheiratet sind, klagst du meine Armut an. Dabei weißt du, daß ich auf meine Leber achten muß. Es war deine Schuld! Hättest du dein Kleid auf Fischbein gearbeitet, wie es meine Mutter tat, bei den guten Göttern, ich hätte die Fischbeinstäbe dem Adler übrig gelassen.«

»Schon gut, schon gut«, beruhigte ich Prometheus. »Iß nur alles auf. Laß es dir schmecken. Iß, bis nichts übrig bleibt. Leck auch die Schüssel noch aus. Die Tunke war sicher prächtig.«

Draußen fing es zu regnen an, und aus dem Radioapparat unseres Nachbarn, dessen Geräusche Prometheus beim Nachdenken stören, wurde ein Tief über dem Kaukasus angekündigt.

Wir gingen früh zu Bett. Aber wir konnten unsere Verstimmungen nicht überwinden, und der Haß, der zwischen uns schwelte, ließ uns Rücken gegen Rücken schlafen.

Ich glaube, wir schliefen nicht. Wir mimten den Schlaf und wähnten, einander vorzugaukeln, daß jeder friedlich schlummere und nicht mit Bösem sich quäle – denn wir lieben uns sehr.

Der Adler, der in sich zusammengesunken auf dem Fußende unseres Bettes hockte, stöhnte vor Hunger oder vor Alter, vor Frühjahrsmüdigkeit oder in schweren Träumen.

EIN FREMDENHEIM

Es gibt Häuser, die den Eingeweihten sogleich in die Welt des Gespenstischen, auch des Obskuren führen, mögen sie noch so unauffällig und äußerlich ihren Nachbarn angeglichen im Zug der Straße stehen.

Ein Gebäude von dieser Art war die Pension, die meine Freunde mir zum Wohnen empfohlen hatten. Ich betrachtete die Klingel: ein Dämonengesicht, dem man in die Zähne greifen mußte. So wunderte es mich nicht, statt des schrillen Schellens des elektrischen Läutewerks das heisere Krächzen eines Raben hoch in den Wolken über mir zu hören.

Ich stand und wartete. Nichts regte sich hinter dem breiten Haupttor aus schwerem massivem Holz. Doch eine Stimme rief mich von unten, wie aus einem Abgrund. Ich sollte in den Keller kommen.

Eine Stiege aus Eisen, ihre Stufen wie die Roste im Ofen, führte hinab. Eine schmale Pforte öffnete sich wie von selbst. Schon hustete ich, vom Dunst einer Küche umweht, in der man scharf riechende Knollen, wie Sellerie und Rote Beete, in einem großen kupfernen Kessel brühte.

Wie eine Marschlandschaft aus den Nebelschwaden, so tauchte hier ein dickliches Mädchen aus dem Küchenqualm hervor. Sie atmete schwer, und die strammen Brüste drohten ihr viel zu enges Kleid zu zerreißen. Der Stoff zeigte ein Muster aus Zwiebelblättern und Mohrrübenkraut. Es bedurfte keiner Vorstellung, um zu wissen, daß es Gäa, die fruchtbare Göttin des Unheils war. Und Gäa sagte: »Das Bett ist schon gemacht!«

Auf Überraschungen zwar vorbereitet, wurde ich doch unsicher vor der Unbedingtheit dieses Spruches: ist schon gemacht. »Ein Zimmer«, sagte ich, »nur ein Zimmer möchte ich«; und mir schien das Bett, das schon gemacht war, zuviel und mehr als nur ein Zimmer zu sein.

Eine noch Unsichtbare half mir. »Ein Zimmer! Hörst du's nicht, ein Zimmer will der Herr!« Sie schrie es. Es klang wie aus dem Schornstein, und es sprang eine magere und äußerst flinke Person aus einem Speiseaufzug heraus. Hinter ihr klirrte es von zu Boden fallendem zerbrechendem Geschirr. Wie ein Sturmwind stürzte sich die Furie aus dem Aufzug auf die unbeholfene Gäa.

Für den Augenblick von keinem der Mädchen beachtet und überdies unlustig, Zuschauer ihrer Auseinandersetzung zu sein, wandte ich mich zu dem Herd und dem auf dem Feuer kochenden Kessel. Die Dampfwolke brannte und blendete. Es war nicht leicht, die Augen offen zu halten. Da erblickte ich in dem siedenden See die verschrumpften, uralten, schmerzverzerrten Zwergengesichter der kochenden Knollen, wie sie auf- und niedertauchten, hüpften, schwammen und tanzten, von den schäumenden Wellen getragen, denen die Blutfarbe vom Saft der Roten Beete kam. Und mit harten Schlägen klatschten die schnellen Hände der Mageren die trägen Backen der Dicken.

Endlich ließ die so heftige Person von ihrem Opfer und lief mit einem höflich gezierten Knicks zu mir. »Sie müssen dies verzeihen, mein Herr«, sagte sie. »Sie suchen ein Zimmer. Sie wollen das Zimmer sehen. Verständlich, verständlich. Wie hat man Sie nur in die untere Küche führen können?«

»Aber ich dachte doch, daß er uns schon gehört!« rief es aus dem immer dichter werdenden Qualm, der die Dicke wieder eingehüllt und unsichtbar gemacht hatte.

»Dummes Ding! Das sieht man dem Herrn doch an, der ist fremd«, meinte die andere, dunkel und anzüglich. Und mit einem schier unwiderstehlichen, wenn auch nicht liebenswürdig lockenden Ton sagte sie: »Kommen Sie«, und packte mich am Arm.

Eine Wendeltreppe ging es hinauf. Endlos ihre Windungen. Schwindlig ich, eilten wir, sie wie eine Maschine, die mich zog, durch die langen Flure. Mit roten Matten war alles ausgelegt. Das Halt vor einer Tür war ein Sichbücken meiner Führerin, die durch das Schlüsselloch guckte.

»Die Herren sind noch da«, flüsterte sie, »aber das schadet nichts.« Mit den Knöcheln ihrer sehnigen Faust klopfte sie einmal kurz und hart gegen das Holz, zögerte dann keine Sekunde, drückte die Klinke und zog oder stieß mich in den Raum, der so groß wie eine Turnhalle, doch wie ein Schlafzimmer eingerichtet war.

Weit von der Tür entfernt saßen vor den Fenstern an der anderen Seite des Saales drei Herren an einem runden Tisch in einem ungewöhnlich strahlenden Licht.

Ich verneigte mich und bat die Herren, meinen Eintritt in ihre Wohnung zu entschuldigen. Da sie schwiegen, wollte ich mein Hereinkommen noch mit meiner Zimmersuche begründen; doch glaubte ich aus der leichten Handbewegung des einen auf eine vage Zustimmung schließen zu können, wenn diese Geste auch in ihrer gleichgültigen, mich gänzlich übersehenden Beiläufigkeit verletzend war.

Langsam, ein ungeheuer breites Bett aus kunstvoll gedrechseltem Holz bewundernd, das unter einem Baldachin von blütenweißen Moskitonetzen stand, konnte ich mich, an enormen, blechbeschlagenen und mit fremden Schriftzeichen bedeckten Koffern vorbei, dem Tisch der Herren nähern. Dort umfing dann auch mich das ungewöhnlich strahlende Licht, das schon von der Tür aus zu sehen gewesen war.

Es glitzerte, funkelte, blitzte in vielen Feuern. Die kostbarsten Edelsteine lagen, wohl wahllos verstreut, auf der Platte des Tisches. Manchmal hoben die Herren einzelne Steine mit sanften streichelnden Gebärden hoch und ließen sie dann, wie Kinder, die mit klarem Wasser spielen, in einem kaleidoskopisch leuchtenden Fall wieder in die Menge der übrigen zurückstürzen. Neben den Brillanten, den Rubinen, den Smaragden und Saphiren lag unbeachtet und wie vergessen eine goldene Krone. Ich konnte nicht erkennen, ob die Steine aus der Krone herausgebrochen waren oder ob sie ihr zu ihrem Schmuck beigefügt werden sollten. Die fremden Herren waren in der besten Allerweltsweise gekleidet, und hinter der Krone, in ihrem Schatten und vom Glanz der Edelsteine nur wenig getroffen, lag eine eingefettete Pistole. Sei deutete wohl an, daß die Herren im Spiel auch Gefahren sahen.

Das Zimmer gefiel mir; doch war es gewiß für mich viel zu teuer. Ich sagte es dem mageren Mädchen und trat in den Flur zurück. Sie folgte mir, schloß hinter sich die Tür und sah mich verächtlich an. »Wenn du nichts gesagt und nicht an den Preis gedacht hättest, wärst du schon im Himmelbett«, zischte sie; und es schien mir gar nicht sonderbar, daß sie mich duzte. »Nun müssen wir ins kleine Kämmerlein«, rief sie höhnisch. Wieder faßte sie mich am Arm, drängte mich in den Gang zurück, dann über eine Treppe, in eine Halle und in einen Sessel aus rosa Seide hinein. »Warte, ich komme gleich!«

Und kaum, daß das Mädchen verschwunden war, lief eine Dame die Treppe herunter, und sie lief so schnell, daß man nicht wissen konnte, ob sie von oben her gestoßen war oder ob die Last ihres Koffers sie so abwärts zog. Der Koffer war eine Reisetasche aus geschickt nachgeahmtem Leder, wie man sie in den großen Warenhäusern kaufen kann. Sie stellte die Tasche vor mich hin und setzte sich, meinem Sessel gegenüber, auf die unterste Stufe der Treppe.

»Rausgeschmissen«, sagte sie. »Na ja«, und dabei guckte sie über mich hinweg, guckte lauernd zu einer Tür hin, die ich dann als die Rückseite der breiten Eingangspforte erkannte, die man auf mein Klingeln nicht geöffnet hatte. Die Dame war sehr blaß, und bald bedrückte mich ihr unsteter, wohl etwas Unmögliches erwartender und um Hilfe flehender Blick. Nicht ein einziges der Situation angemessenes Wort fiel mir ein, und schon wollte ich das konventionellste »Was kann ich für Sie tun?« aussprechen, als das magere Mädchen des Hauses mich von der obersten Treppenstufe her zu sich rief.

Obwohl sich alles in mir dagegen sträubte, folgte ich ihrem Ruf. Von fern nahm ich noch wahr, wie sich hinter meinem Rücken das Haustor mit einem lautlosen und von keinem Sichtbaren bedienten Mechanismus auftat und wie die Dame, fast durch den Luftzug schon, hinausgetrieben wurde. Die Magere führte mich in eine bleiche Kammer, die den saueren Geruch von Gefängnis und Krankenzelle hatte. Das schmale Feldbett war noch warm und das Kopfkissen von Tränen naß. Die Tür fiel ins Schloß. Ich war allein. Ich stürzte zu einem hohen vergitterten Fenster und sah die Dame mit der billigen imitierten Reisetasche, die sich schon in zierliches graues Gefieder verwandelt hatte, durch die Luft fliegen. Sie blickte mich, flügelschlagend, ein kleines Vogelgesicht, mit ihrer letzten Menschlichkeit, einem grausigen wehen Mitleid an, und dann gesellte sie sich zu den anderen Vögeln, die fern über dem Flußlauf davonflogen.

EIN GEHEIMER AUFTRAG

»Erzähle etwas, Onkel Rab«, baten die jungen Mädchen. Sie langweilten sich. Es war auch nicht viel los in dem Kurort.

»Etwas erzählen? Ich weiß nichts.« Onkel Rab saß dick und bequem in einem Sessel. Seine Beine ruhten in Kamelhaarschuhen auf einem Polster. Auf seinen Knien lag eines der sechs Pfund schweren Memoirenwerke aus dem letzten Weltkrieg.

»Aber du warst doch Geheimagent«, rief Alice!

»Für eine gute Sache! Vergiß das nicht!« Onkel Rab betonte immer die gute Sache. Er hörte das Wort Agent nicht gern. Es war soviel Anrüchiges damit verbunden.

»Du mußt was erlebt haben, Onkel Rab! Spioninnen, Entführungen, Täuschungen, Gefahren!« Alice war romantisch.

»Ich habe die Zeitung gelesen, mein Kind, den Handelsteil und Statistiken nachgerechnet.«

»Das war alles?«

»Alles.«

»Du hast also keine schmutzigen Hände?« Alice war verstimmt. Sie hatte Onkel Rab immer als eine Zwielichtgestalt aus einem modernen Theaterstück gesehen.

Onkel Rab nahm die dunkle Lesebrille von seinem breiten Gesicht eines Weintrinkers und Austernessers. Er scherzte gern, aber nun blickte er ernst und nachdenklich. Er sagte: »Schmutz war wohl nicht an meinen Händen. Aber Blut.«

»Oh! Du hast jemand umgebracht! Wie gruselig«, rief Alice. »Du mußt es erzählen.«

»Hört zu«, sagte Onkel Rab. »Aber es ist keine schöne Geschichte.

Ich war in Geschäften in eine große Stadt gefahren. Aber ich hatte auch einen geheimen Auftrag. Ich sollte ein Schriftstück, das nicht durch die Post geschickt werden konnte, bei einer vertrauenswürdigen Dame abholen; – hier habt ihr also gleich die schöne Spionin.

Ich wohnte im ersten Hotel der Stadt. Ich erledigte meine Geschäfte, und am Abend besuchte ich die Dame. Das Wetter war schön, und ich ging im Frack und ohne Mantel. Eine Nelke steckte im Knopfloch meines Revers und schimmerte weiß und rein im Licht der Bogenlampen.

Die Dame wohnte in einer stillen Nebenstraße. Ich läutete unten an der Haustür und wartete auf das Summen des elektrischen Türöffners. Da hörte ich einen Schrei, einen einzigen Schrei, wie aus der Tiefe eines bösen Traumes. Ein Körper schlug hinter mir hart auf das Pflaster. Es war die Frau, die ich besuchen wollte. Ich beugte mich über sie. Sie war tot. Aus ihrem Munde lief, wie ein dünner Faden, ein Streifen Blut; sonst waren keine Verletzungen zu sehen.

Niemand schien den Schrei der Frau gehört zu haben. In der Straße blieb alles ruhig. Was sollte ich tun? Die Tote konnte aus dem Fenster gefallen sein. Sie mochte aus mir gefährlichen Gründen den Tod gesucht haben. Vielleicht hatte man sie auch ermordet. Ich wußte es nicht. Aber es war merkwürdig, daß der Tod sie überfiel, als ich mit meinem geheimen Auftrag zu ihr kam. Ich mußte vermeiden, mit der Polizei zusammenzutreffen. Ich war es meiner Sicherheit schuldig, vom Schauplatz des Dramas zu verschwinden.

Da fiel mir das Schriftstück ein, das ich holen sollte. Wenn man es in der Wohnung der Toten fände, würde es mich und meinen Kreis in große Gefahr bringen. Einer unserer Freunde hatte mir erzählt, daß unsere Vertrauensdame alle geheimen Dokumente in einem Kachelofen verwahre. Ich mußte um jeden Preis die uns belastenden Papiere an mich bringen.

Ich durfte die Frau nicht auf der Straße lassen. Es konnte jemand kommen und Alarm schlagen. Ich entdeckte hinter mir einen Bauplatz. Dorthin trug ich die Tote und bettete sie zwischen Ziegelsteine und Dachpfannen.

Jetzt mußte ich versuchen, ins Haus zu kommen. Ich drückte auf eine Klingel. Nach einer Weile summte der elektrische

Türöffner. Ich ging ins Haus und schloß hinter mir die Tür. Dann wartete ich. Alles blieb still. Vorsichtig und ohne Licht zu machen schlich ich die Treppe empor.

Ich wußte nicht, wie ich in die Wohnung hineinkommen sollte. Ich hatte mir vorgenommen, es mit meinen Schlüsseln zu probieren. Aber die Wohnungstür war nur angelehnt. Hatte die Dame die Tür schon für mich geöffnet, oder war ein Mörder aus der Tür geflohen und stand nun gleich mir im dunklen Treppenhaus versteckt? Ich schwitzte und zitterte. Aber ich mußte weitergehen.

In der kleinen Diele brannte Licht, und ich sah mich im Spiegel der Flurgarderobe. Mein Spiegelbild erinnerte mich an ein damals bekanntes Filmplakat: Ein Herr im Frack mit einer Nelke im Knopfloch zeigte ein bleiches, verkrampftes Gesicht, verschwitzte Haare und war überall mit Blut beschmiert. Der Film hieß ›Einer wird gehängt‹.

Noch immer wußte ich nicht, ob nicht ein Mörder in der Wohnung war, der Agent einer gegen uns arbeitenden Gruppe, ein eifersüchtiger Liebhaber, ein Subjekt der Polizei. An einem Haken der Garderobe hing ein Männermantel, und ein Spazierstock mit einem Griff aus Silber stand im Schirmständer. Ich glaubte ein Geräusch zu hören und lauschte. Ich war unbewaffnet. Ich habe nie eine Waffe getragen. Ich nahm den Spazierstock und faßte ihn so, daß ich den silbernen Knauf als Schlagwerkzeug benutzen konnte.

Ich näherte mich einer Tür und hörte ein Rascheln. Vielleicht stand jemand hinter der Tür und beobachtete mich durch das Schlüsselloch. Ich konnte die Spannung, die mir die Brust zusammenkrampfte, nicht länger ertragen und stieß, den Stock in der Hand, die Tür auf.

Im Zimmer, einem gepflegten Salon, in dem es nach Parfüm und einer vor kurzem gerauchten Zigarette roch, war niemand. Aber schon raschelte es wieder am Boden, und ich sah ein kleines weißes Malteserhündchen mit langen Seidenhaaren, das mich mit seinen schwarzen Jettaugen, hinter dem erhobenen dunklen Näschen, wie ein Kinderteddybär anstarrte. Das

Hündchen wedelte und sprang an mir hoch. Ich wehrte es ab und ging in das Zimmer.

Ein Fenster stand offen. Die Gardinen und Vorhänge wehten in den Raum. Es war wohl das Fenster, aus dem die Frau auf die Straße gestürzt war. Ich schloß die Scheiben und zog die Vorhänge vor. Dann durchsuchte ich vorsichtig die Nebenräume. Das kleine Malteserhündchen folgte mir.

Im Schlafzimmer lag angekleidet auf der grünen Seidendecke des breiten Bettes ein Mann. Ich sah nur seinen Rücken, denn er hatte sein Gesicht in die Kissen vergraben und seine Hände in die Decke gekrallt; aber ich erkannte an der unnatürlichen, steifen Haltung dieses Rückens, daß der Mann tot war. Ich drehte ihn um und sah einen jüngeren Mann mit einem noch im Tode hübschen Gesicht. Ein Duft von Bittermandel ging von ihm aus, und ich nahm an, daß er sich mit Blausäure vergiftet hatte. Das Malteserhündchen winselte und rieb sich an meinen Füßen.

Ich blickte mich nach einem nachgelassenen Brief um, aber es gab keine Mitteilung und kein Zeichen, mir das Drama zu enträtseln, das hier im Moment meines Kommens geschehen war. Hatte der Mann sich vergiftet und war die Dame aus Verzweiflung über diesen Tod zum Fenster hinausgesprungen? Oder hatte der Mann die Frau zum Fenster hinausgestürzt und sich dann erst vergiftet? Ich wußte es nicht. Nichts deutete mir die Szene. Unter der Nachttischlampe lag aufgeschlagen ein Roman. Alles war still und friedlich. Auch der Tote war still und friedlich. Ich mußte an meine Arbeit gehen.

Im Schlafzimmer war ein grüner Kachelofen. Ich schraubte ihn auf und steckte die Hand in das Feuerloch. Kalte Asche, trocken und weich wie alter Samt, sackte unter der Berührung meiner Finger zusammen. Außer der Asche war nichts in dem Loch, kein Papier, kein Geheimnis. Das Hündchen stützte sich, als ich vor dem Ofen kniete, auf meine Schenkel und versuchte, mein Gesicht zu lecken.

Im Salon war ein gelber Ofen. Ich schraubte ihn auf: wieder versuchte mich der Hund zu lecken; und wieder fand ich nur kalte, nachgebende Asche. Wo konnte das Dokument sein? Jede Minute war gefährlich. Ein Zufall konnte die Tote draußen hinter dem Bauzaun entdecken. Man würde in die Wohnung kommen. Ich würde in das Drama verwickelt sein. Ich würde meine Anwesenheit in der Wohnung und mein Verhalten nicht erklären können. Man würde mich festnehmen. Ich würde hängen.

In der Küche war nur ein Gasherd. Auf einem Servierbrett standen ein Teller mit Gebäck, eine Flasche Sherry und zwei Gläser. Vielleicht sollten mir Wein und Kuchen angeboten werden. Das Hündchen war mit in die Küche gekommen. Ich gab ihm einen Keks, aber es verschmähte ihn.

Zuletzt ging ich in die Dienstmädchenkammer. Ein kleiner eiserner Ofen ließ mich nichts hoffen. Doch mein Freund mußte sich geirrt haben, als er mir erzählte, daß unsere Vertraute ihre Geheimstücke in einem Kachelofen verwahre, oder sie hatte ihre Gewohnheit vielleicht aus Vorsicht geändert, ich fand, was ich suchte, in einem rußverschmierten Umschlag im Rohr des eisernen Ofens.

Ich ging, immer von dem Malteserhündchen gefolgt, wieder in die Küche und wusch mich am Spültisch. Es gelang nicht, die Blutflecke vom Frack und der Hemdbrust zu entfernen. Die weiße Nelke aus meinem Knopfloch fiel in den Ausguß. Sie wurde mit schmutzigem, rötlichem Wasser in die Kanalisation gespült.

Im Flur zog ich den Männermantel an, der dort hing. Es war ein schwerer Wintermantel, und er paßte nicht für die Jahreszeit, aber ich mußte den schmutzigen Frack bedecken. An der Tür sprang das Hündchen wieder an mir hoch. Es freute sich, als ob es Gassi gehen sollte. Ich wollte es mit dem Fuß zurückstoßen, aber es sprang durch den Türspalt und rannte die Treppe runter. Ich wagte nicht, den Hund zu rufen. Ich schloß leise die Tür und folgte dem Tier nach unten.

Auf der Straße lief der Hund sofort hinter den Bauzaun zu seiner toten Herrin. Ein weinendes Bellen, ein langgezogenes trauriges Hundejammern verfolgte mich, als ich davoneilte.

Im Hotel zog ich mich um und verlangte die Rechnung. Ich wollte mit dem nächsten Zug abreisen, und so die ganze Geschichte hinter mich bringen. Aber als ich ins Taxi stieg, um zum Bahnhof zu fahren, sprang das kleine Malteserhündchen zu mir ins Auto und kuschelte sich winselnd in meine Arme. Ich zitterte vor Erregung, Furcht und Hilflosigkeit. Ich hielt das Erscheinen des Hundes für einen Trick der Polizei, die mich überführen wollte. Ich nannte dem Chauffeur einen anderen Bahnhof als den, von dem ich zu reisen gedachte. Ich guckte durch das Rückfenster des Autos, ob uns jemand folgte. Der Hund leckte wieder mein Gesicht. Am Bahnhof entlohnte ich den Fahrer, ging durch die Halle zu einem anderen Ausgang und bestieg ein neues Taxi. Der Hund folgte mir und war vor mir im Wagen.

In der Halle meines richtigen Bahnhofs versuchte ich im Gedränge, den Hund los zu werden. Ich glaubte, er hätte meine Spur verloren, aber kurz vor der Sperre sprang er mich wieder an. Ich wußte nicht, was ich machen sollte. Ich brachte es nicht über mich, das kleine Tier zu schlagen oder zu treten. Auch fürchtete ich das Aufsehen, das eine anscheinend so rohe Handlung erregen mußte. Der Zug, mit dem ich fahren wollte, ging in einigen Minuten. Ich nahm den Hund, tat ihn unter ein Plaid, wo er sich zum Glück still hielt, und brachte ihn unbemerkt durch die Sperre.

Am Zug erkundigte ich mich nach einem Schlafwagenabteil. Es war eins frei. Der Hund legte sich auf das Bett. Er war erschöpft und wollte schlafen. Ich deckte ihn mit dem Plaid zu. Ich war zu erregt, um mich hinzulegen. Ich setzte mich am Fenster auf das Bett und rauchte eine Zigarette.

Wir mochten wohl eine Stunde gefahren sein, und ich war im Sitzen eingeschlummert, als mich ein Klopfen an die Türen der Abteile weckte. Der Zug hielt. Eine außergewöhnliche Kontrolle schien im Gange zu sein. Wahrscheinlich hatte man in der Stadt die Toten gefunden und mir die Häscher nachgesandt. Jetzt klopfte man an meine Tür: ›Aufmachen! Staatspolizei!‹ Ich nahm das belastende Dokument und steckte es unter die

Kissen des Bettes. Den Hund deckte ich ganz mit dem Plaid zu. Dann öffnete ich die Tür.

Ein stämmiger, großer Polizist in Zivil schien das kleine Abteil ganz ausfüllen zu wollen. ›Ihren Ausweis‹, sagte er. Hatte der Hund sich nicht geregt? Ich blickte ängstlich zum Bett hin. Der Polizist folgte meinem Blick und fragte: ›Was haben Sie denn da?‹

›Nichts‹, sagte ich. ›Ein Plaid.‹

›So‹, sagte er, ›nur ein Plaid!‹

Er hob die Decke auf, und das Malteserhündchen reckte sich aus dem Schlaf hoch und wedelte.

›Sieh mal an, ein kleiner weißer Hund‹, sagte der Polizist. ›Dürfen Sie wohl nicht mitnehmen in den Schlafwagen, was?‹

›Nein‹, sagte ich. Meine Stimme war tonlos. Ich hatte das Gefühl, wie weißer Käse auszusehen.

›Na, ich verrate nichts‹, sagte der Polizist. Ich hörte ihn wie aus weiter Ferne sprechen. ›Ich hab selber 'n Hund zu Hause. Heißt Fiffi. Ich such' auch keine Hunde! Weiß Gott nicht!‹ Er reckte sich wieder zu seiner ganzen Größe auf. ›Gute Reise, Herr!‹ Er ging. Er hatte vergessen, mich zu kontrollieren. Das war alles.«

Onkel Rab schwieg. Die Erzählung schien ihn angestrengt zu haben.

»Und das kleine Malteserhündchen? Was ist aus ihm geworden?« fragte die unersättliche Alice.

»Es sitzt bei eurer Tante Agnes im Nähkörbchen und spielt mit dem Wollknäuel«, sagte Onkel Rab.

DIE LEEREN FLASCHEN

Aus den Kleidern der Frau dünstete es nach Zwiebeln. Es waren eine Menge Leute vor uns, und so im Stehen fiel mir die Geschichte von dem Weib mit der Hühnerfarm ein. Ein Zaun aus Stacheldraht umschloß das Gelände, und überall hingen die Schilder »Zucht der weißen Legghornhühner« und »Warnung vor den Hunden«. Man sah große graue Doggen und im Hintergrund eines kahlen Hofes vor einer rechteckigen Baracke die Hühner. Es war ein trostloser Anblick; keine Magd wollte bleiben. Natürlich erhielt das Weib von Amts wegen ein Fürsorgemädchen. Ich habe das Mädchen einmal beobachtet. Es zog einen Karren mit prallen Futtersäcken über die Dorfstraße. Das Weib ging voran. Es trug eine Lederjoppe und grobe Stiefel. Eine der großen Doggen lief mit und paßte höllisch auf, daß dem Fürsorgekind auch nichts passierte. Die Dogge war wie ein besitzwütiger Hütehund um ein Kalb. Das Mädchen hatte wunde, verarbeitete Hände, einen erschrokkenen Mund und sehnsüchtige Augen. Später fand man die Doggen vergiftet, das Weib erschlagen, das Mädchen wahnsinnig. Die Gutgesinnten meinten: »wenn man ein solches Stück zu sich nimmt –« Es waren nur Gutgesinnte im Dorf. Ich hörte keine andere Stimme.

Warum mir die Geschichte einfiel? Vielleicht hatte das Weib in der Lederjoppe nach Zwiebeln gerochen. Wir standen in der Kassenhalle und warteten. Wir hatten unser altes Geld abgeliefert und wollten neues holen.

Die Frau vor mir, aus deren Kleidern es nach Zwiebeln dünstete, drehte sich um und reckte den Hals:

– Ich hätt's ja nicht nötig, mich hier anzustellen.

Ich dachte, ist die verrückt oder hat sie einen Ausweis zum Vordrängen? Man weiß in solchen Schlangen nie, wer verrückt ist oder wer einen Ausweis hat, um sich vorzudrängen.

– Die wollen hier ja alle nur Geld abheben! Sie schaute mich offenbar vorwurfsvoll an.

Ich nickte. Gewiß wollten wir Geld abheben. Warum vertrödelten wir sonst unsere Zeit? Abheben war, nebenbei gesagt, ein Witz. Wir sahen alle nicht wie Millionäre aus. Wir wollten haben, was freigegeben war, und das war wenig genug. Die Frau straffte ihr Kinn und sah mich mit einem sonderbaren Stolz an:

– Sie! Wissen Sie, das müssen Sie nämlich wissen, ich, ich will nämlich einzahlen!

Lieber Gott, eine Gemüsehändlerin, dachte ich, daher der Zwiebeldunst. Wer hätte sonst auch schon ans Einzahlen denken können. Mir war nicht wohl. Das Warten machte die Frau gesprächig, und sie schien mich in ihr Herz geschlossen zu haben. Wir standen grade neben einem Sparautomaten, wie ihn die Sparkassen früher aufgestellt haben. Um nichts sagen zu müssen, drehte ich die Kurbel. Der Mechanismus war lange nicht benutzt und quietschte. Aber dann leuchtete der Automat auf, und ein Spruchband predigte: »Spare, lerne, leiste was, dann hast du, kannst du, bist du was.« Eigentlich hätte man einen Groschen einwerfen müssen, und dann hätte man eine Quittung bekommen, und die Quittung hätte man ins Sparbuch legen dürfen. Aber da es keine Groschen mehr gab, oder da der alte Groschen nur noch einen Pfennig wert war, oder weil man schon so lange nichts von ihm gewollt hatte, leuchtete der Apparat gegen jede Sparkassenregel umsonst auf. Freilich gab er auch keine Quittung, und wenn er eine gegeben, hätte man sie sich an den Hut stecken können. Ich war entzückt. Meine Spielerei aber ärgerte die Frau:

– Lassen Sie doch den Automaten sein! Sie werden ihn noch kaputt machen. Wieder hob sie ihr Kinn:

– Was sagen Sie nun wirklich dazu, daß es hier keinen Extraschalter für Einzahlungen gibt?

Ich kam um eine Antwort nicht herum:

– Wer zahlt schon was ein? So bald nach der Währungsreform? Ich zuckte die Achseln.

– Eben, sagte sie, man muß einzahlen! Der Sparwille muß

dem Volk erhalten bleiben! Wir haben immer gespart. Ob mit oder ohne Automat.

Sie ist doch irre, dachte ich. Jedenfalls hat sie keinen Ausweis, um sich vorzudrängen. Mir hätte das im übrigen egal sein können, denn sie stand ja sowieso vor mir.

– Sie glauben mir wohl nicht? Sie ereiferte sich. Grade als ich Sie hier am Automaten rumfummeln sah – Sie haben ihn bestimmt kaputt gemacht –, fiel's mir wieder ein, wie mein Vater selig schon mit uns Kindern hierher gegangen ist. Wir haben hier die Kurbel gedreht und 'n Zehnerl gespart, und zehn Zehnerl macht 'ne Mark, und hundertmal Drehen waren zehn Mark, und die kamen ins Sparbuch, und mein Vater freute sich, und ich freute mich, und nur der Franzl hat sich schon damals nicht so recht gefreut. Karussell fahren wär er lieber gegangen, der Schlawiner!

– Der Franzl? Ich kapitulierte. Dem Redestrom der Frau war nicht zu entkommen, und der Franzl, der so gerne Karussell gefahren wäre, fing an, mich zu interessieren.

– Na ja, der Franzl, mein Bruder. Sie müssen nämlich wissen, wir waren zwei, der Franzl und ich, und als Vater starb, hinterließ er uns auch was. Fünftausend Mark lagen für jeden auf der Kasse, und ich sagte, die werden nun festgehalten, da wird nicht dran gerührt, da geht kein Pfennig von ab, die bleiben uns. Aber der Franzl war wieder anders, nicht ganz gescheit, der sagte, er möchte nun auch was von dem Geld haben, nicht viel, sagte er, aber 'n Fläschchen möchte er mal am Sonntag trinken, 'n guten Wein, was sagen Sie nun, als ob das nichts kostete!

– Aber wenn er's doch dazu hatte!

– Ach, gehen Sie, dazu hatte! Das Geld sollte doch nicht angetastet werden! Er nahm's doch vom Kapital! Erst jeden Sonntag 'ne Flasche. So fing's an. Und dann wurde er ganz spinnert, kaufte sich Bücher von seinem Geld, als ob er's nur so zum Rauswerfen bekommen hätte, schloß sich ein, trank und las, und wenn ich ihm Vorwürfe machte, sagte er, der Goethe hätte jeden Tag 'ne Flasche Wein getrunken. Nun hören Sie, der Goethe! Mag ja sein. Er war nicht mein Bruder, aber beim

Franzl, wo mein Bruder war, da ärgerte es mich. Jeder Pfennig tat mir leid. Aber ich konnt' nichts machen. Es war ja sein Geld. Und dann war an den Franzl immer schwerer ranzukommen. Er war so'n Stiller. Wenn er bei seinen Büchern saß, stellte er sich wie taub. Na, sie holte Luft, dann kam Dreiunddreißig –!

– Dreiunddreißig, sagte ich.

– Jawohl, Dreiunddreißig, die Erhebung! Jetzt keuchte sie. Man wußte doch jetzt, wofür man sparte! Nur der Franzl machte weiter den Spinnerten. Keine Spur von Begeisterung! Nichts von Marschieren. Er war nicht in der SA, nicht in der Partei, er hing keine Fahne raus, und dann verlor er seine Stellung, weil sie doch merkten, daß er nicht ganz zuverlässig war, und damit war's aus: er las noch mehr, er trank noch mehr, und wenn man ihn fragte, was nun werden solle, dann sagte er, es kotze ihn alles an, und mein Mann, der war in der Partei, der konnt' es auf die Dauer nicht mit ansehen, schließlich, müssen Sie bedenken, er war auch Blockwalter und mußte auf sich halten, also, der sorgte dann endlich dafür, daß der Franzl wegkam.

– Ins Kazett?

– I wo! Ins Kazett! Wo denken Sie hin? Nee, sowas war bei uns nicht! Nicht die Rede! Es war aber die Zeit, wo der Führer grade den Westwall baute und Leute zum Schippen brauchte. Da hatte sich mein Mann gedacht, dem Franzl würd' es gut tun, so in der freien Luft, die kräftige Arbeit, die Kameradschaft und dazu das Gefühl, am Führerwall zu schaffen –! Na, der Franzl ist auch gegangen. Kein Wort hat er gesagt, als er die Dienstverpflichtung bekam. Nur seine Sachen hat er alle in den Keller gesperrt. Es war ja lachhaft, wir stießen uns an, mein Mann und ich, der Franzl hatte ja nichts, er hatte sich ja nie was angeschafft, nur leere Flaschen und Bücher trug er hinunter. Na, wir ließen ihn. Wir brauchten ja den kleinen Keller nicht. Paß auf, sagte mein Mann, der kommt als ein ganz anderer wieder. Aber er kam nicht. Sie haben ihn gleich dabehalten. Und dann fiel er. Wer konnte das auch alles voraussehen.

Für ein paar Sekunden schien es, daß ein melancholischer Ausdruck ihrem robusten Gesicht möglich wäre. Es waren noch fünf Leute vor uns am Schalter. Die Umrechnung der Konten von alter in neuer Währung dauerte in jedem Fall lange. Und dann hatte sie ihre kurze Nachdenklichkeit auch schon überwunden und plätscherte weiter, ein trüber Fluß:

– Sehen Sie, wer konnte es voraussehen? Da kam der Polenfeldzug, und mein Mann kriegte eine große Stellung, und dann kam Paris, und dann kam der Russe, und dann kamen die Terrorangriffe und unsere Wohnung brannte aus, und dann waren die Amis da. Die Entnazifizierung! Was meinen Sie? Mein Mann ist Mitläufer. Und jetzt das neue Geld. Die schönen unangebrochenen Fünftausend auf der Kasse! Zweihundertfünfzig D-Mark, und wenn's gut geht fünfhundert. Ich seh sie noch nicht. Als wir nun unseren Fragebogen abgeben wollten, sagte mein Mann, hat denn der Franzl rein gar nichts hinterlassen, daß wir's noch anmelden? Nein, sagte ich, da ist wohl nichts, da war ja nichts mehr, der Franzl hat eben alles versoffen. Aber wir gingen noch mal zu unserem alten Haus, der Schutt ist jetzt weggeräumt, und brachen dem Franzl seinen Keller auf. Es war alles erhalten geblieben, aber es war auch nichts da. Wir fanden das Sparkassenbuch, doch das Geld war abgehoben bis zum letzten Pfennig. Nur das Gerümpel lag da rum. Eigentlich lag es gar nicht herum. Der Franzl hatte es alles ordentlich in Regale gepackt, die leeren Flaschen und die unnützen Bücher. Mein Mann war wütend. An uns hat der Franzl wohl gar nicht gedacht, sagte er. Wir wollten schon wieder gehen, da fiel mir ein, daß man das Klump vielleicht verkaufen könnte. Wir ließen noch eine Woche verstreichen, bis der größte Krampf mit der Währung vorbei war, und dann gingen wir zu einem Weinhändler, ob er Flaschen brauchte, und dann fragten wir in einem Bücherladen, ob sie sich die Schwarten mal ansehen möchten. Na, das wollten die dann auch.

Ihr Gesicht rötete sich. Sie stemmte die Hände in die Hüften, ein gefährliches Weib. Und dann hob sich ihre Stimme, so daß die Sparkassenbeamten hinter ihren Schaltern aufhörten zu arbeiten:

– Da werden Sie nun aber staunen! Ob Sie's mir glauben oder

nicht: an tausend neue Mark Geld haben wir bekommen für den Klump! Und nun bedenken Sie, wenn der Franzl gut getan und niemals nicht eine Flasche gekauft und seine schönen Fünftausend hier auf der Kasse gelassen hätte mit Zins und Zinseszins – noch lange nicht soviel wär's gewesen!

Sie keuchte:

– Nun sagen Sie einmal selbst, ist das nicht eine Gemeinheit?

DAS PFERD DER LIEBEN ALTEN

Ob es die späte, doch, wie sich bald zeigte, nicht zu späte Erfüllung eines galanten Versprechens oder ob es der Ärger über eine Bemerkung war, die eine Mahnung sein konnte, soll nicht untersucht werden – jedenfalls stellte der alte Geheimrat Trostburg seiner geliebten Gattin am Morgen ihres siebzigsten Geburtstages ein junges Pferd als Geschenk vor die Haustür in der Maximilianstraße.

Trostburgs hatten die Anschaffung eines Automobils erwogen. Der Geheimrat wünschte an den technischen Errungenschaften der für ihn bald abgelaufenen Zeit teilzunehmen. Aber die Werbeschriften der Autohändler, das Problem der Pferdestärken und die Notwendigkeit, einen Chauffeur anzustellen, ermüdeten das alte Ehepaar, und schließlich meinte die Frau Geheimrat so unwillig wie beiläufig: Vor unserer Hochzeit hattest du mir ein Pferd versprochen!

Nun stand das Pferd vor dem Haus, ein junger Fuchs mit weichem Fell und munteren blanken Augen. Das Tier prüfte mit rosigen Nüstern den Geruch seiner neuen Herrin, – Lavendel, Staub in den Rüschen des Kleides und brüchigen Samt. Der sanfte Druck der bleichen Hand der alten Dame war dem Pferd nicht unangenehm; vielleicht empfand es die Hand als mütterlich und beschützend. Die Geheimrätin und ihr Pferd waren in der geschäftigen, vom Hupen der Automobile und dem Geläute der Tram erfüllten Straße ein Anblick von so prächtiger, wenn auch versunkener Eleganz (ach, die bunten englischen Stiche, die Queen umarmt den Derbysieger!), daß dem Geheimrat das Herz vor Stolz und Liebe bebte und er freudig den Befehl gab, die Garage im Hof zu einem Stall von komfortabler Wohnlichkeit umzubauen.

Das Pferd wurde »Hans« genannt; denn »Hans« hießen die Reittiere der Herren Offiziere, die einmal in ihren bunten, stolzen Uniformen mit der Frau Geheimrat auf den Hofbällen getanzt hatten. Hans aber wollte nicht nur wohnen, nicht nur fressen und geliebkost werden, – er verlangte stürmisch hinaus ins Freie. Weder Herr noch Frau Trostburg fühlten sich rüstig genug, noch in den Sattel zu steigen und hoch zu Roß die Morgenluft im Englischen Garten zu genießen. Auch ein Kutschieren kam nicht in Frage. Hans, der Muntere, wäre, vor einen leichten Wagen gespannt, auf dem Lande eine Freude, in der Stadt aber, von greisen Händen durch den von Schutzleuten und Ampeln geregelten Verkehr gelenkt, eine öffentliche Gefahr gewesen. Bewegt aber mußte das Tier werden, und es zum Reiten zu verleihen, oder es von einem Beauftragten reiten zu lassen, dagegen sträubten sich alle guten Gefühle der alten Herrschaften. Der Reiter hätte dem Pferd ja wehtun können.

Es wurde eine Wiese gemietet, ein Grundstück draußen vor der Stadt am Ufer der Isar, und jeden Morgen führte der Geheimrat, von seiner Gattin und ihren aufmunternden Zurufen begleitet, Hans am langen Zügel hinaus auf die Wiese, wo er grasen und springen konnte, wie es ihm gefiel, und am Abend ging es lustig heimwärts.

Die tägliche Prozession erregte die Aufmerksamkeit der Straße. Das Gerücht, Trostburgs hätten sich zur Bequemlichkeit ihrer alten Tage ein Auto gewünscht und wären dann auf oder, besser, neben ein Pferd gekommen, verbreitete sich und wurde als beachtliche Altersnarrheit belacht. Ein dummer Irrtum der niemals tief denkenden Allgemeinheit! Ein Automobil, und wäre es noch so schön gewesen, hätte der Familie Trostburg nie die Freuden gewährt, die das Pferd Hans ihr täglich schenkte.

Verordnen nicht die Ärzte dem Alter Bewegung in frischer Luft? Sagen die Hygieniker nicht, daß Fußmärsche gesünder seien als Wagenfahrten? Und wahrlich, ohne Hans wäre es Trostburgs nie eingefallen, ein Hirtenleben zu führen und ihre alten Tage im Freien und im Wettlauf mit einem ausgeruhten Pferd zu verbringen. Die Nachbarn hatten dumm lachen! Sie hockten blaß in ihren Häusern und in ihren Limousinen. Trostburgs waren sonnengebräunt und sprunggewandt. Sie hatten sich verjüngt.

Überdies hatte das Pferd die geheimrätliche Familie in erfreuliche Beziehungen zur jüngsten Generation gebracht. Der alte Herr und die alte Dame wurden von Kreisen akzeptiert, die sich ihnen sonst exklusiv verschlossen hätten. Eine Schar von Kindern bewunderte Hans und fand sich täglich auf seiner Wiese ein und bildete den »Klub um den roten Mustang«, einen Patronatsverein für das hippomanische Unternehmen der ehrwürdigen Herrschaften, der sich in mancher Weise als nützlich erwies – zumal ja das Alter immer von der Jugend lernen kann. Aus Dank für Betreuung und mancherlei Dienste durften einige Auserwählte aus den Kreisen des Klubvorstandes gelegentlich den Rücken des Pferdes besteigen, das sich diese Anmaßung in einem grade noch friedlichen Trab gefallen ließ.

Das Ende der viel herumerzählten Geschichte war ernst und würdig. Die alten Herrschaften starben betagt und friedlich kurz hintereinander, nachdem ein Notar ihren letzten Willen aufgenommen hatte: Geleit des Pferdes hinter den Särgen und seine Versorgung mit Stall und Hafer bis zu seinem Tode. So geschah es, daß auf dem Wege zum Waldfriedhof Spaziergänger zwischen anderen schlichten Trauerzügen einen Kondukt sahen, der durch den stetigen Hufschlag eines Pferdes, das seinen schlanken Hals wie trauernd gesenkt hielt, seine besondere Weihe bekam und in allen Vorübergehenden erhebende Gedanken von Sieg und Reiterkämpfen, von Ritterlichkeit, Vornehmheit und vom Glück dieser Erde auf dem Rücken der Pferde weckte.

DER SARKOPHAG DER PHÄDRA

Erzählung

Die Besucher des Trainings waren enttäuscht. Sie waren gekommen, um den neuen Therak-Wagen zu sehen, aber Therak hatte sich am Freitag nur einmal hinter den Volant gesetzt. Er war drei Runden gefahren. Dann brach er das Training ab, und der Wagen wurde in die Baracke geschoben. Therak sah unzufrieden aus.

Igor hatte schon nach der zweiten Runde die grüne Fahne in die Bahn gehalten. Er wirkte albern, wie er sich vorbeugte und mit der Fahne winkte. Igor regte sich viel zu sehr auf. Man mußte ruhig bleiben. Wenn man der Schnellste war, mußte man besonders ruhig bleiben. Die grüne Fahne sagte Therak, daß er die schnellste Runde des Tages gefahren war.

Der Tagesrekord genügte Therak. Er nahm Gas weg. Er hatte keine Lust, weiter zu fahren. Am Sonntag würde er siegen. Er würde zum vierten Mal den Preis der Primavera Siciliana gewinnen. Es würde sein achtundvierzigster Geburtstag und sein dreiundsechzigster Rennsieg sein. Der erste Rennsieg war schöner gewesen, als es der dreiundsechzigste sein würde. Igor würde bald seinen ersten Rennsieg feiern.

Therak war mit dem neuen Wagen nicht unzufrieden. Er entsprach seinen Erwartungen. Der Motor lief bei hoher Umdrehung ruhig und ohne Überanstrengung. Die Luft bot der Stromlinie nur geringen Widerstand. Der Wagen schwirrte wie ein Pfeil und lag doch fest auf der Straße. Nur der Sitz war zu eng. Dieser verdammte Sitz! Therak fühlte sich eingeklemmt. Er hockte wie in einer Konservendose. Er war einfach zu dick für seine Rennwagen. Am Konstruktionstisch vergaß er, daß er ein dicker Mann war. Er entwarf die Wagen nach der knappen Formel der Schönheit und der Geschwindigkeit, und es war kein Platz da für überflüssiges Fett. Therak wollte noch die

Rennen des Jahres fahren. Dann würde er sich vom aktiven Sport zurückziehen. Es blieb ihm der Ruhm des Erfinders. Es blieb ihm das große selbstaufgebaute Werk, Leben und Verantwortung. Es blieben ihm seine Bilder, seine Bücher, seine Sammlungen, die Betrachtung. Es blieb ihm Phädra.

Therak schwitzte. Das blaue Meer von Palermo hatte die blöde Farbe kolorierter Ansichtspostkarten. Die Palmen und die Olivenbäume am Rande der Strecke waren dürr und unfruchtbar. Wenn man zweihundert Kilometer schnell an ihnen vorübersauste, sahen die Bäume wie Gespenster aus. Die Gespenster winkten. Sie winkten mit dürren, skelettartigen Armen. Was wollten sie von Therak, der atmete und siegte? Die Sonne brannte und blendete. An Regen war nicht zu denken. Der Himmel war wolkenlos. Nur Wolken von feinem weißem Staub hüllten den Wagen ein.

Therak hielt vor den Baracken der Rennleitung. Die grelle Sonne gab allem ein verbranntes Aussehen. Die Wellblechbuden verzogen sich in der Hitze. Die Türen der Boxen standen offen. Man hatte die Vorstellung, in heiße Backöfen zu blicken. Die Rennwagen wirkten wie große Brote, die hier für das Rennen fertig gebacken wurden. Die Luft roch scharf nach Benzin und Gummi, nach glühenden Metallen, verschwitzter Arbeitskleidung und parfümierter Brillantine. Es war ein männlicher Geruch, der Dunst der Werkstätten, der Atem der Essen des Hephaistos, optimistisch, kameradschaftlich und angreifend. An einer beiseite geschobenen Tür hing ein Plakat, auf dem ein Mädchen ein Mineralwasser trank. Der Abdruck einer mit Schmieröl verdreckten Hand lag auf dem nackt gezeigten Busen des Mädchens. Das Mädchen machte sich nichts aus der Ölhand auf ihrem nackten frechen Busen. Das Mädchen trank weiter das Mineralwasser, Tag für Tag, wochenlang, ewig.

Igor versuchte, Therak aus dem Sitz zu ziehen.

»Ich fürchte, wir werden Sie mit dem Schneidbrenner herausholen müssen.«

Igor sprach sachlich, nüchtern und leicht guttural. Nur wenn er über Rennen und Rennsiege redete, zitterte seine Stimme.

Journalisten und Neugierige drängten sich um den Wagen. Therak fühlte sich schwindlig. Die Journalisten und die Neugierigen schienen sich in der Hitze aufzulösen.

»Holt mal einen Dosenöffner! Wir müssen den Dicken aus der Sardinenbüchse schneiden!«

Phädra lachte. Ihr Lachen schwebte hell über den anderen Lauten. Die Hitze quälte sie nicht. Sie hatte mit Igor die Zeit aufgenommen. Auf ihrem Frühjahrskleid von Schiaparelli aus Paris war ein Ölfleck. Sie sah dem Mädchen auf der Mineralwasserreklame ähnlich. Sie war nur schöner als das Mineralwassermädchen.

Therak war über und über mit Staub bedeckt. In seiner weißen Kombination, die breite Schutzbrille noch vor den Augen, sah er wie ein Ungeheuer aus. Er war ein drolliges Ungeheuer; ein Tiefseefisch, ein aufgeblasener Mann aus Gummi oder ein Wesen vom Mars. Das Ungeheuer hatte Hausschuhe an, weite, bequeme Kamelhaarschuhe. Therak war bekannt dafür, daß er alle seine Rennen in Hausschuhen fuhr. So stand er, komisch anzusehen, zwischen Phädra und Igor. Phädra war schlank, gepflegt und schön. Sie war mehr schön als hübsch. Wenn sie nicht lachte oder sich nicht bewegte, ähnelte sie einem Modebild, einer Statue der Eleganz aus einem Schaufenster in der Rue de Rivoli. Igor war von der Sonne verbrannt. Sein Haar war gelockt. In seinem kurzärmeligen Hemd, einer blauen Samthose und Wildlederschuhen war er ein junger Gott der Rennbahn. Jeder Laie hätte in ihm den Sieger der Rennen gesehen.

»Wie ist die Bahn?« fragte Igor. »Schnell? Was?«

Es waren sinnlose Fragen und nur gestellt, weil alles, was mit dem Rennen zusammenhing, Igor erregte. Natürlich war die Bahn schnell. Therak nickte.

»Die Bäume gefallen mir nicht.«

»Was haben Sie gegen die Bäume?«

»Sie stehen zu nah an der Piste und sehen wie Gespenster aus.«

Igor lachte: »Seit wann fürchten Sie sich vor Gespenstern, Herr Therak?«

Therak ärgerte sich. Er ärgerte sich, weil er erzählt hatte, daß die Bäume wie Gespenster aussahen. Was scherte es den Jüngling, wie Therak die Bäume gesehen hatte? Aber weil er sich ärgerte, hielt er eigensinnig an seiner Äußerung fest.

»Ich habe nicht gesagt, daß ich mich fürchte. Ich habe gesagt, daß die Palmen und die Oliven wie Gespenster aussehen. Das ist etwas anderes!«

Igor zuckte die Achsel. Wenn er nicht so großen Respekt vor Therak gehabt hätte, würde er »nun wenn schon« gesagt haben. So erwiderte er nichts. Er hob die Haube des Wagens und prüfte die Kerzen. Sein Gesicht war wieder ernst, sachlich und nüchtern. Wenn er den Mechanismus des Wagens untersuchen durfte, hatte er immer dieses sachliche, vernünftige Gesicht. Er schraubte ein Kabel los. Er hätte es nie begriffen, wenn Therak ihm gesagt hätte, daß der Wagen eine Seele habe.

»Gehen wir«, sagte Therak.

Er hatte es satt, noch länger in der Sonne zu stehen und den Rennzirkus zu betrachten. Der ganze Betrieb widerte ihn an und kam ihm unsinnig vor. Das Getue der Sportfunktionäre, das wichtige Flüstern der Firmen-Manager und Ingenieure, der Jahrmarkt der Photographen und Reklameagenten, die Eitelkeit der Rennfahrer, die mit bunten Halstüchern, die Zigarette verwegen im Mundwinkel, wie Hähne im Hühnerhof umhergingen, die geschäftigen Mechaniker in ihren ölverschmierten Overalls mit den blanken Kannen, in denen sie nach geheimgehaltenen Rezepten, die jedermann kannte, Benzol und Äther mischten, das Heulen der Kompressoren, wenn ein Wagen ins Training ging oder zurückkam, die knarrenden Rufe der Monteure aus den Lautsprechern, die sie instandsetzten, das oft gesehene und gehörte Bild der Vorbereitung, der Spannung, des Ehrgeizes, der Nervosität und der Gereiztheit ermüdete ihn heute nur.

Sie setzten sich in den schweren Reisewagen, den »Therak Acht«, und Igor durfte den Wagen lenken, obwohl Therak immer behauptete, er empfände Todesangst, wenn Igor am Steuer säße. Igor diente Therak als Sekretär und Rennassistent, als Reisebegleiter und Gesellschaftstänzer für Phädra, und außerdem sollte er einmal den Rennwagen lenken, wenn Therak keine Lust mehr haben würde, sich in die enge Kiste zu klemmen und den Hals zu riskieren. Diese Aussicht, deren Erfüllung Therak immer wieder hinausschob, ließ Igor Therak dienen, wie Jakob Laban diente. Aber Igor wollte keine süße Rahel zum Lohn, er machte sich wenig aus Frauen und nichts aus der Liebe, er wollte Theraks Rennfahrerruhm erben und auf allen Bahnen der Sieger sein. Igor war eine Fahrbegabung, und Therak wußte es. Aber Igor war keine geniale Begabung, und Therak war auch das nicht verborgen geblieben. Zuweilen war Therak entschlossen, Igor niemals an den Volant des Rennwagens zu lassen.

»Du hättest dich hinlegen sollen«, sagte Therak zu Phädra.

Sie saßen weich auf dem breiten Polster. Sie fuhren durch die Vorstadt von Palermo.

»Du weißt doch, daß ich auf der Bahn bin, wenn du fährst«, sagte Phädra.

»Aber die Hitze!«

»Die Hitze macht mir nichts.«

Das war wahr. Phädra konnte unendlich viel Wärme vertragen. Sie war als Kind griechischer Einwanderer in den Südstaaten der amerikanischen Union aufgewachsen. Sie hatte die schwülen Sommer von New Orleans erlebt, und als Therak sie in einer Burlesque-Schau in Baltimore entdeckte, war die Luft in dem Saal von erdrückender Schwere gewesen. Phädra schritt über einen Steg, der durch den Zuschauerraum des Theaters führte. Sie sang ein trauriges altes Volkslied und zog, während sie das alte Lied sang, langsam, Stück nach Stück, ihre Kleider aus. Als sie nackt war, erloschen die Scheinwerfer, die sie vorher angestrahlt hatten, und die Matrosen, die den Saal füllten, schrien mit heiseren Stimmen »Phädra! Phädra!« in die Dunkelheit hinein. Bevor es dunkel wurde, hatte Therak gesehen, daß Phädras Körper vollkommen war. Diese makellose Schönheit bestimmte ihn, sie zu heiraten, so wie die hervorragende Qualität eines Gemäldes ihn auf einer Auktion bewogen hätte, das Bild zu kaufen. Die Verhandlungen mit Phädra in der Garderobe des Burlesquetheaters, wo es nach ranziger Schminke, abgestandenem Parfüm, Mädchen, Katzen und Seife roch, waren, während eine alte Negerin Phädra die Haare bürstete, ohne besondere Komplikationen verlaufen. Phädra erkannte die Vorteile, die Therak ihr bot, und Therak wußte, wen er heiratete. Beide bereuten ihre Ehe nicht. Therak hatte ein Wesen an sich gefesselt, das seinen Schönheitssinn befriedigte, und Phädra wurde an seiner Seite die vollendete Dame, die überall willkommen war, deren Bild auf der Gesellschaftsseite der Revuen erschien, die man verehrte und bewunderte. Übrigens hieß sie nicht Phädra, sondern irgendwie anders. Das war auf dem Standesamt herausgekommen. Aber Therak hatte sie angehalten – sei es zur Erinnerung an die Phädra-Rufe der Matrosen in Baltimore, sei es um der Antike zu gedenken, deren Kenner und Verehrer er war –, den schönen alten Namen weiter zu führen.

Die Straße in Palermo war schmutzig. Obwohl es windstill war, wehte überall Staub. Staub lag auf den Rücken der geduldigen Esel, Staub auf den hohen zweirädrigen Karren, die Theraks Wagen im Wege waren, Staub auf den Leibern der nackten braunen Kinder, die wie Spatzenschwärme aus zerfallendem Gemäuer über das grindige Pflaster hüpften.

»Wir könnten morgen aufs Land fahren«, sagte Therak.

»Wie du willst«, entgegnete Phädra.

»Was sollen wir am Samstag im Hotel bleiben! Es ist voll von Rennfatzken. Diese Leute kotzen mich an!«

Therak wußte nicht, was ihn so wütend machte. War es die Hitze? War es der überall hin dringende Staub? Selbst Phädras ergebenes Eingehen auf seine Wünsche verstimmte ihn. Sie war eine Puppe. Man drückt auf den Knopf und die Puppe sagt »Ja«. Therak hatte nichts gegen Puppen. Aber es langweilte ihn. Er versuchte, sich zu beherrschen.

»Ich möchte nach Agrigent fahren. Wir könnten die Tempel sehen.«

Phädra sagte wieder: »Wie du willst.«

Was kümmerten Phädra die Tempel, die weißen Säulen im

Mittagslicht, die dem Jupiter geweihten Steine, zertrümmert und mit Unkraut bewachsen, von Eidechsen, Nattern und wilden Vögeln umschwärmt, die alten Wohnungen der Götter?

»Ist sie glücklich?« fragte sich Therak. »Ist Igor glücklich? Er lenkt den Wagen und scheint zufrieden zu sein. Sie leben ohne Geist, ohne Gott und vielleicht ohne Liebe, vollkommen unmythisch.« Er hätte was darum gegeben, wenn er gewußt hätte, ob sie sich glücklich fühlten.

»Wir könnten in Agrigent im Hotel ›Temple‹ essen«, sagte Therak. »Das Hotel ist ausgezeichnet.«

»Wie du willst, Lieber«, entgegnete Phädra.

Sie fuhren am Samstag früh aus Palermo. Die Luft war angenehm. Sie waren guter Laune. Auch Therak war guter Laune. Sie fuhren durch Orangenhaine. Dann säumten Weingärten und blühende Mandelbäume die Straße. Ihr erstes Ziel war Marsala. In Marsala wollten sie frühstücken.

Therak lenkte den Wagen vor eine alte Trattoria am Weinhafen. Die Schenke war ein zur Straße offenes Gewölbe. Ein Dunst wie nach frischem Brot schlug einem entgegen, aber es war der Wein, der mit seinem Geruch Mauern, Boden und Gerät durchtränkt hatte. Matrosen, Fuhrknechte und Schauerleute saßen auf rohgezimmerten Bänken an ungedeckten Tischen, aßen und tranken. Therak liebte das Mittelmeervolk. Er setzte sich, bestellte Wein, Käse, Brot und Oliven. Der Wein war scharf und schwer. Er schmeckte nach Knoblauch, Meerwasser, Schwefel und Teer. Therak schmeckte er großartig. Er trank den Matrosen zu. Die Matrosen tranken dem fremden Herrn zu. Phädra nippte an ihrem Becher. Sie hustete, als der scharfe Wein ihren Gaumen berührte. Igor trank keinen Wein. Er verschmähte jeden Alkohol. Er behauptete, ein Sportsmann dürfe nichts trinken. Er hatte sich Orangen gekauft, preßte den Saft in ein Glas und schüttete Mineralwasser zu. Therak lachte. Er lachte über den Asketen. Therak war nie ein Asket gewesen. Die Oliven nahm er mit den Fingern. Sie waren fett und würzig. Sie waren, wie sie sein sollen. Phädra und Igor wollten keine Oliven. Phädra aß ein Stück Brot. Igor nahm Käse. Der Käse schien ihm nicht zu schmecken. Der Käse war gut. Therak kaufte noch eine Flasche Wein zum Mitnehmen. Er verabschiedete sich von den Matrosen. Die Matrosen gaben Therak die Hand. Sie gaben auch Igor und Phädra die Hand. Sie wünschten eine gute Reise.

Von Marsala fuhren sie an der Küste bis Porto Empedocle. Igor lenkte den Wagen und Phädra saß neben ihm. Therak hockte, die Füße angezogen, quer zur Fahrtrichtung auf dem breiten Hintersitz und starrte über das Meer nach Afrika hinüber. Afrika war nicht zu sehen. Es genügte Therak, zu wissen, daß Afrika hinter dem Sonnenglast verborgen lag. Der Himmel war wolkenlos. Therak trank den mitgenommenen Wein aus der Flasche. Er sah Phädra und Igor, die nebeneinander, doch ohne sich zu unterhalten auf dem Vordersitz saßen, und überlegte, wie sehr die Fahrt sie langweilen würde.

In Porto Empedocle hätte Igor Lust gehabt, die Schwefelgruben zu besichtigen. Aber Therak trieb zu den Tempeln. Er sagte, die Gruben hätten zu wenig vom Geiste des Empedokles oder zuviel. Igor verstand ihn nicht. Wer verstand Therak? Igor hatte ein vernünftiges technisches Interesse daran gehabt, die Schwefelgruben zu sehen. Phädra waren die Tempel verlockender erschienen als der Schwefel. Die Tempel würden nicht stinken. In Porto Empedocle stank alles. Ein alter Dampfer im Hafen war so mit Schwefel bedeckt, daß man fürchten konnte, er würde in die Luft fliegen.

Die Tempel enttäuschten Therak. Sie enttäuschten ihn diesmal. Es war Jahre her, daß er sie zuletzt gesehen hatte. Er mußte sich geändert haben. Die Tempel konnten sich nicht mehr ändern. Therak sah Trümmer, tote Zeiten und keine Wiederkehr. Der Anblick der Ruinen weckte jetzt keinen erhabenen Gedanken in ihm. Er setzte sich neben ein Götterhaupt, das der Blitz oder die Zeit zu Boden geworfen hatte, und trank den Rest seines Weines. Phädra photographierte die Säulen. Sie photographierte Igor vor den Prostylen des Heiligtums der Juno. Dann photographierte Igor Phädra auf Marmorstufen. Therak wollte nicht photographiert werden. Er behauptete, der Gott neben ihm habe eine Abneigung gegen photographische Darstellungen.

Sie aßen im »Temple« zu Mittag. Therak bestellte wieder Wein. Er fand ihn nicht so gut wie den Wein in Marsala. Phädra trank Sekt. Igor blieb seinem Mineralwasser treu.

Therak brach die Scheren einer Languste. Phädra hatte eine Antipathie gegen Krebstiere, Austern und Schnecken. Sie ahmte Therak nach, wie er das Fleisch aus der Languste löste. Sie sagte, er sähe aus wie ein Frosch. Therak lachte. Er lachte, wenn Phädra ihn nachahmte. Er fand Phädra unerhört komisch, wenn sie zeigen wollte, wie Therak Langusten aß. Zu der Languste trank er den Wein. Später trank er von Phädras Sekt. Der Sekt war gut temperiert.

Die Terrasse des Hotel »Temple« war gegen die Sonne geschützt. Man konnte die Tempel wie auch die Stadt Agrigent sehen, die weiß und unheimlich am Berghang lag. Therak erzählte vom alten Akragas. Er wußte nicht, ob sie ihm zuhörten. Er ging in die Halle, wo er den Stand eines Antiquars gesehen hatte, und kaufte eine alte griechische Münze. Er schenkte die Münze Phädra.

»Du kannst sie in Gold fassen und als Spange tragen.«

Die Vorderseite der alten Silbermünze zeigte zwei Adler, die eine Häsin zerreißen. Auf der Rückseite war die Scylla mit ihren Hunden zu sehen, im Felde ein Seekrebs und ein Muscheltier.

»Wer ist Scylla?« fragte Phädra.

»Ein Ungeheuer, vielleicht ein Gott«, sagte Therak.

Igor mahnte zum Aufbruch.

»Aber wir müssen in die Stadt«, rief Therak. »Phädra muß das Grabmal ihrer Namensschwester sehen, den Sarkophag der Phädra!«

Igor sagte, er hätte genug von alten Städten und toten Göttern. Er wäre lieber in Palermo mit den Rennleuten zusammen gewesen. Aber Phädra wollte das Grabmal sehen.

Sie fuhren den Berg hinauf in die Stadt und zum Dom. Der Sakristan freute sich, daß sie kamen. Sie waren die einzigen Fremden, die heute gekommen waren.

Igor wollte nicht mitgehen. Er sagte, er hätte etwas am Wagen zu richten. Igor fürchtete sich vor der Stille in den Kirchen.

Phädra und Therak folgten dem Sakristan in das Gotteshaus. Nach der Hitze draußen war es wohltuend, im kühlen Dom zu stehen. Der Sakristan zeigte ihnen den berühmten Sarkophag. Mit seiner wohlklingenden, etwas weinerlichen Mesnerstimme erzählte er die Sage von Phädras Liebe zu ihrem Stiefsohn Hippolytos. Phädra lachte, als der Sakristan Phädra erwähnte. Der Sakristan schwieg beleidigt.

»Du mußt dich entschuldigen«, sagte Therak.

»Ich heiße Phädra«, sagte Phädra.

Der Sakristan sagte: »Gott wird die Dame schützen.«

Dann berichtete er, wohlklingend und weinerlich, wie Aphrodite am Strande Hippolytos mit einem Olivenzweig vom Wagen streifte und von den Rossen zu Tode schleifen ließ und wie Phädra sich mit ihrem Schal erhängte.

Therak war erstaunt, den frommen Mesner von einer Reihe von Todsünden mit so großer Andacht berichten zu hören. Vielleicht aber waren es keine Todsünden, weil sie lange vor der Zeitwende geschahen.

Als sie aus dem Dom traten, blendete sie das Licht.

»Was war los mit Phädra?« fragte Igor.

»Sie hat sich umgebracht«, sagte Phädra. »Sie hat sich umgebracht, weil Hippolytos starb, bevor sie ihn bekommen hat, und überhaupt aus unglücklicher Liebe.«

Igor und Phädra lachten. Auch Therak lachte.

»Sie können morgen den Rennwagen fahren«, sagte er zu Igor.

Igor sah sich plötzlich am Ziel seiner Wünsche. Er wußte nicht, was er sagen sollte. Er stotterte.

Auch Phädra war überrascht. Sie lachte nicht mehr.

»Fühlst du dich nicht wohl?« fragte sie Therak.

»Warum?«

»Weil du das Rennen nicht fährst!«

»Ich will Igor die Freude lassen. Igor will doch fahren! Oder nicht?«

»Natürlich will ich fahren«, rief Igor.

»Na also«, sagte Therak. »Aber passen Sie auf die Bäume auf. Ich sag Ihnen, die stehen zu nah an der Piste.«

Sie fuhren nach Palermo zurück. Therak lenkte den Wagen. Er fuhr sehr schnell. Igor saß neben ihm. Phädra schien hinten im Wagen eingeschlafen zu sein.

Nach dem Abendessen schickte Therak Igor ins Bett. Er sollte sich vor dem Rennen gut ausschlafen. Therak kämpfte in der Bar mit den Journalisten. Sie wollten wissen, ob er sich endgültig vom Sport zurückziehen würde. Phädra tanzte mit den Rennfahrern, den Managern, den Offiziellen, den Schlachtenbummlern und den Journalisten. Es spielten eine Tangokapelle und eine englische Jazzband. Phädra war die Schönste im Saal. Zwischen den Tänzen trank sie einen sahnigen, weichen Cocktail, der Alexander hieß. Therak trank Whisky. Als sie auf ihre Zimmer gingen, war Phädra beschwipst.

Igor lag gut im Rennen. »Wenn er klug ist, wird er Zweiter«, sagte Therak. Er gab einem Mechaniker die Anweisung, Igor zu signalisieren, daß er für den zweiten Platz fahren sollte.

Igor fuhr hinter dem großen Maserati. Die beiden Wagen brausten wie ein einziger Donner am Startplatz vorüber. Igor schien den Maserati überholen zu wollen, aber Theraks Mechaniker gab das Zeichen, daß er ihn nicht überholen sollte. Vielleicht hatte Igor das Zeichen nicht verstanden. Vielleicht glaubte er, siegen zu können. Wahrscheinlich wollte er sich den Sieg nicht entgehen lassen. Er machte mehrere Versuche, den Maserati zu überholen, bis er Therak und Phädra aus den Augen rückte. Die Nachricht, daß Igor stürzte, kam durch den Lautsprecher. Die Nachricht kam in der selben Sekunde, in der das Unglück geschah. Ein Reporter, der an der Stelle des Unfalls stationiert war, sprach in das Mikrophon, was er vor seinen Augen sich ereignen sah. Ein Olivenzweig streifte den Wagen, und die Geschwindigkeit riß ihn um.

Alle Zuschauer schrien, und einen Augenblick konnte man kein Wort verstehen. Die Herren der Rennleitung drängten zu Therak und kondolierten. Sie erkundigten sich, ob man das

Rennen abbrechen sollte. Therak fragte Phädra, ob man das Rennen aufheben sollte.

Phädra sagte: »Wie du willst.« Sie war blaß und hielt ein Taschentuch in der Hand. Sie benutzte das Taschentuch nicht.

Therak ließ das Rennen weiterlaufen. Die Herren der Rennleitung lobten sein sportliches Verhalten.

Am Abend gab der Automobilklub im Hotel seinen Empfang. Die Plätze von Igor, Phädra und Therak blieben leer. Das Festessen war im Restaurant. Phädra und Therak aßen in der Bar.

»Wir haben deinen Geburtstag vergessen«, sagte Phädra.

»Es ist lieb von dir, daran zu erinnern, daß ich alt werde«, sagte Therak.

Phädra spielte mit der Münze, die Therak ihr in Agrigent geschenkt hatte. Sie nahm ihr Glas und sagte:

»Wir wollen auf die alten Griechen trinken!«

»Warum?« fragte Therak.

»Weil du einer bist! Vielleicht ein Gott. Vielleicht ein Ungeheuer.«

Therak kam es vor, als sei ein Ausdruck von Klugheit und Beseelung in Phädras Gesicht getreten, ein Zug, der ihre Schönheit vergeistigte und den er nicht kannte. Aber dann schien es ihm wieder ein gänzlich abwegiger Gedanke zu sein, daß er ein Zeichen von Klugheit bei Phädra bisher übersehen hätte.

Phädra klagte dann über Kopfweh und bat, sich zurückziehen zu dürfen.

»Ich komme auch bald nach oben«, sagte Therak.

Er trank noch ein Glas Champagner, aber der Champagner war nicht trocken genug und schmeckte ihm nicht.

Therak ging auf die Straße und fand in der Nähe des Hotels eine Taverne, wo er den echten Wein von Marsala bekam, der nach Meer und Schwefel, nach Teer und Knoblauch schmeckte, der die Zunge zerbiß und den er liebte.

Therak trank eine Flasche und unterhielt sich mit einem Fuhrmann über Esel und Eselkarren. Therak und der Fuhrmann verstanden sich großartig. Therak lud den Fuhrmann ein, und der Fuhrmann lud Therak ein.

Nach einer Stunde brach Therak auf. Er ging über die Straße. Eine Eule lachte im Mauerwerk des alten Sarazenenturms. Therak lauschte im Garten seines Hotels auf den Ruf der Eule. Die Lampions, die den Garten erhellt hatten, waren erloschen. Der Kies der Wege knischte feucht; man hatte den Garten noch zur Nacht gesprengt. Die Luft war mild. Sie war weich und voll von bittersüßen Düften. Sie roch nach der Blüte der Pomeranzen, nach Myrrhe und Lilien.

Das Hotel war eine Insel von Licht in der Dunkelheit der Nacht. Therak suchte die Fenster seiner Zimmer. Ein leichter, im Garten kaum wahrnehmbarer Wind bewegte sacht die weißen Schleier der Vorhänge.

Therak versuchte, zu pfeifen. Es gelang ihm nicht. Er hatte nie einen rechten Pfiff zuwege gebracht, schon in der Schule nicht, und die Jungens hatten ihn deshalb verspottet. So rief er »Halloh!« Er wollte Phädra auf dem Balkon sehen. Aber Phädra kam nicht, und der Ruf zerriß albern die Stille. Auch die Eule lachte wieder. Sie lachte boshaft. Es war schade, daß Phädra nicht auf den Balkon kam. Therak wollte sie in den Garten rufen und mit ihr die Marmorstufen hinuntergehen, die aus dem Garten zum Meer führten.

Am Hotelschalter bestimmte Therak die Abreise für den nächsten Tag. Er schrieb Telegramme und gab sie dem Portier. Die letzten Gäste verließen das Bankett des Automobilklubs. Sie lärmten, vom Wein, von Schnäpsen und von den Gesprächen erhitzt. Als sie Therak sahen, machten sie die ernsten Gesichter von Leuten, die, ohne zu trauern, einer Beerdigung beiwohnen.

Therak ging zu seinen Zimmern hinauf und klopfte an Phädras Tür. Er öffnete die Tür. Er sah Phädra. Sie war in einen Sessel gesunken. Sie war sehr schön. Es war nicht mehr die kalte Schönheit einer Statue, es war auf einmal die warme Schönheit des Weibes, der sie einen idealen Ausdruck gab. Sie war eine herrliche Gestalt, und ein Zug melancholischer Grazie war ihr zu eigen, der Therak an die vor Liebessehnsucht verschmachtende Phädra auf dem Sarkophag in Agrigent erinnerte. Therak empfand eine neue und tiefe Zärtlichkeit für die im Sessel Eingeschlafene, die wohl auf ihn gewartet hatte, und er trat behutsam zu ihr, um sie zu wecken, aber Phädra war tot.

DAS UNGLÜCK DES KRIMINALSCHRIFTSTELLERS

Die Freundschaft des berühmten Detektivs ist ein Unglück. Die Verdienste des Doktor Watson sind gering. Gelingt es, die Tat aufzuklären, gebührt Sherlock Holmes die Ehre, und du warst nur ein überflüssiger Begleiter auf der Menschenjagd. In deinen Träumen erschreckt dich dann vielleicht das arme Gesicht des überführten Verbrechers, und bei festlicher Tafel denkst du an seine dunkele Zelle, sein trockenes Brot und den Wasserkrug. Entwischt der Mörder, deutet man auf dich. Du hast mit deinem Dabeisein die Untersuchung gehindert, wichtige Beweisstücke vielleicht sogar absichtlich durcheinander gebracht und Holmes mit deinem Geschwätz auf eine falsche Spur gelenkt. Schweigst du über die Abenteuer deines Freundes, wird man sagen, du verheimlichest die klägliche Rolle, die du in ihnen spielst. Schreibst du die Erlebnisse deines Helden, der in Wahrheit dein Vampyr ist, auf und gibst sie heraus, wird es heißen, du beutest ihn aus. Der arme Holmes mußte sich in Gefahr begeben, damit du mit deinen Kriminalgeschichten ein Vermögen erwerben konntest.

Auch sonst bist du in schlechten Ruf gekommen. Mit Holmes befreundet, stehst du mit der Polizei in Verbindung, und viele halten dich für einen Spitzel. Wo du auch erscheinst, wird das Gespräch sich dem Wetter zuwenden, oder das Schweigen der Gesellschaft wird dich beleidigen. Andere wieder werden dir Heimliches über ihren Nächsten erzählen, in der Hoffnung, ihm so das Grab zu graben. Wird der Nachbar zufällig verhaftet, flüstern die Bekannten scheinheilig mit seiner Frau und geben dir die Schuld an ihrem Unglück.

Schließlich, wenn du, müde nach vollbrachtem Tagewerk, am Abend mit deinem Freunde, dem Detektiv, am Ufer des Kanals spazieren gehst und dich bemühst, seine scharfsinnigen Kombinationen über den Hut des alten Mannes dort auf der Bank zu begreifen, wird die von Holmes' furchtbarem Feinde, dem teuflischen anarchistischen Professor, aus dem Hinterhalt geschossene Kugel des Luftgewehrs, die dem Freunde gilt, dich lautlos zu Boden strecken.

VOR DEM FILM

Der Frühling war nicht barmherzig. Die Sonne wärmte nicht; nur am Mittag fiel sie wie ein auf die Bühne gerichteter Scheinwerfer in unsere Fenster und enthüllte den Winterschmutz der Scheiben, Risse und Farben von gestern im grauen Anstrich der Wände, die müden Dirnen glichen, schäbig und mit Tränenbächen im gepuderten Gesicht, und das Brandloch im Teppich war wie von heute, als ob der Brand weiter schwelte, fünf Jahre, unsichtbar und nie zu löschen.

Es war Sonntag. Durch die Tür flüsterte das Radio des Schauspielers. Der Schauspieler hörte seiner Stimme zu. »Liebe Kinder«, sagte die Stimme des Schauspielers, »nun müßt ihr hübsch artig sein, damit ihr mir in den Palast der schönen Prinzessin folgen könnt.« Der Schauspieler saß allein in seinem Zimmer und aß einen Bückling und plötzlich ekelte ihm vor dem Fisch. Zwei Flaschen lagen ausgetrunken am Boden. Der Schauspieler war spät nach Hause gekommen. Er hatte sich mit seiner Freundin verzankt. Er hatte getrunken und die leeren Flaschen auf den Boden geworfen.

»Ich habe eine Bitte an dich«, sagte Susanne.

»Ich will Briefe schreiben«, sagte ich. Das war eine Lüge. Ich hatte keine Briefe zu schreiben. Ich wollte Susanne meine Zeit nicht opfern.

»Ich habe aber eine Bitte an dich«, wiederholte Susanne.

Ich kannte ihren Eigensinn. Sie wiederholte ihre Bitte, bis sie bekam, was sie wollte.

»Gehen wir in's Kino?« fragte sie.

Ich sagte: »Leg dich auf's Dach in die Sonne.«

Sie sagte: »Bei Licht sitze ich lieber im Dunkel.«

Sie wollte im Dunkel eine Welt im Licht sehen, ein Land ohne Armut und Tod, und ich fragte sie, ob das nicht ohne den idiotischen Weg ins Kino zu machen wäre.

Sie dachte nach und sagte: »Nein.«

Schön; ich mußte mich anziehen.

Ich rasierte mich. Die Spiegeltür im Schrank quietschte. Immer wenn die Tür quietschte, mußte ich an Benzin denken. Ich hätte gern Benzin genommen und alles, was im Schrank hing, angezündet. Da war mein Anzug, – er glänzte in seiner Abgetragenheit. Da war das Hemd, und es war am Kragen und an den Manschetten durchgerieben. Der Schlips hatte fadenscheinige Stellen. Die Schuhe waren brüchig und ihre Absätze schief getreten. Am Sonntag Nachmittag würde man alles besonders deutlich sehen; man würde sehen, wie abgetragen, wie alt, wie brüchig das alles war.

»Ich bin fertig«, sagte ich, »willst du dich nicht doch lieber in die Sonne legen?«

Sie saß nackt auf dem Bettrand und knabberte an einem Stück Pumpernickel. Krumen fielen ihr auf den Leib, und es sah aus, als sei ihr Leib mit schwarzer Erde beworfen. Sie sagte: »Du siehst doch, ich muß mich erst anziehen. Wir könnten in die zweite Vorstellung gehen.«

»Gut«, sagte ich. »Ich gehe und besorge die Karten. Wir treffen uns um vier vor dem Kino.«

»Schön«, sagte sie, »um vier vor dem Kino.«

Ich fuhr mit der Straßenbahn zum Kino und besorgte Plätze für die zweite Vorstellung. Die erste Vorstellung hatte gerade begonnen. Ich hatte zwei Stunden Zeit.

In der Straße gab es eine Menge Läden, aber es waren, wenn man genau hinsah, keine Häuser da. Die Läden waren nach der Art von Kulissen vor die Ruinen der Häuser gestellt, die früher da gestanden hatten, und die Straße ähnelte einer Ladenstraße in einem Filmatelier. Vor der Kulisse, die einem Buchhändler gehörte, verweilte ich. Der Buchhändler hatte schöne Bücher in seinem Schaufenster, und es waren Bücher dabei, die ich sehr gut kannte. Ich konnte mir die Bücher nicht kaufen, aber ich hatte einige davon besessen. Ich weiß, es ist dumm, vom Verlorenen zu sprechen. Niemand will es hören. Ich hatte einmal in einer Gesellschaft von den Büchern erzählt, die ich besessen hatte, und ein dicker Mann, der mit Fett und französischen Impressionisten handelte und auf dessen Wohlwollen ich damals angewiesen war, hatte »Mensch, nun machen Sie aber einen Punkt« gerufen, »jedermann ist eine Riesenbibliothek verbrannt!« Alle lachten. Vielleicht lachten sie, um dem Dicken zu gefallen. Vielleicht lachten sie auch, weil sie mich für einen Schwindler hielten. Das war nicht weiter wichtig, denn es waren nur Schwindler in der Gesellschaft. Dennoch schämte ich mich. Ich schämte mich, weil ich von meinen Büchern gesprochen hatte und weil ich unter Schwindlern leben muß.

Neben den Buchhändler hatte ein anderer seine Kulisse aufgestellt, ein Herrenausstatter, wie er sich nannte. Ich konnte vieles aus seinem Fenster brauchen, und ich wählte Schuhe mit Sohlen aus wulstigem Krepp, ein seidenes Hemd, einen schwarzen Hut und einen dunkelgrauen Flanell für den Anzug. Der Flanell sei englischer Flanell, sagte ein kleines Schild auf dem Stoffballen, und ich sah dickfellige schottische Schafe im Hochland weiden, ich sah in Yorkshire die Wolle durch die Webstühle laufen und ich sah den vorausschauenden deutschen Kaufmann das Tuch im Krieg und Nachkrieg vor tausend Kontrollen listig verstecken und bewahren. So ausgestattet vom klugen Herrenausstatter, schritt ich leichter weiter. Ein neues Selbstbewußtsein durchströmte mich von den federnden Kreppsohlen bis zum Hut Marke Eden und beeinflußte günstig den Kreislauf.

Die Dekoration der Luftfahrtgesellschaft sprach: »Komm und fliege mit uns nach New York.« Ich war bereit, zu kommen und zu fliegen, aber das Büro war geschlossen, es war ja Sonntag, und da überfielen mich auch schon die Zweifel, die mißgelenkten Erinnyen, ob ich die Zone verlassen durfte, die Gott mir zugewiesen hatte oder die machtvoll nachwirkende Vorsehung des verhängnisvollen Volksredners. Auf einem Plakat lag eine hübsche Dame in einem bequemen Bett, und eine Stewardess, die vielleicht noch hübscher war als die hübsche Dame, reichte ihr nach ehrwürdiger englischer Sitte den Frühtee, und der Plakatmaler hatte nicht vergessen, ein paar tausend Meter unter dem Bett, in dem die Dame aus süßem Schlummer erwacht war, von Zephyros Hauch und vier Motoren sicher getragen, den Ozean hinzumalen, das weite Meer mit seinen Wogen und aller Erinnerung an Schiffbrüche, so daß man den Fortschritt und den Komfort ermessen konnte, der in den Diensten der Luftfahrtgesellschaft erreicht war, zwanzig Jahre nach Lindberghs einsamem Flug. »Die Welt ist ein Ball in deiner Hand«, sagte das Plakat, »in zwölf Stunden bist du in New York.« Ich hatte nichts gegen den Ball in meiner Hand; ich hatte Angst, keinen Paß zu bekommen. Nicht einmal den kleinen Kinderflug nach Venedig dürfte ich ohne Paß antreten, den Glockenschlag des Campanile würde ich nicht hören, und ich konnte doch nichts dafür, daß hier und anderswo alles kaputt war. Das Plakat wurde ernst. Es wandte sich wie mein alter Lehrer in der Elementarschule an mich. »Das Retourbillett ist billiger«, sagte der alte Lehrer und rechnete mir auf Dollar und Cent meinen Vorteil vor. Er überzeugte mich und ich wollte mir den Gewinn nicht entgehen lassen. Ich hätte der Luftfahrtgesellschaft sogar versprochen (wenn dies Bedingung gewesen wäre), mich nur einen einzigen Tag in New York aufzuhalten und nach Mitternacht wieder zurück zu fliegen, bequem und schlummernd, nachdem ich das neue Rom gesehen hatte. Ich hätte gelobt, niemand aufzusuchen, niemand anzurufen oder anzubetteln in New York und keinerlei Unsinn anzustellen mit ernsten Geschäftsleuten. Ich würde allein den langen Broadway hinuntergehen, ein stiller und artiger Gast, und nur am Abend würde ich gern einen Whisky trinken, wenn dies erlaubt sein sollte, meine Herren Luftdirektoren und Gouverneure, einen Whisky auf dem hohen Hocker eines Drugstores vor der Theke aus blanken Metallen und sprudelnden Sodafontänen, diesem Ausschank des Lebens, wie ihn uns Hollywood zeigt.

An der Straßenecke erweiterte sich die Kulissengasse zu einem Platz, und es wartete auf mich die Erinnerung an Paris. Ein Mann hatte zwei kleine Marmortische und ein paar Stühle in die Sonne gestellt, und ich konnte mir einbilden, im Café du Dôme zu sitzen. Bald würde ein Freund kommen, und er würde sagen: »Trinken wir noch einen.« Und wir würden einen Pernod nehmen und der Pernod würde scheußlich nach Lakritzen schmecken und uns herrlich in Stimmung bringen. Ein Neger ging mit seinem Mädchen an den Tischen vorüber. Es war ein nettes Mädchen und es war ein netter Neger und sie gingen Hand in Hand, und ein ernster Mann und eine ernste Frau sahen ihnen nach, und dann blickten sie einander an und ihre ernsten Gesichter bekamen einen neidischen und mißgünstigen Ausdruck, und ich dachte, der Teufel hole alle ernsten und mißgünstigen Leute, und ich stand auf und ging. Es war nichts mit Paris in dieser Stadt.

Ich ging über den Platz und ging vorbei an dem Denkmal eines Gesetzgebers unseres Landes, und der Gesetzgeber hatte keinen Kopf. Den Kopf hatte ihm eine Granate abgerissen, aber auf dem Sockel seines Denkmals stand, daß das Volk ihn nie vergessen würde. Ich kam dann zu einer Stelle, wo die Steine aus dem Schutt eines Hauses rechtwinkelig aufeinander geschichtet waren und in dieser strengen Ordnung besonders trostlos wirkten. Als die Steine noch ein Haus waren, hatte man dort auch noch im Kriege gut essen können, fast bis zum Schluß. Es war nur ein Kunststück gewesen, hinein zu kommen, und die vielen Uniformen und die zum Gruß erhobenen Arme hatten einen nicht erschrecken dürfen. Ich hatte hier an einem Abend mit Henriette gegessen. Henriette lächelte damals noch wie im tiefsten Frieden. Sie war eine der elegantesten Frauen der Stadt und mit einem Mann verheiratet, der eine große Karriere gemacht hatte. Meine Freunde nannten Henriette die Lady Milford; vielleicht weil sie lächelte und doch mit einem so einflußreichen, so furchterregenden Manne verheiratet war.

Nach dem Essen gingen wir auf die Straße, und es heulte gerade die Sirene. Ich wußte in der Nähe eine kleine Kneipe, wo wir den Alarm abwarten konnten. Wir gingen ein paar Schritte, und es gab da eine Straße, die Glückstraße hieß; heute ist die Straße ein Trümmerberg, aber damals stand sie noch und auch die kleine Bar war noch da. Das Lokal war leer. Es war nur ein junger Soldat in seiner abgetragenen Uniform da und das Mädchen hinter der Theke. Wir tranken was, und auch das

Mädchen und der Soldat tranken. Manchmal schoß die Flak, und zuweilen hörte man Einschläge, aber die Bomben fielen nicht in unserer Gegend. So war es für uns ein friedlicher Alarm, aber gleich nach der Entwarnung kam eine Militärstreife in das Lokal. Der Soldat hatte die Streife gesehen, bevor sie ihn bemerkte, und er stellte sich hinter einen Vorhang, der bei der Bar die Bierfässer verdeckte. Der Offizier der Streife trat auf mich zu und fragte: »Soldat?« Ich sagte: »Nein.« Er schaute sich um und erkundigte sich, ob hier noch jemand sei. Da drehte sich Henriette auf ihrem Barstuhl um und lächelte ihr tiefes Friedenslächeln. »Wollen Sie nicht etwas mit uns trinken?« fragte sie den Offizier. Der Offizier knallte seine Absätze zusammen und legte die Hand an den Helm. »Bedauere, Gnädigste, haben Dienst – !« Er erinnerte mich an einen Automaten, in den man einen Groschen geworfen hatte. Er war aber kein vollkommener Apparat. Er rasselte. Vielleicht hatte man vergessen, ihn zu ölen.

Auf der Straße überholten uns die Wagen der Feuerwehr. Mit ihren spukhaften blauen Lampen rollten sie wie Geisterzüge durch die große Verdunkelung. Im südlichen Stadtteil brannte es. Der Himmel rötete sich dort. »Wissen Sie, daß ich Jüdin bin«, fragte mich Henriette. Ich dachte an den Mann mit der großen Karriere, der mir immer wie ein unheimlicher Schatten hinter Henriette erschienen war, und ich fragte sie: »Weiß er es?« Sie nickte. »Wir sind nicht verheiratet, wir leben nur zusammen; solange sie glauben, daß wir verheiratet sind, fragen sie mich nichts.« Sie war ihrer Rolle so sicher. Ich glaubte, im Schein des fernen Feuers ihr tiefes Friedenslächeln zu sehen. Aber am zwanzigsten Juli trat auch in diesem Spiel der Tod auf.

Es war Zeit, zum Kino zu gehen. Die Sonne war hinter Wolken verschwunden und bald würde es regnen. Vor dem Kino warteten schon viele. Susanne löste sich aus der Menge und kam mir entgegen. Sie sagte: »Da bist du ja endlich! Freust du dich auf den Film?«

Ich sagte: »Ja natürlich, ich freue mich sehr auf den Film.«

DIE WACHTELN
Eine Erzählung

Die Uraufführung der »Eumeniden« von Köros Ladany war ein großer Erfolg. Der berühmte Schriftsteller wurde wiederholt vor den Vorhang gerufen, um für den Beifall des Publikums zu danken.

Nach der Vorstellung trafen sich die Schauspieler und einige Kunstbegeisterte im Theaterkeller, und Köros Ladany saß klein, bescheiden und still, ja gradezu verschlossen in der bald recht lauten und fröhlichen Gesellschaft. Die günstige Aufnahme, die sein neues Werk gefunden hatte, schien den Dichter nicht zu freuen. Er machte einen traurigen Eindruck; vielleicht sann er auch nur alten, vergangenen Geschichten nach. Eine unserer schönen und talentvollen Schauspielerinnen, Ingrid Lahusen, versuchte vergeblich, mit all ihren bezaubernden Reizen den gefeierten Dramatiker für sich zu interessieren. Schließlich tröstete sie sich mit dem kaufmännischen Direktor unseres Theaters, und die Unterhaltung ging über den schweigsamen Köros Ladany hinweg. So beachtete es kaum einer, wie der strenge Kritiker des Tageblatts Ladany ansprach und ihn mit der Bemerkung herausforderte, daß die Manier der modernen Bühnenschriftsteller, antike Stoffe auszugraben und sie in neuer Verkleidung vor die Rampe zu bringen, wie es auch Ladany in seinen »Eumeniden« getan hatte, doch sehr darauf schließen lasse, daß die heutigen Autoren eben nichts Dramatisches mehr erlebten. »Die Erlebnisfähigkeit ist den Dichtern verloren gegangen«, rief der Kritiker, und es wunderte mich, daß Ladany diesem Angriff nur damit begegnete, daß er stumm sein Glas hob und dem Rezensenten zutrank. Kurz darauf verabschiedete der Dichter sich höflich von der Gesellschaft, und meine Pflicht als Dramaturg des Schauspielhauses war es, den berühmten Gast zu seinem Hotel zu begleiten.

Wir gingen über den Bahnhofswall, und als wir den »Europäischen Hof« erreicht hatten, überraschte mich Ladany mit der Einladung, auf seinem Zimmer noch einen besonders guten Tokajer mit ihm zu trinken.

Nachdem wir den vollen Wein, in dem die Glut eines ungarischen Sommers eingefangen war, probiert hatten, sagte Ladany: »Sie haben sich gewundert, daß ich dem Herrn, der mir vorwarf, als Dramatiker nichts Dramatisches erlebt zu haben, nicht antwortete. Ich konnte es nicht, weil meine ›Eumeniden‹, die ›Rachegöttinnen‹, doch von einem persönlichen Erlebnis herrühren, das ich in ein antikes Kleid gebracht habe. Die ursprüngliche, wahre Geschichte geht niemand etwas an, den Kritiker nicht und das Publikum nicht. Aber Ihnen möchte ich mein Erlebnis erzählen – und schließlich sind wir ja Kollegen.«

Ich errötete etwas über diese Schmeichelei, aber Ladany schenkte mir ein neues Glas ein und sagte: »Auch ich war einmal Dramaturg; aber das gehört schon zu der Geschichte, und ich muß von vorn anfangen.

Ich studierte in Wien, und wie alle jungen Dramatiker hatte ich ein Napoleon-Drama geschrieben, das von den Bühnen, denen ich es einreichte, abgelehnt wurde. Auf der Suche nach einem anderen historischen Stoff fiel mir Kaiser Maximilians Abenteuer in Mexiko ein, und ich bemühte mich, aus der Bibliothek Literatur über diese Tragödie am Rande der neueren Geschichte zu finden. Dabei lernte ich einen Bibliothekar kennen, der mir, als er merkte, daß ich mit bescheidenen Mitteln haushalten mußte, vorschlug, die Bücherei eines ehemaligen österreichischen Herzogs auf einem Schloß an der ungarischen Donau zu ordnen. ›Sie werden dort jede Literatur über Maximilian und über Mexiko finden‹, sagte der Bibliothekar, ›denn der Herzog gehörte als Page der unglücklichen Kaiserin Marie Charlotte zum Hofe Maximilians und hat alle Nachrichten und Veröffentlichungen über diese Episode Habsburgs in der neuen Welt gesammelt‹. Diese Erklärung schien mir für meine Arbeit Glück zu verheißen, und ich nahm dankbar das Erbieten des freundlichen Bibliothekars an, mir die Stellung auf dem Schloß zu verschaffen.

Eine Bahnstunde hinter Pest wurde ich von einem Jagdwagen abgeholt, der mich zum Schloß bringen sollte. Ein Kutscher in einer so mit Schnüren und Sternen besetzten Livree, daß er wie der König aus einem Märchen aussah, lehnte es offensichtlich ab, sich während der Fahrt mit mir zu unterhalten. Es war ein überaus heißer Tag, und das Ufer der Donau weckte die Vorstellung von tropischen Dschungeln. Ein vielfach verschlungenes, undurchdringlich scheinendes Gestrüpp säumte urwaldartig den schmalen Wagenpfad, und die prallen Beeren unzähliger Tollkirschen lagen wie schwarze Perlen auf dem grellgrünen Laub, während sich Wasservögel und scheues Federwild bei unserer Vorüberfahrt kreischend aus dem sumpfigen Ried hoben.

Das Schloß lag vollkommen einsam in der fruchtbaren, doch düsteren Landschaft. Wie der Kutscher in seiner Livree schien auch dieser Herrensitz zu einem Märchenspiel zu gehören, er konnte Dornröschens Schloß sein, verwunschen, verfallen, von Verlassenheit und Wildwuchs umrankt, und ich wunderte mich, daß dies die Wohnung des Herzogs war.

Man wies mir ein Zimmer in einem zierlichen Türmchen an. Der Raum roch modrig und war wohl lange nicht bewohnt worden, aber nach der Schwüle, die draußen herrschte, war er wenigstens angenehm kühl. Ein alter Diener – wie ich später erfuhr, wurde er der Haushofmeister genannt – in einer gleichfalls pompösen, wenn auch nicht ganz sauberen spanischen Livree teilte mir sehr formell mit, daß man mir mein Essen auch auf diesem Zimmer servieren würde. Da ich erwartet hatte, am Tisch des Herzogs zu speisen, merkte ich, daß man mich hier nicht als Gast, sondern als zur Dienerschaft gehörend behandeln wollte. Eine Weile fühlte ich mich gekränkt, aber dann tröstete ich mich damit, daß die Befreiung von jeder gesellschaftlichen Verpflichtung mir Zeit für die eigenen Arbeiten lassen würde.

Dem Herzog wurde ich am anderen Morgen vorgestellt. Er

war, wie ich vermutet hatte, ein Greis, doch von strenger, aufrechter Haltung. Sein Blick war durchdringend, aber seine Augen lagen wie hinter unsichtbaren Schleiern, und sein Blick schien wohl auch nur durchdringend auf mir zu ruhen, denn in Wahrheit, glaube ich, war er nach innen gerichtet, weit zurück in die Vergangenheit und abgewandt von einer ihm sehr belanglos vorkommenden Gegenwart. Ich wußte nicht, wie ich den Greis ansprechen sollte, und beinahe hätte ich ›Herr Herzog‹ zu ihm gesagt, als mir der Haushofmeister, der nicht von meiner Seite wich, zuflüsterte, ich hätte den Herzog mit ›Durchlaucht‹ anzureden. Diese Anrede kam mir in der ersten Zeit meines Aufenthalts auf dem Schloß altmodisch und komisch vor, aber allmählich gewöhnte ich mich an sie, und schließlich fand ich sie, angesichts der aufrechten, kaum noch zu dieser Welt gehörenden, unnahbaren Gestalt des Alten, selbstverständlich.

Der Herzog führte mich in die Bibliothek, einen herrlichen Raum, der wie ein barockes Kirchenschiff gegliedert war, mit aus der Wand hervortretenden goldenen Heiligen und stolzen Engeln, und gab mir mit kurzen Hinweisen die Wünsche bekannt, nach denen er die Bücher geordnet haben wollte. Die Regale enthielten keine neueren schöngeistigen Werke und fast keine moderne wissenschaftliche Literatur, dafür aber eine umfangreiche Sammlung alter theologischer und historischer Drucke sowie in sehr schönen, vollständigen Ausgaben die französischen Autoren des 17. und 18. Jahrhunderts, der großen Zeit der französischen Könige, und hier waren auch alle frivolen Schriftsteller vorhanden und die Seiten mit reizenden, oft lasziven Kupfern geschmückt.

In dem schönen Saal der Bibliothek verbrachte ich den größten Teil meiner Tage in absoluter Einsamkeit. Niemand besuchte mich, niemand kümmerte sich um mich, niemand sprach mit mir. Der Herzog hatte sich in einem abgetrennten Nebenraum der Bücherei ein Arbeitszimmer eingerichtet, eine Art Verschlag, der neben dem prächtigen, weit geschwungenen Saal arm und schäbig wirkte. Der Raum war ein Laboratorium, aber keine moderne Forschungsstätte, sondern eine Alchimistenhöhle oder das Studierzimmer eines Naturforschers aus alten Witzblättern, unordentlich, übervoll gestellt mit Geräten, Sammlungen, Flaschen und immer etwas unsauber. Der Herzog hat mich nie aufgefordert, diesen Raum zu betreten, in dem auch die mexikanischen Sammlungen und die Bücher über Kaiser Maximilian untergebracht waren, und ich wagte es nicht, ihn um die Erlaubnis zu bitten, diese Schriften benutzen zu dürfen. Ich fühlte, daß mein Plan, ein Drama über den Kaiser Maximilian zu schreiben, dem Herzog absurd und gänzlich lächerlich vorgekommen wäre; doch muß ich hinzufügen, daß ich den Herzog nie habe lachen sehen.

Der Arbeitsraum des Herzogs war durch ein Oberlicht mit der Bibliothek verbunden, und wenn ich beim Ordnen der Bücher auf einer Leiter zu stehen hatte, konnte ich einen neugierigen Blick in die Alchimistenstube tun. Der Herzog saß dann in einem weißen Kittel, der ihm das Aussehen eines alten Arztes gab, in der Unordnung des Zimmers vor aufgeschlagenen Herbarien oder über Reagenzgläser gebeugt. Zuweilen geschah das Schreckliche, daß ihm in Holzkäfigen von den pompös gekleideten Dienern Kaninchen und Hühner, Meerschweinchen und Feldmäuse gebracht wurden, mit denen er pharmakologische Experimente machte. Das Winseln und Quietschen der Tiere war für mich um so entsetzlicher, als ich überzeugt war, daß ein wahnsinniger Dilettantismus sie quälte. Ich weiß heute, daß der Herzog das unbekannte, geheimnisvolle Gift zu erforschen suchte, das von mexikanischen Indianern der Kaiserin Marie Charlotte beigebracht wurde, die dann, wie bekannt, in unheilbarem Wahnsinn die langen Jahre ihres traurigen Lebens verbrachte. Nur einmal bekam ich ein Werk aus der Handbücherei des Herzogs zu sehen. Es war des Tabernaemontanus ›Neu vollkommen Kräuterbuch‹, ein Baseler Druck aus dem 17. Jahrhundert, den ich mit anderen Schriften zum Buchbinder nach Pest senden sollte.

Der Aufenthalt auf dem Schloß, die Verlassenheit, in der ich lebte, die Unmöglichkeit jeder Unterhaltung, denn auch die

Dienerschaft in ihren Märchenkostümen einer spanischen Hofhaltung vermied es, mit mir, der ich weder zu den Herren noch zu ihnen gehörte, zu reden, wenn ich am Abend durch den verwilderten Park oder die alten Ställe ging, dies alles fing an, mich zu bedrücken. Und da ich an meinem Maximilian nicht arbeiten konnte, beeilte ich mich mit dem Ordnen der Bücher, um das Schloß bald wieder verlassen zu können.

Einmal stand ich bei einem schweren Gewitter hinter einem der hohen Fenster der Bibliothek und schaute in das von Blitzen überzuckte, sturmbewegte grüne Meer des Parkes. Wie hohe Wogen rollten die Donner über das Haus, und ich fühlte mich in dem barocken Saal mit seinen Heiligen und Engeln wie in einer Arche auf ungewisser, gefährlicher Fahrt. Ich hörte keine Schritte, und ich erschrak, als mich eine Hand leise von hinten berührte. Ein außerordentlich schönes, großes und bleiches Mädchen mit rotem, im Licht der Blitze wie Feuer brennendem Haar stand hinter mir. Sie war jung, fast noch ein Kind, aber von so stolzer und erdenferner Haltung, und sie hier zu sehen, war so seltsam, daß mein Blick die Engel im Saal suchte, ob einer von seinem Sockel heruntergestiegen sei. Das Mädchen hob eine schmale, sehr blasse Hand und sagte: ›Ich fürchte mich.‹

Ich hatte keine Ahnung, wer sie war. Sie mußte zum Schloß gehören, aber ich hatte sie noch nicht gesehen. Ich antwortete ihr mit irgendeiner Banalität, daß der Blitz uns schon nicht treffen wird, oder sonst etwas. Ich war sehr verwirrt. Da schüttelte das Mädchen den Kopf und rief: ›Diese entsetzliche Stille!‹ Es war seltsam, denn grade brach der Donner mit einem fürchterlichen Schlag über uns nieder.

Da ich glaubte, sie fürchte sich vor dem Gewitter, nahm ich sie bei der Hand und führte sie vom Fenster zu meinem Arbeitsplatz. Ich zündete die Kerzen in einem alten Leuchter an, und der milde Schimmer des brennenden Wachses belebte mit Anmut das bleiche und stolze Gesicht des Mädchens.

Ich fragte: ›Wer sind Sie?‹

›Das Kind‹, sagte sie.

Es fiel mir auf, daß sie nicht ›die Tochter‹ sagte, aber ich begriff, daß sie die Tochter des Greises war, siebzehn Jahre alt, und es erschütterte mich mehr als die Donner, die vom Himmel hallten.

Der Herzog hatte in einem Alter, in dem andere an das Grab denken, eine Dame aus einer Nebenlinie des Hauses Bourbon geheiratet; nicht aus Liebe, sondern aus Leidenschaft, weil die Dame der unglücklichen Kaiserin von Mexiko ähnlich sah. Die Herzogin war bei der Geburt des Mädchens, das Marie Charlotte, wieder wie jene Kaiserin, getauft wurde, gestorben. Sie hatte dem Alten wohl auch zu keinem anderen Zweck gedient, als mit ihr ein Kind zu zeugen, das er durch eine symbolische Namensgebung seinem Maximilian-Kult und -Wahn weihen konnte. Marie Charlotte war in einer Klosterschule für Sprößlinge der hohen Aristokratie in Belgien erzogen worden, und nun lebte sie auf dem düsteren, einsamen Schloß, zwischen den verfallenden, umrankten Mauern, ohne Gefährten und ohne Lachen. ›Die Welt ist ein Pöbelhaufen‹, pflegte der Herzog zu ihr zu sagen, wenn sie ihn gelegentlich bat, verreisen zu dürfen, Menschen und Städte zu sehen, Theater zu besuchen. Er wollte sie in der Abgeschiedenheit des wie verwunschenen Schlosses vor jeder allzu irdischen Berührung bewahren, und im übrigen korrespondierte er mit einigen in der Welt herumirrenden entthronten Königen, ewig hoffenden Prätendenten, um Marie Charlotte eines Tages ebenbürtig und mit Aussicht auf eine Krone zu vermählen.

An dem Tag, an dem ich sie kennenlernte, entdeckte Marie Charlotte, die fast nie aus ihren Zimmern ging, die im Westflügel des Schlosses lagen, gleichsam die Bibliothek, und sie lieh sich ziemlich wahllos die ›Memoiren‹ des Herzogs von Saint-Simon und die mehr dummen als aufregenden ›Abenteuer des Chevalier Faublas‹. Die Klosterschule, die Marie Charlotte gebildet hatte, hätte beide Werke wohl nicht für geeignet gefunden, von einem so jungen Mädchen gelesen zu werden, aber ich wußte wirklich nicht, wie ich mich verhalten sollte, denn es waren ja eher ihre als meine Bücher, die sie sich holte, und Schriften, die ich ihr hätte empfehlen dürfen, waren, außer unlesbaren Erbauungsbüchern, überhaupt nicht in dieser Büchersammlung – oder hätte ich ihr die peinliche Halsgerichtsordnung oder Sprengers ›Malleus maleficarum‹, die gräßliche Beschreibung der Hexenfolterung, zur Nacht mitgeben sollen?

Marie Charlotte besuchte mich nun täglich in der Bibliothek. Die Bücher waren für sie ein Blick aus ihrem Gefängnis geworden, die Offenbarung einer zwar bunten, aber doch schon lange toten und immer künstlichen Welt, die nicht das geringste mit der Wirklichkeit unserer Tage zu tun hatte, wie sie schon eine Wagenstunde vom Schloß entfernt zu finden war. Sie las die konventionellen, im Stil des Rokoko galanten Ritterromane von Calprenède und de Bussy, die ›Charaktere‹ von La Bruyère, die ›Fabeln‹ von La Fontaine und Lesages ›hinkenden Teufel‹. Sie schreckte vor dem Skeptizismus des philosophischen Jahrhunderts nicht zurück und begegnete Voltaire, Rousseau und Diderot. Schließlich fesselte sie selbst eine so brutale Schilderung der Sitten wie die des Brantôme, und ihre junge Seele berauschte sich an dem Gift der ›Gefährlichen Liebschaften‹ des Generals de Laclos.

Ich weiß nicht, ob der Herzog meine Zusammenkünfte mit seiner Tochter beobachtete oder überhaupt bemerkte. Wahrscheinlich hätte ihm ihr Umgang mit mir auch nicht mehr bedeutet als ein Spiel mit einem klugen Hund. Jedenfalls störte er unsere Unterhaltungen nicht, in denen mir allmählich bewußt wurde, daß ich das seltsame Mädchen liebte.

Ob Marie Charlotte auch mich geliebt hat, wage ich nicht zu behaupten. Manchmal meine ich, daß ich für sie nur das Mittel war, das einzige, verzweifelte und dann, wie sich zeigen sollte, auch noch versagende Mittel, der Welt des Greises, der ihr Vater war, zu entfliehen. Eines Tages erwartete sie mich mit einem Ponywagen am Donauufer. Wir fuhren zur Bahnstation und entkamen ungehindert nach Wien.

Da ich arm war und für meine Geliebte sorgen mußte, nahm ich ein Engagement als Dramaturg bei einer österreichischen Provinzbühne an. Ich versuchte auch, Marie Charlotte, von deren eigenartiger Schönheit man sehr wohl eine Bühnenkarriere erwarten konnte, als Anfängerin zu verpflichten; aber sie interessierte sich in keiner Weise für den Beruf einer Schauspielerin. Während ich im Theater arbeitete, saß sie in dem netten Biedermeierzimmer, das wir bei einer alten Hofrätin gemietet hatten, und setzte ihre Schloßbeschäftigung, das Lesen, fort. Sie war nun, aus den Grenzen ihres Zuhauses befreit, bei den Modernen angelangt und las Proust, Gide und Cocteau. Beim Lesen trank sie den Landwein der Gegend, und sie gewöhnte sich so sehr an ihn, daß es mir Kummer machte. Es war nicht so, daß ich meine Freundin, wenn ich aus dem Theater heimkam, betrunken gefunden hätte, aber der Wein erregte Furcht in ihrem Gemüt (doch vielleicht trank sie ihn auch, weil sie sich fürchtete), und sie glaubte dann in dem alten Schloß zu sein und sah den Herzog, der sie mit einer Peitsche, mal mit einem Schwert und dann mit Nattern in der Hand verfolgte. Ich brauchte alle Zärtlichkeit, die ich für sie empfand, um sie zu beruhigen und wieder zu sich zu bringen. Da mich diese Zustände der Verwirrtheit beunruhigten, berichtete ich einem Arzt über sie, der dann mit viel Gelehrsamkeit von einem Trauma sprach, einer Verletzung der Seele in den Kinderjahren, die hier zu vermuten sei und ihn zu einer psychoanalytischen Behandlung raten lasse. Bevor ich mich aber entschliessen konnte, Marie Charlotte einer so eingreifenden Seelenoperation auszusetzen, teilte sie mir mit, daß sie wohl ein Kind bekommen würde.

Ich hatte mir – ich war noch sehr jung – kein Kind gewünscht, aber da es nun in Aussicht stand, liebte ich Marie Charlotte nur um so mehr, und mit einem kleinen Schwindel, der sie älter machte, als sie war, heirateten wir. Da meine Gage als Dramaturg klein und meine wirtschaftlichen Aussichten sehr ungewiß waren, hielt ich es meiner Frau und des erwarteten Kindes wegen für meine Pflicht, eine Aussöhnung mit dem Herzog zu versuchen, der, wie ich meinte, am Ende vor dem nun einmal Geschehenen nachgeben würde. Ich schrieb ihm einen Brief, in dem ich ihn wegen unserer Flucht um Verzeihung bat und ihm meine Verheiratung mit Marie Charlotte und deren werdende Mutterschaft mitteilte.

Die Antwort des Herzogs war nicht an mich gerichtet, sondern an die Prinzessin Marie Charlotte. Der Herzog erwähnte, was vorgefallen war, in keiner Weise, aber er forderte seine Tochter auf, zur Übertragung ihres Erbes auf das Schloß zu kommen. Marie Charlottens Furchtgefühle steigerten sich noch nach diesem Brief, und sie weigerte sich, allein nach Ungarn zu reisen. Ich war einverstanden, mit ihr zu fahren, und teilte das dem Herzog mit, doch wurde mir nicht geantwortet.

Wir fuhren an einem heißen Augusttag in einem Pferdewagen von der Station zum Schloß, und wieder fiel mir die tropisch dschungelartige Landschaft mit den Perlen der Tollkirschen und den kreischenden Vögel im Ried als üppig, grellgrün und unheimlich auf.

Im Schloß wurden wir von einem Geistlichen empfangen, einem Priester mit einem einfältigen Bauerngesicht, der im Haus zu befehlen schien. Er sagte uns, daß der Herzog sich nicht wohl fühle und vor morgen nicht zu sprechen sein würde. Er wies uns zwei geräumige Rokokozimmer an. Über den seidenen Polstern lagen noch die sackartigen Schutzbezüge, so, als hätte man es nicht für nötig gehalten, sie für einen kurzen Besuch zu entfernen.

Das Abendessen wurde für uns im großen Festsaal des Schlosses serviert, in dem der ovale Tisch, der für uns beide gedeckt war, klein und verloren stand. Es gab am Rost gebratene Wachteln zu essen, und der Priester setzte sich zu uns, trank vom roten Wein, aber hatte, wie er sagte, schon vorher zu Abend gespeist. Wir sprachen von gleichgültigen Dingen, vom Wetter und von der Jagd. Als die Schüsseln des Hauptganges von einem der noch immer pompös gekleideten Diener abgeräumt waren, verzerrte sich plötzlich das Gesicht meiner Frau. Obwohl sie nur wenig Wein getrunken hatte, schien sich einer ihrer Furchtanfälle in bisher unbekannter Heftigkeit zu wiederholen. Sie nannte den Priester einen Teufel, schrie, daß er sie töten wolle, wir fliehen müßten, und dabei klammerte sie sich fest an meine Schulter. Ich fühlte, daß sie an allen Gliedern zitterte, daß ihr Herzschlag raste und sah, daß ihr Gesicht sich rötete und ihre Augen groß und glänzend wie die Sterne waren. Dann schien auf einmal ihre entsetzliche Angst in Heiterkeit umzuschlagen. Sie lachte, wie von unwiderstehlicher Lustigkeit geschüttelt, nannte den Priester mit der Stimme einer Berauschten einen lieben Jungen, mit dem sie tanzen möchte, und dann fing sie an, um sich zu schlagen und zu schreien. Ich dachte zuerst, daß sie, erregt über das bevorstehende und durch die Umstände heikle Zusammentreffen mit ihrem Vater, einen ihrer Furchtanfälle in besonders heftiger Weise hätte, und ich bemühte mich verzweifelt, sie zu beruhigen. Aber auf einmal fühlte ich, wie mir kalt wurde, und wie auch ich mit seltsamer, erregter Stimme schrie, und ich spürte zugleich eine beklemmende Trockenheit im Hals, Muskelzittern, Herzflattern und Pulsbeschleunigung.

›Wir müssen etwas gegessen haben, was uns nicht bekommen ist. Schnell, holen Sie einen Arzt‹, rief ich zu dem Priester. Aber dann fiel mir ein, daß der Herzog es verschmäht hatte, das Schloß an das Telefonnetz anzuschließen, und ich verlangte einen Wagen. Der Priester rührte sich aber nicht und meinte nur einfältig, die Übelkeit würde schon vorübergehen, die Wachteln seien vielleicht zu fett gewesen. Marie Charlotte hatte inzwischen die Besinnung verloren. Ich ließ sie auf eine Ruhebank sinken und eilte in den Stall, um ein Pferd vor einen Wagen zu schirren. Ich mußte die Stallburschen anbrüllen, um sie widerwillig zur Hilfe zu bewegen. Währenddem versuchte ich mit Strohhalmen mich zum Brechen zu reizen, um die giftige Speise los zu werden.

Ich lenkte den Wagen vor das Schloß und wollte mit meiner Frau zum Arzt in die Kreisstadt fahren. Marie Charlotte lag noch immer besinnungslos und schwer atmend auf der Ruhebank. Ich bat den Priester, mir zu helfen, sie in den Wagen zu tragen, aber er weigerte sich. Er berief sich auf den Herzog, der diese Fahrt nicht dulden würde. Er meinte, die Ohnmacht würde vorübergehen, oder wenn es wirklich etwas Schlimmes sein sollte, müsse sie erst recht hierbleiben, um von ihm, dem geweihten Priester, das Absolutorium zu empfangen. Da ich sah, daß die Dienerschaft, die sich in ihrer spanischen Hoftracht versammelt hatte, bei einem Versuch, Marie Charlotte allein aus dem Haus zu tragen, nicht mir, sondern dem Geistlichen gehorchen würde, stürzte ich in größter Aufregung zu dem Wagen, peitschte auf das Pferd ein und jagte zur Kreisstadt durch die Nacht. Dort trat ich taumelnd in das Haus des Arztes und flehte ihn an, mit mir auf das Schloß zu fahren.

Der alte Landdoktor sah mir in die Augen und fragte: ›Was haben Sie gegessen?‹

›Wachteln‹, sagte ich, ›aber so kommen Sie doch, machen Sie schnell!‹

›Ich dachte mir sowas‹, erwiderte der Arzt. ›Man ißt hier im August keine Wachteln. Die Vögel fressen die Tollkirschen, und ihr Fleisch ist dann giftig. Sie haben natürlich eine Atropinvergiftung. Aber das werden wir gleich haben.‹

›Ist das tödlich?‹ rief ich. Der alte Mann reizte mich, wie er umständlich in seinem Medikamentenschrank kramte. ›Denken Sie an meine Frau und kommen Sie endlich!‹

Der Arzt injizierte mir ein Gegenmittel und versuchte, mich zu beruhigen. ›Es ist mir in meiner langen Praxis kein einziger Fall vorgekommen, der tödlich verlaufen wäre‹, sagte er. Er nahm seine Tasche, und wir stiegen in meinen Wagen. Das Mittel des Doktors hatte meine Erregung gemildert. Aber das Pferd, das ich mit Peitschenschlägen zum Arzt gehetzt hatte, war nun müde, und wir kamen für meine Ungeduld in einer Ewigkeit nicht voran.

Im Schloß brannten die Lichter. Marie Charlotte lag im großen Saal auf einem dort inzwischen hingestellten Tisch wie auf einer Bahre. Der Priester kniete zu ihren Füßen. ›Sie hat die Gnadenmittel empfangen‹, sagte er zu mir und erhob sich. Der Arzt beugte sich über die Regungslose, die nun ein vollkommen ruhiges Gesicht zeigte, legte ihr die Hand auf die Brust und sagte dann mit einer harten Stimme, die wohl die Rührung über die junge Tote verbergen sollte: ›Das Federbiest muß ordentlich Atropa belladonna gefressen haben. Der erste Fall, der mir mit den Wachteln vorkommt.‹

Ich verbrachte den Rest der Nacht im Park. Am Morgen verlangte ich, den Herzog zu sprechen. Er empfing mich in seinem unordentlichen Laboratorium. Er hatte den weißen, verschmutzten Kittel eines Arztes an. Es war dem Greis kein Schmerz anzusehen.

›Warum haben Sie nicht auch mich getötet?‹ schrie ich ihn an.

Eine Weile schien er zu überlegen, ob er die Frage, eine Belanglosigkeit aus der gegenwärtigen Welt, beantworten sollte. Dann sagte er gemessen und mit sehr viel Anstand: ›Warum sollte ich Sie töten, mein Herr? Wer sind Sie? Ich kenne Sie nicht!‹

›Und Marie Charlotte‹, rief ich.

›Die Prinzessin wollte einen Bastard gebären‹, erwiderte er. Der Herzog machte keinen Versuch, sich gegen die ungeheure Beschuldigung des Tochtermordes zu verteidigen.

›Dafür haben Sie sie getötet‹, sagte ich, und ich war auf einmal ganz ruhig.

›Es war zu spät, der Prinzessin die Hierbas locas zu geben, das Gift Ihrer Majestät der Kaiserin von Mexiko. So mußte es dann Toloachi sein.‹ Sein Gesicht wurde traurig. Er sann wohl noch einmal nach, warum es für das Gift, das die Kaiserin von Mexiko mit Wahnsinn schlug, schon zu spät gewesen war.

Toloachi ist eine mexikanische Pflanze, deren Blätter Daturin, eine Mischung von Atropin, Hyoszyamin und Skopolamin, enthalten. Als Solanazee, als Nachtschattengewächs, ist sie den Tollkirschen verwandt, aber wesentlich giftiger. Der Herzog hatte Marie Charlotte und mir Wachteln braten lassen, von denen er wußte, daß sie um diese Zeit Belladonna gefressen hatten und giftig waren. Aber in die Wachtel seiner Tochter hat er mit all seinem Adelsfanatismus und dem Eifer des wissenschaftlichen Dilettanten eine Spritze des Alkaloids von Toloachi getan, das er sich wohl aus anderem Anlaß für seine Studien hatte kommen lassen. Vor allem aber bewegt mich heute, daß er rechtzeitig für einen Priester gesorgt hatte, damit sein Kind nicht ohne die Weihen der Kirche ermordet wurde.«

»Und was wurde aus dem Herzog«, fragte ich.

»Er lebt noch heute auf seinem Schloß«, sagte Köros Ladany, »dem Andenken an Marie Charlotte, für kurze Zeit Kaiserin von Mexiko.«

EIN KALTER STERN

Ein kalter Stern

Schon 100 Jahre dort – Verbannung – Hauptsächlich intellektuelle Sicherheitsrisiken – Auch einige Mädchen – Und was man sonst loswerden wollte – Ein Gruppenführer – Der Propagandaminister des Staates ein abtrünniger Intellektueller ein Halb- oder Viertelintellektueller mit einiger Einsicht und viel Haß und Bosheit – Er verbot die Mitnahme von Büchern, aber einige schmuggelten ihr Lieblingsbuch – Pascal, Bibel, Plato oder Aristoteles, die Fragmente des Novalis – der Gruppenführer schmuggelte eine Maschinenpistole oder sie wurde ihm von den Technikern der Vorbereitung aus Sympathie vererbt – Überhaupt Widersprüche der Ämter in der Auslegung und Anordnung der Verbannung – Der Gedanke des zu beobachtenden Experiments, der dann fallengelassen oder vergessen wurde oder einfach nicht möglich war – Auch Techniker unter den Verbannten, aber keine Technik – Alle Frauen steril und als Höllenmaschine mitgegeben, die aber versagte – Glück und Kälte – Die Frauen allgemein – Keine Eifersucht – Später die häßlichen Männer bevorzugt, da einfallsreicher und verstrickter dem Eros – Geschichtenerzähler – Modespielereien – Der Gruppenführer versucht, Disziplin in den Haufen zu bringen – Frühsport – Zapfenstreich – Sie verlaufen sich – Erwägung den Gruppenführer zu ermorden – Durch Philosophie Abfall seiner Prätorianer – Auch Langweile an den Mädchen – Er wird der Maschinenpistole beraubt – Stöcke als andere Pistolen ausgegeben – Schließlich keine Waffen mehr – Die Prätorianer und ihr Führer die dümmste Schicht – Fallen in Stumpfsinn – Versorgen die Heizungsanlagen – Die Lebensmittelkulturen – Die Exkremente – Auch Pascal und Novalis eine Religion – Aus der Bibel weniger – Einige glauben, Gott zu sehen, aber es ist nichts – Von der Erde kein Zeichen und keine Verbindung zu ihr – Nicht mal ein Fernrohr – Vielleicht haben die Erdbewohner sich umgebracht oder die technischen Fähigkeiten verloren – Schreibpapier auf dem Stern mitgegeben von einer Stelle, die das »Experiment« beobachten wollte – Unsterblichkeit?

Wir hatten auch eine Literatur und erfanden ein Druckverfahren aus Schiefer: Pornographie, sentimentale Erinnerungsromane, Heimatabende, unbedeutende Lyrik, nur die eine einer Dame an eine andere, junge Dichterin, dann Geschichtswerke, was wäre gewesen wenn, Tüfteleien über den 1., 2. und 3. Weltkrieg, wenn Bethmann-Hollweg, wenn der Kaiser, wenn mit Hitler, auch ein Schlüsselroman über den Stern, aber führte zu unerträglichen Spannungen, der Gruppenführer, KZ-Kommandant, General: er versucht in den Anfangszeiten einen Lustmord an der Jungen, würgt sie, es gibt aber keinen Tod, danach hat sein Leben seinen Sinn verloren, er begnügt sich freiwillig, die niederen Arbeiten zu tun, Heizung, Wasser, Anbau, Exkremente (sie erfuhren so von ihrer Unsterblichkeit, daß es den Tod nicht gibt) Erst hatte er alle Frauen zu einem Bordell und Zuchtanstalt vereint, Belohnung der Prätorianer

Später Vorteil der Alten und Häßlichen, die erzählen können

Papier für die Verwaltungsbürokratie des Militärlagers

ARME DIOTIMA
Ein Märchen

Es war einmal ein Philosoph, der lebte in unserer Zeit. Als Philosoph war er wohl weise. Aber er war nicht klug. Wäre er klug gewesen, hätte er sich einen anderen Beruf gesucht, denn das Leben der Philosophen war schwer. Diktatoren und Eroberer kamen und gingen. Aber der Philosoph war noch nicht seinem Alexander begegnet, und niemand war weit und breit, den er bitten konnte, aus der Sonne zu gehen. Die Diktatoren mieden das Gesicht der Philosophen. In der Sonne brüsteten sich die Schergen der Diktatoren, und diesen Schergen zu sagen, sie möchten beiseite treten, war viel zu gefährlich. Die Weisen schwiegen philosophisch. Erst als der Diktator gefallen und die Eroberer in das Land gekommen waren, schien sich die Lage der Philosophen zu bessern. Die Eroberer forderten sie auf zu reden. Aber das Volk hatte unter dem Diktator verlernt, nach der Meinung der Weisen zu fragen. Vielleicht waren dem Volk die Lehren der Weisen gleichgültig geworden, weil die Philosophen so lange in der Tonne gelegen und geschwiegen hatten.

Der Philosoph hungerte. Er wäre wohl würdig verhungert, wenn er nicht Diotima geliebt hätte. Als sich nach der großen Notzeit die Magazine wieder mit schönen Dingen füllten, sah Diotima, wie die anderen Mädchen von ihren Freunden, die Gemüsehändler, Metzger und Kinobesitzer waren, schöne Wildlederschuhe, schicke Kleider, lustige Hüte, wohlriechende Wasser und teure Sachen geschenkt bekamen. Nur der Philosoph konnte seiner Freundin nichts schenken, da er kein Geld hatte. Zur Sommerzeit ging er mit Diotima am Stadtrand spazieren, und er erzählte ihr, während aus den Wirtschaften Musik und das Gelächter der Schmausenden klang, daß nach Platon die Seele einem Gespanne geflügelter Pferde gleiche. Da wurde Diotima sehr traurig; denn mochte die Seele auch von Flügelrossen zum Himmel getragen werden, ihr schöner Leib wanderte arm in abgetragenen Kleidern an der Seite des armen Philosophen durch den Staub, während die Freundinnen der Geschäftsleute in neuen Automobilen vorüberfuhren.

»Du könntest mir auch einmal was schenken«, sagte Diotima zu ihrem Philosophen, und sie weigerte sich, mit ihm auszugehen, bevor er ihr nicht mit einem Geschenk seine Liebe bewiesen habe.

Der Philosoph zerbrach sich den Kopf, wie er zu einem Geschenk für Diotima kommen sollte. Er versuchte, seinen alten, oft geflickten Wintermantel bei einem Trödler zu verkaufen, aber der Trödler sagte: »Ich kaufe jetzt nur Sommermäntel, und Ihr Wintermantel ist ein alter Fetzen.« Da dachte der Philosoph, durch Arbeit etwas zu verdienen, und er kündete an, daß er einen Vortrag halten würde. Er sprach über »Die Existenz und die Philosophie der Existenz«. Den Vortrag besuchten aber nur andere Philosophen, die auch kein Geld hatten und auf Pressekarten kamen. Diotima sagte: »Du hast nichts eingenommen. Du hast dich lächerlich gemacht!« Und sie wollte sich ganz bestimmt mit dem Philosophen nicht mehr sehen lassen, bevor er es nicht zu einem kleinen Geschenk für sie gebracht habe.

Der Philosoph dachte tief nach, und endlich entschloß er sich, zu stehlen. Er entschloß sich nicht leichtfertig zum Diebstahl, denn im Grunde seines Herzens war er ein strenger Moralist. Er verwarf dann auch gleich das Stehlen von Geld oder die Entwendung eines wirklichen Wertgegenstandes, wie eines Kleides, eines Ringes oder eines Hutes. Er studierte die Moralprediger aller Religionen, er las die indischen Weisen, stärkte sich am Tao-te-king, prüfte die Strafgesetzbücher der Länder und gedachte dann, einen Mundraub zu begehen – wenn auch zu Gunsten seiner Freundin.

Damit alles nach der Vorschrift geschehe, fastete der Philosoph einige Tage. Dann stieg er in der Morgenfrühe, als die Vögel zu singen begannen, in den Garten der Witwe Oberhimmel, wo schöne Kirschen an einem Baume reiften. Der Philosoph kletterte, vom Fasten leicht, in die Zweige und füllte sich ein kleines mitgebrachtes Körbchen mit den köstlichen Früchten.

Leider hatte der Philosoph wohl das ethische Problem seiner Tat weise erwogen, aber nicht mit dem Mißtrauen der Menschen und mit der haushälterischen Sorge der Witwe Oberhimmel gerechnet. Die Witwe, die schöne Kirschen reif und ungepflückt in ihrem Garten wußte, hatte das Nahen von Dieben vorausgesehen, und sie war Weib genug, ihnen entgegen zu treten. So erschien sie – vom Turm der nahen Kirche schlug es fünf –, die Haare in Lockenwickel gewunden, den Regenmantel des seligen Gatten übergeworfen, mit einem Teppichklopfer in der Hand unter dem Kirschbaum und schrie: »He! Sie da! Kommen Sie nur mal runter!«

Der Philosoph erkannte, daß er mit einer Vertreterin der gefährlichen Gattung der vernünftigen, fest auf der gewöhnlichen Erde stehenden Geschäftsfrauen zu tun hatte und daß Erklärungen des philosophischen Standpunktes und der verschiedenen geistigen Vorbehalte, die er um den Begriff des Diebstahls errichtet hatte, hier gar nichts nützen würden. Er fügte sich philosophisch in sein Schicksal, stieg vom Baume herab, reichte der Witwe artig das Körbchen mit den geernteten Kirschen und sagte höflich: »Wenn Sie mich der Polizei übergeben wollen, verehrte Dame – des Teppichklopfers bedarf es nicht!«

Frau Oberhimmel fühlte sich durch diese Anrede in ihrer Absicht, den Dieb mit Schlägen aus dem Garten zu jagen, gestört. »Der feine Herr Stehler meint, ich geh jetzt so einfach mit ihm auf die Polizei«, schimpfte sie. »Vor meinem Teppichklopfer haben Sie Respekt! Aber Sie sind mir viel zu windig, als daß ich auf Sie einschlage! Durch Sie scheint ja die Sonne!«

Und wie die Sonne durch ihn schien! Sie war hell hinter einer Wolke hervorgekommen und hüllte den Garten, den Kirschbaum, die frohen Vögel, den Philosophen und Frau Oberhimmel in ihr goldenes Morgenlicht. »Geben Sie mir mal Ihre

Personalien«, sagte die Witwe. »Es wird sich dann alles finden, und der Appetit auf meine Kirschen wird Ihnen schon vergehen!«

Der Philosoph reichte der Oberhimmel seine Kennkarte, und die Frau las, daß der Weise nicht nur ein einfacher Philosoph, sondern auch ein Doktor der Philosophie war. Dieser Umstand stimmte sie milder. »Sie haben wohl Hunger gehabt«, fragte sie.

Der Philosoph dachte an seine Mundraubtheorie und nickte. Er verschwieg, daß er die Kirschen für seine Freundin Diotima gepflückt hatte. »Dann kommen Sie man, Herr Doktor«, sagte Frau Oberhimmel und führte den Philosophen in das Haus, wo sie eine gutgehende Gastwirtschaft unterhielt.

In der großen, wohleingerichteten Küche stellte die Wirtin eine Pfanne auf den Herd, schnitt Speck und schlug Eier hinein, kochte Kaffee, schmierte Butter aufs weiße Brot und setzte dem Philosophen ein Frühstück vor, das an Nährwerten ungefähr seinem Monatsverbrauch entsprach.

»Wenn Sie täglich so frühstücken, würden Sie bald besser aussehen. Sie würden Farbe ins Gesicht und Fleisch auf die Knochen bekommen«, meinte die Witwe und sah zu, wie es dem Philosophen schmeckte.

Von einem solchen Frühstück könne er leider nur träumen, erwiderte der Philosoph und kaute mit vollen Backen.

»Warum nur träumen«, fragte die Witwe. »Warum immer nur träumen?«

Der selige Herr Oberhimmel blickte aus einem Bild, das über dem Sofa hing, teils mitleidig, teils ironisch auf den Philosophen und sein früheres Weib hinunter.

Die Witwe, die bei sich dachte, »Frau Doktor, das klänge gar nicht schlecht«, spann ihren Faden weiter und äußerte: »Sie müßten nicht allein durch das Leben gehen. Zu zweit trägt sich alles leichter.«

»Aber das führt zu einem Konflikt der Existenz mit der Moral«, antwortete der Philosoph, und er dachte dabei an die arme Diotima, der er nun wieder nichts schenken konnte.

»Wieso? Ich habe eine Existenz«, entgegnete die Wirtin stolz, »eine gute und ausreichende Existenz, und was die Moral betrifft – mir kann niemand etwas nachsagen.«

Sie ging zur Theke, holte den besten Cognac, den sie im Geschäft hatte, und schenkte dem Philosophen ein. Der Weise hatte lange keinen Alkohol getrunken, und plötzlich merkte er, daß man mit gutem Cognac und gutem Essen im Leibe angenehme, vielleicht nicht einmal unphilosophische Gedanken haben könne. Und als Frau Oberhimmel dem Philosophen nach dem dritten Glas Cognac das Ultimatum stellte, daß er mit ihr zum Standesamt oder sie mit ihm zur Polizei gehen müßte, da zauberte er zum letzten Male wehmütig das Bild der schönen Diotima vor seine Seele und willigte in den Gang zum Altar.

Heute steht der Philosoph in den Anzügen des Herrn Oberhimmel, in die er allmählich hineinwächst, hinter der Theke und schenkt den Gästen das Bier ein. Zuweilen treten – unsichtbar für alle, nur nicht für ihn – Diogenes, Sokrates, Kant und Schopenhauer in die Wirtschaft, nicken ihm freundlich zu und trinken einen Schnaps. Unser Philosoph schämt sich dann immer ein wenig seines zunehmenden Bauches.

Fünfter Teil

DER ERFOLGREICHE AUTOR

1951-1960

EINE ALTE GESCHICHTE

Es ist eine alte Geschichte, ich warne Sie. Großvatergarn. Nach herkömmlicher Art erzählt. Ein Koffer mit vergilbtem Papier, der alte Trick, Hinterlassenschaft, verlorene Papiere, der Herausgeber, im pietätvoll posthumen Auftrag eines verstorbenen Freundes. Ich habe kein Freunde. Also der Koffer, der Reservistenkoffer, keine Militärgeschichte, nein, man nannte ihn den Reservistenkoffer und vielleicht hat auch irgendeinmal ein einjährig Freiwilliger, ein Fähnrich, Leutnant oder Rittmeister der Reserve ihn gepackt, oder ihn packen lassen, ihn in die Kaserne tragen lassen, vielleicht in den Krieg. Er sah nach den Düppeler Schanzen aus, oder nach Mars-Latour, irgend so einem Sturm blind gegen den Tod, dann heimgebracht, auf den Speicher geworfen, oder überhaupt weggeworfen und gefunden oder mitgenommen, schließlich bei mir, schon damals ein abgeschabtes, brüchiges Leder, stockfleckige Ziehharmonikafalten, und ich tat etwas hinein, Papiere, beschriebene Blätter. Schon im Moment des Schreibens vergessene Inhalte, schleppte dies mit mir, ließ es stehen, fand es wieder, nahm es auf, war aber längst ein anderer, ließ leuchtende Zettel auf das müde Leder kleben, Grand Hotel Messina. Der Gedanke an Erdbeben lag nahe, schlief ich wirklich im Grand Hotel, oder wie kam ich hin

DER BEISSKORB

Auf der Auer Dult bei der wiedererbauten Mariahilfkirche: das Hippodrom für Kinder. Die mittelgroßen Pferde. Einige tragen einen Beißkorb. Die anderen betteln um Brot. Mißmutig betteln und mißmutig trotten sie. Der junge Mann, der mit unbeweglich mißmutigem Gesicht das Leitpferd führt. Er trottet langsam. Er hebt die Kinder in den Sattel. Irgendwie ein Mördergesicht. Trägt auch er den Beißkorb?

CLEMENS

Der Sommer war schön, der Himmel azurblau, bayerisch, wie die Leute sagten, hin und wieder ein Gewitter.

Clemens konnte sich nur an einen einzigen ähnlichen Sommer erinnern. Es war der Sommer seines ersten Schuljahres. Sehr heiß, wo die Winter so kalt waren, in Ostpreußen, Masuren. Clemens hatte das Schulschwänzen entdeckt. Er lag während der Unterrichtsstunden am Stadtrand hinter der alten Ziegelei. Aus Lehm gepreßte Bausteine trockneten in langen, überdachten Regalen. Clemens fürchtete nicht das Alphabet. Er liebte die Fibel mit den freundlichen Bildern. Er las sein erstes Lesebuch in der Sonne oder im Schatten der Ziegelei. Er haßte den Zwang. Einmal ließ er Bücher und Hefte im roten Staub der Ziegelei liegen. Arbeiter fanden sie und brachten alles zu ihm nach Hause. Der Schwindel seines Schulwegs flog auf, der mit dem sechsten Lebensjahr über ihn gekommen war. Er dachte, die wollen mich fangen.

Clemens ging jeden Tag in das Ungererbad. Von Sonnenauf- bis Sonnenuntergang. Manchmal blieb er zur Nacht. Der Zaun war niedergerissen. Überall Einlaß, keine Kasse, keine Kontrolle. In einigen Becken war Wasser, in anderen zerrissener Stahlbeton in mächtigen, scharfkantigen Stücken. Bombensplitter, Stabbrandbomben in den Rasen getaucht. Das Gras stand hoch, wucherte, ungemäht. Clemens machte sich nichts aus Bädern. Es war Zufall, daß er hier lag. Zufall, daß er lebte. Davongekommen, entronnen. Ein ungeheueres, unfaßliches Glück. Er wollte nie wieder und von nichts gefangen werden.

Clemens blieb nicht allein. Der offene Badepark, inmitten der Ruinen einer zerbombten Stadt, bot sich vielen an, die kein Zuhause, keine Familie, keinen Besitz, keine Stellung, keine Zuflucht hatten. Es lagen im hohen Gras, allmählich von der Sonne gedörrt, Offiziere und Soldaten geschlagener Heere, dekorierte Helden der Eroberungszüge, Deserteure, die dieser Ruhm nicht verführt hatte, Verfolgte, Verschleppte, Vertriebene, Staatsanwälte, Richter, Henker, Feldjäger, und ihre geflohenen Opfer. Sie taten einander nichts mehr. Sie waren erschöpft, die Gemüter friedlich. Sie mißtrauten gemeinsam den neuen Behörden, gingen den Ämtern aus dem Wege, genossen den Tag, handelten Kleinkram untereinander und mit den Einheimischen, mußten ja essen, wollten rauchen, dies vor allem, schichteten Holz zu Feuerstellen, kochten sich eine Suppe, oft das Gras. Zur Nacht glühten Feuer im Ungererbad. Frauen und Mädchen kamen, die hofften, es sei Friede.

In den Hundstagen kamen die G.I., die Landser in Khakihemden. Für sie war das Bad »Off limits«. Die Generale fürchteten Verbrüderung und Seuchen. Vielleicht für sie dasselbe. Doch die Verbotsschilder waren von den Bäumen gerissen, und die Burschen spähten nach den Frauen. Aktivitäten breiteten sich aus. Der Friede des Sommers war gestört. Die Amerikaner, mit einem Kran, räumten Schutt aus den Wannen und ließen Wasser in das große Schwimmbecken. Dort standen sie dann, alte Feinde, neue Paare, beide Geschlechter dichtgedrängt wie auf den Stichen aus dem Mittelalter, die das Treiben in den Badehäusern zeigen. Die schwarzen Soldaten blieben am Bekkenrand. Sie trauten sich nicht hinein. Ihr Krieg war noch nicht gewonnen. Sie hockten um ein Grammophon. Die unglückliche Betty Smith, ihre Schwester, unsere Schwester sang ein schönes trauriges Lied. Clemens erreichte die Botschaft. Aber wie so oft wußte er, daß sie untergehen würde. Es war viel Lärm im Bad. In der Welt.

Clemens mußte sich nach etwas umsehen. Es gab da eine Dienststelle der Besatzungsmacht, die sich für Kunst und Künstler, für Publizisten und Professoren interessierte. Clemens ging hin und wollte nicht gehen. Ein Sergeant reichte ihm den Fragebogen. Clemens sagte, er habe nichts hineinzuschreiben, er sei nicht in der Partei, sei in keiner Organisation gewesen. Der Sergeant fragte, warum nicht? Clemens sagte, ich mochte die Leute nicht. Was er im Krieg gemacht habe, wollte der Soldat wissen. Überlebt! Das befriedigte den Amerikaner nicht. Clemens fügte hinzu, es war anstrengend. Der Sergeant blickte feindlich. Clemens sagte, es war gefährlich. Keine Verbrüderung.

DIE BRIEFE

An ein italienisches Restaurant kommen Briefe, die an Herren gerichtet sind, die es nicht gibt. Nach der Adresse sollen die Herren in dem Restaurant als Kellner beschäftigt sein. Ihre angeblichen Namen sind Bezeichnungen der italienischen Speisekarte, die Herren heißen zum Beispiel Fegato Venezia, Piccata Lombardi, was auf Italiener belustigend wirkt. Die Briefe sind offenbar von Mädchen geschrieben, die Herren dieser Namen kennengelernt und vergeblich auf ein Wiedersehen gewartet haben. Man vermutet, daß sich ein proletarischer Casanova witzigerweise dieser Namen bedient und als Adresse das Restaurant angibt, wo er beschäftigt sein will. Ein Anwalt, dem diese Geschichte erzählt wird, wundert sich, daß niemals eines der Mädchen in dem Restaurant erscheint und den verlorengegangenen Freund sucht. Der Anwalt ahnt, daß etwas ganz anderes, ein Unheil, hinter diesen lächerlichen Korrespondenzen steckt. Er hat recht.

FRANÇOIS

François hatte das Haupt Dantons, den Kopf eines Empörers oder eines großen Verbrechers, eines Banjofürsten, Danton wie von Rodin aus Stein gehauen auf der Place Dantome im Viertel Montparnasse, doch immer in einem schmierigen blumenbestickten Schlafrock, einem Weiberkleid, das ihm noch über die Füße fiel, seine Pantoffeln bedeckte und voll von Nadeln steckte, wenn er nicht seinen chicken blauen Anzug anhatte, selber geschneidert, hauteng und doch luftig der ganze Leib vom Wind getragen. Immerhin pfiff er die Marseillaise, manchmal sang er sie auch, schallend, mit einem obszönen Text, fermez vos pantalons, und schrie die Weiber die Weiber, sie ziehen sich vor mir aus, ich werde noch verrückt. Tatsächlich zogen sie sich aus in der Kammer voll Kleider, Stoffen, einem Zuschneidetisch, einer uralten Nähmaschine und einem immer nach verbranntem Gummi riechenden Bügeleisen. François war Garderobenchef des Theaters in der Nähe, und die Schauspielerinnen kamen und probierten ihre Kostüme und reizten François mit Reden, Lachen und Entblößungen, die hier natürlich und gegeben waren und vor denen er sich ekelte, bis er sie übertrumpfte. Ihm gehörte das alte Haus an der schwarzen Gracht. Vielleicht hatte er es geerbt, vielleicht hatte ein Freund es ihm geschenkt, vielleicht hatte er es durch Mord oder Betrug an sich gebracht, es war ihm zuzutrauen, er war ein feiner Kerl. Er führte das Haus als eine Art Hotel, und wer vor dem Krieg in Den Haag kein Unterkommen hatte oder verschwinden wollte oder einfach nichts mit sich anzufangen wußte in Holland, wohnte bei François. Es waren hübsche Zimmer, mit alten Möbeln und breiten Betten versehen, es war das home und castle aller männerliebender Männer, und wenn ein Mädchen von François aufgenommen wurde, dann war es ein unartiges Mädchen, das die Ehre zu schätzen wußte. Manche Gäste gingen am Tage nicht aus, oder sie gingen nie aus. Auch ich lag lange Zeit in meinem breiten Bett oder am Tag auf dem breiten Bett, das mit einer roten Decke zugedeckt war, und starrte auf die von der Decke bis zum Fußboden reichenden roten Vorhänge aus dem gleichen schweren Samt wie die Bettdecke, und draußen war das schmale Ufer, die kaum begangene Straße, die Gracht, Smithwater, ein dunkles regungsloses Wasser, ein dunkler harter Spiegel. Das Frühstück brachte, die Besorgungen machte, die Zeitungen holte Françoise, keine Schwester von François, doch hätte sie es sein können, sie war er selbst ins Weibliche übersetzt, ein männliches Geschöpf also, mit dem Haarschnitt eines in Ehren ergrauten Buchhalters, mit kräftigen Händen zur Arbeit oder zum Quälen und einem casanovahaften Getue, wenn ein Mädchen im Haus war. Einmal in der Woche überließ sie ihren Dienst dem Kammerherrn. Er, der dafür zahlte, vielleicht sogar der wirkliche Besitzer des Hauses war, kam in einer Kutsche des Hofes vorgefahren, zwei Lakaien der Königin in grauer Livree und mit hohen schwarzen Lackhüten auf dem Bock, zwei schöne Pferde vorgespannt und manchmal sogar vierspännig. Der Kammerherr betrat das Haus als Herr und Kavalier, eilte in die Küche, zog sich dort aus, stand eine Weile nackt vor dem Herd, nahm dann eine Art Matrosenkleid aus dem Küchenschrank, staffierte sich aus, krempelte die Arme auf, nahm Besen, Schrubber, Scheuertuch und Eimer, ging zu den Gastzimmern, klopfte an und bat, saubermachen zu dürfen. François hatte uns aufgegeben, streng mit ihm zu sein, unzufrieden mit seiner Arbeit, und wir beliebten danach, den Kammerherrn mit unserem Tadel, daß das Parkett nicht blank genug gebohnert, das Bett nicht glatt genug gemacht sei, zu überziehen. Da ich nicht ausging, betrachtete ich den Kammerherrn, wie er auf dem Boden kniete und schrubbte, und er brachte es fertig, daß er sich sozusagen spaltete, gleichzeitig der Diener oder das Zimmermädchen war, das saubermachte, während er sich mit mir über Literatur und Kunst unterhielt, ein gebildeter Mann, und fast wie bei Hof im Salon der sittenstrengen Wilhelmina. Manchmal sprachen wir auch über die Zeit und die Politik und den Krieg, der kam, und er hätte mir nützlich sein können, mir besser dienen können als mit seinem Aufräumen im Zimmer, denn er war nicht ohne Einfluß im Land, schon sein Name ließ Behörden sich verbeugen und dem Bittsteller geneigt sein, aber leider, ich konnte mich nicht spalten, wie er, kein Bittsteller oder der Ausnützer einer Gelegenheit, dieser Bekanntschaft mit ihm durch das Zimmer, das ich bewohnte und er aufräumte, und so wollten wir nichts voneinander, sprachen über dies und das, vielleicht gescheit, freundeten uns an und taten nichts gegen das Verhängnis, das nach uns griff, nach mir gewiß und auch nach ihm, wie ich glaubte und wie es war.

GEFANGENE

Gefangene, im Betonzwinger von ausgehungerten Bluthunden angefallen. SS-Posten onanieren.

Der gefangene Schauspieler meldet SS-Arzt, daß er mit Händen Exkremente Geschlechtskranker beseitigt, wird niedergeschlagen. Einmal, zweimal, dreimal.

Bericht Schwester Brüggemanns. Ist auf Wehrmachttournee. Russische Juden werden zum Tode geführt. Erinnerung der Geste eines Kindes im Zug, das nach der Hand des Vaters greift.

Der Gefangene auf dem Transport. Ich muß austreten. Das kannst du versuchen. Posten geht mit ihm. Er kommt zerschlagen zurück. Notdurft in die Hose.

Der Rabbiner im Lager. Sein moralischer Widerstand. Er wird eingegraben. Bis zum Hals. Sein Gesicht mit Honig beschmiert. Insekten. Todesqualen tagelang. Das in den Kreis kommandierte jüdische Lager schreit: Juda verrecke.

Arzt aus München. Jude. Lager. Darf Deutschland verlassen gegen Vermögenshergabe. Geht nach Ungarn. Antisemitismus. Wählt Polen. Deutsche Wehrmacht. Frau versteckt ihn unterm Küchentisch. Arische Frau. SS-Patrouillen. Einmal, zweimal, dreimal. Arzt unterm Küchentisch öffnet Pulsadern.

DER GERUCH EINER FARBE

Doktor Herbert kam aus der Klinik nach Hause. Am Vormittag war einer seiner Patienten an einem Hirntumor operiert worden. Die Operation hatte drei Stunden gedauert. Jetzt mußte Dr. Herbert schnell essen; um zwei Uhr fing die Sprechstunde an, dann waren Krankenbesuche zu machen, am Abend mußte er noch einmal in die Klinik. »Wo bleibst du nur?« rief Frau Herbert, als der Doktor in der Diele seinen Mantel ablegte. »Du weißt doch, daß wir die Maler im Haus haben.« Dr. Herbert sah auf der Treppe einen Eimer mit Deckenweiß stehen, und vor seinem Ordinationszimmer fiel er fast über einen Kübel mit grüner Farbe. Man hatte aus dem Wartezimmer die Möbel hinausgestellt, und der Raum wurde frisch gestrichen. Dr. Herbert liebte solche Störungen nicht. Er überlegte ärgerlich, daß seine Patienten heute würden in der Diele warten müssen, aber dann spürte er den Geruch der frischen Farbe, und er erinnerte ihn an etwas. Woran wohl?

Er war vierzehn Jahre alt. In dem alten Hause seines Vaters, eines Landarztes, wurden die Mansardenzimmer gestrichen. Seine Kammer und Lottes Stube. Die Möbel standen auf der Treppe, es war sehr ungemütlich, er wußte nicht, wo er seine Schularbeiten machen sollte. Lotte, die bei seinem Vater die Sprechstundenassistenz erlernte, sagte, er könne doch auf dem Boden arbeiten. Und sie ließ die Falltreppe herunter und kletterte ihm voran durch die Luke auf den Boden. Altes Gerümpel stand dort herum, die aus dem Einband gefallenen Bände einer nicht mehr modernen medizinischen Enzyklopädie lagen unter Spinnweben und von Mäusen benagt umher. Aber die alten Holzschnitte boten noch die Bilder schrecklicher Krankheiten. Geschwüre, Beinstümpfe und Embryonen quollen aus dem vergilbten Papier. Der Boden war lange nicht gelüftet, die Luft war stickig, und nur von Lotte in dem blauweiß gestreiften

Kleid der Krankenpflegerin schien ein Hauch von Frische auszugehen. Aber die Frische war durchsetzt mit dem Geruch von Desinfektion und dem Dunst der Farbe, die der Maler unten mischte. »Wir könnten hier auch schlafen«, sagte Lotte, »wenn unsere Zimmer heute nicht fertig werden, können wir hier bestimmt schlafen.« Sie schlug eine Gipsbüste des Äskulap von einem Biedermeiersofa herunter und legte sich auf die zerschlissene Seite des Bezuges. Im Haus war alles still. Der Maler und sein Gehilfe aß in einer nahen Wirtschaft sein Mittagbrot. Der Vater war mit dem kleinen Wagen und dem zottligen alten Pferd auf einen Hof gefahren, wo die Bäuerin ein Kind erwartete. Der Knabe sah die Brust des jungen Mädchens unter dem blauweißen, kühlen Stoff sich auf- und niederbewegen, und er glaubte, ihr Herz schlagen zu hören, gesund und regelmäßig wie eine Uhr.

»So komm doch schon, die Suppe steht auf dem Tisch«, rief Frau Herbert. Der Doktor schreckte aus seinen Gedanken. Damals hat es angefangen, dachte er. Damals hat der Weg angefangen, der mich hierhergeführt hat. Er ging ins Speisezimmer, er trat an den Tisch, er sah seine Frau und seine Kinder, vertraute Gesichter, täglich erblickt. Er setzte sich und teilte mit dem Schöpflöffel die Suppe aus. Damals hat es angefangen, dachte er. Die Frau sagte mahnend zum Jüngsten den Kinderbuchvers »Ob der Heinrich heute still / Wohl bei Tische sitzen will«. Dr. Herbert sah die Lockenköpfe seiner Kinder, er sah ihre blanken, unschuldigen Augen, die ihn vertrauensvoll anblickten. Er dachte »damals hat es angefangen. Sie haben es noch vor sich.«

DIE HORDE

Ich sah zufällig im Kaufhaus Neckermann, wie eine Horde von Jugendlichen die Treppe zwischen den Rolltreppen hinaufstürmte und sich wie Wasser aus einem Eimer in die erste Etage ergoß. Ich stellte mir nun vor, daß eine ungeheure Menge von jungen Leuten unaufhörlich in das Kaufhaus hineinströmt, sich der Etagen und der Verkaufsstände bemächtigt und dieses Warenhaus der kleinbürgerlichen Nützlichkeit zu einem Rummelplatz verfremdet. Es werden alle technischen Einrichtungen, alle Apparate auf die größtmögliche Betriebsstärke gestellt. Die Rolltreppen routieren, die Lautsprecher kreischen, sämtliche Fernseher gehen, Waschmaschinen, Geschirrspülmaschinen, Staubsauger und alles, was es sonst noch gibt, arbeitet, lärmt, explodiert. Die Jugendlichen fahren Rad und fahren Kinderwagen und fahren Roller, sie hüllen sich in Stoffe, entkleiden die Kleiderpuppen, setzen sich deren Perücken auf, tanzen mit den nackten kahlköpfigen Puppen. Mögliche Entwicklung: Panik der Käufer und Verkäufer. Die herbeigerufene Polizei ist machtlos. Die Jugendlichen schließen die Eisengitter des Kaufhauses. Das Kaufhaus wird belagert. Es wird zu einer belagerten Burg. In der Burg fallen sie über das Lebensmittellager her. Es gibt Versuche unter der Burgbesatzung, eine Autorität zu installieren, einen Führer einzusetzen. Machtkämpfe. Versuche, den Widerstand zu organisieren. Auf der anderen Seite die starke Lust an der Anarchie. Die Anfälligkeit der Gesellschaft draußen: die Polizei wagt nicht den Einsatz, der zu Toten führen und das Warenhaus vernichten könnte. Die geteilte öffentliche Meinung. Selbstkritik der Gesellschaft, groteskes Verhalten der Besitzer des Warenhauses. Eine politische Krise. Angebote an die Jugendlichen zu kapitulieren. Straffreiheit wird versprochen. Die Tendenzen der wahren Anarchisten unter ihnen. Die wahren Fanatiker legen Brand. Das Warenhaus beginnt in allen Stockwerken zu brennen. In einer Art Rausch verbrennen die Anarchisten mit. Die anderen fliehen durch Fenster und Ausgänge, mischen sich unter die Gaffer und sind bereit, sich mit der bürgerlichen Ordnung zu versöhnen.

EINE GESCHICHTE

Zwei Damen, wahrscheinlich Lesbierinnen, was aber nicht ausgesprochen wird, engagieren in Athen einen alten Juden als Dolmetscher und Fremdenführer für eine Reise nach der Insel Lesbos. Der alte Jude nimmt seinen Beruf ernst, erkennt aber im Lauf der Reise, daß die Damen gar kein Verlangen nach seinen Diensten haben. Er hielt es für seine Aufgabe, den Damen griechisch-englische Kontakte zu vermitteln. Sie aber benützten ihn eher, um Begegnungen zu vermeiden. Es bekümmert den redlichen Fremdenführer, daß er sein Gehalt für keine Leistung empfängt. Man reist zu Schiff und erreicht die Insel. Die Damen sind unglücklich und scheinen enttäuscht zu sein. Immer häufiger zanken und beschimpfen sie sich. Sie sprechen dann französisch, da sie meinen, ihr Jude sei nur ein Dolmetscher für die englische Sprache. Der Jude kann aber auch Französisch. Er hat dies nicht aus Tücke, sondern aus Bescheidenheit verschwiegen. Untätig vor dem Gasthof sitzend, während die Damen die Tage im verdunkelten Zimmer verbringen, hat er viel Zeit nachzudenken. Er grübelt über die Damen. Es ärgert ihn, daß sie eine kostspielige Reise unternahmen, nur um unglücklich zu sein. Er vermutet ihre Abartigkeit. Er ist ein frommer Mann, und es ist ihm ein Greuel. Aus einem Berufsethos fühlt er sich aber für die Damen verantwortlich. Die Damen wollen in das Innere der Insel reisen und ein Heiligtum der Sappho besuchen. Auf dieser Reise kommen die Damen und der Jude um. Der Jude ist, wenn man es will, der Held der Geschichte. Ein redlicher, sich mühsam durchschlagender Mann sieht sich durch Zufälle seines Berufs an zwei Unglückliche gekettet und von ihnen mit ins Verderben gezogen.

GEWITTER

K soll sich in Geiselgasteig seinen Film ansehen. Es ist ein heißer Tag, und ein Gewitter droht. K hadert mit sich, daß er sich wieder auf eine Filmarbeit eingelassen hat. Er hatte geglaubt, das sei vorbei. Alte Ängste überkommen ihn. Gewitterfurcht. Damals die Fahrt mit dem Taxi. Er ließ es auf dem Gelände warten. Auch so ein heißer Tag und ein drohendes Gewitter. Er verhandelte damals energisch, um wieder wegzukommen. Verkaufte eine Filmidee, versprach ein Szenarium, raste zur Kasse, den Vorschuß zu holen.

Er überlegte, mit seinem Wagen zu fahren. Ein Faradayscher Käfig. Er glaubte nicht daran, hielt es für eine Illusion. Aber der Wagen war besser, als im Regen zu stehen. Er fühlte sich erpresst. Sah den Film und mochte sich nicht. Dachte an anderes. Erinnerte sich an O. An die Sommernächte in O. An die Gewitter in O. Nachts brannte der Hof vor dem Wald. Wir sahen es aus dem Fenster. Die Feuerglocke. Die Pferde, die K leid taten. Er dachte an die Schilfhütte, die er mit Hans am See gebaut hatte. Sie saßen da wie unter einem Wasserfall und in einem Feuer. Hans war vier Jahre älter, Sohn eines Lehrers, trug den Kopf immer kahl geschoren. Er entblößte sich unter dem Schilf. K dachte, Hans sei krank. Verstand nichts. Erst am nächsten Tag fürchtete er sich vor Gewittern. Der Mensch im Film war ihm fremd. Er vermied es, über den Film zu sprechen. Er lauschte auf den Donner und den Regen. Er dachte, wenn mich jetzt draußen der Blitz trifft, habe ich es schon immer geahnt.

LEDA UND DER SCHWAN

Die griechische Mythologie, die Sagen: Es gibt eine Darstellung, die Leda mit dem Schwan eindeutig in geschlechtlicher Verbindung zeigt. Es ist ein sehr schönes Bild. Der Schwan ist schön, Leda ist schön. Es ist Liebe, die da gezeigt wird und im Mythos vorher schon beschrieben wurde. Der Schwan liebkost das verzückte, genießende Gesicht der Leda. Der spitze, harte Schnabel des Schwans ist eine verlängerte Zunge in ihrem Spiel. Der Vorgang an sich könnte für grob und obszön gehalten werden. Ein Akt aktiver Sodomie. Die Griechen waren ein Hirtenvolk. Der sexuelle Umgang mit Tieren war nicht ungewöhnlich. Zeus trieb es auch als Stier und raubte als Adler den Ganymed. Selbst als goldener Regen fiel er über seine Geschöpfe her. Es waren nun die Dichter (und auch die Künstler), die Raub und Vergewaltigung auch für die Opfer genossene Liebe werden ließen. Die Literatur machte aus Besamung geistige, kulturelle, theologische Höhepunkte der Menschheit.

LUCIEN UND MATHILDE

Lucien wurde, als er eine Dame auf der Straße ansprechen wollte, von einem Auto erfaßt und überfahren. Beides geschah ihm zum ersten Mal, das Ansprechenwollen und auch das Überfahrenwerden. Noch lockte der weiße Hut der Dame seine Augen, und schon verlor er, vom blendend polierten Nickelkühler des Wagens zu Boden geworfen, das Bewußtsein.

Mathilde hatte die Absicht Luciens gemerkt. Ein Wort der Zurechtweisung und der Absage lag ihr auf der Zunge. Da ereignete sich das Unglück. Im Schrei der erschreckten Passanten dachte sie: »Er stirbt um meinetwillen!« Verwirrt floh sie aus der Menge; doch hatte sie noch das Blut von Luciens Stirn fließen sehen.

In ihrem Zimmer fand Mathilde keine Ruhe. Der Blutstreifen über des Mannes Augen verfolgte sie. Sie hatte einen Vetter. Der war Arzt in der chirurgischen Abteilung des Stadthospitals. Sie telephonierte mit ihm, beschrieb den Vorfall und erkundigte sich: »Ist er tot?« Der Vetter bat sie, am Apparat zu warten. Er fragte die Oberschwester, studierte das Krankenjournal und fand sehr schnell den Mann und seinen Namen. »Es geht ihm ganz gut«, rief er ins Telefon, »nur eine tiefe Bewußtlosigkeit nach dem Zusammenprall.« Und mehr scherzhaft fügte er hinzu, daß sie den Patienten morgen besuchen könne. »Ist es sehr schmerzhaft«, fragte sie noch. »Ja, schmerzhaft ist es schon«, sagte der Arzt.

Am andern Morgen erwachte Lucien unter einem Verband, der seine Augen zur Hälfte zudeckte. Sein Kopf tat ihm furchtbar weh; wie nach einem Rausch. »Ach«, jammerte er, »das ist schon die gerechte Strafe! Was bin ich doch für ein Trottel! Wie komme ich auch dazu, einer fremden Frau auf der Straße nachzurennen!«

Da beugte sich Mathilde über sein Lager und sagte: »Hier

bin ich.« Sie sagte es schlicht, und sie fand es selber ganz reizend, wie sie es so schlicht hervorbrachte. »Sie! Sie! Sie!« rief Lucien fragend, überrascht und erfreut und wütend in einem. Ein großer Strauß Rosen wurde ihm auf das Bett gelegt; und dann schwiegen sie beide sehr verlegen. »Sicher ist er vom Fieber benommen, der Arme«, dachte Mathilde. »Es ist doch furchtbar nett von ihr, daß sie gekommen ist«, dachte Lucien. In Wahrheit aber täuschten sie sich beide. Sie fand ihn langweilig, und er sie weniger schön als am Tag vorher. Auf der Straße hätte ihr Roman in zwei Worten sein natürliches Ende gefunden. Jetzt verführte sie die Situation, und die Geschichte wurde ernst und sentimental und währte lang. Sie saß an seinem Bett, und sie redeten wie eine Teegesellschaft. Zum Abschied vereinten sich ihre Hände in einer Gemeinschaft, die die Herzen nicht fühlten. »Sie kommen doch wieder«, rief er und legte ein wenig Sehnsucht in seine Stimme. »Gern«, erwiderte sie; schlicht und reizend, wie sie es sich vorgenommen hatte.

Als er aus dem Hospital entlassen war, wurde er von ihren Eltern eingeladen. Die romantische Geschichte ihres Sichfindens machte in der Gesellschaft die Runde. »So ist es, wenn man füreinander bestimmt ist«, sagten die alten Damen und lächelten wohlwollend. Dem wohlwollenden Lächeln der alten Damen ist nicht zu widerstehen. Auch Lucien und Mathilde glaubten allmählich an das Walten eines gnädigen Schicksals.

Die Verlobung wurde Weihnachten verkündet. Schon im Januar heirateten sie. Den Februar verbrachten sie in Ägypten. Als sie in die Stadt zurück gekehrt waren, hatten sie beide eine unüberwindliche Scheu vor Automobilen und eine wahrhaft krankhafte Furcht vor den Unfällen, die diese Wagen verursachen.

EIN MÄRCHEN

Er war Professor für deutsche Geschichte und unverdächtig, denn was er erforschte und lehrte, war deutsche Kaisergeschichte, hatte sich in verklärter, schon Sage gewordener Zeit ereignet, mehrte den völkischen Schatz, stärkte das Reich. Seine national erzogenen jungen Hörer begeisterten sich an seinem Kolleg über Konradin, den letzten Hohenstaufen. Er war unverdächtig, Mitglied der Historischen Akademie, vorgeschlagen für die Friedensklasse des Ordens Pour le mérite, Unterzeichner von Ergebenheitsadressen für das Staatshaupt, und so ließ man ihm sein Zimmer im Hotel in Hamburg am Hafen gegenüber den Landungsbrücken. Er konnte aus dem Fenster das Schiff sehen, das getauft werden sollte, aus der Ferne einen plumpen grauen Koloß, ein furchterweckendes Zuchthaus aus Stahl, noch im Gerüst der Werft, doch bereit, in sein Element zu gleiten und seine Gewalt über die Meere zu tragen. Unter ihm lag der Platz für die Einschiffung des Führers; schon stellten sie sich in Reih und Glied, das Militär, die Marinejugend, die Kampfverbände, die Fähnchen schwenkende, jauchzende Menge. Er war unverdächtig. Die Wachen ließen ihn gehen, einen Denkenden, eine schmächtige zivile Gestalt, ein vom Studieren gebeugter Rücken unter aufrechten Uniformen, die braun, schwarz, grün, blau Halle, Treppen und Gänge des Hotels füllten, bewaffnet waren, an den Fenstern Karabiner in ihren Händen hielten, mißtrauisch blickten und mit Ferngläsern den Platz absuchten. Auf dem Dach sollten Scharfschützen postiert sein. Feldtelephone gaben und empfingen Befehle. Er war unverdächtig. Er war zum Historiker-Kongreß in die Stadt gekommen und sollte die Festrede halten: Bismarck der Schöpfer des neuen Reiches heute in der Vollendung seiner Vorstellungen. Es war eine staatserhaltende Rede und eine Huldigung für den lebenden, noch größeren Kanzler, den

Sproß der Vorsehung. Er hatte das Fenster geöffnet. Wenn die Wagen zum Staatsakt vorfuhren, konnte er schießen. Er mußte die Waffe vom Bett nehmen, sie lag unter dem Zudeck versteckt, in Ölpapier gehüllt, er mußte sie auspacken, mußte die drei Schritte zum Fenster gehen, er würde die Menge Heil rufen hören, seine Hand würde nicht zittern, er mußte sorgsam zielen, bis er im Visier den Kopf des Mannes hatte, der in der Werbepose eines Markenartikels aufrecht neben dem langsam das Gefährt lenkenden Fahrer des Wagens stand. Er hatte aber kein Gewehr. Der eindringliche Beschreiber entscheidender Schlachten, der berühmte Preiser heroischer Taten wußte nicht, wie man sich ein Gewehr beschaffen, wie man es unauffällig transportieren, wie man es verstecken, laden, anfassen, wie man mit ihm zielen und den Feind treffen sollte. Er besaß nur einen Schirm und den, weil es in den Tagen der Erhebung für unmännlich und undeutsch galt, sich vor Regengüssen zu schützen. Er freute sich, ein deutscher Professor mit einem Schirm zu sein, eine liebenswürdige Karikatur, die er in Grenzen pflegte; doch ließ er den Schirm nie stehen. Der Platz brüllte Heil! Die Schiffssirenen eiferten. Er nahm seinen zusammengerollten Regenschirm, trug ihn zum Fenster, hob ihn wie ein Gewehr, drückte die Krücke gegen die Schulter, hielt mit der Linken den Stock und die schwarze Seide, zielte, sah in der Schußlinie das unglückliche Haupt mit der Lakaienmütze, krümmte den rechten Zeigefinger, fühlte Schweiß aus den Haaren salzig über die Stirn tropfen, sein sonst beherrschtes Gesicht war verzerrt vor Haß und glühte im Zwang des Tyrannenmordes. Er drückte ab. Der Salut schlug über Stadt und Hafen. Er stellte den Schirm zurück in den Schrank. Das Schlachtschiff Bismarck wurde getauft. Er weinte, wie Bismarck in Krämpfen geweint hatte. Es war alles verloren. Das Schlachtschiff Bismarck fuhr aus und ging unter mit tapferen Männern. Und mit dem Schlachtschiff und dem, der es getauft hatte und tapfere Männer in sinnlosen Tod schickte, ging unter das Reich, das Bismarck gegründet hatte. Er lehrte weiterhin und noch viele Jahre deutsche Kaisergeschichte; aber sie war nicht mehr wahr.

MÜNCHEN HAUPTBAHNHOF

Der alte königlich bayerische Bahnhof ist zerstört. Er unterschied sich von den königlich preußischen Bahnhöfen durch die Ferienluft. Die Gepäckträger trugen die Koffer direkt an den Tegernsee oder ins Weiße Rössel. Der Platz vor dem Bahnhof lag im Schatten oder im Glanz der Schlösser des märchenhaften Ludwig. Die Hotels am Bahnhof waren nur Gesinderäume, wo man sich für das Schloß zurecht machte. Kein Mensch, der dort abstieg, dachte an Geschäfte.

Der wiederaufgebaute Bahnhof heute gleicht einer Basilika, gemessen, hell, wie von einem lateinischen Baumeister entworfen für ein Christentum, das der Welt sicher war. Hinter der Bahnhofsuhr in dieser Halle wohnt Gott. Es geht hier nicht ohne ihn. Selbst der Ungläubige fügt sich. Alle wollen den Zug erreichen und sind eingespannt in einen Apparat, der das Ziel nicht nennt.

Auch wer in München ankommt, tritt ins Ungewisse. Das Licht der Halle weigert sich, den Reisenden in die Stadt zu begleiten. Es entläßt ihn zu Kirchen, die unter hohen Türmen verborgen sind. Es sind dunkle Gewölbe, und man weiß nicht, sind es Verstecke für den Überfall oder die Rettung.

DER PHOTOGRAPH

Im großen, schmutzigen Atelier des Photographen Philipp treffen sich Inge und Heinz, siebzehn und achtzehn Jahre alt; sie sind Philipps Modelle für seine Bilder für Kenner.

Heinz hat keine Lust, sich länger für Philipps dreckige Serien zu verkaufen. Er will an die Sorbonne gehen und Philosophie studieren. Inge könne mit nach Paris kommen und einen Modesalon eröffnen. Von Philosophie und Mode lasse sich an der Seine gut leben. Vorher müsse man nur Philipp umbringen. Philipp habe viel Geld zusammengescharrt und es in seiner Truhe versteckt. Inge ist einverstanden. Heinz geht, ein Beil als Mordwaffe zu holen.

Philipp sieht wie Verlaine aus (und von dem sagte man, er ähnele Sokrates). Er kommt geschäftig nach Hause und ist entrüstet, Inge noch im Kleid zu finden.

Inge entkleidet sich. Sie erzählt, sie werde mit Heinz nach Paris gehen, um in Philosophie und Mode zu brillieren, wenn man ihn, Philipp, umgebracht und beraubt habe. Philipp amüsiert der Plan. Luftgewehr! Schallose Pistole.

Heinz kommt mit einer Mappe zurück, in der er das Beil trägt. Philipp befiehlt ihm, sich auszuziehen. Heinz versucht, sich durch Zeichen mit Inge zu verständigen. Inge beobachtet aber Philipp.

EIN SCHLECHTER MENSCH

Als ich Robert kennenlernte, war er ein frommer Eiferer. Mit seiner niedrigen Stirn, seinen funkelnden, immer irgendwie hassenden kurzen Augen hinter den dicken Gläsern beugte er sich gegen mein Gesicht und versuchte, mich zu überreden, in ein Kloster der Trappisten einzutreten, wenn ich meine Seele retten wolle. Bei unserer nächsten Begegnung aber war der fromme Robert Anarchist. Ich erlebte ihn noch als Mitglied des Bundes der Gottlosen, als Vegetarier, als Pazifisten, als Nationalisten, als Anhänger jeder nur möglichen oder unmöglichen Weltanschauung, aber immer als radikalen, als fanatischen Anhänger, der nichts als seinen augenblicklichen Glauben gelten ließ.

Aber daß er ein schlechter Mensch war, hörte ich aus seiner Erzählung. Ich nenne sie »seine« Erzählung, weil sie die Geschichte war, die er immer wieder zum besten gab, das Erlebnis, das ihn am meisten beeindruckt hatte und ihn noch immer beschäftigte. Ich habe seine Erzählung sechsmal von ihm gehört, und immer, als hätte er sich aufgeladen mit Haß, beging er kurz nachher eine schlechte Tat. Als ich die Geschichte zum sechsten Mal hörte, beging er die Tat gegen mich, und ich hatte Grund zur Reue, nicht schon nach dem ersten Vortrag der Geschichte ihm aus dem Wege gegangen zu sein.

DER SCHWARZE RITTER

Wenn Herr Forst in der Frühe der Werktage das Haus verließ, blickte Henriette, seine junge Frau, ihm nach. Sie sah, wie er, im Sommer in grauem Anzug, im Winter in blauem Paletot, durch den Vorgarten zur Pforte ging. Die Pfosten des Tors hatten sich gesenkt, die Tür schleifte in den Angeln, quietschte und klemmte, und Herr Forst mußte sie immer erst ein wenig stoßen und zerren, bis sie sich öffnen ließ. In diesem Moment, in der widerspenstigen Pforte, geschah die Verwandlung. Vor Henriettes Augen umschloß Herrn Forst eine schwarze mittelalterliche Rüstung, und der Gatte schritt geschient und geharnischt, mit herabgelassenem Visier und unter einem wehenden Helmbusch aus schwarzen Federn weiter zur nahen Haltestelle des Autobusses. Dort, in der Gruppe der Wartenden, wandte er sich zurück und grüßte mit bewehrtem Arm und eiserner Faust das Fenster, hinter dessen geschlossenem Store er Henriette wie einen Schatten sah. Und ohne wegen seiner ungewöhnlichen Kleidung Aufsehen oder Anstoß zu erregen, stieg Herr Forst mit den anderen Kaufleuten, Angestellten und Clerks der Gegend in den Bus, der sie zu den Kontoren des Geschäftsviertels brachte.

Anfangs hatte die Verwandlung ihres Gatten in einen schwarzen Ritter Henriette beunruhigt. Sie hatte die Erscheinung für eine Verkündigung kommenden Unglücks genommen und war am ersten Tag bei jedem Läuten des Telephons erschrocken in der Furcht, Herr Forst sei überfahren oder, als am Nachmittag ein Gewitter aufzog, vom Blitz erschlagen worden. Es hatte sich aber nichts Ungewöhnliches ereignet, und Herr Forst war am Abend wie immer ein wenig abgespannt nach Hause gekommen. Er trug den grauen Anzug, der am linken Revers eine kleine Brandstelle hatte. Er trank vor dem Essen, das war seine Gewohnheit, einen Cognac, er verzehrte das Nachtmahl, junge

Schoten und pochierte Eier, mit Appetit, sah im Garten nach den drei Rosenstöcken, die nicht blühen wollten, las die Bankpost, die ihn langweilte, und vereinte sich mit Henriette zu einer Umarmung, nach der er sogleich in tiefen, hin und wieder von leichten Schnarchtönen begleiteten Schlaf fiel. Henriette hatte in dieser Nacht das Licht angeknipst und den Schlafenden beobachtet. Sie schämte sich dieser indiskreten Haltung, aber es befriedigte sie, daß ihr nun zum erstenmal klar wurde, daß ihr Gatte gewöhnlich aussah.

Allmählich gewöhnte sie sich an den gewöhnlichen Herrn Forst zu Hause und an den schwarzen Ritter, der zu den Geschäften fuhr. Die Rüstung schien nichts Tragisches zu bedeuten, und auch die häusliche Gewöhnlichkeit ihres Mannes war kein unerträgliches Unglück. Natürlich sprach Henriette nicht mit Herrn Forst über die Gestalt, in der sie ihn allmorgendlich zum Autobus gehen sah. Sie hütete sich auch, Herrn Forsts Heimkehr zu beobachten. Es beschäftigte sie zwar der Gedanke, ob Herr Forst wohl als Ritter zurückkäme und sich erst in der widerspenstigen Gartentür wieder in den grauen Anzug zurückverwandele. Irgendeine Scheu bewahrte Henriette davor, dies zu beobachten, und schließlich schalt sie die Regung, es doch zu tun, müßige Neugier.

Ihr Tag war in Pflichten eingeteilt, ohne sie voll zu beschäftigen. Am Morgen besorgte sie den Haushalt, machte die Betten, reinigte die Böden, wusch das Geschirr ab. Am Mittag ging sie aus. Sie aß einen Joghurt und trank einen Orangensaft in einer Milchbar. Das erinnerte sie an die Zeit vor ihrer Ehe. Sie hatte Kinderpsychologie studiert und in einem Kinderheim volontiert, wo sie aus den Zeichnungen kleiner Mädchen kühne Schlüsse auf die Entwicklung der kleinen Seelen gezogen hatte. Manchmal wurde Henriette von Herren angesprochen, die, wie sie, Fruchtsäfte tranken oder Milch-und-Soda-Mischungen aus Strohhalmen schlürften. Henriette erschrak dann jedesmal und verließ schnell das Lokal. Aber beim Einkaufen der Lebensmittel, bei der Zubereitung des Abendessens beschäftigten sie die geflüsterten Worte der Männer, und sie malte sich aus, was geschehen würde, wenn sie die Einladung ins Kino, die Aufforderung zu einer Autofahrt angenommen hätte. Einmal erzählte sie Herrn Forst von diesen Erlebnissen. Es schien seiner Eitelkeit zu schmeicheln. Er lachte selbstgefällig und sagte: »Du bist eben immer noch schön!« Dieses »immer noch« ärgerte sie. Es bedeutete, daß sie eines Tages nicht mehr schön sein würde, ja daß es verwunderlich sei, daß sie es noch war.

Sie würde verblühen. Was hatte sie dann gehabt?

TRAUM

Ich bin in Den Haag. Der Krieg ist aus. Ich gehe den Waldsdorperweg entlang. Es ist dunkel, trübe, und überall sind große Zerstörungen zu sehen. Die ganze Landschaft ist verändert. Ich sehe aber am Wege das Flatgebouw, in dem Andi wohnte. Es ist nur wenig beschädigt. Ich will Andi aufsuchen. Das Haus scheint mir auf einmal wie die Zuflucht vor einer Gefahr zu sein. Ich finde aber Andi und seine Wohnung nicht. Ich gehe weiter. Ich komme zur Hoenstraat, will also wohl zu Ms. Vielleicht, daß ich meine, da Andi zu finden. Es ist sehr dunkel. Der Weg wie aufgewühlt. Häuser sind nicht zu sehen. Nur das große Gebäude der Jesuitenschule steht. In den roten Mauern sieht man Bombenrisse. Im Hof spielt ein Pater mit den Zöglingen, doch das Bild ist düster, und mich trennt ein Graben von ihnen. Da sinke ich in eine tiefe morastige Grube. Wahrscheinlich eine Menschenfalle noch aus der Kriegszeit. Ich greife um mich, um nicht unterzusinken oder um mich emporzuziehen. Ich greife in weichen, nachgebenden Schlamm. Da weiß ich, daß ich verloren bin! Nichts wird mich retten. Ich muß in der Schlammgrube ersticken. Merkwürdig, wie ergeben ich mich nun sinken lasse. Ich denke: dies ist mein Ende, mein Grab, nur schnell. Ich schreie nicht. Ich wache sehr ruhig auf.

VOR DER BÄCKEREI

Sie standen vor der Bäckerei, und durch den Rost unter ihren Füßen, Füßen in ausgetretenen, zerschlissenen Schuhen, strömte zu ihnen aus den Kellerfenstern der Backstube der Duft des frischen Brotes, süß, warm und richtig berauschend. Eine Luke öffnete sich, und der Lehrling brachte einen Korb mit heißen Semmeln herauf. Er schleppte den Korb über die Straße und hob ihn auf den Gepäckträger des Lieferrades. Der Junge war so bloß wie nackt. Auf seinen mehlbestäubten Gliedern lag eine Wärme wie ein zurückgebliebener Hauch von der Ausstrahlung des Backofens. Er schwang sich in den Sattel. Seine kurze, enge Hose spannte sich und modellierte mit einer strammen Mittelfalte die Backen des Gesäßes. Das Hemd war aufgeknöpft bis zum Nabel. Das Haar war blond wie die Semmeln im Korb. Der Sattel war unter ihm, er pendelte sich und die Brotlast ins Gleichgewicht. Eine amerikanische Kanone, an einen Truck gebunden, ratterte an ihm vorbei. Er stieß sich von der Bordkante ab und pfiff »c'est si bon«, sein Atem war in der Luft zu sehen. Die Wanderer zählten ihr Geld. Sie waren braungebrannt von der kalten Sonne des Frühjahrs, vom scharfen Wind auf den Straßen. Ihre Kleidung war staubbedeckt, obwohl der Morgen frisch war. Sie zählten ihre Pfennige, und die Pfennige reichten nicht. Der eine blickte mürrisch und besorgt. Der andere lächelte. Er lächelte das Lächeln des Soldaten, der noch an den Sieg glaubt oder schon grade nicht mehr an den Sieg glaubt, ein Lächeln in der verlorenen Schlacht. Ein neuer Korb heißer, dampfender Semmel stieg aus dem Schacht. Er wurde von einem Mädchen in den Laden getragen. Sie hatte nackte, rote Arme. Sie schüttete die Semmel ins Fenster, es war ein hoher Berg, ihre roten Arme versanken in dem Berg, und der Wanderer mit dem Lächeln schien zu sagen: Wir wagen's –.

Er beobachtete sie, junge Burschen auf Wanderschaft, arm,

arbeitslos, jung, er beobachtete sie, kräftige, hungrige Leiber; er beobachtete sie mit der Gier, gut zu sein.

»Ich lade euch ein.« Er trat auf sie zu, trat zwischen sie, nahm ihre Arme, als fürchte er, sie würden ihm entwischen. Ihre Gesichter verschlossen sich, aber er schob sie in den Laden, eine Tür klingelte, klinglingling, Ministrantengeläut, Messegeläut. Er trat zum Ladentisch wie der Priester zum Altar und ließ alles in eine große Tüte packen, Semmel und Kondensmilch und Butter, die es hier auch gab, eine Folge der Gewerbefreiheit, für die er gestimmt hatte. Er überreichte ihnen die Tüte, und ihre Gesichter mit den frühen Falten des Wind und Wetter Ausgesetztseins erhellten sich wieder, sie bedankten sich und ihre Gedanken liefen den Pfad Volksgemeinschaft, Frontkameradschaft, einen bessern findst du nicht, wir sind doch alle Deutsche. Er sagte »schon gut« und »gute Reise«, und es war herzlich gedacht, es war kein Falsch an ihm, denn er sah sich selbst heimatlos auf der Landstraße, vertrieben und arm, aber zugleich dachte er: fort von hier. Der Bäckereidunst benahm ihm den Atem, die Schaufensterscheibe beschlug vor seinem Blick, und er überlegte: welche Szene, welche Propaganda, der Abgeordnete verteilt Brot an das Volk. Wo blieben die Reporter, die Photographen, der Blitz des Auges der Öffentlichkeit?

WIEDERSEHEN MIT DER TRAVE

Es war lächerlich. Um den Tisch bildeten sich Trauben. Alle starrten ihn an. Es waren genau die Leute, die er nicht ausstehen konnte. Industrielle, denen es wieder gut ging, Wehrwirtschaftsführer a. D., Fabrikanten und Händler mit gehorteten Waren. Die Otto Reuter-Geschäfte, Millionen Flüchtlinge und der Lastenausgleich in Bonn in guter Hut. Einige hatten wulstige Karnevalsgesichter. Ihre Frauen waren mit Gold behängt. Einige waren wohl vom Balkan hergereist. Gestrandete Hochstapler. Graue Schuppen fielen aus den geölten Haaren auf die gepolsterten Schultern der Maßanzüge. Ein paar arme Schlukker waren auch da. Eulen mit Nachtaugen, leberkrank, die recht und schlecht vom Spiel lebten. Alle blickten sie auf ihn. Es war auch zu blödsinnig. Er gewann. Gewann andauernd. Die Dreiundzwanzig! Dreiundzwanzig mit Siebzig en plein. Der Betrieb am Tisch stockte. Der Chef zählte Zweitausendachthundertundfünfzig in roten und gelben Chips auf das Tuch. Zweitausend auf Passe. Hundert auf die letzten sechs. Hundert auf die letzten drei. Siebzig auf Sechsunddreißig, Hundert für die Angestellten. Er haßte die Croupiers. Aus der Bahn geworfene Leutnante, Burschen, die sich nach blanken Schaftstiefeln sehnten. Er gab ihnen das Geld aus Schüchternheit. »Herzlichen Dank für die Angestellten.« Er war feige. Er war auch zu feige, um vom Tisch wegzugehen. Was sollte der Unsinn. Er wollte nicht gewinnen. Er war der einzige im Saal, der nicht gewinnen wollte. Er brauchte das Geld nicht. Er verachtete es. Die weiße Kugel hüpfte prompt in die Sechsunddreißig hinein. Seine Einsätze wurden bezahlt. Die roten und gelben Chips sprengten ihm die Taschen. Die anderen hatten viel bessere Anzüge an als er. Englischer Schnitt freilich. Den east end von der Stange gekauft. Jetzt warteten sie neugierig, was er tun würde. Notiz in der Lübecker Zeitung: »Ein Ausländer gewann 30 000 im Spielkasino in Travemünde. Er schenkte dem Klavierspieler in der Bar tausend Mark.« Das Piano spielte. Es war scheußlich. Er mochte das Lied nicht. Er trank einen Sherry an der Bar. Schöne echte Teppiche bedeckten den Boden. Vielleicht waren es die Teppiche seines Vaters. Er konnte sich nicht mehr erinnern, was der Geheimrat für Teppiche besessen hatte. Er verließ das Kasino. In der Garderobe half ihm der elegante Portier mit Widerwillen in den abgetragenen, verdreckten Trenchcoat. Der Portier wußte noch nicht, daß er gewonnen hatte.

Zwei Männer folgten Paul. Vielleicht wollten sie ihn berauben. Wenn man sich ein paar Schritte vom Kasino entfernte, verschlangen einen die Nacht und der Nebel. Manchmal griff der Scheinwerfer des Leuchtturms wie ein langer Finger durch die Dunkelheit. Sollte er umkehren? Er konnte sich ein Taxi nehmen und nach Lübeck fahren. Dann fand er es nicht der Rede wert, wenn er am Strand ermordet wurde. Die See gluckste eintönig gegen das Ufer. Jenseits des Nebels war Mecklenburg oder war Rußland, vielleicht war beides da. Die Männer, die ihm gefolgt waren, blieben zurück. Sie schienen sich zu streiten. Im Hafen lag die »Kiwa«. Ein Afrikadampfer, der jetzt als Hotelschiff diente. Er kletterte über den Steg an Bord und ließ sich eine Kabine anweisen. Der Steward sprach englisch mit ihm. Paul war ein Untertan Seiner Majestät des Königs von England. In der engen weißen Kammer konnte man sich einbilden, zum Kongo zu reisen. Paul hatte als Junge immer zur Mündung des Kongo fahren wollen. Von dort sollte es den Fluß hinauf zu den Quellen gehen. Vorbei an den Bäumen des Urwaldes, den aufgerissenen Mäulern der Krokodile, den glatten Körpern winkender schwarzer Mädchen, unter dem Bullauge der Kabine plätscherte die Trave. Paul war nicht nach Afrika gekommen. Er war nur nach England gekommen. Er war nach Dünkirchen gekommen. SOA. Mit dem Vater war er nach Fehmarn gefahren. Der Dampfer fuhr in den Ferien morgens um acht von der Fischerbrücke; um zwölf war man in Fehmarn, und aß im Kurhaus zu Mittag. Paul legte alles gewonnene Geld auf den Nachttisch. Es sah auf der Platte wie auf dem Zahltisch eines Bankkassiers aus. Paul erinnerte sich, wie sie auf der Reise nach Fehmarn das Torpedoboot trafen. »Stolz weht die Flagge schwarz-weiß-rot.« Der Vater hatte mit ausgestrecktem Arm auf das Kriegsschiff gedeutet. Dr. Israel Kohn, damals noch Dr. Günter Kohn, Marinestabsarzt a. D., Beisitzer in der Ortsgruppe der Deutschnationalen Volkspartei, war für wehrhafte Erziehung der Jugend.

Am Morgen schien die Sonne auf das Deck der »Kiwa«, aber der Wind war kalt. Paul fror in seinem Trenchcoat. Das Wasser der Trave war schmutzig. Drüben standen Nissenhütten dicht aneinandergedrängt. Ein ganzes Dorf von Nissenhütten. Das Dorf stand in einem seltsamen Gegensatz zu den patriarchalisch spießigen Bauten des alten freundlichen Travemünde auf dieser Seite des Flusses. In den Nissenhütten wohnten die Fischer der Kurischen Nehrung. Die Fischer aus Pellkallen, aus Cranz, aus Nidden. Auch sie hatten einmal in freundlichen alten Häusern gewohnt. Katzen vor den Türen. Was mochte aus den Katzen geworden sein? Hatte man sie gegessen? Paul wußte wieder nicht, was er hier sollte. In seinem Anzug, in seinem Trenchcoat steckte überall das Geld. Hinter einer Glaswand lag die Kajüte, die als Speisesaal diente. Eine Familie aß Weißbrot, Butter, Eier und Marmelade. Der Kaffee war in einer Silberkanne. Sie reisen gut auf deutschen Schiffen. Der Tisch war weiß gedeckt. Der Steward fragte Paul »Wollen Sie frühstücken, Herr?« Paul wollte nicht frühstücken.

Paul fuhr mit dem Motorboot nach Lübeck. Die Passagiere des Motorbootes hatten unzufriedene, verbitterte Gesichter. Sie standen alle dicht beieinander im Windschutz hinter dem Führerstand. Im Bug des Bootes stand allein ein englischer Soldat vom Fliegerkorps. Er schien nicht zu frieren. Aber er schien sehr einsam zu sein. Paul setzte sich hinten ans Heck. Sie fuhren am Hochofenwerk vorbei. Paul wunderte sich, daß es unzerstört war. Hier waren keine Bomben gefallen. Dann sah er die Hafenstraße wieder. Diese feine Silhouette gegen den klaren Himmel. Die spitzgiebeligen Häuser, die alten Speicher, die rostigen Krane. Er guckte nach der Clemensstraße aus. Sie stand. Er war wieder der Schüler, dem das Herz klopfte, wenn er an der Bordellgasse vorüberging. Kleine Mädchen spielten Himmel und Hölle auf dem rumpligen Pflaster. Hier schien sich nichts geändert zu haben. Erst wenn man die Mengstraße hinaufging, sah man, daß bis zur Marienkirche alles ein einziges Trümmerfeld war.

Er ging weiter. Dies war der Schulweg. Da hatte die Konditorei mit dem berühmten Marzipan gestanden. Sie war ausgebrannt. Verkohltes Holz lag hinter den leeren Fenstern. Der Weg zum Kathrineum führte weiter durch die breite Straße. Der 30. April. In Italien gab es Straßen, die hießen Via Venti Settembre.

Er stand vor dem Heiliggeisthospital. Es war erhalten geblieben. Es sah noch immer aus wie ein gotischer Schrein. Ein paar Alte saßen auf der Bank und wärmten sich in der spärlichen Sonne. Eine einzigartige Stiftung, sagte der Custode, für alte Kapitänsfrauen, für Frauen von auf See gebliebenen Kapitänen. Aber jetzt sind Arme aller Art hier. Männer und Frauen. Paul nickte. Er kannte das alles. Er kannte den Geruch. Er sah sich im Matrosenanzug mit seiner Mutter durch den Gang gehen, in dem hohen, alten Kirchenschiff, in dem rechts und links die niedrigen Kabinen der alten Leute standen. Es hatte ihn als Kind erschreckt, wie die Armut roch. Dieser saure Geruch nach Kartoffelsuppe und nasser Wäsche. Er hatte sich als Kind, wenn er mit seiner Mutter hierherging, um einer alten Frau Strümpfe zum Stopfen zu bringen, davor gefürchtet, arm zu werden. Es war nicht die Furcht eines Kindes, es war die Furcht eines alten Mannes gewesen, das Kind wußte es nur noch nicht. Er wußte es jetzt. Dies war der eine Geruch, der andere war der von Rotwein. Der Duft von Rotwein, der sich im Eßzimmer verbreitete, wenn am Abend der Vater den Bordeaux entkorkte, der den ganzen Tag über in einem Strohkorb in der Nähe des alten Kachelofens sich gewärmt hatte, oder der Rotweindunst, wenn man an den tiefen Kellern vorbeiging, in den Straßen zum Hafen, wenn man über die morschen Lugen schritt, die Keller verschlossen und der Geist der alten Fässer einen berührte.

»Geben Sie eine Spende, Herr?« fragte ihn der Custode. »Nein.« Paul wollte nicht als Wohltäter auftreten. Er haßte Wohltätigkeit. Er wollte irgend etwas anderes machen. Er sah die grauen ernsten Gesichter der alten Leute, er wollte ihnen eine Freude bereiten. Er sagte, er wolle das Hospital zu einem Essen einladen. Am Abend noch. Einem Essen mit Wein im Ratskeller. Der Custode verstand ihn nicht. Als er verstand, äußerte er Zweifel, ob es die Hausordnung erlauben würde. Er tuschelte mit dem Aufseher. Der Aufseher und der Custode schauten mißtrauisch zu Paul. Wenn es ein Scherz sein soll, sagte der Aufseher, ist es ein unpassender Scherz. »Warum ein Scherz?« fragte Paul. »Ich meine es, wie ich es sage. Alle sollen heute abend in den Ratskeller kommen und meine Gäste sein.« »Aber warum gerade in den Ratskeller?« ereiferte sich der Aufseher. »Sehen Sie, es sind alles einfache Leute hier. Geben Sie eine Spende für die Küche, Herr. Vielleicht noch ein Fäßchen Bier, aber doch nicht in den Ratskeller.« »In den Ratskeller«, sagte Paul. Er sah, daß dieser Aufseher die alten Leute darum bringen wollte, im Ratskeller zu speisen. Der Ratskeller war also noch immer den Honoratioren vorbehalten. Paul holte einen Hundertmarkschein aus seinem Trenchcoat und gab ihn den beiden. Mochten sie das Geld für irgendwas verwenden. Für das Hospital, für die Küche, für sich, es war ihm gleichgültig. Er verpflichtete sie, seine Einladung den Alten bekanntzumachen und dafür zu sorgen, daß sie um sechs Uhr in den Ratskeller kämen.

Auch im Ratskeller versuchte man, sich Pauls Wünschen zu widersetzen. Es war ungewöhnlich, daß den Armen des Spitals hier ein Essen gegeben werden sollte. Der Pächter wollte in einem Nebenraum eine Art Eintopfessen servieren. Er schlug Erbsen mit Speck vor. Paul bestand auf dem großen Festsaal. Es sollte nach der Karte gegessen werden. Nach der großen Karte. Die Hospitanten sollten an diesem Abend mit all der Zuvorkommenheit behandelt werden, die man hier sonst nur reichen Leuten zuteil werden ließ. Zum Trinken Wein nach der Weinkarte. Jedem seiner Gäste sei zumindest eine Flasche zugedacht.

Jeder Gast solle wählen. Es sei gleichgültig, ob er eine Flasche zu zwanzig oder dreißig Mark bestelle. Bei Zweifeln sei zu den teuereren Weinen zu raten. Paul würde sich selbst davon überzeugen, daß auch wirklich die bestellten Weine serviert würden. Die Tafel sei mit Linnen und Silber wie zum Senatorenessen zu decken. Es gelte, die armen Alten der Stadt zu ehren.

WUNDERBARE RETTUNG

Wunderbare Rettung – ein Titel wie von Hebel und seine Sonne in der kalten Welt.

Es war ein leises Haus.

Und er sah sie und begriff und er ging mit ihr durch den Ort und in die Gastwirtschaft und trank im Café den Kaffeeersatz und wurde von ihr zum Bahnhof gebracht und umarmt unter Tränen. Wie es üblich war an Zügen, die zu den Toten fuhren.

Leider ist die Geschichte erfunden.

Zur Hälfte erfunden. Frau Z. wurde wunderbar vor der Bombe gerettet, saß im Lehnstuhl im Morgengrauen und Feuerschein vor dem Schuttberg ihres Hauses auf dem Markt für Juden verboten. Doch es kamen die Schergen, bestraften sie, da sie ohne den gelben Stern dort saß, und brachten sie zu den andern Zügen, die hinter den Militärzügen ins Totenreich fuhren.

ZÜRICH

Am Limmatquai beim Select: die beiden Mädchen und der Junge. Die eine eine Françoise Arnoul, im schwarzen Dufflecoat, eine Zigarette nach der andern rauchend, den Rest mit Schwung in den See werfend. Im Aufstehen etwas gebeugte Haltung. Die Taschenrevision beim Jungen, der aber mit der andern befreundet ist. Ein süßer Mund. Ziemlich lange Haare. Im gelben Cordrock unten die Bindungen.

Die Schwäne, die Möwen, die Tauben. Sonne. Züricher Geschäftsinhaber füttern die Tiere, während ihre Läden zu Mittag geschlossen sind. Vor der Schifflände. Dahinter das Select, die Stühle draußen.

Das nette Hotel. Die teueren Eßbars.

Der Landstreicher. Füttert den Schwan. Ist scharf auf F.A. Vielleicht kommt er aus dem Zuchthaus. Ich beobachtend und liebend. Der Landstreicher setzt sich auf die Bank, von der er sie sieht. Ich wollte den Platz einnehmen. Ich stehe am Quai. Unschlüssig.

Sechster Teil

DER »SCHWEIGENDE« ROMANCIER
1961-1986

ARIADNE ODER DER VERLORENE PFAD

Knossos. Die berühmten, die bewunderten Ruinen. Der Königspalast. Rote und weiße Säulen. Das Entzücken des ehrenwerten Sir Arthur Evans, R.A.S. Auf den Wandbildern die entblößten Brüste der schönen Damen. Wohl erhalten. Bunter Tod. Die Damen schauen zu. Selbstverständlich Logensitze. Konversation. Spitzmündig. Lächeln. Ein böses Loch im Gesicht. Der Fächer kokett gegen die Hitze geführt. Der Stier spielt mit den jungen Leuten. Zutrauliche Bestie. Beifall der Tierschutzvereine. Gleich wird das Paradies neu eröffnet. Der Stier neigt willig sein Haupt und wirbelt die Stierspringer hoch. Propaganda in allen Zeitungen und auf den Litfaßsäulen. Eine interessante Laufbahn im minoischen Heer. Bisse in die erregten Brustspitzen der Damen. Gartenhimbeeren. Parknattern. Wieder der Schoß zur Zeugung zerrissen. Wieder. Die Wiederholung. Das Labyrinth.

Knossos

Ja, warum

Mit der Lufthansa kann ich in vier Stunden in Athen sein. Eine Boeing 707. Deutsche Hoheitszeichen. In Athen umsteigen auf die Olympic Airways, eine Stunde DC-3, Propellermaschine, unten das klassische Meer und die Kykladen wie Klöße in der Suppe, Herakleion/Kreta, noch fünf Kilometer bis zum Palast des Minos, der Autobus fährt alle zwei Stunden. Man kann auch zu Fuß gehen. Die Gegend ist mir bekannt.

Wahrscheinlich bin ich Theseus. Es gibt keine Beweise dafür. In meinen Papieren steht ein belangloser Name. Ich bin Theseus. Gelehrte Männer haben sich mit dem Gesetz, ich möchte sagen mit dem Zwang zur Wiederholung beschäftigt. Ich nenne nur Kierkegaard und einen Professor in Marburg, dessen Name mir entfallen ist, aber ich habe als junger Mensch seine Bücher gelesen. Natürlich wußte ich damals noch nicht, daß ich Theseus bin. Ich stellte mich unter diesem anderen, dem belanglosen Namen vor, den ich auch heute noch auf meine Geschäftskarten drucken lasse. Immer wird man irgendwo geboren, immer wird man von Narren, die sich irgendwelchen wahnwitzigen Hoffnungen hingeben, falsch erzogen, und immer findet man das Schwert eines verdammten Vaters, der sich damit vergnügte, ein Kind zu zeugen, unter einem Felsen. Verfluchtes, dreimal, tausendmal verfluchtes, bis zum Ende aller Tage verfluchtes Schwert!

Als es so weit war, führte ich die Jünglinge und Jungfrauen zum Minotaurus. Stoßen Sie sich nicht an der biologischen Bezeichnung. Es war gleichgültig, ob die Jungfrauen verschlossene Schöße hatten oder nicht. Wahrscheinlich waren sie defloriert. Der Minotaurus war darin nicht heikel. Er hatte diesmal lange Arme, und er erreichte seine Opfer noch in Berlin und selbst in Oslo und in Moskau. Natürlich hatte ich mich freiwillig gemeldet. Die Herren Messerschmidt, Junkers, Heinkel oder wie sie hießen, gaben uns Flügel, und wir sprangen diesmal aus der Luft ins Labyrinth. Ich habe meine Jünglinge nicht heimgeführt. Von den Jungfrauen wollen wir nicht weiter reden. Ich überlebte. Das war mir bestimmt. Ariadne rettete mich nicht. Oder jedenfalls rettete sie mich erst später und nicht durch ein Knäuel. Als ich Boden unter den Füßen fühlte und die Leichen sah, entschloß ich mich, dem Minotaurus zu dienen. Ich wurde ein kleiner Unterblutrichter und bald zeichnete ein Kreuz mich aus. Ariadne war dann die Kuh, die mich aus der Arena, will sagen aus dem Labyrinth führen sollte, als alles aus war. Jedenfalls bildeten wir uns das ein, und ich dachte dann zuweilen auch, ich sei Dionysos. Gewiß, der mit den Mänaden, der alte Schürzenjäger, der Weinlaubbekränzte, aber der Spiegel zeigt mir einen kleinen Mann mit einem Bauch, schweren Lidern, schütterem grauem Haar. Ich bin erfolgreich.

Knossos

Ja, warum

Wahrscheinlich bin ich Theseus. Mit der Lufthansa in vier Stunden in Athen. Eine Boeing 707. Virginiazigaretten. Deutsche Hoheitszeichen. Die Akropolis schweigt. Umsteigen auf die Olympic Airways. DC-3 Propellermaschinen. Unten das umkämpfte Meer und die Kykladen wie graue Klöße in der Suppe.

Herakleion Kreta, noch fünf Kilometer bis zum Palast des Minos. Es fährt ein Autobus, man kann aber auch zu Fuß gehen. Mir ist die Gegend wohlbekannt.

Wahrscheinlich bin ich Theseus. Ich will das nicht schwarz auf weiß beweisen und mich mit all dem Unsinn der bürgerlichen Identitätsbekundungen abgeben. In meinem Paß, in meinem Führerschein, auf meinen Steuerakten steht ein belangloser Name. Ich erwähne ihn gar nicht. Ich bin Theseus. Ich schlafe schlecht, ich gieße Wein in mich hinein, ich schwitze, ich träume schwer. Am Morgen sind die Bettücher naß. Ist es Angst, die mich quält? Da ist dieses Gerede von der Wiederholung. Es soll ein Gesetz, es muß ein Zwang sein. Ich war jung, ich liebte ein Mädchen, und das Mädchen verschmähte mich. Natürlich wollten dann auch die anderen Mädchen nichts von mir wissen. Ich litt. Damals wußte ich noch nicht, daß ich Theseus bin. Ich hätte den Mädchen Theseus' traurige Geschichte erzählt, und sie hätten mich lieb gehabt. Die Mädchen lieben die Torheit des Helden und seinen Blutgeruch, aber ich stellte mich unter dem belanglosen Namen vor, den ich verschweigen will und heute noch auf meine Geschäftskarten drucken lasse. Die Wiederholung ist nicht nur das Unglück in der Liebe. Auch Kriege wiederholen sich. Immer wird man irgendwo geboren, immer wird man von Narren, die sich irgendwelchen wahnsinnigen Hoffnungen hingeben, aufgezogen, und todsicher findet man unter irgendeinem Felsen das heimtückisch versteckte Schwert des rachsüchtigen Erzeugers. Verfluchtes Schwert! Dreimal verfluchte Waffe! Tausendfach verfluchtes Erbe! Bis zum Ende aller Tage verflucht.

Als es so weit war, führte ich die Jünglinge und Jungfrauen zum Minotaurus. Es war mittlerweile gleichgültig geworden, ob die Jungfrauen Jungfrauen waren, der Minotaurus ging mit der Zeit, er forderte nichts Unmögliches, er verlangte Jugend und keine intakten Hymen. Überhaupt kam es ihm mehr auf die Jünglinge an; der Minotaurus hatte päderastische Neigungen wie ein alter General. Natürlich hatte ich mich freiwillig gemeldet. Die Herren Junkers, Messerschmidt, Heinkel bauten uns Flügel, und wir sprangen diesmal aus der Luft und mitten ins Labyrinth. Ich entsinne mich noch: es war ein griechischer Morgen, nicht die Sonne, Aurora erwachte, die rosenfingerige, unser Geschichtslehrer wäre entzückt gewesen, aber er war leider nicht bei uns, er verzehrte seine Pension, wenn auch auf Lebensmittelkarten, in Gera und folgte am Radio begeistert unseren Taten. Lauter Sondermeldungen! Wir waren die Goldene Schar, wir erblühten mit unseren Fallschirmen. Unten sah ich die Leichen. Ich hatte überlebt, war es Zufall, war es Schicksal, mein Hemd war beschmutzt, und es genügte mir. Ich wollte mich auf nichts mehr einlassen, und ich ließ mich auf alles ein. Von Theseus war keine Rede. Ich wurde der Minotaurus, ein kleiner Minotaurus freilich nur, ein Befehlsvermittler, ein Unterblutrichter, gefürchtet in seinem Bezirk und allmählich dekoriert. Ariadne? Es gab so viele. Ich kann mich an ihre Gesichter nicht mehr erinnern. Es gab sie für Brot. Kein Knäuel in ihren Händen. Kein Weg aus dem Labyrinth. Immerhin kam ich nach Naxos und wurde gefangen. Was gab es zu bereuen? Ich wurde umerzogen. Ich wandelte mich, und schließlich entschloß ich mich, Dionysos zu werden.

Zu Hause heiratete ich. Ich nannte sie nun doch Ariadne. Ariadne, die echte, die einzige, sie sollte mich aus dem Labyrinth führen, und sie führte mich auch irgendwohin. War es die Freiheit? Gewiß, das schwarze Segel, das meinen Vater tötete, einen Preußen von altem Schrot und Korn, war irrtümlich gesetzt worden. Wir hatten einfach die Situation verkannt. Wir hätten ruhig als Sieger heimkehren können. Wir sind die Sieger. Die andern wissen es. Theseus? Dionysos? Ich betrachte mich im Spiegel. Ich sehe einen dicken Mann, stierköpfig, schwere dunkle Säcke unter den Augen. Minotaurus? Ich bin erfolgreich.

Ich lebe vom Dreck. Das ist immer ein sicheres Geschäft. Die Leute bringen mir ihre schmutzigen Sachen. Ich besitze eine chemische Reinigung, ein Kleiderbad, wie man heute sagt. Genau genommen, so habe ich angefangen. Heute besitze ich eine bekannte Kette von Schnellreinigungsläden, zwölf Filialen allein in unserer Stadt, überall im Lande richte ich neue ein, und bald werde ich die Vorteile des gemeinsamen Marktes genießen und in Paris firmieren. Ich habe die Läden mit ihren Waschtrommeln, ihren Lösungstanks und den Dampfbügelbrettern verpachtet. Das ist sehr angenehm. Ich kassiere nur, und selbst das ist nicht buchstäblich zu nehmen, ich kassiere nicht einmal, ich fahre nicht vor den Türen vor und bettle um mein Geld, die Pächter zahlen es auf mein Konto ein. Ohne mein Zutun und pünktlich. Ich brauche mich und meine Automobile nicht zu strapazieren. Ich halte zwei Wagen, ein schwarzes geschlossenes Coupé und einen offenen roten Sportrenner. Ariadne hat mir geholfen. Sie hat mich geführt. Die erste Reinigungsanstalt richtete ich mit dem Geld ein, das wir für ihren Schmuck auf dem schwarzen Markt bekommen hatten. Das heißt, wir hatten für den Schmuck, Familienringe, Halsbänder und Broschen und Ohrgehänge veralteten Schliffs und antiker Fassung, gar kein Geld, sondern Zigaretten bekommen, amerikanische Zigaretten in Stangen genannten, in Wachspapier gehüllten Pakkungen, die damals die sicherste Währung waren und von jedermann an Geldes statt angenommen wurden. Der erste Laden war eine Baracke zwischen zersprengten und versengten Mauern auf einem Trümmerfeld. Das ist längst alles aufgeräumt, schöner wieder aufgebaut, und meine Läden blitzen vor Chrom und im Neonlicht.

Ariadne und ich aber wohnen nun vor der Stadt, im Grünen eines beliebten Vorortes unter den Bäumen eines parzellierten Waldes. Wir haben uns ein Haus gebaut. Philemon und Baucis. Aber es ist keine Hütte, es ist reiner Illustriertenstil. Ein Kaminfeuer brennt vornehm in einer Ummauerung aus roten Backsteinen. Eine Hollywoodschaukel steht auf dem englisch gestutzten Rasen. Das Wasser davor ist der Swimming-Pool. Wir gehören zur Gesellschaft. Warum verkehren wir nicht mit unseresgleichen?

Ariadne schläft. Das Zimmer ist dunkel. Es ist schwarz. Die Luft ist schwarz. Das Zimmer ist voll von schwarzen Gerüchen. Ich taste mich durch die Schwärze wie durch schwarze Watte. Ich orientiere mich nach dem unterdrückten Winseln des Hundes. Ich lasse den Hund hinaus. Ich bin ein Frühaufsteher. Es hat mir nichts eingebracht.

Am Morgen beschäftige ich mich mit Tätigkeiten, die mich vielleicht hätten glücklich machen können. Ich zünde den Gasherd an. Ich setze das Teewasser auf die Flamme. Ich spüle die Kanne aus. Ich fülle Wasser in die Wasserschüssel des Hundes. Ich tue den Tee in die Kanne. In China. Ich bin nicht in China. Ich wollte ein Chinese sein. Die Bilder sind nun nicht zu zählen. Beim Bau der chinesischen Mauer. Ein lüsterner Mandarin. Leise durchs dunkle Zimmer geschlichen. Die schwarze Luft. Die schwarze Watte. Leise die Jalousien emporgezogen. Zerstörung des schwarzen Schlafes der schwarzen Burg. Ariadne erwacht. Fragt, was ist? Fragt, was ist das für ein Lärm? Fragt jeden Morgen so. Ich stelle die Tassen auf den Tisch, ich hole die Kanne, ich hole den Hund, ich hole die Zeitung, ich schenke mir den Tee ein. Ariadne sieht mich an, und wir schweigen.

Ich habe viele Geschäfte, aber da ich viele Geschäfte habe, brauche ich mich um keines zu kümmern. Ich habe Philosophie studiert, aber ich lebe vom Schmutz. Das ist ein todsicheres Geschäft. Die Leute bringen mir ihre schmutzigen Sachen. Ich reinige ihre Kleider. Selbstverständlich reinige ich sie nicht. Meine Pächter, meine Angestellten nehmen den Schmutz in Empfang, stopfen ihn in die Waschtrommeln, in die Reinigungsbäder, unter die Bügelmaschinen. Überall in der Stadt gibt es meine Läden. Chromglitzernd Neonlichterhellt. Ich richte die Läden nur ein, lasse das Chrom anbringen, kaufe die neuesten Maschinen und dann kassiere ich nur noch, hole die Pacht, fahre rum. Ich habe zwei Automobile. Ein schwarzes geschlossenes Coupé und einen roten offenen Sportwagen. Das Coupé erinnert an einen Sarg, der Sportwagen läßt an die Feuerwehr denken.

EINE ERSTAUNLICHE GESCHICHTE

K. erzählte mir beim Mittagessen eine erstaunliche Geschichte. S., der, wie jedermann weiß, in seinen Anfängen zum homosexuellen Kreis der alten Frankfurter Zeitung um den Verleger Simon gehörte, hatte während des Krieges eine Gräfin geheiratet, die geschiedene Frau eines Korrespondenten der Deutschen Allgemeinen Zeitung. Mit dieser Gräfin residierte S. in der deutschen Botschaft in Paris. Nach dem Kriege in Tübingen machte die Frau ihm im Bad eine öffentliche Szene, warf ihm seine erotische Abartigkeit in groben Worten vor und verriet ihn an den französischen Geheimdienst, der S. verhaftete und ihn sehr schlecht behandelte. Trennung von der Frau. Nun aber kommt das Verwunderliche, daß S., bald siebzig Jahre alt, in Schwaben ein Verhältnis mit der fünfzigjährigen und keineswegs schönen oder verführerischen Gattin eines reichen Klosettfabrikanten angefangen hat. S. hat sich auf dem immensen Grundstück des Fabrikanten ein Haus gebaut, dessen Halle er mit einer Unmenge von Säbeln ausgestattet hat, die angeblich Napoleon oder seinen Generälen gehört haben. In dieser Halle oder, je nach dem, in der Halle der Fabrikantenvilla, die mit Jagdtrophäen ausgestattet ist, spielt S. vor der Dame, die ihn kaum versteht, den großen Arbiter des europäischen Geistes und der Literatur. Dem zweieinhalb Zentner wiegenden Klosettfabrikanten war dies gleichgültig, bis ihn seine Freunde bei einer Jagd mit dem literarischen Hausfreund aufzogen. Der Koloß wollte am Abend S. nicht nur aus der Halle der Jagdtrophäen rausschmeißen, sondern ihn auch von dem Grundstück entfernen, regte sich jedoch dergestalt auf, daß ihn der Schlag traf. S. erschien zur Beerdigung nicht nur als Herr der Witwe, sondern auch als Mentor ihrer beiden Knaben, die er innig in die Arme geschlossen hatte, um dann zum Erstaunen der Trauergesellschaft vor dem Grabe in heftiges Weinen auszubrechen, was er dann aber bei dem anschließenden Trauerchampagner, ganz der berühmte große Mann, wieder in forciertes Lachen verwandelte.

EINE KLEINE WEIHNACHTSGESCHICHTE

Es wird heute sein. Heute, am Weihnachtsabend. Heute wird das Wunder geschehen.

Der große Weise, der einmal gepriesen werden wird in den Schulbüchern, wirkt in Alaska, er arbeitet in einer Festung tief unter dem Schnee, er sieht nicht die klaren Sterne über dem Pol, nicht das unheimliche Nordlicht, er haust in den Boden gegraben in einer Höhle aus festem Beton und meterdickem Blei, er fürchtet sich, er ist Geheimnisträger Nummer eins, es ist in seine Hand gegeben, die Menschen zu vernichten, nicht sie zu retten, er sitzt im Kreis seiner Elektronengehirne, die erzählen ihm alles über die Venus, zu der er, für so viel Milliarden Dollar, wie sie niemals ein Mann besessen hat und für die man die Alpen mit der Zugspitze und dem Montblanc aus reinem Lübecker Marzipan aufbauen könnte, einen Boten geschickt hat, der ihm aus einer Entfernung, die unvorstellbar ist, die Beschaffenheit des in Wolken gehüllten Planeten meldet und nun schon weiter der Sonne zurast in das immer ungelöste Geheimnis der Schöpfung.

Man ist müde der Daten, der ungeheuren Zahlen, der schwer verständlichen Gleichungen. Aber dann um Mitternacht spricht das Gehirn Alma, die Venus ist ein schöner Traum, und das Gehirn Berta sagt, die Venus ist eine Göttin, und das Gehirn Cäcilia, das einen kleinen Kurzschluß hat, verkündet gar, die Venus ist der Stern von Bethlehem, und alle Meßergebnisse lauten auf einmal: Friede auf Erden.

Da überkommt auch den Weisen der Geist der Stunde, der Heilige Albert Einstein erscheint ihm und hält die Zeit an, daß sie stillsteht, und der Weise macht sich auf nach Washington, der Stadt des Präsidenten.

Der Präsident nimmt mit seiner Familie das Weihnachtsmahl. Liegt es am Truthahn? Er schmeckt schal, nicht nach freien Prärien, wie in der Kinderzeit. Der Präsident fürchtet sich. Es könnte die letzte Feier sein, der letzte Blick in Jackies Augen. Der Präsident kennt unendlich viele Verrückte in der Welt, er weiß um heillose Angstvorstellungen: und warum sollte nicht einer, der mit einem Knopfdruck den Tod aussenden kann, die Zeit nun für erfüllt halten?

Da tritt der Weise aus Alaska an des Präsidenten Tisch. Erleuchtet vom Geist des Heiligen Einstein ruft er, die Menschen fürchten sich, sie fürchten sich voreinander, wir müssen uns aufmachen, von den Menschen die Furcht zu nehmen.

Da schweben sie hin, der Präsident und der Weise, und dank der Macht der Relativität erreichen sie Macmillan, de Gaulle, Adenauer und Ulbricht, einen jeden bei seinem Weihnachtsmahl, und überall singen aus den Fernsehapparaten die Sängerknaben, vom Himmel hoch, und die Staatslenker hören die Botschaft, und das Essen schmeckt ihnen nicht, und sie fürchten sich sehr. De Gaulle fürchtet sich aber weniger als Macmillan, der viele Bücher gelesen hat, und Adenauer und Ulbricht sagen, sie hätten überhaupt keine Furcht und sie wollen nicht mitfliegen und mitsammen schon gar nicht, aber der Geist des Heiligen Einstein erhellt selbst ihre Köpfe, für eine Weile, jetzt, heute nacht.

Und so erreichen sie alle den Kreml, und von Osten sind, von seltsamer Sehnsucht getrieben, Nehru und Mao gekommen, und Chruschtschow sitzt im Zarensaal beim Weihnachtsmahl, und die Kiewer Sängerknaben singen aus dem Fernsehapparat, Auf, Genossen, nehmt die Erde, schafft ein irdisches Paradies, und Chruschtschow schmeckt der gefüllte Stör nicht, und er fürchtet sich.

Da sehen sie einander an und gestehen ihre Furcht. Wir fliegen zu den Sternen, sagen sie, wir erforschen den Mond und die Sonne, doch auf der Erde vermögen wir die Angst nicht zu bannen, wir steigern sie nur mit jedem Triumph unserer Findigkeit.

Was können wir tun, fragen sie. Abrüsten, fordert Kennedy.

Bis zum letzten Gewehr, ereifert sich Chruschtschow. Alle Generäle an die Wand stellen, Vive la France, ruft General de Gaulle. Aber nein, rügt der Weise, niemand wird mehr erschossen, auch die Generäle nicht, wir schicken sie auf den Mond und schulen sie zu Gärtnern um. Ich kann die Mauer einreißen, jubelt Ulbricht. Ein Alpdruck ist von ihm genommen. Und Adenauer sagt, mein Rücktritt ist angesichts dieser Ereignisse noch ganz ungewiß, meine Herren, aber ich werde den Herrn Strauß und den Herrn Augstein nach Cadenabbia zur gemeinsamen Erholung einladen.

Der Geist des Heiligen Einstein erfüllt sie alle und läßt sie im andern, hinter der andern Gesinnung, hinter jedem Wall, jedem Graben, jedem Berg und jedem Meer den Menschen erkennen. Der Stern von Bethlehem steht über der Erde, jetzt, heute, in dieser Nacht, bis morgen früh.

SITUATION DES VERLORENSEINS

Verkehrsampel, Stockung, zu enge Straße, Asphalt und Pflaster zerschunden, von Panzern zermalmt, vom Frost aufgerissen. Großes Schild Zu den Kasernen. An der Ecke Haidhauser Bierstube. Sieht wie eine Laube aus, eine Schrebergartenhütte, verformtes Teerdach, verwaschener grüner Anstrich, auch tatsächlich ein kleiner Garten drumherum, Lattenzaun, vor Weihnachten werden dort Weihnachtsbäume verkauft, sieht dann wie ein kleines Wäldchen aus, sonst kahl. Im Sommer ein grüner Tisch, wie ihn die Brauereien verleihen, eisernes Gestell, zusammenklappbar. Ein paar Stühle, Haidhauser Bier. Innen gemütlich, der Wirt ein dicker freundlicher Mann, sitzt an einem Tisch und trinkt sein Bier, Geschäft besorgt die Kellnerin, blasses Mädchen, weder reizvoll noch frivol, Opfer für Heiratsschwindler, wenn er mit Liebe kommt. Bauernvorhänge hinter den kleinen Fenstern. Niedrige Decke. Der grelle schrille Musikautomat. Gegen Mittag wenig Gäste. Über die Straße die Autoausstellung, Murphy's Motors. Ein Neger in Arbeitskleidung kommt und holt Bier. Ein vertrautes Gesicht. Sie rufen ihn Seppl. Zu anderer Zeit die Dirnen. Wärmehalle für sie und Geschäftsplatz. Familiärer Ton. Streifen an der Ecke rum, bis zum Bauplatz, bis zu den Kleinbürgerhäuschen, auf der anderen Seite bis zu den Kasernen, nördlich bis zum Wald. Der Anhang der Dirnen, rauhe Burschen, pomadisierte Frisuren, jung, aber schon leichenhafte Züge. Sie kommen mit alten Automobilen vorgefahren, bremsen scharf, gehen geschäftig, kleine Chefs. Handeln mit allem Möglichen, vermitteln alles. Auch Erfahrungen als Strichjungen, doch hier nicht gefragt. Zu den Soldaten Anbiederung, meist unerwidert. Die Soldaten in Gruppen, hier mehr weiße als schwarze Besucher. Das Lokal für Schwarze etwas weiter die Straße rauf. Ganz verfallene Hütte, windschief, wie im Süden der Staaten nach einem Tornado.

Wenn was los ist, Enge. Hautberührung, Wärme, Schweiß. Bier aus Flaschen. Ein Radio. In der Nähe Baracken, Läden mit amerikanischen Schildern. Eine Wäscherei, ein Schneider. Dazwischen ein Schild Deutscher Schultafel-Verlag. Neubauten. Viele Kinder auf den noch nicht bebauten Gründen. Spärlicher Graswuchs. Gruben voller Blech, Autowrackteile. Die Kaserne, irgendeine deutsche Kaserne, von einer Mauer umschlossen, die sich nach hinten in einen Stacheldrahtzaun fortsetzt. Vor dem Kasernentor ein Taxistand. Dahinter die Siedlungen der Familien. Schwarz und Weiß anscheinend in Eintracht. Häßliche schnell errichtete Häuser, Kreuzungen aus Baracken und Mietskasernen. Vor Weihnachten Engel und Sterne an die Fenster geklebt. 30 km Höchstgeschwindigkeit. Auch wir lieben unsere Kinder, etwas vorwurfsvoll. Ein Getto. Der Kaserne gegenüber der Parkplatz der Panzer und der Geschütze. Die Rohre der Geschütze drohend hochgerichtet, wahrscheinlich Parade. Dann unbebaute Felder bis zum Wald. Erde zerschunden von Panzerketten. Riesige Pfützen. Ein Kreuz für die Landung der Hubschrauber. Fliegen wie die Hornissen. Die Damen vom Strich. Sehen fast alle wie biedere Hausfrauen aus. Kleinbürgerliche Kleidung, nicht einmal der Chic von Verkäuferinnen. Dann auch wieder Grelle, rote Mäntel, grüne Mäntel, rote hohe Stiefel, sehr viel angegangenes Fleisch, vom Färben ausgetrocknetes sprödes Haar. Einzelne Freier, schnell mal zwischen dem Dienst aus der Kaserne. Andere mit ihren Automobilen, langsam die Straße runter, halten am Streifenrand. Begegnung mit der Truppe. Sie kommen von der Übung, verschwitzt, rote Gesichter, Gänsemarsch, die Maschinenpistolen im Anschlag, Stahlhelme in den Nacken gerückt, im Winter weiße Tarnanzüge, schwarz in das Weiß gebettet die Gesichter der Neger. Auch deutsche Abteilungen, Drillich. Eine Arbeitskolonne. Sie singen. Die anderen singen nicht. Der Wald. Abgestellte Automobile. Pfade in den Wald. Die kleinen Perversen, hinter den Büschen. Die mit dem Mordinstinkt. Bei den Dirnen wahrscheinlich ein Hang zum Selbstmord. Wieder Panzerschneisen. Weggeworfene Übungsmunition. Amerikanische Pappe, Konservendosen. Einst das Glück. Ein Lager von Gastarbeitern. Männer allein. Situation des Verlorenseins und einer aufgestachelten Sehnsucht. Etwas weiter das Schloß und sein Park. Der große Stall mit den Kühen.

Die Ampel hängt viel zu hoch, es ist auch nicht einzusehen, warum man das Signal dahin gebaut hat, gewiß, es ist eine Hauptstraße, weiter führt sie nach Ingolstadt, aber die Kreuzung ist unbedeutend, kein Verkehr, wenn nicht Krieg gespielt wird, man muß also aufpassen, um nicht weiterzufahren und unter einen Panzer zu geraten, viel Dreck, die Frontscheibe ist schmutzig, sehr behinderte Sicht, aussteigen, das Tuch nehmen, die Scheibe putzen, es geht nicht, grünes Licht, und sie hupen alle, haben es furchtbar eilig, wollen keine Sekunde verlieren, wohin wollen sie wohl, ausharren bei rot, sie geht vorüber, ungepanzert, ein Winterirrlicht, kommt aus der Haidhauser Bierstube, läuft zu den Schrebergärten, Blinklicht links, dann über die Kreuzung ab, ein Feld- und Wiesenweg, aufgerissen von Wagenspuren, ein Sumpfgelände, Bauerwartungsland, Autos stehen und warten, wiederkäuende Kühe auf magerer Weide, verschlossen, feindlich, jeder sitzt in seiner Festung aus Blech, Panzerschlacht, sie möchten das Feuer auf einander eröffnen, später wird sich zeigen, wer der Schnellste ist, vorbei, wir fürchten den Tod nicht, sie ist verschwunden, schon erobert, gefangen genommen oder davon gelaufen, nicht feige, hat sich versteckt zwischen den Zäunen oder hat ihr Quartier hier in einer dieser Lauben, dieser Hütten, Einfamilienhäuser, mit Einliegerwohnung, Schulden bei der Bausparkasse, Hypothekenzinsen, schaff Dir Eigentum, Herr auf eigener Scholle, nun ja, sie vermieten eben, nicht gern, doch es schlägt zu Buch, oder ein alter tuts gern, weil er es täte, gern oder nicht, aber das Horchen auf die Geräusche, durch die dünne Wand, er liegt im Dunkel, oder das Radio glüht, summt, es ist wie im Kino, ein alter Film läuft ab, müde gierige Augen, nachher macht er das Bett, oder die Frau schüttelt es, schlägt es, die Sünde, er nicht, weiß nicht, was Sünde ist oder fürchtet, Sünde könne ihn meiden, ihn verlassen, das stirbt ab, ist das Sterben, man stirbt sündelos, das ist bitter, sie wird wiederkommen, wird zurückgehen, wird sich wärmen, der Wagen schert aus, löst sich aus der Front, zurück, über die Kreuzung, grünes Licht, freie Fahrt, halt vor den Haidhauser Bierstuben. Das kleine Wäldchen. Tannen. Weihnachtsbäume im Schnee. Sie handelt damit. Frauen, gehen auf und ab, frösteln, schlagen die Hacken zusammen, schlagen die Arme, sind sie die Mütter, die Schwestern, sind nicht zu unterscheiden von den anderen, die keine Tannenbäume verkaufen.

DAS HAUS AN DER COSTA BRAVA

Eine Anzeige in der Frankfurter Allgemeinen Zeitung: Echt spanisches Haus an der Costa Brava zu verkaufen. Sehr geeignet für Bar oder Antiquitätenladen.

Der Professor, Verfasser einer berühmten, nur von wenigen gelesenen, von keinem verstandenen Philosophie, erwirbt das Haus und träumt vom glücklichen Leben eines Barbesitzers. Hinter ihm die enttäuschenden hoffnungslosen Bemühungen um eine Erkenntnis, hinter ihm auch der fruchtlose akademische Lehrbetrieb. Vielleicht ist die Bar an der Costa Brava die Säule des Sokrates, das Faß des Diogenes. Der Professor ist aber verheiratet. Seine Frau sah ihn als großen Mann, als den bedeutendsten Geist der Zeit. Dieser Glaube entschädigte sie für viele unbefriedigte Wünsche. Sie begreift seine Flucht nach Spanien nicht. Sie versteht nicht, daß er, nachdem er sich um Weisheit bemüht hat, nun weise sein will. Sie verliert eine Illusion. Wahrscheinlich fühlt sie sich einfach gesellschaftlich degradiert. Sie sagt, du bist alt, du bist senil, du bist am Ende, was bist du geworden: ein Wirt. Und wirklich, ihre Worte töten seinen Glauben an die philosophische Existenz, er vergißt sein System, sein Denken wird fett, er unterhält sich mit seinen Gästen, er spielt, er würfelt, er trinkt mit ihnen, ganz wie ein Wirt. Er könnte glücklich sein. Aber seine Frau hält ihm ständig einen Spiegel vor, in dem er nicht glücklich, sondern nur dümmlich ist. Die Ehe, die Bar wird zu einer kleinen Hölle, in der sie beide schmoren. Denn der gereizte Denker denkt nun wieder, und er denkt, daß sie, die Frau, schon lange vor dem Kauf des spanischen Hauses ihn von dem Höheren, das er suchte, abgelenkt hat, auf die Bahn des Professors. Auf Literatenruhm, auf Rundfunksprüche und Zeitungsumfragen, und er war gewöhnlich geworden, bevor er ein gewöhnliches Leben zu führen versuchte. Oder war er niemals der bedeutende Geist, war er auch das nur in den Augen seiner Frau, wie er jetzt für sie der Gastwirt ist, und was ist er nun wirklich? Er wird nichts mehr schreiben, nichts mehr lehren. Er könnte ein Weiser werden. Manchmal denkt er, dies ist meine Chance, die einzige, die ich überhaupt hatte. Aber er ist nicht Sokrates, um Xanthippe ertragen zu können. Sie arbeitet an seinem und ihrem Untergang. Er wird, was sie ihm vorhält: ein blöder trinkender Greis, ein ganz gewöhnlicher Wirt eines ganz gewöhnlichen Ausschanks.

SPIELE IN DER WÜSTE

Spiele in der Wüste (in der Wildnis?). Eine Expedition von Professoren begibt sich in eine abgelegene Wüste. Sie richten sich dort mit großem Aufwand ein mit allerlei Zelten, Fahrzeugen und Geräten. Sie wollen die Wüste erforschen. Sie messen die Temperatur, die Winde, die seltenen Wolken, sie prüfen das Gestein, den Sand, registrieren die Flora und die Fauna, und auch die Menschen wollen sie studieren, die ihnen zunächst feindlich gesonnenen Eingeborenen (Araber? Neger? Wilde?). Diese aber finden allmählich Gefallen an der ihnen seltsam erscheinenden Invasion. Die Professoren werden für die Eingeborenen eine unaufhörliche Quelle der Unterhaltung. Jeder der gelehrten Herren und ihr ganzes Tun amüsieren sie köstlich. Es ist, als erlebten sie ein wochenlang währendes Beispiel des absurden Theaters. Wie komisch ist es doch schon, wenn sich am Abend die Professoren zu feierlicher Tafelrunde versammeln. Ihre Streitgespräche, die die Eingeborenen gar nicht oder nur teilweise verstehen, werden zu einer grotesken Pantomime. Die Professoren wollten beobachten, werden aber selber immer mehr in die Rolle der Beobachteten gedrängt. Die Rolle (die der Komik und des Irrsinns), die sie vor ihren Zuschauern spielen, strahlt von diesen zu den Interpreten zurück. Am Ende ist das Ergebnis ihrer Forschung die Erkenntnis der Fragwürdigkeit ihrer Existenz, der blinden Absurdität ihrer Wissenschaft.

DAS WARME NEST

Professor Gurlitt hat am Ende eines reichen, wohl verbrachten und wohl genützten Lebens noch einmal eine Kunsthandlung eröffnet. Er stellt in seiner Galerie die Bilder der Meister aus, die er in seiner Jugend gefördert und zum Ruhm gebracht hat. Er hat auch Geld an ihnen verdient. Aber dieses Geld hat er verloren. Jetzt ist aus irgendeinem Grunde mit diesen Bildern kein Geld mehr zu verdienen. Die Meister sind aus der Mode gekommen. Gurlitt hat aber auch gar nicht beabsichtigt, mit seiner Galerie wieder zu Vermögen zu kommen. Die Galerie und die Bilder bedeuten ihm die eigene Jugend, der er sich nun wieder und angesichts des deutlich geahnten nahen Todes stellt.

Gurlitt lebt nicht mehr von seiner Galerie. Er hat den Rest seines Geldes in einer Reihe von Waschautomatensalons angelegt. Am Abend fährt er mit seinem Auto diese Geschäfte ab und macht die Kasse. Es ist ein leeres Leben. Er nennt sich eine spätkapitalistische Drohne. Er führt dieses Leben seiner Frau zuliebe, die es eine glückliche Lösung findet. Nach dem Kassieren der Tageseinnahmen fährt Gurlitt an schönen Abenden mit seiner Frau im Auto spazieren. Ziellos. Die Fahrt an sich befriedigt die Frau, während sie für ihn ein Akt der Selbstpersiflage ist. Aus dem Nichts soll ihn die neue Galerie retten. Er versucht, an seine Anfänge, an seine Jugend anzuknüpfen. Aber der kunstliebende Besucher, der kommt, ist der Tod.

DIE BAYERISCHE AKADEMIE DER SCHÖNEN KÜNSTE

12. Juli 1965.

Öffentliche Sitzung der Bayerischen Akademie der Schönen Künste. Graf Podewils steht vor dem Hauptportal der Technischen Hochschule, begrüßt die trotz der großen Hitze in feierlichen schwarzen Anzügen gekommenen Mitglieder und Gäste. Man versammelt sich in einem Sitzungssaal. Der Eindruck ist der einer Versammlung alter und verbitterter Männer. In den Gesichtern Bosheit, Enttäuschung, Neid, Schuld, Eitelkeit, Todesfurcht, Scheitern, zu dem sie sich nicht bekennen. Irgendwelche gebildeten Mädchen bieten Wermut an, sogar in kleine Happen zerschnittene belegte Brote werden herumgereicht. Alle kennen einander und wissen, was sie von einander zu halten haben. Einer stützt auch den andern, eine prächtige Körperschaft. Sie legen Halsbänder und Orden um. Einige ziehen feierliche Talare über ihre Anzüge, lange weiße und burgunderrote Mäntel mit hohen Kragen. Der Präsident, Preetorius, scheint in seinem Talar zu ertrinken. Eine Kappe, die an Erasmus von Rotterdam erinnert, gibt ihm das Aussehen eines alten Kindes. Er trippelt mit kleinen behutsamen Schritten, wie um sich in dem Mantel nicht zu verfangen und nicht zu stolpern. Diese Talare werden auch angezogen zur Beerdigung verstorbener Mitglieder der Akademie. Tröstet diese Aussicht den Todbereiten? Die Sitzung findet im großen Hörsaal der Technischen Hochschule statt. Ein gemischtes Auditorium aus älteren Leuten und Studenten. Die vorderen Reihen sind reserviert. Hinter den reservierten Plätzen sitzen die Professoren der Hochschulen. Unter ihnen Herr von Pöllnitz mit rotem Gesicht. Großer Einzug der Akademie, die steile Treppe hinunter zu den reservierten Plätzen, voran Direktoren der Hochschule in schwarzen Talaren mit goldenen Amtsketten. Irgendwie denkt man an Glaubenskämpfe. Unter den Magnifizenzen ein kleiner mit dem Gesicht des Mephisto auf einem Provinztheater. Am Stock gehend, gestützt, mehr getragen als laufend wird Ina Seidel zu einem Sessel geführt. Der Raum ist hinter einem Pult von einem weiß angestrichenen eisernen Vorhang geschlossen, den man wahrscheinlich hochwinden kann, um in den Hof gefahrene Maschinen zu demonstrieren. Vor dem Vorhang grünt kranker Oleander in zwei Kübeln. Die Ausgezeichneten der Akademie sitzen zu viert wie die Angeklagten auf einer Bank. Pressephotographen, deren Blitzlicht mal aufflammt, mal versagt. Ansprache des Rektors der Technischen Hochschule, Ansprache des Präsidenten, Festvortrag eines Genetikers aus Basel. Versagen der Lautsprecheranlage. Der Gelehrte flüstert, liest mit eintöniger Stimme ein überlanges Manuskript vor, findet kein Ende. Er warnt vor dem künstlich gezeugten, manipulierbaren Menschen. Erläutert die Möglichkeiten der künstlichen Befruchtung, spricht von Samenbänken und den Entwicklungsmöglichkeiten des Gehirns. Ich gebe ihm recht, es ist eine höllische Welt, die er beschwört, aber gerade er wird die Hölle nicht hindern. Ein geistlicher Herr, Vertreter des Kardinals, lauscht, die Hand am Ohr und bleichen ungesunden Gesichts. Ich male mir dies alles als Schlußszene des Danteromans aus.

13. Juli.

Gartenempfang im Prinz Carl-Palais. Hinter dem schönen alten Haus ein schöner gepflegter Garten, englischer Rasen von Bäumen und Schatten umrandet. Die Herren von gestern nun etwas sommerlicher gekleidet mit ihren Damen. Es wird Fruchtsaft angeboten und wieder die diesmal zu Rechtecken geschnittenen belegten Brötchen. Marieluise Fleisser, noch immer aus Ingolstadt, erinnert sich ihrer Verlobung. Der berühmte Stifter-Forscher versucht in Bosheiten zu glänzen. Podewils macht mich mit Friedrich Georg Jünger bekannt. Es ist ein peinlicher Moment. Zu allem Unglück macht die penetrante Photographin, die mich schon die ganze Zeit verfolgte, eine Aufnahme. Frau Eichholz, Feuilleton-Redakteurin des Merkur, hatte ein hübsches Kleid in zwei Farben an, und wir unterhielten uns über die Eifersucht bei Marcel Proust, wozu sie meinte, man könne doch nicht (in einer Ehe) dauernd mit den Hormonen leben. Was aber bleibt einem anderes übrig?

TANGER

Geschichte des Knaben, der vor der Kirche verwahrloste junge Leute kennenlernt, die von Tanger schwärmen und in dem Knaben den Wunsch wecken, mit ihnen dorthin zu fahren. Er liest in einem alten Baedecker, in einem alten Lexikon die Abschnitte über Tanger. Häuslicher Kummer und Unverständnis. Der Junge will mit seiner Freundin fliehen. Er verbringt mit ihr die Nacht bei den Verwahrlosten. Schreck einer Polizeisirene. Die Kinder gehen nach Hause. Der Vater des Jungen ist auch in Afrika gewesen. Er zeigt dem Sohn sein Bild in der Uniform des Afrikakorps. Der Knabe will nicht in Uniform reisen. Lieber als Vogelscheuche. Aber im Bett erkennt er, es gibt das Afrika Karl Mays, das Afrika des Geographiebuches, das des Baedeckers und des Lexikons, vielleicht gibt es auch das Tanger seiner Freunde, aber sein eigener Traum von diesem Tanger ist ein unerreichbarer.

SCHUHHÄNDLER VOR DEM CADORE

Schuhhändler vor dem Cadore: trägt die Pakete, immer schäbig, immer eilig, häßlich, rund, weichlich. Geboren im Osten, überlebte, dachte nachher, wenn wir so wenige sind, dachte, reich zu werden, wurde wohlhabend, gönnt sich nichts, keinen Pfennig in diesem Land, Konten anderswo, freudloses Leben, nicht Israel und doch Israel, der Vergnügungsboulevard, die jungen Leute, das leichte Geld, das lustige Leben, überall Unschuld.

Einmal am Sonntag Mittag Bologna. Ißt nicht, frißt mit Gier, drei Flaschen Bier, Wandlung, später Lokal, weg mit dem Geschäft, aber an wen, verkaufen wozu, diesem Mädchen, jenem Jüngling, einer Stiftung, er stirbt, Erbe der Nachlaßpfleger, irgendwer, der sich meldet für einen Rest.

ANARCHIE

Zu spinnen in Lyon um Seide einzukaufen Seide zu stehlen Seide zu betasten sich in Seide zu hüllen Träume von Seide zu träumen zarte leichte Seidengewebe zu entwerfen schwere Seide für kugelsichere Westen in Blut zu färben Seide mit Maos Sprüchen zu bemalen Seide mit dem weltweiten Nieder Nieder und dem großen Pfui und Pfui zu imprägnieren Seidenplagiate zu begehen die Seidenpatente zu rauben die Seidenspionage zu treiben in Seide auf den Strich zu gehen für Seide mich hinzugeben die seidenen Gebrauchsmuster zu kopieren

Seide den Mädchen auf das Fleisch zu legen auf das warme Fleisch auf das zarte Fleisch auf das junge Fleisch auf das Fleisch für Menschenfresser auf den schlagenden Puls auf den atmenden Bauch auf das strömende Blut auf die kühle Haut die brennende Seide auf die Leichenschau die seidene Fahne der Pompe funèbre entrissen und angezündet die zündelnde Seide über die Toten gelegt über das getönte Haar über das angstnasse Haar über die leere Stirn die gespaltene Stirn über die getuschten Augen die zerschlagenen Augen über den geschminkten Mund den zerrissenen blutenden schweigenden Mund über das entwendete Herz

endlich ins Geschäft zu kommen endlich einzusteigen endlich groß drin zu sein endlich vom Profit zu profitieren endlich den Mehrwert einzustecken endlich Marx zu lesen endlich Gewinne zu verbuchen endlich Bilanzen zu fälschen endlich auszubeuten endlich Vermögen zu deklarieren endlich Steuern zu hinterziehen endlich auf der Seite der Aufgeblasenen endlich ein Bruder der Haute Couture endlich in den gut unterrichteten Kreisen endlich wohlgelitten vom Türhüter nicht abgewiesen am Tisch des Kredites empfangen

catch-as-catch-can die Damenwelt die Halbwelt die Unterwelt die Zwischenwelt die Garnichtwelt die hohe und höchste Welt die geistige Welt die geistlichen Herren die verehrten Künstler die sehr verehrten Golden Seventeens der aufgeklärte Kindergarten urbi et orbi die Rolltreppe hinaufgejagt die Rolltreppe hinuntergetrieben an Fallschirmseide in den Lichthof gesprungen im Tinnef des Schlußverkaufes gelandet den Dachstuhl in Brand gesetzt die alma mater verlassen

mein Einfall mein Entwurf mein Modell mein Genie mein Muster mein Nesselschnitt meine Blöße meine Entblößung meine entblößte bloße Scham daß ich reich werde und es mir wohlergehe dort wo sie spielen in Spielhöschen nackt in Trappistenkutten am Strand im Schnee im Wasser und unter Wasser zwischen Korallen und zu Gast beim Hai und über Land und Meer natürlich in den Lüften in rasender Fahrt Mann in der Zeit Kopf aus der Zeitung Dressman Klatschmund Superfloh Mondmann und Mondfrau

glatte reine Seidengewebe façonnierte reine Seidengewebe glatte Halbseidenstoffe glatte und façonnierte Chemiestoffe aus Säure und Dreck orientalische Gewebe Krepp Mousselin Tüll Spitzen Goldfäden Posamenterien Lügengewebe das Musée historique des Tissus

glatte blanke Messerschneiden façonnierte blanke Fallbeile glatte und façonnierte Bajonette geknüpfte und geschmalzte Galgenstricke das schöne alte ehrwürdige traditionsbewußte aristokratische bürgerliche proletarische klerikale soldatische polizeiliche juristische mörderische wohlerhaltene gutbewahrte sich verjüngende sich fortentwickelnde sich treubleibende Arsenal der Folter Säbel Latten Spieße blutig rostig Polizeiknüppel zwischen die Beine gehängt in die legislative und exekutive Hand genommen mit dem privilegierten Arm gehoben auf den Kopf der nur ein Kopf ist geschlagen Kanonen vor die man sie fesselte sie zu kartätschen die Kaliber die Schüsse aus allen Rohren die tödlichen Schüsse die verstümmelnden Schüsse die einschüchternden Schüsse die Friedhofsruhe die Steine der Barrikaden die Nachttöpfe die Pfannen die Schmiedehämmer die Lunte am Pulverfaß die Gehenkten die Geköpften die

Gepfählten die Aufgespießten die Gevierteilten die Ertränkten die Rebellen das Musée de la Marionette

Lugdunum Rabenhügel im lugdunensischen Gallien Copia Claudia Augusta stolze reiche mächtige kaiserliche Kolonie Stadt mit großer Zukunft Mittelpunkt eines Straßennetzes einzige Münzstätte des Westens der Crédit Lyonnais ist gegründet der Crédit Lyonnais steht fest er überdauert die Zeit er überlebt die Glaubenskämpfe die Königskämpfe die Aufstände die Revolutionen die Unterdrückung die Diktatur die großen Kriege die großen Siege die großen Niederlagen der Crédit Lyonnais stirbt nicht er löst meine ungedeckten Schecks nicht ein er weist meine gefälschten Wechsel zurück er prüft meine Unterschrift und legt sie zu den Falsifikaten er honoriert nicht die Tapferkeit seiner Feinde nicht den Heldenmut des einsamen Verlorenen der mit der Kinderpistole in der zögernd gehobenen Hand an den gesicherten Schalter tritt keine croix de Guerre keine croix de la Libération für den Bankräuber der sein Leben gibt und auch die Straße jagt ihn und noch die Ärmsten schreien schlagt tot schlagt tot

schöne Stadt reiche Stadt schöne reiche Stadt der schönen reichen Läden wollüstige Stadt der geilen Schaufenster Stadt vergreister Paläste Stadt ererbter Vermögen Stadt der alten Familien fromme Gemeinde der Banken Blutsbrüderschaft des Gewerbes Lyon deine Küchen deine Fleischtöpfe Ägyptens das Rauchopfer deiner Pfannen am Mittag das Wasser läuft im Mund zusammen im Zentrum des Hungers Stadt der hohen Häuser Stadt der tiefen Schatten Stadt des grellen Lichts Stadt der lebensfrohen Flüsse le Rhône umarmt la Saône zieht sie in sein Bett in seinen Arm hundert Brücken um hinabzuspringen Brücken den Feind und den Freund hinunterzuwerfen Brücken die Noyade zu versuchen le Rhône verschlingt la Saône blutig der Strom blutend die Leiber in die Kloake gerissen der Méditerranée ins Maul getan dem Kompost der Geschichte überlassen Stadt der linden Promenaden am Ufer wenn mild der Abend kommt Erschöpfung kommt vierzehn Stunden zwölf Stunden zehn Stunden acht Stunden zuviel und so wenig gelohnt von Kindesbeinen an Stadt der engen Gassen Stadt der blassen Kinder vor den großen Türen der alten Wohnburgen Stadt der Sportplätze Stadt der hierarchischen kommunistischen Partei Stadt der Arbeiter

majestätische republikanische gaullistische Place Bellecour im Scheitelpunkt der Sonne im Spiegelpunkt der königlichen staatlichen Sonne die nicht untergeht Mädchen vom hohen Mittag Mädchen vom Hochzeitstag Mädchen angetraut den klappernden oder lautlosen Maschinen die in Windeseile rechnen schreiben buchen ordnen fernmelden Bräute von den goldenen Telephonen Isoldes Lied von Kontor zu Kontor und zu den Kursen der Börse Seide Halbseide Chemieseide kurz knapp und blumenbunt das Kleid schenkelbloß die Arme nackt den Hals ungeknickt eine Göttin aus dem Volk ein Salatblatt in den Mund geschoben ein Milchschluck ein Beat eine Naive eine Tüchtige kein Mädchen von den Webstühlen eine Renegatin vom Chef bezwungen vom Chef verzaubert der Chef zur Börse der Chef zum Börsenfrühstück der Chef zur guten geizigen Mère Guy der Chef zur guten geldgierigen Mère Brazier der Chef in den guten Muttermund Krebsschwänze eine leichte Blutung kein Krebs Schnepfe Lucullus die Schnepfe in den falschen Hals bekommen die dumme Gans rausgeschmissen der Clerk speist heiße Lyoner Würste Studenten vor dem Café an der Ecke der Rue Chambonnet die alte Universität die freie Republik die Hohe Schule die Scholaren die Vaganten die Carmina burana die Carmagnole der Verzicht auf die bürgerliche Wohlanständigkeit die Freiheit von der Ladenkasse das geflickte Mäntelchen die verblichenen Jeans die ausgelatschten Tennisschuhe die langen Haare das ungeschorene Kinn in Paris in Amerika in Berlin in Tokio ein kleiner Polizist schwingt seinen kleinen weißen Stock

die vierfache Aristokratie dieser Stadt der Adel die Priester die reichen Kaufleute die Juristen kurz was man mit der Unverschämtheit des alten Regiments die achtbaren Leute nannte Madame Roland die unter der Guillotine starb

darum ist der Reichtum eine Niederträchtigkeit Saint-Just dessen Kopf fiel in unserer Gesellschaft darf es weder Arme noch Reiche geben der Gemeinderat am dritten Frimaire des Jahres zwei er lebte nicht lange

der Mensch ist weder für das mechanische Handwerk noch für das Spital noch für das Armenhaus geschaffen all dies ist entsetzlich Europa erfahre daß wir auf dem Boden Frankreichs keinen einzigen Unglücklichen mehr haben wollen das Glück ist eine in Europa neue Idee dieser Saint-Just der seinen Kopf verlor

die Schreckensmänner mit ihren durch Lederriemen zusammengehaltenen Jakobinerjacken Hippolyte Taine der in Ehren begraben wurde

der Tod ein ewiger Schlaf Joseph Fouché roter Kommissar in Lyon des Kaisers und des Königs Polizeiminister Herzog von Otranto

der Herzog von Orléans zieht in die Stadt ein mit zwanzigtausend Mann der Herzog von Orléans herrscht ißt schläft liebt in der Stadt der Herzog von Orléans wird in der Cathédrale St.-Jean von Gott empfangen er wird von Gott gesegnet und speist an den reichen Tischen die in Gottes Gnade sind der Marschall Soult kommt in die Stadt der General Magnan kommt in die Stadt sie lieben die Stadt sie schlagen blutig nieder sie machen sich um die Stadt verdient sie weisen zurück sie unterdrücken sie speisen den Hunger mit blauen Bohnen sie bestimmen den Lohn mit dem Schwert sie lassen die Kinder in den Fabriken erziehen die Soldaten schlafen mit den Dirnen sie vermehren die sie prügeln die rote Fahne weht auf dem Stadthaus

schön der Abend erbaulich das Gemälde Abendfrieden an der weißen leeren Wand der Schulsäle neben der schwarzen leeren Tafel und die Erinnerung an das Gemälde Abendfrieden an die weiße leere Wand an die schwarze leere Tafel ja drüben am Hang die Kapelle die Herde legt sich im Bild zur Ruh der gute Hirte wacht und der Löwe schmeichelt dem Lamm mildes Licht der scheidenden Sonne Blendung den Augen Brand in den Fenstern Himmelsgold Engelshaar Seidenzelt Feuer von den Brücken Flammen im Fluß ein Feuerstrom kommt von den

Vogesen von den grünen Weiden von den Störchen des Elsaß fließt von der Côte d'Or von den goldenen Hügeln strömt aus den Fässern des Weins der Rote aus Algier wie Vitriol ätzt die Kehle macht die Stimme rauh die armen alten Frauen gehen über den Markt die armen alten schwarzgekleideten Frauen bücken sich nach dem was liegenblieb was keiner haben wollte was stinkt und fault die Marktwächter gehen in hohen Gummistiefeln über den Markt sie tragen schwere Wasserschläuche vor sich her wie Männer die ein Feuer löschen wollen sie schließen den Markt sie spritzen den Unrat sie treiben die alten Frauen in die Saône

rue Mercière hinter dem Fluß steile Schlucht in Nachtschatten schon zu hoch das Firmament die Bar zum Neger und er ist Neger und ist aus dem Kongo und ist Franzose und Lumumba ist erschlagen und war ein Patriot und der Neger ist ein Patriot ein Patriot für den Kongo und ein Patriot für Frankreich ein Patriot in seiner Bar zum Neger ein Kneipwirt für seine Kunden ein schwarzes Lächeln für seine Kunden eine schwarze Zuflucht für die Dirnen die Dirnentreiber die Dirnenfreier die Dirnenschänder eine dunkle Burg für die kleinen Diebe und die kleinen Hehler und da steht er und man trinkt Vitriol und da steht er und trinkt Vitriol oder trinkt gar nichts ein Italiener ein Gastarbeiter ein Reisender trinkt Vitriol ist einsam spricht nicht hat seine Gedanken trinkt nichts ist abstinent gießt das Glas aus auf den Boden trinkt sich Mut an hat Mut Caserio on lui compterait les coûts

es schien als hätte man aus allen Gossen der Großstädte den schmutzigsten scheußlichsten ekelhaftesten Abschaum herausgefischt häßliche erdfahle oder schwarze oder kupferfarbige Gesichter überragt von dicken Büscheln schmierigen Haares tiefliegende Augen ihre stinkenden Ausatmungen waren von den rohesten Schimpfworten und dem durchdringenden Geschrei blutgieriger Raubtiere begleitet der Abgeordnete Buzot

der Abgeordnete Buzot Marx Taine Lenin Noske stehen im Chor gegen das Lumpenproletariat sie verabscheuen die Anarchie

Caserio geht schwankt zögert ringt nach Atem ist entschlossen geht in den schönen Abend geht am schönen Fluß entlang geht aufrecht über den Jakobinerplatz geht zum andern schönen Fluß Rhône atmet Gletscherwind promeniert unter den achtbaren Leuten will sich bekreuzigen vor der Kirche St. Bonaventure errötet darüber hat schwache Lungen

Marie François Sadi Carnot Präsident der Republik wohin ist es mit der Republik gekommen hat die Gewerbeausstellung eröffnet das Band durchschnitten den Saal durchschritten das Spalier gegrüßt die Tribüne bestiegen die wohlvorbereitete die allseits gebilligte Rede gehalten er hat gesehen er hat festgestellt er ist befriedigt es geht voran es geht vorwärts es geht aufwärts das Volksvermögen wächst die Renten steigen er hat gut gespeist in der guten Stadt Lyon er hat mit den achtbaren Leuten zu Tisch gesessen er ist zur Börse gegangen er hat sich überzeugt das Herz der Stadt schlägt es ist kräftig es ist gesund die Seide steht hoch im Kurs der Präsident trägt seinen Frack er trägt seine Schärpe er trägt seinen Ordensstern er schwenkt seinen Zylinderhut er sieht andere Herren im Frack Herren mit Schärpen Herren mit Orden kleinere Präsidenten Herren die Präsident werden wollen sie verneigen sich sie kratzen den Boden der Präsident grüßt der Präsident winkt der Präsident ist huldreich der Präsident geht ins Theater ein paar Schritte in den schönen Abend ein paar Schritte zum Fluß

Caserio ein Geschöpf des Abends springt in den schönen Abend springt aus dem Abend springt aus dieser Welt die er ändern will springt den Präsidenten an setzt den Dolch über die Schärpe setzt den Dolch neben den Ordensstern

die Studenten haben die Place Bellecour besetzt sie haben mitten in der festen Stadt Lyon eine Festung gebaut die Polizei belagert die Festung die Polizei umkreist die schöne Place Bellecour die Polizei hat sich die Helme cocteauscher Todesboten aufgestülpt die zu Orpheus kommen sie erheben ihre weißen Stöcke sie haben die Wasserwerfer aufgefahren die Polizisten sind jung sie werden die jungen Studenten in den Fluß jagen sie werden die Studenten in die Verzweiflung treiben sie werden die Studenten zu anständigen Leuten machen

der Präsident Carnot stirbt in der schönen Juninacht in der schönen Stadt Lyon Caserio fällt an einem schönen Morgen im schönen August unter dem Beil in der schönen reichen Stadt Lyon

im Grand Hôtel Paix ein Zimmer ein Balkon der Blick auf den Fluß le Rhône der alte Bräutigam still in der Nacht er weint das Geschäft ist gemacht der Gewinn ist ausgeblieben der Kredit wird nicht gegeben das Gesicht ist verloren être à la côte

CAMERA OBSCURA

Allein in meiner Wohnung. Aber ich traue mich nicht in das große Zimmer hinein. Da ist einer. Ich kenne ihn nicht. Er ist unsichtbar. Wie ein Tier den Jäger wittere ich, daß er gekommen ist. Er könnte mich mit seinen unsichtbaren Händen erwürgen. Wahrscheinlich hat er lange Arme. Den Körper werde ich fühlen. Massig, schwer, stark gegen Brust und Leib gepreßt, wenn mir der Atem ausgeht. Ich versuche, durch den Türspalt ihn mit einem verlegenen Lächeln milde zu stimmen. Das soll nicht unmöglich sein. Aber da liegt das Papier auf dem Tisch. Meine letzten Seiten. Kein Testament. Das Papier ist weiß und leer. Sollte er es gelesen haben, bin ich verloren.

Die Bücher sind in Unordnung geraten. Es hat Kämpfe unter ihnen gegeben. Zerfetzte Leichen. Wörter aus dem Sinn gebrochen. Ein Mädchen wollte mir helfen, die Bibliothek in Reih und Glied zu bringen. Das Mädchen studiert Germanistik. Die Romantiker beschäftigen sie. Professor U. führt sie ins Gebüsch. Jetzt ist sie leider verschwunden. Ich fürchte, im Deutschen Wortschatz.

In Berlin verbrannte meine erste Bibliothek. In Holland ging die zweite Büchersammlung verloren. Reichtümer, Verluste, die keiner anerkannte. Um ein Buch zu finden, muß ich auf die Leiter steigen. Auf unsicheren Füßen Blicke in eine zerklüftete Landschaft. Gletschergeröll von den Wänden auf den spiegelblank gefrorenen Fußboden gerutscht. Berg und Tal der Presse. Täglich ein neuer Regen. Oft Hagelschauer. Der Hausmeister schimpft, will ich die Sintflut in die Tonnen stopfen. Die Altpapierabholer lassen mich versinken. Der kluge Kopf schaut aus der Gruft. Ein Gefährte aus alter Zeit ist mir geblieben. Erworben aus dem Pergamonmuseum in Berlin. Wir nannten ihn den Mann der grinst. Wir schalten ihn auch den Fresser, den Trinker, so sieht er aus. Wir schalten ihn den Säufer, denn so sieht er aus, aber ich liebe ihn, entronnen den Schlachten der antiken Welt, in unseren Kriegen gehütet, geborgen. Wir sind keine Unmenschen. Ich spreche nächtelang mit ihm. Dann sagt er am Ende, werde wie ich. Ich nehme ihn in die Hand, lege sein Gesicht auf mein Gesicht. Leider kommt niemand, den ich erschrecken könnte.

DOKTOR DER MEDIZIN

Ich bin immer gern krank gewesen. Als ich die Masern oder die Röteln hatte, holte meine Mutter Garibaldi an mein Bett. Garibaldi war ein ehemaliger Förster und hatte sich nach seiner Entlassung aus dem Forstdienst in Horst der Heilkunde zugewandt. Meine Mutter und ich nannten ihn Garibaldi, weil er Garibaldi auf einem Bild, das wir von Garibaldi hatten, ähnlich sah, er trug den Bart und merkwürdigerweise auch den Hut des vor langer Zeit bekannten Freischärlers. Garibaldi war in der Gegend sehr beliebt, und es gingen mehr Leute zu ihm als zum Kreisarzt. Manche gingen auch zu Garibaldi, wenn sie meinten, der Kreisarzt brächte sie zum Tode. Bei Garibaldi lebten alle noch eine Weile weiter. Er saß, wie mir schien ein uralter Mann mit einem Lächeln, das ich heute lüstern nennen würde, auf dem Bettrand und legte, nachdem man mein Nachthemd hochgezogen hatte, seine große behaarte und braunfleckige Hand auf meinen flachen Bauch, zwischen meine rote Besprenkelung, die Masern oder die Röteln, die ich hatte, Garibaldi nannte die Krankheit nie beim Namen oder gebrauchte eigene Bezeichnungen seines urmütterlichen Wortschatzes. Mir bereitete seine Hand auf meinem Bauch Unbehagen. Die Hand war zugleich rauh und weich, kalt und warm. Frauen sollten dieses Handauflegen gern haben und als wohltuend empfinden. Er verordnete mir einen von ihm selbst gebrauten Trank, den er in einer Bierflasche aus seiner alten fleckigen, ich meinte blutflekkigen Försterjoppe zog. Ich fand das alles unappetitlich. Die Medizin stank. Nach Moos, sagte meine Mutter, ich dachte an Krötendreck und goß die Flasche löffelweise unter das Bett. Bald war ich gesund und mehrte den Ruhm Garibaldis.

Später in der Stadt saß ein Fräulein Doktor an meinem Bett, noch keine niedergelassene Ärztin, Assistentin an der Klinik und Untermieterin bei uns, die wir uns einen Arzt nicht leisten konnten. Auch sie, das Fräulein Doktor, streifte mein Nachthemd hoch und legte ihre Hand auf meinen Bauch. Diese Hand roch gut und heilte. Mir wurde angenehm, und die junge Ärztin errötete. Wahrscheinlich errötete sie nur, weil sie eine Urinprobe von mir haben wollte und noch keine Praxis hatte. Sie diagnostizierte dann eine Nierenentzündung, die sie bald zu einer chronischen machte. Sie verordnete Bettruhe, salzlose Diät und Wildunger Helenenquelle. Die Bettruhe befreite mich von der Schulpflicht, die salzlose Diät, um die man mich bedauerte, machte mich zum Feinschmecker, alles schmeckte auf einmal eigentümlicher, ich konnte Landbutter von Stadtbutter unterscheiden und bevorzugte die Milch aus einem bestimmten, weit entlegenen Geschäft. Die Wildunger Helenenquelle wurde mir geschenkt. Wir hatten kein Geld. Das Fräulein Doktor kam täglich, legte ihre wohlriechenden Hände auf meinen Leib und tastete ihn ab. Es war wie streicheln. Sie fragte, ob ich Schmerzen hätte. Ich hatte keine. Schließlich, da mein Urin sie nicht befriedigen wollte, verständigte sie ihren Professor. Auch der Herr Professor legte seine Hand auf meinen Bauch. Er hatte stark gerötete Hände, was vom vielen Händewaschen kam. Er bestätigte die Diagnose seiner Schülerin und brachte mich in seine Klinik. Auf meinen Wunsch legte er mich in ein Einbettzimmer, weil ich in keiner Krankenkasse war. Er kam oft in dieses Zimmer und wusch sich dort die Hände. Das Haus wurde von Ordensschwestern bewirtschaftet. Sie legten ihre Hände, die sehr blaß waren und nach Asepsis rochen, nicht auf meinen Bauch. Mit ihrer Diät war ich anfangs unzufrieden; später kochten sie den Reis körniger, wie er mir besser schmeckte. Die Schwestern, milde lächelnd unter ihren weißen Hauben, versorgten mich mit frommer Lektüre. Da ich aber zu Hause schon die Bibel gelesen hatte, langweilten sie mich. Ich bat den Professor um interessantere Lektüre. Da er nur Fachzeitschriften hatte, gab er mir die. Ich war gleich gefesselt und weiß heute, daß ich damals in empfänglichen, aufnahmefähigen Jahren mein Studium begann. Natürlich, auch dies weiß ich nun, hatte ich gar keine Nierenentzündung, keine akute und keine chronische, sondern nur eine Orthostatische Albuminuerie, was von schlechter unaufrechter Haltung kommt.

DU WIRST ES BESSER HABEN

Meine Eltern waren Bauern auf einem unfruchtbaren Land, und all ihre Mühen brachten ihnen nur Kinder, die sie nicht ernähren konnten.

Als ich ein kleines Mädchen war, ging mein Vater mit mir in die Stadt und verkaufte mich für wenig Geld an einen reichen Herrn. Vater umarmte mich und weinte. Er sagte, du wirst es besser haben!

Ich kam in ein prächtiges großes Haus mit vielen Kammern und noch mehr Betten und wie Prinzessinnen gekleideten Mädchen, die mich badeten und kämmten und fütterten mit nie geträumten Speisen und mich nachts in den weichen Betten wärmten, umarmten und mich lieb hatten.

Der reiche Herr, dem alles gehörte, bemerkte mich eines Tages, sah mich an und nahm mich zu sich.

Er lebte in einem anderen Haus, fast schöner noch als das andere mit Vögeln, Katzen und Hunden, und er lebte dort allein, bis ich zu ihm kam. Ich bekam hübsche Kleider, und wenn ich Kuchen haben wollte, brachte man mir Torten mit Bildern aus Sahne drauf.

Eines Tags abends ging der Herr mit in das große Haus. In allen Räumen brannten Kerzen. Es war ein Fest, und es waren auch Männer gekommen, die mit den Frauen des Hauses die Nacht feierten.

Mein Herr reichte mir zu trinken, es sah wie Wasser aus, sprudelte und schmeckte lange nicht so gut wie der Saft der Apfelsinen.

Mein großer Herr hatte auch in diesem Haus das schönste Zimmer, denn es gehörte ihm ja alles, und das weichste, breiteste Bett unter einem künstlichen wolkenlosen Himmel. Er umarmte mich und tat mir weh, aber ich wußte nun, was Liebe war. Glücklich und müde von dem Sprudel schlief ich in den Armen meines Herrn ein.

ES IST DEINE TODESSTUNDE

Du bist ausgegangen, obwohl du dich krank fühlst. Eine Besorgung scheint dir noch nötig zu sein; dann magst du dich hinlegen und sterben. Das Leben – leicht läßt du es hinter dir. Deine Hand hebt sich in den feinen sprühenden Regen des linden Dezembertages, als winke sie einem Enteilenden schnellen und fröhlichen Abschied. Kaum daß der scharfe Geschmack des Giftes, das aus den kranken Höhlen deiner Mandeln fließt, in deinem Munde dich stört. Es ist ein steter Strom, der in dein Blut dringt und es entzündet; aber die kleinen, spitzen Flammen des Fiebers, das du in deiner Brust aufflackernd fühlst – fast sind sie dir eine Lust, während du, den Mantelkragen hoch geschlagen, den Hut tief in die Stirn gezogen, mit raschen Schritten dich dem Ort deiner letzten Besorgung näherst. Du gehst durch die langweiligen Straßen der langweiligen Stadt. Oft hast du in den letzten Jahren sie widerstrebend durchschritten, jedes Haus, jedes Fenster, jeder Stein unter deinen Füßen, du kennst ihn, sie sind dir bekannt; dein Gleichmut ist ungeheuerlich! Da aber wacht nun dein Dämon und spielt dir den letzten Streich. Einmal hebst du den Blick, und du hebst ihn nur, weil du eitel bist und den fiebrigen Glanz deiner Augen, den du liebst, für eine Sekunde nur – und freilich ganz nutzlos verschwendet – über dem gewohnten Bild der gewöhnlichen Gasse erstrahlen lassen willst – und du siehst, daß sie schön ist. Und nicht einmal nur sie, die du siehst, sondern auch die, die hinter ihr kommen und gehen, die da neben, da vorne und da hinten sind – und du siehst, daß die Gasse voll ist von Mädchen.

IN MONTE CARLO

In Monte Carlo führten wir ein abscheuliches Leben. Sie sagten, wie eine Familie, eine einzige große Familie. Rainer sprach von einer Commune. Sie bekamen glänzende Augen. Ich hatte ein Buch gelesen. In Paris waren sie auf dem Pflaster gestorben. Wir hatten Zimmer im Hotel Russie. Ich glaube, die waren nicht einmal billig. Sie hatten uns viel Geld abgenommen, daß sie uns aufgenommen hatten. Das Haus war heruntergekommen. Es hatte seine Zeit gehabt. Keiner mochte es mehr. Mir tat es leid. Ich hätte es gern gehabt, zu mir hätte es gesprochen, wenn ich allein gekommen wäre. So ging alles im Lärm unter. Sie öffneten die Flügeltüren und die Fenster. Dann besetzten sie die Betten. Das war immer das erste. Sie schmissen das Bettzeug auf den Boden, darüber ihre Kleider, begannen halbnackt ihr Dasein auf den Matratzen. Es war kaum zu ertragen. Ein Transistor plärrte und würde nicht aufhören zu plärren.

Ich hätte, in Monte angekommen, gleich in das mit recht so berühmte und berüchtigte Casino gehen sollen, wie es die Spieler machen in den Spielerromanen, die heute ganz veraltet und noch auf den Flohmärkten, die heute wieder so beliebt in allen Städten sind und dort nur noch bei alten Frauen zu haben sind und vielleicht gar nicht mehr existieren, Spielerromane, die ich irgendwann einmal, als ich zwölf Jahre alt war und einen Monat im Bett blieb, obwohl mir nichts fehlte als die Lust aufzustehen, gelesen habe

Sie haben sich ein Schlafzimmer und einen Salon gemietet im Hotel de Paris, und später werden sie in eine Dachdienerkammer oder in den Keller gebracht, hinter der Heizung, es ist dort unerträglich heiß oder entsetzlich kalt, und heimlich schleichen sie sich, ohne die alte Rechnung zu bezahlen für so viele durchwachte Nächte im Doppelbett und den Champagner, den man bestellt hat, den Eiskübel auf den Nachttisch gestellt, wenn der Kellner das Tuch geschwenkt hat, die weiße Serviette der Flasche nach dem Propfenknall um den Hals geschlungen, nein, kein Pistolenschuß, Frau Nachbarin, euer Fläschchen, die Pulse in das Eiswasser gesteckt, an den Brocken gerieben

DER VERRÄTER

Er steht früher auf als sonst, er läßt den Hund raus, streut Futter für die Vögel, macht das Frühstück, trinkt den Tee, liest die Zeitung. Er geht, sich waschen. Sie kommt hinunter: du bist so früh auf, was hast du vor? Sie ist mißtrauisch. Sie blickt ihn an. Er weicht aus, eine Verabredung. Kannst du sie mir nicht sagen? Nein, noch nicht. Angst. Er versucht, sie zu beruhigen: es hat nichts mit dir zu tun. Sie sagt, du lügst. Er rasiert sich, zieht sich an. Warum nimmst du diesen Anzug? Nur so. Abschied: ich rufe dich an. Und du sagst mir nicht, wohin du gehst? Nein, es ist nichts. Er fährt durch den Morgenverkehr. Lauter Geschäftsleute. Der Weg zum Flughafen. Auf dem Weg nach Amerika, der Lärm der Maschinen. Er fährt am Flugfeld vorbei. Nachlassender Verkehr. Felder. Sommer. Hochsommerhimmel. Er kommt in ein Dorf, biegt von der Hauptstraße ab. Ein Landweg. Eine Kreuzung. Ein Schild: Parkplatz. Die Irrenanstalt liegt in Grün und in Stille. Eine friedliche Atmosphäre. Ein kleiner Kurort. Schwestern kommen und gehen zu Fuß und per Rad. Breiter Eingang zum Hauptgebäude. Kein Portier. Eine kühle Halle. Eine schwarze Orientierungstafel. Zimmer 106 der Direktor der Frauenabteilung, Dr. A. Er geht die breite Treppe hinauf, durch einen kühlen Gang. Es ist alles still, friedlich, sogar frei. Kein Anmeldezimmer. Er will anklopfen, als Dr. A. schon aus der Tür tritt. Dr. A. ist ältlich, ziemlich klein, in einem nicht ganz sauberen weißen Kittel. Er könnte der Doktor Begriffenfeld aus dem »Peer Gynt« sein. Kein Gesprächspartner. Ein vorsichtiger Beamter. Während der Unterredung dreht er sich Zigaretten, nimmt Tabak aus einer Blechdose, wickelt ihn in Zigarettenpapier, leckt das Papier, klebt die Zigarette. Die Vorgeschichte scheint ihn nur mäßig zu interessieren. Er verlangt die gegenwärtigen Fakten. Er ergeht sich in juristischen Überlegungen, betont die erwünschte Freiwilligkeit, das schwierige Problem der Entmündigung. Er empfiehlt eine sehr teure Privatklinik. Ist von dem Komfort seines eigenen Hauses nicht sehr überzeugt. Stellt eine düstere Prognose, schildert sehr anschaulich Schrecken, die wahrscheinlich eintreten werden. Er weiß weder ein Mittel, diesen Schrecken vorzubeugen, noch einen Rat, was zu tun sei, sobald sie da sind. Er spricht von Lebensgefahr und der Notwendigkeit, sofort zu handeln. Er sagt, selbst wir haben fatale Abgänge. Hilfe? Nein, es gibt keine Hilfe. Es gibt nur ein Verfahren. Es gibt dann noch die Möglichkeit einer ärztlich-polizeilichen Einweisung bei akuter Gefahr, die aber die Anwesenheit und Zusammenarbeit von Arzt und Polizei voraussetzt, die in den meisten Fällen zu spät zustandekommt.

AM FRÜHEN MORGEN

Der Gang durch das Geschäftsviertel, der kleine Weg von der Haltestelle des Autobusses zum Haus des Bankvereins, befreite Herrn Walter von Nachtgedanken. Er entrückte den Stimmen, die, aus der Finsternis geboren, mit ihr enteilten, dem Gefühl, aufgerufen zu sein, der Empfindung, Unfaßliches steht mir bevor, und Klage und Drohung im Schrei der Lokomotiven vom fernen Rangierbahnhof wurden unverständlich und bloßes Geräusch mit dem Kommen des Morgens. Der Tag schenkte Vertrauen. Herr Walter liebte das Schwimmen im Strom der Clerks. Er überholte die Mitgesellen. In der Dichte des Verkehrs boten sich ihm Zwischenräume berührungsfreier Passagen. Der beste Spieler der Ballmannschaft siegte, von keinem Getümmel behindert.

Schneeflocken, kleine Sterne, eilten noch schneller als er, vom Wind getrieben. Das Bankhaus zeigte sich hinter dem Muster eines weiträumigen weißen Schleiers, und wieder war Herr Walter der Wanderer, der nach langer Irrfahrt die Heimat erreicht. Eherne Portale, stahlgerahmte Fenster, dichte feste Mauern versprachen Geborgenheit, verkündeten Gesetz und Ordnung, die Ruhe zweckbestimmter Stunden, das Regelmaß eines von der Vernunft gesteuerten menschlichen Klimas, das kein Wettersturz überraschen konnte. Noch war die Stätte nicht erreicht, noch stand Herr Walter nicht hinter den mit weichem Leder abgeriebenen, nach einem Hauch von Spiritus duftenden Fensterscheiben, die er aus der Entfernung in ihrem Glanz sich buckeln sah wie einen Guß aus erstarrter Luft, und schon erlebte er, dem Wind, der Nässe, der Kälte noch ausgesetzt, die nahe erste Minute der Betrachtung, das Heimfinden in die Logik sicherer Gründe, die Wonne eines – ihm freilich unbewußten – Hochmuts, vom philosophischen Schutzstand auf Safegewölben in die Unrast der Welt zu blicken.

Bei seinem geschäftigen, ein wenig hüpfenden Ersteigen der Stufen pfeffer-und-salz-gesprenkelter Granite erfaßte er mit einem einzigen Blick zufriedenen Wiedererkennens die kleinen vertrauten Zeichen, die das Haus zu einem wahren Felsen Petri in der Brandung machten. Kein Stein auf dem Weg war so hart wie der, den er jetzt unter dem Auftritt der dünnen Sohlen fühlte, und wurden die Boten, auf ihren Fahrrädern im Winde schwankend, nicht wie Schiffbrüchige ans Ufer gespült, Schiffbrüchige, denen ein Gott gewährte, das schon verloren gewesene Gefährt an die eisernen Ringe in der Grundmauer zu ketten – für diesmal dem gierigen Schlund des Abgrundes entkommen? Das vollkommene Symbol der Zuflucht war der Nachttresor des Hauses. Herr Walter bedauerte, keinen Schlüssel zu diesem Schrein zu besitzen. Wie gern wäre er erschienen, ein Pilger in der Schlafenszeit, die enge Pforte zu öffnen, der leisen Musik des Luftzuges zu lauschen, der die fingerbreiten Kanäle des Besitzes und des Anvertrauens kühl durchzog, und um wieder den Schlüssel im Schloß zu drehen und mit dem kurzen Knacken der Riegel den lakonischen Ton der Treue zu hören.

Am Morgen benutzte natürlich niemand die Straßenbequemlichkeit des Kundendienstes. Vor kurzem aber war Herr Walter zu später Nachtstunde an der Bank vorübergegangen. Der an die Farbe ausgebleichten Schilfes erinnernde Schein der Neonröhre über der kupfernen Verschlußplatte des Hortes war zu dieser Zeit dem geisterhaften Moorlicht ähnlich gewesen, dem oft beschriebenen Auge des Drachen aus der Sage, als eine Hand, zu sehr in Sorge, um geschickt zu sein, die Abendkasse des großen Tanzpalastes in die metallene, schimmernde Höhle zu bergen versuchte. Ein Ring, mit dem Stein des Luchses, dem begehrlichen Karfunkel, bewehrt, war die angefachte unheilige Glut im hinundhergeschwenkten Opfergefäß einer ritusgleichen Handlung. Doch Rot sprang auf Rot, und Herr Walter entdeckte eines Mädchens Lippen, später erst ihre Gestalt im Schatten der Nacht. Die schönen Züge ihres Gesichtes schienen in Enttäuschung und Verdruß erstarrt zu sein. Der Bankkunde dagegen zeigte wechselnd die Miene der Verlegenheit und des Hohnes, des Triumphes und der Furcht, den Ausdruck feigen Bedauerns, haushälterischer Sorge und befriedigten Geizes. Nach beendigtem Geschäft wandte er sich seiner Gefährtin zu, doch sie wich mit der störrischen, von den Muskeln des Halses auslaufenden Bewegung der Wildtiere, denen man mit List die Zügel anlegen will, in die Finsternis zurück. Hier wartete ein Dritter, ein dunkelhäutiger Mohr in abendländischer Kleidung. In einem merkwürdig schwebenden Sitzen hatte er auf einem Koffer des Mädchens geharrt. Der Koffer ließ an eine Riesenschreibmaschine denken; doch als der Schwarze ihn aufhob und mit dem Mädchen davonging, erkannte man den körnig gelackten Kasten einer Posaune. Herr Walter hatte dann die erschreckende Vision gehabt, daß der fremde, mit den Kräften der Wollust und der Barbarei prächtig ausgerüstete Mensch die Posaune zum Munde führe, und die Mauern der festen Burg des Bankvereins waren eingestürzt wie ein Kartenhaus.

»Guten Morgen ...!« – »... Guten Morgen!«

Der Wächter grüßte ihn. Sie trafen sich auf dem Vorfeld der Matte. Das weiße »Salve« im braunen Filz verband sie mit seiner weit ausgezogenen Schrift; eine Schlinge, die für eine Weile den Glauben erwecken mochte, unlösbar zu sein.

Der Portier ließ die Hand erhoben. Bereit, mit dienstwilliger Geste in den Pavillon der Drehtür zu laden, dem kleinen barokken Tempel, der nach des Architekten Wunsch die monumentale Strenge des Ganzen freundlich durchbrach und das Karussell des Eintritts besorgte, war der Mann ein Standbild, von der Luft des Hauses geformt. Die Livree gehörte zu ihm wie das Grün zu den alten Türmen, und das martialische Gesicht, das Festigkeit und Bescheidung, einen Sinn für Unterordnung und Werte ausdrückte, wurde durch den buschigen Rain des hängenden Schnurrbartes ins Magische gerückt, und sein Träger, wie jene Komparsen des Films, die unentwegt den Polizisten spielen, zu einem Wesen, dem die Engel im Himmel gesungen hatten: Hast Glück, Kleiner, die Erde braucht wieder Kassenwächter! Und Herr Walter sprang in die Flügel der Tür, die ihn drehend in die Halle führten, und er sah die Flügel der Mühle auf einem Hügel in der Landschaft der Kinderzeit – Flügel, die kein Mehl mehr mahlen und von irgendeinem Komitee für Heimatschutz erhalten werden, dem anzugehören auch Herr Walter die Ehre hatte. Die Halle war hoch und rund, ein »säulengetragenes herrliches Dach«. Das Wort des Dichters war ihm bei seinem ersten Erscheinen in der Bank aus dem Schatz des Gelernten auf die Lippen gekommen. Lange hatte ihn dann der lächerliche Wunsch gequält, im Hin und Her der beginnenden Geschäfte auf dem schwarzweißen Ornament des fliesenbedeckten Bodens und im Mittelpunkt jeder Aufmerksamkeit den Chor aus der »Braut von Messina« aufzusagen.

Hier aber, auf dem Schachbrett der Steine, mit den ineinandergeschlungenen schwarzen und weißen BVs, den glatt getöpferten Initialen des Bankvereins – Kacheln, die den Schall der Schritte nicht dämpften, vielmehr ihm der Hammerschläge lustigen Werkklang liehen, der mit der Fortbewegung im Raum als eine gar triumphieren wollende Tonleiter zur Kuppel stieg, so daß der Mann, der das erztönende Gehen gleichsam Hammer auf Amboß ging, sich trotz der intensiven Verbundenheit seiner Füße mit dem Boden in die Regionen leichterer Lüfte, irdischen Glückes, himmlischer Gunst emporgetragen fühlen mochte und endlich zu schweben glaubte –, widerfuhr es ihm nun, daß er im Laufe der Kassenstundeneröffnung, im gewöhnlichen Nebenher seines Weges quer durch die Halle, beim Beiseiteschieben der Gitter über den Schecktischen, dem Entriegeln der Kassenschränke und Laden, beim Bereitlegen der Bücher und einem ungeduldigen Geplapper der Münzen auf dem Rillenholz der Zahlbretter das »säulengetragene herrliche Dach« wie unter dem Druck eines Erdbebens wanken sah und ihm die Zeile eines anderen Dichters nicht mehr einfallen und sein Gemüt erhellen wollte, das schöne Bild der ästhetisch bezwungenen Trostlosigkeit, die letzte Säule nämlich, die von entschwundener Pracht zeugt.

Nichts blieb als der peinliche Eindruck, die Schalter der Sorten und Devisen wie von hohen Wogen davongeschwemmt zu sehen, während ihm selber auf den zerbröckelten Schollen der Fliesen eine uferferne Drift über unbekannte Tiefen hinweg beschieden war. Auch die störungslose Aufwärtsbewegung des Fahrstuhls erlöste ihn nicht von der Vorstellung eines erschütterten Grundes. Mit Sorge verfolgte er die Wege des Hebezugs, den festgemauerten Schacht, den der Korb mit kaum spürbarem Erzittern hinaufglitt, die Eisenträger, die mit ihrem Schutzanstrich wie kriegsbereite Wachen wirkten, die hinuntersinkenden Gewichte, die den Stuhl hoben, das derbgeflochtene stählerne Seil, das ihn trug, den Funken, der hinter der Schaltung zu vermuten blieb und alles belebte; doch Herrn Walter wollte es an diesem Morgen scheinen, als sei das noch einmal genutzte Zusammenspiel der Kräfte, das Funktionieren des erklügelten Mechanismus eine Konvention fauler Beharrung, der letzte, verächtlich gewährte Gewinn aus der Indolenz der Dinge, die es eine Weile noch so gehen ließen, als sei der Zeitenlauf nicht lange schon ein anderer geworden.

Die Posaune war geblasen worden! »Vielleicht«, dachte Herr Walter, »erst für mich allein.« Doch ahnte er, daß er sich täuschte. Die anderen hatten den Klang der metallischen Töne nur nicht gehört in der nächtlichen Stille, in der sie glücklich geschlafen, und so dachten sie sich's beim alten geblieben. Posaunenton oder nicht, Herr Walter hatte den schönen Wilden gesehen, der mit dem Mädchen davongegangen war, und auch sein eigenes Bildnis war ihm begegnet, der Stadtgenosse, der mit zwiegespaltener Empfindung, doch aus der Überlieferung seines Herkommens und alter, eingefleischter Furcht vor kargen fröstereichen Wochen des Tages Erwerb ins sichere Versteck getragen hatte, gram schon sich selbst!

Das im plötzlich unheimlich gewordenen Schein der Propagandabeleuchtung flüchtig gesehene und schnell in die Dunkelheit zurückgewichene Gesicht des Mädchens war Herrn Walter unvergeßlich geblieben. Beunruhigender, je weiter das

Erlebnis zurücklag. Wie einer scharflinsigen photographischen Kammer ein Blitz genügt, um dem einmal durchschnittenen Vorhang der Nacht, was er verhüllte, zu entreißen, hatte Herr Walter, vom Rot der Lippen gelockt (die, in der Intimität ihrer Farbgleichheit mit dem Karfunkel an einem Finger der Geld deponierenden Hand, Wahlverwandtschaften im Unterweltgestrüpp rein höllischer Sphären andeuten konnten), den hier atemberaubend kurzweiligen, im Bruchteil einer Sekunde durch die gepuderte Maske der Hübschheit geschlüpften Ausdruck der Weltbitternis aufgenommen, der um so schrecklicher gewesen war, als er, des Augenblicks unheimliches Geschöpf, dennoch wie zu ewiger Dauer entschlossen gewirkt hatte. Vor seinem Zusehen im Dämmer aus Nächtlichkeit und hekatischer Leuchte war das Antlitz des Mädchens wie ausgesetzt der brutalen Gewaltsamkeit, mit der die Bullentreiber das Jungtier niederwerfen, um ihm die glühenden Eisen, das Zeichen der Herde, ins Fell zu brennen, in das Feuer der Wahrheit getaucht und ihm in einem wieder entrissen worden. Dem kurzen Strahl der Erleuchtung entkommen und weiterlebend, den geblendeten Blick unter die Mullbinden der Torheit bergend, hatte sie aus dem Gift betrogener Hoffnung, eitler Liebe, hilfloser Empörung allein den Rausch der Hemmungslosigkeit gesogen und sich, mit dem verzweifelten, Kraft und Größe mimenden Entschluß der Blindheit und ihrer Gestalt anheimgegeben, dem abendländisch gekleideten Odysseus der Tanzstätten, dem abtrünnigen Sohn afrikanischer Voodoos, die das Mädchen verschlungen hätten, wäre der Abtrünnige nicht auf dem schwankenden Floß einer vom Posaunenwind getriebenen Weltfahrt schon lange den Sirenen verfallen gewesen.

Herr Walter stützte die Hände auf die glatte Fläche des Schreibtisches. Im Umkreis der Berührung trübte für eine Weile ein matter Schimmer den Spiegel der Politur. Der Kurs der Warenmärkte forderte Entscheidungen. Buenos Aires, Rosario, Santa Fé – Namen, Handelsplätze, schöne Laute, Abenteuer in Knabenträumen und gute Usancen. Herr Walter nahm den Federhalter aus der schräg emporgerichteten Bereitschaft, und mit einer fast zierlich anmutenden Exaktheit fügte er seine Zahlen in die gedruckten Tabellen ein. Unabgelenkt glitt nun sein Denken in Schienen vernünftiger Ordnung, durchmaß den Tag und erreichte den Abend.

EIN KAFFEEHAUS

Der Kaiser oder des Kaisers Baumeister oder des Kaisers Knecht hatte zum Gedenken des alten Kaisers Wilhelm, von dem der junge Kaiser Wilhelm das Reich und die Würde nahm, die Kaiser-Wilhelm-Gedächtnis-Kirche gebaut und sich selber gehuldigt, indem er mit der zeitgemäßen romanischen Kirche dem alten Kaiser huldigte und Kaiser Carolus Magnus und Kaiser Barbarossa und Lohengrin mit dem Schwan und dem Großen Kurfürsten mit dem Exerzierstock und Fridericus Rex mit dem Krückstock und dem von Säckingen mit der Trompete und Martin Luther wegen der festen Burg, die unser Gott ist, und Gustav Freytag wegen der Ahnen, auf die wir stolz sind, und dem Hofprediger Stöcker, der ein Fels war gegen die Auflösung der rechten Zucht, und dann hatte einer gedacht von der Königlichen Bauakademie oder von der Baufirma Heilmann & Littmann oder auch von der Deutschen Bank oder der Herr von Bleichröder, daß man zur romanischen Kirche ein romanisches Haus bauen solle mit Rundbogen und schmucken Säulen und traulichen Erkern zum Hinausstrecken von Ritterfahnen und hübschen Balkonen für Herolde und für Burgfräulein, die den Turnieren auf dem Platz zuschauen mochten, dem Drachentöter, der des millionenköpfigen, millionenfüßigen Untiers nicht Herr wurde, das auf allen Straßen herankroch, vielleicht wollten sie auch noch dem Klang der Laute lauschen, dem privilegierten Minnelied oder der Siegeshymne, es wurde nur ein Zapfenstreich, doch auch Fahrende kamen mit allerlei Kunststücken, andere als man geladen und erwartet hatte, später, und es zogen Geschäftsleute in das romanische Haus und handelten mit Stahl oder mit Schläue, und ein Zahntechniker und ein Nervenarzt eröffneten ihre Praxen und heilten oder heilten nicht, und ein Oberst wohnte im Haus, der Kommandant der Garde, in zehn oder in zwölf oder in zwanzig Zimmern, durch hohe Tore verbunden, daß das Regiment der Gardes du Corps hätte hindurchreiten können mit Adlerhelm und bewimpelten Lanzen, im Fahrstuhl von Otis in die Beletage gehoben, und sie alle blickten zu den romanischen Fenstern hinaus oder konnten zu den säulchenumrahmten Fenstern hinausblicken, wenn sie es wollten, und sahen am Sonntag die Gemeinde in die Kirche gehen, unterm Zylinderhut oder unterm Kaiserin-Augusta-Victoria-Hut oder unter der Pickelhaube des Reserveoffiziers, ein aktiver General schritt mit im Chor, unter weißem Federwisch, das lutherische Gesangbuch an die goldenen Tressen oder die silberne Schärpe gepreßt, ein Flügeladjutant, ein protestantischer Erzengel, vom Kadettenmeister gezähmt, und am Sabbat wanderten die anderen Herren, nur unterm Zylinderhut, doch hier und dort einer in stolzer Uniform oder stolz in der Uniform als Gardereservezahlmeister, vielleicht auch Leutnant vom Troß oder von der Armierungstruppe, den Weg etwas weiter hin, zum Bethaus hin, und auch da die Fürbitte für die Majestät, nicht weniger dankbar, nicht minder untertan, und die Garde zog aus im August und nicht nur die Garde, auch der Troß kam ins Feuer, und die Armierungssoldaten gingen ins Gas, sie zogen nicht wieder ein im November, nicht die Garde zu Pferd, nicht der Troß, die Schipper hatten ihre Spaten bei den Toten gelassen, kein Triumphzug vor den romanischen Fenstern, und viele brauchten nun ihren Zylinderhut und die Uniform nie mehr, die Kirchgänger gingen mit Schlapphüten zur Kirche, nur die Sabbatgänger wahrten noch die Würde des steifen Hutes, und im Schatten der dem Gedächtnis des alten und schon vergessenen Kaisers geweihten Kirche und im Schatten des romanischen Hauses lag das *Romanische Café* mit seiner Sommerterrasse wie ein Schiff, verankert oder auf freier Fahrt, flott oder schon gestrandet, ein Leib aus Beton und die Maste aus Eisen, Ebbe und Flut des Geldes kam, Sturmflut der Not kam, die Armada der Automobile zog vorüber, ein Unwetter zog auf und wuchs, Mond und Sterne der Kinoreklame gingen auf und unter, die Passagiere auf dem Schiff drängten in die spärliche

Sonne, die Fahrenden, die gekommen und nicht geladen waren, und die Götter, zu denen sie beteten oder die sie verleugneten, die Götter hatten sich wohl schon abgewandt von ihnen, voll Entsetzen, oder die Götter waren nie da gewesen, so träumten die Gäste den neuen Traum, daß Gott tot sei, oder sie träumten den alten Traum, daß sein Name über alle Namen sei, und als ich mich zugesellte, das gelobte Land erreichte vom pommerschen Acker her, vierter Klasse, mit Milchkannen und Kartoffelsäcken, und vom Stettiner Bahnhof nach dem Stadtplan zu Fuß, auf dem Weg nach Eden, da schien mir der Tempel zu strahlen, wie mein Verlangen es mir verkündet hatte, ich lauschte den Dichtern und Philosophen, hörte den Malern und Schauspielern zu, begegnete den klugen Herren der großen und mächtigen Zeitungen, den zuversichtlichen Abgeordneten der großen und mächtigen Volksparteien, ich liebte die Anarchisten und die anarchischen Mädchen, die bei ihnen saßen, und die Träumer vom ewigen Frieden und die Schwärmer von Freiheit, Gleichheit und Brüderlichkeit, und ich lernte den Sohn eines Wunderrabbi aus Miropolje in Galizien kennen, der schwebte, ein schulbleicher hungriger Seraph, an der Terrasse vorbei, wo sie sich im Gespräch erhitzten und glaubten, Zukunft zu haben oder wenigstens Dauer der Gegenwart, und der Sohn des Wunderrabbis trug einen fettigstaubigen Samt- oder Pelzhut und sagte ein jiddisches oder hebräisches Wort, ich habe es vergessen und nicht vergessen, es klang wie hävter, und es bedeutete Sand oder Wind oder Sand im Wind, und er und ich, wir sahen die Terrasse und das Kaffeehaus wegwehen, verschwinden mit seiner Geistesfracht, sich in Nichts auflösen, als sei es nie gewesen, und es marschierten die Standarten auf, die Bewegung bewegte sich zur Kirche oder in die Kirche oder in die Kinos, es war kein Unterschied, die Bewegung wurde in der Kirche empfangen und gesegnet und im Kino gefeiert, das Bethaus wurde entflammt, ein erstes Licht, das aufging, bevor die Stadt in Lichtern strahlte, und die Gäste des Cafés zerstreuten sich in alle Welt oder wurden gefangen oder wurden getötet oder brachten sich um oder duckten sich und saßen noch im

Café bei mäßiger Lektüre und schämten sich der geduldeten Presse und des großen Verrates, und wenn sie miteinander sprachen, flüsterten sie, und wenn sie gingen, bereuten sie, daß sie selbst nur geflüstert hatten, und nicht die Garde zog aus und nicht die Garde kam wieder, jedermann zog aus, Mann, Weib und Kind und kam nicht wieder, und ich floh in einer Nacht im November durch die Kanäle der Stadt, durch die dunklen Adern ihrer unterirdischen Kommunikation, über die stromlosen Schienen der Untergrundbahn, ich traf Hadesgespenster, die kleinen Herren der kleinen ohnmächtigen Zeitungen, geprügelte verfolgte Politiker, verstummte Dichter, gefesselte Künstler und Bekanntschaften, die sich den Stern der Schande abgerissen hatten, die nicht ihre Schande war, wir waren in Schlafdecken gehüllt oder in Säcke, wir schützten das Gesicht mit feuchten Tüchern vor dem beißenden Rauch, wir waren im Purgatorium zwischen Wittenbergplatz und Zoologischer Garten, ein Verleger stolperte über Schotter und Schwellen und sagte, Sie werden das schreiben, und ich dachte, ich werde es schreiben, und wußte, daß ich starb, in dieser Zeit, in diesen Jahren, auch wenn ich nicht gehenkt würde oder erschlagen oder verbrannt oder erschossen, über uns loderte die Stadt, brauste der Feuersturm, ich stieg aus dem Schacht, der Turm der Kirche war zerschmettert, und das romanische Haus mit dem Romanischen Café glühte, als leuchtete im Sieg die Oriflamme eines geheimen Vaterlandes.

DIE VERLOBUNG IM ALTEN SALON

Ihr Bild wurde Paul an einem Sonntag gezeigt, als er bei Vollenhoven zu Mittag gegessen hatte; wenn er auch Christine kannte, wenn er auch sie früher und öfter gesehen und gesprochen hatte, so ging es ihm dennoch, als wäre sie erst jetzt, erst in der für ewig festgehaltenen, der starren Pose der photographischen Darstellung vor seinem Gesicht erschienen. Es ereignete sich, daß er das Unsichtbare wahrnahm, und des Mädchens Gestalt, vielleicht ein Hort der Zärtlichkeit, erschloß das Feld des Zukünftigen; eine weite Sicht, in der nicht sein Wunsch, sondern das Schicksal Parade hielt, und die Folge alles Bevorstehenden, die Bestimmung ihm zugedachter Stunden bewegte sich gleich einer Reiterschar, deren Heranstürmen der aufgewirbelte Staub eine erschreckende Kompaktheit gibt. Ob er sie nun begehrte oder haßte, Christine war auf einmal und unwiderruflich zu einer Erscheinung von großer Bedeutung geworden. Nicht, daß ihr Anblick ihn jetzt bezaubert hätte! Viel eher ärgerte es ihn, Vollenhovens kleine Tochter mit soviel Macht und Geheimnis umkleidet zu sehen; Macht und Geheimnis, die nur in seiner Vorstellung wurzelten, nur aus seiner Ahnung ihre Kräfte zogen und allein in seinem Herzen sich entfalteten, wie jener Same der Maya, der im selben Augenblick Blatt, Blüte und Frucht treibt. Es schien ihm unsagbar töricht zu sein. Aber Christine war nicht mehr eine, nicht länger diese Person, die jedermann zu kennen glaubt, die von den Eltern umsorgt und von der Schneiderin angezogen wird, zu der die Freundinnen gelaufen kommen, sie umarmen und sie »Christel« nennen, sondern sie stellte nun viele dar, Tote auch, mit denen sein Dasein verknüpft war, und andere, die im Kommenden verborgen blieben.

Die Photographie erinnerte Paul an die Weise der Allegorien auf alten Bühnenvorhängen: Der Fuß einer schwebenden Genie streift den zum Bilde gewordenen Atem der Winde, der hier den Knäueln gewaschener Wolle gleicht – so mag sie der Schafmeister nach der Schur aus den Bottichen ziehen –, und sein Herz bebte, wie im Theater der kleinen Stadt seiner Kindheit, wenn er im Saal schon, während noch die Lichter brannten, die Plätze gesucht wurden und die Bekannten sich begrüßten, das Märchen erlebt hatte, vor dem sich dann das Tuch in einer beinahe enttäuschenden Weise heben sollte. So sah er die Einundzwanzigjährige auf dem Fernbahnsteig des Westbahnhofes stehen, wo sie dem Zuge nachwinkte. Der weiße Rauch aus der Lokomotive hatte das steinerne Gefüge des Dammes verwischt, und das Fräulein wurde von kleinen, zerrissenen Wolken getragen. Herr Vollenhoven hatte die Aufnahme gemacht, als er nach Amsterdam gefahren war, um ein brüchig gewordenes Abkommen zu erneuern. Der Bankverein, zu dessen Bevollmächtigten Vollenhoven gehörte, hatte sich wegen der Verlängerung des wichtigen Vertrages beunruhigt, doch der Bevollmächtigte war bei guter Laune mit zuversichtlicher Kunde zurückgekehrt. Erst später sollte alles an Kleinigkeiten scheitern; wie gefährliche Minen treiben sie in der Strömung, die unseres Schiffes Fahrt zu begünstigen scheint.

»Wie gefällt sie Ihnen?« hatte ihn Christine gefragt. Natürlich meinte sie die Photographie; aber der kleine Satz konnte sich auch anders erkundigen: ›Wie gefällt Ihnen Christine?‹ Paul hätte gern geschwiegen. Nur Banalitäten drängten sich ihm auf. Ein Schwarm von plumpen Vögeln, die in Niederungen schwirrten und ihn belästigten. Vielleicht war es der Augenblick, Dummheiten auszusprechen, und Paul empfand wohl, wie sehr es einen unterdrückten Groll in ihm befriedigt hätte, das nichtssagende ›Charmant‹ und ›Reizend‹ mit dem lauen Atem der Verstimmung zu formen und an ihm herumzukauen, wie an der klebrigen, rosa gefärbten Süßigkeit aus der Zugabekiste des Krämers. Dennoch schien er entschlossen, kein anderes als ein lange überlegtes und strenges Urteil fällen zu wollen. Denn wie um vordem die Augen nicht zu erheben, starrte Paul unverwandt auf das weißumrandete Rechteck des

Bildes, das fremd auf der schwarzen Fläche des geschlossenen Musikflügels lag, und Christinens immer erwartungsvoller geneigtes Gesicht senkte sich als eine vom Licht des Nachmittags überwellte Spiegelung in den Glanz der Politur. Ihr Antlitz war hier der Windfestigkeit einer Pappel untertan. Bebte vor dem Fenster draußen der Baum, ließ ein Schatten seiner Zweige Teile des Mädchengesichtes im dunklen Grunde vergehen. Einmal raubte der Schatten die Stirn, dann wieder war es der Mund, der genommen wurde.

Paul gedachte des Weges am Ufer der Teiche; der Bauer ist vom Feld gegangen, seines Pferdes geduldiger Pas, seines Wagens stetiges Räderrollen sind hinter dem Hügel verklungen; es ist Pans heimliche Stunde im Gras der Wiese, in der Bäume reglosem Wipfel, in der Fische plötzlichem silbernem Sprung; und das zufällig entstandene, sich flimmernd immer wieder erneuernde und mit dem Zauber keiner Dauer beseelte Bildnis aus Sonnenschein berührte im Fond des Flügelholzes die papierenen Grenzränder der kleineren photographischen Darstellung. Paul hatte die Vision von einem Menschen, der sich zu weit über ein tiefes und böses Wasser neigt. Diese Vorstellung schien ihm so wahr zu sein, daß sie ihn vollkommen ergriff. Er glaubte gar, das Schilf am Ufer zu fassen, den scharfen Hauch aus trügendem Grund zu atmen, morastige Fäule mit des Kalmus stechender Süße durchsetzt – so mächtig lebte in ihm der Impuls, Christine von dieser Flügelfläche zurückzureißen, in der die Nacht der schwarzen Farbe und das Licht des Tages zu Glanz und Gaukelspiel geworden waren. Doch da Paul merkte, daß sein beharrliches Schweigen allmählich alle gegen ihn feindlich vereinte, lobte er endlich den steifen Karton des photographischen Abzuges und nannte ihn »eine hübsche Aufnahme«.

Es war das ersehnte Stichwort. Die Gruppe um den Flügel löste sich auf und bildete kleine, voneinander abgesonderte Versammlungen. Kuchen wurden vorübergetragen, die Luft schmeckte nach Marzipan und weichem rotem Gelee; es war, als ob Lübecks Türme ins Zimmer blickten, Lübecks Glocken läuteten, Johannisbeeren in Holstein reiften – Tellerlein klapperten und Tassen, Frau Vollenhoven bereitete den Kaffee.

Geisterfein brannte die bläuliche Flamme des Spiritus unter dem silbernen Gerät. Vor dem Netz der Gardinen, den blassen Majoliken des Blumenbrettes, dem Immergrün der Pflanzen war das Feuer, leicht und körperlos, zu sehen wie eines Kobolds Tanz. Der ätherische Schein, der sich gegen den Tag nicht durchsetzen konnte und immer irgendwo hinhuschend zu sterben schien, streifte die Nippes und Decken der Fensterecke, die Frau Vollenhoven ›die gemütliche‹ nannte und die wie ein Gewebe von Fäden, die zu einem Teil sichtbar, zum anderen imaginär und gar nicht abzuwehren waren, jene Gäste gefangen hielt, die genötigt waren, auf den weichen, niedrigen, dem Körpergewicht nachgebenden und nervöse Naturen beunruhigenden Polstern Platz zu nehmen. Die Hausfrau liebte es, in diese Gegend ihres Salons die jungen Leute zu befehlen, um, wie sie lebhaft beteuerte, deren Schwierigkeiten zu erörtern. Bei einer solchen Gelegenheit (der auch Paul nicht entkommen war, sei es nun, daß er in den Kessel der Konnexionen und Intrigen gerührt, sei es, daß ihm ein Weg geebnet, eine Gesellschaft, ein Ausflug empfohlen und durch den Umstand schmackhaft gemacht werden sollte, daß er, wie sie lockend meinte, dann ja nicht ›so allein‹ sein würde; Ergüsse, die Paul sich angehört hatte mit der Gelassenheit des ruhig Wartenden, der das Wetter vorüberziehen sieht und sich im stillen sagt ›bald, bald werde ich heimgehen, die Straße wird ruhig in der Nacht liegen, mein Zimmer wartet warm und hell, ich werde allein sein‹) pflegte Christine sich hinter der Mutter Rücken aufzustellen und mit sachter, schmeichelnder Bewegung, so anmutig wie der jungen Schlangen Spiele, mit flüchtiger, doch stetig wiederholter Berührung der Schulter und des Nackens durch zärtliche Kindeshand in Frau Vollenhoven ein gesteigertes und ihr behagendes Selbstvertrauen zu wecken. Frau Vollenhoven fühlte durch Christinens Hände nicht nur ihre Ansichten bestätigt, sondern sie sah sich wirklich und geistig im Rücken gestärkt, während die so artig zu sein scheinende Tochter, in Wahrheit dem Knaben Eulenspiegel gleich, die Aufmerksamkeit des Besuchers auf sich zu lenken und stumm mit ihm den Geheimbund der Jugend zu schließen suchte. Paul hatte das Angebot abgelehnt. Christinens verzogener Mädchenmund jedoch hatte hübsche Zähne entblößt, kleine weiße Mandeln, die an die Verzierungen auf einem Rehrücken genannten Kuchen erinnerten. Und als Paul bei diesem Treffen das ihm gereichte Mandelstück des Kuchens zerbissen hatte, war mit dem zarten Knacken die Lust in ihm geweckt, die eigenen Zähne gegen des Mädchens blanke Reihen zu setzen. Eine Weile lang hatte er sich dieser Vorstellung überlassen und dem malmenden Wetzen zugehört, einem schließlich einschläfernden und enttäuschenden Rhythmus, in dem Frau Vollenhovens Worte untergegangen und Christinens Spießgesellenlächeln, diese allzu simple Manier des Bündnisses und der Belustigung, ›weil wir jünger sind‹, unerwidert geblieben waren.

Die Flamme irisierte mit ihrer Berührung den Boden der Kaffeekanne. Das alte Silber wollte von den Toten erzählen, von Erwerb und Hinterlassenschaft, von Besitz und Verlust, von Furcht und Feiern, Geiz und Verschwendung, und trübe war es wie ein Abend, an dem es regnen wird. Das Wasser in der Kanne fing zu summen an. Es brabbelte immer so vor sich hin; man konnte meinen, ein Greis haspele mit lockerem Kiefer das Garn seines Lebens ab. Daneben war, leise, ganz leise und noch zu früh, in einem hohen Ton das Heulen der Sirenen zu vernehmen. Aber niemand achtete auf das eine noch auf das andere. Das Kaffeegeschirr zitterte nun wie die zu Heiligabend einem Knaben bescherte Dampfmaschine, kurz bevor sie den Stahlarm heben und ihr Schwungrad drehen wird.

Auch Vollenhoven hatte bestimmt einmal zur Knabenzeit mit der sein Jahrhundert kennzeichnenden Kraft gespielt. Aber hatte auch er die Furcht vor dem Zerspringen des Kessels gekannt, die Paul schneller das Blut zum Herzen als die Flamme den Dampf durch die Maschine jagte? Nichts schien den Bevollmächtigten zu beunruhigen. Er unterhielt sich mit Onkel Vierring, dem fuchshaarigen Makler. Beide standen sie wie zwei alte, knorrige Bäume da, und ihre dicken, moorbraunen Zigarren glühten wie kleine Sinnbilder für die Essen des Hephaistos auf.

Es mochten nur Minuten vergangen sein, seit man von der Tafel aufgestanden war, und doch kamen sie Paul schon wie eine Ewigkeit vor. Christine hielt sich zu ihm. Er hatte das Gefühl, daß sie sich in einen von der Gesellschaft abgesonderten Kreis drängte, in einen wohl ihm, aber nicht ihr gemäßen Bezirk, wo sie den unvermuteten Gefahren wehrlos ausgesetzt war.

Aber Christine rief ihn. Sie rief ihn wie aus weiter Ferne, wie über Berg und Tal hinweg und, obwohl sie nahe genug beeinander standen, um sich die Hände zu reichen, wie aus einem fremden Land. Schönes und Schlimmes eint sich im Traum. »Wollen Sie sie haben?« rief Christine. Und ihr Bildnis, der weißumrandete Karton der photographischen Aufnahme, der wie ein winzig Schifflein war, das Kinder auf die große Flut des Regens gesetzt haben, kam, von Christine über den finsteren Grund des Flügels gestoßen, zu ihm geglitten wie das Schicksal, dem nicht zu entgehen ist. Es war eine Fahrt, die Paul mit minuziöser, das Winzigste wahrnehmender Neugier verfolgte. Er spürte die bange Beklemmung des zufälligen, doch atemlos ausharrenden Betrachters gefährlicher akrobatischer Künste. Er deutete auf die unheimliche, glänzende Fläche des Schwarzlacks und sagte: »Spielen Sie doch!« Es wurde ihm deutlich, daß er sich lange nach der Musik gesehnt hatte, die zwischen ihm und Christine unter dem schwarzen Flügel verborgen lag.

ICH MÜSSTE KÖNIG IN BAYERN SEIN

Was ich tun würde, wenn ich Vogel, der Bürgermeister, wäre, aber ich, ich könnte gar nichts machen, ich müßte König in Bayern sein, Ludwig II. oder sonst was.

Und wo wollen Sie nun endlich die Olympischen Spiele stattfinden lassen?

Aber ich bitte Sie, im Englischen Garten ist doch so viel Platz, eine Wiese, nicht einen Pfennig kostet sie, da mag jedermann laufen, so schnell er kann. Und das allein lohnte sich, selbst um den Preis des Wahnsinns und des schlimmen Todes, dazu noch mit einem Nervenarzt, im Starnbergersee.

Schwäne applaudieren dem Drama, verdingen sich auf dem Oktoberfest jedem zugereisten Lohengrin, Leda badet in Bier, bleibt ungeschwängert und trägt ihren Kater als Münchnerkindl aus.

Der Rausch ist eifersüchtig, kein Zeus neben ihm.

Grantig, kunstfremd, eine Quartalssäuferin, der städtische Kulturreferent wohnt mit ihr in einem eheähnlichen Verhältnis, hoffentlich weiß er, woran er geraten ist.

IN EINEM MÖBLIERTEN ZIMMER

Das Läuten aller Münchner Kirchenglocken auf dem Viktualienmarkt, besonders schön wenn ein Papst gestorben ist.

Am Sonntag Vormittag im Treppenhaus ein geistliches Orgelkonzert. Wahrscheinlich aus dem Rundfunk. Für ein Harmonium ist der Klang zu groß. Die reiche alte Dame und ihre alte Dienerin beim Gottesdienst? Die Witwe des Professors, der aus Amerika zurückgekehrt war, um zu sterben.

Ich sitze in einem möblierten Zimmer; ich habe es wohl gemietet. Es ist ein Zimmer von der schäbigsten Sorte. Schmal, lang, schlauchartig, niederdrückend ausgestattet. Sofort das Gefühl, gefangen zu sein, in eine Falle gelaufen zu sein, aus diesem Zimmer nicht mehr hinauszukommen. Es ist kurz vor der Nacht. Mein Wunsch, wegzugehen, verdichtet sich zu dem Verlangen, gut zu essen. Ein sicheres Mittel, Unangenehmes, Ärger, Kränkungen zu vergessen. Aber auch dies wird nie wieder möglich sein. Aus Hilflosigkeit fange ich an, meine Schuhe zu putzen. Ich nehme einen Wollschal, ihnen Glanz zu geben. Ich meine, wenn meine Schuhe geputzt wären, könnte ich ausgehen. Ich habe aber keine Schuhcreme, und das Leder bleibt stumpf. Ich werde mir die Erlaubnis zum Ausgehen nicht verdienen. Auch fehlt den Schuhen das Schuhband, es ist nur noch halb vorhanden und verknotet. Es sind schwarze abgetragene Schuhe wie im Krieg. Das Schuhband wird nicht wieder zu ersetzen sein. Panik überkommt mich. Ich kann aber nicht schreien. Ich habe mich leichtsinnig in eine Stadt begeben, in der ich wohl einmal gewesen bin. Ich war dort sehr unglücklich, in der engen Kammer. Es war mir gelungen zu fliehen. Wie konnte ich wiederkommen? Endgültig gefangen in armen, bedrückenden, stumpfsinnigen Verhältnissen. Aus dem Fenster sehe ich, wie vor dem gegenüberliegenden alten Haus sich Leute anstellen, wie im Nachkrieg nach Lebensmitteln. Im

Souterrain des Hauses versammelt sich aber eine Sekte. Der Versammlungsraum scheint die hineindrängende Menge nicht fassen zu können. Sie beginnen, aufeinander einzuschlagen. Sie trampeln auf die, die gefallen sind. Es sind ärmlich, aber ordentlich gekleidete ältere Leute, hauptsächlich Frauen.

Am Himmel erschienen Kriegsschiffe. Sie waren groß, grau wie schwere Schlachtkreuzer mit drohend aufgerichteten Geschützen. Keine Luftschiffe! Die schweren stahlgepanzerten Ungetüme hatten ein Mittel gefunden, die Schwerkraft zu überwinden. Sie bewegten sich leicht in nicht allzu großer Höhe, so daß man sie gut sehen konnte. Die Menschen liefen erregt herum und riefen nach Luftschutzkellern.

Die Furcht, in Greifswald zu sein, und Greifswald nicht wieder verlassen zu können.

Theodor Wille ist nicht gestorben. Er kommt in sein Haus zurück und sieht, daß alles verkauft ist. Die Antiquitäten, die Teppiche, das alte Porzellan, die Uhren, die Bilder sind verschleudert worden. Die Räume sind leer. Ich sage, es steht alles auf dem Boden, aber er glaubt mir nicht.

Herr und Frau Michaelis wohnen in der Villa in der Ungererstraße. Haben sie das Haus gekauft? Es sollte doch abgerissen werden. Michaelis bewohnen aber nur einen Teil der Räume, die oberen. Sie haben den Zugang mit Möbeln verbarrikadiert. Unten steht noch meine Einrichtung, doch alles ist in die Mitte der Zimmer gerückt, als erwarte man den Anstreicher. Ich möchte wieder in das Haus hinein und wieder dort wohnen. Ich versuche, vom Garten durch ein Fenster einzusteigen. Es wird darüber Nacht. Das Haus ist mir feindlich. Im Garten haben sich Diebe versteckt. Herr und Frau Michaelis scheinen nicht im Haus zu sein. Nirgendwo brennt Licht. Aber sie hassen mich und haben das Haus gekauft, damit ich nicht mehr dort wohnen kann.

UNTERIRDISCH ÜBERIRDISCH

Der Wedekind-Brunnen am Wedekind-Platz von den Automobilen zugedeckt. Der Posterladen am Wedekind-Platz. Am Abend geöffnet. Die Popularität der durchgesetzten Moderne. Dalí zum Hausgebrauch. Der Surrealismus, das Unheimliche, das Jenseitige, das Aufgelöste wirkt nur noch dekorativ. Der Degout der alten Abortwitze. Ein Mann, eine Frau, ein Affe auf der Toilette. Die aus der Toilette herausgreifende Hand. Ein Motiv des Grauens, aber hier für lustig gehalten. Dann noch immer die Dackelbilder, die Katzenköpfe, die Pferde als Symbole einer vornehmen Natur. Landschaften der Reiseprospekte. Manchmal Marx, Lenin, der Klassenkampf über dem Bett, in dem man einander lieben möchte. Die Engelsköpfe, die Heiligen, das Kreuz, der üppige Akt sind nicht mehr gefragt.

Der Billard-Salon. Ein freundlicher Mestize. Die Faszination der grünen Tische unter den großen grellen Schirmlampen. Im Raum über den Lampen ist die Nacht. Die emsigen Bewegungen der Spieler. Ich meine immer, es sind Leute, die auf etwas warten, aus irgendeinem Grund erst gegen Morgen nach Hause gehen können. Vielleicht ist das die Erinnerung an das Lokal in Den Haag, wo die Zuhälter Billard spielten und auf die Mädchen warteten, die lange nach Mitternacht kamen und die Einnahme ablieferten. Ich saß da mit Jan Apon, der Kriminalromane schrieb und all diese Leute kannte. Ich versuchte mich am Billard ohne Erfolg. Die Atmosphäre war gemütlich. Allmählich wurde ich mit den Mädchen vertraut, die mich nicht als Kunden betrachteten. Es entwickelte sich eine Art Kameradschaft.

Mocca Efti in der Friedrichstraße in Berlin. Die Vortäuschung eines Harems. Die Damen wollten fein sein, und die Herren wollten es auch. 1933 ging man auch in Uniform hin.

Hahnhof: der alte halbblinde Mann mit seinem Hund. Der

Hund wird den Mann nach Hause bringen. Er wartet geduldig unter dem Tisch, ist treu, nimmt den Knochen nicht an. Der Mann grüßt, als er geht, den Schankkellner. Der Schankkellner grinst verächtlich. Dabei erwies ihm der alte Mann eine Ehre.

U-Bahnhof Giselastraße. Die Gammler, die dort am Boden saßen. Ich will telephonieren, der Apparat in der Zelle ist kaputt gemacht. Ein junger Mann steht auf und bittet um zwei Mark. Ich geb es ihm und bewundere seine Psychologie. Wer das Telephon nicht benutzen konnte, ist bereit, etwas zu geben.

In Berlin bettelt ein junges Mädchen am Kurfürstendamm. Man vergißt aber, daß das Mädchen bettelt. Das Mädchen ist sehr schön, gut geschminkt und frisiert, jugendlich modisch, aber teuer gekleidet. Ihre Aufmachung vermeidet es, auf Armut oder Not zu deuten. Sie spricht ältere Menschen an, Männer und Frauen, sagt fröhlich, könnten Sie mir eine Mark geben? Der Angesprochene ist überrumpelt und in die Scham gedrängt. Es ist ihm peinlich, nur eine Mark zu geben. Er sucht in der Tasche und fragt, darf ich Ihnen vielleicht fünf Mark geben? Das Mädchen sagt, dufte! Sie fängt eine Konversation im Jargon der jungen Leute an. Ganz kameradschaftlich. Man ist gerührt, man wird ernst genommen. Man möchte ihr zwanzig Mark geben. Man fragt sich, warum sie eine Mark haben wollte. Ist sie selbst auf diesen Trick gekommen? Steckt ein Mann oder ein Unternehmen dahinter? Ich habe sie an verschiedenen Abenden beobachtet. Ich schätze ihre Einnahmen auf mindestens zweihundert Mark. Das Mädchen ist sehr freundlich, der Gebende fühlt sich beschenkt.

Veränderungen. Die alte Studentenkneipe mit den billigen Essen ist jetzt ein französisches Restaurant. Nur noch das Schild Hackerbier erinnert an die Vergangenheit. Französische Speisekarte. Austern. Es riecht nach Knoblauch. Auf dem Tisch Kerzen. Der alte Wirt steht noch irgendwo rum in einer untergeordneten Funktion. Das Essen ist schlecht. Der Bordeaux ein billiger Rotwein aus dem Supermarkt.

Schicke neue Hotels. Sie haben das Haus eingekreist, in dem der reiche Sammler wohnt. Ihm gehören die beiden obersten

Etagen des Luxusbaus. Eine private Treppe verbindet sie. Die Wände voller Bilder, ein Museum of Modern Art. Er kauft in New York, London, Paris. Auch in München. Einige Bilder finde ich schön. Andere nicht. Das stimmt ihn traurig. Er sagt, er habe einen extra Metzger, der ihm die Steaks liefere. Ein junger Diener serviert. Die Filets, fast roh, sind wirklich zart. Schneidet man sie an, fließt Blut auf den Teller. Ich frage, haben Sie einen Koch? Nein, eine Köchin. Das wundert mich. Wir sprechen von Kochrezepten und alten Kochbüchern. In der Dachetage gibt es eine riesige Terrasse. Er kann von der Terrasse ganz Schwabing überblicken. Er war einmal irgend etwas in der Industrie. Es hat sich gelohnt.

Im Hahnhof der bleiche schwammige Schankkellner. Er sieht mehr als ein Gott des Bieres als des Weines aus. Er hat eine beinahe artistische Fähigkeit, die Weinflaschen senkrecht über das Glas zu kippen. Er gießt keinen Tropfen daneben. Ich stelle mir vor, daß er ungewöhnlich kleine Geschlechtsteile hat und daß er jemanden bezahlt, der ihn kitzelt. Einen Kellner halte ich für eine Frau, doch ist er wohl ein Mann. Mit einer Zeitung wedelt er den Rock einer Kellnerin hoch. Sie trägt Kniestrümpfe, ihre Schenkel sind nackt. Sie beachtet den Spaß nicht und schreibt ihre Bons. Es ist ein anstrengender Dienst. Eine Schauspielschülerin erzählte mir, daß sie versucht habe, im Hahnhof zu arbeiten. Am Abend setzte sie zu, ihre Kasse stimmte nicht, die Gäste waren ihr durchgegangen. Ein unsympathisches Lokal, schlechter Wein, ordinäres Essen, die Besäufnisse der Spießer, gehobene Angestellte, Geilheit zwischen nicht mehr jungen Leuten. Etwas von Walterchens Witwenbällen in Berlin. Auf der Straße ein Jüngling, der bettelt, »weil ihm sein Gepäck gestohlen wurde«.

Am Morgen U-Bahnhof Sendlinger Torplatz. Sehr früh. Ich will etwas photokopieren lassen, aber die Läden sind noch geschlossen. Die Rolltreppe hoch. Man betritt die Bühne des grauen Morgens. Es ist Juni, aber Vorstellungen von Winter, Frost und Nebel. Fahles Neonlicht über der Straße. Viele

Automobile fahren mit Licht. Fußgänger auf dem Weg zur Arbeit. Sie fürchten, zu spät zu kommen, hetzen zur Stoppuhr wie Kinder zur Schule, laufen die Rolltreppen hinauf und hinunter. Fabriken am Horizont: Osram, Siemens, Maffei. Die Rolltreppe der U-Bahn schon ein Teil des Fließbandes. Gleiche Beobachtung in allen Städten.

Frühmorgens mit der U-Bahn. Strömender Regen. Theatinerkirche, 6.30 – 8.30 Uhr Beichtgelegenheit. Es ist ein Dienst, der die Psychiater beschämen sollte. Versuchen Sie einmal, Doktor Hamburger morgens um sechs aus dem Bett zu holen. Er käme nicht, auch wenn Sie ihm sagen ließen, sie seien wahnsinnig. Am Tag nimmt er 150,– DM für eine Stunde Analyse. In der Nacht wohl das doppelte. Die Priester lassen den Ödipuskomplex gar nicht erst aufkommen. Unbegreiflich, daß einige neuerdings so dumm sind, das Zölibat aufgeben zu wollen. Es wäre der Abstieg in die Gewöhnlichkeit und das klägliche Ende. Das evangelische Pfarrhaus. Hin und wieder zeugte einer in der Enge ein Genie. Die unvergessenen Choräle: Eins ist Not, ach, Herr, das eine!

Vor der Oper im Regen. Diese Säulen vergangener Pracht. Die Lüster brennen im Foyer. Das Licht ist durch die Fenster zu sehen. Ich empfinde im Regen am Morgen Festesfreude.

Die Wohnung oder das feindliche Land. Betrunken. Das Paket der Frau Professor. Zweiliterflasche Chianti leer vor dem Bett. Ich suche nicht mehr. Das Bett. Die Brandlöcher. Der Tod. Die perverse Lust. Schlaf, der kein Schlaf ist. Geschenke. Die Hosen junger Männer. Das Parfum woher? Das alte Gespräch von der Großmutter. Der versteckte Schnaps. Verbitterung. Flucht. Es ist feige. Eine ohnmächtige Wut. Verzweiflung zerstört das Gewissen.

Abend im Restaurant der Vierjahreszeiten. Die peinlichen Veränderungen. Als der alte Waltherspiel starb, hinterließ er ein Kochbuch, aber keine Köche. Internationaler Hotelfraß. Amerikanische Touristen, die Eiswasser trinken. Zwei junge Bayern beim Bier. Warum sind sie nicht im Hofbräuhaus? Die Flasche

Frankenwein ist so teuer, daß man sie nur auf Spesen trinken könnte. Diese Leute aber trinken keinen Frankenwein. Würzburg hatte einen Ausblick ins Paradies, aber die Tür dahin hatte ein verrostetes Schloß.

U-Bahnhof Odeonsplatz. Ein junges Liebespaar. Das Kind küßte ihn immer wieder, umschlang ihn leidenschaftlich, gab dem eifersüchtigen Dritten, Freund des Geliebten, den Schirm zu halten, um noch inniger in der Umarmung vergehen zu können.

Georgenstraße. Als ich die Haustür aufschloß, spürte ich eine Gefahr im dunklen Treppenhaus. Ich wich zurück, fand an der Tür den Lichtschalter und sah einen untersetzten Mann vor mir stehen, der eine Art Polizeiknüppel zum Schlag erhoben hielt. Er sah sehr finster aus, sagte, er sei der Hausmeister, und ging in den Hof, von da zur Straße. Das Appartement war stickig. Ich öffnete die Tür zum Balkon. Beat von einer Schallplatte. Ich hörte Lachen. Ich sah die Lichter eines Cafés in der Leopoldstraße.

ANGST

Ich habe Angst, aber ich würde mich gern von allen unterscheiden, die Angst haben und mir widerlich sind. Wie sie sichere ich, nach Hause gekommen, die Tür. So dumm, so mißtrauisch, so vertrauensvoll noch immer wie sie, es ist nicht zu fassen, warum sollte grade mein Boot nicht untergehen, meine Tür nicht erbrochen werden, der Ozean ist groß, die Zähne der Haie sind scharf, so viel Hunger, so viel Begierde auf allen Breitengraden, die Arme des Polypen, mit den Jahren erwachsen, dehnen sich aus, die Gefahr lauert unter dem Wasser, noch nicht zu sehen, die harte Geschwulst, doch nicht zu fühlen, vielleicht tief unten, schon in den Träumen, ich deutete sie oder versuchte es, der Leviathan steigt auf, wenn seine Zeit ist, die Abräumgesellschaft ist etabliert, es trifft alles ein und kommt zusammen zum Erntetag, der Arzt sagt, morgen, morgen das Messer in seiner Gummihand, morgen in das vermummte Gesicht des Narkotiseurs geblickt, die nagelgelackten Finger eines vermehrungswilligen Fräuleins tippen hinter Glas die Rechnung, das Wort Exitus, der Wind nimmt zu, weht schärfer, es ist unerträglich schwül, wahrscheinlich ein Taifun, Nachrichten aus Asien vor dem Zubettgehen, hunderttausend Tote, die Leichen im Heimkino stinken nicht, das kommt noch und wird niemand erschrecken, zunächst nichts Neues, die Nußschale des guten Sprichworts im Zentrum des Hurrikans, die Großmutter war weise, sie blieb unterm Dach, es half ihr nichts, der Schnee deckte sie zu, nur glaube ich nicht, wie meine Nächsten, zu Hause und sicher zu sein. Maria hatte das auf ihre Weise erkannt. Sie sagte, es gibt kein Zuhause in einem Haus, das dir nicht gehört. Mir gehört angenehmerweise nichts, schon gar nicht ein Haus, warum auch, das Haus ist im festen Besitz einer anonymen Sozietät, eines Konsortiums von Banken und Versicherungen, die wollen immer noch haben, stopfen sichs rein, bis sie platzen werden, mich stört es nicht, ich bin nicht auf Eigentum aus, ich war nie versichert, für mich ist ein Haus nur das Haus, in dem ich wohne. Es ist ein prächtiges modernes Palais, blendende Wärme aus Kunststoff an ein Stahlgerüst gehängt, mit geräumigen komfortablen Appartements für reiche Leute in einer Parklandschaft am Fluß. Das Klima ist nach Lust und Laune zu steuern. Das Mädchen, das Donnerstag ist, stellt den Thermostaten auf Polarluft, aalt sich im Eismaschinenwind, schauert, eine leichte Frosthaut, begehrt Liebe; zu dem Kind, das jeder war, kam die Katze ins Bett, legte sich warm auf des Schläfers Brust in den Träumen, schnurrte, wollte gestreichelt werden, verführte, eine spitze rosa Zunge.

Man könnte meinen, es sei ein symbolischer Ort. Die Chinesen hielten sich für den Nabel der Welt; ich glaube, das war zur Mingperiode oder in einer anderen großen Zeit, die hart für die Armen war. Ich sollte mir das kluge Lexikon kaufen, Amüsement, wenn der Schlaf flieht, die Britische Enzyklopädie, berühmt und gerühmt, ein feines Urenkelkind der Aufklärung, in Leder gebunden und von jedermann günstig zu erwerben. Der Vertreter d'Alemberts, der zu mir ins Haus kam, war ein doppelter Doktor, wie er sich vorstellte, ein Lizentiat der Theologie, hatte irgendwo im Mittelwesten gepredigt, ich roch, wie traurig das war, er atmete Bardunst aus, das störte mich, nahm mich gegen ihn ein, der mich zum Kauf zu überreden versuchte, mich beschwor, mich bat, schließlich auf seinen Knien mich beschimpfte, lesen Sie denn nicht, rief er pathetisch, ich wollte antworten, nein, Analphabet, es war mir zu billig, er gab mir die Schuld an seinem Elend, den Glauben verloren, den er nie gehabt hatte, dem Ehrgeiz seiner Eltern nicht gewachsen, in die Verstecke der großen Städte getrieben, von den Kindern verachtet, von der Frau nicht verlassen, er bat jeden Morgen darum inbrünstig, heimlich, ein eingebildeter Weißer in einer schwarzen Methodistenkirche unter kleinen Negermädchen in lichten Chorhemden, er bot die Welt auf Raten an, die Menschheit seit den Schöpfungstagen, die Vorgeschichte, das Samenmeer, das Unvorstellbare, wüst und leer, und was sie dann, als sie da waren, gedacht, geschrieben haben, auch wäre zu erfahren, was Gott gewollt hatte, wie er erschienen ist und gedeutet wurde von vielen Völkern zu verschiedenen Zeiten, die vorläufige Bilanz unserer Existenz unverbindlich in vierundzwanzig nicht zu schweren Bänden, die Hand könnte im Bett ermüden, der Onanie nicht mehr fähig sein, der Tod den Leser überraschen, das Werk bleibt aufgeschlagen, unerfahren die Summe der Weisheit, der heilige Thomas vergessen, zu spät, ich glaube nicht dran. Vielleicht wiederholt sich die Geschichte.

Aus meinem Fenster, über den Fluß hinweg, sehe ich zu meiner täglichen Verstörung das Armeeministerium, die bekannte, oft abgebildete, furchtbare oder schrecklich getarnte Festung des unsterblichen Wasserkopfs, der uns beschützt und frißt; wie schön, denke ich, in diesem Fall ein alter Mann zu sein, meine Einberufung ist nicht mehr zu befürchten. Hinter der Front, im sehenswerten Panorama vor meinem Schlafzimmer, träumt das Zuckerbäckerkapitol vom großen Rom, das schon schrecklich genug war, Schullehrer und Demagogen verwirrte, Kinder und Völker quälte, zweitausend Jahre nach seinem Blühen, ich erkenne die Gedächtnisstätte des sagenhaften Abraham Lincoln, den ein Mörder vor gewöhnlichen Enttäuschungen bewahrte, ich blicke auf Washingtons Monument, der ein General war, wie es sie zu Hunderten in Europas hochmütigen Königreichen gab, nur daß er, in die neue Welt, die junge Demokratie geraten, Glück hatte, die Fortune Napoleons, ein Handwerker, den man brauchte, ein Disziplinierter, der das gelernt hatte, wieder ein Reich schuf, wieder eine Armee bis zum Pentagon, ohne es zu wollen mit der Zeit an den Thronen der kleinen, größenwahnsinnigen Majestäten sägte, erfolgreich, das Gottesgnadentum war vorbei, und doch kein Revolutionär war, das alte Fallende wieder rettete, ganz groß, es über den Atlantik holte, das Geld, die Ausbeutung, die Ungleichheit, die Soldaten, den Krieg, und hinter der Erinnerung an die Großen der Nation ragt hoch und breit aus dem Gewitterhimmel das Federal Bureau of Investigation, auch FBI geheißen; ich mag diese Abkürzungen nicht, sie verschleiern zu viel.

Das Weiße Haus, in dieser Richtung, liegt hinter schönen, schattenspendenden Bäumen versteckt, ich erkenne es nicht und bin es zufrieden. An schönen Tagen gehe ich zum schmiedeeisernen Tor des Weißen Hauses und füttere mit Keksen und Nüssen die Eichhörnchen des Präsidenten. Es sind zutrauliche, etwas befremdend graue, nicht rothaarige Geschöpfe. Meine verehrte Kollegin, Fr. Dr. B., fand diese Tiere beunruhigend, was ich nicht ganz verstehe. Man sollte den Eichhörnchen das Wahlrecht geben. Sie würden die Regierung, die Partei der Gutgesinnten stärken. Doch vergaß ich, nach vorn blickend, vorausschauend, neben dem Pentagon, wachsend und gedeihend, den Arlingtonheldenfriedhof zu erwähnen, wo Kennedy begraben liegt, zwei Kennedys von jener Kraft, die stets das Gute will und stets das Böse schafft.

Vielleicht ist mein Haus ein Fuchsbau für Hochstapler, die eine gute Adresse gesucht haben und nun ihr Leben lang so tun müssen, als wären sie mächtig und reich, sogar glücklich. O Vermessenheit! Es könnte selbst sein, daß Menschen mit scharfen Fernrohren, solche, die zerlegbare Gewehre und Sprengmunition in eleganten Dokumentenkoffern mit sich führen, neben mir hausen, aus ihren komfortablen, gemieteten hohen Räumen die Historie beobachten und ihren Nutzen daraus ziehen. Die Entfernungen für Abhörgeräte sind zu weit, überdies die Bettgespräche bekannt und immer dieselben.

Auch meinem Sohn gehört das Haus nicht. Möchte er überhaupt ein Haus und gar eins dieser Größe haben? Ich frage es mich und staune, daß ich es nicht weiß. Kenne ich meinen Sohn nicht mehr? Ich glaubte, ihn zu kennen. Aber vielleicht erkenne ich ihn nicht. Er ist für mich eine Figur aus alten Geschichten. Die sind böse oder traurig oder auch nur lächerlich, und alle enden sie mit dem Tod. Die Nachgeborenen werden über meinen Sohn forschen und schreiben, für ihn oder gegen ihn, nach den Strömungen der Zeit oder wie es ihrer Karriere nützt, und es wird keinen mehr interessieren. Mein Sohn ist dann tot. Wie wird er sterben? Das ist überhaupt meine Frage. Ich fürchte den Tod und bin doch alt und unbedeutend. Hätte mein Sohn Mittel und Vermögen, ein Haus zu bauen, den Willen oder auch nur den Wunsch, eins zu kaufen? Mein Sohn ist einer, der sich was gönnt, und lebt wie ein Mönch in der Scholastik, als die Kleriker das Abendland und die Kathedralen bauten. Welches Land baut mein Sohn, wieviele Kathedralen läßt er vernichten? Er ist ein Arbeiter, der es schwer hat, es sich schwer macht, zwölf, fünfzehn Stunden am Tag, immer alarmbereit und nicht ohne Gewissen, und in manchen, zugegeben recht albernen Betrachtungen wird er zum Playboy, auch dieses Wort, und wen es zeichnet, mag ich nicht, wenn mein Sohn auch älter und beleibter ist, als diese sind. Mein Sohn ist gänzlich unsportlich, soweit sich die Sportlichkeit auf körperliche Übungen bezieht. Das Haus würde ihn nicht freuen. Wäre es ihm eigen, dürfte er es nicht zeigen. Ein Haus ist schwer zu verstecken. Mein Sohn müßte sein Haus vor seinen Freunden und Bewunderern, die möglicherweise, sogar wahrscheinlich seine Feinde und Schmäher sind, verleugnen. Sie alle würden fragen, woher hat der Sohn des alten Kaplan das Geld genommen, den Palast zu erwerben? Getuschel überall. Gefährlich. Ich kenne das. Ich spitze die Ohren. Ist der prächtige Bau aus unserem Schweiß errichtet, den Steuern, die wir zahlen müssen? Ich habe nie begriffen, daß Bürger, die ihr Geld in Napalmrauch aufgehen sehen, Abend für Abend im Fernsehen, der Tagesbetrachtung, dem Abendgebet, zu dem sie es sich gemütlich gemacht haben mit Bier und Knabbergebäck, sich erregen, in Wut geraten, wenn einer von ihren Abgaben gut lebt. Wenigstens einer, dem wir es leichter gemacht hätten! Das wäre doch, recht bedacht, erheiternd und befriedigend und viel, viel besser als die Verwüstung eines ganzen Landes. Andere sind schlimmer. Sie fürchten sich und wähnen, in ihren kleinen, in Feldern verlorenen, doch horizontlosen Städten finsteren Mächten ausgeliefert zu sein, ohne die Verfügungen zu beachten, die ihnen täglich öffentlich widerfahren. Sie würden meinen, mein Sohn habe sein Haus durch einen Schaden gewonnen, der uns zugefügt wurde, ohne daß wir ihn bis heute erkannt hätten. Keiner wagt in diesem Land zu behaupten, mein Sohn sei ein Dieb; doch an Verrat glauben viele, und Judas, der wahre Unsterbliche, schläft bei ihnen allen in ihrer Nacht. Was könnte mein Sohn verraten und warum nicht? Wechselte er die Partei in unseren Kriegen, was würde sich ändern? Mein Sohn ist überall, wie der allgegenwärtige Geist, er ist in den Zeitungen, im Fernsehen, in den Wochenschauen zu betrachten. Mich erschreckt das. Wenn ich ihn so sehe, blicke ich weg; besonders dann, wenn er lacht. Er ist bekannt wie Bob Hope, ein Komiker, über den ich nicht lachen kann, und mein Sohn ist nicht Bob Hope, er soll nicht in diese Rolle geraten. In welchem Wasser wäscht mein Sohn seine Hände? Er wird beneidet. Das ist natürlich, weil man ihn nur im Licht sieht. Man beneidet selbst mich um meinen Sohn. Wäre mir Bob Hope als Sohn lieb, dieser grausige Mensch, der sie in Vietnam in den Tod entläßt mit einem mäßigen Witz? Der Neid würde das Haus meines Sohnes zu nutzen wissen. Sie würden ihn noch mehr verdächtigen, als sie ihm heute mißtrauen.

MÜNCHEN, KAUFINGERSTRASSE

Der Prophet in der Kaufinger. Sein dunkler Anzug, seine Ziehharmonikahosen. Die abgeschabte schwarze Mappe unter dem Arm. Etwas hinkender Gang. Zurückgekämmtes hellblondes strähniges Haar wie Lenz. Hageres junges fanatisches Gesicht. Geht die Straße auf und ab. Schwingt Bibelbuch in der Hand. Ruft mit Predigerton Untergang.

Plakat: Hilfe, man erschießt uns. Unterschrieben von fortschrittlichen Filmleuten und Schriftstellern. Warum diese? Warum nicht der Präsident, warum nicht Neckermann? Bin ich für schießen, ist es Neckermann? Die Frage der Eitelkeit?

Zu Warenhausbesitzer. Die Geschichte des fehlenden Kabels. Weiblicher Lehrling, gib doch Ruh, Opa. Blick auf ihn, möchte ich ihn als Enkelin? Oder Reise nach Cuba libre?

Der Papageimensch mit dem geflickten Mantel. Mein Gespräch mit ihm über Sokrates' Schüler. Dunkle Brille. Kaugummiblasen.

Traktat über Höflichkeit. Meine Übertreibung. Er hat sie wohl nicht alle. Hält mich für ein urgeschichtliches Wesen, möchte mich die U-Bahntreppe hinuntertragen. Ins Museum geben.

DIE GEFANGENSCHAFT

Sie sind in einem Raum eingeschlossen. Er hat die Form einer Kugel. Sie sind innen. Oben, in unerreichbarer Höhe, ist ein Fenster. Es scheint aus irgendeinem Kunststoff zu sein. Auch die Wände des Raumes sind vermutlich aus irgendeinem Chemiestoff. Gaszement? Der Raum ist unmöbliert. Es sind nicht einmal Decken da, um darauf zu liegen oder sich zuzudecken. Die Luft wird auf irgendeine unsichtbare Weise erneuert. Die Temperatur ist unauffällig angenehm, nicht zu warm, nicht zu kalt. Das Licht kommt von oben durch das Fenster. Wahrscheinlich Tageslicht, von Sonnenaufgang bis Sonnenuntergang. Sie versuchen, diese Zeiten zu markieren und so ihren Standort zu berechnen. Aus einem kleinen Loch in der Wand fließt eine milchige Flüssigkeit in eine Mulde aus dem gleichen Material wie die Wand. Es ist keine Einrichtung für die Notdurft vorgesehen.

Sie haben sich nie vorher gesehen. Sie sind sich völlig fremd. Sie erwachen in diesem Raum und kennen sich nicht. Sie versuchen, in drängenden Gesprächen irgendeine Gemeinsamkeit zu finden, die sie in diese unverständliche Lage gebracht haben könnte. Nichts liegt auf der Hand. Von außen kommt keine Erklärung. Es scheint keinen gemeinsamen Feind zu geben, keine Erklärung für die Gefangenschaft. Der eine ist Akademiker, Doktor, Chemiker bei der BASF: Er ist verheiratet. Er hat eine zwölfjährige Tochter. Er zeigt ein Bild, sich, die Frau, das Kind in glücklichen Tagen. Das Mädchen hat Kniestrümpfe an. Der andere ist nicht verheiratet, hat kein Kind, keinen festen Beruf, es wird ihn keiner vermissen. Der Chemiker, aufgefordert, die milchartige Flüssigkeit (es ist eine Art Nährmilch) zu analysieren, kann dies ohne sein Labor nicht. Er ist so eine Art Fachidiot, sucht in einem aufwendigen Labor nach einem noch weißeren Weiß.

Jeder der Eingeschlossenen denkt, daß der andere ihn in diese Lage gebracht hat. Sie fallen einander an, kommen dabei, zwei normale Männer, in erotische Berührungskontakte. Ausgesprochen hysterische Gefühle. Der Chemiker ist anfälliger, kann das Alleinsein, diese seltsame Zweisamkeit, das Ohne-Frau-Sein nicht aushalten. Entblößung einer verdrängten Homosexualität aus Kindertagen. Der andere denkt in nächtlichen Umarmungen an die Tochter des Chemikers.

Der Chemiker vermutet Machenschaften eines Rivalen aus dem Werk. Karriereneid. Einmal war er bei einem Psychiater, Dr. Bremer. Hat der seine Einweisung veranlaßt? Der andere meint, sie seien in einem Max-Planck-Institut zur Erforschung menschlicher Verhaltensweisen.

Wie lange sind sie schon gefangen? Eine Woche, einen Monat, ein Jahr? Sie haben sich ihrer Kleider entledigt. Sie konnten sich nie waschen. Bart und Kopfhaar sind gewachsen. Sind sie überhaupt noch auf der Erde? Vielleicht Entführte eines anderen Sterns? In einem außerirdischen Zoo? Zufällig wie zwei Tiere in einen Käfig gebracht?

Sie beschließen zu sterben, treten in Hungerstreiks. Es beunruhigt sie aber, erbost sie, daß der andere später sterben, vielleicht überleben könnte, des Rätsels Lösung teilhaftig würde.

DIE AUSSTRAHLUNG DER BRUTALITÄT

Auf dem Bahnhof die Flügeltür aus Glas von der Halle zu den Bahnsteigen: ein Mann will in die Halle hinein, ich will hinaus, wir stoßen beide gegen die Tür und halten sie gegeneinander fest. Ich will nachgeben, merke aber, daß der Mann absichtlich die Tür festhält und unsere Schwierigkeiten vergrößert. Er sucht die Gelegenheit, mich anzusprechen; man könnte auch sagen, er versuchte, mich zu stellen. Es ist ein unsympathischer Mensch, von einer gezügelten, jetzt devoten Frechheit. Sein Gesicht scheint mir gemein, seine Gestalt gewalttätig zu sein. Er sagt, helfen Sie mir, ich komme gerade aus dem Knast. Ich muß ihn bewundern, ob er nun gerade aus dem Gefängnis kommt oder nicht, er hat mit sicherem Blick in mir das Opfer erkannt und das unfehlbare Stichwort gefunden, Knast. Mag er mir auch noch so unsympathisch gewesen sein, ja von besonderer Widerwärtigkeit bis zu körperlichem Mißempfinden, ich muß ihm jetzt was geben, es nicht zu tun, ginge gegen meine Überzeugung von der Ungerechtigkeit des Lebens. Ich bin etwas verwirrt, suche nach Geld in der Tasche, gebe ihm fünf Mark, schäme mich, daß ich sie *ihm* gebe, und gleichzeitig, daß ich so wenig für ihn tue. Er nimmt die Münze und ergreift dann die Hand, umschließt sie, beugt sich herunter und küßt die Hand. Ich muß meine Hand fast mit Gewalt befreien. Jetzt weiß ich, ich habe den Verbrecher von Jean Genet vor mir, den echten Verbrecher, den Helden und Geliebten seiner Bücher. Was mich beunruhigte, war die Ausstrahlung der Brutalität, der Brutalität des Geschlagenen und des Schlägers, die Vereinigung von Masochismus und Sadismus, die Bejahung des Gefängnisses und die Rebellion gegen die Gefangenschaft. Genet unterwirft sich solchen Menschen, gibt und empfängt Orgasmen. Genet, eine beinahe geniale Begabung; er hatte die Kraft, in die

Freiheit des Schreibens zu entkommen. Mich verstimmte diese Begegnung. Ich nahm sie für ein schlechtes Omen. Ich wollte meinen Koffer zu einem Schließfach bringen.

MORGENROT

Um fünf kam das Morgenrot. Ich war wach. Ich hatte nicht geschlafen. Ich bin immer früh aufgestanden. Ich kam immer zu früh. Die Schule fing im Winter um sieben an. Im Sommer um sechs. Das war in Preußen. Es ist lange her. Vielleicht ist es in Preußen bei alter Sitte geblieben. Ich röstete mir das dunkle schwammige Kleiebrot auf dem Herd. Ich legte das Brot auf die Herdringe. Unter den schwarzen Ringen glühte Torf. Ein beizender Rauch. Die Pumpe mußte aufgetaut werden. Ihr Mund war vereist. Im Eimer stand noch Wasser. Das Wasser war gefroren. Ich schlug das Eis auf. Ich mochte das kalte Wasser. Ich trank, wie die Tiere tranken, gierig, ohne Pause. Das Brot wickelte ich in die Zeitung. Wir hatten viele Zeitungen im Haus. Das Paket war warm. Die Wärme feuchtete durch das Papier. Sie wärmte mich auf der Landstraße. Es war Nacht. Manchmal Sterne, oft Schnee. Es war dunkel. Es gab keine Laternen. Ich stolperte in die Schneewehen, sank ein, befreite mich. Dann die Stadt. Mir zu klein. Es gab Gaslampen. Ich rannte gegen sie. Die Lampen brannten nicht. Blind zur Schule. Halb sieben. Das Tor geschlossen, die Schüler fern. Der Schuldiener heizte die Öfen. Ich sah ihn, wie er mit einer Kerze von Klasse zu Klasse ging. Schwankendes Licht und des Schuldieners Schatten in den weißgetünchten Fensterscheiben. Ein milchiger täuschender Schimmer. Wir sollten nicht hinausgukken. Der Schuldiener öffnete nicht das Tor. Er wußte, daß ich da war. Ich ärgerte ihn jeden Tag. Ich ging in den Schulgarten. Da stand einer übermenschengroß. Es war Hindenburg. Er war aus Holz, und die Schüler hatten ihn genagelt mit eisernen, silbernen und goldenen Nägeln. Sein Gesicht war im Dunklen nicht zu sehen, auch war es mir zu hoch. Ich hatte einen goldenen Nagel in Hindenburgs Brust geschlagen. Ich tastete die Brust ab und fand den Nagel, den ich geschlagen hatte. Ich hatte ihn schief eingeschlagen. Er lag krumm auf Hindenburgs Rippen. Sie sagten, ich hätte es absichtlich getan. Das war nicht wahr. Aber alle trauten es mir zu. Ich stellte mich zwischen Hindenburgs Beine. Er war der Retter der Heimat. Er schützte mich vor dem Wind und vor dem Schnee. Bald würde der Schuldiener die Glocke läuten. Die andern würden kommen. Der Schuldiener würde das Tor der Schule aufschließen. Wie jeden Morgen fürchtete ich mich. Ich mochte die andern nicht. Ich überlegte, mich hinter des Feldmarschalls Rücken zu verstekken und mich später davonzuschleichen. Zurück in mein Bett. Ich hatte in der Frühe das meine getan. Der Morgen war meine beste Stunde.

Um fünf das Morgenrot. Es ist eine große Wohnung. Manche Zimmer sind leer. Das ist schön. Die leeren Zimmer liegen zwischen uns, man sieht und hört den andern nicht. Meine Fenster blicken nach Osten. So viele Sonnenaufgänge! Ich schlafe schlecht. Und schrecke aus dem Halbschlummer auf. Ich fürchte mich. Ich denke, daß Elisabeth aus ihrem Zimmer am anderen Ende der Wohnung kommen und mich im Schlaf erschlagen könnte. Auch Elisabeth schläft nicht. Sie nimmt Schlaftabletten. Die Schlaftabletten machen sie wach. Der Arzt sagt, das Barbiturat wirke auf Elisabeth paradox. Sie nimmt immer mehr Tabletten und wird immer erregter. Ich nehme keine Schlafmittel. Ich will nicht betäubt werden. Ich bin gern wach. Aber ich gehe nicht ins Bad. Ich denke an diesen griechischen König, der im Bad mit dem Beil erschlagen wurde.

Wir haben kein Rundfunkgerät, und wenn wir es hätten, wäre es nicht eingeschaltet. Wir wissen das Neueste nicht. Ich hatte es aber gewußt.

Die frühe Stunde ist still. Die Automobile schlafen endlich. Vor der Tür oder unter den Bäumen. Meine Straße ist eine Hauptstraße. Sie führt an der Isar entlang. Die Isar kommt von den Wäldern, von den Bergen, den Holzfällern, aus Tölz in die Stadt, vor mein Haus, sie fließt dann weiter, bis sie, glaube ich, sich in der Donau verliert. Am Schwarzen Meer schmeckt niemand mehr ihr Wasser.

Ich fahre einmal im Jahr nach Tölz. Elisabeth verlangt es. Ich habe ein Auto. Das ist sehr ärgerlich. Ich habe mit Polizisten, Behörden, Versicherungen, Betrügern, Schimpfbolden, uninteressanten Verrückten zu tun, mit Leuten, die ich leicht hätte meiden können; auch mußte ich die Verkehrsregeln lernen und auf sie aufpassen. Ich tat es Elisabeth zuliebe. Abends zur Stunde der Dämmerung steigt sie in den Wagen, ich setze mich neben sie hinter das Steuer und fahre sie um die Stadt. Das hat sich eingebürgert. Eine Gewohnheit. Zuerst suchten wir noch ein Ziel. Ich fragte Elisabeth, willst du nach Schleißheim, nach Grünwald, an den Starnberger See; doch es ist schon zu spät, es wird dunkel werden, ich weiß nicht, ob die Beleuchtung funktioniert. Sie sagte dann, ach, fahr nur so. Ich lenke den Wagen über den äußeren Ring. Erst nach Norden, dann nach Westen, die Südtangente, zum Ostbahnhof, schließlich wieder zu uns, vor das Haus. Es ist dichter Verkehr, ich habe mich ihm angeglichen, ein Strom, dem man nicht entkommt. Elisabeth freut sich, wenn die Herde ins Stocken gerät. Die Fahrt dauert dann länger. Das entzückt sie. Sie ruft, rase nicht, du willst wieder nach Hause kommen. Wir streiten uns.

Das war im Anfang. Ich sah mich gegen die Leitplanke fahren. Ich glaubte, Zeit zu verlieren. Ich dachte an den Schreibtisch. Sehnsucht packte mich. Das Papier, die Maschine, die an den Tisch geschraubte Lampe, die Bücher ringsum, Wollust schüttelte meine Seele, ich hätte das Auto schlagen mögen. Jetzt hat sich das beruhigt. Ich habe einen Herrn Blum erfunden. So konnte ich alles auf eine solide, vernünftige und auch wirtschaftliche Basis stellen; denn wovon sollte ich leben, Elisabeth und mich ernähren, wenn ich geschäftlos und ohne Sinn über den Ring fuhr. Ich bin, wenn ich im Auto sitze, Herr Blum. Elisabeth merkt das nicht. Sie kennt Herrn Blum nicht. Sie weiß nicht, daß sie neben Herrn Blum sitzt, und ich, ich lache manchmal beim Fahren darüber, scheinbar unmotiviert, als Herr Blum. Herr Blum ist, was ich nicht bin. Er ist ein Genie. Er hat die Begabungen, die mir fehlen. Er ist hartnäckig, er hat ein Ziel, weiß, was er will, erreicht alles. Er besuchte die

Banken. Er überredete die Direktoren. Er überwand ihr Mißtrauen. Sie gaben ihm Kredit. Er gründete rings um die Stadt, am äußeren Autoring, allüberall, allgegenwärtig, Schnellwäschereien, Schnellreinigungen, Schnellwaschstraßen für PKW und LKW, und wenn er mit Elisabeth über den Ring fuhr, leuchtete, als die Dämmerung kam, in blauem oder rotem oder grünem Neonlicht der Name Blum. Blum zögerte dann, verlangsamte die Reise, ließ das rechte Blinklicht leuchten, fuhr an den Straßenrand, hielt, die anderen Autofahrer schimpften, benahmen sich wie die Irren, zeigten ihm den Vogel, Blum blieb gelassen, wie es sich für einen seiner Verantwortung bewußten Geschäftsmann gehört, nahm einen weißen Sack aus der Wäscherei, die nicht Blum gehörte, die zu uns in die Wohnung kam, unsere Wäsche zu holen, nahm den Sack, ging Abend für Abend, nicht am Wochenende, in die Blumläden und kassierte, steckte die Tageseinnahme, viel klimperndes Hartgeld, in den weißen Wäschesack, sagte Dankeschön zu den Angestellten, die die Wäsche gewaschen, die Kleider gereinigt, die Automobile geputzt hatten, rief »bis morgen«, sie alle, jawohl Herr Blum, mit tiefem Bückling, er fuhr einen Kilometer weiter zum nächsten blühenden Geschäft. Elisabeth wunderte sich nicht, fragte mich nicht, warum ich unsere Fahrt so oft unterbrach, sie sah mich wohl gar nicht auf einer Wiese stehen, im Schutt einer Baustelle, unsern Wäschesack leer in der Hand, oder an einer Straßenecke. Elisabeth war glücklich, glücklich, im Auto zu sitzen, im Verkehr und nicht zu Hause zu sein. Ich hatte mich damit abgefunden, war auch schon glücklich, war Herr Blum, hatte eine befriedigende Arbeit, segelte nicht sinnlos, ein Fliegender Holländer, um die Stadt, ich war in Geschäften unterwegs, kassierte wie jedermann, hart, genau, ausnützerisch.

Gott sei Dank, ich habe Blum umgebracht. Ich erschlug ihn hinter einem Schrottplatz, grade als er die Tageskasse der Autoschnellwäscherei in den weißen Sack getan hatte. Ich ließ den Sack auf dem Feld liegen. Elisabeth fragte, was hast du, du fährst wieder so schnell. Ich sagte, ich muß nach Hause, ich muß an den Tisch. Elisabeth sagte: schon wieder, schon wieder.

Das Morgenrot lief. Wie Himbeeren in Milch. Auf dem Fluß erwachten die Enten, auf den Gesimsen des Hauses die Tauben. Wir konnten sie nicht vertreiben. Es waren Klatschtanten.

Ich verließ Elisabeth. Ich liebe sie. Wie würde sie laufen, durch die große schöne Wohnung laufen, immer hinter mir her, stundenlang, tagelang, wochenlang, atemlos, durch die Türen, durch die Zimmer, durch das Bad, in die Küche, über den Flur, sie schrie, sie rief meinen Namen, sie hetzte sich, sie rutschte über das blanke Parkett, in einem unmöblierten Raum saß unsichtbar, doch einmal würde sie ihn sehen, wenn es zu spät, endlich wohin zu laufen, aus dieser Wohnung davon zu laufen, saß geduldig wartend, auf Bücherpaketen, die abgegeben worden waren, Elisabeths Tod und las das Feuilleton einer unserer Zeitungen.

Im Morgenrot stopfte ich alles in die Plastiktüte des Kaufhof. Mochte ich die Isar? Ich glaube nicht. War ich hier zu Hause gewesen? In diesem Haus, mein Name unten an der Tür? Auch das nicht. Das Auto? Die Polizei würde es abschleppen. Das Auto zog die Polizei an.

Auf dem Flughafen standen sie mit Maschinenpistolen. Sie tasteten mich ab. Es war ein schöner, strahlender Tag. Sie fragten, was in der Plastiktüte vom Kaufhof wäre. Ich sagte, die Olympiade. Das war wahr. Ich flog nach Frankfurt. Da wollte ich nicht bleiben. Es war heiß. Ich fragte nach Apfelwein. Sie hatten keinen. Die bewaffneten Polizisten durchwühlten wieder die Zeitungsausschnitte, die Bilder, die Notizen in meiner Plastiktüte aus dem Kaufhof. Der bittere Witz war schon alt. Ich sollte da was machen. Es war mein Material. Ich hatte an den Sportstätten gesessen, wie der alte Chinese, der wußte, wenn viele laufen, kommt einer als erster ans Ziel. Ich hätte den Polizisten die Plastiktüte und ihren Inhalt schenken können. Sie machte sich aber schlecht zu der umgeschnallten Gewalt. Ich flog nach Berlin. Das Abendrot schon kam.

Um fünf kam das Morgenrot. Als Kind hatte ich gedacht, wenn die Sonne nicht wiederkäme, die Nacht ewig bliebe, wir blind wären in unseren Betten, unseren Stuben, den Häusern, im Land und in den Städten, auch das menschliche, das künstliche Licht es nicht gäbe, das Feuer nicht, nicht den Herd, nicht die Kerze in der Hand der Mutter. Ich dachte dabei nicht an eine Katastrophe, ein kosmisches Unglück, einen Schmerz, einen Knall, ein Zerreissen, es war vielmehr so, daß nichts geschah, die Stille nur stiller wurde, der Tag ausblieb, die Sonne nicht wiederkam, wir warteten noch, wir riefen nach der Zeit, einige meinten, sie schliefen noch, oder sie träumten schlecht, und niemand begriff gleich, daß dies nicht mehr funktionierte, ein für allemal kaputt war, und es kein Sehen und auch kein Wiedersehen mehr gab, vielleicht noch ein Betasten möglich wäre, ein zueinander Kriechen, ein dauerndes Anstoßen, ein Sich-Verirren, ein Nichts-mehr-Finden, ein Nichts-mehr-Sein, schließlich ein Miteinander-Ringen, die würgenden Hände an der Mutter, an des Vaters, des Sohnes Kehle, der keuchende röchelnde Atem der Mörder und Ermordeten und all die andern Folgen, die mir auszumalen meine in der Kindheit noch nicht endende Nacht nicht reichte, das Licht war fort, wie bei den Armen, wenn der Strom gesperrt, die Rechnung nicht beglichen wurde. Ich weiß, die Naturwissenschaftler lächeln über mich, und merkwürdigerweise stimmen ihnen die Theologen zu, sie weisen auf ihre Himmelskarten, auf ihre Bahnen der Gestirne, ihre Denkmodelle des Alls, auf dies, was sie errechnet haben und ohne Fehler glauben, doch ihre Phantasie ist ungenügend, die Gottesfurcht der Kirchen zu klein, und es mußte ja gar kein Gott sein, kein Weltenschöpfer, Weltenregler, ich traute nur nicht dem unerschütterlichen Glauben des Physikprofessors, daß nicht eines Tages, ohne Warnung, ohne Zeichen und ohne Billigung der Universität und der Behörden nicht mehr da sein könnte, was lange, lange vorher auch nicht dagewesen war. Ich wünschte nicht Blindheit, ich zitterte davor, ich wollte sehen, nichts sollte mir entgehen, aber es lockte, es reizte die Lachlust, es befriedigte mich tief, daß alle sich irren könnten, daß das Unberechenbare, das Unmögliche, für unmöglich Gehaltene geschah und daß es gegen ihren Willen, gegen ihr Wissen, ihre Einsicht und gegen ihre Überzeugung sich ereignete. Die kleinen Ungeheuerlichkeiten, die täglich ihre Vorausplanungen zerstörten, verdrängten sie mit Rechtfertigungen und neuen Plänen. Die Dunkelheit sollte ihnen klar werden.

Ich bin immer früh aufgestanden. Der Tag kam durch dünne, mit einem modernen Muster bedruckte Vorhänge. Ich zog sie zur Seite. Ich schaute mich um. Ich versuchte eine erste Orientierung. Am Himmel der Sonnenaufgang, ein Feuer, das sich wieder, auch hier, himbeerfarben in die Wolken verlief. Ich ging aus dem Schlafzimmer in das andere, ein großes Zimmer, und öffnete die Tür zur Terrasse. Es war dunstig, kühl und feucht. Die Fliesen schmerzten die nackten Füße wie barfüßige Läufe im Winter, die sinnlich gewesen waren. Auf den Blättern der Bäume, über der Wiese glänzte Nässe. Den See ahnte man. Nebel deckte ihn zu. Ein langes weißes Bett. Im Unerkennbaren tuckerte ein Motorboot. Eine Möwe schrie. Ein Mensch rief um Hilfe.

Ich war in Berlin. Ich war Gast in Berlin, Gast in einem Gästehaus für Künstler, die mit ihren Kunststücken Berlin erfreuen sollten. Ich war lange nicht in Berlin gewesen. Ich hätte nicht durch Berlin fahren können, wie ich durch München gefahren war. Man hatte mich aufgenommen. Ich war in der Nacht gekommen, unangemeldet. Beinahe wäre ich noch geflohen, hätte gedacht, die wollen mich nicht, das Haus ist geschlossen, ich bin kein Künstler. Ich wäre zum See gegangen. Hätte ein Ruderboot gefunden. Mein Tod. Sie hatten mir die schönen Zimmer gegeben. Ich glaube, sie hatten mich seltsamerweise mit dem Direktor des japanischen Zirkus verwechselt, den ich bei den Spielen in München gesehen hatte, begeistert, wie hatten wir gelacht und geweint und in die Hände geklatscht, es war mir eine Ehre, für den Zirkuszauberer gehalten zu werden, er wollte nach Berlin kommen, zu den Festspielen, wie sollte ich gradestehen, ihn vertreten – sie würden mich als Hochstapler entlarven. Ich wußte nicht mal, ob ich in Berlin bleiben würde, nicht für wie lange. Flugzeuge flogen immer. Ich hatte in Berlin gelebt. Jetzt war ich hier, wie in irgendeiner fremden Stadt; und doch nicht wie in einer fremden Stadt. Eine merkwürdige Beglückung, auch wenn ich nicht bleiben würde.

Ich war aber in Berlin noch nie bis zum Wannsee gekommen. Ich war am Wannsee. Doch in der Nacht war er nicht zu sehen gewesen. Man hätte den See auch am Tag von der Straße nicht sehen können. Die Fahrt mit dem Taxi kostete dreißig Mark. Das war der Nachttarif. Vom Flughafen. Das war teuer. Aber billig, wenn man bedachte, woher ich kam. Aus der Luft, weiter aus München, weiter aus Frankfurt, aus all den bundesdeutschen Provinzen, und weiter: die DDR im Luftsprung besiegt. Ich hätte den Bus nehmen können, Erinnerungen hätten mich betäubt, meine Lustfahrten auf dem Oberdeck. Und dann hätte ich in die Stadtbahn umsteigen müssen. Ich hätte mich verirrt. Sie hatten breite Schnellstraßen in die Stadt geschnitten, wo die Bomben ihnen vorgearbeitet hatten oder Hitlers Architekt, Schießschneisen waren es geblieben, offen für die große Jagd, Fließbänder vorläufig, die Stückgüter transportierten, Lebendfracht, Adresse eine Küche, Berlin lebte versteckt, ich konnte es auf dieser Straße nicht finden, es war keine Straße in meinem Sinn, kein Boulevard, kein Café, Tankstellen, wo man neben Benzin Limonade verkaufte, giftfarbene Sprudel, man soff das Neonlicht, badete Geschwüre aus, aus Feldern und nichts ragten hohe Blöcke auf, erleuchtete tote Fenster, Etagen, die leer standen, dort werden überall auf dem Erdball die katalaunischen Schlachten geschlagen, ach ja, unsichtbar, du gehst in das unbewohnte Haus, alle Türen stehen offen, in allen Räumen brennen Lampen, niemand da, du gehst durch die Gänge, grauer Beton, dein Schritt schallt, einziges Geräusch, ich schleiche mich da ein, fände Vorwände, wenn einer käme, ich möchte mieten, zweitausend Quadratmeter, vielleicht mehr, ich würde zum König, wenn einer käme, ein Makler, ein Besitzer, kommt aber nicht, und dann ist die Angst da, einmal in Chikago, in einem Block für Slumbewohner, die zogen aber nicht ein, dachten gar nicht daran, und plötzlich fühlte ich, ich war nicht allein im Bau, und eine Begegnung, nicht vorgesehen, überraschend, war ein Treffen auf dem Schlachtfeld, du oder ich, ich wollte nicht, aber es bietet sich so an, die Gelegenheit, die katalaunische Schlacht, alle Morde der Stadt, noch einmal in den

Lüften, noch einmal im dreißigsten Stock, es fällt einer aus dem Fenster, ist nie hier gewesen, dann der große leere Saal, mein Gelächter, Echo in allen leeren Räumen, sie schossen aufeinander, ritten gegen einander, schlugen sich die Schädel ein, rissen sich die Augen aus, die Faust gegen die Genitalien, das Kabel an die Hoden geschlossen, ein Fernsehapparat arbeitete in dem unbewohnbaren Haus. Übertriebene Farben. Blaue Schilder zur Autobahn, zur DDR, zur BRD, zur Grenze, zum Kontrollpunkt Dreilinden. Die Bogenlampen leuchteten. Rechts im Schatten war Wald, waren die Kiefern, war der Sand, Fontanes Wanderungen in der Mark Brandenburg. Ich fragte den Taxichauffeur, ist es die Avus. Er meinte, ja. Hier hatte sich einmal einer den Hals gebrochen. Fürst Lobkowitz. Er war jung. Es war Friede. Er war reich. Er hatte Schlösser in Böhmen. Er ging mit einem schönen Mädchen. Er wohnte im Eden. Er saß mit dem Mädchen in der Bar. Ging später noch in den Jockey. Sein Kopf prallte mitten im Rennen gegen die Tribünen. Der Fahrer sagte, hier haben sich viele den Hals gebrochen. Der Park lag offen und schutzlos da. Die Scheinwerfer des Taxis griffen in das welke Laub des Weges. Sie erfaßten die Stämme der Bäume und ihre Wunden. Wir hielten vor einer Treppe. Die Steine waren geborsten. Unkraut und Moos. Der Fahrer reichte mir die Plastiktüte aus dem Kaufhof. Die Jugend der Welt in meinem Beutel. Das Taxi fuhr an, als hätte es der Fahrer eilig, in die Stadt zurück zu kommen. Ich wollte ihm nachlaufen, nehmen Sie mich mit, ich will zurück. Ich dachte an den Kurfürstendamm. Ich dachte an den guten roten Bordeaux bei Mampe, wo die toten Freunde ihn getrunken hatten. Vor dem Haus war es dunkel. Es war ein Schloß aus den Gründerjahren. Auf der Veranda saß ein junges Paar. Es war kaum zu erkennen. Sie hatten sich in ihre Mäntel gehüllt und die Kragen hochgeschlagen. Sie waren ineinandergeflossen und nicht zu trennen. Bubenköpfe, die Mund auf Mund zu siamesischen Zwillingen erstarrten. Vor ihnen auf dem Gartentisch stand eine Flasche. Ich hatte Durst. Ich sagte, Grüß Gott, weil ich aus München kam. Sie antworteten nicht.

EIN ANFANG EIN ENDE

Am Tag von Potsdam erlaubte mir mein Vater, Schauspieler zu werden.

Den 21. März des Jahres der Machtergreifung nahmen allzuviele für einen schönen Tag und fühlten sich auf festem Boden. Im Wetter wäre Frühling gewesen, selbst wenn es geregnet oder geschneit hätte. Ich erinnere mich nicht; aber ich glaube, auf Deutschland schien die Sonne. Morgen würde es in der Zeitung stehen, Kaiserwetter, die wilhelminische Tradition war gewahrt, sie war auf Hochglanz poliert, und die Lautsprecher des Rundfunks verkündeten schon jetzt die Herrlichkeit, die wir sehen sollten. Diese Lautsprecher waren mir, wenn ich zurückdenke, schon bei ihrem ersten Auftauchen unheimlich. Über Nacht waren sie auf Wegen und Plätzen wie von Dämonen montiert, in den Fahnenwald gestellt, schwarzweißrot wie eh und je, sie säumten die Landstraße, in Potsdam waren sie ein Ruf wie Donnerhall, das Jahrtausend der Propaganda hatte begonnen. Auch im Dorf war die neue Macht etabliert. Eine Blechstimme vom nahen Kirchplatz forderte Tausende und Abertausende auf, sich zu freuen. Meine Mutter wurde beim Frühstück gestört durch eine Volksbelustigung, die das Schickliche überschritt, und wollte die Köchin hinüberschicken, sie sollte den Unsinn abstellen. Eine frohe Botschaft lief über das Land. Der Heiland war gekommen. Meine Großmutter war verwirrt. Sie hatte die Leute, die dies verkündeten, unterstützt. Sie hatte ihnen Obdach gegeben und Arbeit auf dem Gut. Nationalgesinnte, wehrwillige Männer, Helden und Opfer des großen Krieges. Man brauchte sie. Zu etwas ganz Einfachem, von selbst Verständlichem. Sie sollten den Kaiser aus Holland zurückbringen. Sie setzten aber einen der ihren, einen Mannschaftsgrad, auf den verwaisten Thron.

Auf dem roten Platz vor dem Clubhaus, dem alten Kavalierspavillon, wo so viele logiert hatten, die von Potsdam geritten waren, zur Maibowle, zur Mitsommernacht, zum Erntedank, der Weihnachtsgans, zu Verlobung, Inzucht und Begräbnis, Leutnante, von altersher bestimmt dem frühen Tod in vielen Kriegen, spielte meine Schwester Tennis. Sie trug den modischen kurzen Rock Berliner Journale, den die Großmutter schamlos fand. Als wir zum Auto gingen, schwieg der Lautsprecher vor der Kirche. Ich hörte den harten Ballaufschlag meiner Schwester und sah ihre nackten Beine gerötet. In Brandenburg ist der März ein Wintermonat. Mein Großvater sprach gern von dem Großreich der sibirischen Kälte. Schwesterchen und ich nannten ihn, unter uns, Väterchen Frost und sahen ihn in seinem geopolitischen Eispalast erschöpfte Soldaten drillen. Doch erinnerte sich mein Großvater in Selbstqual der Schlacht von Mukden, an der er, im russisch-japanischen Krieg, als deutscher Militärbeobachter teilgenommen und die Niederlage der Russen als eigene Demütigung empfunden hatte. Ein horizontloses weißes Feld in der Mandschurei im März 1905, ein Leichentuch mit gefrorenem Blut. Nur ein paar kahlästige Bäume, die den Sturm zeigten, der sie beugte. Ein Menschenzug, verloren, als er aus dem Feldstecher, einem Zeiss-Produkt, Made in Germany, entschwand, im Schnee verging, keine Garde des Zar aller Reußen mehr, Gefangene oder Tote schon, als sie zum Sieg marschierten. Ein zottiges, kleines Pferd kam zurück; verrückt geworden; es wieherte ohn Unterlaß, schweißte aus einer Wunde am Maul, stampfte mit den Hufen. Kein Reiter. Die Reiter hatten etwas in der Brust gehabt, eine innere Verwundung, eine tödliche Krankheit, noch namenlos, nicht diagnostiziert. Mein Großvater glaubte vieles. Er glaubte, hinter Sibirien Preußen zu vertreten oder gar zu verteidigen. Über dem seltsam leeren Schlachtfeld von Mukden erschien ihm ein Affengesicht, eine Schmähzeichnung aus dem »Berliner Lokalanzeiger«, zu unterstreichen das Kaiserwort von der Gelben Gefahr. Mein Großvater umarmte auf fremder Erde, in polarer Luft einen russischen Stabsoffizier, der sich ihm mit ordenbedeckter Brust, breiten umfransten Epauletten und halbentschwundener Pelzmütze an den Leib warf und weinte. Mein Großvater sagte, Haltung, Haltung, Kamerad. Sie werden Revanche nehmen. Sein Atem wehte. Der deutsche Zuruf ließ den Offizier an Berlin und den Bahnhof Friedrichstraße denken und an das Hotel Continental hinter dem Bahnhof, wo er am Morgen nach seiner Ankunft nicht erwachte, sondern im knarrenden Bett eines ärmlichen Zimmers neben einer Dame, die Mark haben und keine Rubel annehmen wollte. Der Gedanke an diese überstandene Schmach gab dem eben noch untröstlichen Offizier neuen Lebensmut, sein Blut floß wärmer unter dem schneesteifen Mantel, und er umarmte zum zweiten Mal und nun mit Küssen den Deutschen, der wieder Kamerad, Kamerad und zu Besinnung und Haltung rief. Später als Kommandierender General in Königsberg sah sich der Großvater in der alten Krönungsstadt im Zentrum eines Weltreiches von Sachalin bis Potsdam, wo berühmte und sybaritische Städte wie Hamburg, Köln, Frankfurt, Heidelberg und Straßburg nur Vorwerke der Festung Preußen waren. Pensioniert und ehrenüberhäuft war er nach nicht gewonnenem Weltkrieg und nicht gelungenem Putsch gegen die Republik in Berlin, wie Papa Wrangel 1848 war er eingezogen durchs Brandenburger Tor, doch nicht in seine Stadt gekommen. Verurteilt und begnadigt von einer aus Erschöpfung geborenen Demokratie, die sich nichts traute, schlug er auf dem alten, zäh erhaltenen Familiensitz, einer Schenkung des Soldatenkönigs, von dem meine Schwester und ich, im Vorschulalter, das Spießrutenspiel mit den Dorfkindern übernahmen, noch immer eine aufrechte Gestalt zur Parade und vor dem Ehrengericht, in grauen Flanellhosen, einer Militärjacke ohne Rangabzeichen, so eitel wie verachtungsvoll, einen gnadenlosen Match gegen seine Enkelin, meine stolze Schwester Ulrike, die er weit mehr liebte und noch mehr haßte als mich.

Wir hatten ein Automobil, das mir, schon als es neu war, komisch vorkam. Es war breit wie eine Landmaschine und eisenreich wie ein Panzer. Meine Schwester hatte den Wagen Wilhelm getauft und nicht an den Kaiser gedacht, nur an des

Kaisers Knecht, an die vielen, die damals Wilhelm gerufen wurden und willig kamen. Wir hätten, hatte ich vorgeschlagen, Wilhelm zur Kartoffelernte benutzen können, seine breiten und hohen Räder wären mit tiefen Furchen in den Boden gedrungen, und natürlich hätte er auch den Pflug gezogen, hinter dem die Sammler die Knollen klaubten. Dies war, ohne den gepanzerten Wilhelm, den Dreischarenpflug mühten zwei unserer Pferde, das Ereignis gewesen, das mich meiner Schwester so nahebrachte. Mein Vater hatte eine Dienstwohnung in Berlin, wo wir, ausgenommen die Großeltern, denen das Gut des Königs gehörte, den größten Teil des Jahres verbrachten, zumal als wir Kinder in der Stadt zur Schule gingen, ich auf ein altes renommiertes Gymnasium, das, wie mir bei schlechten Leistungen vorgehalten wurde, schon Bismarck besucht hatte. Die Ferien aber genossen wir auf dem Gut; manchmal wir alle, mein Vater, wenn er Urlaub vom Dienst genommen hatte, oder über das Wochenende. Aus Berlin wußten wir, daß es Arbeitslose gab. Ich hatte sie auf dem Schulweg gesehen, meine Schwester am Wilhelmplatz, wo sie demonstrierten oder es versuchten oder auch nur rumstanden, vorwurfsvoll, wie sie meinten, doch als nur störend wahrgenommen, von dem, der Brot hatte, und meine Mutter sagte, der Mob ist schon wieder auf der Straße. Hierfür machte sie die Regierung verantwortlich, die uns und unsere Verwandten und Standesgenossen als notleidende Landwirte unterstützte. Das Stadthaus bot Vorteile, die meine Erziehung förderten. Mein Vater hielt sämtliche deutsche und einige ausländische Zeitungen. Er gab an, sie vor dem Dienst lesen zu müssen, doch war es ihm bequemer, sie im Bett zu studieren. Wie jeder, der etwas täglich zu sich nimmt, war er süchtig geworden, und wenn ihm anfangs die Flut, die morgens durch den Türspalt zu uns drang, lästig, ja widerlich gewesen war, schlich er später schon vor Tag aus dem Bett und raffte zusammen, was eingefallen war. Nach Jahren sollte er mir gestehen, daß ihn die Zeitungen um den Schlaf gebracht hätten und ihm, etwa an Sonntagen, erst wieder Schlummer kam, wenn er das Schlimmste schon geschluckt hatte. Für mich hatte mein Großvater Recht mit seinem Satz: die Stadt wird ihn endgültig verderben. Er hätte hinzufügen müssen: für uns, für uns verderben; und die Verderbnis war überall. Ich nahm mir aus den Zeitungen, die in einer Kammer gestapelt lagen, die Feuilletonseiten und war bald über die Ereignisse unterrichtet, die Gottfried Benn die abendlichen Kulissenverschiebungen nannte. Auch waren auf dem Elitegymnasium von Bismarcks Ruhm nicht nur Zöglinge aus meiner Welt; da waren allerlei Diplomatenkinder und, wie kam es wohl, auch Stammhalter großer jüdischer Familien, von anderem Adel, einem erträglichen Zwang unterworfen. Daß einige unserer Mitschüler Juden waren, beachteten wir, ich darf dies für meine alte Klasse sagen, erst, als sie verleumdet wurden und in Schwierigkeiten gerieten. Ich hatte manches Gespräch grade mit ihnen, und sie begleiteten mich, obwohl sie Geld für Logen hatten, auf die Galerie der Berliner Theater. Erst als ich über Sonntag einen, der Katzenellenbogen hieß, auf das Gut einladen, im Kavaliershaus unterbringen und mit ihm den »Prinz von Homburg« lesen und das Schlachtfeld von Fehrbellin besuchen wollte, fragte meine Mutter: muß das sein? Ich hätte ja gesagt; doch etwas um ihren Mund warnte mich. Ich fürchtete nicht Schelte; aber ich wollte nicht hören, was sie vorbringen würde. Es hätte mich gegen sie verstimmt. Da geschah es, daß wir auf dem Gut standen, meine Schwester und ich neben dem Kartoffelacker, und daß wir zusahen, wie die Sammler sich bückten, Männer, Frauen, Alte und Junge und Kinder, Arbeitslose aus Berlin, und wie sie gehetzt schufteten, die Knollen, vom Pflug aus der Erde gerissen, in den Korb zu tun, den jeder bekommen hatte. Sie wurden im Akkord bezahlt, einem Antreibersystem, Kiepe für Kiepe, und wer das meiste zur Waage brachte, reiste mit einer Mark mehr zurück zum Stettiner Bahnhof, zur Familie, in die Mietskaserne, ein Zille-Milieu, doch auch ein Nest, das preußische Soldaten warf. So dachte ichs mir, und wie sie hinausgezogen waren, bekränzt wie Opfertiere eines grausamen Kults, in Grabenjahre und Grabengrab, und daß sie auf uns geschossen hatten, oder wir auf sie, vorm leeren Schloß, dem Marstall ohne Pferde, im Zeitungsviertel durch Ballen von Papier getrennt und nicht belehrt durch Gedrucktes und durch Verstand voreinander geschützt. Mein Großvater kam mit dem Jagdwagen gefahren, zwei prächtige Füchse vorgespannt. Er hielt neben uns und vor der Arbeitern und richtete sich im Wagen auf, in alter Feldherrenpose, auf dem Feldherrenhügel, unter Majestäten, Hoheiten, Prinzen, Exzellenzen, im Manöver, wenn alles klappte, der Große Plan, der Sieg von Cannae, die Peitsche in der Hand, und ich sah ein Bild vor der Schar der Knienden und erinnerte mich an Aufnahmen der »Arbeiter-Illustrierten«, die mein Vater auch las, morgens im Bett in Berlin und des Dienstes halber, und der Großvater rief den Inspektor heran und rügte etwas, und der Inspektor nahm die Mütze ab und war betroffen und sagte nichts, bis er sich aufgepumpt hatte, losbrüllte, zu den Kartoffelsammlern hin, und mein Großvater schimpfte, sie sind faul. Faules Gesindel. Meine Schwester widersprach ihm, dem man nicht widersprechen durfte, wahrscheinlich mit sinnlosen Argumenten, denen er nicht zuhörte, und er trieb uns fast mit der Peitsche auf den Jagdwagen, schlug die schönen Füchse und fuhr mit uns zum Herrenhaus oder zum Schloß, wie wir manchmal sagten, und tobte, schert euch zu euren Schularbeiten, Bagage, Bagage, und zu mir und als Trumpf und oft gesagt: als ich in deinem Alter Kadett war! Plön und Lichterfelde. Unsere hohen Schulen. Mich grauste vor beiden. Aber ich wußte, diese Orte sind ja nicht mehr, gestorben, allenfalls irgendwo aufbewahrt, ein Denkmal, ein Bau, von Schinkel oder von Schadow. Und ich setzte mich hin und schrieb im Herrenhaus einen Bericht, die Reportage »Kartoffelbuddeln«, und kniete mich, an einer Schreibkommode mit Intarsien, in den Acker, hockte unter den Arbeitslosen, Gleicher unter Gleichen, wand mich am Boden unter den Augen des Gutsherrn über mir im Jagdwagen, mit den blankgestriegelten Füchsen, von teurem Hafer ernährt, und unterschrieb den Bericht und sandte vier Blatt an die Redaktion der »Roten Fahne« in Berlin, an die Feuilletonredaktion. Mein Werk war ein literarisches Werk. Schon lags im

Briefkasten am Park. Eiligen Schrittes war ich gekommen. Ich hatte eine Rolle gespielt. Noch wußte ich es nicht. Vergaß sie schnell. Vergaß auch »Die Rote Fahne«. Bis der Brief kam, auf dem Frühstückstisch lag, der rote Absender. »Lieber Genosse, dein Beitrag hat uns gefallen. Schick wieder was.« Ich versteckte die brennende Lunte, schob sie in mein Hemd, das Herz pochte bis in den Hals. Aber Großvater hatte schon das Streifband von der Zeitung gelöst, die auch gekommen war, ahnungsvoll, daß etwas über uns drin stehen würde, im Zentralorgan der Kommunistischen Partei Deutschlands, falsche Anklagen, Verleumdungen, was sonst. Der Name des Gutes war genannt, kein Zweifel, er erkannte sich, ich hatte ihn getroffen, ein Heckenschütze an seinem Tisch, im Haus des Königs, und unter dem Schmier dann noch mein Name, sein Name, bürgerlich verkürzt, wie ihn allenfalls Kameraden nennen durften. Eine Mystifikation? Ein Pfeil ins Herz. Sie riefen meinen Vater, und mein Vater kam, was selten geschah, mit seinem Dienstwagen geeilt, einen Feldwebel am Steuer und irgendeiner kleinen Flagge neben dem Mercedesstern, die informierte, daß ein General transportiert wurde. Mein Vater hatte die »Rote Fahne« noch nicht gelesen oder wieder nur die Schlagzeilen im Bett, nicht ins Feuilleton geguckt, wobei er auch nichts versäumte, bis auf diesen schrecklichen Tag. Als er den Aufsatz und die Unterschrift des Verfassers verstanden hatte, stieg Röte in sein Gesicht, und er öffnete den steifen, hinderlichen Kragen seiner Uniform, ich fürchtete mich, und meine Schwester wurde blaß und Mutter schrie, und mein Großvater saß wie das Denkmal da, das er nicht bekam und gern gehabt hätte, aus Runenstein gehauen, in Finsterwalde, und mein Vater lachte, lachte, lachte und barst fast vor Lachen. Sie mußten ihn schütteln und schlagen. Ich frage mich heute, wer damals im Zimmer gewußt hat, warum mein Vater so kräftig, dröhnend, anhaltend, erschütternd lachte. Ich ahnte es nicht. Aber meine Mutter und ihre Eltern hätten sich den Grund seines unnatürlichen Gelächters denken können, und meine Schwester erfuhr, was da ans Licht wollte, erst später, als mein Vater gütig und zärtlich zu ihr war, wie es keiner glauben wollte. Mir wurde nur befohlen, die Ferien abzubrechen, in die Stadtwohnung zu ziehen und meine Studien fortzusetzen. Ich durfte aber nicht mit im Wagen des Generals fahren. Dem standen seine Bestimmungen entgegen. Ich reiste langsam, behaglich mit dem Zug und fühlte mich, wenn ich in die fallende Dämmerung blickte, das flache Land überschaute, als Schriftsteller. Ich war gedruckt worden und freute mich auf Berlin.

Wir waren allein im Haus. Wir hatten die Schule geschwänzt oder schulfrei bekommen und langweilten uns, weil wir einander nicht streichelten. Unser Haus war ein klassizistisches Museum, innen und außen, alles war so blank, das Parkett, die Scheiben der hohen, schmalen Fenster, die Gesimse, die Wand- und Deckengemälde, die Möbel, die außer Dienst gesetzten Kachelöfen, die Orientteppiche, wie nie begangen, wir hätten nicht Verstecken spielen können, kein dunkler Winkel, Kukkuck zu rufen, such mich, fang mich, und blickten wir hinaus, hätten wir preußische Geschichte wiederholen können, dort hatte sie sich abgespielt, wenn nicht in Potsdam oder grade auf dem Schlachtfeld, wo wir schon sterbend noch unserem König meldeten, wir sind hier, wir gähnten, ich geh wieder ins Bett, sagte Ulrike, die Köchin hatte einen Zettel hinterlassen, sie sei zum Arzt, das Essen für die jungen Herrschaften in der Kochkiste, wir möchten uns bedienen, da schlug ich vor, wir speisen im Adlon, meine Schwester war Feuer und Flamme; es waren nur ein paar Schritte zum Hotel. Der Chef des Restaurants vermutete oder wußte, daß wir die Kinder von irgendwem waren, und wies uns an einen Tisch und zuckte nicht, als Ulrike Reis Trautmannsdorf bestellte. Mit dreizehn hätte sie ein Wildschwein gefordert, einen Eber mit einer Ananas im Maul. Mit sechzehn war der Reis provozierender. Ich gab ihr nach, obwohl ich gern ein Steak bestellt hätte, englisch gebraten. Da uns andere Gäste feindlich beobachteten, schmeckte es uns, und am Schluß leckten wir die Teller ab. Als die Rechnung kam, diskret unter die Serviette geschoben, fragte ich Ulrike, ob sie Geld hätte. Sie zahlte, aber fragte dann mich, ob ich mein

Honorar nicht erhalten hätte. Ich sah sie erstaunt an, und sie lachte, ich hätte Geld von der »Roten Fahne« zu bekommen. Paß auf, warnte sie, die Genossen wollen sich drücken. Du bist Schriftsteller und unsolidarisch, wenn du auf deinen Lohn verzichtest. Sie wurde sehr ernst und drängte mich, zur »Roten Fahne« zu gehen. Jetzt, gleich, sofort. Wir stiegen vor dem Adlon in ein Taxi, doch am Alexanderplatz sagte meine Schwester, wir gehen bis zum Liebknechthaus zu Fuß. Die Droschke könnte die Genossen ärgern. Sie lachte nicht mehr, und ich wußte nicht, ob sie sich über die Genossen noch länger lustig machen wollte oder nicht. Für dich ist es eine klare Sache, heizte sie mich an, der ich zögerte und für das ganze Unternehmen den Mut verloren hatte, du forderst dein Honorar. Ich kannte den Bülowplatz von Premierenbesuchen in der Volksbühne.

Das Haus der Volksbühne stand mitten auf einem etwas wilden, nicht fertig gewordenen, noch in der Gestaltung schwingenden oder dem Abbruch überantworteten Platz, stets von einem Wind umweht, der Sand hochwirbelte, durchsetzt mit kleinen Federn, Daunen, als würden aus allen Himmelsrichtungen Betten geschüttelt, deren Inlett morsch oder gar zerrissen war. Noch lebte das Federvieh in Ställen und Käfigen. Aufgeregtes Geschnatter, gellende Schreie der Angst, das Messer an die Kehle gesetzt, nicht nur gesetzt, der letzte verzweifelte Flügelschlag. Es war die Gasse der frommen Israeliten. Sie trugen den Kaftan, den runden Hut aus Pelz, sie hatten Schaftstiefel an von Wanderungen durch Schlamm und Morast, Bärte, die sie mit langen Fingern strichen. Augen, die ewig trauerten. Die Frommen waren arm. Mich zogen sie an. Warum waren sie hier? Mitten in Berlin, hinter dem Alexanderplatz, der Polizei, in der Arena der Krawalle? Ich sah sie im Schnee wandern auf Bildern von Chagall, der lange nachschleppende Kaftan ließ sie mit Schnee und Eis verwachsen, vielleicht hatte Jehova dies so gewollt. Aber den Bülowplatz? Verrat geschrien! Schon würde der Sohn Dr. jur. sein und Dr. med. und Dr. med. dent. und würde wie alle sein, ohne Locken und Bart, vielleicht noch mit schwarzem, doch modischem Hut, Diplomatenhomburg und angeglichen allen und nur nicht Gott. Was überkam mich? Wieder eine Rolle. Ich sagte zu Ulrike, ich heiße Osirias Sterngucker, ich nenne mich Dr. Warschauer, ich bin Rabbiner, Sohn eines Wunderrabbi, ein Chassidim, streng orthodox. Das Haus der Kommunistischen Partei lag gegenüber. Es war, oder kam mir so vor, ein Rundbau, ließ an das Colosseum denken; aber Rom kannte ich nur aus Büchern. Thälmann mit der Mütze der Hafenarbeiter. Lenin kahl. Ihre Großphotographien sprangen die Besucher an. Unten eine Buchhandlung. Rote Umschläge. Wenn sie das alles gelesen hatten, mußten sie die Sache packen. Ulrike sagte, ich warte. Auch ich sollte warten. Es ging sehr bürokratisch im Haus der Revolution zu. Anmeldezettel, Begehr, Vorzimmer. Andererseits Burschen in Marschstiefeln, die Thälmannmütze mit Sturmriemen, pfeifend, türenschlagend, die Brust oft nackt. Es verwirrte mich. Ich lief wieder zu Ulrike, und Ulrike ging mit mir zurück und verlangte, den Redakteur des Feuilletons zu sprechen. Sie trat auf wie eine unzufriedene, reiche Kundin, die sich beschwert. Das brachte uns in einen Raum mit einem Panzerschrank, wie ihn unser Kohlenhändler hatte, draußen in Brandenburg. Ein Angestellter, der wie ein normaler geiziger Buchhalter wirkte, sagte, den Schlüssel zum Geld habe ein Abgeordneter und der rede im Reichstag. Auch war mir kein Honorar angewiesen, mein Artikel dem Buchhalter unbekannt. Die junge, reiche Kundin hob die Stimme, schilderte mich, der ich dabeistand, die Augen gesenkt, ein begossener Pudel, als jüngsten und ärmsten Literaten, der zu Fuß durch Berlin gewandert war, hungrig und müde, um endlich den Lohn für seine ehrliche Arbeit zu empfangen. So lernten wir Herbert kennen. Er war nicht viel älter als wir, vielleicht zehn Jahre. Er führte uns in sein kleines Büro, dessen Boden mit Zeitungen bedeckt war, wie ein Kaninchenstall mit Heu. Das wirkte warm, nach den anderen, sachbezogenen Räumen des Liebknechthauses. Herbert duzte uns nicht, wie es im Hause üblich war. Er sagte auch nicht Genosse. Er sagte, schämen Sie sich. Er sagte es so leise, daß wir glauben konnten, uns verhört oder die eigene, innere Stimme vernommen zu haben. Er schrieb eine Honoraranweisung über fünfzehn Reichsmark aus und reichte sie mir. Es ist unser üblicher Satz, sagte er. Für Berufsschriftsteller. Er sah mich spöttisch an. Sie müssen entschuldigen. Wir dachten, Sie seien ein Freund, ein Genosse. Er schien mir unerhört hochnäsig zu sein. Ich schritt verlegen, herabgewürdigt zur Kasse. Der Schlüssel zum Panzerschrank steckte im Schloß. War der Abgeordnete gekommen, der Reichstag aufgelöst? Ich bekam mein Geld; das erste, das ich verdient hatte und für lange Zeit das letzte. Der ordentlich und bürgerlich wirkende Buchhalter zählte mir die fünfzehn Mark in einzelnen Markstücken auf ein Brett. Ich sah, daß seine Manschetten zerfranst waren. Beinahe hätte ich ihm ein Trinkgeld angeboten. Das ganze war doch nur ein Spaß, und ich beschloß, nicht Schriftsteller zu werden. In dem heimeligen Büro mit den auf dem Boden liegenden Zeitungen, die gleichen, die mein Vater las, duzte Herbert Ulrike nun doch. Es schmerzte mich, daß sie es sich gefallen ließ, hier in diesem uns fremden Haus, in dem sie mich in eine Niederlage geführt hatte, von der sie, was am peinlichsten, gleichzeitig die Zeugin war. Vor dem Haus der Kommunisten war Polizei aufgefahren. Die Mannschaften saßen auf offenen grünen Lastwagen, und ihre Tschakos glänzten schwarz gegen die beginnende Nacht. Es regnete. Ein Mensch schrie. Ein Hund stimmte ein. Chöre und Gegenchöre. Eine Inszenierung der Volksbühne. Sollte ich Regisseur werden? Schneidender Lärm von Trillerpfeifen, Sirenen und Hupen. Es stockte der Verkehr. Die Geschäfte ruhten. Die frommen Juden packten ihre Gänse, Enten, Tauben und Hühner ein, verschwanden hinter morschen Türen, löschten das Licht. Trog sie Erfahrung? Rings um den Bülowplatz waren Braunhemden aufmarschiert, bildeten einen Cordon um die Polizei, die ihr Gesicht und ihre Scheinwerfer zum Liebknechthaus gerichtet hielt. Fenster sollten geschlossen werden. Deutschland sollte erwachen. Juda sollte verrecken. Rotfront geschlagen, die Reaktion gehängt werden. Wir hatten keinen Schirm.

Wir gingen zum Wagen, der vorgefahren war, wir gingen, das

Ereignis in Potsdam zu sehen, die Auferstehung der Toten, den Wundertäter, der sie rufen und in die Mumien schlüpfen würde, wenn auch einige meinten, der Geist von Sanssouci würde über ihn kommen, aber Voltaire war schon aus dem Land getrieben oder wurde zu Tode gebracht in Orten neuen Namens, Ohne Hoffnung stand über dem Tor, und Stacheldraht, elektrisch geladen, schloß das Lager ein, das verunzierte nicht das Reich und nicht den historischen Tag und nicht die Große Zeit, die kommen sollte, sie glaubten an das Märchen, an das Flötenkonzert, an Wagner in Bayreuth, doch aus dem Lautsprecher auf dem Dorfplatz vor unserer Kirche hörte ich nur den Paukenschlag und die Fanfaren zum Avancieren, was würde der Prinz von Homburg tun, wir zögerten, meine Großmutter, meine Mutter und ich vor unserm breiten komischen gemütlichen Landauto, vor Wilhelm, wie es Ulrike getauft hatte, denn am Schlag stand, ihn aufhaltend, uns einladend ein fremder Mann in brauner Uniform, nicht im Hemd der SA, er hatte eine Joppe an, eine Armbinde um, er stellte etwas vor, ich dachte, er wird die Tür hinter uns zuschlagen, und wir sitzen in der Falle, seine Gefangenen, es war unser Chauffeur, der uns mit erhobenem Arm begrüßte, einem kräftigen, freudigen Heil Hitler, uns, und ich rede da von meiner Schwester und mir, war er schon immer unheimlich gewesen, doch sonst von allen geschätzt, sonn- und werktags in einer Uniform, wenn auch bisher in einer feldgrauen, war er von der Schwarzen Reichswehr auf dem Gut geblieben, in eine Affäre verwickelt, eine Hetze der Presse, maßlos aufgebauscht, wie wir bei Tisch sagten, und unter Freunden, die Presse hatte auch Großvater verfolgt, man sprach schon lange nicht mehr darüber, irgendwo lag jemand begraben, im Wald verscharrt, man konnte morden auf guter oder auf schlechter Seite, das war ein Unterschied, und man konnte im Gefängnis sitzen mit oder ohne nationale Ehrenrechte, auch das war ein Unterschied, doch nur die guten wurden begnadigt, der Chauffeur stand nun braungekleidet vor uns und mußte schon Rang haben im braunen Reich, aufgestiegen ganz heimlich hinter unserem Rücken, Großmutter war pikiert. Ich grinste. Gab unserm Fahrer die Hand. Zum ersten Mal. Provozierend. Er merkte es nicht. Volksgemeinschaft vollzog sich. Meine Schwester rief vom Tennisplatz, laß dich nicht verführen. Großvater schien aufzustampfen. Ein Ball war verloren. Ich setzte mich neben den Braunen. Ich fragte, was sind Sie? Er sagte, Untersturmführer. Im gepolsterten Fond, durch dickes Glas vom Fahrer und mir getrennt, saßen Mutter und Großmutter wie Bilder der Vergangenheit. Sie hatten sich, obwohl der schwere schwerfällige Wagen luftdicht geschlossen war, in lange Autoschleier gehüllt. Die Großmutter sah aus wie die verstorbene Kaiserin Augusta auf der Fahrt zu den Hochschülerinnen des Lettehauses. Potsdam jubelte. Wer war nicht auf den Beinen! Sie hatten alle so etwas Verzücktes. Kinderreiche Familien hatten sich einheitlich in braune Hemden gesteckt und schwenkten wie kleine Margarinefähnchen das Hakenkreuz. In ihrer Einbildung waren sie Deutschlands Zukunft. Aus einem Fenster der hübschen, alten, gutgeschnittenen Häuser sprang von einer Grammophonplatte das Glockenspiel Üb immer Treu und Redlichkeit in die belebte Straße. Es war ein dünner Klang. Schüchtern, kaum zu hören, und vielleicht bildete ich mir ihn nur ein. Wir wurden vor der Garnisonskirche angehalten, erreichten sie nicht, wir mußten Einladungen vorweisen, die Damen suchten sie vergeblich, verhedderten sich in den langen Schleiern, unnötige Sorge, der Chauffeur und Untersturmführer hatte unsere Papiere, das war alles organisiert, Polizei, Militär, Partei regelte das Chaos, nie gesehene Uniformen, neue, nie geahnte Gewalten, ehrgeizige Konkurrenzen, Keime des Todes, Reichswehr schießt nicht auf Reichswehr und schießt nicht auf SA, es hatte ein Gerücht gegeben in Berlin, die Potsdamer Garnison würde marschieren, ich hatte Großvater befragt, und der alte Putschist war plötzlich zum Greis geworden, unsicher, stammelnd, und mein Vater hatte abgewinkt, da stand er nun, da sahen wir ihn, mitten unter den Generälen im Portal der Kirche, sie hielten sich für sich, ein grauer, mit roten Streifen aufgemunterter Fleck, aber hatten sie eine Garnison, auch nur hundert Mann zu ihrer Verfügung? Der Ungehorsam, den sie immer gefürchtet hatten, war durch eine andere, eine unbewachte Tür gekommen und dachte zu kommandieren. Wie sie sich da versammelt hatten in dümmlicher und schon mit einander verfeindeter Kameradschaft, im alten Rom hätten sie den Dolch im Gewande gehabt, hier waren sie ratlos, freudig erregt, von tiefer Sorge erfüllt, einige witterten Morgenluft für die Karriere, an Schlachtenruhm dachte niemand, der Heldentod war nicht geplant, die Wehrpflicht für ein starkes Heer mit vielen Planstellen und sicherem Aufstieg in die höhere Gehaltsklasse ein Ding an sich, nur zum Hausgebrauch. Wir hielten uns an den Händen, um beisammen zu bleiben, in der Kirche war das Gedränge atemberaubend, wir wurden auf die Empore geschoben, fast nur Frauen, wir kannten sie nicht, keine einzige, was Mutter und Großmutter wunderte, doch die Sitze waren reserviert, irgendeine Uniform schob uns hin, es war ein erstklassiger Platz im Theater, und wir konnten die ganze Inszenierung von oben sehen. Die Kirche, die Bänke, das Kirchenschiff waren schlicht, waren preußisch schlicht, waren protestantisch schlicht, dem König dienen, Gott dienen, den hehren Verbündeten, die das Strammstehen der Gläubigen und Untertanen forderten, das Ausrichten in Reih und Glied und doch mehr Sein als Scheinen, das Dienen, das anderen nützte, das Unter-der-Obrigkeit-Sein schließlich zum farblosen Hochamt, zum heiseren Hosiannah erhoben. Unter uns das Regiment der Gehröcke, gut erhalten, die Zylinderhüte auf das vom Pfarramt gelieferte Gesangbuch gestülpt, wußten sie, was sie taten, Vertreter der Grünen Front und der Osthilfe, die Herren der patriotischen Lokalanzeiger, die Freunde des Stahlhelms nun mit dem groben Kreuz und die besseren im Cut, englisch angeduftet, die Industrie und der Handel, sie hatten es sich was kosten lassen. Auf dem Teppich vornweg die Generäle, fremd hier die Orientpracht, ein Hauch Byzanz, aber im Griff den Säbel, in alter Weise, wenn auch nur als Dekoration gedacht, ebenso auf dem kostbaren Teppich die mit den Dolchen, braun und schwarz, das Gegenheer, gefährlich die Revolverhelden, umgeschnallt mit breitem Gurt und schrägem Brustleder, und er dazwischen, die Unschuld selbst, feine Gestalt im zivilen schwarzen Mantel, den Zylinder brav in die Hand genommen, dort, wo er die Hand sonst ins Koppel klemmte, sich Haltung gab über dem Hosenschlitz, leger, ein feiner Mann auf einer Bühne in Wien, vierzehn Jahre im Kampf, das Land erobert, Berlin erobert, jetzt kam der Salon, dachte man, und ihm gegenüber, von Angesicht zu Angesicht, der Markenartikel, natürlich als Feldmarschall und geschmückt, sitzend in einem Großvatersessel oder auf dem Thron der Hohenzollern, der alte Gott, der den neuen Gott, Thor oder Wotan, nun mit der Königsgruft verbinden, ihm den Hauch Moder geben und selber hineingestoßen werden sollte. Unser Mann! Aber meine Familie mochte ihren Mann nicht mehr. Er hatte sich als Chamäleon erwiesen. Er hatte seinen Kaiser hinausgeführt. Er hatte ihn nicht zurückgebracht. Manche hielten ihn für einen Usurpator mit schlechtem Gewissen; ich sah in Hindenburg einen Schauspieler, der alle Rollen annahm, die ihn den Hindenburg spielen ließen.

Die Luft auf der Empore war zum Ersticken verdichtet. Wir waren ein großes Tier, das schwitzte, sehr weiblich, eine Riesin, die Milch geben wollte aus warmen Brüsten. Sie alle dünsteten vor Hingabe. War das jene Luft des Schicksals, die wir über den im Gedächtnis der Menschen gebliebenen Schlachtfeldern vermuten, wie entsetzlich schon der Name, und den Stätten der großen Dramen, der Terrasse von Helsingør, Macbeths Wald, der Bartholomäusnacht, oder wer könnte durch Theben gehen, dieser schmutzigen kleinen Stadt, ohne tief bewegt zu sein? In der Kapuzinergruft in Wien liegt ein altes Reich begraben, ein großer, böser Tod. In der Garnisonskirche in Potsdam war ein Buch von Kant eingesargt, über dessen Bedeutung sich die Gelehrten stritten. In der protestantischen Kirche gibt es nur sonderbare Heilige, und der Heiligenschein wächst erst dem Greis. In der katholischen Religion ist die Heiligsprechung eines Menschen nicht so sehr an ein hohes Alter gebunden wie im reformierten Bekenntnis. Dort gibt es die Kinder, die schon unter Schmerzen berufen werden, wie Vitus und Pankratius, die heiligen Knabenmärtyrer; man liebt die Erscheinungen der verklärten Jünglinge, die eine kurze Weile, wie um den Strahl von einer Möglichkeit zu zeigen, schon auf Erden den Engeln gleichend, zu uns kommen, wie Ludwig von Toulouse und der heilige Kasimir, der auf die Krone Ungarns verzichtete, um einer überirdischen Berufung willen, man kennt auch die Männer und die Helden, die Heilige wurden, und wer weiß nicht von einem Bild des Sebastian, der ein Befehlshaber war in der Leibwache des Kaisers Diokletian, ein Mann, ein Soldat, der vom Geist des Aufruhrs befallen wurde in einem sich ewig wähnenden Tag. Alle sind sie Kinder der Gnade, und selbst noch ihr Tod für die Sache, die ihnen Gott ist, kommt wie ein Geschenk, das ihnen gewährt wurde. Anders ist es mit einem protestantischen Heiligen. Gott schenkt ihm nichts. Es ist, als ob die Erscheinung der Gnade ihm von allem Anfang an versagt ist. Ernst, er liebt schwarze Hüte, mühsam und freudlos ist sein Pfad. Kreuzungen, Verzweigungen, Abwege liegen vor ihm, die alle in die Welt, aber nicht in den Himmel führen. Die Welt ist die große Verführerin des Protestanten. Nicht im katholischen Sinn einer der Sünde ausgelieferten Welt, die den Erzengel braucht mit dem flammenden Schwert, in glänzender, in hervorragender, doch hoffnungsloser Position. Ein Bettler kann kommen und ihn beiseite stoßen. Der Protestant ist eher blind als sündig, weil seine Augen auf das nächste gerichtet bleiben, und jeder gute Trieb zum Antrieb einer Tätigkeit wird, die gegebenen Verhältnisse zu ordnen und Werte zu schaffen, die Materie nicht aufzulösen, sondern zu vermehren. Erst wenn der Leib müde geworden und der Geist bitter enttäuscht ist von soviel anstrengender Tätigkeit, mag der protestantische Mensch seine Seele wahrnehmen, ihr erstmals nach Jahren der Mühsal begegnen, und er wird fremd werden seinem Weib und seinen Kindern, bis er den Atem aus seinem plump oder dürr gewordenen Leib entläßt. Dieser Mensch wird es lassen, seine Stellung zu behaupten, und alle Strenge wird von ihm fallen. Sein Gesicht wird wieder kindlich werden und seine Augen werden wieder staunen, weil er nun neu, seitdem er ein

Kind war, das Wunder sieht, das nämlich, daß alles wunderbar ist, unerklärlich und nicht von Menschen getan und dem Ordnungssinn der Menschen nicht faßbar. Dies zu erkennen, bedeutet nicht, es gut zu finden. Ich war weit von dem entfernt. Ich träumte. Ich war in Hindenburg hineingekrochen und dachte ihn mir gut, einen alten lutherischen Heiligen, der weise alles über sich ergehen und in Bescheidung und Ruhe gar nichts geschehen ließ. Die feste Burg, an die wir glaubten. Hindenburg war aber in seinem oder des Kaisers Thronsessel eingeschlafen, und der andere, der ihm die Tradition stehlen wollte, die grade noch legitime Macht, hämmerte sich mit Wörtern in den Greis hinein, ein Oger, der in eine andere Haut schlüpft, eine alte runzlige, der alle vertrauen in nie befriedigter, in der Kindheit enttäuschter Vatersehnsucht. Hindenburg spielte sein Finale. Ein Schauspieler übergab einem anderen Schauspieler, dessen Partie noch nicht zu Ende geschrieben war, das Reich. Er übergab ihm Preußen als Morgengabe, überließ ihm die Toten der Kriege, die Totengruft der Könige, das unenträtselte Buch von Kant, das unwichtig geworden war und durch »Mein Kampf« ersetzt wurde. Das verstand nun jeder und keiner. Die Statisten erhoben sich. Sie riefen Heil, Heil und Heil. Vielen liefen Tränen über die Wangen. Mein Vater schüttelte einem Mann, den er sehr verachtete, die Hände. Er gratulierte ihm zum neuen Amt, obwohl der Gewandte in der Hierarchie eine Stufe herabgestiegen war. Bald fand er sich im Keller.

Zu Haus in Berlin erlaubte mir mein Vater, der General, Sohn eines Generals, Enkel eines Generals, Schauspieler zu werden. Mein Vater trug noch im klassizistischen Salon die Uniform, in der er mich gern gesehen hätte.

UNSERN AUSGANG SEGNE, GOTT, UNSERN EINGANG GLEICHERMASSEN

Meine erste Reise in die Hauptstadt der Deutschen Demokratischen Republik machte ich an einem Sonntag. Es war vor Weihnachten. Aber ich war nicht im Advent. Ich habe nie den Beutel vergessen, diesen Sack aus Silberpapier, mit einer goldenen Schnur zugebunden, den man uns schenkte im ersten Schuljahr, als man uns gegen Abend in die Aula rief. Kerzen brannten in einem hohen Raum aus dem Forst, den ich wiedererkannte. Ich hatte ihn im Schnee gesehen. Ich hatte geglaubt, der große Baum schirme den Wald, sein Reich, so weit er sah, vor Blitz und Sturm, doch die jungen Tannen bebten, wenn die Diebe kamen, den schmalen Stamm zu schlagen, in der Nacht, wenn Mond war, nun hatten sie die kleinen verschmäht und den Mächtigen selbst mitgenommen, schleppten ihn über das Eis des Sees, einige ertranken in den Wunen für die Netze der Fischer, lagen blaurot neben den blauroten Fischen, klammerten sich an den Christbaum mit schon erstarrender Hand, die anderen brachten das Christkind in die Schule, versteckten es vor den Kindern, es aufzuputzen, Advent, wir sangen in der kalten Aula Vom Himmel hoch und gedachten wie immer des Kaisers, denn *er* schenkte in der verschnürten Tüte die Pfeffernüsse, den Weihnachtsmann aus in der Hand schmelzender Schokolade und die roten Äpfel, die glänzten, wie von einer alten Frau mit einem Staubtuch poliert, so wohlwollend war die Obrigkeit, die ich, ihr mißtrauend, erzürnte.

Ich hatte das nicht bedacht, daß es Sonntag war und wieder Advent und vor Weihnachten in Deutschland, in Brandenburg, in Berlin. Ich hatte im Westen der Stadt die Zeichen nicht verstanden. Ich hatte an einen Lebensschlußverkauf geglaubt. Ich reiste mit der alten Stadtbahn. Wenn ichs bedachte, reiste ich zum Bahnhof Börse, wie ich es jahrelang getan hatte. Aber die Stadtbahn fuhr nur bis zum Bahnhof Friedrichstraße, und die Börse gab es schon lange nicht mehr. Das war auch nicht weiter schade. Ich hatte nicht von der Börse gelebt. Ich hatte es nicht verstanden. Ich hätte jetzt auch, ein Fremder in Berlin, mit Käses Rundfahrt durch die Hauptstadt der DDR fahren können, ein doppelt Fremder. Ich wäre mit dem Gesang gefahren, den fröhlichen Lautsprecherstimmen, der Musik, die mich seit Jahren verfolgt. Wir hätten, Bürger der Bundesrepublik, in einem Autobus gesessen, hätten die Mauer erreicht, die Mauer gesehen, die wir so gut aus dem Fernsehen kannten, wären durch die Mauer und den Stacheldraht geschleust worden, hätten unsere Pässe einem Soldaten gegeben, einem deutschen Soldaten, vielleicht einem Offizier, einem deutschen Offizier, und hätten gewartet, wie man wartet, wenn man kontrolliert wird, geduldig, wenn auch mit Angst, ob der Soldat die Pässe wiederbringen würde, ob man bestanden hätte vor dem Blick eines Obersten, der auf unser Paßphoto gestarrt hätte, von Angesicht zu Angesicht, oder ob man zurückgewiesen würde, die Prüfung nicht bestanden, den Einlaß nicht geschafft hätte, was ja ganz unwichtig gewesen wäre, doch beschämend, wie wir es als Kinder gelernt hatten. Dies alles unter Musik und frohen selbstbewußten, vorlauten Mädchenstimmen, die jubelten, nicht mehr allein zu sein. Dann hätte ich bald den Pergamon-Altar wiedergesehen, nicht weit vom Bahnhof Börse, wenn es den Bahnhof noch geben sollte, den Pergamon-Altar, an dem mein Onkel gestorben war.

Ich reiste aber mit der Stadtbahn. Das war vom Bahnhof Bellevue eine Fahrt von fünf Minuten, aus dem Tiergarten, dem königlichen Jagdrevier, dem Strich zur Liebe gegen bare Münze, der Siegessäule, die noch immer steht. Doch in der Geschichte, zu der ja alle Zeit wird, jetzt, im Nu, die Zeit, in der ich lebe, ist es ein historischer Augenblick, ein Grenzübertritt von ganz besonderer Art, ich weiß nicht, von woher und nicht wohin, sie sprechen von miteinander konkurrierenden Welten, das sind kluge Leute, zwei Deutschland an der Spree und immer weiter voneinander weg, zwei nebeneinander herlaufende verschiedene Jahrhunderte, schon unvergleichbare Epochen, es ist eine weite Reise, und wer weiß, ob es vorwärts oder rückwärts geht, man sollte sagen schreitet, und hier wie dort sind Banner hochgerichtet, mit uns die Zukunft, von West nach Ost, von Ost nach West, und immer reden sie einem ein, daß man unbedingt in die Zukunft streben solle, als sei die Gegenwart nicht schon schwer genug zu ertragen, und viele Träume von der Vergangenheit, was ganz entsetzlich ist, die stinken schon.

Ich sprach Sonja an, fragte Sonja um Rat, die ich so nannte, nach Dostojewski, die mir auf dem Bahnsteig schon aufgefallen war, meiner Beobachtung und meinen Träumen ausgesetzt, Sonja im kurzen Rock, mit hohen Pelzstiefeln an den Beinen, als sei es sibirisch kalt, mit einer roten Mütze sowjetisch militärischen Schnitts auf dem bubenhaft geschorenen gescheitelten Haar eines Mädchens, das Mädchen mag, Sonja, die hier den Verkehr regelte, tat, was einmal preußische Beamte getan haben, Züge abfahren lassen nach Westen und Osten, Sonja von der Reichsbahn Ost angestellt und eingekleidet und wohnhaft in Berlin West, ganz unpolitisch, wenn sie sich auszog nach dem Dienst, eine Berlinerin war, zur Freundin ging oder einen Gatten hatte und ein Kind und sich nach etwas sehnte, während sie das Essen wärmte, Fischstäbchen gefroren aus dem Supermarkt, bulgarischen Salat. Welt und Geschichte deckten den Tisch und sprengten nicht die Stube. Doch Sonja hatte auf ihrem Bahnsteig den Befehlsstab in der Hand, und hätte er nicht ein Marschallstab sein können für Sonja mit der russischen und doch preußischen Mütze? Es gab Leute, die, historisch beschlagen, von der Konvention von Tauroggen sprachen, und deutsche und russische Generäle verbündeten sich gegen Napoleon. War der Korse der Westen? Der Wind war eisig in der Zughalle und Sonja dienstlich knapp: Abfertigung Friedrichstraße mit BRD-Paß, das werden Sie schon sehen.

Es herrschte ein reger Verkehr. Im Zug saßen sie, Jung und Alt, mit vielen Paketen. Im Osten an der Mauer endet nicht die Welt. Der Reisende aus der Bundesrepublik erwartet, wenn er sich der Grenze nähert, ein leeres Abteil zu finden, in dem er allein, von aller Sicherheit verlassen, gefährdet, mutig und ängstlich dem Abenteuer entgegenfährt. Nichts von dem. Die Reisenden sitzen in enger Gemeinschaft wie in den überfüllten Zimmern der Kassenärzte. In ihren Händen verschnürte Pakete, den Tannenzweig des Advents unter der Schleife, ihre prall gefüllten Plastiktüten mit den bekannten Firmennamen aus dem Schlaraffenland im Schoß.

Das alles wunderte und beunruhigte mich. Wenn ich plötzlich unter Menschen gerate, die in eine Richtung streben, anscheinend dasselbe wollen, sich vereint haben zu einem gemeinsamen Ziel, fürchte ich mich, Panik erfaßt mich, treibt mir den Schweiß ins Haar, ich bilde mir ein, nicht mehr umkehren, mich nie mehr gegen den Strom wenden zu können, unterzugehen in dieser Flut, kein Zurück mehr zu finden, meiner mühsam bewahrten Ichheit beraubt zu sein. Ich meide Zusammenkünfte, ich scheue ihre Gleichgesinntheit, aber das Leben selbst, die unentwegte Selbsterhaltung, die Neugier, das Überlebenwollen, die Schläue sagt, stell dich dem Feind, geh zu ihm, blick ihn fest an, er wird denken, du unterwirfst dich, willst ein Volksgenosse sein. Es gibt diese Gebäude, Behördensitze, Verwaltungspaläste, Weltfirmen, Oberkommandos, Polizeipräsidien, Gefängnisse, da muß man dem Portier, er trägt eine Uniform, hat eine Schirmmütze aufgesetzt, der obere vordere Mützenrand ist in der alten widerlichen Weise wie ein Hahnenkamm geschwollen, sich ausweisen, den Namen nennen, der auf einen Zettel geschrieben wird, vermerkt mit der Minute, da man eingelaufen ist, und versehen mit dem Befehl, daß man das bewachte Haus nur verlassen darf mit der Unterschrift und der Minutenbestätigung des Mächtigen, den zu besuchen man gekommen oder zu dem man wie ein Untertan bestellt war. Ich fürchte immer, den Laufzettel zu verlieren, ihn nie wieder zu finden, eingeschlossen zu sein und nicht mehr hinaus zu kommen aus einem Komplex, in dem sie voraussetzen, daß ich stehlen, betrügen, spionieren, lügen, vergewaltigen, verraten, den Direktor, den General, den Präsidenten erschießen werde, gar Mauern und Dächer in die Luft sprengen will. Sie hatten ja recht, sie hatten mich erkannt, wer träumte nicht, sie matt zu setzen, aber sie waren nicht dumm, sie bauten auf unsere Feigheit, unsere Trägheit, daß wir von abends bis morgens im Bett sein wollten, auf meine Überzeugung, daß sich nichts ändern ließe, daß auf ein Übel, das man beseitigt, zwei schlimmere aus dem Urschlamm steigen, dieser von den Dichtern so poetisch verklärten Büchse der Pandora. Ich meine dann, mich in den langen öden, hohen und trostlosen Gängen der Institutionen, Parteien, Behörden, Wehrüberwachungsämtern, ihrem Fahrstuhlsystem, ihren piranesischen Treppen, den Aktenspeichern, hinter den Suppenkesseln der neuerdings nach Knoblauch stinkenden Kantinen, den Heizungskellern verstecken zu müssen, bis es mir, während sie mich schon in der Laufzettelüberwachung vermissen, während sie Alarm geben, die Glocken schrillen lassen, Schnellfeuergewehre entsichern, Streifen mit vereidigten Wolfshunden bemühen, gelingen könnte, ihre unterste Charge, die hilfloseste, die Reinmachefrau zu überfallen, sie zu bitten, Madame oder Genossin von welcher Partei auch zu ihr zu sagen, ihr den Dienstkittel zu rauben, ihr erschrecktes arbeitmüdes Gesicht zu ertragen, den verschlossenen, verkniffenen Mund des Zwanges über den falschen Zähnen der Wohlfahrt zu sehen, und ich, mit Schrubber und Eimer in der Hand und dem welken Gang der Frauen, die sich unter Lasten fügten, von der Geburt bis zum Rententod, versuchte, die Hintertür zu finden, das Mäuseloch, das es schließlich überall gibt.

Wo war die enge Pforte hier? Ich stieg mit ihnen, die gekommen waren, zu Weihnachten Verwandte zu beschenken, in einen dunklen Schacht hinab.

ADVENT

Es war der Sonntag vor Weihnachten, den die Geschäftsleute treuherzig und zynisch den goldenen genannt hatten. Weihnachtsmänner waren von altersher in Berlin unterwegs; Drehorgelmänner spielten die Kinderlieder der Großen Kurfürsten; wer wenig Geld hatte, gab es aus. Vor dem gerühmten Kaufhaus des Westens versammelten sich ausgestoßene Menschen in der breiten Allee zwischen den Straßenbahnschienen, Arbeitslose, Kriegsopfer, Entgleiste der Zeit und des Lebens, Betrogene und betrogene Betrüger, glücklos Geborene, verführt und verwirrt, trotzten in dünnen Jacken der Schneeluft, blickten fordernd und hoffnungslos auf die warme strahlende feste Christburg der Geschenke und des Fressens, sahen neidisch und bewundernd die Käufer mit den festlich eingewickelten Paketen das Paradies verlassen, Peter Schlemihls Schatten werfend auf die Lichtteppiche der Schaufenster. Die Menge rieb sich aneinander, und auf einmal hoben viele die Hand, ballten oder streckten sie und riefen Juda verrecke. Sie erschraken. Es war dann still, als wäre etwas zu Boden gefallen und zerbrochen. SA-Männer, Hungrige in schmutzbraunen Hemden, zitterten im Wind. Sie bedrängten mit ihren Sammelbüchsen, klapperten für Deutschland, für die Zukunft, für Deutschland, für den Führer. Ich stieg in einen Bus zum Grunewald, der schönen Gegend, und kam in einen Park und eine Villa zu den Leuten, denen das Warenhaus gehörte. Wir saßen in einer Bibliothek aus Rosenholz, gefüllt mit den Erstausgaben deutscher Literatur, seit es sie gab. Ich kannte den Sohn der Reichen. Wir hatten beide für die kommunistische Zeitung, die »Rote Fahne«, geschrieben. Ich war nicht mehr im Advent. Doch habe ich nie den schimmernden Beutel des Kinderglücks vergessen, diesen Sack aus Silberpapier, mit einer goldenen Kordel zugebunden, den man uns schenkte im ersten Schuljahr, nach einer schmetternden Ansprache des Rektors in der eisigen Aula mit dem Bild Friedrichs des Großen. Kerzen brannten in einem hohen Baum aus dem deutschen Wald. Wir sangen Vom Himmel hoch, da komm ich her, und gedachten des Vaters des Vaterlandes, wer immer er war, denn der Herrscher spendete mit der silbergoldenen Tüte die Hasel- und Walnüsse, den Pfefferkuchen, das Herz aus Schokolade und die rotbäckigen Äpfel, die mit dem Schulzwang versöhnten, die Zucht heimelig machten. Wohlwollend war die Obrigkeit, die ich, ihr schon früh mißtrauend, immer erzürnte.

Ich hatte nicht bedacht, daß Sonntag war und wieder Advent, und es weihnachtete im geteilten Deutschland, im mauergetrennten Berlin, im alten geduckten Brandenburg. Ich hatte den Herbst genutzt, Kleists Grab zu suchen. Gefunden hatte ich einen Bahnhof, die Endstation von Gleisen, die nur zurückführten, in die Vergangenheit, die Schuld, das Versäumnis und das Verlorene. Auf einer schimmeligen Mauer einer Unterführung voll Kot und Urin unter den leeren Bahnsteigen wurde in roter Anstreicherschrift zur Rache für einen von der Polizei erschossenen Studenten aufgerufen. Die Unterführung führte in den Schrebergarten Eden deutscher Eisenbahner auf umzäumtem Reichsbahngelände mit trottligen Zwergen, dekorativen Fliegenpilzen und zahmen Rehen aus braunem Gips. Auf den Wiesen am See hatte ich mich zu den Jungen gelegt, die Bier tranken, kettenrauchten und den Jargon der Soziologen beteten. Sie fürchteten sich, allein zu sein, und flohen in Umarmungen, die nichts beschwichtigten. Eine Heldengedenktafel am Haus des Ruderklubs. So viele Tote. Doch die Boote waren nicht leer geblieben. Der stramme Steuermann rief durch den Trichter zu neuen Siegen. Alle hörten die Schüsse der Amerikaner, die an der Grenze, die geleugnet wurde, den Krieg probten, den sie verhüten sollten. Ich trauerte um den jungen sanften Flötenspieler, der tot im schwarzen Umhang des Fiesko lag, vergiftet von der Erde. Ich hatte am Kurfürstendamm die Zeichen der Dealer nicht verstanden. Ich hatte an einen Lebensschlußverkauf geglaubt. Doch ich war zu gebannt, mir selbst zu begegnen, einem Gespenst. Ich reiste mit der alten vergammelten Stadtbahn. Wenn ich bedachte, trug sie mich wieder zum Bahnhof Börse, wie jahrelang. Der Weg war alt und neu. Erkennungsmarken, doch kein Ziel. Die Stadtbahn glitt nur bis zum Bahnhof Friedrichstraße. Da war ein Übergang, und wer hinüber durfte, mochte sich fragen, ob er überging. Die Börse gab es schon lange nicht mehr. Das war nicht schade. Ich hatte nicht von der Börse gelebt. Aber Balzac hatte sie fasziniert. Er träumte von Aktionen, aus der Sklavenhaltung seines Kopfes zu entweichen.

DER TIERGARTEN

Er war ein Wald, ein Sumpfgebiet an der Spree, eine Biber-siedlung, Krebskolonie, vielleicht ging der Bär aus und ein, der später zum Wappentier der Stadt Berlin wurde, Flußinseln bildeten, erweiterten sich, Fischer und Schiffer kamen, entwässertes Niederungsland, Händler suchten den Ort, fanden ihn gut, ließen sich nieder, Handwerk regte sich, Adel setzte sich über sie, schirmte, herrschte, förderte und drückte, stellte Wachen auf, ein Heer, rodete, exerzierte, richtete aus, baute, Markgrafen, Kurfürsten, große Kurfürsten, Könige, große Könige, drei Kaiser träumten den Traum von Größe, vererbten ihn, ein Danaergeschenk, der Wald wurde ein Wildpark, vor dem Schloß der Hohenzollern, begann am Gendarmenmarkt, ein Schauspiel lange vor dem Schauspielhaus, schwarze Adler und Schwarzeadlerorden, suum cuique, jedem das Seine war der Wahlspruch, Preußens soziale Ordnung, streng und von verblüffender Simplizität, sie jagten den Hirsch und die Säue, König Friedrich I. schlug die breite Straße nach Charlottenburg, wünschte er Paraden, Stechschritt und Fahnen?, er besuchte in prächtiger Auffahrt seine Gattin in Schloß Charlottenburg, stieg unter Fanfarenklängen ins Ehebett, Friedrich der Große befahl seinem Baumeister Knobelsdorff, aus dem Jagdrevier ein Versailles zu schaffen, zur Zeit Voltaires, da der Glanz dieses Königtums schon verblich, was Friedrich überhört oder nicht verstanden hatte, im übrigen hielt sich die Nachahmung in Grenzen, der Tiergarten hatte seine romantische Periode, Friedrich Wilhelm II. schenkte seinen Berlinern die Rousseauinsel, erlag der Naturschwärmerei und verzichtete auf die Lektüre des »Contrat social«, Unruhe kam in die Stadt, Schwarmgeister diskutierten in den Alleen, Bohème bildete sich, eine Großstadt entstand, Napoleon besetzte sie, Kleist redigierte die »Berliner Abendblätter«, im Salon der Rahel Varnhagen begegneten sich Literaten und preußische Prinzen, Gesellschaft gedieh im Liberalen, Korso unter den alten Bäumen, die Kaleschen des Hofes fügten sich der Verkehrsordnung der Kutschen der Bankiers und der Fabrikanten, ein paar Künstler trieben im Strom der Mode mit, die Helden der Freiheitskriege und der Reformen kamen zu Pferd, die Männer der Reichsgründung ritten ihnen nach, Bismarck hielt Cercle im offenen Wagen, die Geheimräte, die Professoren, die Denker des Staatsgedankens und die Verwalter der Staatsordnung gingen zu Fuß und zogen den Hut, Kaiser Wilhelm II. gab dem Tiergarten seine endgültige Bestimmung, eine bürgerliche, er lichtete das Unterholz, er war für Moral und Ordnung, er errichtete sich eine Ahnengalerie, die Siegesallee, so pompös wie bieder, ein Alptraum großbürgerlichen Stolzes, die Verwechslung von Kunst mit Anstrich, Pose mit Ähnlichkeit und Phrase mit Wahrheit, Kaiser Wilhelm ritt durch den Park, unter dem Adlerhelm den blitzenden, Feinde zerschmetternden Blick, er grüßte huldvoll Herrn Bleichröder, den Geldmann, Herrn Fürstenberg von der Börse, er war für Schiffs- und Kanonenbau und Lokomotiven, ein moderner Mensch, der Technik, dem Fortschritt aufgeschlossen, von der Geschichte erhoffte er Gottes Gnade, von den Künsten Erbauung, seine Offiziere aus den märkischen, den pommerschen, den schlesischen, den ostpreußischen Geschlechtern ritten hinter ihm her, es ritten auch auf edlem Roß, den Schnurrbart kaiserlich gezwirbelt, die Einjährigfreiwilligen, die Söhne der neuen Dynastien von Rhein und Ruhr, am Rande des Tiergartens, in der Tiergartenstraße, zwischen den Botschaften fremder Mächte wohnte der Dichter Hermann Sudermann, altdeutsch ritterlich eingerichtet zwischen Palmen und Gipsbüsten und bronzenen Rossebändigern, ein Bürger, der angenehm vom Erfolg seiner Theaterstücke beim Bürgertum lebte, leider ein Nestbeschmutzer, ein kritischer, wenn auch sentimentaler Geist, ein Kenner der Gesellschaft, die ihn ertrug, ihn haßte und liebte, die er liebte und haßte und zu der er gehörte, ein Entdecker der Wahrheit falscher Gefühle, ein Dichter seiner Zeit und zugleich ihr Symbol, Kaiser Wilhelm, wäre er noch in seine Ahnengalerie der Siegesallee gesetzt worden, hätte aus deutscher Literatur keine andere Begleitfigur als Sudermann bekommen können, dem er zürnte.

Der Tiergarten war bürgerlich, das heißt: der Bürger sah zu ihm auf. Er ist nie ein Volkspark gewesen. Er galt als die Promenade der Adligen, der Reichen, der Vornehmen. Er blieb ein Stück Hofhaltung, auch als es den Hof nicht mehr gab. Zum Eislauf auf seinen Teichen spielte Militärmusik, selbst wenn es nur ein paar verfrorene Männer in zivilen Mänteln waren. Als Kind wurden mir in der ersten Klasse einer ostpreußischen Schule die Gipsfiguren der Siegesallee als Schaubilder an der Wand, Ruhm des Vaterlandes, Größe des Herrscherhauses und Blüte deutscher Kunst vorgesetzt. Der Herr Lehrer war in den Ferien in der Reichshauptstadt gewesen und berichtete von soviel Denkmalen, daß selbst dem Schüler Zweifel kamen, wie der Pädagoge vor lauter Hochachtung und Strammstehen zurück zum Bahnhof gefunden hatte. Diesen staatserhaltenden Einfluß schmälerte mein Onkel Theodor. Er war Architekt, hatte in Berlin studiert und las den »Simplizissimus«. Die Siegesallee nannte er eines Zuckerbäckers Werk. Als ich, ein Student, die berühmte Allee zum ersten Mal sah, regte sie mich weder zur Begeisterung an noch zur Entrüstung auf. Sie war nur langweilig. Ich hatte Heinrich Manns Roman »Der Untertan« gelesen und sah vor mir das Bild, wie der Kaiser in voller Wehr aus dem Brandenburger Tor in das Gehölz ritt und seinem Untertan begegnete, Diederich Heßling. Das Ereignis verblaßte auf seinem Schauplatz. Der Kaiser war fort, der Untertan war geblieben. Im Tiergarten waren Karl Liebknecht und Rosa Luxemburg ermordet worden. Die Leiche der Frau hatten die Mörder in den Landwehrkanal geworfen. Ich stand an der Stelle, auf der Corneliusbrücke. Das Wasser des Kanals floß grau. Am Ufer reihten sich, etwas verfallen im Verputz, ein wenig erschrocken, die vornehmen Häuser, bewohnt von pensionierten Generälen und Geheimratswitwen, noch war der Aufgang nur für Herrschaften, das Treppenhaus ein Bad aus Marmor, noch trugen die alten Dienstmädchen weiße Spitzenhäubchen, ich mietete ein möbliertes Zimmer, Bismarck stand in Kürassierstiefeln und Adlerhelm auf einer wackligen Konsole. Im Tiergarten ritten der Reichspräsident Ebert und der Reichswehrminister Noske. Es tat mir weh, sie so hoch zu Pferd zu sehen. Es folgte ihnen der Generaloberst von Seeckt, untadelig im Sattel. Er hatte sich widerwillig mit den Genossen verbündet und paßte nun auf sie auf. Als er sie in den Sattel setzte, hatte er gewonnen.

ZWART WATER
Fragmente

ist mir min leben getroumet, oder ist ez war?

Walther von der Vogelweide

Herr und Frau M. erwarteten mich auf dem Bahnsteig. Es waren nur zwei Monate vergangen, seit sie sich in Berlin verabschiedet hatten, und sie kamen mir kleiner als in meiner Erinnerung vor. Es war, als hielten sie sich aneinander fest, um nicht fortgeweht zu werden von einem Wind, der in diesem Augenblick für mich auf diesem Bahnhof in Den Haag gar nicht zu spüren war. Doch kam mir der Bahnhof länglich vor, er enttäuschte mich. Ich hatte den Bahnhof einer Hauptstadt erwartet, und fand nun hier nur ein paar Gleise fast im Grünen oder im Sand, wie von Dünen, was ja möglich gewesen wäre, das Stationshaus eines Ausflugziels. Später wußte ich, daß es in Den Haag noch einen anderen Bahnhof gab, der meinen residenzstädtischen Erwartungen eher entsprochen hätte, er war ein Punkt auf der Strecke Paris–Amsterdam und die Züge fuhren selbst zum Meer und nach London. Mein Bahnhof verband mit Deutschland, mit Berlin, vielleicht mit Königsberg und gar mit Moskau, aber schon vor ihm weideten Rehe auf einer umzäunten Wiese. Es war des Grafen Haag, eine romantische oder historische Position, eine Station aus der Vergangenheit, vielleicht die Bahnlinie von deutschen Fürstenhöfen zum Thron der Niederlande, ein Weg, um Prinzgemahl zu werden bei einer bigotten und dicklichen Königin, wie man sie von Standbildern der englischen Queen Victoria kannte. Ms umarmten mich mit ungewohnter Herzlichkeit. Sie waren meine Freunde, und doch waren sie in kurzer Zeit schon andere geworden als die, die ich in Berlin gekannt hatte. Undenkbar, daß sie zu einem der

Berliner Bahnhöfe gekommen wären, mich nach einer Reise zu begrüßen. Zu Hause hatte M. seine Zeit wie Geld betrachtet, das heißt, er hatte Geld und keine Zeit, und Frau M. bemühte sich, ihre Zeit in gesellschaftlichen Verpflichtungen zu verlieren, webte an einem Netz von Verbindungen, in das auch ich auf Umwegen geraten war. Wir gingen zu einem Taxi und fuhren an einer Gracht entlang, die keiner der schönen Wasserläufe war, wie ich sie von Bildern aus Amsterdam kannte. Überhaupt bedauerte ich, daß Ms sich in Den Haag und nicht in Amsterdam niedergelassen hatten. Von Amsterdam hatte ich viele und vielversprechende Vorstellungen. Und in Amsterdam war C., die Holländerin aus dem Café Bristol, die Begleiterin meiner letzten Schritte in Berlin. Das Taxi fuhr zur See zu, bog aber vor den Dünen, die nun wirklich zu sehen waren, in eine Straße ab aus dunkelroten Ziegelhäusern in einer graden Reihe, die mir klein und irgendwie ärmlich vorkamen, wie eine Werbung für holländische Sauberkeit und bürgerliche Bravheit. Eins dieser Häuser hatten Ms gemietet und sich eingereiht in eine holländische Nachbarschaft. Die Haustür war eng. Es hing an der Tür, wie an allen diesen Türen, ein Schild, daß an der Tür nichts gekocht würde, was niederländisch war und heißen sollte, es würde nichts gekauft. Wir amüsierten uns darüber, wie später Thomas nicht müde wurde über die Schilder zu lachen, daß Häuser zu verhuren waren oder mitteilten, daß sie schon verhurt seien. Es war dies ein Zeichen der Wirtschaftskrise, in der sehr viele Häuser zu vermieten waren. Ms große Villa im Berliner Grunewald stand leer wie diese Häuser in Den Haag und war zu verkaufen. Ms würden den Erlös nie bekommen. Ich wunderte mich, daß sie Haus und Garten im Grunewald fast schon vergessen hatten und sich hier wie Holländer von jeher eingerichtet hatten. Selbst zum Abendessen im kleinen Speisezimmer ebenerdig zur Straße hin zogen sie die Vorhänge nicht zu und saßen nach holländischer Sitte am runden Eßtisch im Schein vieler kleiner Lampen. Das Mädchen servierte noch wie in Berlin mit weißer Schürze. Sie war eine Deutsche, jedoch ein deutsches Dienstmeisje, auch dies eine holländische Einrichtung. Vertraut war mir die große Bibliothek hinter dem Eßzimmer. Ms hatten die Bücher aus Berlin mitgebracht. Der deutsche Geist drängte sich, aus größerem Raum vertrieben, eng und bis zur Zimmerdecke an die Wände gepreßt, Lesefreuden waren mir sicher, eine nun geschlossene Glastür führte in einen kleinen Steingarten, wie hinter jedem Haus einer war.

In Amsterdam wohnte ich an einer der alten Grachten, ich glaube, es war die Heerengracht. Ich hatte schnell ein möbliertes Zimmer gefunden, ich blickte auf das dunkle Wasser der Gracht, auf die Bäume an ihren Ufern, ich träumte holländische Geschichten und wurde in den Sommernächten von alten Mückengeschlechtern besucht, die mich zwangen, im Bett Handschuhe anzuziehen und den Kopf mit Tüchern zu umwikkeln. Ich hätte mit Corine im hellen Zimmer eines Neubaus im Zuid, dem Stadtteil der Modernen Reichen, in einem hellen Zimmer ohne Mückenplage schlafen können. Ich mochte Corine sehr gern, aber ich mochte nicht mit ihr schlafen, weil sie mir versicherte, mich zu lieben. Ich hatte sie in einer Tigerjacke kennengelernt und die, wie ich mir vorstellte, freien Eigenschaften der Wildkatze auf sie übertragen. Ich hatte erwartet, sie würde mir Kummer machen, aber sie schmiegte sich an, und das bewirkte, daß ich mich an Elisabeth erinnerte, die ich liebte und die mir nichts als Kummer machte. Es wäre schön gewesen, ich hatte auch Lust gehabt, mit Corine zu schlafen, zumal sie mir die ganze Lebenslust dieser Stadt Amsterdam verkörperte, aber sie hätte eben nicht von Liebe sprechen dürfen. Liebe war durch Elisabeth für mich ein Unglücklichsein. Corine wollte mich glücklich machen, wodurch ich mich verhöhnt fühlte und mich in Amsterdam mit vielen anderen Mädchen abgab, die ich viel weniger mochte und die auch alle nicht so schön waren, wie Corine war. Alle diese Mädchen aus Tanzlokalen und Caféhäusern standen im Lebenskampf, arbeiteten etwas und hatten an ihr Glück zu denken und nicht an meins. Das machte meinen Umgang mit ihnen fröhlich. Hinter Corine stand das Bankhaus ihres Vaters, und sie betrachtete mich vielleicht als eine Wiedergutmachung an sozialer Ungerechtigkeit. Ich konnte mit ihr ernste Gespräche führen, und wir taten das ausgiebig in der Bar des Amerikahotel, aber wenn wir dann in die Nacht hinaustraten, entzog ich mich ihrer Hand, bedauerte es zugleich und hoffte auf ein Abenteuer auf dem Heimweg.

Sie hatten mir ein Fahrrad besorgt, vielleicht um mich zu beschäftigen oder mich in Den Haag einzubürgern. Alle Welt saß im Sattel und strampelte mit den Beinen. Erinnerungen kamen auf an die Masurischen Wälder. Ich trieb das Rad durch Schnee und über Eis, sonnenversengtes Moos. Der Schulweg lag wieder am frühen kalten Morgen im Lichtschein der Karbidlampe, flackernd, immer wieder erlöschend, zuweilen explodierte sie. Angst wollte die Fahrt nicht enden lassen. Jetzt wunderte ich mich, daß ich mich noch im Gleichgewicht halten konnte. Auf schönen gepflegten Fahrradpfaden glitt ich an Villen vorbei, die Herrn Peppercorn gehörten, der in Java Tee und Tabak hatte pflanzen lassen und nun im Park des Hauses den Schweiß der Kulis genoß. Leicht beschwingt, unternehmungslustig erreichte ich das Meer. An manchen Tagen konnte ich mich nun dem Wind hingeben und die Füße auf dem Pedal ruhen lassen. Der Sturm trieb mich den Boulevard von Scheveningen nord- oder südwärts, zum Fischerhafen des alten Dorfes oder in die Einsamkeit der Dünen, vorbei an den Hotelpalästen der Sommersaison, mit dem Novembernebel geschlossen. Das Wasser gischte über das Bollwerk, sprühte über den Weg, vom Leuchtturm heulte die Warnglocke, ein Schiff war in Seenot, ein Boot ging unter, verschwand in den Wellen, Frauen und Kinder standen am Anfang der Mole in vergangener Tracht, in schweren, vom Wind bewegten langen Röcken, mit Umschlagtüchern und weißen Hauben auf dem Kopf wie Komparsen einer romantisch dramatischen Oper in der Anordnung eines Regisseurs von konventionellem Geschmack. Gegen den Sturm das Rad zu treten war schwer. Ich schob es von der Katastrophe, dem Seemannstod, den Boulevard zurück, keuchend, wankend, wo waren die Sommergäste, die, als ich noch nicht hier war, in den Betten geschlafen und sich vergnügt hatten oder auch nicht. Ich erreichte wie ein Havarist das Café, das Café Sport, eines von vielen in der Reihe der schönen Abende im Juli, im August, den Sonnenuntergang zu bewundern, rot, rund, wie die japanische Flagge tauchte sie ins Meer, erschien bald den New Yorkern, und man saß an kleinen Marmortischen, wie in Berlin im Romanischen Café, und hatte statt der Tasse Kaffee das Glas mit dem Genever vor sich stehen, den oude klaren, und es waren ganz andere Leute da, keiner, den man kannte, ich hatte das Fahrrad an eine Laterne gelehnt, ihr Licht ging an mit vielen, eine Menge ging vorüber, Mädchen in Scharen, wenn die Sonne noch brannte, waren ihre Kleider durchsichtig zum Wasser hin, sie gingen als Fleisch und Skelett, ich dachte an die Schaufensterpuppen im Kaufhaus des Westens in der Tauentzien-Straße, manchmal von den Dekorateuren entkleidet oder noch nicht angezogen, die Perücke noch nicht aufgesetzt, kahlköpfig, kleine buddhistische Mönche, oder das Haar rot, schwarz, blond, ich hatte mir eine kaufen wollen, damals, die Vergangenheit ein anderes Meer, uferlos oder mit den Küsten der Erinnerung, hinter mir, das wächst, flutet weg oder kommt als Sturmflut zurück, man ertrinkt, wie sie in dem Seebad ertrinken, zu ihrem Vergnügen, lustig hineingegangen, den Warnruf des Wächters nicht vernommen, vom Sog hinausgetragen, ich fragte mich, ob sie wirklich seien, dies nun Wirklichkeit, die Menschen, die Mädchen auf diesem Boulevard, vor dem Café Sport, und zwischen ihnen zu erkennen eine Sehbekanntschaft vom Kurfürstendamm, ein Emigrant, ein Sänger, ein Filmschauspieler, gefeiert, berühmt, keiner drehte sich um, kein Geld in der Tasche für den Genever, den er dringend brauchte, wanderte die Promenade auf und ab, auf und ab, seinem schrecklichen Tod zu, gefangen, geschlagen, kein Mädchen erwiderte seinen Blick, der noch lüstern über sie ging, bist doch die beste, du, die Berlinerin, oder so ähnlich, vielleicht hatte er's gesungen, vorgetragen im Kabarett der Komiker. Wenn ich heimkam, schwieg das Haus.

FRIEDA 1918

Es war 1917. Ich war elf Jahre alt. Es war Krieg.

Neben unserer Wohnung, einem Amtsgebäude am Großen Haussee, hatte sich der Maurermeister Lorkowski, 1913 seinem Kaiser und der eigenen Zukunft trauend, auf ererbtem Grund, Acker und Wiesen, einen weiträumigen Handwerkersitz, Unterkunft und Werkhof, gebaut. Er hatte Heim und Arbeitsstätte liebevoll, an kommende Kinder und Nachfolger denkend, mühsam und unermüdlich, nach Tagesschweiß für fremde Bauherren, an Abenden und Feiertagen, eigenhändig und mit gequälten Lehrlingen Stein auf Stein mörtelnd, geschaffen.

Als der Dachstuhl gerichtet, Verputz und Anstrich geschehen, die Fenster verglast, die Türen eingehängt und Blumen und Sträucher in die gerodeten Furchen des alten Kartoffellandes gesät und gepflanzt waren – es sollte zwischen Haus und Straße so schön werden, eine Pracht, und es blühten die Rosen im nächsten August –, traf Lorkowski das härteste Los. Ein russischer Granatsplitter verwundete den Reserveunteroffizier der Ortelsburger Jäger in der Tannenbergschlacht, nicht weit von seiner Stadt.

Die Verletzung war schwer, der Tod nahe. Doch die Militärärzte retteten dem blutenden Lorkowski das Leben und lobten nach gelungener Operation das Leben im Rollstuhl. Der Kaiser schenkte das Gerät, aus vollen Lagern, die sich leerten. Lorkowski war halbseitig gelähmt. Er blieb es. Seine Sprache kam stockend und sabbernd aus einem schiefgerückten Mund. Wenn man ihn begrüßte, reichte er einem verlegen die linke, noch etwas beweglich gebliebene Hand, die sich auch schon eiskalt und abgestorben anfühlte. Lorkowski war ein Held. Die Kinder besuchten ihn, rollten ihn in seinem Stuhl durch den Garten. Es war ein neues Spiel. Als der Krieg länger währte, zu lang, viel zu lang, kam niemand mehr, den Helden zu sehen und zu trösten.

Lorkowski mußte sein junges Baugeschäft aufgeben. Er konnte auf keine Leiter mehr steigen, auf keinem Gerüst sich halten, keine Kelle mehr schwingen. Seine Gesellen und Lehrlinge waren und starben an der Front. Der Meister, verschuldet durch das eigene Haus, lebte von einer Kriegerrente. Sie war klein. Preußen sparte. Ich wußte das. Ich wuchs unter Beamten auf. Wenn Lorkowski, verdammt und untätig, von Schmerzen nicht verschont, mit Morphium schlecht versorgt, in des Kaisers geschenktem Rollstuhl, vor seinem neuen Haus und im Kranz der üppig wuchernden Blumen saß, empfand er sein erträumtes Glück der Selbständigkeit als Herausforderung böser Mächte und Ursache seines Unglücks.

Lorkowski war verheiratet, doch kinderlos. Seine Frau war so alt wie er, tüchtig, zupackend. Im Krieg verstand sie, von bäuerlicher Herkunft, ein gutes Brot aus Hamstermehl vom Lande zu backen, was ihr, als das Brot auch in Masuren knapp wurde, Ansehen und Neid bescherte.

Im Sommer, an einem Hundstag mit heiß flimmerndem Licht und aufkommender Schwüle, sah ich aus meinem Fenster in Lorkowskis Garten ein kleines Mädchen zwischen den Blüten stehen. In der Stadt erzählte man sich, Herr und Frau Lorkowski hätten aus dem schon hungernden Berlin ein Ferienkind zu sich genommen. Es war zu dieser Kriegshilfe öffentlich aufgerufen worden. Alle fanden Lorkowskis Verhalten, sein Unglück bedenkend, lieb und vorbildlich.

Es war Badezeit. Die Wiesen rund um den See belebten sich sonntäglich mit Frauen und Kindern, denen Mann und Vater fehlte, die morgen vielleicht schon gefallen waren. Die Mütter hatten auf einmal Zeit. Ich lief, um allein zu baden, schon am frühen Tag zu dem Platz am See, den ich meinen nannte, eine Bucht zwischen Schilf und Binsen im strengen Duft des im Moorwasser gedeihenden Kalmus.

Ich war überrascht und zunächst verstimmt, in meinem Paradies schon ein fremdes Mädchen ruhen zu sehen. Es konnte nur Lorkowskis Berliner Ferienkind sein. Ich war nicht darauf aus, des Mädchens Bekanntschaft zu machen, jedoch ihre Herkunft, das Wort Berlin hatten meine Neugier geweckt, meine Phantasie schon aufgewühlt. Das fremde Kind mußte anders sein als ich und, weil es aus Berlin kam, der Millionenstadt, mir viel voraus haben. Ich hatte nie in der kleinen Gemeinde leben wollen, in der ich zur Schule ging. Ich träumte von einem bunten Leben in Babylon, schönen, gefährlichen Abenteuern aus Groschenschmökern, in denen ich der Held war, im Labyrinth der Straßen.

So blieb ich vor der Berlinerin stehen und staunte sie an. Sie war so groß wie ich, war barfuß, trug ein dünnes, verwaschenes Kleid. Ihre Augen schienen mir in ihrem sehr blassen Gesicht groß, tief und geheimnisvoll zu sein. Ich glaubte, den Berliner Hunger, von dem alle sprachen, in ihren Zügen zu erkennen. Ich fand es schön und aufregend.

Ihr Haar war blond und ungekämmt. Das war nicht die Frisur braver Töchter in meiner Welt. Ich sah wilde Natur, die lockte und strähnte um den kleinen Kopf. Bei uns waren die Mädchen gekämmt und gebürstet, ihr Haar straff in weiße Schleifen gebunden nach dem strengen Geschmack des über die Sitte wachenden Königin-Luise-Vereins. Prinzessinnen des Herrscherhauses zeigten sich so auf volkstümlichen Abbildungen, dem Untertan, wie sie glaubten, zur Freude. Mir war das gleichgültig. Ich ahnte, als ich das Ferienkind so heftig ansah, eine mir bis dahin verwehrte, heimlich ersehnte Freiheit des Menschen. Ein ungewisses Verlangen überkam mich. Ich sagte, um etwas zu sagen, du kommst aus Berlin. Sogleich plapperte sie großstadtgewandt ihre kleine Geschichte; sie logiere bei ihrem Onkel, dem Maurermeister Lorkowski, der aber nicht ihr echter Onkel sei, er wünsche nur, daß sie ihn so nenne.

Es sollte heiß werden. Wir redeten vom Wetter. Die Situation war mir fremd. Ich wußte nicht, was ich tun sollte. Ich zögerte, mich vor dem Mädchen fürs Bad auszuziehen. Weil ich ohne Geschwister war, ein Junge allein, schämte ich mich. Sie sagte, sie habe wegen der zu erwartenden Mittagsglut nichts angezogen, nichts unter ihrem Kleid. Sie streifte, als fürchtete sie, ich wolle es nicht glauben, das Kleid hoch und lag nackt vor mir. Nur um ihren Hals bildete der dünne Stoff einer Krause, eine Art Schleier, auf dem das Gesicht ruhte. Ihr Kopf war wie vom Rumpf getrennt, und der junge Leib gewann ein Eigenleben, wurde noch nackter als nackt, ein Aktbild, ein Gemälde: Torso eines Kindes im Gras. Ich wußte, daß es solche Bilder gab. Sie waren Kunst, stammten von berühmten Malern, fanden sich in der Kunstgeschichte im Bücherschrank und sagten mir nichts.

Ich betrachtete aber das Mädchen sehr lange und aufmerksam. Es war das erste Mal, daß ich das andere Geschlecht unverhüllt sah. Mir war nicht wohl dabei. Ich ahnte, daß mir ein Geheimnis zerstört wurde. Ich war nicht erregt. Ich war ernst. Sexualität und gar Erotik waren mir noch keine Begriffe, allenfalls etwas unbestimmt Verbotenes. In der Schule wagte keiner, darüber zu sprechen. Das Fach wurde nicht gelehrt. Ich fühlte mich unbehaglich als Zeuge von Unerlaubtem, vielleicht schon verstrickt. Mein Motiv zu bleiben: ich war gefesselt. Schließlich fragte ich sie nach ihrem Namen. Frieda. Ich lief davon, ohne gebadet zu haben.

Ich verbrachte die Ferientage am Fenster, um nach Frieda zu sehen. Oft beobachtete ich sie neben dem Rollstuhl des Maurermeisters. Sie leistete ihm Gesellschaft. Einmal schob sie den Rollstuhl durch die Blumen des Gartens. Sie ruckte das Fahrzeug mit dem Invaliden ungeduldig voran und schien mir störrisch zu sein. Ein zu früh ins Joch genommenes Fohlen. Der Maurermeister hatte das Eiserne Kreuz auf seinen geflickten Militärrock geheftet. Der Orden funkelte in der Sonne.

Ich ging nicht zu Lorkowski, Frieda zu besuchen, was nur natürlich gewesen wäre. Am See traf ich sie badend, lachend und kreischend mit anderen Jungen, meinen Schulkameraden. Das ärgerte mich, weil ich doch Frieda entdeckt hatte. Sie trug jetzt einen Badeanzug. Der Onkel hatte ihn ihr geschenkt. Ich eilte stumm vorbei, grüßte keinen und suchte mir einen einsamen Badeplatz. Das Wasser erfrischte mich nicht.

Der Herbst, die Schule, die lateinischen Verben, die Lehrsätze der Mathematik, der Winter, vereist der See, Schnee in

Lorkowskis Garten. Der Maurermeister war über dreißig. Ich zählte ihn zu den Greisen. Frieda war in Berlin. Frau Lorkowski schenkte mir zu Weihnachten einen Kuchen. Bei uns im Amtsgebäude wurde nach den Lebensmittelkarten gelebt. Ich träumte in den dunklen langen Winternächten der Kleinstadt vom selbst im Kriege lichterglänzenden Berlin und sah mir bei summendem Gasglühlicht immer wieder den Katalog des Warenhauses Wertheim an, kleine Berlinerinnen in Unterwäsche.

Frieda kam erst August 1918 wieder in unsere Stadt. Der Hunger in Berlin war schrecklich. Das Gerücht war überall. Die Berliner ernährten sich, hieß es, von Kohlrüben. Die Armen litten besonders. Der Krieg brach zusammen.

Auf dem großen Grundstück des Maurermeisters, rings um das neue Haus, waren anstelle der Blumen wieder Kartoffeln gepflanzt worden. Lorkowskis hofften, daß Frieda sich an der Kartoffelernte beteiligen würde. Sie tat es nicht. Sie hüpfte, richtig albern, mit einem leeren Korb hinter der gebückten Frau Lorkowski durch die Furchen.

Ich besuchte Frieda jetzt in Lorkowskis Haus. Wir saßen abends im Garten auf einer Bank und blickten über den grünen Kartoffelacker. Es war geschehen, ich liebte Frieda. Ich dachte dauernd an sie. Aber noch immer war es eine Liebe zur Romantik von Berlin, der großen Märchenstadt, aus der sie kam.

Es gab damals ein Buch, »Das Mädchen aus der Ackerstraße, ein Berliner Roman«. Die Erwachsenen erzählten sich, es sei ein unanständiges Buch, die Ackerstraße ein verrufenes Viertel. Ich hoffte, daß Frieda aus der Ackerstraße kam. Wir saßen auf der Gartenbank zwischen den Kartoffeln und zählten die Sternschnuppen des Augusthimmels. Ich vernachlässigte meine Freunde, die Schule, die Hausaufgaben. Es bedeutete mir viel, Friedas Knie zu streicheln. Es war verschrammt. Sie hatte doch zwischen den Kartoffeln gekniet. Ich fühlte den Schorf auf kleinen Wunden.

Dann entdeckten wir das Boot. Das Boot lag hinter dem Haus am Seeufer. Es war angekettet, es war leck und voll Wasser. Es gehörte Lorkowski, ein Kahn, größer als ein Ruderboot. Im Frieden war Baumaterial in ihm transportiert worden. Frieda sagte, wir dürfen das Boot nehmen, der Onkel erlaubt es. Sie hatte den Schlüssel für das Kettenschloß schon in der Hand.

Wir schöpften das Wasser aus dem lecken Schiff, holten aus einem Schuppen die Riemen. Ich ruderte auf den See hinaus. Der Kahn bewegte sich schwer. Mitten auf dem See ließ ich die Riemen ruhen. Die spärlichen Lichter der Stadt waren fern. Die Ufer wirkten verschlafen. Nur wir lebten. Frieda wollte baden. Sie streifte ihr Kleid über den Kopf. Wieder hatte sie unter dem Stoff nichts an. Sie schüttelte ihr Haar. Ich dachte an das Märchen der Undine. Ich betrachtete Frieda ganz von unten und schöpfte das bedrohlich steigende Wasser aus unserem sinkenden Floß.

Frieda sprang in den See. Sie hatte im vorigen Jahr schwimmen gelernt bei meinen Freunden. Das hatte mir weh getan. Sie plätscherte um das Boot herum. Manchmal entschwand sie meinem Blick, dann tauchte sie wieder auf. Sie langte zum Bootsrand, ich half ihr hinein. Der nasse Körper, das feuchte Haar. Wir hatten kein Handtuch mitgenommen. Die Luft war schon kühl. Sie streifte das Kleid über. Der Stoff durchnäßte und zeigte Friedas Gestalt wieder nackter als nackt. Sie fror. Ich nahm sie in die Arme. Sie stieß mich zurück. Ich suchte die Anlegestelle. Das Boot war voll Wasser, trug uns kaum.

So war das nun Abend für Abend. Der Herbst war schön. Die Kartoffeln faulten in der Erde. Der Maurermeister übersah es. Ich hatte zu Hause ein Badetuch gestohlen. Frieda schwamm, auch als das Wasser schon sehr kalt war. Ich rieb sie mit dem Badetuch ab. Wir standen immer bis über die Knöchel im Wasser des Boots. Frieda roch nach dem See, nach Schilf, nach Fischen, Moor, dem ätherischen Öl des Kalmus, ich meinte, nach Seerosen. Ich küßte Frieda erst, wenn ich allein war in meinem Bett. Ich streckte das Badetuch lang neben mich hin, umarmte es, es war naß, es war feucht, es war Frieda.

Es hingen Nebel. Wir spielten Versteck zwischen den ungeernteten Kartoffelstauden. Ein Nachtschattengewächs, sich selbst überlassen, bittergrün und giftig. Frieda sagte, leg dich zu mir. Wir wollten uns die Sterne ganz von unten ansehen. Wir fühlten in der Ackerfurche unsere Wärme. Ist es so im Grab, fragte sie. Ich sagte, im Doppelgrab. Liebende werden so beigesetzt. Sie bohrte weiter, ob der Onkel stirbt? Ich fragte, warum. Sie sagte, der Onkel drängt immer an mein Bett. Er will in meine Kammer. Er kommt mit dem Rollstuhl nicht durch die Tür. Er ist ganz verzweifelt. Ich soll ihm helfen. Ich mag das nicht. Ich fragte, weiter, warum. Mein Auge hielt ihre Lippen. Sie sagte, er streichelt mich. Er streichelt mich mit seiner gesunden Hand, die so kalt und steif ist. Der Rollstuhl umklammert ihn. Läßt ihn nicht. Hält ihn fest mit seinen widerlichen Gurten. Ich war verstört. Ich wagte nicht, noch zu fragen.

Ich ging am Mittag zu Lorkowskis. Der Flur duftete nach frischem Brot und Kuchen. Der Maurermeister saß in der Diele in seinem Rollstuhl. Die Diele war, wie landesüblich, mit weißem Sand ausgestreut. Das glänzte und war die Sauberkeit selbst. Noch 1918 eine heile Welt. Ich fragte nach Frieda. Lorkowskis schiefer Mund mühte sich um die Antwort. Er litt Atemnot. Sein Gesicht schwoll rot an. Schließlich verstand ich sein erregtes Stammeln: Frieda wollte wieder nach Berlin, es gefiel ihr wohl nicht bei uns. Frau Lorkowski brachte sie grade zur Bahn.

Ich lief fort aus Lorkowskis Haus, flog über den Kartoffelakker, hetzte den weiten Weg zum Bahnhof, hörte den langen Pfiff der Lokomotive, sah den Zug in Fahrt, nach Berlin, nach Berlin. Frau Lorkowski trat mir in der Bahnhofshalle entgegen. Ich schrie Frieda, Frieda! Frau Lorkowski hatte ein hartes, böses Gesicht, das ich nicht kannte. Sie sagte, die Frieda taugte nichts.

GEMEINSAME REISE

Frau Professor wurde allein noch von ihrer Zugehfrau Frau Professor genannt. Die Zugehfrau fühlte sich der Frau Professor in Treue verbunden, aber unterbezahlt. Sie kam seit vielen Jahren einmal wöchentlich in die Altbauwohnung mit drei Meter hohen Wänden, mit Fenstern, die zum Putzen gedacht waren für eine Minna, die es nicht mehr gab, von sechs Uhr früh bis acht Uhr abends, und ach, wieviele verwinkelte, behütete Alkoven voller Lebensmüll, Müll.

Frau Professor hatte sich immer nach dem Süden gesehnt, nach Italien, in das Land klassischer Bildung. Als Studentin hatte sie mit einer Freundin Florenz besuchen wollen. Es kam eine Wirtschaftskrise. Angesehene Banken, die Sicherheit selbst, brachen zusammen, schlossen ihre Türen, stellten die Zahlungen ein, ihre Direktoren verabschiedeten sich mit einem Sprung aus der Chefetage.

Später wünschte sich Frau Professor eine Hochzeitsreise nach Capri. Aber wieder hatte sich das Leben oder der Tod zwischen sie und Italien gestellt. Aus guter Familie, behüteter Jugend, drei Tage in Kriegstrauung mit einem Professor der Wetterkunde verheiratet, der in ein Flugzeug gesetzt und abgeschossen wurde, war sie Witwe geworden, Kriegerwitwe, Frau Professor, wie anfangs sie alle noch nannten. Ihr Besitz war die Wohnung, das alte, von den Eltern ererbte Haus. Fern von den Realitäten erzogen, war ihr nicht bewußt, daß das soziale Netz der Allgemeinheit sie erhielt. Sie lebte allein und still. Allmählich verblaßte in ihr, verstaubte vor ihrem Blick selbst das Bild des Gatten, des Einzigen, des Helden, des unglücklichen, vom Krieg mißbrauchten Professors der Meteorologie. Und als ihr in doch schon vorgeschrittenen Jahren ein kleiner unverhoffter Erbfall aus entfernter Verwandtschaft die langersehnte Reise nach dem Süden ermöglichte, fehlten ihr

Freundin und Hochzeiter. So suchte sie, der Welt mißtrauend, die Menschen fürchtend, des Alleinseins müde, im Anzeigenteil einer Frauenzeitschrift eine Partnerin für eine Reise an die Riviera.

Auf die Anzeige ging nur ein Brief ein. Frau Professor lauschte auf den Schritt des Briefträgers. Ein siebzehnjähriges Mädchen bot sich als Reisebegleiterin an; aber es war so gar nicht, sie ahnte es, sie wußte es, die Gefährtin, die sich die Frau Professor gewünscht hatte.

»Es ist schön, wenn auch nicht aufregend, daß Sie mit mir an die Riviera reisen wollen«, schrieb eine gewisse Katja. »Ich möchte zwar Afrika vorschlagen, den dunklen Kongo hinauf, wir beide in einem Boot und Krokodile ringsrum, aber da ich im Augenblick nichts Besseres vorhabe, wird es mich auf jeden Fall freuen, Sie nach Italien zu begleiten.«

Frau Professor verwirrte der Brief. Sie fand ihn drohend, verwunderlich, respektlos, katastrophennah, doch leider auch suggestiv. Was suchte diese Katja in Afrika, in einem Boot auf dem dunklen Kongo, wie sie sich ausdrückte? Auch schien die junge Briefschreiberin burschikos und selbstverständlich vorauszusetzen, daß die Frau Professor die Reisekosten für beide tragen würde. Die Frau Professor hatte aber an einen Partner in geordneten Verhältnissen gedacht, an einen gleichaltrigen Menschen in ihr ähnlichen Lebensumständen, der wohl verreisen wollte, doch im Schutz eines landsmännischen und damit schon vertrauten Gefährten.

Aber die vereinsamte Frau Professor war durch den Brief der jungen Katja auch gerührt. Sie sah sich selbst wieder, da sie als junge Studentin in den Semesterferien nach Florenz hatte reisen wollen, den hohen Gedanken der Renaissance entgegen. Bis dann das Reisegeld durch für sie unbegreifliche Verhältnisse des Wirtschaftslebens verschwunden war. Sie wehrte sich gegen Bitterkeit, aber sie ahnte bitter, es wäre eine andere, eine unwiederbringliche Reise geworden, wenn sie damals mit ihrer Freundin, der jungen Kommilitonin, gefahren wäre. Die Erinnerung an sich selbst, das Jugendbildnis zusammen mit der

Freundin, bewegte die Frau Professor, so daß sie sich entschloß, die kleine Katja, die sonderbare Briefschreiberin, mit in den erträumten Süden zu nehmen.

Frau Professor stand schüchtern in der Halle des Grenzbahnhofes und blickte kurzsichtig in die Unrast, bis ein befremdend gekleidetes Wesen auf sie zu trat und sich als »ich bin Katja« vorstellte. Mühsam, gar nach Luft ringend, suchte Frau Professor ihr Entsetzen zu verbergen. Vor ihr stand nicht das erwartete junge Mädchen, das erhoffte Ebenbild der eigenen, sittsam sehnsüchtigen Jugend, nein, ein verwahrlostes Kind, unerzogen wie nur vorstellbar, wahrlich eine Traumgestalt, erschreckend oder verführend, unglaubhaft, doch keine Reisebegleiterin. Katja kleidete sich bubenhaft, trug halblange, zerdrückte tütenblaue Hosen unter einem knallroten, lustig im Wind flatternden Hemd. Die Beine der Hose waren mit der Schere gekürzt, ungesäumt geblieben, zerfranst. Als Gepäck hatte sich das Mädchen eine Art Sack für schmutzige Wäsche an einem Strick über die Schulter geschwungen. Dieses Geschöpf Gottes verneigte sich übertrieben tief vor der erstarrten Frau Professor in der Art eines Jungen, der frühreif, boshaft, ironisch vor einer alten Dame den vollendeten Kavalier spielt. Dann schnellten sein Kopf und seine Arme hoch, und sein Mund küßte die Frau Professor auf beide Wangen.

Frau Professor fühlte sich geniert, taumelte hilflos, versuchte Abwehrbewegungen, von denen sie wußte, daß sie lächerlich waren, sie wollte die ihr peinliche Szene möglichst schnell beenden und fühlte sich von allen beobachtet. Doch klammerte sie sich noch an die alten Wünsche: es war ja der Beginn einer Reise in die Fremde, der Fahrt in den sonnigen Süden. Vielleicht gehörte der junge, dazu noch weibliche Strolch, anders mochte sie ihn nicht nennen, in das aufwühlende Geschehen, daß sie nun endlich wirklich nach Italien reiste.

Im Zug rauchte Katja viele Zigaretten und blickte die Frau Professor kühl aus jungen grauen Augen an. Frau Professor fühlte sich gezwungen, den eigenen, kurzsichtigen Blick niederzuschlagen. Sie bebte in nie gekannter Weise. Sie sah ihre Brust, und es war ein Wogen. Sie war versetzt in eine fremde, allenfalls aus Zeitungsnachrichten unwirklich bekannte Welt. Sie ging selten ins Kino, dreimal im Jahr, aber ihr war, als ob sie in einer Vorstellung, die sie aus Schicklichkeitsgründen nie besucht hätte, einem Mann, der sich als Heiratsschwindler entpuppen würde, in der Rolle des Opfers gegenüber saß. Sie riß sich zusammen und rügte ihren absurden Gedanken. Sie versuchte, den jungen grauen Augen des Mädchens standzubieten. Sie blickte auf eine klare, gänzlich faltenlose, vielleicht gedankenlose, sicher eigensinnige Stirn. Unter der Stirn war Katjas Gesicht, wie es Frau Professor schien, ungewaschen, schmutzig. Um die kalten Augen blaue oder schwarze, natürliche, sie wußte es nicht, oder seltsam grünliche künstliche Schatten. Dazu war Katjas Mund unfein geschminkt, hob sich wie eine Wunde aus der blassen Haut.

Sie hätte sich nach ihr erkundigen sollen, dachte die Frau Professor. Vielleicht war das Mädchen aus der Fürsorgeerziehung entlaufen, aber nun im fahrenden Zug auf der ersehnten, erträumten Reise in den Süden war es für alle Erkundigungen zu spät. Die Räder rollten, das Schicksal lief. Woher diese Formel? Aus einem Bildungsgut, der Schullektüre, ein Propagandawort des Krieges? Frau Professor wußte, daß sie den Krieg verloren hatte. Sie hatte aber nie siegen wollen.

Die Reisenden kamen gegen Abend in Rapallo an. Frau Professor hatte nach dem Reisehandbuch des abgestürzten Meteorologen, den die Zeit gezwungen hatte, ein gutes Wetter für einen militärischen Angriff zu erkunden, ihren friedlichen Reiseplan für Italien entworfen. Sie wollte in der Pension Helvetia wohnen. Die Pension Helvetia war nicht teuer. Das veraltete Reisehandbuch lobte sie. Vor allem hatte der beliebte Cicerone berichtet, daß man in dem Haus deutsch spreche und deutsch koche. Frau Professor lebte bescheiden, aber sie vertraute einem alten Sprichwort, daß der Bauer nicht esse, was er nicht kenne.

Sie fuhren unter dem Verdeck einer Pferdedroschke durch Rapallo. Es war die Strecke der Liebespaare und der Hochzeitsreisenden. Der magere Droschkengaul zockelte so vor sich hin. Die Frau Professor hatte ihn vor der Fahrt streicheln wollen, aber schon Katjas kritischen Blick gefürchtet. So saßen sie in der Droschke wie Touristen in einem Angebot für Touristen. Die Luft war fremd, angenehm warm, es regnete leise. Die alte Stadt Rapallo räkelte sich in einem lauen Bad. Das ist nun der Süden, träumte die Frau Professor. Sie war zufrieden und enttäuscht. Doch war es auch wieder sehr schön, im milden Regen, von einem Pferd gezogen, des unbekannten Kutschers breiten Rücken vor allen Träumen vor sich zu haben. Luft, Regen, Erwartung, Gerüche, Schatten formten einen Schleier. Unter Lampen ein Zwischenakt. Leute vor einem Café. Junge Männer wahrscheinlich, mit lockigem Haar, eine Erinnerung an Lesebuchstunden, Operettengesänge, unter denen Nacktes sich zeigte, Hemden geöffnet bis zum Nabel oder darunter, braune Haut, kaum zu erkennen, doch zu ahnen. Die Gruppe wartete auf was. Andere Cliquen vor anderen Cafés. »Riechst du es«, fragte Katja, »toll, was?« Der Blick des Mädchens bohrte sich in die Augen der Frau. Das Mädchen duzte jetzt die Frau.

Die Frau Professor ließ es geschehen. Vielleicht war es Landessitte, vielleicht die Zeit, die voranschreitende, die entwürdigende. Aber was sollte Frau Professor riechen? »Na, die Papagalli«, sagte Katja. »Die Kerle.« Die Frau Professor verstand nicht, was gemeint war. Tatsächlich roch es aus den regenfeuchten Gärten, die von der Straße zu den Hügeln aufstiegen, nach Moder und Blüten. »So duftet bei uns im Sommer der Friedhof«, sagte Frau Professor. Warum erwähnte sie dies? Sie ging in ihrer Stadt oft auf den Friedhof und besuchte ein Grab, das im Ozean lag. »Intensiv«, sagte Katja und nickte ernst.

Die Pension Helvetia war ein Mißgriff insofern, als es einen Mißklang zwischen den Reisenden gab. Der Frau Professor gefiel, wie sie erwartet hatte, das reinliche Fremdenheim mit deutschen Gästen, deutschem Essen und deutscher Konversation, aber Katja wollte nicht eine einzige Nacht in diesem Mief verfaulen, wie sie sich ausdrückte. Sie rief der Pensionsinhaberin böse Wortbrocken deutsch, englisch, italienisch zu und zerrte die Frau Professor zurück auf die Straße, zurück auf den kleinen Platz vor der Pension Helvetia, stellte sie unter den Schutz eines Baumes, es war aber kein Gewitter, schubste sie in den milden Regen, in das schräge Licht einer Ampel, ließ sie warten und lief, »etwas mit Pfiff zu organisieren«, wie sie sagte.

Die Frau Professor stand mit ihren zwei ordentlichen Koffern und Katjas Umhängesack nirgendwo in der Welt. Das war nicht ein Platz in Rapallo, in Reisehandbüchern registriert. Vielleicht war sie ganz unerwartet, wie ja in allen Fällen, ins Fegefeuer geraten. Aus dem Bildungsgang fiel ihr das Wort Purgatorium ein, auf der Reise plötzlich verstorben. Die Straße war nächtlich belebt, Schatten gingen an ihr vorbei, beziehungslose Wesen, die keine Notiz von ihr nahmen; es auch nicht konnten.

Dann saßen sie und Katja mit ihrem Gepäck in einem kleinen roten Auto, das wie ein Auto von der Feuerwehr aussah, von einer Spielzeugfeuerwehr, und von einem dieser jungen Männer mit dem gelockten Haarwulst und den bis zur Unanständigkeit geöffneten Hemden gelenkt wurde.

Die Frau Professor hatte die Vorstellung, sie hatte Angst, daß sie einer Brandkatastrophe entgegenrasten. Sie hörte über dem Dach des kleinen roten Autos und ringsum in Stadt und Natur, über Meer und Berg das schrille Läuten mythischer Feuerglokken. Der junge Autofahrer forderte den Tod heraus. Er raste millimeterscharf an Abgründen entlang. Links stürzte die Straße ins Meer. Tief unten rauschte die Brandung. Es war wohl die Antike, das Mittelmeer, das gegen den Fels wogte, die Ligurische See, das Wasser des Odysseus. Und rechts standen die Häuser der neuen Götter, des verwandelten Olymp, erleuchtet die Villen der Millionäre, die sich dort angesiedelt hatten, ihre Hotelpaläste, ihre Spielsäle, die Behausungen der Gesellschaft der großen Welt, der Prominenz, was immer das sein mochte, lichterglänzend, doch nicht warm und nicht einladend, eher kalt, in stummer, in abweisender und zurückweichender Parade in den Berghängen der Oliven- und Zypressenwälder. Das ist eine Entführung, dachte die Frau Professor und sann und erschauerte, warum trifft es mich. Sie fühlte sich herausgehoben aus der Menge, ein Blick hatte sie getroffen.

»Wohin verschleppen sie mich?« »Nach Portofino«, antwortete Katja. »Das heißt feiner Hafen«, fügte sie hinzu. »Du wirst staunen!« Das beruhigte die Frau Professor etwas. Sie kannte den italienischen Namen aus dem Reisehandbuch. Auch hatte sie vor langer Zeit in einer Zeitung gelesen, daß Gerhart Hauptmann sich gerne in Portofino aufgehalten hatte. Sie erinnerte sich an ein Bildnis des Dichters, wie er mit langen, ehrfuchtgebietenden weißen Haaren, eine wahrhaft erhabene Gestalt, ein Seher in entzweiter Zeit, ein Prophet düsterer Zukunft, vor Portofino hoch auf der Steilküste stand, das Meer vor sich. Er hatte in Portofino seine »Iphigenie in Aulis« geschrieben. Die Frau Professor hatte die Aufführung im Stadttheater besucht. Die Abonnenten waren ein gebildetes Publikum. Portofino wird eine Künstlerkolonie sein, sagte sich die Frau Professor. Katja will deshalb da hin. Die Frau Professor verstand das und billigte es. Sie begegnete wieder einem Wunsch ihrer Jugend. Sie fragte, während die Lichter von Santa Margharita hinter ihrer Fahrt verschwanden, »malst du, Katja, oder dichtest du vielleicht gar?« »Dichten ist Quatsch«, antwortete Katja, »das Leben ist schlimm genug.« Sie dachte an Kriminalromane mit wirklichen Menschen. Ihr junges Gesicht alterte rapide und bekam für einen Moment die Falten der Bitternis der Patricia Highsmith. Sie lachte böse wie ein Unhold und krallte sich fest in den Arm der Frau Professor.

Das kleine rote Auto bremste hart; sie flogen nach vorn. Im Hafenbecken von Portofino schaukelten in sanfter Brise die Luxusjachten der Reichen dieser Welt. Ein halber Mond am verhangenen Himmel gab ihnen die teuere Romantik des angenehmen Lebens. Portofino im Schummer seiner Laternen ein Seeräubernest, eine rührende Illusion angesichts der Registrierkassen der Bars und Hotels. Das Neonlicht der Leuchtreklame sprach die harte Sprache der Mafia. Katja führte die

Frau Professor jedoch zu einem Haus, das neben den internationalen Wegen des Geldes lag. Das Haus war hochgestreckt, schmalbrüstig, schäbig und düster. Sie stiegen eine enge steile Treppe hinauf, im Licht einer Funzel, was unnötig war, denn der elektrische Strom ist in Italien billig. Es roch nach vergossenem Wein, nach Bier, Schnaps, Knoblauch und Ausscheidungen von Tieren und des Menschen. Sie kamen durch eine knarrende Tür in ein Zimmer, langgestreckt wie ein Flur. Betten wie in einer Klinik rechts und links. Der Weg zwischen ihnen führte auf ein offenes Fenster zu, hinter dem die Nacht allein war. Der Himmel ein Zelt, Schutz oder Gefängnis. »Schön«, fand Katja, »gefällt es dir?« Die Stimme der Frau Professor war erschöpft von diesem ersten Tag ihrer Reise in den Süden. Sie zitterte wie die Stimme eines Trinkers. »Ich weiß nicht, es ist alles so unheimlich.« »Wieso unheimlich«, empörte sich Katja. Sie beugte sich mit ihrer Reisechefin über ein kleines Schutzgitter des Fensters. Es war Musik von verschiedenen Standorten zu hören, Klänge, die gegeneinander kämpften. »Das ist doch nicht unheimlich, das ist stark«, wiederholte Katja. »Siehst du denn nicht, wie links und rechts und überall und in diesem ganzen Portofino die Boys auf die Girls warten. Hier fehlt ein Puff!«

Die Frau Professor erkannte es nicht. Sie fühlte nur die schwarze und warme Nacht wie eine schwere Gewalt über sich. Sie fiel in Katjas Umarmung, wurde zu einem Bett geleitet, in ein feuchtes Laken gelegt, das nach dem Tang des Mittelmeers dunstete, nach Alter, Geschichte, Verhängnis, sie sah, vergehend, die jungen kalten grauen Augen des bubenhaften Mädchens auf sich ruhen; es war ein ernster, ein fordernder, doch auch schenkender Blick, ins Herz dringend, schmerzend, beglückend; das ist die Liebe, erschrak die Frau Professor, und es war nur angenehm, so müde zu sein.

Das Zimmer am Morgen grelles, blendendes Licht. Es waren die Hundstage! Die Sonne saugte sich durch das offene Fenster in die schmale Kammer, in die enge Brust und zerplatzte auf dem Bett aus grün angelaufenem Messing, in dem die Frau

Professor neben der nackten Katja aus Schwäche und Traum erwachte. Katja, ein Strandgut aus der alten Welt, wie aus der Brandung, die zu hören war, wie aus dem Sagenreich der geilen Gymnasiasten und ihrer verspotteten Lehrer angespült, ein Phantom, ein Mythos, aus Seele und Marmor, unverweslich im begehrenden, beschützenden Atem der Götter. Der Käfig des Raumes malte aus Rissen und Schimmel großflächige Gesichter, Landschaften des Lebens, die Augen wie Tümpel des ewigen Wassers. Die Tapete hing in Fetzen von der Wand, erschreckte als Verfall, beruhigte aber zugleich den Geist mit dem pompejanischen Rot der Sinnlichkeit in verschütteten Ruinen. Vielleicht waren Erdbeben geschehen. Frau Professor war an diesem Morgen bereit, das Zelt, das sie umstrickte, wunderbar zu finden, Glanz und Elend, Größe und Untergang in weltgeschichtlicher Betrachtung. Natürlich hatte sie die »Italienische Reise« gelesen. Hatte der Süden nicht Goethe verjüngt? Die Frau Professor konnte sich nicht mit dem Genie vergleichen. Doch hatte nicht auch sie ein Anrecht auf Freude, auf all dies, was das Geborensein versprach? Im Blick zurück erkannte sie sich selbst nur als den Schatten eines Menschen. Witwe eines Mannes aus einer Dreitageehe, in der keiner gewagt hatte, sich zu entblößen. Von ihm, von diesem Gespenst, das von der Kriegsfurie gepackt ins Meer gerissen war, hatte sie den Spiegelbildtitel, der ihr abgesprochen wurde von Frauen, die Professor aus eigener Leistung waren, stolz auf Lehrstühle und gar Autorenruhm. Katja räkelte sich in Umarmung und schmatzendem Kuß, lief zum Fenster des grellen antiken Lichts; ihre Nacktheit brannte.

Schnell angezogen. Abgesäbelte, zerrissene, eitel geflickte Kurzhosen, die nichts verhüllten, Hintern und Geschlecht herausstellten. »So kannst du nicht rumlaufen.« Katja musterte entsetzt das Blumenkleid der Frau Professor. »Gib Geld!« Katja wartete auf keine Gewährung; sie nahm die Geldscheine aus der fremden Reisetasche. »Ich hole dir was Anständiges.« War weg. Die Frau Professor wusch sich erschauernd unter einem Kaltwasserhahn über einem verrosteten Ausguß. Würde das seltsame Mädchen wiederkommen? Ererbtes, anerzogenes, eingefleischtes Mißtrauen gegen den Mitmenschen pumpte wieder ins Hirn. Doch Katja kam zurück. Sie warf etwas Gestreiftes auf den Boden. Trat es mit Füßen. »Damit es nicht so neu aussieht.« Dazu zwei Flaschen, das beliebte Getränk der Fernsehreklame, weißes Brot, eine fette Wurst, die betäubend nach Knoblauch stank. »Zieh's an«, befahl das Mädchen, »ich hab's geklaut, es hing draußen vor'm Laden.« Sie gab das Geld zurück, legte es auf den Tisch. »Ich kann doch nicht ...« »Du kannst!« Jetzt war es die Frau Professor, die nackt im Mittelmeerlicht stand. Ein zierlicher, ein rührender, beinahe kindlicher Körper. »Unverlebt«, dachte Katja. Die Brüste der Frau Professor waren klein, hingen nicht. »Toll«, urteilte Katja. Sie dachte, die hat mit keinem geschlafen. Sie half der Frau in das Gestreifte. Das war eine Art Matrosentracht, rot-weiß. Frau Professor hätte nicht gewagt, das Kleid in ihrer Stadt anzuziehen.

Katja frühstückte im Stehen. Biß wie ein ausgehungerter Wolf in die Knoblauchwurst, spuckte die Pelle aus, goß Limonade aus der Flasche in sich hinein. Die Frau Professor, ein Matrose, der sich erniedrigt fühlte, ein Karnevalsgast, der fror, äußerte zaghaft den Wunsch nach Tee. »Tee ist schrecklich ungesund«, schnaubte Katja, »was du nötig hast, ist ein reinigender Grappa. Berühmt durch Hemingway. Kennst du Hemingway? Spitze! Wir gehen in die Bar nebenan. Ich habe die Szene schon erkundet.«

Die winzig kleine Bar lag hinter einem Glasperlenspiel, nicht von Hermann Hesse, im Schatten, Lebenszeichen einer Espressomaschine. Es roch nach Kaffee, seiner Röstung, seinem Dampf, es dunstete nach hartem oder klebrigem Schnaps, Zigarettenluft. Der Grappa war bitter. Die Frau Professor nippte an ihrem Glas und fand bestürzt, der Grappa schmecke wie Erbrochenes. »Kipp' runter!« Sie gehorchte und verschluckte sich. Sie sah sich als kleines Mädchen in einem Ballon. Man hatte damals gedacht, Ballonfahrten seien gut gegen den Keuchhusten der Kinder. Es war ein Schweben über der Welt. In der Bar standen dichtgedrängt die jungen Männer mit dem offenen Hemd, der nackten Brust. Einige posierten wie Katja puterstolz in aufs äußerste gestutzten Jeans. »Kastrationsherausforderung«, meinte Katja. »Das Pissoir stinkt.« Mannsgeruch, Bockdunst. Der Gott war als Stier gekommen. Als Adler. Als Schwan. Sehr getrübte Erinnerungen. Die Frau Professor hielt stand als gestreifter Matrose, Clown bürgerlicher Saturnalien. Die Frauen wurden nicht weiter beachtet. Die jungen Kerle schwätzten laut gegeneinander über Frauen. Für die Frau Professor hörte sich das an wie das Bellen von jungen Hunden. Bello, ein Familienhund, domestizierter Jagdhund. Katja rief »gehen wir«.

Sie beschlossen, auf die Berge hinaufzuwandern, die den Ort ummauern. Die Öffnung war nur das Meer. Alle die Jünglinge aus der kleinen Bar folgten nun den Frauen mit Gelächter, Geschwätz, Rufen und Pfiffen, obwohl sie in dem Lokal so getan hatten, als hätten sie sie nicht gesehen. Frau Professor hatte die Lichtbildphantasie einer Fuchsjagd. Immer wieder hörte sie »bello, bello«, die Meute der Hunde. War sie der Fuchs?

Auf dem Weg zur Höhe kam die Gesellschaft an einer Schweizer Pension vorbei; so nannten sich die soliden Beherbergungen für gebildete Familien mit beschränkten Mitteln. In einem gepflegten Garten saßen ordentliche Leute an einem herkömmlichen Frühstückstisch. So war ich noch gestern, dachte die Frau Professor, ordentlich! Es schmerzte sie aber nicht, unordentlich geworden zu sein. Ja, sie, die in einer Matrosenkostümierung einen Trupp hergelaufener Burschen anführte, fühlte sich auf einmal der Gesellschaft der ordentlichen Leute überlegen. Es gab kein Zurück. Sie stieg buntgestreift mit diesen bunten, jungen, halbnackten Geschöpfen im grellen Süden ihrer Sehnsucht den Olymp empor. Oder war es nur der Parnaß? Als sie oben waren, verließen sie den gerodeten Wanderpfad und stampften durch einen Dschungel aus gelben Blüten. Es waren Stauden der Wolfsmilch. Frau Professor, eine fleißige Schülerin, vor ihrer Ehe Studentin, erinnerte sich der Botanikstunde: Euphorbia Resinifera, die Wolfsmilch des marokkanischen Atlasgebirges, die das Euphorbium liefert, bestimmt ein tödliches Gift.

Sie hatten den Gipfel erreicht. Das Ende der Welt. Der Weg führte nicht weiter. Vor ihnen war unten das Meer im Sonnenglast, vor den Füßen der Abgrund. Sie standen auf einem Vorsprung des Felsens, der steil über dem Wasser hing. Der Frau Professor schwindelte vor der Tiefe und dem weiten Land, wie damals im Luftballon der Keuchhustentherapie. Doch wo sie sich ängstigte, mochte auch Gerhart Hauptmann gestanden haben, ergriffen, von der Schöpfung mitgenommen, wie auf dem Bild in der alten Zeitung, und dieser Gedanke war der Frau Professor eine neue, starke Luft. Von fernen Hügeln winkten lauter Iphigenien, Rechtfertigungen des Frauendaseins ganz allgemein.

Die jungen Männer hatten einen Kreis um die Frau Professor geschlossen. Katja war in diesen Kreis aufgenommen und kleiner geworden. Auf einmal doch ein Mädchen. Sie bildeten einen Ring um eine Zirkusmanege. Sie zogen ihre Jeans aus und wurden eine nackte Gruppe aus der Glyptothek in München. Doch betrachteten sie gierig die Welt, nicht stumme Modelle lüsterner Betrachtung und waren ein Publikum, das ein gefährliches Kunststück erwartet und hofft, daß der Artist sich den Hals brechen wird.

Die kleine Katja wurde ungeduldig. Es widerstrebte ihr, sich einzufügen, Gleiche unter Gleichen zu sein. Sie blieb Anarchistin selbst unter den Genossen. Sie trat zur Frau Professor an den Rand des Abgrunds. Sie flüsterte, zart wie die Schlange der Bibel, »Männer sind Mörder, du solltest es wissen, du weißt es nicht. Es ist eine Falle. Ich habe diesen Dummköpfen erzählt, du seist reich. Eine Millionärin! Immens reich. Du trägst Schmuck auf dir und viel Gold unter deinem Rock. Das ist ein Krimi von mir.« Katja lachte und lief zurück in das Glied der wartenden Jünglinge. Die Frau Professor blieb allein auf dem steilabfallenden Vorsprung des Felsens. Sie sah vor sich über dem Meer das Marmorbildnis der jungen Katja am Morgen nackt neben ihrem Bett.

Einer der Burschen hinter ihr, einer mit diesen kurzen Hosen, die er abgelegt hatte, den schwarzen gekräuselten Haaren überall auf seiner Nacktheit, packte ihre Hand, zerrte am kleinen goldenen Ring, an ihrem Finger seit dem Hochzeitstag. Die Frau Professor dachte an die Schlange des Laokoon. Es sind die frühen Bildungserlebnisse, die uns bleiben.

Die Frau Professor stürzte nicht vom Felsen hinunter. Sie schwebte der Ewigkeit in Gestalt des Meeres zu. Sie flog wie Ikarus, der aus Unverstand der Sonne zu nahe gekommen war.

Katja trampte nach Neapel, um von dieser verrufenen Stadt Afrika zu erreichen, den dunklen Erdteil, den schwarzen Kongo, das ihr gemäße Land. Aber sie trug ein unauslöschliches Bild der fliegenden glücklichen Frau Professor in ihrem kleinen, ungezogenen Herzen mit sich für all ihre kurze Zeit.

WER BEREITET DEN RABEN DIE SPEISE

> Wer bereitet den Raben die Speise, wenn seine Jungen zu Gott rufen und fliegen irre, wenn sie nicht zu essen haben?«
>
> *Das Buch Hiob*, 39, 41.

Im Mittelmeer eine Insel, die Sardinien genannt wird.

Ich glaube es und zweifle. Das ist meine Stärke, die mich schwächt. Ich bin nicht in die Gegend gekommen, ich habe Sardinien nicht gesehen. Ein Zufall. Ein Versäumnis.

Ein ordentlicher Professor für Alte Geschichte, der Sardinien bis in die Mythen erforscht, hat mir aus Göttingen, seinem Lehrstuhl, eine Ansichtspostkarte mit einem blassen, grünlichen, welligen Abbild der Insel geschickt. Es ist deutlich die weite See zu erblicken, la Méditerranée, die mich Odysseus sein läßt, und hinten die Berge. Der Professor hat in Sardinien meiner mit einer Postkarte aus Göttingen gedacht. Er ist gebildet, was mich beschämt. Ich nehme die Erzeugnisse seines Kopfes an, ohne sie zu überprüfen. Es gibt Sardinien, und irgendwo habe ich mal gelesen, daß man sich vor Räubern hüten soll.

Mich belasten diese Fragen, seit ein Sarde mit mir in meiner Wohnung lebt. Der Sarde ist schwarz. Höllisch schwarz. So hätte das Volk ihn genannt, als das Volk noch Gott wohlgefällig war. Reißt mein Sarde den Rachen auf und zeigt die Zähne, ähnelt er den Teufelsköpfen als Wasserspeier in Chartres. Ich stand unten bei den Türmen, draußen vor der berühmten Tür. Das war alles. Der Sarde ist sehr schön. Er bewegt sich anmutig; über ihm liegt ein Glanz; er hat sanfte, braune Augen. Sein liebes Gesicht rührt mich tief. Diese Vorzüge haben ihn in frühester Kindheit heimatlos gemacht. Doch ist er anschmiegsam geblieben und zärtlich seine Zunge. Liebt er mich, oder hängt er mir nur an? An meiner Liebe zu ihm zweifle ich nicht.

Nach München war es ein langer Weg, verliert man sich nicht im Relativen. Bin ich denn in München angekommen, oder fürchte ich es nur? Für den Sarden war es zu weit, zu schwimmen und zu laufen. Auch mußten die Alpen überwunden werden und vorher der Apennin. Dieser besonders zaubert seit altersher eine romantische Natur, scheut man nicht die Gewalt, eine trutzige Kulisse, fühlt man sich zu Tragödien berufen. Hannibal, Luther, Kaiser Heinrich und andere irrende Schritte. Ich folge der Strecke im Atlas, der mir von der höheren Schule geblieben ist. Mein Sarde reiste in einem Sack. Woran erinnert er sich wohl? Cagliari, ich lese es im Lexikon, ist die Hauptstadt Sardiniens. Ein Hafen. Und sicher gibt es Straßen, Plätze, ein Municipio, eine Questura mit dem Gefängnis, das Denkmal Garibaldis, einige Palmen, Automobile, Verkehr und Öde. Hinter der Polis die Berge und Schluchten.

In gezähmter Wildnis, in einer Hütte lebt Mona Lisa. Sie schielt. Und ist mit einem Künstler liiert. Das ist ihr Pech. Sie schrumpfte durch das Gewicht des Künstlers auf ihr Schielen. Mein Sarde und ich könnten Mona Lisa im dürren Gehölz besuchen. Eine Versteppung in der unerbittlichen Sonne der alten Welt. Flimmerndes Licht, wo geschlagene Stämme noch den Raum zusammenhalten. Harzduft. Unsichtbar zirpende Grillen. Als Adler und Schwan kam der Gott. Unsterbliche Elemente der Sage. Der Sarde und ich erwägen die Reise an faulen Abenden. Der Fluß im Gesträuch unter unsern Fenstern. Hilferufe der Vögel aus ihren Angstträumen. Schon leiden wir an der Zeit. Wir sollten aufbrechen, bevor Mona Lisa oder gar wir in die Jahre kommen. Vergänglichkeit drängt sich auf, lähmt die Entschlüsse. Werden Mutter und Sohn einander erkennen? Was würde es ihnen bringen? Und wie stände ich zwischen ihnen? Auch könnte Mona Lisa jung gestorben sein, elend oder sanft, verscharrt an ihrem Ort, von ihrem Künstler vergessen. Am Strand eine Wirtschaft und der Wein des Landes. Künstler trösten sich leicht, nehmen Lehm in die Hand, kneten Schönheit, wer sie angeschaut mit Augen. Ich denke Tag für Tag an den Tod. Im Bett liege ich schon im Sarg. Die Tour nach Sardinien wird ein zu oft verschobener Plan. Wie durfte ich den Sarden zu mir nehmen? Eine verschleppte Person! Die falschen Hoffnungen, die ich weckte.

Der Anfang in meiner Stadt, die nicht die meine, ist dunkel. Ich hörte was. Meine Stadt klatscht. Das rinnt mit der Isar vorbei. Ich halte mich raus. Der elegante Mikado erschreckte den grade angekommenen Gast, irgendwo, ich weiß nicht wo, ich kenne den herrschsüchtigen Mikado nicht, in Nymphenburg, beim Schloß der toten Könige, sprang zu ihm vom Schrank auf das Bett, wo er lag, lang hingestreckt, erschöpft von den Strapazen der Reise, unruhig atmend. Schwer schlug sein tapferes Herz. Der Charakter ist friedlich, gutwillig, freundlich. Das könnte ihn vernichten. Doch schützt ihn, was Christen, sprechen sie von sich, den Engel nennen. Er schien zu schlafen. Er stellte sich so. Das verblüffte Mikado als Verstoß gegen die Spielregeln des strengen Charles Darwin.

Tyrannen wünschen Gleichgesinnte. Der junge Sarde kam in die Zeitung: kleiner, schwarzer Wachhund aus Sardinien zu verschenken. Nein, ich lese diese Anzeigen nicht. Ich suchte keinen Wachhund. Ich wache selbst. Doch bin ich nicht zufrieden. Ich wandere nachts. Eine Versuchung für jeden. Bei Mikado meldete sich ein Mann. Der fürchtete seine Frau. Ein Wachhund, dachte er, könne ihn bewachen. Ein Gebiß die Bissige in Schranken halten. Klytämnestra war ihm unbekannt, aber ein Beil war im Haus. Er band den Sarden an einen Strick, schleifte ihn hinter sich her. Wie leicht gerät man in fremdes Unglück. Der Mann stand in der Nacht auf dem Marienplatz, aus der Wohnung gejagt, obdachlos, betrunken. Klytämnestra hatte gesiegt. Kein Glockenspiel des Mittags vom Rathausturm. Die Schäffler tanzten nicht. Ich guck sowieso nicht hin. Der Mann schob einen Kinderwagen, ein altes Stück. Im Gerümpel ruhte der Sarde, lag zwischen geleerten und noch vollen Bierflaschen der berühmten Brauereien. Wieder tat er, als schlafe er. Der Mann stand schwankend auf seinen Beinen, mit seinem Weib gestraft.

Der Sarde kam zu mir. Darf ich sagen, es schlug die Mitternacht? Der Glanz alter Geschichten. Er kam in meinen Arm, fast ein Geschenk. Ich bürgerte ihn ein mit Impfpaß und Steuermarke des Freistaates Bayern. Ich kaufte ihm eine lange Leine, Symbol der Gefangenschaft, ein Brustgeschirr, wie es die Hunde der Polarforscher getragen haben, bevor sie alle erfroren, im Schnee versanken, und ich knüpfte ihm meinen Namen um, meine Adresse und Telefonnummer, meine kleine Existenz und die Hoffnung, erreicht zu werden in der Gefahr. Die alte Wollust aus der großen Kälte.

Er lief nicht fort, er war ja weggetragen worden; doch bleibt er ein Fremdling. Es ist sein Fell, das ihn verrät. Oder eine Witterung. Oder mein Geruch, der sich auf ihn übertragen hat. Sie mögen fremde Hunde an der Isar nicht. Wie sieht er nur aus, rufen sie. So schwarz! Wo kommt er bloß her? Ein Neger? Und es offenbarte sich mir, daß es eine sehr vornehme Hundegesellschaft war, in der ich zu unbekümmert Quartier genommen hatte und plötzlich mitspielen wollte unter den Hunden. Meine Nächsten waren Herren und Damen mit pompösen, hocharistokratischen Namen, Edler von den Nibelungen, Diana von der Blutenburg, ich lernte sie alle kennen, sie beschnupperten nicht nur den Sarden, auch mich, rümpften die hochgezüchteten Nasen, sie hatten Stammbaum und Ahnenpaß und eine Erlaubnis, sich zu paaren, die wir nie erlangen werden, manche trugen ein Halsband mit Edelsteinen, und ihre eingebildeten Besitzer zwangen mich in die Knie mit der maliziösen Frage nach unserer Rasse. So schwarz? Ein Labrador? Aber keine Schwimmhäute zwischen den Zehen. Welch scharfer Blick, gnädige Frau. Ein Dobermann aus deutschem Zwinger? Zu freundlich, lieber Herr, wir schnappen zu. Sardinien? Die smaragdene Küste der Werbung, nackt unter uns an abgesperrten Stränden. In welcher Branche arbeitet Odysseus? Kein Schwarzer im Strand-Club. Und wieder muß ich zweifeln: gibt es Sardinien?

Ich kontrolliere mein Gesicht in einem vergrößernden Spiegel, der am Fensterkreuz an einem Nagel hängt. Ich sehe

Gräben eingerillt in meine Haut, und unter mir, immer wieder, den Fluß, die Isar. Welche Stempel waren auf meiner Stirn zu entziffern? Das Visum konnte abgelaufen, die Aufenthaltserlaubnis entzogen sein. Im Isartal reger Verkehr. Die alten Reisen über Land und Meer. Möwen, Wildenten, Graugänse, im Wasser die Arten, deren Namen ich vergessen habe. Kaum eines allein. Wer schreibt die Nachrichten aus der Gesellschaft? Eine Weltgeschichte aus der Vogelschau. Sie fliegen in Formationen, Schutzgemeinschaften und Kampfstaffeln. Sturzflüge, Erinnerung, die mich in Träumen quälen. Auf einmal brennt die Stadt.

Viermal am Tag Aufbruch und Heimkehr. Wir gehen einsame Wege. Forschen in der Wildnis. Zum Flußmeisterhaus. Es ist verlassen. Niemand mißt mehr den Pegel der Flut. Sie fühlen sich sicher. Noah vergißt wieder seine Arche. Ohne den Sarden kam ich nicht her. Kannte keinen am Wasser. Der Sarde ist nicht zu erschöpfen, holt, was so treibt, aus dem Strom, bringt es mir, wirft es mir hin, mach was draus, während ich mich unfähig fühle, das Glück zu packen. Der Wind weht dem Winter zu.

Freunde. Wir haben Freunde. Sie warten auf uns in den kahlen Ästen. Im laublosen Gesträuch. Auf gefrorenem Boden. Eis splittert unter unserm Tritt. Sie kommen uns entgegen. Raben. Vorher nie gesehen. Schwarz wie der Sarde. Sie fassen Zutrauen. Umfliegen uns mit schweren Flügelschlägen. Es ist nicht die Stelle, wo Möwen und Enten gefüttert werden. Die Raben hungern. Die Menschen mögen die Raben nicht. Der Sarde schaut die Raben ruhig an. Er bleibt stehen. Wir warten. Blicke und Gesten der Freundschaft. Die Raben rücken näher.

Ich bringe den Raben Speise, stelle mich der bohrenden Frage des Hiob. Ich röste Kleie in der Pfanne, zerschneide Fett, breche Brot, fülle Rosinen zu, erkundige mich bei der Vogelwarte in Garmisch, die unwillig Auskunft gibt, was Raben mögen.

Alles in breite Tüten getan. Supermarkttaschen der Hausfrauen. Beladen schwanken sie zurück in ihr Nest, gebannt an die Steine der Straßen, füttern die Brut, bestätigt vom Fernsehen am Abend. Von der Kennedy-Brücke schimpfen die Möwen. Hinter ihnen der Nebelstau des Morgens. Bleiche Schwaden. Stand es bei Dante? Schwarz die Raben, die am Ufer warten. Schwarz der Sarde. Ich hatte mich unversehens geistlich angezogen: schwarz mein Mantel, schwarz der Sweater, die Mütze. Es ist kalt, und wir bewegen uns etwas steif in der Suppe. Ich säe Samen aus. Das Bild des Sämanns in der Schule an der Wand der ABC-Klasse. Meine Hand, die sorgt. Der Bruder des Sämanns trägt die Sense. Das war ein anderes Bild. Nun ein flatterndes schwarzes Feld. In Sekunden ist alles vertilgt. Gekrächze und Dank aus unsichtbarem Himmel.

Anderes Volk. Auf einer verlassenen Bank des Sommers ein Greis. Eingehüllt in eine Decke, wie sie die Möbeltransporteure zur Schonung der Politur unserer kostbaren Antiquitäten haben. Tote Schlagzeilen zerknitterter Zeitungen. Er schlief in seiner Christnacht, hatte Narwik erobert und Stalingrad verloren, gefesselt wegen Feigheit vor dem Feind, zurückgetreten in die Schar der gewöhnlichen Feiglinge, nicht angenommen von den Tüchtigen, abgewandt von der Wiederholung des Bösen. Ich eilte zum feinen Delikatessenladen des jenseitigen Ufers, kaufte Burgunderwein aus dem Spital von Beaune, Holsteinerschinken, den ich gern aß, Kuchen, ließ es in des teuren Ladens Beutel packen, hing ihn leise über die Lehne der Bank des Obdachlosen. Schämte mich. Die Nacht fror ich. Fror in meinem Bett, fror in dem warmen Zimmer. Genoß das Licht der Lampe nicht, nicht das Buch. Der Sarde kam und wärmte mir den Rücken. Am Morgen war nur Reif auf der Bank des Sommers. Kein Greis, kein Tragbeutel, kein Wein.

Dann kam das Mädchen. Sie trug die junge Kleidung, die ich entbehrte, als ich jung war. Sie starrte in den Fluß, merkte uns nicht, bis der Sarde sie begrüßte, zärtlich ihr Knie. Sie sah nach Konfetti aus; aber ich weiß nicht, ob es die Zeit für Konfetti war. Irgendwelche Sterne in ihrem Haar. Die Augen abgebrannte Lichter eines Festes. Für heute fertig mit der Welt. Sie fragte, hast du eine Zigarette. Ich fühlte Glück, weil sie mich duzte. Das war mir lange nicht geschehen. Ich deutete auf meine Tragtasche mit dem Vogelfutter und eiferte, ich müsse die

Raben speisen. Erst dann würde ich laufen und Zigaretten holen. Ich mag das Rauchen nicht. Nicht diese allzu gewöhnliche Selbstbefriedigung. Ich enttäuschte sie. Wieder war nur der Fluß, seine stete Strömung vor ihrem Blick.

Ich fand das Mädchen nicht wieder, der ich gefällig sein wollte, als ich kam, die Schachtel Zigaretten in der vom Zigarettenautomaten verwundeten, blutenden, im Frost erstarrten Hand. Ich hatte dem Automaten nicht zu befehlen vermocht, seine Sprache nicht gesprochen, seine Zeichen nicht verstanden und, er war mir unsympathisch, wütend gegen das scharfkantige Blech geschlagen. Es war mein verdammter Hochmut, nicht zu rauchen. Ich sah nun allein das Wasser, lößfarben, gletscherkalt, maulauf rann es von den Bergen, störrisch aus mir fremden Alpen durch die Stadt. Ich dachte an Georg von der Vring. Altersbedrückt ging er am Stock in die Bayerische Akademie der Schönen Künste, die fliehende Hand am schwerhörenden Kopf. Ein Satz von Carl J. Burckhardt, eben gelesen: Lebensenden sind schwer. Burckhardt war ein Begünstigter, sah über den Genfer See, vom eigenen Weingut aus. Georg von der Vring tauchte arm in den Fluß; Wasser lief in die tauben Ohren. Mir erschien Louis Clappier, der Gefangene der Festung Königsberg, der, befreit, deutsche Literatur nach Frankreich brachte und sich in die Seine. Ihrem Bett und Geheimnis vermählte sich Paul Celan, er selbst ein Traum unter den Brücken. Ich gedachte der Virginia Woolf, eine Lady, nicht Ophelia schön wie Schnee, und die schmutzige Ebbe und Flut in der Stadt London. Die Isar, glaube ich, fließt mit der Donau ins Schwarze Meer, den Pontus Euxinus, das gastfreundliche Meer der Antike, himmelsblau sah ich's noch vor russischen Schlössern. Am Strand von Warna Büroarbeiter aus den Kanzleien mit den blanken Computern in meiner hochangesehenen Straße. Das Gesicht ganz und gar einer feindlichen Sonne zugewandt. Bei Konstanza vergiftet Schwefelwasserstoff den Pool.

Im Verdämmern, im Verdämmern des Tags. Ich suchte am Fluß, suchte im Wasser. Der Sarde brachte Flußgut die Böschung hoch. Da erschien der Mann, schwankend, eine fallende

Wolke, die stank. Funken aus seiner Hand: der unheimliche Elektromann des Jahrmarkts von einst. Krautbrand und Rauch. Er schob die Glut seiner Zigarette gegen meinen Mantel, zielte gegen seine ausgefransten Knopflöcher. Er brannte die hängenden Fäden ab. Ein ordentlicher Mensch. Wohl kameradschaftlich gemeint. Haben Sie eine Mark für mich? Er stand vor mir, wurde ein irrer Schatten, vom Bier, dem Wind, der Nacht geschüttelt. Ich sagte, gern, und das brach ihm das Herz. Wirklich, Zerstörung klirrte in seiner Brust. Sie sagen gern, schrie er und reckte sich noch höher, flog fast in die Luft, die Hölle war unten und oben, Sie geben mir gern eine Mark? Dann geben Sie mir doch zwei, drei, geben Sie mehr, mehr, mehr! Alles! Was Sie haben, was Sie besitzen, Ihr Erspartes, Ihr Beiseitegebrachtes, das Mitgestohlene, du Rentner. Und mich bedrängend, den veraasten Leib gegen mich pressend, am Mantel zerrend, in finsterer Gärung rief er, du hast ja Geld, hast Geld, Geld!

Oben, auf der Straße der reichen Anwohner, dort, wo ich zu Hause und nicht zu Hause, da, wo ich registriert, aber nicht zu fassen bin, der Lautsprecher eines Polizeiwagens: Gesucht wird ein alter Schauspieler. Er irrt, begleitet von einem schwarzen Hund, durch die Isarauen. Stoßt ihn von den Stelzen. Brennt die Schminke von seinem Gesicht. Stopft ihm das Maul. Entlarvt den alten Verführer.

Der Sarde, schwarz, höllenschwarz, schaut treuherzig, fühlt sich nicht angesprochen.

AN DER ISAR

Der Fluß, in den der Dichter gegangen ist, der Fluß und seine schwarze Tiefe, der Fluß und sein Silberschein, der Fluß und sein grünes Flimmern.

Das Eis auf dem Fluß, das Eisbett, das eisige Wasser, das Wasser der Gletscher, das Wasser des Schnees, das waschpulverblaue Wasser des Speichersees.

Das Wasser, in dem die Knaben ertranken, nackt und verfroren und zu mutig im April, in das sie einbrachen, erhitzt, die Krone auf dem Haar, am Dreikönigstag.

Die Studenten brachten die fremden Soldaten mit, die fremden Soldaten luden die Mädchen ein, die Mädchen schleppten das Bier in festen Gebinden auf die Geröllinsel mitten im Fluß.

Unter der Sonne am Mittag ohne Mittag der Kontorist und die Kontoristin am Fluß Hand in Hand und ihr Traum von einem Marathonschwimmen unter alle Brücken über alle Wehre in den Donaustrom durch das Eiserne Tor zum Schwarzen Meer zum Strand von Mamaia: gewählt werden Miß und Mister Pontus Euxinus. Das Haus der Versicherungsgesellschaft ist am Mittag ein Konservenglas voll reinstem Neonlicht. Die Büromaschinen, in der Pause sich selbst überlassen, glänzen in großer Freude: kein Kontorist, keine Kontoristin, nicht dieser Gestank. Ach, käme doch die Flut!

Die Männer lagen im Gras und im Schmutz, der ihnen angetan war, die Frauen lagen im Gras und im Schmutz, der auch ihnen angetan war, Männer und Frauen lagen in Lumpen auf nassem Papier, die Alten hörten den Fluß nicht mehr, die Irren sprachen kein Wort zu dem Wasser, die Flaschen ruhten leer, der Wermut war ausgetrunken.

Der Aussatz im Wasser der Badeplätze dieses Sommers.

Das kranke Wasser der Gemeinde des Herrn.

Das giftige Wasser des Fleißes.

Der Flügelschlag der Möwen.

Der Flug der Wildgänse von Norden und dem Norden zu.

Der Fluß, an dem ich wohne, der Fluß, zu dem ich hinuntergehe, das Wasser, über das ich mich beuge, das Wasser, in dem ich mich finde, das Wasser, in dem ich mich suche, das Wasser vor meinem Haus, der Fluß vor meinem Fenster, ich lehne mich weit hinaus, ich halte mein Gleichgewicht.

Das ist ein sehr altes Haus, da wurde vorgefahren, da hielten Kutschen vor dem Haus, da ist noch das Schild »Aufgang nur für Herrschaften«, verrostet, da wurden Feste gefeiert, da wurde zur Nacht gespeist, da wurde zur Gala empfangen, da kamen sie in Fräcken bis zu den Fersen, da hatten sie die Schärpe um, da trugen sie die Krone im Haar, die Sängerin sang, sie hatten der Primadonna die Pferde ausgespannt, der Applaus zog die Kalesche, Fackeln verzischten im Fluß, es mußten Herrschaften sterben, einige starben, damit ich einziehen konnte in das Haus, und ich wohne noch unter Herrschaften, über mir und unter mir und neben mir Herrschaften, die sterben werden, lange schon Verurteilte, die in ihren geräumigen Zellen sitzen und auf die Vollstreckung warten, ich wohne wie sie in großen hohen Räumen, der Stuck der hohen Decke zeigt Schwäne und Paradiesvögel und Orpheus mit der Leier und den Pegasus gestutzt und die Göttin des Glücks, da drin oder vorragend ein Haken für den Galgenstrick oder den Kronleuchter, aus Kristall einmal, mit Kerzen wohl versehen und funkelnd und leise klirrend, wenn das alte Parkett, von alten Dienerinnen mit altem Wachs eingerieben, unter dem Lackschuh knarrte oder unter dem Reitstiefel, wenn eine Tür zugeworfen wurde, für immer geschlossen, das Kristall ist zerbrochen, der Kronleuchter meiner Wohnung liegt auf dem Müll, doch über und unter und neben mir schwingt er noch in den Zimmern, gibt Licht der Dunkelheit, ohne Kerzen zwar, mit einer elektrischen Birne von vierzig Kerzen, zu schwach, zu wenig Licht für das graue Haar.

Ich blicke auf den Fluß, schaue auf das Wasser, ich sehe das Wasser, auch wenn es dunkel ist.

Der Baron wird hineingehen in den Fluß, die Baronin wird untertauchen in das Wasser, ihr Kind werden ihr die Wellen nehmen. Der Professor wird in den Fluß gehen, er wird vergessen werden, wie er vergessen ist. Der reiche Kaufmann wird das Wasser des Flusses trinken; seine Firma ist schon gestrichen.

Die Sängerin singt die Arie »An den Abendstern«, die Sängerin hat ihre Stimme verloren, sie hat ihre Stimme der alten Zeit gegeben, ich höre ihrer Stimme Jubel, das dringt kräftig durch die alten Mauern, die Sängerin steht allein in der Nacht, der Abendstern, Venus, strahlt, das alte Grammophon, sein Messing leuchtet wie der Mond, die alte Platte dreht sich, die alte Grammophonnadel näht den Takt, die Sängerin singt die Arie »An den Abendstern«, sie sitzt in einem alten Lehnsessel, zierlich und grau, sie sitzt in ihrem hohen großen Zimmer, sie sitzt vor einem prächtigen schwarzen Flügel, der zugeklappt ist und schweigt, auf dem eine Decke liegt mit Fransen und den eingestickten Namen der großen berühmten Arien der Sängerin, und Bilder stehen auf dem Flügel und zeigen die Sängerin im Kostüm ihrer großen berühmten Rollen, und viele Lieder schallen durch den großen Raum, und die Sängerin sitzt und lauscht ihrer Stimme auf der alten Platte, hört ihrer Arie »An den Abendstern« zu, und ich höre ihr zu, der Abendstern steht über dem Haus, scheint in ihr hohes großes Fenster, scheint in mein hohes großes Fenster, fällt in den Fluß, und die Sängerin wird in den Fluß hineingehen und weggetragen werden und vergessen sein.

Und ich am Fenster, schon halb aus dem Fenster, schon im Fall auf den Fluß, in der Nacht, unter dem Abendstern, unter dem Schrei der Möwen, unter dem Flug der Wildgänse, horchend auf das Wort des Dichters aus dem Wasser, aus dem Fluß. Mit welcher Hoffnung?

J. PIERPONT MORGAN, MEIN NAME UND DIE KLEINEN MÄDCHEN

Er war mit den Büchern da. Klingelte Sturm. Schleppte eine Wagenladung ins Haus. Drängte sich in den Fahrstuhl. Keuchte in die Wohnung, ins Zimmer, überanstrengt, Schweiß auf der Stirn, riesengroße Kartons, schichtete sie auf, ein Turm, nicht zu Babel. In der braunen Pappe lagen Bücher, von denen er sicher war, daß ich sie geschrieben hatte. Ich war mir nicht so sicher. Ich war erstaunt, selbst erschrocken. Hätte er ein Buch aus einer der Hüllen genommen, es aufgeschlagen, irgendwo, mir eine Seite vorgelesen, vielleicht würde ich ihn fragen, von wem das sei. Er konfrontierte mich mit meinen alten Ängsten. Erledigt, wollte ich ihm zurufen, es ist zuende, aber ich dachte es nur, schwieg. Ich konnte kaum noch atmen. Ich fühlte mich von dem Buchhändler, der die Bücher gebracht hatte, vergewaltigt, von dem Bücherturm erpreßt. Der Mann wollte meine Unterschrift, zweihundertvierundneunzig Mal, wie er frohlockte, auf zweihundertvierundneunzig Titelblättern. Sie zweifelten also doch, daß ich dies geschrieben hatte, die Buchhändlerkunden, sie wünschten eine Bestätigung, eine eidesstattliche Versicherung, ich sollte mich mit meinem Namenszug zu meinem Werk bekennen. Zu meinen Untaten, hätte ich denken können.

Der Buchhändler war ein gewandter Mensch. Er glich dem, der dem Peter Schlemihl seinen Schatten abgekauft hat.

Was bot er mir? Zweihundertvierundneunzig Leser. Ich bin Schriftsteller von Beruf und leugne, es sei ein Beruf.

Er war flink. Sagte, das haben wir gleich. Ich meinte, mir wird die Hand erlahmen. Er rückte einen kleinen Tisch in die Mitte des Zimmers unter die Lampe, stellte einen Stuhl für mich hin, zauberte eine Hand voll Kugelschreiber aus seiner Tasche. Ich sagte, ich habe nur eine Schreibhand. Er: das macht nichts.

Ich saß, er war neben mir, mein großer Bruder, reichte mir das Buch, aufgeschlagen, die weiße Seite, ich erinnerte mich an Fräulein Solti aus Masuren, Eislaufkünstlerin, Lehrerin, an ihre Tänze auf dem zugefrorenen See, 1918, mir war unheimlich, dachte ich als Kind an die Fische unter ihren begabten Füßen, und jetzt sah ich meinen Tod, als ich mit einem der Kugelschreiber eine Pirouette auf das Papier setzte. Der Buchhändler riß das signierte Stück an sich, schlug das nächste vor mir auf, das Eis wurde brüchig.

Ein Arzt sagte mir einmal, er könne aus der Schrift Krankheiten erkennen und Gedanken lesen. Ich hütete mich, bei ihm zu denken und zu schreiben. Ich beobachtete aber, wie sich von Buch zu Buch meine Unterschrift veränderte. Ich forschte nach einem Gesetz und fand, es gibt mich nicht. Mein Schreiblehrer, Herr Dargel aus Masuren, hatte dem Sechsjährigen schimpfend und strafend die Hand geführt, eine Fesselung, die mich für mein Leben schlug, frustrierte und bald von Schreibmaschinen träumen ließ.

Herr Dargel prophezeite mir eine düstere Zukunft. Ich stimmte ihm bei, wenn mich meine Zukunft in Ortelsburg erwartete. Der Lehrer Dargel stärkte meinen Wandertrieb. Nach der fünfzigsten Unterschrift für den Buchhändler versetzten mich meine Gelüste nach New York. In der 28. oder 30. East Street gibt es zwischen den respektablen Blöcken der einst vornehmen Peter-Stuyvesant-Gegend einen Palast im Stil der Renaissance, nun unterdrückt, es ist die J. Pierpont Morgan Library, ein wahrer, wenn auch kunterbunter Tempel für Literaturgläubige wie mich. Dieser Morgan war natürlich Millionär. Für ihn zeugt die Morgan-Bank in der Nähe der Wallstreet und mehr noch, finde ich, sein Museum. Ich mag Millionäre, die, sich der Vergänglichkeit bewußt, Kunst, Schrifttum und die Geschichte der Menschheit in bewahrende Ordnung nehmen. Allerdings habe ich nur zwei Millionäre kennengelernt, und die mag ich besonders, weil sie klug und traurig sind. Dabei bin ich Sozialist oder gar ein Anarchist. Morgan hat gesammelt und in seinem Renaissance-Palast untergestellt, was gut und teuer zu kaufen war. Ich weiß nicht, ob es ihn gefreut hat und ob er nachts allein zufrieden oder gejagt durch den Palast geschritten ist. Es stehen Möbel dort, es hängen Bilder da, die Sammlung ist aber vor allem der Schrift geweiht. Manuskripte schon aus der Zeit, als der Mensch anfing, sich etwas zu notieren. Versuche, als die Völker ihr Alphabet fanden. Die Manuskriptkunst bis zum 16. Jahrhundert. Wege zum Himmel, Gesetze, Richtersprüche, Staatsverträge eher zur Hölle. Die Stundenbücher von Leuten, die Macht und Muße hatten. Die Gutenbergbibel, die Wiegendrucke, das Meer der Erstausgaben, schließlich Balzacs Korrekturfahnen, in des Denkens Sprüngen kaum zu entziffern.

Man erzählt, Morgan (oder einer seiner Jäger) sei in der großen Inflation in Deutschland gewesen und habe in Berlin die Bibliotheken gebildeter, nun verarmter Geschlechter aufgekauft. Das Museum besitzt die Urschrift der Verfassungen vieler Staaten, ob gut oder schlecht, echt oder unecht. Die Abdankung des Kaisers nach dem Ersten Weltkrieg. Morgan (oder sein Pfadfinder) hätten den Nachlaß des deutschen Expressionismus für ein Butterbrot kaufen können. Ich fand da nichts. Sie kauften für sehr viel Geld das Erbe Strawinskys. Sie besaßen schon die Partituren Mozarts in Mozarts Handschrift. Respektlos: ein Schutthaufen der Kultur.

Ich war aber hingegangen, die Ausstellung zum 150. Geburtstag von Lewis Carroll zu besuchen, des selbstverzauberten Liebhabers kleiner Mädchen, die er ins Wunderland führte, denen er Liebesbriefe schrieb und sie photographierte, um zu behalten, was vergänglich war. Das alles hatten nun die Testamentsvollstrecker des J. Pierpont Morgan, Bankier, schön gesammelt und sichtbar gemacht, ich war ihnen dankbar, und es freute mich sehr.

Die Freude trieb mich fort. Ich war unglücklich. Ich machte meine kleine Odyssee durch Manhattan. Washington Square, Bethesda Fountain im Central Park, die Statue des Hans Christian Andersen, ich wollte mich dem Märchendichter zu Füßen setzen und allen Fröhlichen und allen Beladenen vorlesen, war ihnen nicht würdig und ruhte auf der Treppe zum Metropolitan-Museum. Kleine und große Mädchen, Buhlbuben in jeder Preislage und niemand, der zu mir sprach.

Auf der Queen-Brücke, wie auf einem schwankenden Seil über dem East-River. Alle Herrlichkeit der Welt. Zufrieden mit Verlegern, Druckern, Buchhändlern, Lesern, ja, glücklich, zu ihnen zu gehören, am Rande gedenkend des Homer und der Märchensprecher, selbst der Schar der unseligen Lügner, sie gernhabend, fürchtend die strengen Wahrheitsspucker, sie düngten Galgenberge.

Noch nicht hinab von meinem Brückenseil zum Queen-Tunnel, der dunklen Strecke zum Friedhofsgürtel New Yorks, der Endmuräne im Volksmund. Ich schaffte das zweihundertvierundneunzigste Buch, das der Händler mir vorlegte. Meine erlahmte Hand führte Julia, die Unsichtbare, aber zu Empfindende, eine Leihgabe aus der Arno-Schmidt-Stiftung. Es war aber ein Taxigirl aus einem Lokal in Harlem, das man nicht besuchen sollte.

TASSO ODER DIE DISPROPORTION
Fragmente

So klammert sich der Schiffer endlich noch
Am Felsen fest, an dem er scheitern sollte.

Tasso – so nennen wir einen armen alten Mann –, Tasso wollte, angeregt durch Beispiele, die in letzter Zeit in Zeitungen und Journalen zu lesen waren, öffentlich diskutiert, gelobt oder verworfen, ihm gleichermaßen ungenügend und über das Leben hinwegzureden schienen, seine Erinnerungen schreiben, doch auch, weil ihm mit wachsendem Alter das gelebte Leben, um so lebendiger, je weiter es zurücklag, bedrängte, vorstellig wurde zu Tag- und Nachtstunden und in der Unerbittlichkeit des »so kam es«, »so ereignete es sich«, korrigierbar vorkam, es hätte auch anders sein können, manipulierbar, aber er hatte die Koordinaten nicht beherrscht, sie nicht einmal gekannt, keine Kenntnis nehmen wollen, aber nicht, daß er ein anderer hätte sein, ein anderes Leben hätte führen wollen, ungläubig, wie er in jedem kirchlichen Befehl war, erfüllte ihn Gottvertrauen und eine Einstimmigkeit mit Gottes Führung, er wollte nicht undankbar sein, er war davongekommen und wollte es bekennen. Tasso beschuldigte sich des Leichtsinns, der Leichtfertigkeit, des Unbedachten, sein Lebensschiff zu steuern.

Dorothea entdeckt in jeder Stadt die Stätten des wahren Handels. Hier geschah es in einem Gewölbe unter einem Turm, den der Krieg, in einem zerstörten Gebiet, verschont hatte. Dorothea suchte eine Matratze aus Schaumgummi, nicht zu weich und nicht zu hart, zwei Meter im Quadrat. Der Händler deutete nach oben. Dorothea stieg in den hohen Turm. Der Händler folgte ihr, ein kräftiger, offenbar einsilbiger Mann. Die schmale Treppe aus greisem Holz stöhnte.

Dorothea kam vom Turm zurück. Sie hatte Schuhe und Strümpfe ausgezogen und war über die Schaumgummimatratze, den Rock wohl gehoben, sie prüfend, gehüpft. Der athletisch gebaute Händler warf das schwellende Polster von seinen Schultern zwischen uns. Ich wollte nicht verstehen, daß er von meinem Töchterchen sprach. Er hatte sich im Turm weiße Salbe über das breite Gesicht geschmiert. War er krank? Vielleicht war es Schminke. Er sah wie der berühmte Harlekin aus und spielte die Rolle. Der muskulöse Kerl hatte den Gang eines alten Strichjungen. Es geschieht oft, daß solche Erscheinungen sich an den Abfällen einer Stadt nähren.

In Reichweite »Die Wahlverwandtschaften«. Titeldruck schwarz. Ich vergaß zu berichten, daß Dorothea einmal die schwere Schreibmaschine in die Arme genommen und zu Boden geworfen hat. Es sah wie ein Sieg aus, und Dorothea zitterte wie jeder Sieger. Da ich mir grade eine neue Schreibmaschine aus Geldmangel nicht hätte kaufen können, wollte ich Dorothea umbringen. Ich umhalste sie. Sie tat mir leid. Sie hatte die Wörterzauberei der Olivetti überschätzt, ihren Körper gering geachtet. Meine Stimme in die Welt versagte nicht den Dienst. Nur die Rücktaste war abgebrochen. Wir mußten vorwärts marsch wie ein geschlagenes Heer. Später wunderte, ja ärgerte sich die Griechin ob des Schadens.

Es steht die alte Schreibmaschine vor mir auf dem Tisch und wartet. Ich habe sie vor langen Jahren in einer Gebrauchtwarenhalle erworben. Es war ein Gelegenheitskauf und ein Tag, an dem ich Geld hatte. Ein unerfahrener Bräutigam versuchte, sich mit ernsten Absichten einer Familie hochgeschätzter deutscher Büromaschinen zu verschwägern. Bis gegen Abend spielte ich den Apostel Petrus in einer etablierten Firma. Seitdem haben die Erikas ihren soliden Ruf verloren. Sie nennen sich Esquire, mit goldenem Markenschild, werden in Hongkong fabriziert, ein Massenerzeugnis für jedermann aus der Sonne Asiens. Die Fließbänder der Schöpfung schweben durch das diffuse Licht japanischer Kameraaugen, es ist der Abglanz der schönen Bucht von Hongkong, und manchmal rütteln die Taifune die klimatisierten Niederlassungen weißer Teufel. Das Volk, die Arbeiter, flinke Chinesen kapitalistischer Gesinnung, ohne Zeit und Blick für die Schönheit der mitleidlosen Natur, in die sie geboren, fummeln winzige Schrauben in vorgeschriebene Löcher. Das Produkt bekommt ein krankes elektrisches Herz und ein Kleid aus biegsamem Kunststoff. Grelle Farben: rot, grün, gelb. Sie werden sich in den Supermärkten weltweit anbieten. Das Alphabet tippt europäisch, russisch, japanisch, arabisch, hebräisch, indisch. Es klappert, je nach Bestellung, polyglott in seiner zerbrechlichen Brust. Es ist der Wettbewerb, dem ich mich täglich stelle, eine Entwicklung, zu der ich beitrug, der Fortschritt, den ich wollte und dem ich mich verweigere. Die Erika, die mir nach verbreiteter Meinung gehört, die ich bezahlte, hat noch das stabile Gestell ernster Geschäftsprovenienz, in ihrem dicken, grauen Leib aus Gußeisen steckt das Wort, das ich suche, schlafen die Sätze, die ich nicht finde, drängt sich der ungehörige Text. Eine abgedankte Bürokraft, noch robust, diensteifrig und untertan den Wünschen der Chefs. Ich war oft gerührt, ihr kaltes Gesicht mit zehn Fingern zu streicheln. Eine Fertigkeit, die ich immer bei anderen bewundert habe. Ich versprach mir durch ständige Übungen den Aufstieg in den Kreis der Selbständigen, lobte mir Fleiß und Ordnung und ein arbeitsames Leben. Gewohnt, Bilanzen zu Papier zu bringen, Bestellungen, Angebote, Rechnungen, Mahnbriefe, Steuererklärungen und Stundungsgesuche aufzusetzen, Herrschaft und Drohung zu sein im Namen ihres Besitzers und demütig vor dem Mächtigen, hat die Maschine sich überraschend wandlungsfähig den neuen Ansinnen bei mir angepaßt. Anfangs erschrak ich, wenn ich versehentlich und blind die Taste des Tabulators berührte, Zahlen klingelnd auf die eingespannte Seite und mir ins Gesicht sprangen und der breite Wagen weghüpfte. Jetzt vertragen wir uns, nachdem wir etliches vollbracht und bestanden haben. Das Rechenzentrum des Handels ist stillgelegt. Die Tabellen sind ein für allemal gelöscht, die

Pfennige nicht mehr von der Mark zu trennen, sind die Nullen amputiert, das Negativ-Zeichen vorausgesetzt. Ich habe den Markt nie beherrscht. Ich habe mich nie nach ihm gerichtet. Wenn ich schwamm, dann gegen den Strom. Die Summe ging in die Millionen. Es ist vorbei. Auch das Kino, dem wie einmal dienten, ist gestorben. Ich male nicht länger links die Bilder, die ich vergessen möchte, rechts die Wörter, die ich nicht mehr hören mag. Sie haben mir das Leben gerettet. Erfundene Träume ernährten mich. Das steht für alle Politik. Staatsbürgerkunde, Weisheit und Revolution. Ich habe nach den Jungen und Mädchen über meine Jahre hinaus verlangt, und ich habe es nicht gewußt, als ich vielleicht für sie begehrenswert war. Ich könnte mich auf Sokrates berufen, hätte ich den Schierling schon getrunken. Ich atmete außer Atem ihren Atem, ihre Haut, ihre gewaschenen oder schmutzigen langen Haare, den Schweiß ihrer Nacktheit. Ich liebe ihre Träume. Ich teile nicht ihr Leben. Im Mai saß ich, wie es sich gehört, vor den Cafés am Boulevard. Den Tränen nah. Ihnen nah. Ich hob keinen Stein. Die Steine trafen mich. Ich schreibe gern auf diesem alten Gerät. Das ist gelogen. Ich schreibe nicht gern. Bald werde ich die schwere Schreibmaschine, in der alles ruht, was ich noch bin und sein könnte, nicht mehr zu heben vermögen.

Lehrer Dargel leitete mich in der ersten Klasse zur Schönschrift an. Er stand eine geschlagene Stunde hinter mir und warf, die schmächtige Gestalt eines Hungerleiders, einen mächtigen Schatten in meine Zukunft. Er versuchte, mich zu führen. Er legte seine mit braunen Flecken übersäte Hand auf meine um den widerstrebenden Griffel verkrampfte kleine Faust. Ich war sechs Jahre alt. Des Schullehrers Pfote war die eines Toten. Dargel war fünfzig. Mein Freund, der Schauspieler, sagte, du schreibst chinesisch, ich konnte deinen Brief zu meinem fünfzigsten Geburtstag nicht lesen. Ohne Schreibmaschine verstumme ich selbst dann, wenn ich reden möchte.

Sie sagte Ferarra, und Tasso dachte an das Gefängnis in Ferarra, der schönen Stadt, wie es ihn entsetzt, als er Goethe gelesen, der das Strohlager gesehen und gerochen hatte, verfault, von Ratten bepisst, in einem Hundestall in Ferarra, denn Tasso war nichts mehr wert gewesen, nichts für den Ruhm Alfons des Zweiten, Herzog von Ferarra, war eingelocht, verstoßen, hatte getan, was sich nicht ziemt, sich vergangen an den Ansprüchen, der Erwartung, die man an ihn gestellt hatte, die Ehrfurcht vermissen lassen vor der Majestät der Geburt, dem Ernährer, dem Wohltäter, dem Mäzen, dem Herzog nicht die Hand geküßt, dem Regierungschef, Antonio Monte Catino, die Opposition geboten und erfahren von diesem, dem Eitlen, daß er, Tasso, ein Schmarotzer war, ein ausgehaltener Narr zur Unterhaltung der Damen, in Respekt und Distanz, von Goethe auf seiner ersten Italienreise so beschrieben, von Goethe brüderlich ins Herz geschlossen, er hatte an seinen Fürsten gedacht, den August, an die wohlgenährten Pferde in Weimar, an das Wohlstandsministerhaus, an das geliebte Gartenlusthaus, die Braut zu empfangen, vor den Blitzen des Gewitters zu zittern im heißen Sommer, und doch dem Wetter den Kopf zu bieten, weit hinausgelehnt in die Nacht, ein Fleck Garten, Stück Erde, Stück Schöpfung, Stück Himmel, Gefahr, Gefahr, und dann diese Hofgesellschaften, die kleinen Geschöpfe, den gebildeten Schleim aus gepflegtem Frauenmund, den er sich anhören mußte, den großen immerwährenden kleinen Zirkel zu allen Feiertagen des Jahres, den christlichen, den kleinstaatlichen, den erlauchten Geburtstagen, dem hocherhabenen Gedächtnis an die Vermählung des Fürstenpaares, als sie alle noch jung waren, Goethe jung war, der Fürst jung war, ach, an den Tag, als der Fürst den ersten Orden bekam, oder Goethe ihn bekommen hatte, von Fürstenhand, von Überfürstenhand, woher, wofür, warum, Geburt der deutschen Klassik, Tasso sah, daß Ferarra, das Mädchen in seiner Tür, schön war, sie, die vor ihm stand, etwas schüchtern und bald erstaunt, daß sie nicht schüchtern zu sein hatte vor diesem Zimmer, das sie unaufgeräumt fand, ungepflegt, schmutzig, sie hatte den sicheren Blick der

Armut, die nicht verkommen will, des Schlüsselkindes, das Herrin eines angesehenen Hauses werden möchte, ein strenges blaues Kostüm von C & A nach Pariser Muster, ein tiefer Ausschnitt dem Frost ausgesetzt und die gerötete Haut dem Verlangen, dem Mut zu bewundern, sagte sie mit dem Hauch, den ihre Generation cool nannte, ich komme auf ihre Anzeige, nun ja, Tasso wollte seine Memoiren schreiben.

Der Stuhl, den Tasso Ferarra anbot, war ein Büroschreibsessel auf wackligen Füßen, ermüdet von großer Fahrt. Man konnte ihn drehen und wenden, ohne die Sicherheit des Reiters auf einem guten Pferd zu erreichen. Zwischen Ferarra und Tasso lag das weite Feld eines Familienspeisetisches aus üppiger Zeit, die Soßenreste hatten sich in Tintenflecke verwandelt, der Tisch war ein Erbstück, die Erblasser waren tot. Tasso wußte nicht, wie der Tisch in sein Zimmer gekommen war. Von seiner Mutter nicht. Der Tisch trug eine Büroschreibmaschine von erheblichem Gewicht. Es war solider Stahl, den Tasso fürchtete, nicht mehr tragen zu können. Ferarra blickte über den Tisch und auf diese Schreibmaschine. Sie sagte, sie sei gewohnt, auf einer elektrischen Maschine zu schreiben, auf einer IBM mit viel Raffinessen. Ferarra war enttäuscht, Tasso fühlte es. Sie schaute sich um. Der Bodenbelag hatte Risse, er löste sich auf in wunde Fäden. Überall lagen ungeordnete Zeitungen in Haufen. Tasso sagte, ich war mal Journalist. Die Fenster waren lange nicht geputzt. Das Licht vom Fluß brach trübe über den Tisch. Ferarra sagte, sie sei Abteilungssekretärin in einem Werk, das Raketen in den Himmel schoß. Tasso kannte den Namen. Aus Zeitungen. Ferarra blickte ihn fast angeekelt über die geschmähte Schreibmaschine an. Ihr Gesicht hatte einen edlen Schnitt, aber der Ausdruck war der eines Schafes. Ihr schöner Mund bewegte sich unentwegt und verheißungsvoll. Sie kaute Gummi. Ferarra wäre aufgestanden und am liebsten gegangen, wenn nicht die vielen Bücher in den Regalen an den Wänden und auch sonst überall am Boden zwischen den Zeitungen das Zimmer wieder zum Arbeitsraum eines Chefs gemacht hätten.

Die Holzhändlerstochter in Reinfelden. Es hieß, der Vater sei reich. Mein Onkel sagte, du solltest die Holzhändlerstochter heiraten. Sie war vierzehn Jahre alt. Blond. Friesisch. Sie saß mir im Morgenzug nach Lübeck gegenüber. Ich blickte auf ihre nackten frostroten Beine. Sie ging, wie die meisten Kinder dort und damals, auch im Hochwinter nur mit Söckchen. Nackte Waden, nackte Schenkel. Sie wußte nur ungefähr, daß ich in der Villa daheim wohnte. Ich fuhr eine Woche lang jeden Tag mit dem Sieben-Uhr-Zug nach Lübeck, ohne dort etwas zu tun zu haben. Manchmal aß ich im Bahnhofsrestaurant Räucheraal und trank einen Aquavit dazu. Wir kamen ins Gespräch. Sie kam in den Garten der Villa daheim. An einem Apfelbaum hing noch ein erfrorener Apfel im Schnee. Sie sagte, ich hole ihn runter. Ich stützte sie, berührte ihre eiskalten Schenkel, glitt mit den Händen höher wie über blankes Eis. Sie spürte meine Erregung und nahm sie an. Sie stemmte sich gegen meine Berührung bis gegen den Rand ihres Slips. Dann ließ sie sich fallen, sprang auf und lief weg. Ein reiner kalter Wind.

Das Mädchen von der Reeperbahn. Ich wohnte in Wietzels Hotel. Es war ein schönes altes Haus auf einem Hügel, neben der Seewarte, gegenüber den Landungsbrücken. Aus meinem Fenster konnte ich auf den Hafen sehen. Seefahrerromantik kam auf, und ich wußte, wie wenig es zu mir paßte. Ich war mit Sörensen dort. Sörensen war blond und stammte aus Kappel an der Schlei. Sie war die Frau eines Psychiatrieprofessors in Berlin. Der Professor war Jude. Sie liebten sich und lagen in Scheidung. Morgens tranken wir Whisky. Sörensen wollte es mit einem Schriftsteller versuchen. Sie hatte mich auf Sylt aufgegabelt. Ich schloß nachts die Tür ab. Einmal beobachteten wir den Stapellauf eines Kriegsschiffes. Wir überlegten, wie leicht man den Führer hätte erschießen können. Auf der Großen Freiheit lernte ich M. kennen. Sie war die Jüngste dort, sechzehn, stammte von der Mutter her aus der Bordellstraße neben der Davidswache. Ich schlich mich nachts von Wietzel fort. M. war fröhlich unter Zuhältern und Matrosen, die bald sterben sollten. Ich wurde geduldet. Sie wehrte sich, zu Bett zu gehen, schleppte mich von Lokal zu Lokal, Biertheken, Schnapsgläser, Rauch von Overstolz, einer populären, besonders widerlichen Zigarette. M. fand es schön. Schließlich eine Absteige in der Steinstraße. M. war dort bekannt. Ich schrieb mich als Landrat aus Rheinfeld ein. Es beachtete aber niemand. Ein Familienschlafzimmer mit zwei Betten. Hohe Lehnen aus Eichenholz. Vor jedem Bett ein Fleckerlteppich. M. zog sich aus, ein sehr langes, grobes weißes Hemd. Ein sehr magerer schlanker Körper. Kindlich. Handgelenke mit Verdickungen der Englischen Krankheit. Sie wollte sich nicht anfassen lassen, ging aber freimütig zum Handwaschbecken und urinierte dort hinein. Sie sagte, ich bin krank. Die Gesundheitsbehörde suchte sie. Sie sagte, ich werde eingesperrt. Wir legten uns in das eine der Ehebetten. Die Bettwäsche war feucht und kalt. Sie wollte nicht geküßt werden.

Wilfried, der damals auf der Schauspielschule war, und ich gingen vom Kurfürstendamm weg in die Johannisthaler Straße. Vor uns gingen drei Mädchen. Wir folgten ihnen und wünschten, sie kennenzulernen. Da drehte sich eine um und rief, wenn ihr Geld habt, könnt ihr ficken. Wir hatten kein Geld. Aber die Unmittelbarkeit dieses Anrufs läßt mich dies noch heute bedauern.

Am Kurfürstendamm ein anderes Mädchen, sehr jung, sehr schlank, zart geschminkt. Sie sprach mich an. Ich hatte kein Geld, sie auch nur zu einer Tasse Kaffee einzuladen. Sie ließ mich abrupt stehen. Ein paar Tage später traf ich sie nachts im Wartesaal des Bahnhof Zoo. Sie saß in einer Gesellschaft, zu der Renato Mondo gehörte. Renato Mondo war ein Stammgast des Romanischen Cafés, ein kleiner Journalist, der die Boulevardblätter mit Klatschnachrichten belieferte. Ich kannte ihn, wußte, daß er alles mögliche vermittelte und sagte ihm, daß ich das Mädchen kennenlernen möchte. Er sprach mit dem Mädchen, es blickte mich an und sagte nein. Ich hatte an diesem

Tag für eine Geschichte ein ungewöhnlich hohes Honorar bekommen, tausend Mark. Ich bat Renato Mondo, dem Mädchen tausend Mark anzubieten. Mondo sagte, du bist wahnsinnig, es genügen zwanzig Mark. Ich sagte, tausend. Das Mädchen sagte nein.

Eine Ehe aus Liebe und jungem Verdruß. Das Mädchen hatte von Kindheit an zu nichts Lust. Hingabe an Männer schon in der Pubertät. Frühe Sexualität, aber eigentlich wunschlos. Sie brauchte sich um Erfolge nie zu bemühen. War nie unglücklich verliebt. Das ergab sich alles von selbst.

Er war ein neuer Typ für sie. Ihre Familie war reich und ging ins Akademische. Aber kein geistiges Streben. Eher waren sie vergnügungssüchtig. Man verkehrte mit Künstlern, lud sie ein, unterstützte sie, hatte aber selber keinen Ehrgeiz, sich künstlerisch oder geistig zu betätigen.

Das Mädchen lernte also einen Typ kennen, der anders war. Sie fand ihn komisch. Da er sich um sie bemühte, war er lästig, vertrieb aber auch die Zeit. Sie lernte Bücher kennen, fing an zu lesen, entdeckte für sich Maupassant.

Sie schleppte ihn in Gaststätten, wo er sich selbst in ihrer Gesellschaft langweilte. Sie blieb bis zum Endspiel der Kapelle. Er harrte aus, weil es Glück für ihn war, mit ihr zusammen zu sein, und weil er hoffte, in ihr Bett zu kommen.

Schlimme Zeit.

In einer zerstörten Stadt ergibt es sich von selbst, daß zwei nur ein Bett haben.

Ihr Vater sagte, die Leute reden, ihr müßt heiraten. Sie fanden das sehr komisch, aber taten ihm den Gefallen.

Im Hotel fragten sie ihn, welches Zimmer für ihr Fräulein Tochter.

Dann liebten sie sich sehr und gingen auf Reisen.

Am schönsten fand sie es im Auto. Sie wollte nie anhalten. Jede Nacht ein anderes Bett.

Ihre Familie zerfiel derweil, verlor ihr Geld.

Er sagte, ich muß was tun. Sie fand das dumm.

Sie ärgerte sich und staunte, daß er erfolgreich war, obwohl er eigentlich nichts tat. Er mußte mit Leuten verkehren, die sie zum Kotzen fand. Er liebte das Alleinsein, sie wurde einsam. Eines Tages sagte ein Arzt zu ihm, Sie sind biologisch jünger als Ihre Frau. Er betrachtete und liebte aber seine Frau als Kind. Der Arzt machte ihm Angst, daß seine Frau eine Frau werden könnte. Eines Tages sagte sie, ich verstehe nicht, was du machst. Ich halte auch gar nichts davon. Sie kaufte einen Fernseher und blieb vor ihm sitzen. Er reiste, wohin er sie nicht mitnehmen konnte. Aber wollte er das. Sie fragte, wie waren die Mädchen in Japan. Er antwortete, hübsch, aber er hatte keine umarmt. Sie sagte dann, ich habe den schönsten Mann der Welt kennengelernt. Sie beschrieb sein Auto und seinen Hund. Der Hund war verdächtig. Er fragte nicht weiter, tischte aber auch keine Japanerinnen auf. Sie wurde eifersüchtig. Das verstand er nicht. Er hatte sich immer gesagt, wenn sie von mir gehen will, werde ich sie gehen lassen, liebevoll und ohne Streit. Er respektierte es von Anfang an, daß sie so jung war.

Sie blieb vor dem Fernseher hocken. Sie stach nach ihm mit der Frage, diese Schauspielerin, findest du sie schön? Ihn interessierte der Regisseur. Sie sagte, bist du scharf auf sie? Er mochte das nicht. Er ging ins Bett und dachte an eine Japanerin. So hätten sie sich friedlich voneinander entfernt. Aber da sie anfing, sich zu betrinken, liebte er sie weiter. Sie erzählte, in Rapallo hast du nicht gemerkt, daß ich jede Nacht weinte. Du fuhrst jeden Nachmittag nach Genua, und ich war mit einem Italiener im Bad. Hast du mit ihm geschlafen? Nein. Wenn du weintest, hättest du es tun sollen. Er liebte sie. Ihre Eifersucht war grob und ohne Person. Er dachte, warum, man kann doch reden.

Die Studentin kam zu ihm. Sie wollte einen Rat für ihre Dissertation. Er fand es lächerlich, daß sie Doktor werden wollte. Sie wirkte dürftig und sogar jungfräulich. Er kam nicht auf ihr Alter, schätzte sie zu jung oder schon älter. Er beendete das Gespräch. Sie beklagte sich in einem Brief. Der Brief war gehässig, aber nicht dumm. Gut, telefonierte er ihr, gehen wir essen. Nein, sagte sie, ich will zu Ihnen kommen, ich mag Ihr Arbeitszimmer, aber keine Lokale.

M. will zum Augenarzt. Ich erinnere mich, vor Jahren bei einem Doktor Lettau gewesen zu sein. Ich kam zufällig zu ihm an dem Tag, an dem er seine Praxis eröffnete. Er hatte was von mir gelesen, und wir unterhielten uns über Literatur. Er verschrieb mir eine Lesebrille, mit der ich nicht lesen konnte. M. ging nun zu ihm, in die angegebene Praxis, und erzählte mir von einem Mann, der mich erstaunte. Zehn Jahre waren vergangen und alles, was M. sagte, konnte auf Doktor Lettau nicht zutreffen. Heute besuchte ich ihn. Schon im Fahrstuhl war ich bedrückt. Er ist ein Augenbeschauer in einem Geschäftsviertel. Unten im Haus kann man sich Schuhe kaufen, zwei Häuser weiter könnte man sich neu einkleiden. Sehr kleine Räume, zugänglich von einem langen Flur. Hinter solchen Türen wickeln Vertreter ihre Geschäfte ab. Der Untersuchungsraum ist allein durch einen halben Vorhang vom Empfangsraum getrennt. Ein Mädchen sucht meinen Namen in der Kartothek, obwohl ich ihr sage, es sei zehn Jahre her. Der Arzt behandelt zwei Patienten gleichzeitig, geht von einem zum andern, unterhält sich dabei, telefoniert auch, ruft seinen drei Assistentinnen Anweisungen zu. Er ist ein sehr großer starker Mann, sieht wie ein Landwirt aus. Er kommt raus, begrüßt mich. Wir kennen uns nicht. Es ist nicht Doktor Lettau. Doktor Lettau ist gestorben, jung. Dieser hat die Praxis übernommen. Allmählich erkenne ich, daß er sich wie ein Patriarch in seinem Reich, das eng wirkt, bewegt. Zu den Assistentinnen ist er väterlich streng. Diesen Ton versucht er bei seinen Patienten fortzusetzen. Vielleicht ist er beliebt. Er hat sich ein Ordnungssystem mit Nummern ausgedacht. Der Patient kann während der Wartezeit zu Einkäufen weggehen. Er wird böse, daß ich die Zahlen, die er mir zeigt, nicht oder nur schlecht lesen kann. Wir bekommen Streit. Ich sage ihm, es sei seine Aufgabe, herauszufinden, warum ich die Zahlen nicht lesen kann. Schließlich steckt er mir ein schweres Gestell mit irgendwelchen Gläsern vors Gesicht und schickt mich für zehn

Minuten in das Wartezimmer. Dies ist ein neuer Raum jenseits des Flurs. Die neuen Gläser lassen mich alles überdeutlich sehen, wahrscheinlich zu scharf. An eine Wand hat der Arzt das bekannte Fahndungsplakat mit den Bildern der gesuchten Terroristen gehängt. Ich lese deutlich und rot 800.000,– DM Belohnung. Die Bilder der Terroristen, die schon gefangen oder tot sind, hat er sorgfältig durchgestrichen. Auf der Straße unten werden Waren für ein Kaufhaus abgeladen. Ich gehe in die Praxis zurück. Der Arzt rügt mich. Es sind, meint er, noch keine zehn Minuten vergangen. Er unterhält sich lange und sehr liebenswürdig mit einer sehr alten Frau, die dem verstorbenen französischen Schauspieler Michel Simon verblüffend ähnlich sieht. Die Frau hat einen riesigen Kropf, hängende Backen und, wie ich später merkte, lila gefärbte Haare. Sie bewegt sich auch wie Michel Simon, ein schwerer Affe. So spricht sie, heißer, kaum. Sie wird begleitet und gestützt von zwei jüngeren Frauen, die ängstlich um sie besorgt sind. Sie erzählt dem Arzt Geschichten von einem bayerischen Herzen. Der Arzt hört geduldig zu. Dann berichtet er, es sei ein Scheich aus Kuwait bei ihm gewesen und habe ihn aufgefordert, nach Kuweit zu kommen, dort Kinder zu behandeln. Alle Kinder in Kuwait hätten zwei verschiedene Augen. Endlich wendet er sich wieder mir zu. Er mißt den Augendruck, der ist zu hoch. Das entsetzt mich. Ich denke an Ernst Bloch. Der Arzt sagt, nun stimmt alles nicht mehr. Ich sage, wir hätten den Augendruck zuerst messen müssen. Er nickt, bleibt aber unbeeindruckt.

In roter Druckschrift stellt sich vor Johann Wolfgang Goethe. Die Bände der Deutschen Taschenbuch Gesamtausgabe glänzen weiß. Es sind fünfundvierzig. Allein der rot gedruckte Dichtername hält jung. Ich hatte die Edition nach und nach erworben. Drei Jahre lang und stolz. Die lieben grünen Wälzer der Deutschen Klassiker Bibliothek meiner Kindheit waren mir im Lebenslauf verloren gegangen. Ein Schmerz. Ich konnte nichts hüten. Die neuen, leichten, handlichen Broschuren sind empfindlich und schneller unansehnlich geworden. Ein

Schmutzfilm überzieht sie mit der Zeit. Es ist ein Goethe für den Verbrauch. Ich greife ihn nachts und nehme ihn ins Bett. Es gab Flecken. Vom Wein zum Beispiel. Im Regal verteidigt sich der Olympier blockig. Er hat seinen Platz in der Unordnung. Da ist sein Portrait. Eine Kreidezeichnung, einfach an das Repositorium gepickt, das bedrückte Gesicht eines Entsetzten. Ich weiß, es gibt andere Abbilder, zehn Jahre früher, 1817, das verbitterte Haupt des Herrn einer großen Handlung. Unter dem Firnis der Hochstapler in der Campagna, Jupiters Blick auf das Rom zu seinen Füßen. Der Gott schiffte auf dem Meer vor Neapel. Fürchtete sich nicht vor dem Blitz in der Nacht. Casanova, der lag in der Luft, unbekannter Vorfahr, Gefährte, erträumtes Idol in der Gondel, der Vorliebe für Venedig den Todesstoß versetzt.

Tasso schlief in fremden Betten. Da es dem Alter zuging, hielt er dies für gottgegeben. Als Kind hatte er sich gern die Schrecken des Lebens vorgestellt. Er hatte gesagt, ich gebe alles hin, aber ich trenne mich nie von meinem Bett. Das Bett war seine Burg. Er hatte es mit einem Wall von Büchern umgeben. Die Bücher gehörten der Stadt, der Universität, den Buchhändlern, es waren drei. Sie schickten Mahnungen, sie sandten Rechnungen. Der kleine Leser antwortete nicht. Dann ging das Bett verloren. Tasso wunderte sich später, daß er nicht wußte, sich nicht erinnern konnte, wohin das Bett verschwunden war. Er schlief schlecht in einem anderen Bett und malte sich aus, was geschehen sein konnte. Wer mochte auf der ausgepreßten Matratze liegen, welche Träume träumte er, wie starb er, wie wurde er geboren, wie pflanzte er sich fort, oh schreckliches Wort, Unglück über Unglück, was konnte geschehen sein. Das neue Bett war nicht echt, er lag auf Gummi und deckte sich mit Kunstfasern zu. In der Mitternacht fror er, er klammerte sich an, an niemand und nichts. Auch die feste Burg war zerfallen, Schutt war weggeräumt. Zuweilen kamen Gäste, Neuerscheinungen, die sich entblößten. Er hatte sie gekauft, Ober- und Unterbett waren pralle Pfühle gewesen, vollgestopft mit Daunen, Flaum der Jungfrauen, Gänsen, einem Rittergut geraubt, nachdem sie der Ritter, Oberstleutnant a. D. von Gänsebrust ermordet und verkauft hatte. Der alte Wall hatte nicht gehalten. Es war zuviel Unglück im Bett. Mauern, die schützen sollten, wurden zu Gefangenschaften, Paläste stürzten ein. Bücher konnten brennen und verbrannten nicht. Als man noch vom Herz glaubte, es sei der Mensch, loderte die Flamme in der Brust, schwelte in einem Kopf, Zündstoff eines Weltbrandes, selbst ausgeliefert den kläglichen Feuerlöschern in einem Irrenhaus. Niemand wußte, was er tat. Zur Tat bereit sind Studenten gern. Studenten neigen zu Bücherverbrennungen. Sie entzünden Fackeln, bilden einen Fackelzug, tanzen um den Scheiterhaufen, fühlen sich kannibalisch wohl, in alter Weise, die Professoren reden über die Größe der Nation. Tasso stand hinter einem Mansardenfenster in einem Hotel in München. Das Zimmer war klein, es war das billigste Zimmer. Der Morgen graute, herbeigesehnt und gefürchtet. München lag vor ihm, der alte Kern der Stadt, wiederaufgebaut, nach den Bomben, die gefallen waren, die Dächer erzählten es schon nicht mehr. Die schweren Türme der Frauenkirche mit zwei Schneemützen, eine Weihnachtspostkarte. Es war Weihnachten, der Weihnachtsmorgen, die Glocken läuteten das Fest ein. Er sah sich selbst vor dem Fenster des Hotels in einer Totale der Stadt durch den Schnee zur Kirche gehen. Er war Albertus Magnus, Kleriker, Mönch in einem Bettelorden, Bischof irgendwo, wo er nicht sein wollte, in die braune Kutte gehüllt, barfuß noch im Schnee. Ihn befriedigte es, sich so zu sehen, Kälte war für ihn ein lieber Teufel, Frost die Lust, Schnee die süße Sünde der Verführung. Albertus glaubte an Gott und mied den Beichtstuhl als eine Institution der Kirche, an die er nicht glaubte. Dort hätte er sitzen sollen als Priester, versehen mit der Macht der Weihen, dem Sünder das Bekenntnis abzunehmen, die Reue zu fordern und zu wägen, den Sünder loszusprechen, was allgemein schon geschehen war. Er glaubte an Gott, der ein Märchen war, von dem er nicht lassen wollte in einer trüben Welt.

Ich zog die Vorhänge auf und sah auf die Turmkronen des Doms von München. Sie hatten Schneemützen aufgesetzt. Eine frostige Sonne glitzerte kalt in unerkennbarer Höhe. Der Schnee ruhte auf allen Dächern. Er paßte nicht in die Zeit. Er machte die Stadt alt, warf sie Jahrhunderte zurück in die Vergangenheit, da Gott noch lebte, seine Anschrift bekannt war und die Frömmigkeit die hohen Gotteshäuser baute, um Gott überall Wohnung zu geben auf Erden. Ich stand hinter einem großen Fenster, das das Zimmer, in dem ich diese Nacht geschlafen hatte, zu einem Atelierraum machte. Ich hätte hier Menschen schaffen können, gemalt, aus Lehm, aus Marmor oder aus Stein gehauen. Ich wußte, wo ich war. Im Neubau des Hotel Drei Löwen, dicht beim Bahnhof, im obersten Stock, erstaunlicher Blick auf die Innenstadt.

Ich war gestern abend angekommen, nein, ich war abgereist. Ich hatte meine Wohnung verlassen, eine Tür abgeschlossen, im Bett lag eine Tote. Der Vortrag über Albertus Magnus. Der Redner war Minister, Vorsitzender aller Katholiken in der Bundesrepublik. Was die Zeitungen über ihn schrieben, war ärgerlich. Ich saß in einem Saal der Akademie und hörte ihm zu. Nicht dem Minister, nicht dem katholischen Funktionär, nicht dem Beschützer einer Schule für die Kinder der Besitzenden, ich mochte ihn, einen Mann, der gebildet war, der mit sanfter Stimme Lateinisch sprach und zu meiner Überraschung durch das alte intakte Universum als ein Armer ging. Sonne, Mond und Sterne wanderten um die Erde, drehten sich für ihn nach alter Weise um ihn.

Ja, ich sah ihn jetzt an diesem Frostmorgen, vor diesem Hotelneubau in München, in den ich geflohen war, um meinem Versagen nicht ausgesetzt zu sein, sah ich ihn barfuß im Schnee, einen Scholar in einer Kutte, geflickt, unrein, oder als Bischof, der Bischof geworden war, um sein aufrührerisches Denken vor anderen Bischöfen zu schützen, in einem geistlichen Kleid, das der Eleganz nicht entbehrte und hoffähig war, es gab so viele Höfe und Leute, die sich für allmächtig hielten, auf einem Thron, der schon morsch war oder angesägt oder auf einer

Bombe balancierte, also er ging durch die Fußgängerzone in München an diesem Morgen, raffte die Kutte zusammen vor dem Wind, hatte zwei Hunde bei sich, die zitterten vor Hunger und Kälte, stellten sich in den Eingang des Warenhauses. Aus den Sprossen des Bodens kam die Wärme der Heizung, lud ein, einzutreten und zu verweilen, zu kaufen, was man nicht brauchte, das Geld auszugeben, das sie erworben hatten nach altem Bibelfluch im Schweiße deines Angesichts, und er deutete auf die Hunde, sagte, gebt uns was, wir haben nicht Essen, nicht Wohnung, und einer stand da mit Pelzmütze und gutem Mantel und sagte, seht, da ist einer, der mit seinen Tieren auf unsere Kosten leben will, sicher bekommt er Sozialhilfe, holt sie sich vom Amt jede Woche, und wir, die Steuerzahler, sind wieder mal die Dummen.

Es war lange, bevor auf den Papst geschossen wurde. Ich stand in New York zwischen den Wolkenkratzern, tief unten, wie in einem Dom über jedes menschliche Maß, und neben mir war unter den Hunderttausenden der Mann, der auf den Papst schießen wollte, ein anderer als der, der es dann getan hat, er gehörte zu den Armen, das sah man, Kleidung aus den Kettenläden, schäbig, aber mit einem flotten Schnitt, dann sauber gebürstet und einen Hut, viel zu klein auf diesem Kopf, aber das war modisch, der Stolz der Angestellten, Kragen weiß und steif, Schlips in den Farben einer Schule, die der Mann nie gesehen hatte, und jetzt die Faust in der Jackentasche um dieses Stück Eisen geschlossen, das den Mann zum Mann machte, eine Art Billigtod, Volksausgabe der Raketen, warum nicht, alle Leute in New York gaben sich fromm, vor mir ein Polizist auf einem wohlgenährten Pferd, sie sangen ein Tedeum, der Papst stehend in seinem Automobil schwankte doch wie in einer Sänfte oder auf einem Tragbrett von Seminaristen getragen, und er, der Mann in der Menge, verkniff nur sein Gesicht, machte die Augen zu einem Spalt wie die Mörder oder die Detektive auf Filmplakaten, jetzt zog er die Hand aus der Tasche, hob den Revolver, oder war es eine Pistole, mir gleich, alle blickten auf den Papst, spitze, singende Münder, und ich packte sein Handgelenk, stopfte die Hand mit der Waffe wieder zurück in seine Jackentasche, hielt das Gelenk fest und fragte, warum, und er ging, drängte sich aus der Menge, aber nicht, um zu fliehen, doch gebeugten Rückens, wie einer, der wieder einmal versagt hatte, ich folgte ihm, er war nicht mein Gefangener. Er zog mich hinter sich her.

Siebter Teil

DIE LETZTEN JAHRE
1987–1993

FISCHE, DIE NACH LUFT SCHNAPPEN

Elisabeth stand klein und schmal in der Schlange der Wartenden. Es gab Fische für eingetragene Kunden. Es waren ordentliche und demütige Leute. Der Fischhändler durfte zufrieden sein. Nur Elisabeth träumte von einem Zauberwort. Sie wußte das Wort nicht zu nennen, aber in ihrem Herzen klang es wie Rebellion, und ein Blitz des verborgenen Gottes hinter den Wolken hätte alles geändert.

Der Himmel hing grau und trüb über der von Bomben zertrümmerten Straße. Es regnete. Ein zäher, langweiliger, grauer Regen.

Elisabeth täuschte sich nicht. Die nackten Arme der jungen Fischhändlerin waren die Arme der Venus von Milo. Elisabeth kannte die Venus gut. Sie stand klein, verstaubt, ohne Arme und aus brauner Erde gebrannt zu Hause in dem dunklen Raum, den Frau Tietze ihren Salon nannte. Die schönen frostig feuchten Arme der Fischhändlerin, die Venusarme, warfen den Fisch flink in die niedersinkende Schale der Waage und klatschten ihn in das zerdrückte Papier, das Elisabeth zum Einkauf mitgebracht hatte. Der Fisch näßte durch die kranken Lettern der Zeitung. Der UN-Beschluß für Völkerverständigung zersetzte sich in der Meeresfeuchte. Elisabeth kam es vor, als ob der Fisch in ihren Armen immer schwerer und größer wurde. »Der Kultusminister für die Bewahrung der christlichen Kultur« wurde von der Schwanzflosse durchstoßen. Die Flosse leuchtete rot. Es war ein schillerndes Rot und ungeheuer fremdländisch im grauen Regen vor den Ruinen in der grauen Stadt.

Frau Tietze wartete schon. Obwohl sie wußte, daß man Stunden brauchte, um einen Fisch zu kaufen, glaubte sie doch, daß Elisabeth sie aus Bosheit warten ließ. Aus dem Volksempfänger drang ein leises Pfeifen wie von Mäusen, die sich im

Loch versteckt hielten. Die Stimme des Führers war verstummt. Frau Tietze fürchtete nichts so sehr wie die Stille. Die Stille sprach anders als der Lärm. Im Moment äußerster Ungeduld hatte Frau Tietze das Gesicht einer Mörderin: Ihre wütenden Augen blinkten wie die verzweifelten Jetaugen der ausgestopften Tiere.

Elisabeth wurde mit Vorwürfen empfangen. Es war sechs Uhr, Herr Behrend würde kommen. Wie konnte man Herrn Behrend warten lassen! Das Wasser im Kessel kochte, das Mahl mußte bereitet werden. Herr Behrend war eine Führer-Persönlichkeit!

Elisabeth ging mit dem Fisch in das halbzerstörte Badezimmer, das als Küche diente. Sie würgte an dem mürrischen Mitleid, das sie mit ihrer Mutter empfand. Herr Behrend war ein Hund, aber nicht nett, wie die wirklichen Hunde.

In der Küche gab es nur das Scherbengericht. Alle Schüsseln waren schon lange zerbrochen. Elisabeth legte den Fisch in die alte Zinkbadewanne. »Hier kannst du wohnen«, sagte sie. Aber war nicht diese Wohnung wie jede Wohnung nur eine Hinrichtungszelle?

ERSTER KLASSE

Erster Klasse: Wenn man von München nach Zürich fliegt, sollte man links sitzen. Man hat dann einen herrlichen Panoramablick auf die Alpen. In der Sonne, wenn Sonne scheint, ein glitzerndes Ferienbild, strahlend, sauber, wohlanständig. Die Bergspitzen waren noch schneebedeckt und lagen wie ein Netz über dem Land. Dazu serviert die Stewardeß, fliegt man auf irgend jemandes Kosten First Class, französischen Champagner. Dies nach Belieben. Man muß aufpassen, daß man nicht grundlos fröhlich in Zürich landet.

Auf dem Rückflug nach München ist es umgekehrt, man kommt umdüstert an. Wenn Piraten das Flugzeug gekapert hätten, bestünde Aussicht, Arabia deserta zu erreichen, doch Arabien ist ja auch nicht mehr glücklich. Also gehe ich zu Hause zu Bett und lese die Märchen aus 1001 Nacht.

INTERCITY

Intercity-Zug München–Frankfurt. Der Großraumwagen. Bahnamtliches Wort. Die Reihe der Einzelsitze Zahnarztstühle. Zurückgelehnt hinter den Zeitungen. Örtliche Betäubung, es geht an den Weisheitszahn. Schmerzen. Angst. Ein Autor reist zum Verleger.

Eine allmählich altvertraute Strecke. Deutsche Landschaften, zu denen ich mir sage, sehr deutsche Landschaften. Die alten Bilder, Bauernkriege, Glaubenskriege, Weltkriege, noch sind sie da, die Bäume, die Wälder, die Flüsse, Dörfer um Kirchen herum, Friedhöfe friedlich, ich zweifle. »Bald wird es sein, Nacht und Lemuren.« Von wem? Vergessen. Gestern war es noch da.

Eichstädt, beim Bischof wird nicht gehalten. Sitzt über seiner Herde. Welche Gedanken? Die Apokalypse. Liebliche Stadt. Sommerabendlicht mit blassen Blitzen.

Eisenbahnwagen sind Faradaysche Käfige. Ich vertraue diesem Faraday, aber ich vertraue ihm nicht. Dieser Benjamin Franklin war leichtsinnig, mit seiner Wäscheleine und seinem Schlüssel. Überlebte auch eine Revolution, wurde Botschafter in Paris, schrieb Bücher. Noch in Taschenbuchausgaben zu haben. Ich gehe in den Speisewagen. Rheingauer Burgweg. Kenne ihn schon. Trocken. Dies bis Würzburg. Der Frankenwein im Zug ist leider süßlich. Vielleicht weil sie die alten Weinberge umgegraben haben. War mal ein Jahr dort. Der Wein war erdig. Nicht fromm in Kirchen. Träumte vom entfesselten Theater. Der Student von Prag. Mauer des Parks von Veitshöchheim. Vorbei. Ich war Statist im Park. Die Wege auf einem point de vue. Überrascht oder verloren. Conrad Veidt war der Student. Und welch ein Star! Eine Maske des Todes. Ich gehörte zur Hofgesellschaft. Trug im Lustschloß der Fürstbischöfe einen Frack. Spielte mich hinein. Wäre gern Fürstbischof gewesen. Ging zum Regisseur des Films und sagte, ich möchte Filmregisseur werden. Er lächelte und erwiderte, bleiben Sie doch Schauspieler. Ich sagte, ich bin Dramaturg. Er meinte, ach so. Ich lernte ein Mädchen kennen, saß mit ihr auf einer Bank im Labyrinth des Parks. Sie war Nackttänzerin. Ich besuchte sie nicht in ihrem Kabarett. Ich hielt ihre Hand. Die Hand war nackt und schön. Dann kam eine Brücke. Die war im Krieg weggeblasen worden. Der Zug fuhr sehr langsam über die alleingelassene Schiene. Wir waren Trittbrettfahrer und blickten in den Abgrund. Das Wirtshaus im Spessart. Wir hungerten. Die Räuber hatten schon alles aufgegessen.

DIE PUPPENFEE

Gerda war ein Mädchen in der Bank. Sie nannten sie die Fee.

Als es noch Varietébühnen gab, den Wintergarten, die Scala in Berlin, hätte Gerda im Rampenlicht stehen können, die Telefonnummern von Berlin und ihre Primzahlen im Kopf.

So hatten brave Eltern mit Ehrgeiz und Rentenanspruch die Tochter zur Fachkraft ausbilden lassen, alles ging spielend, mittlere Reife, Handelsschule, Vorlesungen in höherer Geldkunde, Fachkurse in Kybernetik und an den Mikroprozessoren der United Technologies, Seminarzeugnis in Recordertechnik und Börsen-Futurologie, soweit möglich.

Bald saß sie in der Chefetage, lockte, formte, transportierte oder speicherte die Gedanken des Vorsitzenden, schickte seine Weisungen in die Himmelsrichtungen. Manchmal ein zärtlicher Ton seines Diktats in ihrem Ohrhörer; wie der Chef wurde sie von Wächtern bewacht.

Gerda trainierte sich auf Einfühlung in die Seelen der Abteilungsleiter, hautnahe Kontakte, wenn es sich ergab, ein Petting des Auges, ein Jupiterblitz nach Tokio, Rückfunk der Morgenröte der Hausse in Rio. Gerda notierte des korrekten Oberoberbuchhalters strenges Sollundhaben in dünnste Drähte, des Devisenhändlers Leichtsinn in Notrufzeichen, der Croupier der Termingeschäfte hing kontrolliert in den winzigen Schräubchen heißgelaufener Sicherungen. Hochspannung unter glänzendem Lack. Der Computer lebte wollüstig in Gerdas Händen, die ihn anmachten mit sanfter Berührung, daß es knisterte in seinem Leib. Oben und unten nervös; sie rechneten sinnlich.

Gerda war ein hübsches Mädchen. Allmählich hatte sie es raus; die Männer, die ihr begegneten, rochen nach Verschlagenheit und Unterschlagung. Schlief sie mit ihnen, durchbohrte sie Barrengold. Ihre Umarmungen waren die Leitbänder der Konten und Bilanzen, der süße Duft der Überweisungen, das herbe Deodorant der Schuldenmahnung, Herzgift der Exekution und der Lustschrei im Orgasmus des Ausgleichs.

Gerda wertete die Potenz der Männer nach Unzen und Ausschüttungen. Alleingelassen auf dem Laken im Bett ihres Appartements war sie besitzlos, ein weißer Fleck in einer blanken, reichen, von Zahlen getragenen und gequälten Nacht.

Fahrt zum Dienst: Autobus, U-Bahn, Masse, eine Stadt. Doch schnell ein Fiat 127, ein lustiger, roter Kreisel, programmierte Raten, die Bank hatte eine Tiefgarage.

Der Computer brummte sein Gutenmorgen. Hellwach. Geld strömte von überall rein. Wirbelte zurück. Kein Ort war zu fern. Flauten und Sturm. Zins und Zinseszins. Eine Anleihe zu hungernden Völkern. Geld, das keiner je gesehen. Kein Goldberg, nicht einmal eine Sündflut Scheine, illusorischer Kontentanz, magischer Zirkel des alten Varietés. Gerda pflegte die Tasten. Frequenzen huschten durch die Welt. Gerda schwamm mit, Rechnungen rangierten auf Satelliten, stürzten in anderen Kontinenten in das Grab der Buchungen. Keiner wurde in der Savanne satt; ein Reicher wurde reicher.

Gerda war durch Lebenslauf, Begabung, Beruf und Umgang ein eminent sexuelles Wesen geworden. Der Computer war der Kerl, der sie hernahm. Die Bank hatte sie getraut. Der Denkvorgänge, entschlossene Handlungen simulierende Apparat entfesselte Zusammenbrüche in Kapstadt wie in Husum. Er spendete Gottes Segen in Manhatten und Frankfurt.

Der Computer war Gott. Er stand über den Menschen. Gerda war seine Vestalin. Zehn Finger streichelten ihn. Gerda war feucht im Schoß vor Anbetung und Hingabe. Was hast du so glänzende Augen? Beiläufige Frage des Leiters der dritten Buchhaltung. Er wußte nichts. Er verstand nichts. Er bewegte Millionen für Fünftausend brutto im Monat.

Der Computer gehorchte ihr. Er liebte diese Hand mit dem Griff in sein Herz. Was Gott will, das ist wohlgetan. Gerda schrieb blind, das hatte sie gelernt, glitt mit dem Nachrichtenstrom in Dämmerungen, knüpfte ein Netz unsichtbarer Verbindungen, die sich fanden und lösten, der Glücksgöttin Füllhorn, das sich über den Planeten leerte, der Unglücksgöttin Harke, die Saat und Ernte pfändete.

Gerda verspielte im Wahn der Onanistin die Reserven der Bank.

Als sie die Fehlgeburten entdeckten und es nicht glauben wollten, die Homunkuli ihres Trafos rings um den Globus, standen sie ratlos, die Herren Direktoren, die Herren Aufsichtsräte, die Herren Ober- und Unterleiter.

Die Schalter geschlossen, bis der Staat einsprang.

Der Staat mußte es ja, um jeden Preis, er konnte nicht anders, er mußte das System retten, die Illusion des Geldes. Alles lief weiter. Sparer atmeten auf.

Ein Schuldiger wurde gefordert und im Bild gehängt. Gerda. Verhöre unter der grellen Lampe in der Finsternis. Die Polizei, die Staatsanwaltschaft, hundert ausgesuchte, hoch spezialisierte Buchprüfer und Doktoren irrten vorwärts im Luftgarten der Elektronik und fragten Gerda, endlich ganz menschlich, von den Satelliten wieder auf dem Erdboden hart gelandet, wo ist das Geld, wo sind die Millionen, wo das Versteck, wen haben Sie bedacht in Riad, Boston, Yokohama, Lübeck, wer erpreßte Sie, wer schlief mit Ihnen, Namen, Namen, Namen! Nicht einer der großen, studierten, mächtigen Herren war imstande, die Unschuld zu verstehen. Keine Mark war auf Gerdas Gehaltskonto geflüchtet. Nichts hing ihr an, kein Geld, kein Gold, kein Scheck, kein Dreck. Gerda lächelte wie Mona Lisa.

Was tun mit einem reinen Menschen? Wir bringen ihn in die Heil- und Pflegeanstalt. Wir schämen uns nicht dieses Namens, der, ist man eingewiesen, seine umwerfende Komik schnell verliert.

Sie gaben Gerda ihre Elektroschocks. Das war ein anderer Computer als der ihre, kein Gott, ein Teufel, aber auch ein Liebhaber. Sie gaben ihr, der fleißigen, die Arbeitstherapie der Arbeitsverachtung. Sie speisten sie mit ihren Tabletten ab, weißen, roten, blauen, grünen Pillen, zwei Milligramm, fünf Milligramm, zehn Milligramm, Traumvehikel in die normale, angepaßte Nützlichkeit, und schließlich ließen sie sie vegetieren in langen Gängen zwischen den Eisentüren des Kellers, acht Stunden im Abwaschdienst der Küche.

Da kam ein Wärter, ein junger Mann, der Ersatzdienst leistete im Aufputzen von Notdurft, der sagte ihr: du hast recht getan!

Gerda hatte einen klaren Moment, vielleicht hatte der Elektroschock sie zurechtgebogen, vielleicht war es die Pharmakunst, die sie stetig, vielleicht, vernünftig gemacht hatte, mens sana in corpore sano, und Gerda antwortete ihrem Irrenwärter: Bist auch du verrückt?

SCHÖN GEKÄMMTE, FRISIERTE GEDANKEN

Göttingen ist, wie jedermann weiß, eine Musenstadt. Tafeln aus Marmor und Erz ehren berühmte, verstorbene und vergessene Bewohner, aber für Heinrich Heine, glaube ich, gibt es auch in Göttingen kein Denkmal.

Ein rothaariges Mädchen. Gräßlicher, nackter Oger. Verirrte, verlorene Seele. Im chinesischen Märchen wird sie ins Haus genommen. Sie wird durch das Schlüsselloch beobachtet. Sie plättet in der Bügelkammer ihre schöne Haut. Das rothaarige Mädchen verschwand hinter der schwarzen Tür eines christlichen Zimmertheaters. Ich ging über die Weender Straße zum Weender Tor, was unvermeidlich ist, wenn man unter den Musen wohnt und sich langweilt. Hier begann die »Harzreise«. Seit 1824 hat sich kaum was geändert, abgesehen von den Automobilen, den Rollern und den Betriebsausflügen. In Göttingen gibt es wieder gute Würste und Studenten, die Hunger oder einen Vater haben. Vor dem Ratskeller saßen sie und tranken einander zu, Vandalen, Teutonen, Cherusker, alte Herren zum Stiftungsfest gekommen und werte Lieben miteingeschlossen, das kahle, das graue Haupt närrisch gezieret, Salamanderreiber, Leichenbeschauer, Versorgungsärzte, Bundesstaatsanwälte, Farbenverflechtungsidylliker und Oberkriegsgerichtsräte aus zwei großen Zeiten siegreich beendeter Kämpfe gegen friedliche Deserteure, die sanft in molligen Pantoffeln auf Asphodeloswiesen wandeln mögen, von guten Engeln gestreichelt. Ich wollte nicht zum Harz. Ich glaubte nicht mehr an die Hexen auf dem Blocksberg. Die Hexen waren in die Stadt gezogen. In jeder Villa spaltete man Atome, und verhärmt gekleidete Doktorandinnen der theoretischen Physik grübelten in möblierten Zimmern aus rilligem Plüsch und gedrechseltem Nußbaum und dem Kranz zum fünfundzwanzigsten Hochzeitstag der Wirtinnenwitwe unter dem Glassturz Tag und Nacht bei Nes- und Malzkaffee der endgültigen Formel nach, den Erdball in die Luft zu sprengen, während in der Wöhlerstraße (Wöhler, Göttinger Mystagog, Chemiker, 1800-1882, er entdeckte die Bildung des Harnstoffes aus cyansaurem Ammoniak) freundliche Herren am runden Tisch unterm rauschenden Blutbuchenbaum ein Filmmanuskript prüften, das sie bei mir bestellt hatten und in dem ich Gott im Himmel und den Menschen heil lassen sollte. Es war ein schöner Sommertag, und ich schlenderte zum Friedhof hinaus, um mich von den Depressionen zu befreien, die Göttingen, die das Filmmanuskript, die diese Sonne mir schenkte, Sonne auf geborstenen Dächern, Sonne in altem Fachwerk, Sonne auf den Linzer Schnitten im Schaufenster der Konditoreien, Sonne, die schon den Harz und den Blocksberg für diesmal hinter sich hatte.

Der Gaskessel war mir vertraut. Er erinnerte mich an meine Jugend. Das war in Masuren, an den masurischen Seen, in den masurischen Wäldern. Es gab grimme Kälte und grimme Wölfe, später des braunen Untiers Schanze, und in den verlassenen, den zur Sage gewordenen, den unerreichbaren Städten Ortelsburg, Willenberg, Achodden, lecken spitze Zungen Rotkäppchens bleiche Wangen. Auch in Masuren stand hinter dem Friedhof, schwarz und rund, ein Gasometer, und wenn wir im Weltkrieg Nummer eins als Schüler zur Beerdigung eines im Lazarett verstorbenen Soldaten kommandiert waren und an der offenen Gruft sangen »kein schönrer Tod ist in der Welt, als wer vom Feind erschlagen«, wehten süßlich verwesende Schwaden vom Gaswerk her über der Gräber Immergrün, und es war, als habe sich der tote Held in Leuchtgas aufgelöst, um an düsteren Schneemorgen die muffigen Räume des Tannenberggymnasiums milchig zu erhellen. Hellas strahlende Sonne war leider lange schon untergegangen. Ich hätte auf dem masurischen Friedhof liegen können, kein toter Held zwar, aber doch ein Opfer des Krieges, von der Statistik erfaßt, der nichts entgeht, ein Gefallener der Grippe, der echten spanischen, an der Millionen starben. Der alte Landarzt hatte es eilig, den Totenschein zu schreiben; doch in derselben Nacht noch verließen Kaiser Wilhelm und Feldherr Ludendorff das Heer, der Krieg schien aus zu sein, und die Sterbenden klammerten sich ans Leben. Seine Majestät und die treuesten der Paladine hingen über meinem Bett, schmückten ein Dokument für fleißiges Brennnesselsammeln, das mir gewidmet war mit stolzem Spruch und kaiserlichem Namenszug. Was wollten sie mit den Brennesseln? Sie beugten sich über eine Generalstabskarte und hatten große Dinge mit mir vor. Von den roten Aufschlägen ihrer Mäntel entzündete sich im Fieber die Szene. Auch ich wollte vom Feind erschlagen werden. Hindenburg, der dritte im Bilde, stand wie ein Fels im Feuer. Er sah genau wie unser Deutschlehrer aus, oder der Deutschlehrer sah wie Hindenburg aus: markig und streng. Erst viel später entdeckte man, daß diese Monumente hohl waren.

Auf dem Friedhof in Göttingen las ich die Grabschriften der toten Professoren. Ich suchte die Göttinger Sieben, und ich fand sie nicht und auch nicht den Machandelbaum, unter dem ich sie mir begraben dachte. Der Geruch vom Gaswerk her stieg mir angenehm in die Nase. Die Göttinger Hausfrauen kochten, und ich lebte. Wäre ich in Masuren gestorben, hätten mich die Granaten des Weltkrieges Nummer zwei wieder ausgegraben. Einen hungrigen Hund hätte ich enttäuscht. Aber ein Wolf hätte vielleicht mein Gebein zum See geschleppt und es den Fischen vorgeworfen. Mit fünfzehn Jahren träumte ich im Schilf. Ich las Frank Harris' Wilde-Biographie und richtete meine Augen auf den Père Lachaise. Nichts schien mir erstrebenswerter als das Armenbegräbnis eines verrufenen Dichters, doch meine Klassenkameraden wollten weiterhin General werden und für das Vaterland sterben. Einige sind General geworden, andere sind für die Hybris des Vaterlandes gestorben, aber der Père Lachaise blieb fern, fern der Hügel unsichtbaren wilden Lorbeers, und nah waren Prügelstab, Beil, Strick, Bomben, das Kellergrab, das Haus drüber hingesunken, die Delinquentengrube, schaftstiefelentweiht.

Die rothaarige, verirrte Seele kam aus dem Bühneneingang

des christlichen Zimmertheaters, wiegte sich über den Rathausmarkt, Teutonen, Vandalen, Cherusker, das Commersbuch war aufgeschlagen, sie ging zur Fischhalle, kaufte einen kleinen geräucherten Aal, der nicht an der Georgia Augusta immatrikuliert war. Die freundlichen Herren in der Wöhlerstraße gaben mir einen Cognac, einen Scheck und mein Drehbuch zurück. Ich eilte zum Bahnhof. Was ließ ich hinter mir? Ein geleertes Glas, einen nicht gefundenen Machandelbaum, geatmetes Gas, eine nicht gegessene Linzer Schnitte, die Jugend und ihre Betrachtung, die alte Burschenherrlichkeit, unwiederbringlich verlorene Stunden und eine rote Seele auf christlicher Bühne, von einem kleinen geräucherten Aal ernährt.

Ich löste den Scheck ein. Ich fuhr nach Paris.

Der Blaue Expreß. Er heißt Mozart. Auf der Brücke bei Kehl pfeift er die Zauberflöte. Das Münster, sein Schatten, als ich auf deinem Grabe herumwandelte, edler Erwin, die bunten Häuser am Ufer wie müde Alte in der Abendsonne, und der duftende Rum von den westindischen Inseln, alle die kreolischen Verhältnisse, Kaiserin und Tänzerinnen und nackt in den Bordellen und das Baccalaureat am Gymnasium Henri Quatre und die Vorlesungen des Französischen Institutes, hinter Straßburg verlangt der Schaffner ein Supplément, und der Speisewagen ist zum Abendessen Wollust und Raub, und jeder Schluck aus Burgund ist schon auf der Ile de la Cité getrunken, er kannte Balzac, der begleitete ihn, oh Rue St.-Honoré, das alte Taxi fuhr durch die Rue de la Harpe zur Rue de Cluny, es war der Heimweg Lucien de Rubemprés, das alte Hotel de Cluny, die alten morschen Stufen, die alten klugen Mäusegeschlechter, die alten verlorenen Illusionen, und da sind die Weinhändler der beneideten Bettler, die wie der alte Verlaine aussehen, die Kochtöpfe der Chinesen, die Herdfeuer der Anamiten, die Speisestuben der Afrikaner, heimtückische Schüsse aus dem Atlasgebirge und über die Wüste und die weissen Käppis der Fremdenlegion und die Straßen der Kolonisatoren, und auf dem Boulevard St.-Michel drängt sich die Jugend, die Jugend der Sorbonne, die ehrgeizbesessene Jugend der Ecole Normale

Superieur, die Jugend der Revolution, die Jugend der Bastille irgendwo in der Welt, Jugend vom Islandschnee bis zum schwarzen Niger, Jugend voll Neugier, Jugend voll Wissen, Jugend voll Trotz und Hochmut und Verbrechen und Fluch und Tränen in allen Kammern des Quartiers, Jugend, die die Welt verändern wird! In fünfzig Jahren – was wird Paris in fünfzig Jahren sein – Pompeji? Wir sind vor Entscheidungen gestellt.

Am Morgen das milde Licht. Das milde Licht war Gaukelei. Bitternis, flimmernde freundliche Bitternis über den Bäumen des Ufers, über den sanft geschwungenen Brücken, über dem glitzernden Wasser der Seine, über dem Glockenschlag der Kathedrale. Das Gebäck bröckelte wie Asche, wie müde Lava aus einem toten Vulkan, der Kaffee war Spülicht, gestohlen aus dem Abflußrohr eines geschlossenen Altersheim. Ja, ich war in Paris, saß am geliebten Platz, saß auf dem wackligen Stuhl, streichelte die junge Katze. Es war zwanzig Jahre her, daß ich hier gewesen war. Warum war ich jemals weggegangen? Ich war zwanzig Jahre zu spät zurückgekommen oder tausend Jahre zu spät, und alles war verfehlt, und alles war falsch geworden, das Leben war gerettet, aber das Leben war vertan, versäumt, vergeudet, verfürchtet, wie Sand aus eines Narren Hand gegen die Sterne geworfen.

Das Ballett der Autobusse. Ligne 85 Gare du Luxembourg-St. Denis über den Pont des Arts, ligne 95 Gare Montparnasse-Porte de Montmartre über den Pont du Carrousel, die Ausflugdampfer bewimpelt und mit Musik, Fortpflanzungsglück mit Staatsprämien, Maupassantsche Ruderpartien, Jeanne Luce Cardot, erblüht auf den Plakaten des Kinos, ich flog mit ihr zum Turm von Notre-Dame, band ihr Haar ins Maul der Ungeheuer, mich hatten Dirnen ausgehalten, ich hatte die Ratten der großen Oper an den Gesandten des Königs von Preußen verkuppelt, in den Plüschsesseln der Logen der kleinen Theater fanden mich am Morgen die Reinmachefrauen, mein Stück war durchgefallen, sie schenkten mir Brot und den Schlag einer derben Hand, ich hatte mit Vautrin gestohlen, ich war mit

Rastignac ins Palais Royal gegangen, ich hatte das Chagrinleder besessen, die tödlichen Wünsche, Baudelaires Blumen, Rimbauds Vokale, Verlaines Tränen, ich hatte mit den Goncourts gespeist, mit Herrn von Charlus war ich in eines Westenmachers Werkstätte gegangen, aus den Fenstern der Pension Vedel sah ich auf die Baumgipfel des Jardin du Luxembourg, folgte den Gymnasiasten, den hübschen kleinen Dieben, wie Gérard de Nerval hing ich an einem Morgen am Gitter eines verrufenen Hauses in der Straße zur alten Laterne. Zu spät. Ich war zu spät zurückgekommen. Ich löste Jeanne Luces Haar vom Maul des Ungeheuers. Sie fiel in die Seine, trieb den Sonnenuntergängen nach, Millionen Kerzen glorifizierten sie, Scheinwerfer, die morgen, von ihren Dynamos gerissen, Fossilien gleichen werden aus vorgeschichtlicher Zeit.

Ich ging über den Platz St.-Michel. Gedenktafeln klagten mich an. Ungekannte Freunde waren gefallen. Bekannte Feinde hatten sie ermordet. Noch einmal jung sein! Ich würde in Paris bleiben. Ich würde Medizin studieren, das Herz untersuchen, Gehirne wiegen, ich gewönne Freunde, den Sohn eines Häuptlings von Kukawa am Tschad-See, der von einem Lehrstuhl für Philosophie im russischen Königsberg träumt, die Tochter des Präsidenten und das bürgerliche Frankreich bei Tisch, einen jungen Beischlafdieb, der ein Traktat über die Sinnlosigkeit aller Lyrik schreibt, Verschwörer jeglicher Hautfarben, minderjährige Unzufriedene aus Diktaturen und Demokratien, ich hätte Freundinnen, eine Negerin aus der südafrikanischen Republik, eine Kommunistin aus Clignancourt, eine Kleiderträgerin vom Platz Vendôme mit einem vor tausend photographischen Linsen erstarrten Gesicht. Ich würde Schiffsarzt werden, Rebellen im Wald, der Psychiater verzweifelter Mörder in New York, ich praktiziere in einem chinesischen Hungerdorf. Wo ich's vermag, verrate ich meine weißen Brüder. Doch die Sehnsucht treibt mich zurück. Ich werde Armenarzt in Paris. Jeder Bettler kennt mich. Die Huren zeigen mir ihre Würde. Jeder Gesetzesbrecher traut mir. Ich kenne den Untergrund des Lichts. Und erst nach all den Jahren, reif an Erkenntnissen und Erfahrungen und voll Verachtung für die Praktiken der Verleger und Kritiker, schreibe ich ein Buch.

Glückliches Leben, schönes Ende, die Praxis verlassen, den Stuhl am Schreibtisch umgestoßen. Ich schlafe unter den Brükken, ein alter Mann, wirres graues Haar und noch immer der gierige Blick nach den Beinen der Mädchen. Ich bettele, dies ist die edelste Haltung des Menschen. Die Weinflasche wird gefüllt, die Weinflasche wird geleert.

Das milde Licht über den Bäumen, über der Seine, über dem Glockenschlag der Kathedrale, nun ist es ohne Bitternis. Ich sehe purpurfarbene Wolken. Paris ist schön! Aber der Père Lachaise ist für immer geschlossen. Ein hochnäsiger Club. Ich verliere die Ballotage: lauter schwarze Kugeln.

Schön gekämmte, frisierte Gedanken. Ein Wort von Heine, wie jedermann weiß.

SEHR GEEHRTER, LIEBER HERR VON PLAYBOY,

Sie gefallen mir sehr, wie Sie das amerikanisch anfangen, denke ich mir, den Zeilenpreis nennen für einen Schriftsteller, die sehr kurze Zeile Zeit, ein Beispiel, mit dem Sie zufrieden wären, und wissen, daß der Schriftsteller nun rechnen wird, dreimal so viel wie im gebildeten Feuilleton der überregionalen Zeitung, und warum nicht, gedenken an den New Yorker, vielleicht auch im Playboy, habe es nicht verfolgt, da schrieben sie alle, Hemmingway, Faulkner, Dos Passos, natürlich bis zu Capote, und Jack London hätte angefangen und Fitzgerald hätte es weitergeführt und sie hätten die tausend Dollar genommen und den Scheck über siebentausend und reisten nach Paris, das damals noch Paris war, und Miller verbrachte glückliche Tage in Clichy und bleiben heute bei Bukowski mit den Bierbüchsen und den Dirnen in Los Angeles, ein Theater, ein grindiger Geschlechtsverkehr, die Sehnsucht der Onanisten nach dem pretty girl der schönen Puffs von 1900, was also sollte mich hindern, bei Ihnen zu erscheinen zwischen ganz oder halb ausgezogenen Models, das Wort amerikanisch ausgesprochen, und dankbar das Honorar zu nehmen, auf zu Bukowski an die Pazifische Küste im ABC-Flug, aber werden meine Träume, die ich anzubieten hätte, Sie und Ihre Leser nicht verstören, Ihre Leser, die so gern »cool« bleiben möchten, den Hormonspiegel unter Kontrolle, die Diskothek zum guten Einkauf, zum kühlen Einkauf für die Nacht, nicht Hamlet mehr im Schoß eines Mädchens, nur die Rückkoppelung gesucht zwischen den langen Beinen und am Morgen im Büro wieder dem Computer ausgeliefert, sie und er, klaren Kopfes, bis zum Kurzschluß in einer der Leitungen, sie oder er springen vom Arabella-Haus in Munich, vom vierzehnten Stock, wo noch so kühl und so glatt das benutzte Bett steht im siebenten, ich könnte Ihnen von der Liebe schreiben, den Leiden des jungen und alten Werther, ja, und Johann Wolfgang und die Levetzow, neunzehn, und die Freundin ruft, Achtung, Opi kommt, von der Liebe, die am besten blüht in der Bastille, wenn de Sade gefangen sitzt, den Bestseller für die Zukunft schreibt, der die Laken nässen wird in späterer Zeit.

Mit freundlichem Gruß.

PETRA

Es schmolz Singapur wie Butter im Horizont. Das mächtige Schiff schlich aus dem Hafen. Man hatte mich um die Stadt betrogen, meine Koffer am Flugplatz in einen Omnibus geworfen, mich hinterher. So hätte man einen Blinden betreut. Ein Mädchen in Uniform belehrte uns, daß mit fünfzig Dollar bestraft würde, wer die Straße verunreinigt; dann wies sie nicht ohne Stolz auf die Geschäfte und wiederholte, das ist die eine Bank und dies die andere. In meiner Vorstellung war Singapur anders, eine Metropole der Kolonialzeit, ein Völkerhaufen Asiens, Asyl und Hölle der Armen, doch ein Jahrmarkt der Lüste. Aber Singapur versteckte ängstlich sein altes Gesicht im neuen Image von Ordnung und Sauberkeit, zeigte am Ozean ein kleines New York klimatisierter Wolkenkratzer am Rande des Äquators, nur Rudyard Kipling wahrte noch ein Andenken beim Whisky in Raffles Hotel. Es tauchten auf und verschwanden Joseph Conrads Schicksalsinsel, Scherenschnitte unter Licht und Gewittern, die indischen Tempel voll Liebe und Furcht, der traurige, durch den Fahrplan erzwungene Abschied von Bombay, wir gingen westwärts, kreuzten das Arabische Meer und warteten auf Sindbad den Seefahrer. Im flimmernden Dunst der Hitze über den trägen Wellen glaubte ich, wie durch ein umgekehrtes Fernrohr, sein kleines Boot zu sehen, die Segel von Abenteuern aufgeblasen oder schlapp, es war eben nicht zu erkennen. Auf dem Sportdeck rangelten sich die am Abend in den Bars tanzten um den Tennistisch. Alle schwitzten. Die Plastikbälle schlugen wie harte Kugeln auf. Alte Menschen, Professoren deutscher Universitäten und ihre Gattinnen ruhten oder schliefen in den Liegestühlen und bräunten wie Steaks auf dem Grill. Ein Steward servierte Getränke, Eis klirrte im Glas. Jean Paul, der nie über das Meer gereist, pflegte abends, nach dem Abendessen, um den Südpol zu rudern; als ein stilles, weites Land der Seele stand das leere Meer unter dem leeren Himmel.

In der Nacht blieb ich allein. Träumte auf dem obersten Deck. Die Sterne waren fremd. Doch kannte ich den Himmel meiner Geburt? Die Lichter glänzten in überdeutlichen Bildern. Schön und abweisend. Die Propheten, die toten Magier haben die Sterne mit anderen Augen gesehen. Glück und Unheil, und irgendwo war ein Gott. Unter mir in den Etagen des Hochhauses Schiff schliefen wohl hundert, vielleicht zweihundert, dreihundert, gar vierhundert Menschen, Transportierte einer Kreuzfahrt, wie ich, hingestreckt in einem schwimmenden Kasten. Immerzu konnte er plötzlich versinken, ohne jede Warnung lautlos untergehen, ein schwerer Stein in das tiefe Wasser geworfen.

In der Morgensonne lag das Schiff am langen Kai von Akaba. Frühaufsteher reckten die Hälse. Sindbad war nicht an Bord gekommen. Die Märchen von Tausendundeiner Nacht gaben sich nicht preis. Akaba im Golf von Akaba ist ein Umschlagplatz von Gütern im modernen Staat des kleinen Königs von Jordanien. Im Anzug aus London, in der Haltung der Zöglinge der britischen Militärakademie lenkt der Enkel stolzer Beduinen das Soll und Haben des Handels und der Politik, Speicher, Kühlhallen, Kräne, überall elektrische Kraft. Im Schatten der Technik ein paar Soldaten im Schutz vor der alten Sonne, heiß, gleichmütig und eigentlich friedlich. Das Wasser gehört zum Roten Meer. Rote Felsen, rote Korallen, rote Quallen. Am nahen jenseitigen Ufer, selbst am Tag von Bogenlampen bestrahlt, die saubere Promenade eines Kur- und Heilbades, Eilat, Israel. Nicht gesehen im Vorbeigleiten des Schiffes Medina und Mekka und all die heiligen Stätten zerstrittener Religionen, nah selbst das große Jerusalem, vor dem Blick Wüste, Sand, Steine, spärliche Wälder verdursteter Palmen und der Abfallhaufen der Geschichte, verweht die Trümmer alter und neuer Kriege, Geschütze und Panzerwagen vom Rost zerfressen, allen Göttern der Gegend sei Dank! Es rührt sich nichts im Hafen von Akaba. Er ist offen und still. Die Sonne brennt.

Ich stand vor dem Ziel meiner ziellosen Reise. Ich konnte die Sehnsucht greifen über ein paar Kilometer. Ich hätte es eine Fata Morgana nennen sollen. Es war eine Einbildung, eine Flucht, ein Trost. Ich wollte erobern, was schon viele erobert hatten. Diesen Verlierern schloß ich mich an. Ich hatte den Kreuzpfarrer auf dem Deck kennengelernt. Das Schiff schaukelte. Das Meer war erregt. Der Pfarrer sprach mich an. Am Sonntag besuchte ich seinen Gottesdienst im Vorführraum alter Filme. Er war ein gebildeter Mann, der zu einer kleinen Gemeinde sprach. Er hatte sich gut vorbereitet, paßte sich an als Wanderprediger auf See, kannte sich aus in den Glaubensbekenntnissen des Orients, kein Apostel, schätzte die Ordnungen des Islams, wußte von Herrschaften, Schlachten, Wundern, Ruinen zu berichten und erwähnte Petra, das wir sehen würden, an einem Tag in Akaba von Bord entlassen. Ich kannte Petra und auch nicht. Ich habe eine Vorliebe für Totenstädte, wie sie im Umkreis des Mittelmeeres zu finden sind. Ich besuche sie gern und finde in der Zerstörung die Ewigkeit. Zuhause waren Bücher über Petra unter meinen Büchern. Petra ein alter Name, Petrus ein Jünger des Herrn, Pietro ein Knabe am Tiber, Petra eine Studentin, die ich liebe. Das alte Labyrinth. Da Petra, das Mädchen aus den Hörsälen der schönen Literatur, auch mich liebt, verbal, ohne im Bett zu bleiben, bin ich nach altem Rat auf die Reise gegangen. Doch auf dem Schiff, kaum lag das mir gestohlene Singapur hinter mir, am ersten Tag auf See, stieg aus dem Wasser einer größeren Suppenterrine, unter der stechenden Sonne Indiens, eine Petra. Ich erschrak und glaubte an Verfolgungswahn. Sie trug einen herrlich entblößenden Badeschurz, das gechlorte Wasser perlte aus ihrem kurzgeschnittenen Haar über ihr Gesicht. Dies erinnerte mich nun an die Photographie, die ich von Petra gemacht hatte in der Frühlingssonne auf dem kleinen Balkon einer Mietskaserne, mitten in der Stadt, sitzend vor einem runden, grünen Tisch, da sie auf mich, den Photographen, blickte, ihren Liebhaber, der es nicht sein sollte. Mich traf der Blitz der Erkenntnis aus ihren Augen, sie war böse. So wurde Petra, die gar nicht

Petra hieß, nur plötzlich aus dem kleinen Pool stieg, für mich zum Objekt eines mich selbst verblüffenden Hasses. Sie bedrängte und amüsierte mich. Ich wußte, du bist böse, doch ist es eine Krankheit, gegen die ich geimpft bin. Sie ging, wie sich bei den vielen unvermeidlichen Begegnungen der Passagiere des Schiffes zeigte, von den Ohren bis zu den Zehen mit Schmuck bestückt. Schade, ihr Leib war kindlich wie der ungeschmückte der Literaturbeflissenen aus dem Hörsaal, doch allabendlich in der Bar übergossen von einem schrillen, altklugen Lachen, mit dem sie sich der Gesellschaft reicher Ehefrauen in blöden Abendkleidern anpaßte. Sie war die Freundin eines schweigsamen, dicken, im Schwimmbecken selbst Kapital zeigenden Unternehmers aus einem Industriegebiet in Westdeutschland.

Wir hatten einen freien Tag. Es sollte mein Tag werden. Schon am Abend würde das Schiff weiterfahren, die Marine den Abschiedsmarsch spielen, nach Suez. Die Reederei bot einen Ausflug nach Petra an, der Totenstadt, von der der Pfarrer gesprochen hatte. Es kamen zwei verbeulte Autobusse, die Ausflügler zu holen. Jeder Platz wurde besetzt und zu viele hineingedrängt. Der Bordpfarrer reiste als Führer mit. Ich beobachtete dies über die Reeling. Ich mochte diese arrangierten Fahrten nicht. Ich nahm nicht teil. Petra war mein Geheimnis. Ich erwartete ein Ballett der Verwandlungen zwischen den Gräbern. Ich wollte in Petra allein sein.

Am Hafen ein Taxi. Wir fuhren nach Akaba der Stadt. Die Straße kam mir öde vor. Hübsche Familienhäuser änderten das Bild der Langeweile nicht. Dahinter der Fels. Öltransporte, tonnenschwere Tankwagen. Der Taxifahrer verstand mich nicht. Erst auf dem Hauptplatz von Akaba begriff er, daß ich nach Petra wollte. Ich war in einer Stadt des Königs von Jordanien. In den Schaufenstern kleiner Läden hing das Bild des Königs. Der Ort war sauber und still, eine friedliche, geordnete Stadt. Es kam ein Mann, der Englisch sprach. Er war freundlich und hilfsbereit. Alle Leute in Akaba waren liebenswürdig und ohne Fremdenhaß. Sie sagten, für die Fahrt nach Petra brauche man eine Erlaubnis des Gouverneurs. Sie zu besorgen, könnte Stunden dauern. Es war Mittag. Am Abend würde mein Schiff Akaba den Hafen verlassen. Ich blieb in Akaba. Ich wollte nach Petra. Es wurde ein schöner Tag in Akaba. Ich saß auf einer Bank im Stadtpark unter Palmen, die aus Kübeln wuchsen. Da war es wie in einem Wintergarten wohlhabender Bürger meiner Jugend. Es war warm, doch nicht unter Glas. Eigentlich fühlte ich mich wohl und hatte doch traurig zu sein.

Sicher ergab ich mich. Keine Existenz in Akaba, das sich so freundlich gab. Kein kleiner Laden mit dem Bild des Königs würde mir gehören. Schlafend mich findend in kommender Nacht auf der Bank im Kübelpalmenpark würden Polizisten und Bürger unfreundlich werden. Ich kam zurück an Bord wie ein Strafgefangener von seinem Freigang.

Ich hatte den Tag nicht genutzt. Ich war nicht bis Petra gekommen. Die Autobusse brachten sie zurück, die in Petra gewesen waren. Sie sahen überanstrengt aus. Das Essen, die Sitzung wieder in Reih und Glied. Sie sprachen von Petra, und ich verstand sie nicht. Irgendwie brachte ich das mit dem Mädchen Petra zusammen. Wir sprechen verschiedene Sprachen. Einer beglückwünschte mich, daß ich in Akaba geblieben sei. Die falsche Petra auf dem Schiff klirrte mit ihren Armringen und verspielte den Ausflug nach Petra in einem schrillen Lachen. Die Dämmerung kommt hier schnell. Vom Hafenland der monotone arabische Gesang. Das grelle Licht aus Eilat. Die Schiffskapelle spielte auf dem Kapitänsdeck den Abschiedsmarsch. Lauter Bläser. Doch Petra gab es.

In der Nacht, allein in meiner Kabine, erreichte ich Petra.

Ich schritt, ich lief, ich kletterte, denn es war bergig, um Petra herum. Ja, da war der Fels, Petra, auch Sela, die Felsenstadt, die Fliehburg, unerreichbar, sicher, das Schatzhaus, ringsum die Wüste, zu spüren vielleicht im Wind der Jordan, der Lebensstrom, der Glaubensfluß, das grüne Tal, zu ruhen und zu zelten, vor dem Überfall, der Schlacht, dem Grab oder dem Exil in Sodom am Toten Meer. Die Nacht war dunkel, doch ein rosa Licht. Ich suchte das Gebirge Abarim, den Berg Horeb, auch

Sinai genannt, alles verworren, vieldeutig, sagenunklar, Gottes Land und Haderland von je her und bis heute, Mose stand auf dem Gipfel Nebo des Gebirges Pisga, überschaute Kanaan, starb und erreichte es nicht. Sein Grab unter anderen Gräbern im Fels. Hinter dem sichtbaren Himmel die Nacht, sanft schwarz, sanft rosa, die Farben der ach so bescheidenen unerfüllten Verheißungen, das verbotene Paradies.

Ich fiel aber vor das Schlangenmonument einer Nekropole, die ganz und gar dem Erdboden gleich geworden ist. Doch erhalten blieb durch die Jahrtausende ein quadratisches Mauerwerk auf dem Schutthügel. Es ruht dort eine dreifach gekrümmte Schlange, abstoßend fett, verwundet und geschunden, doch ein Symbol des Bösen, obwohl sie auf die Erde gekommen war, zu schützen und zu heilen. Ihr Kopf ist in ihre Masse versteckt, und man kann sie tückisch oder müde nennen. Mose hatte auf Gottes Rat eine eherne Schlange geschaffen, die das Volk Israel vor den tödlichen Bissen feuriger Schlangen schützen sollte, die derselbe, so leicht erzürnte Gott unter die Auswanderer und Flüchtlinge aus Ägypten geschickt hatte. Man durfte dem späten Mitleid in die Augen blicken. Ich fühlte mich nicht gefeit.

Mut, Neugier, Verzweiflung, Störungen, die in die Unterwelt treiben. Nur durch diesen Engpaß ist Petra zu gewinnen. Ein gekrümmter schmaler Weg, aus dem rötlichen Fels des Landes gehauen, aus Gottes Zorn oder des Herrn Fürsorge geschaffen, führte mich über Stein und Brocken zur Festung Petra, die eine feste Burg war gegen alles in der Welt. Unerforschte Grabbilder schmücken die Wände und drohen dem Irrenden. Es ist eine Prüfung für Freund und Feind. Ich dachte an Bileam, der auf schwerer Strecke seine Eselin schlug, die nicht weitergehen wollte und zu Bileam sprach, ein Engel hindert mich. Doch Bileam erkannte den Engel nicht und quälte weiter seine weise Eselin. So erzürnte Bileam Gott, der nun ihn strafte.

Noch sprudelt lustig durch Leitungen das Wasser, das Mose aus dem Fels holte. Es rettete Völker vorm Verdursten, aber sonst rettete es sie nicht. Schon leuchtete mir am Ende der

Schlucht das Schatzhaus des Pharao. Eine imponierende Fassade, kein Pharao, kein Schatz. Die Tochter eines Königs in einem Stehgrab unter der Bühne des großen Theaters von Petra. Sie wartet auf ihren Auftritt. Vielleicht liegt sie auch in einem Triklinium beim Wein. Ich hatte Lust, ihr zu begegnen. Ich hätte über den weiten Platz gehen müssen, der alles in Petra umschließt, Luxus und Opferstätten. Ich habe mich mit Petra für Suez verabredet, nachts, wenn wir dort ankommen, in einer engen dunklen Gasse.

IN SODOM UND UM SODOM HERUM

In Eilat, dem israelischen, luxuriösen Badeort am Roten Meer, dem fabelreichen, rötlich schimmernden Meerbusen von Akaba, gegenüber der jordanischen Hafenstadt Akaba, still und freundlich, in Eilat, zur Nacht sonnenhell bestrahlt von Lust- und Wachlampen, war ich bereit, nach Sodom zu reisen.

Ich hatte viel über Sodom gelesen, als Kind in der Bibel die schönen schrecklichen Geschichten, später auch Sachbücher, alles blieb unklar, es zog mich an.

Ich wollte nach Sodom wandern, wie der Engel, der warnte, ich sah das Unsinnige ein und fragte im Hotel in Eilat nach einem Esel, der mich in das verurteilte Land gutmütig tragen könnte. Das Office fühlte sich nicht zuständig. Ich mietete das kleinste und billigste Auto der Agentur. – Am Abend war Spiel und Tanz in Eilat. Frohsinn in der Stadt und Sterne über dem Roten Meer. Am Morgen stand mein Wagen vor der Herberge, ein gutmütiger Esel auf vier Rädern.

Der Weg nach Sodom war eine Autostraße wie viele, für die Wirtschaft gebaut. Lastwagen überholten mich oder begegneten mir. Mein Esel von Ford oder von Fiat war mutig zwischen den Großen. Ringsum das biblische Land, das gelobte Land, das umkämpfte Land, das Land ohne Milch und Honig. Die Berge Predigtstühle für Gott. Er hatte sich oft offenbart und Engel ins Tal geschickt, vom auserwählten Volk zu strafen, wer seinen Geboten nicht folgte.

Ich lenkte den Wagen durch das Tal der Depression, geographisch die große Senke zum Toten Meer, bis 400 Meter tief. Ich war nicht deprimiert, der Tag war heiter, der Wind trocken. Ich war auf rechtem Pfad. Schilder nach Sodom oder nach Sedom. Doch Sodom gibt es nicht.

Industriebauten, flache Werkswohnungen links am Berg. Der Ort roch nach Schwefel wie die Rheumabäder in Baden bei Wien. Ich fragte den Pförtner: Bin ich in Sodom? Er sagte: Sie sind im Dead Sea Works. Er deutete auf eine Tafel: der tiefste Punkt der Erde. Ein gewinnbringendes Unternehmen. Der Boden war verkrustet, schorfig. Der Pförtner war von ihm geprägt.

Bald sah ich den See. Das Ufer war dicht besiedelt. Einzelne Häuser, manche Hütten, in die Berge hochgesetzt, an Felsenhänge geklammert, spärlicher Gartenwuchs, unter dem Dunst von Industrie und Urzeit. Sodom? Der Engel des Herrn würde an eine Tür klopfen: Zieh weg! Ich fühlte mich matt. Was wollte ich hier? Vor einem Chemiewerk und ohne Bett?

Ich rollte weiter, nun im Stau mit Kranken und Touristen, nach Hamme Zohar, einem Thermalkurort, den Todbedrohten empfohlen. Ich fand ein Zimmer im Hotel »Moriah Dead Sea«, eingerichtet für Boten des Herrn. Im milden Licht des Sonnenuntergangs, Versöhnungsschein wie über Schlachtfeldern, lagen Patienten in ihren Strandstühlen. Andere standen unter den Brausen und spülten sich das ätzende Salz vom sündigen Leib. Brennend, heilend? Ich konnte ins Wasser springen und würde nicht untergehen.

Ich mußte wieder nach Sodom: ich hatte es mir zur Pflicht gemacht. Durch die Nacht und am Meer entlang, diesem Taufbecken einer Religion.

Noch hatte nichts meine Reise gerechtfertigt.

Sodom, der umstrittene, vom erzürnten Gott überfallene Ort. Asche einer Stadt. Ihr Bild im verfluchten See. Verrufene Gassen der neuen Zeit. Suchte ich sie? Was hatte denn Gott so erregt? Moses verrät es nicht. Nach Marcel Proust waren es die Jungens in Sodom und die Mädchen in Gomorrha, der Bruderstadt. Kein Mensch in meiner Nähe. Ausgestorbene Straßen, noch immer. Lichtlose Fenster.

Ein roter Schimmer, und fällt der Hohn aus allen Sprachen über eine American Bar zu Lots Töchtern.

Dies war wie ein Manhattan für arme Leute. An sauber

gewaschenen Tischen saßen Arbeiter, Angestellte, Handlungsreisende, studierte Leute. Die Luft war stickig, und es surrte ein Ventilator über ihren Köpfen. Sie schienen von des Tages Last erschöpft zu sein. Keine Musik, Gott sei Dank, kaum Gespräche. Sie tranken den ätzenden Wein des Landes, vielleicht gepanscht mit dem Wasser des Toten Meeres. Hinter einem schwarzen Tisch mit entkorkten Flaschen die Töchter Lots, Miriam und Jael, kurzgeschnittene Haare, schlank und rank, Jüdinnen, Studentinnen, Sportlerinnen, ach ja, Nachfolgerinnen der ältesten Huren der Welt, verachtet von Generationen, mannlos und mannstoll, unbefriedigte, geile Onanistinnen, Samenräuber am Vater, Verleumdungen, Jael und Miriam brauchten es mir nicht zu sagen zum israelischen Rum, Lots Töchter waren entschiedene Patriotinnen, streng erzogen, hörig dem Rabbinat, sie wollten dem Vater Lot die versagten Söhne schenken, Israel, das heilige Land nach Gottes Gebot zu verteidigen gegen all seine Feinde ringsum. Ich bin Soldatin, sagte Miriam stolz, und ich, der ich keine Uniform mag, stellte sie mir vor im anmachenden Kleid der Armee.

Ein Covergirl und eine Enkelin Abrahams?

Die Bar leerte sich. Auch die Mädchen tranken den israelischen Rum, schön emanzipiert. Ich dachte an den strengen Abraham und an die Lustgräber, die Moses erwähnt hat, das ungezogene Volk wurde von Gott hineingestoßen. Die Mädchen lachten und kannten sich aus: Alle haben sich nach Lust gesehnt, und als der Untergang über sie kam, hat es alle geschmerzt, daß ihr Leben lustlos verlaufen war.

Es wurde früher Morgen. Schwalben schwärmten über dem See. Die Soldatinnen hatten einen eigenen Wagen und lotsten mich zu Lots Höhle. Der Eintritt war verboten, doch Miriam und Jael wußten Rat, und bald stand ich in dem riesigen Felsenraum vor Lots Frau. Ihre Salzsäule, überlebensgroß, durchsichtig, reckte sich zu einem offenen Kamin hinauf. Die Säule ließ nicht an Tod, eher an Leben denken. Warum hatte die Frau auf der Flucht sich umgedreht? Ich meine, daß Heimatgefühle sie drängten und sie das untergehende Sodom sah als Stätte des Wohlseins, und ihr Gott enttäuschte sie.

Das kleine Auto trug mich nach Lod, wo die Flugzeuge warten. Ich war müde und wachte in München auf.

ZWISCHENAKT

Ein Mann von etwa vierzig Jahren leidet unter einer ungeklärten Krankheit und ist zu einer Besprechung in eine Klinik bestellt. Die Klinik liegt an einem lebhaften Platz mit starkem Verkehr. Er fährt mit seinem Wagen vor, geht hinein und kommt in das Ärztezimmer.

Die Ärzte sind sehr freundlich und reden ihm zu, sich einer noch gänzlich unerprobten Behandlung zu unterziehen. Sie behaupten, diese unerprobte Behandlung sei seine einzige Chance. Sonst würde er in kurzer Zeit an allgemeiner Schwäche sterben.

Der Patient willigt ein.

Ein Arzt fragt einen anderen Arzt: wollen Sie es wirklich wagen? Der angesprochene Arzt: Ich glaube an den Versuch. Und sterben würde er sowieso.

Der Patient liegt auf dem Operationstisch. Ärzte beschäftigen sich mit ihm. Injektion.

Der Patient liegt im Krankenbett. Ärzte: Er schläft. Der Oberarzt: Tief. Hoffentlich vier Tage. Puls, Herz, Atmung ständig kontrollieren. Bei Zwischenfällen mich rufen.

Im Krankenzimmer, in seinem Bett, der Patient allein. Er ist wach. Unruhig. Er greift nach einer Klingel. Klingelt. Die Klingel ist zu hören, aber es kommt niemand. Der Patient: hier brennen Lampen. Vielleicht ist es noch Nacht. Es ist ganz still auf der Straße. Er geht zum Fenster. Draußen ist Tag. Die Sonne scheint. Die Straße ist leer. Kein Mensch, kein Fahrzeug, das sich bewegt. Der Patient erkennt seinen Wagen vor der Türe. Wo sind sie denn alle hingegangen? Er greift wieder zur Klingel. Es klingelt. Nichts. Er greift zum Telefon neben seinem Bett. Er wählt eine Nummer. Niemand meldet sich. Er wählt eine andere Nummer. Er wird nervös. Das Telefon antwortet nicht. Der Patient zieht seinen Bademantel an und geht aus dem Zimmer.

Der Gang ist leer. Stille. Er hört nur seine eigenen Schritte.

Er geht, läuft dann durch Flure, Krankenzimmer, Operationsräume, Kontore. Nirgendwo ein Mensch. Panik packt ihn.

Er reißt die Tür zur Straße auf, steht auf der leeren Straße und schreit. Keine Antwort.

Er läuft zu seinem Wagen. An der Frontscheibe ein Strafzettel. Falsch geparkt. Er liest den Strafzettel und steckt ihn ein. Er will in den Wagen einsteigen. Die Tür ist aber verschlossen. Er rast zurück in sein Krankenzimmer, holt seinen Anzug, findet die Wagenschlüssel, zieht sich hastig an, probiert noch einmal das Telefon.

Die menschenleere Straße. Er steigt in sein Auto ein. Er probiert ängstlich den Anlasser. Der Motor kommt. Es scheint ihn zu erleichtern. Er fährt an.

Das Szenenbild. Fahrt durch die Stadt. Unheimlich. Kein Mensch auf der Straße. Die Automobile teils ordentlich geparkt, teils wild verunglückt. Zusammengefahren. Keine freie Fahrt. Wagen halten mitten auf dem Weg. Drückende Menschenleere. Dem Mann am Steuer bricht der Schweiß aus. Er stößt mit einem Wrack zusammen. Sein Wagen fährt nicht mehr. Er schreit sinnlos: Polizei, Polizei!

An der Straße eine Kirche. Der Mann rennt in die Kirche.

Blick des Mannes in das leere Kirchenschiff.

Der Mann wieder auf der Straße. Er rüttelt an den Türen geparkter Wagen. Die Tür eines großen teueren Wagens kann er öffnen.

Er setzt sich in das Auto und schaltet das Radio ein. Lustige Musik, die den Mann völlig verwirrt.

Er läßt den Motor an und fährt bei lustiger Musik durch die tote Stadt. Stimme einer Schlagersängerin. Der Mann schreit zum Lautsprecher: Nun sag doch, was los ist. Die Sängerin singt.

Stadtrandgegend. Der Mann hält mit dem großen Wagen vor seinem Haus. Er betrachtet eine Weile das Haus. Er ruft zu den Fenstern hinauf. Es ist, als fürchte er sich, in das stumme Haus zu gehen. Drückt auf die Klingel. Sucht den Hausschlüssel. Schließt auf. Geht ins Haus.

Der Mann in seiner Wohnung. Geht durch die menschenleeren Räume. Steht vor einem leeren Bett. (Ehebett? Bett seiner Frau? Sein Bett?)

Blickt im Flur auf das leere Lager seines Hundes oder seiner Katze. Er bricht in Tränen aus. Nimmt Post aus dem Briefkasten. Sie ist drei Tage alt. Er sieht Briefe an. Sagt Rechnungen.

Er geht in die Küche. Er öffnet den Kühlschrank. Kaltes Fleisch oder Wurst. Er macht sich ein Brot und ißt. Schenkt sich Wein oder Bier ein.

Er will zurück ins Schlafzimmer und blickt auf das Bett. Er geht zum Fenster und schaut auf die Straße. Er zieht die Vorhänge zu. Er zieht sich aus und geht zu Bett.

ARTHUR UND JAPAN

Ein Gut in Pommern in der Nähe von Anklam. Ordentliche Verhältnisse. Zwei Söhne. Arthur hat einen Bruder. Die Verarmung der Gutsbesitzerfamilie ging mit der Mutter. Es scheint alles in Ordnung zu sein, ist es aber nicht. Die Mutter, die aussieht wie eine keusche, protestantische Gutsbesitzersfrau, schläft mit dem jungen Gutsinspektor.

Ein Skandal in Pommern. Scheidung, etwas damals ganz Unbekanntes. Ihr fällt der Besitz zu. Die Gesellschaft boykottiert sie. Sie heiratet den jungen Gutsinspektor. Er gilt als tüchtig, spielt aber bald die Rolle eines Adligen, macht Reisen, fährt oft nach Paris, bekommt einen schlechten Ruf, gibt viel Geld aus dem Ertrag der Ernte aus, fängt schließlich zu trinken an. Aus der zweiten Ehe der Gutsbesitzerin zwei Töchter. Die Söhne aus der ersten Ehe verbittert. Der ältere wird Landpastor. Er muß ein sehr strenger Gottesmann geworden sein, irgendwo auf dem Acker, voll Verachtung für die Mutter. Der zweite Sohn haßt alles, den Stiefvater, die neuen Geschwister, die Mutter, das Gut, das Land, die Schule in Anklam. Er brennt durch und geht zur See.

Man erzählt sich später in der Restfamilie, Arthur sei schon Soldat gewesen, Marinesoldat, und dann aus dem Wehrdienst geflohen. Da stimmt etwas nicht. Als Deserteur hätte er sich im Kaiserreich nicht wieder sehen lassen können. Er kam aber als angesehener Kapitän eines Passagierschiffes vom Norddeutschen Lloyd in den Hafen von Bremen. Bilder dieses großen Dampfers hingen an der Wand. Er besuchte aber die Familie nicht. Post erreichte die Familie aus fremden Häfen.

Der zweite Gatte der Gutsbesitzerin verwirtschaftete und vertrank das Gut, das schließlich versteigert wurde.

Die Gutsbesitzerin zog mit ihren Töchtern in die Stadt und versuchte, Zimmer an Studenten zu vermieten.

Der Landfahrer nahm keine Notiz von der Familie. Für ihn war die Mutter moralisch tot.

Geschichte der Töchter.

Geschichte des Ballonfahrers.

Geschichte des Baumeisters.

Geschichte des Kindes.

Der Erste Weltkrieg. Von Armut zu Armut.

Arthur meldet sich aus Japan, schickt Bilder seiner japanischen Familie. Die Familie sitzt um Arthur herum, Gattin, vier Kinder. Man könnte an ein japanisches Tempel-Bild glauben. Arthur scheint reich geworden zu sein. Darüber viele Gerüchte. In der Wohnung des Baumeisters häufen sich japanische Kunst und Bücher. Es wird auch japanische Seide in schönen Farben geschickt.

Arthur und seine Heimatstadt. Der reiche Geschäftsmann und Vertreter der Standard Oil für ganz Ostasien versteht die deutsche Inflation nicht.

Die Großmutter ist tot. Die Mutter des Kindes ist tot. Olga lebt mit dem Baumeister im Osten. Das Kind lebt alleine in der mütterlichen Wohnung.

Arthur entschließt sich zu einer Reise nach Deutschland. Für seine Verwandten dort ist er ein Fabelmann. Das Kind schwärmt auch noch für den Seemann, für das Segelschiff, mit dem er unterging, für das große Passagierschiff, auf dem er Kapitän war. Der Baumeister meint, Arthur wird für den Jungen etwas tun.

Arthur enttäuscht den Baumeister. Er hatte einen Millionär erwartet und Arthur schien ein einfacher Mann zu sein. Arthur reist weiter und besucht den Jungen.

Arthur fiel auf. Das gefiel zunächst dem Jungen. Vor dem Bahnhof standen Studenten mit roten Mützen. Arthur rief »Träger!« und reichte dem Rotbemützten seinen Koffer. Der war beleidigt, und Arthur hatte das gewollt.

Der Junge und Arthur vertrugen sich nicht. Arthur forderte Fleiß, Zielstrebigkeit und Erfolg. Für den Jungen war Arthur ein verknöcherter Geschäftsmann aus amerikanischen Filmen.

Der Junge haßte amerikanische Filme. Wirklich, Arthur wollte etwas für den Jungen tun.

Er fand ihn faul und in hoffnungsloser Position. Der Junge schwärmte für Japan, weil es so fern war. Er wäre bereit gewesen, mit Arthur nach Japan zu gehen. Arthur sagte, ich schicke dich nach New York, du wirst in der Zentrale von Standard Oil den Ölhandel von der Pike auf lernen, später vielleicht Ostasien. Den Jungen interessiert der Ölhandel nicht. Arthur reist zurück nach Kobe.

Das schwierige Leben, der Zweite Weltkrieg.

Das Kind, erwachsen, in einem Beruf, der Arthur nicht gefallen hätte, reist nach New York. Er reist mit einem Schiff, das so groß ist wie das große Schiff auf dem Bild mit Arthur als Kapitän.

Der Erwachsene steht vor der Skyline von New York. Was wäre geworden? Er hätte den Ölhandel von der Pike auf gelernt. Jetzt hätte Arthur, der wirklich ein mächtiger Händler in Japan war, ihn protegiert. Der werdende Ölhändler war an Japan nicht mehr interessiert. Er hatte sich der Börse zugewandt und war selber reich geworden. Wie er vor der Skyline in New York stand, sah er am Tag des großen Börsensturzes seinen Fall aus dem höchsten Wolkenkratzer.

EIN ALTER HERR

Die Hand schreibt. Es klärt auf. Ich gehe in den Widerstand. Eine elektronische Schreibmaschine kommt auf den Tisch. Es gelingt mir, ihre Launen zu beherrschen. Kein verlorenes Leben. Wenn ich wollte, könnte ich einen Brief an den Minister schreiben. Ich gehe auf den Balkon und überschaue das liebliche Isartal. Vor meinem Haus die Automobile des Wohlstands. Der Fluß ist vereist. Es weht ein kalter Wind. Schnee, zuweilen Donner. In der Unterführung von der Straße zum Wasser schläft Nacht für Nacht ein alter Herr. Er ist der ordentlichste Mensch meiner Beobachtung. Er macht sich jeden Tag auf den kalten Steinen ein sauberes Bett. Morgens verpackt er das Bettzeug in blaue Plastiksäcke und läßt es in der Unterführung stehen. Um 5.00 Uhr gegen Abend macht er wieder sein Bett und legt sich hin. Vorbeilaufen an seinem Lager die Hunde und die Menschen. Er hat eine Decke über seinen Kopf gezogen. Die Hunde und die Menschen frieren. Der Schläfer will nicht gestört werden. Er lehnt jedes Gespräch ab. Er lehnt jede Hilfe ab. Was mag hinter ihm liegen? Die reichen Anwohner der Straße sind tolerant. Der Clochard, wie sie ihn mit einem leichten Vergnügen der Erinnerung an Paris nennen, tut ihnen ja nichts, stört sie nicht in ihrem Lebensbehagen. Aber andere, arme Leute, pißten in sein Bett, gossen Benzin nach und zündeten es an.

WEIHNACHTSBRIEF

Wenn Sie einen Weihnachtsbrief schreiben wollen, sagte die junge Dame auf dem Bildschirm im dritten Kanal, und vor sich hatte sie schon die Zutaten vorbildlich für die Fernsehzuschauer der Hobbythek zurechtgelegt, dann brauchen Sie als Bastelrohmaterial so allerlei. Aber bevor wir mit der Erklärung der Heimwerkeranleitung anfangen, will ich mich erst einmal vorstellen. Sie wissen ja, das Fernsehen hat neue Benimm-Regeln für den guten Ton, und die Moderatoren stellen sich nicht mehr direkt am Anfang der Sendung vor, sondern erst nach Verkündung des Themas. Also darf ich Sie heute, am zweiten Adventsnachmittag, recht herzlich begrüßen. Ihre Christa Kindler. Und schon wurde der Name Christa Kindler rechts unten im Bildschirm eingeblendet. In Goldschrift mit Sternchen-Umrahmung. Und Christa Kindler strahlte, und man sah ihr die Weihnachtsvorfreude an, insbesondere deshalb, weil ihre Augen glänzten, so wie Kinderaugen unter der Tanne glänzen sollten.

Auf Christa Kindlers Tisch lag eine Menge Post. Kein Wunder, daß sie sich also so freute und strahlte, wie der Morgenstern. Ja, sagte sie entspannt und klapperte mit ihren Kunstlanghaarwimpern aus russischen Rentierhaaren. So ein Weihnachtsbrief ist etwas Herrliches. Viel schöner als billige lieblose Kartenpost. Auf die man wahllos Sechzig-Pfennigs-Billigmarken draufgekletscht hat. Briefträger werden zu Kartenträgern in der Vorweihnachtszeit degradiert, laufen überpackt mit krummen Rücken von Einwurfschneise zu Einwurfschneise. Und wozu das alles, fragt man sich doch da, oder geht es Ihnen etwa anders, meine lieben Fernsehzuschauer. Und selbst schreibt man sich die Finger krumm, allein das Adressenschreiben ist schon nervtötend. Dann besorgt man sich im Supermarkt ein Pack Karten, mit son paar Weihnachtszweigen drauf, und ab geht die Post. Gruß, Dein Addy. Kann dann in dem für kreative Zwecke zu nutzenden weißen Feld stehen. Meinetwegen kann auch Gruß Hans und Weihnachtskuß an Grete und die Rowdys draufstehen. Und wer es besonders schön machen will, der klebt dann noch einen Stern drauf, so einen zackigen, selbstklebenden aus Gold, oder Silber, und für die jungen Leute auch in Glitter- und Glamour-Look zu haben, und für die Discowellenreiter in Neonfarbe. Und wenn, nehmen wir mal an, Erni die Berta ganz besonders liebt, oder ganz besonders scharf auf sie ist, ja dann läßt er sich auch nicht lumpen und klebt von jeder Sorte einen Stern auf, auf daß sich Berta dann denkt, Mensch, der hats, kauft den teuren Weihnachtsselbstklebesternchenkitsch, und dann alle Sorten. Der hat wohl im Lotto gewonnen. Oder so ähnlich denkt sich das Kätchen, aber dann ist noch ein Kugelschreiberstern am Stern, und da hat er dann drauf geschrieben, Berta, steckt Liebe drin, und Berta ist ganz entzückt. Er liebt mich wirklich.

Und wie Christa Kindler so über den Kartenverkehr berichtet, nimmt sie einen Schluck kühlen Wein zu sich. Und köstlich sieht es aus. Aber Christa Kindler darf ja eigentlich keinen Alkohol trinken, wenn die MAZ läuft, aber Kindler hat dem Chef vom Dienst gesagt, daß es doch weihnachtet und sie sich sonst den Mund fusselig redet im Studio.

Und sie trinkt Funkhaus-Wein und prostet mit den Fernsehzuschauern an. Und Egon Enger, der Empfänger aus Richtsberg an der Mosel, sagt zu Berta, Mensch, bei der möcht ich Studiogast sein. Und Berta Enger zu Egon, ich glaub du hattest 'n bißchen zu viel Weihnachtsrummel umme Beine, und sagt, bald streng, Egon mach die Glotze aus. Und du verblödest ja davon völlig. Und sei du mal lieber Studiogast in der Küche.

Letztendlich macht weder das Abschicken noch das Empfangen von Weihnachtskarten Spaß. Es ist ein Verdummungsmechanismus, der instinkthaft von Milliarden von Menschen alljährlich betrieben wird, sagt die Christa vom TV mit leicht gekräuselter, modisch akzentuierter Stirnfalte. Man nimmt von der Karte Kenntnis, registriert den Absender, sagt Aha, klemmt die Karte unter den Weihnachtsbaum, wundert sich, daß man so viele Freunde hat, plaziert sie nach Sternchen, sagt Aha, und am Ende, wo führt das alles hin.

Guck, die sagt auch immer: Und das alles, wie unsere Oma, das führt in den Papierkorb, was nichts anderes bedeutet, als daß durch eine weit verbreitete Unsitte alljährlich Milliarden von Mark aus dem Fenster geschleudert werden.

ZUM JAHRESWECHSEL

Petruschka wußte es ganz genau, daß dieses Christkind lebte, von dem alle sprachen, das aber noch nie jemand gesehen hatte, weshalb dann auch allgemein angenommen wurde: Dieses Christkind gibt es ja gar nicht. Es existiert nur in der Phantasie für die Kinder und für das Kind in den Erwachsenen, Petruschka wußte sehr wohl, daß es lebte. Im Himmel. Und zu Weihnachten kommt es auf die Erde. Es kommt trotzdem immer wieder, auch wenn ich mich mit Bodo gezankt habe oder die Puppenstube im Kindergarten nicht aufgeräumt habe. Davon war Petruschka zutiefst überzeugt. Ja, und wie sie so an mögliche Gründe dachte, weshalb das Christkind wohlmöglich nicht kommen könnte, also zum Beispiel wegen dieser Puppenstube, in der es immer nach Kraut und Rüben aussah, ja, wie sie so dachte, da blitzte es auch schon wieder auf, und Petruschka sagte vor sich hin: Mensch, das Christkind wird doch nicht so engstirnig sein und wegen so einer klitzekleinen Puppenstube einen Bogen um mich machen. Und dann setzte sich Petruschka im Schneidersitz auf den roten Wohnzimmerteppich und schaute auf die Siedlung, auf die lange Reihe roter Häuser, an deren Ende der rote Kindergarten stand. Jetzt ging da keiner mehr hin. Weihnachtsferien. Alle blieben aus. Alle wollten den Stern sehen. Petruschka saß vor der Balkontür und schaute hinaus, hinter ihr stand der grüne drehbare Sessel. Vaters ganzer Stolz. Was heißt Vater? Petruschka nannte ihren Vater Papa, nicht Papi, nicht Paps, nicht Dad, nicht Waldemar, und so hieß er mit Vornamen, Petruschka nannte ihren Vater: Papa. Ja, und was der Papa als den dunkelgrünen Drehsessel bezeichnete, nannte Petruschka immer: Unsere Karussells zu Hause. Wie, ihr habt Karussells daheim, fragten sie die anderen Kindergartenkinder, darunter waren auch viele Schlüsselkinder. An die Schlüsselkinder wurde Petruschka von ihrer Mutter erinnert, wenn sie böse war: Obwohl, Petruschka war nie böse, wie sie selbst fand. Es hatte alles seinen Grund. Und was heißt schon, wenn sie böse war. Oft war es die Mutter, die sich benahm wie eine Rabenmutter. Sicher, man könnte an dieser Stelle Beispiele anführen, aber ich will ja nicht nachtragend sein, dachte Petruschka, das Christkind liegt mir ja auch nicht immer mit der blöden Puppenstube in den Ohren. Aber diese komische Kindergärtnerin. Petruschka mochte sie nicht. Diese Animierdame. Guten Morgen, Kinder, ein Morgengebet, und dann, spielt schon Kinder, und dann spielten die Kinder. Die einen hatten was zu tun mit den Bauklötzen, dann gabs welche, die malten, oder kneteten, mit einer Gummimasse, aus einer farbigen Gummimasse, kneteten die Gummikneter Gebilde. Bunte Gebilde. Rote, gelbe und grüne. Und blaue gab es bestimmt auch. Und dann gab es die Clique um die Puppenstube. Als Petruschka in diesen Kindergarten kam, war sozusagen das Puppenstubenteam schon eingespielt. Am Anfang brachte Petruschka mal Eva mit, Eva war ihre Puppe, weil Petruschka dachte, sie könnte die Eva, das war eine schöne Puppe mit blauen Kulleraugen und rotbraunen Haaren, nicht den halben Tag allein lassen. Eva hätte vielleicht geweint. Aber in der Puppenstube wollten sie Eva nicht haben. Die gehört nicht zu uns, sagten die anderen. Und selbst die Kindergärtnerin: Bringt nicht euer eigenes Spielzeug mit, wenn jeder sein eigenes Spielzeug mitbringt, dann kommen wir ja ganz durcheinander – und als das diese Kindergärtnerin sagte, diese Schwester Monica, oder Schwester Moni, wie sie sie nannten, nicht aber Petruschka, die sagte, Frau Schwester Moni, also als die das sagte, da fing Eva an zu weinen. Denn das war ungeheuerlich frech, daß sie nicht erlaubten, daß Eva auch kommen darf, sie kämen mit dem Spielzeug von zu Hause und dem städtischen Spielzeug durcheinander. Und wie Eva heulte, nicht nur deshalb, weil sie nicht wollten, daß Petruschka sie mitbringt, sondern auch, weil sie in Evas Anwesenheit über sie sprachen und sie als Spielzeug bezeichneten. Sie verglichen Eva mit der Knetmasse. Petruschka sagte zu Eva, komm wir gehen. Packte sie, und dann liefen sie hinaus: Und Schwester Moni hinterher. Eva hätte bestimmt zu Hause zu tun, und demnächst sollte sie sie zu Hause lassen. Und falls sie sich langweilen würde, könnte ja Petruschkas Mutter mit ihr spielen, und wenn sie Hunger hat, könnte sie ihr einen Brei kochen. Das müßte sie doch einsehen, sagte diese Kindergärtnerin, Frau Schwester Moni zu Petruschka. Nein, demnächst bleiben wir zu Hause. Mittlerweile war im Kindergarten auch schon Feierabend, und dann ging Petruschka mit Eva nach Hause. Zu Hause fragte Mama, wie wars. Danke, sagte Petruschka. Wir gehen da nicht mehr hin. Was heißt wir: Na, ich und Eva, sagte Petruschka. Sie wollen Eva nicht haben. Sie kämen dann durcheinander. Ich habe dieser Gärtnerin gesagt: Wir kommen nicht mehr. Na ja, sagte die Mutter. Kommst du mit einkaufen, vielleicht will Eva ja jetzt einen Mittagsschlaf machen. Na gut – und Eva war tatsächlich erschöpft von diesem ihrem ersten Kindergartentag. Eva war noch ziemlich aufgeregt von diesem ganzen Drumherum. Und sie wollte nicht zu Bett gehen, sie wollte etwas Spaß haben. Sie wollte Karussell fahren. Deshalb setzte sie Petruschka auf den dunkelgrünen Sessel, und damit sie nicht friert, zog ihr Petruschka noch ihren bunten Poncho an, den hatte Petruschkas Oma aus dem Sauerland Eva geschenkt. Und Eva zog ihn gerne an, weil er so schön bunt war. Und über die nackten Beine legte Petruschka ihr die rosa Babydecke. Die hatte ich auch als Baby, sagte sie zu Eva. Mmm, sagte Eva. Ja, ich sitze bequem. Es kann losgehen. Und schon strahlte und lachte Eva wieder. Und Petruschka freute sich darüber. Jetzt mußt du mir nur noch Schwung geben, sagte Eva. Und da bölkte die Mutter: Nu komm, Petruschka, Schuhe, Mantel und Mütze anziehen, wir wollen doch gehen. Sonst kriegen wir nichts mehr eingekauft. Dann haben wir nichts zu essen heute abend, wenn der Papa kommt. Moment noch, ich muß Eva noch schnell anschubsen. Und Petruschka sagte zu Eva: Sei nicht traurig, ich gehe jetzt nur einkaufen. Ich bring dir auch was Leckeres zu naschen mit. Und für Poldy bring ich auch was mit. Poldy war der Teddybär. Oh toll, sagte Eva. Na, dann gib mir Schwung. Okay, sagte

Petruschka. Ich gebe dir so viel Anschub, daß du dich noch drehst, bis wir wieder da sind. Au ja, sagte Eva lustig. Und Petruschka packte eine Sessellehne und stemmte sich mit beiden Armen dagegen, und der Sessel bekam einen Mordsschwung, das Drehgewinde des Sessels quietschte. Was machst du da, schrie die Mutter hysterisch. Karussell fahren. Du machst den Sessel kaputt. Warte nur, bis der Papa kommt, dann gibt es was mit dem Schuheanzieher. Und vor Schreck kippte Eva im Sessel um, und dann kam die Mutter wie ein Wirbelwind ins Wohnzimmer gelaufen und bremste den Sessel gewaltsam ab. Es gab einen Ruck. So einen gewaltigen Ruck gab es von dieser unnötigen Notbremsung, daß Eva aus dem Karussell in die Tiefe stürzte. Sie fiel ins Leere. Und schrie noch in ihrer Todesangst. Petruschka konnte ihr nicht mehr helfen. Es ging alles so schnell. Als das Unglück geschehen war, war für einen Augenblick lang Totenstille. Petruschka hielt sich die Hände vors Gesicht, die Tränen liefen langsam aus den Augen. Eva hatte sich das Genick gebrochen. Jetzt komm, die Mutter zog Petruschka am Arm, setzte sie auf die Couch. Und du ziehst dir jetzt die Schuhe an. Sie stellte ihr die Schuhe vors Sofa, während sie selbst die tote Puppe zur Strafe in den Schrank sperrte und von dem Sessel die Flusen der Babydecke entfernte und den grünen Sessel wieder vor den Wohnzimmertisch stellte, so wie es sich gehörte. Bist du endlich fertig, schimpfte die Mutter. Petruschka weinte. Und sagte nein. Ich kann mir nicht die Schuhe anziehen. Sie legte sich auf die Couch und stellte sich tot. Sie legte sich hin und bewegte sich überhaupt nicht, auch den Atem hielt sie an. Nur, was Petruschka nicht wußte, daß Tote ihre Augen nicht bewegen konnten. Du filmst, sagte die Mutter. Du bringst mich zur Weißglut. Und warte nur, bis der Papa heute abend wieder da ist, ich brauch dir ja nicht zu sagen, was dann passiert. Ich denke, du bist wieder reif. Alle paar Wochen brauchen die Kinder was auf den Hintern, sonst wissen sie nicht mehr, wo es lang geht.

BERLIN

Berlin gefiel mir sehr. Es war meine Stadt. Ich saß im Café und in Lese- und Hörsälen. Ich studierte die Straßen. Sie lehrten mich viel. In den Straßen geschah, was am Morgen in den Zeitungen stand. Am Abend besuchte ich die Theater. Am Sonntagvormittag besuchte ich die Junge Bühne des Dr. Moritz Seeler. Seeler spielte Brecht und Hans Henny Jahnn. Es war das lebendigste Theater in Berlin. Nach der Matinee prügelten sich die Zuschauer.

Die gemäßigte Volksbühne lag am Bülowplatz. Die Volksbühne spielte in einem schönen Haus. Gegenüber lag das Haus der Kommunistischen Partei. Auf einer unbebauten Seite des Platzes war ein kleines Judenviertel. Kein Ghetto, keine Mauer. Kleine jüdische Geflügelhändler. Eingewanderte aus dem Osten. Zum Teil ließ ihre schäbige Kleidung sie als Juden erkennen. Fromme Juden. Haar- und Bartschnitt. An einem verfallenen Haus ein großes Namensschild »Osirias Sterngucker«. Ich war fasziniert. Ich wußte nicht, wer er war, was er tat, mir fehlte der Mut, Osirias Sterngucker zu besuchen. Alfred Döblin fehlte der Mut nicht. Ihn hatte die gleiche Faszination wie mich gepackt. Zwei Jahre später erschien Osirias Sterngucker in Döblins Roman »Berlin Alexanderplatz«.

Ich hatte Glück und kam in die Redaktion des »Berliner Börsen-Couriers«. Es war der Ort, wo ich zu dieser Zeit sein wollte.

Im Romanischen Café lernte ich nun den Dr. Moritz Seeler persönlich kennen. Er hatte einen kleinen weißen Hund, der sehr ungesellig war und nur mit Seeler sprach. Seeler regte mich an, im »Börsen-Courier« über deutsche Konservative zu schreiben. Er fand das zeitgemäß. Ich schrieb über Möller van den Bruck. Man nahm mir das übel.

Der »Börsen-Courier« ging ein. Ich ging nach Holland.

1939 kam ich nach Deutschland zurück. Es war eine Flucht nach vorn. Da sah ich doch auf der Straße, zwei Monate vor dem Krieg, Moritz Seeler stehen. Ich war entsetzt, ich schrie, Seeler, Mensch, Sie sind noch hier? Der Dr. Moritz Seeler sagte, ja, ich weiß, es kommt Krieg, ich werde eingezogen werden zum Arbeiten, ich werde in einem Postamt an einem Schalter sitzen und Briefmarken verkaufen.

1942 eine Straße in Berlin, vor einem Haus ein Müllwagen. Aus dem Haus kommt ein zu Tode erschöpfter Mann und schleppt auf seinem Rücken eine schwere Mülltonne. Ich schreie wieder Seeler. Er krächzt, gehen Sie weg, gehen Sie weg.

Nach einem Monat reißt er sich den Judenstern von der Arbeitskleidung, flieht in die Wohnung von August Scholtis. Die Häscher finden ihn bald. Er schluckt Gift und stirbt.

DER FREUND

Wir waren von Thorn nach Ortelsburg in Masuren gezogen. Ich besuchte die Schule. In meiner Klasse waren drei jüdische Jungen. Sie fielen nur an jüdischen Feiertagen auf. Da kamen sie nicht in die Schule. Zwei waren kleine Bürger, fleißig, ordentlich, strebsam. Der dritte war für sein Alter ungewöhnlich groß gewachsen und galt als Raufbold. Er war ein Schläger und beherrschte die Klasse. Mit diesem Jungen freundete ich mich an. Es geschah halt so. Wir hatten ein Stück gemeinsamen Schulweg.

Der Vater meines Freundes besaß die große Ausspannung am Markt. Sie bestand aus einem sehr großen Saal, ebenso ein Hof mit Stallungen. Die Pferde der Marktleute wurden dort versorgt und gefüttert. Mein Freund schlug mir vor, doch mit ihm gemeinsam die Schulaufgaben zu machen. Ich fand das lustig. Sein Vater reservierte uns einen großen Tisch in der Schankstube. Das Lokal war immer voll, Landvolk, Markthändler, Juden aus Polen, die den Kaftan trugen, der Postbote auf seinem Dienstweg, der Arzt auf seinem Fahrrad zu den Kranken. Es wurde viel Bier und noch mehr Korn getrunken. Es war laut und friedlich. Der Vater meines Freundes, der Wirt, stellte uns eine Limonade auf den Tisch. Die Limonade war grün.

Als der Erste Weltkrieg zu Ende war, verließ ich Ortelsburg. Doch nach Jahren verbrachte ich meine Ferien dort. Mein Freund stand hinter der Theke und schenkte das Bier ein. Wir begrüßten uns, und er lud mich zum Korn ein. Ich fragte ihn, willst du hier weiter Bier und Korn ausschenken. Er sagte, ich will weg. Warum? Er sah mich fest an und sagte, es stinkt hier. Ich verstand ihn. Auf einmal verstand ich alles. Ich wußte auf einmal, daß diese Ausspannung, für die ich Heimatgefühle empfand, bald nicht mehr sein wird. Es war das Jahr 1931 oder 1932. Ortelsburg war keine braune Stadt. Aber die SA marschierte schon. Mein Freund schenkte mir einen Korn nach dem anderen ein. Er schob ihn mir über die Theke. Ich wagte nicht, ihn abzulehnen. Als es dunkel wurde, war ich betrunken. Er mußte mich nach Hause bringen. Das ging noch.

DIE JÜDISCHE HOCHZEIT

Meine Mutter sagte mir, wir sind zu einer jüdischen Hochzeit eingeladen. Wir fahren nach Warschau. Es wird ein prächtiges Fest sein. Es sind berühmte Leute. Ich konnte mich nicht gleich erinnern, ob wir mit einem Schiff, mit der Bahn oder mit Pferden gefahren waren. Warschau fand ich prächtig. Große königliche Plätze, das Hochzeitshaus ein Palast. Nur Leute in Seide und Pelz. Musik, hundert Pianisten, jeder vor seinem Flügel. Ich war fünf Jahre alt.

Das ist nun überhaupt nicht wahr. Die Hochzeit fand in Thorn statt. Dort wohnten wir, meine Mutter und ich. Mir gefiel der Strom, das Rathaus, das Kopernikusdenkmal, reitende Ulanen, Luftschiffer am Himmel, keine Flugzeuge. Der Halleysche Komet.

Die jüdische Hochzeit fand im großen Modehaus am Markt statt. Das Geschäft war an diesem Tag geschlossen. Es heiratete der Sohn des Chefs. Er trug die Uniform eines einjährig Freiwilligen. Sein Vater war Hauptmann der Reserve. Auch er natürlich in Uniform. Wenn der Vater mit dem Sohn sprach, nahm der Sohn Haltung an. Es waren viele Militärs, Kameraden auf der Hochzeit. Man tanzte auch, aber ich fand es langweilig. Einen Rabbiner erkannte ich nicht, aber ich fragte auch nicht nach einem Rabbiner.

Ich saß am Kindertisch. Es saßen mit mir dort drei Jungen in neuen Anzügen und ein kleines Mädchen, so alt wie ich. Es wurde eine Speise serviert, und ich roch sie. Ich stieß den Teller zurück und schrie: »Ich esse keine Zwiebel. Ich hasse Zwiebeln.« Die artige Kinderrunde am Tisch erstarrte. Der älteste Junge, ein Brillenträger, wies die Serviererin an: »Nehmen Sie den Teller weg, er ißt nichts Koscheres, er ekelt sich.« Ich brüllte, ich esse keine Zwiebeln, ich hasse sie.

Ich stand vom Tisch auf und suchte meine Mutter. Sie nahm

meine Hand, und wir verabschiedeten uns beim Brautpaar und den Eltern. Als wir zur Haustür kamen, lief das kleine Mädchen vom Kindertisch auf mich zu und küßte mich. Sie sagte, besuch mich bald. Ich war entschlossen, sie zu heiraten.

NACHTGEDANKEN

Anfang mit dem Schiff.

Das Schiff liegt am Pier, wirkt sehr groß, überragt die Hafenbauten, kommt mir schwarz vor.

Vor dem Schiff eine große Zahl Passagiere, die mitfahren wollen.

Sie sind mit allen möglichen Flugzeugen gerade angekommen.

Sie stellen ihr Gepäck unter einem Kran ab.

Das Gepäck häuft sich zu einem Berg.

Marbach hat mich auf dem Flugplatz gefunden.

Ich stand da ganz allein mit meinen zwei Koffern in großer Hitze.

Es war noch früher Vormittag.

Die Sonne kam mir schon unerträglich vor.

Die anderen Passagiere wurden von Reiseagenturen abgeholt.

Ich spielte mit dem Gedanken, meine Koffer auf dem Flugplatz stehen zu lassen, wegzugehen.

Die Welt schien frei, ich konnte irgendwo hin, überall hingehen.

Der schöne Flug allerdings wunderte mich.

Allein im Oberstock des Flugzeuges von der Nacht umschlossen.

Von zwei Stewardessen umsorgt, gute Weine, ein Essen aus Paris, die Orientierung verloren.

Der Motor brummte.

Waren wir über Paris? Über dem Balkan? Die Türkei? Rußland?

Es war eine technische Landung.

Die Crew wurde gewechselt.

Ich sah uns auf einem freien Platz in einem tropischen Wald stehen.

Ich stieg aus.

Jemand sagte, Sie dürfen hier nicht aussteigen.

Ich stieg doch aus.

Ging hin und her, um das Flugzeug herum, fühlte eine warme Nacht, roch um mich herum Tiere, hörte Tiere schreien.

Ich wollte hier bleiben, wollte nicht hier bleiben.

Es würde mir gefallen, mich hier in einen Sarg zu legen.

Das Flugzeug stieg auf.

Ich blieb allein im offenen Sarg.

Der Tropenwald war ein sanftes Grab.

Aus dem Fenster sah ich Feuer, kleine Waldbrände, vielleicht Gewitterwolken.

Ganz fern der Ozean, der Stille Ozean.

Ich hatte immer hin wollen.

Die Märchen von Tausendundeiner Nacht.

Joseph Conrad. Der Verstrickte der Inseln.

Marbach kam vom Goethe-Institut.

Er packte meine Koffer, sagte, wir müssen ein Taxi bekommen.

Es ging durch die Sperre.

Der Staat Singapore fragte, wer kommt.

Wir fanden kein Taxi.

Marbach zog mich und meine Koffer in einen Autobus, der schon voll besetzt war.

Fahrt. Links der Indische Ozean.

Zur Rechten Wolkenkratzer. Ein kleines New York.

Neben dem Fahrer erklärte ein Mädchen die Stadt.

Die Banken.

Ich war enttäuscht. Das war nicht das Singapore meiner Vorstellung.

Wir fuhren an Raffles Hotel vorbei.
Ich wäre gern geblieben.
Ich fragte Marbach, sind Sie gern in Singapore.
Er warf meine Koffer auf den Kofferberg vor dem Schiff.
Eine Angestellte der Reederei prüfte meinen Fahrschein.
Sie sagte, auf dem Oberdeck, Kabine 151.
Sie können den Fahrstuhl benutzen.
Marbach kam mit.

Die Kabine war eine enge Kammer mit zwei über Eck gestellten Lagern. Sie gehörten beide mir. Ich hatte sie bezahlt, um allein zu sein.
Der freie Raum war sehr klein.
Eine Dusche, ein WC.
Man stellte meine Koffer vor die Tür.
Ich schob die Koffer unter die Betten.
Ich wollte sie jetzt nicht öffnen.
Es war auch ein Fernsehapparat in der Kabine.
Marbach sagte, das Bordprogramm.

Wir fanden eine Bar, später wußte ich, daß es eine von sechs war. Die Bar war groß, hell und leer.
Hinter einem Schanktisch stand der Barmann.
Wir setzten uns.
Runde Fenster ließen das Meer sehen.
Es war wirklich still und schien unendlich.
Es war keine Insel, kein Haus, kein Strauch zu sehen.
Marbach sagte, es ist langweilig.
Ich glaube es nicht. Wir sind nur am falschen Platz.
Wir tranken Whisky und ich beneidete ihn, daß er gleich von Bord gehen würde, in Singapore hinein, das ich mir voll von Abenteuern dachte.
Wie lange war er schon hier? Er sagte, es genügt.
Ich warf mich auf mein Bett.
Dann klingelte das Telefon.
Eine Stimme bat mich zur Paßabgabe.

IM HOCHSITZ

Helmut war mein bester Freund und ich der seine. Wir waren Nachbarskinder in einer kleinen Beamten- und Handelsstadt, ich in einer gemieteten Wohnung, er in einem alten Patrizierhaus. Mit sechs Jahren kamen wir auf die Grundschule, zwei Jahre später auf das Gymnasium. Es war eine humanistische Anstalt, die erste Fremdsprache war Latein. Ich spitzte mich auf anregende Lesefreuden aus alten Büchern. Helmut war anderer Meinung. Ihm hätte die Realschule besser gefallen, mehr Leben, Gegenwart und Wahrheit. Wir waren unzertrennlich, begingen schöne Streiche, doch in den höheren Klassen änderte sich das. In der Tertia wollte Helmut mit mir in einen Verein gehen. Ich mochte schon damals Vereine nicht. Helmut schalt mich einen Bücherwurm. Das beleidigte mich nicht. Wir lachten noch gern über uns und andere. Aber wir fanden kaum noch Zeit füreinander.

Die Räume des alten, ererbten Patrizierhauses waren gewaltig. Ich fand sie prächtig. An den hohen Wänden hingen Jagdtrophäen, abgeschlagene Köpfe von erbeuteten Tieren. Die scharfen Geweihe der Hirsche stachen in die Dämmerung des von Verfall bedrohten Gebäudes. Die erschossenen Rehe und Hirsche waren der Stolz von Helmuts Vater. Ihm gehörte ein Teil unseres Stadtwaldes. Manchmal ließ mich der große Saal an einen Friedhof denken.

Mein Vater wurde nach Berlin gerufen. Wir verließen die kleine Stadt. Ich studierte in Berlin Literatur- und Theaterwissenschaft, wurde Dramaturg und Regieassistent, sah das Neueste auf den Bühnen in Paris, London, New York, schnupperte erfolglos in den Ateliers von Hollywood, flog zurück in die deutsche Hauptstadt und war bald ein freier Theater- und Filmregisseur.

Ein eigener Filmplan ließ mich an die kleine Stadt meiner

Jugend denken. Vielleicht war dort ein Lustspiel zu drehen? Ich fuhr hin, mich umzusehen. Ich kam am Abend etwas müde in das Hotel gegenüber dem Bahnhof. Es gehörte einer Brauerei. Mit Wein war nicht viel los. Ich bestellte im Speisesaal ein kleines Bier. Das Essen war gut.

Fast alle Tische waren besetzt. Solide Bürger. Ich glaubte, sie zu erkennen. Alle tranken Bier. Ein großer, breitschultriger Herr fiel mir auf. Er hatte einen feinen Anzug an, leicht sportlich geschneidert. Auf seiner Wange glänzte eine deutlich sichtbare Narbe. Es war Helmut. Ich stand auf, ging zu seinem Tisch und begrüßte ihn. Er war überrascht. Wir freuten uns beide.

Wir blieben am Tisch stehen, prüften einander, ob wir es wohl seien. Wir waren uns fremd geworden. Keiner wußte ein Gespräch anzufangen. Hastige Fragen kamen von Helmut. Was tust du? Was machst du hier? Ich will mich umsehen. Willst du bleiben? Nein.

Er dachte einen Augenblick nach. Man kann hier nicht reden. Komm' zu mir! Das Haus ist noch das alte, das du ja kennst. Mein Vater ist gestorben. Aber es gibt noch seinen Wein im Keller. Ich glaube, du trinkst Wein?

Wirklich, das Haus und seine Räume waren unverändert, gewaltig und prächtig, doch im Saal roch es nur stärker nach Verfall. Vielleicht kam der Geruch von den modernden Geweihen, die noch immer an den Wänden hingen. Ich erinnerte mich, als Kind den Raum einen Friedhof genannt zu haben.

Helmut brachte den Wein. Es war ein guter badischer Rotwein. Wir tranken einander zu.

Was machst du eigentlich, was willst du hier, ich weiß nichts von dir, fragte Helmut. Ich erzählte Theater- und Filmgeschichten. Anekdoten. Sie sollten dem alten Freund etwas von meinem Leben sagen. Ich erwähnte einen Schauspieler, den ich genial nannte. Er hatte in einer meiner Inszenierungen gespielt.

Helmut war interessiert. Wenn dein genialer Schauspieler schon so berühmt ist, hat er in deinem Milieu sicher sehr viele Frauen. Nein, ich glaube nicht, es ist mir nicht aufgefallen.

Plötzlich verzog Helmut sein Gesicht. Der Schmiß auf seiner Wange rötete sich. Er sprang auf und schrie, aha, ein Arschfikker! Ich wich unwillkürlich zurück, was sollte ich sagen, ich war verstört und rief, bist du verrückt, mir ist dein Ausdruck nicht geläufig, er ist gemein und nicht wahr. Na gut, beruhige dich, ich entschuldige mich. Ich schenke uns was ein.

Gegen meinen Willen blieb ich am Tisch. Ich versuchte abzulenken. Nun erzähle, was bist du geworden? Ich weiß auch nichts von dir.

Auch er setzte sich wieder. In seiner Stimme war Hochmut. Ich bin Ankläger, Staatsanwalt, hier in meiner Heimat. Du bist nicht weit herumgekommen. Nein, Jura in Göttingen. Und in einer schlagenden Verbindung? Mein Ton war spöttisch. Er ging ins Zeug. Ich diene gerne dem Staat. Er lachte. Ich bin ein zäher Kämpfer, ein scharfer Hund! Ich hasse die lauwarmen, die rückgratlosen Sprüche. »Im Zweifel für den Angeklagten.« Im Gegenteil, im Zweifel gegen ihn. Ich schädige die Gesellschaft, das soziale Gefüge, wenn ich einen Beschuldigten im Zweifel laufen lasse. Und wenn ich einen Unschuldigen ins Gefängnis bringe, festige ich die Angst aller guten Bürger vor der Strenge des Gesetzes.

Das ist absurd. Ich glaube, du bist krank.

Er stand auf und ging zu einem Lichtschalter und knipste eine Reihe von Wandleuchten an. Sie gaben ein grelles Licht. Die alten Hirschköpfe waren nun wieder deutlich im Raum. Er wies mit dem Arm darauf hin: Sie alle hat mein Vater geschossen. Nur zwei sind von mir erlegt. Ich habe das grelle Licht installieren lassen, damit ich sie jeden Abend sehen kann.

Er wirkte theatralisch. Mit ausgestrecktem Arm im Rampenlicht. Ich dachte, du baust dir deine Bühne selbst. Ich lobte mir mein Theater, die alte moralische Anstalt.

Ich fand die Situation komisch. Er war verstimmt, weil mein Beifall ausblieb. Er hielt mich für den alten Bücherwurm, der ich schon auf der Schule gewesen war.

Jetzt bist du vernarrt in deine moralische Anstalt und nimmst sie für die Wirklichkeit, die du versäumst.

Er ging zum Lichtschalter und löschte die Lampen über den Hirschköpfen.

Eine Weile saßen wir stumm da. Dann kam Helmut der glückliche Einfall: Komm' morgen mit mir auf die Jagd! In unseren Wald, wo wir gespielt haben. Ich bin dort hinter einem Hirsch her. Einem prächtigen Tier. Er hob wieder den Arm und deutete nun auf die dunkle Wand der toten Hirschköpfe. Der Ausflug wird dir bekommen, du wirst ein Stück Wahrheit sehen, wie alles zusammenpaßt, Mensch und Tier.

Mich grauste. Seine Wahrheit war mir ein Horrorfilm. Vielleicht konnte ich sie in meinen Film aufnehmen. Ich sagte zu und reichte ihm die Hand. Er war beruhigt. Ich hole dich morgen ab; ich freue mich.

Es stand ein großes Auto vor meinem Hotel. Es erinnerte mich an den Krieg, ein Jeep, aber ganz neu, gebürstet und geputzt. Er paßte nicht in den Wald der Kindheit. Aber der Wald, als ich ihn nun wiedersah, blieb vertraut und schön. Für eine Weile gefiel mir die Fahrt, ich geriet ins Träumen, Helmut und ich waren wieder die zwei Knaben, Freunde, zu einem Streich bereit. Wir hielten unter starken Bäumen. Es waren nur ein paar Schritte zum Hochsitz auf der Lichtung.

Von einem der Bäume baumelte eine Strickleiter herab. Helmut kletterte gewandt hinauf. Ich folgte. Es ging ganz gut.

Oben war ein Ast des Baumes mit Brettern verstärkt. Eine Bank war angebracht. Wir setzten uns und konnten durch Zweige und Laub auf die Lichtung blicken. Helmut zog ein Futteral von seiner Flinte. Sie war schön, sie wirkte ästhetisch. Er streichelte den Lauf. Er fühlte sich zu Hause. Aus der Brusttasche seiner Jagdjoppe zog er einen Flachmann, eine nicht kleine Flasche, einen Jägerschnaps, den alten Klaren. Er reichte mir die Flasche, und ich trank einen großen Schluck. Ich wunderte mich, daß dieses scharfe Gesöff mir schmeckte, und trank noch einen zweiten Schluck. Dann trank Helmut und prostete mir vergnügt zu. Die Stimmung im Hochsitz war gemütlich.

Bald aber hob Helmut die Flinte und zielte durch das Laubfenster gegen die Lichtung. Seine Augen linsten scharf und glänzten. Er war erregt. Es erschien ein Reh auf der Lichtung. Das Reh hatte ein fast weißes Fell. Es war jung, munter, ja kindlich und tänzelte auf der grünen Wiese herum. Das ist Irmi, flüsterte Helmut mir zu. Ich rief, du wirst doch nicht! Er lachte, Irmi ist meine Waldstricherin, der Hirsch ist in sie verliebt. Gleich wird er kommen.

Mir stockte der Atem. Der Hirsch, der Liebhaber, betrat die Bühne. Ein majestätischer Anblick, die königliche Haltung, das Geweih wie eine Krone.

Helmut hatte Maß genommen. Er hielt den Hirsch im Visier, er sah den Kopf des Hirsches an seiner Zimmerwand. Er war in einer Spannung, die über ihn hinausging und mich peitschte.

Ich sprang auf, griff nach dem Lauf der Flinte, suchte sie an mich zu reißen, Helmut packte den Kolben fester, wir rangen um die Waffe, gedankenlos, entbrannt, ein Wirrwarr, ein Schuß. Helmut fiel gegen mich.

Ein Jagdunfall? Ein Frevel? Den Tod gebilligt?

Im Zweifel für den Angeklagten.

ALFRED ESTERMANN
NACHWORT

I

Als Wolfgang Koeppen am 15. März 1996, kurz vor seinem neunzigsten Geburtstag, in München starb, hinterließ er eine Wohnung, die zwar gekennzeichnet war von der gewöhnlichen Melancholie der Vereinsamung – ihr Mieter hatte sie schon zwei Jahre zuvor für immer verlassen –, in der aber noch unverändert die kreative Unordnung des Arbeitsplatzes seines Schriftstellerlebens herrschte. Auf die Frage, ob er Angst vor der Vorstellung habe, »daß sich nach Ihrem Tode irgendwelche Leute über Ihre Wohnung hermachen, und alles von Ihnen beschriebene Papier verwerten«, antwortete er, manchmal denke er daran, ob er nicht alles verbrennen solle, man habe jedoch »keine Feuerstelle« mehr, »man müßte sich einen Papierwolf borgen«. Würde er dann alles zerstören, was er habe? »Nein, nicht alles, aber doch vieles.« Die nüchterne Abwicklungs-Inventur verzeichnete einige tausend Blätter Manuskripte, darunter viele unveröffentlichte Erzählungen und Romanfragmente sowie umfangreiche Materialien zu den bereits publizierten.

Dieser literarische Nachlaß bestätigt und ergänzt vieles von dem, was er über sein Leben und seine Arbeit mitgeteilt hat. Er korrigiert und widerlegt aber auch nicht wenig. Daher ist es angebracht, an dieser Stelle einen Hinweis Koeppens auf eine Besonderheit zu bedenken. »Es gibt natürlich den Koeppen, der irgendwann geboren ist, irgendwo zur Schule gegangen ist, einmal Redakteur war und den man erkennungsdienstlich feststellen und festlegen könnte. Aber es gibt auch den surrealistischen Koeppen, eine literarische Figur, wo das alles nicht so sicher ist, der, um es im Extrem auszudrücken, wenn er gefragt wird, wann sind Sie geboren, vielleicht antworten möchte: Es ist gar nicht so sicher, daß ich jemals geboren wurde.« Gewiß, er konnte, als Schriftsteller, schreibend und schweigend erfinden, sich selbst, und, in vielen plastischen Details, seine Biographie, »ich bin ein gewandter Lügner, das fordert der Beruf«. Das ist ernst zu nehmen. Es ist, nicht als Widerspruch, sondern als Kontrast, zu trennen von dem, was die Manuskripte und Dokumente über ihn besagen, von der Rekonstruktion, wie sie die Aktenlage ermöglicht, die allerdings, sinnvollerweise, weniger erkennungsdienstlich als vielmehr erkenntnisdienlich ausgewertet werden sollte.

2

Erzählungen haben Koeppen sein Leben lang begleitet. Der älteste erhaltene Text ist ein kurzes Prosastück, der letzte, den er schrieb, ebenfalls. Seine Beschäftigung mit dieser Form reicht über rund siebzig Jahre, sie beginnt um 1923 mit einer Impression des etwa Siebzehnjährigen, »Kirchhofsstimmung«, sie endet 1993 mit »Im Hochsitz«, einer Erinnerungs-Studie des Siebenundachtzigjährigen, die er nur noch mit Mühe vollenden konnte.

Die lange Reihe des erzählerischen Werks zwischen diesen beiden Eckpunkten ist erhalten in Autographen von der Schönschreibschrift des Schülers über die nicht einfach zu transkribierende Handschrift des Schriftstellers und Journalisten, er malte mitunter Buchstaben, erfand sogar eigene, bis zu den zittrigen Krakelnotaten des Greises, und in Typoskripten, viele handschriftlich korrigiert, mitunter vehement, manchmal in vier Fassungen: Die spontanen und die erwägenden Überarbeitungen zeigen den diffizilen Entstehungsprozeß des Koeppenschen Stils, die feilende Mühe, die nötig war, bis jene unverwechselbare Prosa auf dem Papier stand, die ihn auszeichnete.

Damit ist zugleich der für ihn charakteristische Mechanismus einer permanenten Prozessualität angedeutet, die Ästhetik des Unbeendbaren: Wenn er das Manuskript oder auch den

Druck eines eigenen Textes las, begann er stets, wie automatisch, fortzuschreiben und umzuschreiben, häufig einzelne Formulierungen, gelegentlich ganze Passagen. Ein Buch, bemerkte er, »ist nie fertig, es wäre denkbar, ein Leben lang an einem Buch zu schreiben«. Das gilt sinngemäß auch für seine Erzählungen. Er mißtraute ihnen, hielt sie für immer weiter verbesserungs- und verfeinerungsbedürftig, konnte sich nie entscheiden, eine Arbeit für abgeschlossen zu erklären. Er schätzte daher ihre Veröffentlichung, vom finanziellen Vorteil abgesehen, nicht, sie fixierte ihm das Vorhandene zu sehr, er nahm sie kaum oder nur widerwillig zur Kenntnis, weil auch sie ihm noch nicht endgültig, nicht genau genug vorkam. Eine Notiz von 1979: »Depression: ›Als ich in Würzburg am Theater war‹ wird in der F.A.Z. erscheinen. Ich bin zu energielos, diesen Text zurückzuziehen. Zu traurig, anderes zu schreiben.« Er war sich darüber im klaren, daß sein wichtigster Partner diesen fatalen, Publikationen verhindernden Mechanismus ebenfalls erkannt hatte: »Schon am Vormittag drei Anrufe von Siegfried Unseld. Er will nicht, daß ich mir den Text noch einmal ansehe und vielleicht überarbeite. Er fürchtet, daß ich dann wieder auf ganz neue Ideen komme.«

3

Wolfgang Arthur Reinhold Koeppen, der Sohn Maria Köppens und des Mediziners Dr. Reinhold Halben, wurde 1906 an einem Ort geboren, für den er sehr früh zarte Obsessionen entwikkelte, »ich glaube, ich wollte schon im Mutterleib nicht in Greifswald sein«. Seine Jugend verbrachte er in Thorn, in Ortelsburg und in seiner Geburtsstadt, 1919 brach er seine Ausbildung vorzeitig ab, »ich kündigte die Schule, die mich zur Nützlichkeit erziehen wollte«, er volontierte in einer Greifswalder Buchhandlung und am dortigen Stadttheater. 1921 fuhr er kurz zur See, als, wie er bemerkte, Schiffskoch, danach lebte er zeitweilig in Hamburg, 1924 folgte ein Engagement am Wismarer Stadttheater, 1925 ein längerer Aufenthalt in Berlin, unter anderem bei der Glühlampenfabrik Osram. Gleichzeitig entstanden erste Versuche von Erzählungen. Ihre Autographen sind erhalten, sie schränken den Wahrheitsgehalt seiner Berichte vom Totalverlust der späteren Berliner Wohnung etwas ein.

1926 arbeitete er als Dramaturg, Hilfsregisseur mit Spielverpflichtung und »Mädchen für alles« am Stadttheater Würzburg, seit 1927 betrieb er in Berlin den Beruf des freien Schriftstellers; »ich lebte von nichts und entwickelte mich zu einem Gespenst zwischen Charlottenburg und dem Bülow-Platz«, er hielt sich im Umkreis des Theaters Erwin Piscators auf, das legendäre »Romanische Café« war auch für ihn, wie für viele andere »wendige Burschen« und »Helden der ›verlorenen Illusionen‹«, ein Zweitwohnsitz, mehr oder weniger flüchtig lernte er Johannes R. Becher, Gottfried Benn, Bertolt Brecht, Arnolt Bronnen, Alfred Döblin und Erich Engel kennen, auch Leonhard Frank, Egon Erwin Kisch, Lotte Lenya, Walter Mehring, Arthur Maria Rabenalt und Ernst Toller. 1931 ergaben sich durch Herbert Ihering Kontakte zum »Berliner Börsen-Courier«, bei dem er es allmählich bis zu einer Festanstellung als Redakteur brachte, »in der Politik waren wir staatserhaltend, im Feuilleton wurden wir schizophren und galten als kulturbolschewistisch«. Mit der Unterdrückung der Zeitung zum 31. Dezember 1933 endete ein vorab der journalistischen Alltagsarbeit gewidmeter Lebensabschnitt, »ein munteres Schreiben für den Tag«, seine »fleißige Zeit«, in der er »über alles und vieles« rund zweihundertfünfzig Reportagen, Skizzen und Kritiken veröffentlichte.

Aus dieser Frühzeit stammt eine längere Folge von Erzählungen. »Ich begann, in möblierten Zimmern Geschichten für die Mittags- und Abendblätter zu schreiben.« Wenige kamen an die Öffentlichkeit, 1928 in der »Roten Fahne«, um 1930 in der »Neuen Berliner Zeitung«, in »Berlin am Morgen« und in der »Deutschen Allgemeinen Zeitung«. Zu erfahren blieb, wie auch später noch, daß Tageszeitungen aus Produktionszwängen kein Ort sonderlicher philologischer Genauigkeit sein können, platzbedingte oder anderweitig begründete Kürzungen und Veränderungen der Texte somit unvermeidlich waren. Das Manuskript »Nach der Tat« schickte die »Neue Zeit« ganz zurück. Auch als Koeppen beim »Börsen-Courier« arbeitete, ging nur etwa ein halbes Dutzend kleiner Prosastücke in den Satz, »Das Pferd«, »Joans tausend Gesichter« oder »Krise«, später nannte er sie »Fragmente nicht geschriebener Romane«. Über die Gründe, warum nicht noch anderes im Druck erschien, läßt sich, zumindest gegenwärtig, nur spekulieren. Denn viele Texte waren zweifellos für die Publikation bestimmt, das belegen ihre Lokalisierungen, jene damals professionell üblichen Vorspanne von Manuskripten, die einer Redaktion eingereicht werden sollten, mit der Angabe des Namens, der Anschrift, der Telefonnummer, auch des Bankkontos. Was er niemals hinzufügte, war die seinerzeit ebenfalls häufig mitgelieferte Umfangsangabe (»738 Wörter«).

Die meisten Texte wurden, den Berliner Adressen »Kaiser-Allee 202«, »Kurfürstenstraße 111« und »Wichmannstraße 18« zufolge, am Ende der zwanziger und zu Beginn der dreißiger Jahre geschrieben: »›Hier können Gäste traurig sein‹«, »Eine besondere Strafe«, »Besuch im Schloß«, »Fünftausend Mark Belohnung«, »Um Geringes zu verkaufen«, »Der Bankier«, »Erlebnis einer Passantin«, eine Skizze, deren Autograph durch die immer größer werdenden Schriftzüge die Erregung sichtbar macht bei der Beschreibung einer versuchten Vergewaltigung, die schließlich als »öffentliche Huldigung« verstanden wird, »Der Paß«, »Unheimliche Stunde«, »Die Zwergin unter den Blinden«. Seine letzte im »Berliner Börsen-Courier«, in der Rubrik »Proben aus Manuskripten und Büchern« erschienene Erzählung »Holstentor« läßt als »Skizze zu einem unwirklichen Roman« erstmals die Idee eines größeren Werkes auftauchen. »Ich wußte, ich würde ein Buch schreiben, eines Tages. Ich setzte mich aber nicht hin.« Als junger Mann, erinnerte er sich nach Jahrzehnten, habe er von voluminösen Textkaskaden geträumt, »neunhundert Seiten dick«. Er brachte es

niemals auf mehr als das, was Arno Schmidt einen »Kurzroman« und Günter Grass ein »Romanino« nannten.
»Der ›Börsen-Courier‹ wurde verboten und ich wurde eine Romanfigur«: 1934 kam, nach einer Italienreise rasch geschrieben, »Eine unglückliche Liebe« heraus (»Mein Verleger war der hochangesehene Bruno Cassirer in Berlin. Es war eine Ehre für den Anfänger, seinen ersten Roman dort gedruckt zu sehen«), das Debutwerk brachte ihm für jene Jahre erstaunlich viele positive Rezensionen und kaum Honorar. Der den Kritikern erwähnenswerte, ansonsten unbekannte, nun endgültig »vogelfreie« Autor wurde Mitglied im »Reichsverband Deutscher Schriftsteller e. V.« und ging noch in diesem Jahr, auf Einladung emigrierter jüdischer Bekannter aus Berlin, in ein freiwilliges Exil nach Holland, lebte dort als »Geduldeter mit beschränkter Aufenthaltserlaubnis« in »sehr bedrängten finanziellen Verhältnissen«, bekam »Taschengeld wie ein kleines Kind«. In Den Haag hatte er Kontakte zu Erika Mann und Klaus Mann, hier gelang ihm sein zweiter Roman, »Die Pflicht und die Strenge«, 1935 unter dem Titel »Die Mauer schwankt« ebenfalls bei Cassirer erschienen.

1937 begann er seinen dritten, »Die Jawang-Gesellschaft«, der ihn bis 1939 beschäftigte und wahrscheinlich unvollendet blieb, jedenfalls im Nachlaß nur teilweise erhalten ist; einige kürzere Arbeiten, wohl in die Jahre 1936/37 zu datieren, »Die Elektrizitätsströme in mir«, »Erzählung eines Priesters«, »Jannie«, »Van Beuk«, könnten zum Umkreis dieses Plans gehören. Über ihn hat er später, das Interesse dadurch immer wieder wachhaltend, sehr widersprüchlich berichtet: Das Manuskript sei in Holland »angefangen« worden, sei dort »halb vollendet« oder »fast fertig« gewesen, »mußte in Holland bleiben und ging verloren«, wurde »aus Holland gerettet«, der »unvollendete« Text sei »verschollen«, »in Berlin untergegangen«, ein »Teilmanuskript (Abschrift)« sei dort »verbrannt«, geblieben sei ihm »ein kleines Fragment aus den Anfängen«. 1975 ließ er die ganze Wahrheit wissen, »nur Teile« seien »erhalten geblieben und in meinem Besitz«, 122 Seiten eines Durchschlags des

Typoskripts, ein »work in progress« voller handschriftlicher Korrekturen. Nicht gesagt werden kann, wie groß dieses Bruchstück in Beziehung zum geplanten Endumfang ist, zwei Abschnitte liegen vollständig vor, der dritte bricht mitten im Satz ab, über die »Gesellschaft« (ihr Name »kam von diesen javanischen Puppenspielen«) ist noch nichts zu lesen. Daß mehr nicht geschrieben wurde, könnte der vorhandene Anfang einer frühen Umarbeitung (»Versuche Juli 39 Reinfeld«) belegen, mit der er begann, das »Thema« des zuerst dem Cassirer-Verlag zugedachten Werks »in anderer Weise wieder aufzunehmen«, nun im Auftrag des Universitas-Verlags, der es unter dem Titel »Mit Einsetzen der Flut« veröffentlichen wollte und noch 1946 daran erinnerte, »daß Sie uns ein Manuskript schuldig sind«. 1978 wurde ein längerer Abschnitt in »Ein Anfang ein Ende« wiederverwendet, 1982 das »Umschreiben der erhalten gebliebenen Fragmente der verlorenen ›Jawang-Gesellschaft‹« erwogen.

1939 kehrte Koeppen nach Berlin zurück, wurde Mitglied der Reichsschrifttumskammer und konnte es vermeiden, daß man ihn zur Wehrmacht einzog, »es ist vielleicht mein einziger Stolz, nicht eine Stunde für Hitler Soldat gewesen zu sein«. Mit der Hilfe Herbert Iherings, Ernst von Salomons und Paul Verhoevens fand er Verbindungen zu Filmproduktions-Gesellschaften, bei denen er sich »unterstellte«, ihnen »Ideen«, Exposés und Handlungsangaben lieferte, Andeutungen des puren Plots, ohne die Koeppensche Sprache, die aber, das belegen ausgearbeitete Drehbücher, auch dann nicht eingesetzt worden wäre, hätten die Stoffe eine Endfassung erlebt. Falls diese zumeist in Koproduktion entstandenen Arbeiten tatsächlich von ihm sind, bleibt festzustellen, daß es vorab um Brotarbeiten ging, daß der spröde, sensible, subtile Prosaschreiber sich bis 1945, wohl um Volksgenossen-Vorgaben gerecht zu werden, auffallend publikumsbezogen gab, daß der skrupulöse Abwäger einzelner Wörter bedenkenlos mit beliebigen Klischees und Versatzstücken jonglierte. Mindestens eine dieser Arbeiten wurde realisiert, wenn andere nicht ins Atelier gingen, so mochte dies kein sonderlicher Verlust für die europäische Filmgeschichte gewesen sein. Auch später noch sollten ihn Film und Fernsehen zu mancherlei qualitativ wesentlich bemerkenswerteren Phantasien und Projekten anregen.

In dieser Zeit schrieb er nur wenige Erzählungen, einzelne, »Ein Fremdenheim« oder »Die Verlobung«, waren in prominenten Blättern wie der »Frankfurter Zeitung« und der »Kölnischen Zeitung« zu lesen. Die »Chausseehaus-Tragödie« tauchte erst 1972 wieder auf, über Max Tau, seinen nach Norwegen emigrierten Lektor. Andere, meist unveröffentlichte Texte wie die Komplexe mit den Figuren »Berke« (»Berke«, »Die Anheuerung. Eine Erzählung aus Berke's Aufzeichnungen«) oder »Herbert« (»Im Hafen von Rotterdam«, »Am frühen Morgen«, »Der Geruch einer Farbe«) könnten Indizien für größere Pläne sein.

4

1943 übersiedelte Koeppen nach Feldafing am Starnberger See, 1945 in die bayerische Metropole, wo er bis zu seinem Tode wohnte – »ich hätte nie in München bleiben sollen«. Der einsame Erzähler: In der Trümmerzeit der Beschäftigungs- und, zunächst, Kontaktlosigkeit entstand eine zweite größere Serie von Prosastücken, ihre Lokalisierungen »Ungererstraße 43« deuten wiederum die Veröffentlichungsabsicht an. Vieles blieb ungedruckt, »Begegnung in Metropolis«, »Ein geheimer Auftrag«, »Gemeinsame Reise«, »Der Sarkophag der Phädra«, »Die Wachteln«, einiges wurde später überarbeitet publiziert, »Am weiten Meer«, »Eine Hinrichtung«, »Beim Morgengrauen«, »Elisenhain«, »Das Kleid der Frau des Prometheus«, »Fische, die nach Luft schnappen«. 1948 erhielt er vom Kluger Verlag in München Jakob Littners Autobiographie »Mein Weg durch die Nacht. Ein Dokument des Rassenhasses«. Er schrieb sie um und gab ihr den neuen Titel »Aufzeichnungen aus einem Erdloch«. Das Buch wurde unter dem Namen des ursprünglichen Verfassers veröffentlicht, jedoch ohne Hinweis auf den

Bearbeiter oder die Bearbeitung. In diesem Jahre heiratete der Zweiundvierzigjährige »ein Kind«, die achtzehnjährige Marion Ulrich.

Drei Romane, »Tauben im Gras«, 1951, »Das Treibhaus«, 1953, »Der Tod in Rom«, 1954, wieder jeweils schnell beendet, erschienen bei Scherz und Goverts in Stuttgart (»Henry Goverts war der Verleger von Margaret Mitchell. Meine Manuskripte las er besorgt«). Sie brachten Bekanntheit, Aufmerksamkeit der Kritiker und Leser, Etablierung im Literaturbetrieb, die Situation des »öffentlich anerkannten Nonkonformismus«. Es folgten, als Resultate mehrerer von Alfred Andersch vermittelter und vom Südfunk Stuttgart finanzierter Auslandsaufenthalte, drei Bände mit feuilletonistischen Impressionen, »Nach Rußland und anderswohin«, 1958, »Amerikafahrt«, 1959, und »Reisen nach Frankreich«, 1961. Nun war er berühmt. Er trug auf zahlreichen Lesungen vor, trat häufig in Zeitschriften und im Rundfunk auf, wurde nachgedruckt und in viele Sprachen übersetzt, ein erfolgreicher, scheuer Autor, dem man 1962 den Büchner-Preis und danach noch weitere Auszeichnungen zuerkannte.

Es ergab sich eine lange Reihe persönlicher Gespräche und schriftlicher Interviews, bei denen ihm zustatten kam, daß er über ein brillantes Gedächtnis ebenso verfügte wie über die souveräne Möglichkeit, keinen Gebrauch von ihm zu machen, daß sein Erinnerungsvermögen zugleich präzise und durch erzählungsdramaturgische Rücksichten determinierbar war. Zumeist entwickelten sich nicht wirkliche Dialoge, eher von Fragen angestoßene und gesteuerte Monologe, freundlich verschleiernd erteilte Auskünfte, einläßliche, aber auch ausweichende, den Gedanken in der Formulierung verhüllende Reaktionen, durch Zwischenbemerkungen unterbrochene Essays.

Ähnliches gilt für seine ausgebreitete Korrespondenz. Über einen längeren Zeitraum aufrechterhaltene Beziehungen kamen nicht zustande, er verhielt sich passiv, vier Fünftel seiner Briefe sind Antworten. Er konnte ein eminenter Epistelnschreiber sein, wenn er wollte, blieb selbst dann präzise und nüchtern, wenn er unter Druck stand, sachlich und kühl, wenn er gelangweilt war. Als höflicher Mensch erledigte er, soweit es die oft widrigen Umständen erlaubten, die eingehende Post, sorgfältig, ruhig, wohlformuliert, nicht selten in Entwürfen vorbedacht. Davon zeugen einige tausend Stücke, die sein Nachlaß enthielt, in Ordnern abgeheftet, in Bücher als Lesezeichen eingelegt, überall in der Wohnung verwahrt. Herausragende Beispiele der Partner sind Max Tau, Henry Goverts und Siegfried Unseld, Klaus Mann, Alfred Andersch, Günter Grass, Heinrich Böll, Hans Magnus Enzensberger, Walter Jens, Uwe Johnson, Hermann Kesten oder Hilde Domin.

Nur noch wenige ausgearbeitete Erzählungen kamen zustande (»Schön gekämmte, frisierte Gedanken«); statt ihrer kurze Texte, vor allem Anfänge, kleine Teilchen neben den sechs Büchern: »François«, »Ein Märchen«, »Ein schlechter Mensch«, »Der schwarze Ritter«, »Vor der Bäckerei«, »Wiedersehen mit der Trave«. 1960 trat er als Autor in den Suhrkamp Verlag ein, der ihn bis zu seinem Tode betreute, »ich habe die Wahl nie bereut und darf sagen, der Verleger ist mein Freund. Er schrieb mir am Anfang, wir werden durch dick und dünn zusammenhalten. Sicher, ich habe ihn wohl manchmal enttäuscht, dick und dünn, aber wir blieben gut miteinander, wenn verspätet meine Arbeit ins Haus kam, las er sie als erster, sogleich und ohne Zorn.«

Unmittelbar nach dem dritten Reisebuch beschäftigte er sich mit einem neuen Projekt, das »Eine Jugend« heißen sollte und als »Fragment einer Fiktion« gedacht war. »Ich habe jahrelang an einem Buch gearbeitet, das autobiographische Elemente enthalten würde und doch ein Roman werden sollte.« Der Plan geriet, Zeichen einer nun beginnenden, lebenslang andauernden Schreibhemmung auf dem Gebiet der größeren Form, zum ersten Zeugnis einer neuen, ungleich schwierigeren, mühevolleren und langwierigeren Produktionsphase. Deren Ergebnisse häuften sich zu einem riesigen Steinbruch voller Entwürfe mit Hunderten von Notizen, Ansätzen, Vorfassungen, Änderungen und Umarbeitungen – mehr als ein Dutzendmal der »verhängnisvolle« Satz »Meine Mutter fürchtete die Schlangen«, von dem er »nicht loskam« –, ohne jede Hoffnung auf ein vorstellbares Ende der zersplitterten Niederschriften-Konglomerate und auf deren zusammenfassende Schlußredaktion. Was zunächst an Druckbarem zu retten war, wurde 1976 als »Jugend« veröffentlicht. Was darüber hinaus an Materialien erhalten blieb, ist so umfangreich, daß es den Rahmen dieser Edition sprengen würde und als eigener Zusammenhang dokumentiert werden müßte.

Ebenso stagnierten andere Vorhaben: »Ein Maskenball«, der »politische Roman«, den er, angeregt durch die Ermordung des US-Präsidenten John F. Kennedy, 1963, in einem »imaginären Washington«, im »Amerika Kafkas« spielen lassen wollte, von dem er aber nur ein einziges Kapitel abschließen konnte; oder »In Staub mit allen Feinden Brandenburgs« (auch »Bismarck oder All unsere Tränen« und »Die Scherzhaften«), zu dem mehrere Teile entstanden sowie Entwürfe von etwa 1976 bis nach 1986, aus denen die Doppelstruktur des Romans hervorgeht, das Kleist-Zitat des Titels zeigt die eine Ebene an, die andere ein Brecht-Zitat, »Mit allen Feinden Brandenburgs im Staub«.

Bruchstückhaft blieb auch »Zwart Water«, 1978/79, das seine Jahre 1936 bis 1939 beschreiben sollte. »Klassisches Thema: Anreise, Aufenthalt, Abreise. Vier Jahre. Viel zu lang. Aufhebung der Zeit, unabhängig vom Zeitablauf des politischen Geschehens.« Die Skizze: »Erster Teil Holland. Zweiter Teil Der Krieg. Der erste Teil bis zum Flug nach Berlin, entweder auf dem Flughafen Amsterdam endend oder bei der Landung in Tempelhof. Der zweite Teil die letzten Friedenstage am Kurfürstendamm. Die Eigenkultur des Dritten Reichs. Die glänzende Provinzialität des Theaters. Angst und Annehmlichkeiten des Krieges. Die nutznießende und die genießende Schicht. Der Tod und der Betrachter des Todes. Auferstehung aus einem Kellerloch. Es ergäbe sich wahrscheinlich die Notwendigkeit eines dritten Teils. Dieser dann und ganz für sich die Geschichte Brandenburgs.«

Vor allem »Tasso« beschäftigte ihn intensiv, ein Plan, der zunächst, in Analogie zu James Joyce, den Untertitel »Ein Bildnis des Künstlers als alter Mann« tragen sollte, dann »Tasso oder Die Disproportion« genannt wurde, mit dem er, unter großen Gestaltungsproblemen (»Noch Denkversuche zu Tasso«), innerhalb der ausgreifenden, sein Leben umspannenden Handlung auch an drei frühere Romane anknüpfen wollte, an zwei erschienene, »Tauben im Gras« (»der Nervenarzt aus den Tauben«) und »Das Treibhaus« (»Der wiederauferstandene Herr Keetenheuve«) und an ein aufgegebenes Projekt (»Fortsetzung und letztes Kapitel von Jugend«).

Nur sehr knapp dokumentiert sind im Nachlaß andere Versuche wie der in den Fünfzigern begonnene, vom Goverts-Verlag bereits mit Vorschüssen honorierte Roman »Die Eulenspiegel«, an dessen Stelle jedoch »Der Tod in Rom« geschrieben wurde. Es blieb bei einigen Ansätzen: »Anfang mit dem Leben auf anderen Sternen, dann Gang durch die Ludwigstrasse, Palomar, Eulenspiegel, Monopteros«, »Schluß Roman: Mein Geld in Zürich, mein Geld, mein Gold in Zürich. Werde ich nach meinem Tode eine Taube sein, eine weiße Taube, leider sind sie immer etwas schmutzig, im weißen Ornament, leider ist es immer etwas schmutzig, unseres schönen Domes?« Oder »Die Scherze des fliegenden Holländers«: »Einfall zu einem Roman, vor Jahren schnell begonnen, liegengelassen, nicht ganz aufgegeben, soll auf den Meeren spielen, den Inseln, den Schlachtfeldern, in Häfen, Städten, Kolonien, unter freien und unfreien Völkern.« Inmitten von Fragmenten wurde schließlich die Idee »Anfänge eines Romans« geboren, »100-120 Seiten, 8-10 Anfänge«: »Den Roman aus lauter Anfängen zusammensetzen, ohne jede zeitliche oder logische Ordnung, einfach die Erinnerung an Augenblicke, in der Hoffnung, aus der Anhäufung der Scherben am Ende doch ein Ganzes zu gewinnen. In diesem Fall alles vom Ich aus und dieses Ich als der zentrale Spiegel.« Auch diese Hoffnung trog.

Im Entwerfen allerdings blieb er fruchtbar. Nur als Titel nachweisbar sind, beispielsweise, Romanvorstellungen wie

»Jakob Eldena – Sein Leben in Briefen und von ihm selbst erzählt«, »Der Kopf über dem Wasser«, »Stellenangebote«, »Morgenausgabe«, »Die Reise«, »Eckermann oder Auf der Flucht« (auch: »Goethe in New York«), »Kreisverkehr«, »Biafra« oder »Memoiren eines Neunzigjährigen« (Notiz: »Ist es ein Roman?«). Hinweise auf kurzfristig angedachte Entwürfe, Indizien auch für Überlegungen, noch andere Zeitgeschichte erzählerisch aufzuarbeiten, sind Stichwörter wie Berlin, Sarajevo, der Erste Weltkrieg, die Bundeswehr, die Studentenbewegung, die Friedenskonferenz Wien/Den Haag, Israel, Afrika, Brasilien, Kuweit, Vietnam/Paris.

Kürzere Formen aber gelangen ihm nach wie vor, Essays, Rezensionen, Autobiographisches, Interpretationen, Nachworte. Er schrieb verhältnismäßig viel, entgegen einer leicht erregbaren Literaturverwertungsmeinung, die ihn zum »verstummten« Autor stilisierte. Es kam nur kein Roman mehr zustande, den man vor allem von ihm erwarten zu müssen annahm. Zwar sammelte er bei ausgebreiteter Presselektüre »Anregungen« und »Stoffe«, er war nicht, wie die Literaturkritik ihm unterstellte, »faul«, im Gegenteil, er beschäftigte sich fast ununterbrochen mit Vorarbeiten, die vielen Anstreichungen und Randnotizen in Zeitungen und die Menge seiner Schreibversuche bezeugen es. Unüberwindbar aber blieb die Mühsal der von jetzt an nötigen, unübersichtlichen, zuletzt aussichtslosen Langwierigkeit bei der Erfindung, Konstruktion und Niederschrift längerer erzählender Texte, die er früher stets in kurzer Zeit, animiert, inspiriert und konzentriert, abzuschließen gewohnt war. »Roman nicht fertig. Vierzig Tage nicht eingehalten. Brauche wahrscheinlich noch einmal vierzig Tage.« Er träumte, »am nächsten Tag zum Flughafen zu gehen, alles hier zurückzulassen, Frau, Hund, Vogel, unaufgeräumten Schreibtisch, unabgeschlossene Manuskripte, ein nichtvollendetes Leben«. Der wortkarge Sprachgewaltige, der beredte Schweiger, »ein stiller Bürger, eine schon überholte Spezies«, ein »Nachzügler«, richtete sich in seiner exzellenten Begabung zur Lethargie ein, genoß »die Einsamkeit in der Menge«, schrieb, sich versuchend und sich suchend, sich findend und sich erfindend, beklagte das »Unglück, vom Schreiben leben zu müssen«, beschied sich aber damit, daß er »nicht zuletzt deshalb Schriftsteller geworden« sei, weil er »kein Handelnder sein« mochte. Wohl aber ein Flaneur, »ein unorganisierter Reisender, ein planloser Voyeur«, dem Vertrauten so fremd wie dem Fremden vertraut, ein Gast auf Erden, ein flüchtiger Besucher, der sich gelegentlich bei »Portrait«-Fotografien durch seine Brille vertreten ließ. Er lebte, und er beobachtete das Leben. Er lebte, oft vom Gelde anderer, und er beobachtete, sein Blick alterte mit seinen Augen. Immer intensiver wurde er zum Zeitzeugen seiner Vergangenheit.

So mußten auch seine Bemühungen ergebnislos bleiben, die Erfolge der Reisebücher zu wiederholen. Weder die »Venezianischen Fragmente« oder Berichte über Pompeji, Rom und Wien kamen zustande, noch eine »Phantastische Geographie (Paris, New York, Greifswald, Salzburg)« oder ein »Kleines Reisebuch Griechenland« mit »ca. 100 Seiten« oder gar »Rundum – eine Weltreise« (»Oktober/November 1980, Buch 300 Seiten, Ende Februar 81«).

Er schrieb nun frühere Erzählungen um, auch Neues geriet. Die fürs erste abgeschlossenen Texte liegen im Druck vor, »Anarchie«, »Am frühen Morgen«, »Romanisches Café«, »Der Sarkophag der Phädra«, »Thanatologie«, »Trümmer oder wohin wandern wir aus«, »Die Verlobung im alten Salon«, »Zum ersten Mal in Rotterdam«, »J. Pierpont Morgan, mein Name und die kleinen Mädchen«. Dazu Bruchstücke aus den ins Stocken geratenen und zerbrochenen Romanvorhaben, für sich lesbare Kapitel wie »Angst«, »Morgenrot«, »Ein Anfang ein Ende«, »Unsern Ausgang segne, Gott, unsern Eingang gleichermaßen« oder »Der Tiergarten«. Nicht publiziert wurden größere durchformulierte Teile in den Entwürfen zu »Tasso« und »Zwart Water«. Anderes blieb, teilweise noch im Rohzustand, liegen, »Ariadne oder Der verlorene Pfad«, eine nur in Fragmenten erhaltene Studie, »Camera obscura«, »Es ist deine Todesstunde«, »In Monte Carlo«, vielleicht der späte Ansatz einer Wiederaufnahme der »Jawang-Gesellschaft«. Nur der Titelidee nach bekannt sind »Der Stadtschreiber«, »Doktor der Medizin«, »Der Sänger«, »Der Mönch«, »Die Elevin«, »Verona 18 Uhr 46« oder »Sybille, New York«. Auch an eine Sammlung (»250 Seiten«) dachte er: »Geschichten, sie (kleinen) Mädchen am Bett zu erzählen«. Ein dünner Band, »Romanisches Café«, vereinte 1972 elf Stücke »erzählender Prosa«, 1986 ehrte ihn sein Verlag zum 80. Geburtstag mit einer sechsbändigen Ausgabe der »Gesammelten Werke«, in der Erzählungen und Romanfragmente einen eigenen Band einnehmen.

Schließlich die Jahre des hohen Alters. »Im Jahr 33 entschloß er sich, freier Schriftsteller zu sein, ist es noch heute und wundert sich.« Ein letztes größeres Projekt wurde erwogen, »Das Schiff«, ein Roman, wie er vorgab, falls es sich, bei dem Verschleierungstalent des alten Eulenspiegels, um einen solchen handelte und nicht um ein für ihn bequemer zu bauendes Reisebuch. 1988 flog er jedenfalls, um seine Produktivität zu stimulieren, nach Singapur und fuhr mit dem russischen Touristendampfer »Odessa« über Bombay und Akaba zurück nach Suez. Und wiederum kam kein druckreifes Manuskript in Sicht, »ich kämpfe mit dem Stoff, es droht ein Schiffbruch, ein Untergang«; einige Manuskriptseiten, immerhin, gelangten von Notizen zur Reinschrift, ein Teil daraus, »Petra«, erschien 1989, ein weiterer, »In Sodom und um Sodom herum«, 1990. Die Bearbeitung des Littner-Manuskripts von 1948 wurde 1992 als »Jakob Littners Aufzeichnungen aus einem Erdloch« vom Jüdischen Verlag im Suhrkamp Verlag neu aufgelegt, diesmal unter Koeppens Namen und zunächst als »Roman« bezeichnet. 1990 verlieh ihm die Universität seiner Geburtsstadt den Doctor honoris causa, 1994 folgte die Ehrenbürgerschaft, »das alte Greifswald, der Verfall«.

Bis zum Ende seiner Stunden am Arbeitstisch begleiteten ihn Erzählungen, sporadische Versuche schließlich nur noch, von schwindender Kraft gezeichnet. Er mühte sich mit Umarbeitungen ab, nochmals: »Ein Kaffeehaus«, nochmals: »Schön gekämmte, frisierte Gedanken«, und er probierte, mit erheblichen Schwierigkeiten, aktuelle Einfälle aus. Wenn er eine seiner vier Schreibmaschinen selbst benutzte, entstanden Blätter voller Tippfehler und grammatikalischer Sackgassen, das Nachlassen der Konzentrationsfähigkeit erzwang immer wieder repetierte Ansätze, oft schon nach wenigen Zeilen. So blieb es bei Fragmenten oder minimalen Stücken: »Die Puppenfee«, »Sehr geehrter, lieber Herr von Playboy«, »Weihnachtsbrief«, »Zum Jahreswechsel«. Drei Splitter, »Berlin«, »Der Freund« und »Die jüdische Hochzeit«, standen 1992 in der »Frankfurter Allgemeinen Zeitung«, die ihn häufiger mit Drucken unterstützte. Sein abschließender öffentlicher Auftritt, »Im Hochsitz«, ein Jahr später in der »Süddeutschen Zeitung«, spannt den Bogen zurück zu seinen Anfängen und zu seinen Lieblingsträumen, er handelt von einem Dramaturgen und Filmemacher.

5

Wolfgang Koeppen, der impressionistische Mosaiken-Virtuose, war eine der großen autoskopischen Begabungen des Jahrhunderts, als Autor prinzipiell auf Selbsterlebtes angewiesen, von Anfang an ein intensiver Verwerter seiner schmalen Biographie. Einige spezielle Fälle sind hervorzuheben, Erzählungen, in denen er Details explizit verarbeitete. Reinhold Halben, den er nie persönlich kennenlernte, inspirierte ihn zu »Klas sieht seinen Vater«, Beziehungen zu den Eltern thematisiert »Der Tod meiner Mutter Maria«, die Familiengeschichte wird in »Arthur und Japan« angedeutet, Greifswalder Erinnerungen scheinen in »Der Ryk« oder in »Elisenhain« auf, auch bei Überlegungen, unter dem Pseudonym »Jakob Eldena« zu schreiben, sein jugendliches Seefahrt-Abenteuer ist Anlaß zu mehreren Reminiszenzen, »Schonerbark Elpiß«, »Ein Heizer wird toll«, »Auf der Reede von Haukipudas«, »Das Herz versagt« oder »Die Anheuerung«.

Das leidvolle Zentralthema der dreißiger Jahre, sein schwie-

riges Verhältnis zu der Schauspielerin Sybille Schloß, dem Urmodell seiner Kindfrauen und knabenhaften Mädchen mit den kleinen Händen und den nackten Knien, wurde mehrfach zu bewältigen versucht, in Erzählungen, die offensichtlich aus dem Umkreis des entstehenden Romans »Eine unglückliche Liebe« und dessen weiblicher Hauptfigur stammen: »Sybille«, »Sybil ist wieder da«, »Liebe Sybille«, »Fürstenfeldbruck oder Der gefangene Mond«.
Nach 1945 beginnt eine Folge von Texten, die in seinem Wohnsitz München spielen: »Vor dem Film«, »Clemens«, »Die Horde«, »München Hauptbahnhof«, »Die Bayerische Akademie der Schönen Künste«, »Ich müßte König in Bayern sein«, »München, Kaufingerstraße«, »Die Ausstrahlung der Brutalität«, »Wer bereitet den Raben die Speise«, »An der Isar«, »Ein alter Herr«.

Aufschlußreich sind seine Umarbeitungen. Aus der frühen Erzählung »Ein Heizer wird toll« entfernte er für die Druckversion von 1928 die beiden »Bourgeoisdirnen« der ersten Fassung. Andere, bereits vor 1945 gedruckte Arbeiten wurden nach dem Krieg nochmals abgeschrieben und neu lokalisiert, erfolglose Verkaufsspekulationen zumeist. So wurde aus »Das Pferd« von 1933, der Geschichte eines betagten Ehepaars und seines spät erworbenen Tiers, um 1950 »Das Pferd der lieben Alten«, von Berlin (»Hardenbergstraße«) nach München (»Kurfürstenstraße«) verlegt und auch sonst retuschiert, 1933 ist der Autor siebenundzwanzig, die »alte Dame« fünfzig, bei der zweiten Fassung ist der Autor etwa fünfundvierzig, die »geliebte Gattin« dementsprechend siebzig. Oder »Am frühen Morgen«, zuerst 1941 erschienen, nach dem Krieg kopiert und umgestaltet, wobei aus der Figur »Herr Herbert« ein »Herr Walter« wurde, wie »Calderon« in »Zum ersten Mal in Rotterdam«, der zunächst, in »Im Hafen«, ebenfalls »Herr Herbert« hieß. Auch »Die Verlobung«, ebenfalls 1941 veröffentlicht, schrieb er um, aus der Figur »Keetenheuve«, die im »Treibhaus« auftaucht, wurde »Vollenhoven« in »Die Verlobung im alten Salon«. Selbst häufiger gedruckte, bekannter gewordene Texte wie »Romanisches Café« oder »Schön gekämmte, frisierte Gedanken« waren bei Gelegenheit mehr oder weniger eingreifend umzugestalten, einige sogar noch nach dem »definitiven« Druck in den »Gesammelten Werken«, ein Jahr danach begann er eine dritte Fassung von »Fische, die nach Luft schnappen«.

Zu den verändert publizierten Arbeiten zählt auch die Folge »Melancholia« von 1968, deren Zusammensetzung nun geklärt werden kann: Es handelt sich um sechs ursprünglich selbständige Erzählungen, die augenscheinlich aus Publikationsnöten aneinandergereiht wurden, zwei bereits gedruckte, stark überarbeitete Texte (»Ein Fremdenheim«, 1939 in der »Frankfurter Zeitung« und »Studenten im Elisenhain«, 1950 in der »Neuen Zeitung«) und vier nach dem Krieg geschriebene: »Der Mond war aufgegangen«, »Eine Hinrichtung«, »Das Kleid der Frau des Prometheus« und »Beim Morgengrauen«. Später bot er seinem Verleger an, weitere unveröffentlichte Erzählungen zu einem Roman zusammenzufügen. Die Sache, wenn sie denn möglich gewesen wäre, scheiterte allerdings nicht zuletzt daran, daß ihm dazu ein Titel einfiel, den er für ein anderes Buch verwenden wollte.

Eine eigentümliche Entstehungsgeschichte hat die 1968 in dem Sammelband »Aus aufgegebenen Werken« veröffentlichte Erzählung »Der Sarkophag der Phädra«. Genaugenommen handelt es sich dabei nicht um den Teil eines »aufgegebenen Werkes«, sondern um einen abgeschlossenen Text. Die älteste erhaltene Fassung, »Die Bäume sahen wie Gespenster aus«, ist wohl diejenige, die, so Koeppen später, von der Illustrierten, die die Arbeit in Auftrag gegeben hatte, nicht angenommen wurde. Er hat sie danach noch zweimal gründlich in Personen und Handlungsdetails verändert, er erwog sogar einen Film »Phädra« und entwarf ein Exposé dazu. In diesem Zustand blieb der Plan liegen. Für die Veröffentlichung 1968 schrieb er dann eine gänzlich neue, vom Bisherigen völlig verschiedene Version.

Ein ähnlich bemerkenswerter Fall ist »Frieda 1918«. Über das der Redaktion des »stern« gesandte Manuskript war man sich offenbar nicht einig geworden, es wurde nochmals in einer zweiten Fassung vorgelegt. Die 1982 unter dem Titel »Taugte Frieda wirklich nichts?« gedruckte und in die »Gesammelten Werke« übernommene Erzählung geht zwar von dieser Fassung aus, sie ist allerdings beträchtlich bearbeitet und gekürzt, soweit zu sehen, nicht von Koeppen, sondern von der Redaktion, die es unternahm, »eine Geschichte zusammenzusetzen, die wir als ideal begreifen«.

6

Koeppen deutete des öfteren an, daß er »eine Neigung zur Groteske, zur überspitzten Satire, zum Phantastischen« habe. Seine veröffentlichte Prosa bestätigt ihn an mancher Stelle. Es überrascht gleichwohl, wie viele Erzählungen sich im Nachlaß fanden, die diese phantastische, satirische, groteske Seite deutlicher zeigen. Die Vorstellung des schwerblütig-pessimistischen, melancholisch-desillusionierten Schriftstellers, die er selbst, vor allem in der zweiten Lebenshälfte, gerne seinem Publikum gab, wird erweitert um das Bild eines kühl-ironischen, sarkastisch-witzigen Autors, dessen Satire sich freilich auf schwankendem Grunde bewegt und, auch das ist deutlich, als »beschwingte Melancholie«, so der Titel einer jener Erzählungen, zu seinen anderen Arbeiten keinen Gegensatz, sondern eine Ergänzung bildet. Die Texte wurden bis auf wenige Ausnahmen bisher nicht gedruckt. Über die Gründe dafür sind zunächst ebenfalls nur Mutmaßungen möglich.

Die Reihe beginnt mit den sehr frühen Versuchen »Der Frack« und »Der Herr im Lift«, sie wird später in Berlin fortgesetzt mit »Autogramm-Matinee«, »Der Verschwender«, »Über Schlachterei und die bildenden Künste«, mit dem »Tisch im Café«, einem Bruchstück, in dem er sich selbst auftreten läßt, mit süffisanten Szenen aus der Welt der Untermieter wie »›Herr Bimsenthal wünscht Sie zu sprechen‹«, »Die Krawatte« oder »Zimmer in Nußbaum poliert«, mit »Das bombensichere Patentschloß«, »Der ›Liebe Gott‹ trinkt einen Wermut« und dem komödiantischen »Weekend zu Dritt«, einem Text, der fast nur Sichtbares beschreibt und dialogisiert ist, so daß, was sich zugleich wie ein Filmentwurf liest, ein frühes Interesse an diesem Medium bekunden könnte.

Solche »heiteren« Geschichten schrieb er auch noch nach dem Kriege, »›Du hast uns einen Bären aufgebunden . . .‹«, »Es war kein Traum«, »Die fliegenden Töpfe«, eine »Anekdote aus dem nächsten Krieg«, »Die leeren Flaschen«, »Arme Diotima«, ein ironisches »Märchen«, »Lucien und Mathilde« sowie eine politisch-satirische »Kleine Weihnachtsgeschichte« für die Münchner »Abendzeitung«, 1962, seinen letzten »grotesken« Text.

7

Dieser Band entstand aus einer ersten Sichtung und Vorordnung der Nachlaß-Materialien. Die Editionsgrundlagen wurden von der Peter Suhrkamp-Stiftung Frankfurt am Main zur Verfügung gestellt. Versammelt sind die Erzählungen einschließlich einiger Bruchstücke sowie die Romanfragmente so vollständig als derzeit möglich, das heißt, alle Arbeiten, deren Ermittlung bis zum Redaktionsschluß am 31. Dezember 1999 beendet werden konnte, vor allem im Nachlaß mit seinen zahlreichen unpublizierten Manuskripten und Belegstücken bisher noch nicht nachgewiesener Veröffentlichungen, aber auch, zur Ergänzung, in sonstigen Drucken, in Rundfunkarchivalien und in der Presse – Koeppen hat gesprächsweise des öfteren Publikationen in Zeitungen und Zeitschriften erwähnt, diesen Hinweisen wurde nachzugehen versucht, einiges Unbekannte konnte auf diese Weise gesichert werden, andere Spuren verliefen im Nichts, basierten also offensichtlich auf nicht sonderlich ungewöhnlichen taktischen Gedächtnislücken und selbstdarstellerischen Erinnerungsstilisierungen des Autors.

Vorgelegt wird das Ausformulierte, unberücksichtigt blieben Stichwörter und Einfallsnotate auf Zetteln und in Notizblökken. Bei einer größeren Zahl von Manuskripten, deren Einzelblätter weit über den Nachlaß verstreut gefunden wurden, war es möglich, sie in ihrem Zusammenhang zu rekonstruieren.

Insgesamt 170 Prosastücke können damit publiziert werden, die weitaus meisten im Erstdruck, wenige im Neusatz. Bislang bekannt waren vor allem jene vierundzwanzig von Koeppen selbst veröffentlichten Texte und Textfassungen, die zuletzt im dritten Band der »Werke« von 1986 gesammelt wurden. Auf sie wird im Anhang verwiesen.

Zu ihnen sind nun aufschlußreiche Fassungen verfügbar, beispielsweise für die Erzählung »Melancholia C«, in der ein anonymer Filmregisseur auftritt, der in der ungedruckten ersten Version, »Eine Hinrichtung«, noch den Namen eines Künstlers trägt, dessen Produktionsweise gewisse Parallelen zu Koeppen aufweist, der es jedoch, im Unterschied zu ihm, mit der ansehnlichen Menge seiner Pläne und unabgeschlossenen Projekte zu Weltruhm brachte: Orson Welles.

In die Textgestaltung der Satzvorlagen wurden alle, zumeist handschriftlichen, Zusätze, Umarbeitungen und Korrekturen einbezogen, um den jeweils »letzten« Schreibstand möglichst genau wiederzugeben. Da es sich bei dieser Publikation um eine Leseausgabe handelt, sind die veränderten ursprünglichen Aufzeichnungsebenen nicht dokumentiert. Einfache Schreibfehler wurden stillschweigend korrigiert, Abkürzungen und Zahlen generell aufgelöst. Sonstige Eingriffe des Herausgebers, vor allem nötige kleinere Textänderungen gegenüber den Originalen, sind im Anhang vermerkt. Die Orthographie wurde vereinheitlicht, sie entspricht den Usancen vor der letztgültigen Rechtschreibreform. Erwähnungen noch Lebender in den unveröffentlichten Manuskripten sind, soweit das Personendatenschutzrecht anzuwenden war, substituiert.

Die Ordnung ist eine locker chronologische. Ihr Grundgerüst bilden die verfügbaren Entstehungshinweise. Dreiundzwanzig Texte sind datiert, oder ihre Datierung ist durch den Druck gesichert, neununddreißig andere sind lokalisiert, sie ermöglichen damit eine Einordnung wenigstens auf einige

Jahre genau. Als weitere Indizien waren bei den Autographen Veränderungen der Handschrift zu berücksichtigen, bei den Typoskripten Vergleiche hinsichtlich der Folge der Schreibmaschinen sowie Erwähnungen im Text (»Transistor«, »Computer«).

Der Anhang beschreibt die verwendeten Autographen, Typoskripte und Erstdrucke nach Bearbeitungsstand, Datierung, Zeichnung und Lokalisierung (wobei nur diejenigen Textträger heranzuziehen waren, die für die Zwecke dieser Edition abgefragt wurden, der Nachlaß enthält noch weitere diesbezügliche Überlieferungselemente), er informiert über Titel, die vom Herausgeber hinzugefügt wurden, und stellt zusätzliche Texte bereit.

Seien es, vor allem aus Koeppens Berliner Zeit, quasi »journalistische« Arbeiten, Versuche und Routinestücke, die, wenigstens an ihrer Oberfläche, zum unmittelbaren Verzehr in den Wochenendbeilagen der Tageszeitungen bestimmt waren, Lesefutter für die Boulevardpresse, zumeist kürzere, rasch geschnittene Texte, auf Pointe geschrieben oder, wie man bei einem Kenner der Haute cuisine wird sagen dürfen, au point gegart, seien es, speziell aus seinen Münchner Jahren, syntaktisch ausufernde Sprachexperimente und narrative Versuchsanordnungen: Diese Ausgabe soll, ohne jede, aus welchen Gründen immer, vorgeschaltete Selektion, aus dem überlieferten Nachlaß die einzelnen Stadien der Arbeitsprozesse eines Schriftstellerlebens so umfassend wie möglich dokumentieren, den Aufstieg einer enormen erzählerischen Begabung, die Erfolge und Höhepunkte ihrer literarischen Karriere ebenso wie den schleichenden Zerfall ihrer Kraft. Sie steht damit auch innerhalb der Konturen einer Biographie.

»Auf dem Phantasieroß« – worum Koeppen in seinem letzten Brief an Siegfried Unseld bat, darf auch als Wunsch an seine Leser gelten: »Halte mich in gutem Angedenken auf meinem Phantasieroß.«

Anhang

NACHWEISE DER SATZVORLAGEN
ERGÄNZENDE TEXTE

Kirchhofsstimmung (S. 11)
Autograph. Nicht datiert. Gezeichnet: »von Wolfgang Koeppen«.

Schonerbark Elpiß. Novellette (S. 12)
Autograph. Nicht datiert. Gezeichnet: »von Wolfgang Koeppen«.

Der Frack (S. 15)
Autograph. Ohne Titel. Nicht datiert.
Zum Text: S. 15: »Diener«: im Autograph »Die«. S. 15: »befremdet«: im Autograph »bef.«

Der Herr im Lift (S. 16)
Autograph. Ohne Titel. Nicht datiert.
Zum Text: S. 16: »Hier's Schluß«: im Autograph »Hier's« Verschreibung.

Ausverkauf? (S. 17)
Autograph. Nicht datiert. Teil 2 des Manuskripts »Zwei Möglichkeiten« [Teil 1 → »Über Schlachterei und die bildenden Künste« (S. 38)]. Gezeichnet: »von Reino Hohe«.

Der Tod meiner Mutter Maria (S. 18)
Autograph. Zur Datierung: im Text »April 1926«.
Zum Text: S. 19: »Schreibtisch in der Dachstube«: im Autograph vor »Dachstube« ein flüchtiges Notat, eventuell Verschreibung. S. 20: »Und an Deinem Grabe sprach schön der junge Dr. Eilert«: im Autograph zwischen »sprach« und »schön« ein unvollständiger, unkorrigierter Satzteil: »von dem Deines Wesens, daß Dir Wert gabt im Theater«.

Ein Heizer wird toll (S. 25)
Erste Fassung.
Autograph. Nicht datiert.
Zum Text: S. 25: »Erwähnenswert als besonders wär höchstens«: im Autograph »höchstens« als flüchtiges Notat, eventuell Verschreibung. S. 25: »daß sein Herz gütig war«: im Autograph »s. H.«. S. 26: »In China holte sich einmal mein Schiff«: im Autograph »1x«.
Zweite Fassung:
(1) Typoskript. Nicht datiert. Die Figur »Jochen« der Ersten Fassung nun »Wilm«.
Zweiter Teil: »Die so stürmisch geweckte Mannschaft war an Deck gekommen und umlagerte lauernd die Brücke. Keiner wußte recht, was zu tun

sei. Die Situation war eben verrückt. Wilm schaute sie an, lächelte gütig und schmerzlich, stieg hinab und ging unter sie, wo er bebend bekannte: ›Genossen, Ihr müßt mich verstehen: seit dreißig Jahren bin ich der elendeste und freudenloseste Sklave auf aller Herren Schiffe. Im roten Meer, in Brasilien, in Indien stand ich vor den flammenden Türen der Feuer, wo die Glut am gewaltigsten wütet, wo andere besinnungslos zu Boden sanken – mir wurde diese Gnade nicht! In China holte sich mein Schiff einmal eine Seuche, ich pflegte die Kranken und Sterbenden, um selbst zu sterben, und ich blieb gesund. Ich schuftete weiter, getreten, von Spott zerrissen. Jedes Schiff wurde mir zum Fegefeuer, jeder Hafen zur Hölle. Denn auch in meinem mißgestalteten Körper brannte der Trieb, und Lüste, die andere spielend und kostenlos erlangten, bezahlte ich mit schwer erworbenem Geld, um entsetzt zu fliehen, wenn ich sah, wie der Ekel die Dirne schüttelte. Ich war ein Paria des Lebens, und ich bin es und ich muß es bleiben. Ihr aber, Kameraden der Arbeit, seid schön und stark! Ihr könnt das Leben packen und es lustvoll gestalten nach Eurem Willen, wenn Ihr befreit seid von den Euch tretenden Mächten! Und Ihr seid es! Jetzt! Ich, der Krüppel, habe sie niedergeschlagen, den Kapitän, die Steuerleute, die Maschinisten, alle, die Euch brüllend demütigten! Euch gehört nun das Schiff, Euch die Ladung, Ihr könnt fahren wohin Ihr wollt, und wenn Ihr arbeitet, so arbeitet Ihr für Euch! Unfrei in mir bleibe nur ich, der schicksalsgeschlagene Täter, bis ich mich selbst hinweggeräumt!‹ Und ehe sie ihn hindern konnten, hatte er ihre stumme Reihe durchbrochen und sich in die See gestürzt. Die Seeleute standen verstört und wie hilflos da. Regen kam und fiel über sie, aber sie achteten nicht drauf. Schließlich erkannten sie, daß nach den heut noch gültigen Gesetzen dieser Welt Schiff und Ladung dem Reeder gehört; und hinter dem steht die Macht, gegen die wenige wenig tun können. Die Seeleute wußten, daß sie diese Macht gemeinsam mit allen Genossen des Werktags stürzen müssen! So steuerten sie das Schiff in den nächsten Hafen, wo sie das Geschehene meldeten.«
(2) Erstdruck [verändert und gekürzt]: Die Rote Fahne. Berlin. 1928. Nr. 14. 17. Januar. Beilage Feuilleton der Roten Fahne → Koeppen: Gesammelte Werke. Frankfurt am Main 1986. Band 3, S. 101-103.

Nach der Tat (S. 28)
(1) Autograph [Fragment: S. 1, 2, 4, 5]. Nicht datiert. Entwürfe:
»Herrlich ist stets eine fremde Stadt. Man nimmt, was einem gefällt, und das übrige geht einen nichts an. Bald geht der Zug. Diese Stadt gefiel ihm ausgezeichnet. Er saß auf der Terrasse ihres elegantesten Cafés, überschaute den belebten Opernplatz, hörte nicht auf die Musik, die aus dem innern Raum des Lokals kam und sog langsam, wie einer, der sich Zeit läßt zum Genuß, durch zwei Strohhalme ein Eisgetränk. Am Mittag war er angekommen. Jetzt ging es gegen Abend. Was sollte er tun? Hier

bleiben? In die Oper gehen? Vor dem Schlafen in einem guten Hôtel? Dort drüben, wo jetzt die Reklame leuchtete, Palast, Zimmer mit Warmwasserheizung und Reichstelefon«.
»›Viktoria-Palast, ältestes und erstes Hôtel der Stadt, Lift, Zentralheizung, Warmwasser und Reichstelefon in jedem Zimmer‹, so leuchtete die Reklame gegenüber dem Bahnhofsportal. ›Es wird in jeder Stadt der gleiche Anfang sein‹, dachte der Angekommene, ›aber dieser Ort gefällt mir; sein Name klingt alt und gut, die Polizisten tragen noch Pickelhauben und weiße Handschuhe, auch fahren die Straßenbahnen leer, doch voll Eifer und Optimismus über den Platz‹. Er ging hinüber in das Hôtel. ›Ein schönes Vorderzimmer im ersten Stock‹. ›Gewiß‹, sagte der Portier. Das Warmwasser war vorhanden, so wusch er sich. Dann wählte er voll Sorgfalt eine schwarz-weiße Krawatte und ging hinunter in den Speisesaal, das Beste der Karte bestellend. Er fühlte sich wohl. Das Geld in seiner Tasche erfüllte jeden Wunsch. Er mußte nicht mehr rechnen und ängstlich denken ›reicht es noch?‹ Er hatte es geschafft.«
»›Herr Ober, bin müde, lange Reise – von Königsberg, jawohl Königsberg in Ostpreußen, werde schlafen gehen!‹ Die Größe des Zimmers schafft Unruhe. Er eilt auf und ab, durch den Raum. Durch das Fenster weht Regen und Kälte. Melancholisch schaukeln Bogenlampen und erhellen trübe den Platz. ›Der Mann verfolgt mich! Jetzt telefoniert er sicher. Mit der Polizei! Mit Berlin! Dann Verhaftung. Polizeigefängnis. Transport. Untersuchungsrichter. Haft. Verhandlung. Urteil! Zuchthaus! Nein‹. Schweiß bedeckt seine Stirn. Das Herz klopft. Die Pulse fliegen. ›Ich muß fliehen! Hamburg, ja Hamburg! Tor zur Welt! Südamerika, Hawaii!‹ Er klingelt. ›Die Rechnung. Wann geht ein Zug. Eiliges Geschäft‹. Er stürzt zur Bahn. Fiebert! Fährt. Die rollenden Räder beruhigen. Im Hôtel wundert sich der andere Herr über die Hast gewisser Geschäftsmänner. ›Hätte gern mit ihm über die Entwicklung des Marktes gesprochen!‹ Nach drei Tagen meldet die Presse: Der Defraudant B. wurde auf St. Pauli, als er Geld in lockerer Gesellschaft ausgab, verhaftet.«
(2) Typoskript. Nicht datiert. Mit handschriftlichen Zusätzen. Gezeichnet: »Wolfgang Koeppen«. Dabei: Absagemitteilung der Zeitung Neue Zeit. Das große Berliner Morgenblatt. Poststempel des Kuverts: 30. Oktober 1928.
Satzvorlage: (2).

Autogramm-Matinee (S. 31)
Typoskript. Titel: »Autogrammmatinee«. Mit handschriftlichen Zusätzen. Gezeichnet: »Wolfgang Koeppen«. Lokalisiert: »W 62, Wichmannstr. 18, bei Fischer«.

Der Verschwender (S. 33)
(1) Typoskript. Mit handschriftlichen Zusätzen. Gezeichnet: »von Wolf

Reinhold Koeppen«. Lokalisiert: »Berlin W 62 / Wichmannstr. 18, b. Fischer«.
(2) Typoskript. Mit handschriftlichen Zusätzen. Gezeichnet: »von Wolfgang Koeppen«. Lokalisiert: »Berlin W 15 / Kaiser-Allee 202, b. Weiss«.
Satzvorlage: (2).

»Hier können Gäste traurig sein« (S. 36)
Typoskript. Mit handschriftlichen Zusätzen. Gezeichnet: »Wolfgang Koeppen«. Lokalisiert: »Berlin W 15, Kaiser-Allee 202, bei Weiss«.
Zum Text: S. 36: »zum hundertsten Mal«: im handschriftlichen Zusatz »zum 100t. M.«.

Über Schlachterei und die bildenden Künste (S. 38)
Zweite Fassung.
Typoskript. Gezeichnet: »von Wolfgang Koeppen«. Lokalisiert: »Berlin W 15 / Kaiser-Allee 202, b. Weiss«.
Erste Fassung:
Autograph. Titel: »Schlachterei und Kunst«. Nicht datiert. Teil 1 des Manuskripts »Zwei Möglichkeiten« [Teil 2 → »Ausverkauf?« (S. 17)]. Gezeichnet: »von Reino Hohe«.
»Eine vornehme Kunsthandlung. Eintritt ein Herr.
Der Kunsthändler (höflich): ›Sie wünschen, mein Herr?‹
Der Herr: ›Ich bin Fleischer – !‹
Der Kunsthändler (reserviert): ›So – und?‹
Der Herr: ›Ich will hier eine Schlachterei eröffnen.‹
Der Kunsthändler (kühl): ›Möglich, ich verstehe nur nicht – – ?‹
Der Herr: ›Ja, und nun dachte ich, um heut was zu erreichen, muß man ganz neue Mittel anwenden.‹
Der Kunsthändler (eisig): ›Ich möchte aber doch bitten – meine Zeit ist sehr gemessen – !‹
Der Herr: ›Und weil ich auch Ästhet bin – ‹
Der Kunsthändler (sehr erstaunt): ›Ästhet – Sie sagten doch, Sie wären Fleischer – ‹
Der Herr: ›Ganz recht; aus Ästhetik wurde ich Fleischer.‹
Der Kunsthändler ist stumme Verblüffung.
Der Herr: ›Ich begeisterte mich förmlich. Kennen Sie die Schönheit frischen, noch dampfenden Blutes, die glänzenden, fast noch lebenden Teile des geöffneten Tiers in den schweren, dünstigen Düften des Schlachthauses, später, in der Verarbeitung, die vielen Farbennuancierungen des Fleisches und, nur dem langjährigen Kenner voll verständlich, die ersten giftigen Verwesungsfäden in Gewitterschwüle?‹
Der Kunsthändler (bleich, zähneklappernd, bemüht, den zweifellos sadistischen Irrsinnigen auf gute Art los zu werden): ›Fabelhaft – wunderbar, ganz mein Geschmack; diese Kunst wird ihren Ruhmesweg über den Erdball nehmen.‹

Der Herr (gönnerhaft): ›Ich werde Sie mal mit ins Schlachthaus nehmen.‹
Der Kunsthändler: ›Mein sehnlichster Wunsch – Sie kommen wohl wieder vor[bei]! – Ich muß jetzt leider auf das Gericht. Sie entschuldigen.‹
Der Herr: ›Ja, ich wollte eigentlich die künstlerische Ausstattung meines Betriebes bei Ihnen kaufen. Haben Sie die Laokoon-Gruppe im Original vorrätig?‹
Der Kunsthändler: ›Gewiß, gewiß. Ich werde sie Ihnen zusenden. Hier eine Stufe, bitte – ‹.
Er schließt eilig den Laden und legt Sicherheitsschlösser vor.«

Roman im Spiegel (S. 40)
Typoskript. Ohne Titel. Handschriftlicher Vermerk unter dem Text: »Roman im Spiegel«. Nicht datiert. Auf einem Blatt mit der (früheren) Lokalisation: »Berlin W 15 / KaiserA 11«. Auf der Rückseite ein handschriftlicher Entwurf: »Nach zehn Jahren gelebtester Vergangenheit war F. noch so betörend schön, daß der Millionär Demorte, weil sie nicht mit ihm ins Bett gehen wollte, sie schließlich auf dem Weg über das Standesamt eroberte. Heut ist er tot, und sie schon 57 Jahre alt. Sie«.

Der Apfel (S. 41)
Typoskript. Ohne Titel. Nicht datiert.

Der furchtbare Drache (S. 42)
Autograph. Nicht datiert.

Sybille (S. 43)
Autograph. Ohne Titel. Nicht datiert.

»Des Glückes Gunst wird nur durch dich vergeben« (S. 44)
Autograph. Nicht datiert.

Die Heimkehr zu den Seinen (S. 45)
(1) Autograph. Nicht datiert. Gestrichener Entwurf.
(2) Autograph. Nicht datiert.
Satzvorlage: (2).

Ohne einen Pfennig (S. 46)
Autograph. Nicht datiert. Mit Notizen zu Änderungen.

Sybil ist wieder da (S. 47)
(1) Autograph. Nicht datiert. Entwurf.
(2) Autograph. Nicht datiert. Mit Notizen zu Änderungen.
Satzvorlage: (2).

Ein Tisch im Café (S. 51)
Autograph. Nicht datiert.
Zum Text: S. 51: »die ernstlichsten Wertungen«: »ernstlichsten« im Autograph als flüchtiges, korrigiertes Notat, eventuell Verschreibung.

In diesem Autograph noch zwei abgebrochene Anfänge zu Erzählungen: »Auf- und Niedergang einer Karriere. Endlich ist es soweit, die Bemühungen treuer Freunde, das empfehlende Schreiben eines Einflußreichen, die Mobilisierung aller erreichbaren Beziehungen haben es vollbracht: Claire Weiß, achtzehn Jahre alt, bildhübsch, begabt, ehrgeizig und filmtoll, ist für Donnerstag mittag zwei Uhr zum Produktionsleiter der Stern-Film-Gesellschaft bestellt. ›Nun, geh ran, Claire, nutze deine Chance‹, so raten die Freunde und Claire will«.
»Morgenarbeit. Heute sind große Schulausflüge. Der Bezirksschulrat hat sie angeordnet, der Rektor die Weisung an uns Lehrer weitergegeben, und wir führen nun unsere Klassen in den Wald, auf den Berg, an den See, so wenigstens meine Kollegen, ich aber habe mich entschlossen, die meiner Obhut anvertrauten Knaben«.

Auf der Reede von Haukipudas (S. 52)
(1) Autograph [nur Titel].
(2) Typoskript. Mit handschriftlichen Zusätzen. Gezeichnet: »von Wolfgang Koeppen«. Lokalisiert: »Berlin W 62 / Kurfürsten-Str. 111 / bei Heisgen«.
(3) Typoskript. Mit handschriftlichen Zusätzen. Mit Durchschlag. Gezeichnet: [Typoskript:] »von Wolf Gang«, [Durchschlag:] »von Wolfgang Koeppen«. Lokalisiert: »Berlin W 62 / Kurfürstenstr. 111 / bei Heisgen«.
Satzvorlage: (3)

Beschwingte Melancholie (S. 58)
(1) Typoskript. Gezeichnet: »Wolfgang Koeppen«. Lokalisiert: »Berlin W 62 / Kurfürsten-Str. 111 / bei Heisgen« [aus: »Berlin W 15 / Kaiser-Allee 202, bei Weiss«].
(2) Erstdruck [verändert und gekürzt]: Neue Berliner Zeitung. Das 12 Uhr Blatt. Berlin. 1930. Nr. 71. 25. März. [S. 3]. Titel: »Der letzte Tag«. Illustration: Zeichnung.
Satzvorlage: (1).

Eine besondere Strafe (S. 60)
Typoskript. Gezeichnet: »Von Wolfgang Koeppen«. Lokalisiert: »Berlin W 62 / Kurfürstenstr. 111 / bei Heisgen«.
Zum Text: S. 61: »an Entbehrungen gewöhnt war und die Tatsache seiner Haft« im Typoskript »an Entbehrungen gewöhnt war und Tatsache seiner Haft«. S. 62: »konnte man ihn weder als körperlich noch seelisch« im Typoskript »konnte man weder als körperlich noch seelisch«. S. 63: »Für den endlich gekommenen Tag« im Typoskript »Für den endlich gekommen Tag«.

Besuch im Schloß (S. 64)
(1) Typoskript. Gezeichnet: »Von Wolfgang Koeppen«. Lokalisiert: »Ber-

lin W 62 / Kurfürstenstr. 111 / bei Heisgen«. Der Ort ist mit »M.« bezeichnet.
(2) Erstdruck: Deutsche Allgemeine Zeitung. Berlin. Ausgabe Groß-Berlin. 1931. Nr. 517. 8. November. Sonntagsbeilage Das Unterhaltungsblatt. [S. 1].
Satzvorlage: (2). Zum Text: S. 67: Die im Erstdruck ausgefallene Zeile »mehr existierender, ihnen heute romantisch und verklärt« aus dem Typoskript ergänzt.

Fünftausend Mark Belohnung (S. 70)
Typoskript. Mit handschriftlichen Zusätzen. Gezeichnet: »Wolfgang Koeppen«. Lokalisiert: »Berlin W 62 / Kurfürstenstr. 111 / bei Heisgen«.

»Herr Bimsenthal wünscht Sie zu sprechen« (S. 74)
Typoskript. Mit handschriftlichen Zusätzen. Gezeichnet: »Wolfgang Koeppen«. Lokalisiert: »Berlin W 62 / Kurfürstenstr. 111 / bei Heisgen«.

Das Herz versagt (S. 76)
(1) Autograph. Titel: »Angst«. Nicht datiert.
(2) Typoskript. Titel: »Herzbeschwerden«. Gezeichnet: »von Wolfgang Koeppen«. Lokalisiert: »Berlin W 62 / Kurfürstenstr. 111 / bei Heisgen«.
(3) Typoskript. Titel: »Das Herz versagt« [aus »Herzbeschwerden«]. Durchschlag von (2). Mit handschriftlichen Zusätzen.
(4) Typoskript. Titel: »Das Herz versagt«. Reinschrift von (3). Gezeichnet: »von Wolfgang Koeppen«. Lokalisiert: »Berlin W 62 / Kurfürstenstr. 111 / bei Heisgen«.
Satzvorlage: (4).

Die Krawatte (S. 81)
(1) Autograph. Nicht datiert.
(2) Typoskript. Gezeichnet: »von Wolfgang Koeppen«. Lokalisiert: »Berlin W 62 / Kurfürstenstr. 111 / bei Heisgen«.
(3) Typoskript. Nicht datiert. Gezeichnet: »von Wolfgang Koeppen«.
(4) Typoskript. Nicht datiert. Mit handschriftlichen Zusätzen. Gezeichnet: »von Wolfgang Koeppen«.
Satzvorlage: (4).

Pythia unter der Maske (S. 84)
Typoskript. Gezeichnet: »von Wolfgang Koeppen«. Lokalisiert: »Berlin W 62 / Kurfürstenstr. 111 / bei Heisgen«.

Um Geringes zu verkaufen (S. 87)
Typoskript. Titel: »Um Geringes zu verkaufen« [aus »Um eine Zahnpaste zu verkaufen«]. Mit handschriftlichen Zusätzen. Gezeichnet: »Wolfgang Koeppen«. Lokalisiert: »Berlin W 62 / Kurfürstenstr. 111 / bei Heisgen / Barbarossa 0208«.

Weekend zu Dritt (S. 90)
(1) Autograph. Nicht datiert.
(2) Typoskript. Nicht datiert.
(3) Typoskript. Mit handschriftlichen Zusätzen. Gezeichnet: »von Wolfgang Koeppen«. Lokalisiert: »Bln W 62 / Kurfürstenstr. 111 / bei Heisgen / Barbarossa 0208«.
Satzvorlage: (3).

Zimmer in Nußbaum poliert (S. 95)
Typoskript. Gezeichnet: »von Wolfgang Koeppen«. Lokalisiert: »Berlin W 62 / Kurfürstenstr. 111 / bei Heisgen / Barbarossa 0208«.

Der Bankier (S. 98)
Autograph. Nicht datiert. Vor dem Text ein Entwurf des Anfangs: »Es war Abend, die Bank geschlossen. Die meisten Angestellten hatten das Haus schon verlassen und nur wenige höhere Buchhalter waren noch hinter ihren rechnenden Maschinen mit der Aufstellung der Tagesbilanz beschäftigt. Direktor Land wollte gehen. Der Diener reichte ihm Mantel und Stock. Im selben Moment läutete des Bankiers Privattelephon. Dieser Apparat ging nicht über die Hauszentrale, sondern hatte direkte Verbindung zum Amt. Die Nummer war geheim, und nur den Freunden des Direktors bekannt.«
Zum Text: S. 99: »Lassen Sie den Kopf nicht hängen«: im Autograph »Lassen den Kopf nicht hängen«. S. 99: »ja, Hunger«: davor im Autograph ein flüchtiges Notat, eventuell Verschreibung. S. 99: »Also, fahren Sie schon nach Hause«: im Autograph »Also, fahren Sie schon Hause«. S. 99: »Chauffeur«: im Autograph »Schofför«. S. 100: »Dem Bankier war nicht wohl zu Mut«: im Autograph »war nicht wohl Mut«.

Berke (S. 101)
(1) Typoskript. Ohne Titel. Nicht datiert. Mit handschriftlichen Zusätzen.
(2) Typoskript. Ohne Titel. Nicht datiert.
(3) Typoskript. Ohne Titel. Nicht datiert. Mit handschriftlichen Zusätzen.
Satzvorlage: (3). Zum Text: S. 102: »die nur seinem Schiffbruch erreichbar waren« im Typoskript »die nur seinem Schiffbruch waren«, ergänzt nach Typoskript (2). S. 105: »der schönen italienischen Stadt, in der er ein Kind gewesen ist« im Typoskript »in der ein Kind gewesen ist«.

Die Anheuerung. Eine Erzählung aus Berke's Aufzeichnungen (S. 109)
Typoskript. Handschriftliche Titelvariante: »Die Heuer«. Nicht datiert. Mit handschriftlichen Zusätzen. Gezeichnet: »von Wolfgang Koeppen«.

Das bombensichere Patentschloß (S. 128)
(1) Typoskript: »Das Sicherheitsschloß« [nur Titel]. Lokalisiert: »Berlin W 15 / Kaiser-Allee 202 bei Weiss«.

(2) Erstdruck: Berlin am Morgen. Berlin. 1931. Nr. 19. 23. Januar. Unterhaltungs-Beilage. [S. 3.] Titel: »Das bombensichere Patentschloß«.
Satzvorlage: (2).

Brigitta (S. 131)
Typoskript. Ohne Titel. Nicht datiert. Handschriftlicher Vermerk auf einem Zusatzblatt: »September Novelle.« Zusätzliche Notizen: »Gsovsky. Geschichten gegen die Langeweile: Brigitta. Sie erinnern mich an Heliogabal. Drusus als seine Schwester Drusilla starb. Und Scherze hier.«
Zum Text: S. 131: »wenn man geschminkt ist«: im Typoskript »wenn man geschminkt«.

Ein dankbarer Mensch (S. 132)
Autograph. Nicht datiert.
Zum Text: S. 132: »In der Filiale«: im Autograph Verschreibung »Fiale«.

Erlebnis einer Passantin (S. 134)
Autograph. Nicht datiert. Zusätzliche Notiz: »Schilderung und Deutung ihres Nachher!«
Zum Text: S. 134: »der sein eines Knie«: im Autograph, unkorrigiert: »die sein eines Knie«. S. 134: »eine unhergebrachte Plötzlichkeit«: »unhergebrachte« im Autograph Verschreibung. S. 134: »Straßenbetreter«: im Autograph Verschreibung.

Erna (S. 135)
Typoskript. Nicht datiert. Auf der Rückseite eines Typoskripts mit dem Anfang des Textes »Auf der Reede von Haukipudas« [→ S. 52]. Zusätzliche handschriftliche Notiz: »Das Rot schildern«.

Klas sieht seinen Vater (S. 137)
Typoskript. Nicht datiert. Mit handschriftlichen Zusätzen. Gezeichnet: »von Wolfgang Koeppen«.

Der Knabe Adrigelo (S. 139)
(1) Autograph. Nicht datiert.
(2) Autograph. Nicht datiert.
(3) Typoskript. Nicht datiert.
(4) Typoskript. Ohne Titel. Nicht datiert. Vermutlich dazugehörender Text.
Satzvorlagen: (3), (4).

Der »Liebe Gott« trinkt einen Wermuth (S. 140)
Typoskript. Nicht datiert. Gezeichnet: »Wolfgang Koeppen«.

Ein Lump (S. 142)
Typoskript. Nicht datiert. Mit handschriftlichen Zusätzen.

Die Mensur (S. 143)
Typoskript. Nicht datiert.

Narciss. Ein Brief (S. 145)
Typoskript. Nicht datiert. Mit handschriftlichen Zusätzen. Gezeichnet: »von Wolfgang Koeppen«.
Zum Text: im Titel und im Text des Typoskripts »Narcis«.

Orlando (S. 147)
(1) Autograph. Nicht datiert. [Teil 1].
(2) Typoskript. Nicht datiert. [Teil 1].
(3) Autograph. Nicht datiert. [Teil 2]. Notiz: »Kreuzzug«.
Satzvorlagen: (2), (3). Zum Text: S. 147: »und sprach.«: im Autograph und im Typoskript »und sprach über die Worte:«, danach Textlücke.

Hoch über der Manege (S. 149)
Autograph. Nicht datiert.

Der Paß (S. 150)
Autograph. Nicht datiert.

Unheimliche Stunde (S. 151)
(1) Typoskript. Nicht datiert. Mit handschriftlichen Zusätzen.
(2) Typoskript. Nicht datiert.
Satzvorlage: (2)

Ein Weib nur noch (S. 153)
Typoskript. Ohne Titel. Nicht datiert.

Die Zwergin unter den Blinden (S. 154)
Typoskript. Nicht datiert. Gezeichnet: »von Wolfgang Koeppen«.

Joans tausend Gesichter (S. 157)
Erste Fassung.
Korrekturfahne zum [veränderten] Erstdruck.
Zweite Fassung:
Erstdruck: Berliner Börsen-Courier. Berlin. 1933. Nr. 161. 5. April. S. 5-6 → Koeppen: Gesammelte Werke. Frankfurt am Main 1986. Band 3, S. 105-109.

Liebe Sybille! (S. 162)
(1) Typoskript. Nicht datiert. Entwurf zu (2).
(2) Typoskript. Zur Datierung: auf einem Briefbogen »Berliner Börsen-Courier« [1933].
(3) Autograph. Nicht datiert. Entwurf zu (4).
(4) Typoskript. Nicht datiert. Vorhanden S. 1-4 und 6. S. 5 ergänzt aus (3).
(5) Autograph. Nicht datiert.
Satzvorlagen: (2), (4), (5).

Babelsberg (S. 171)
Typoskript. Ohne Titel. Nicht datiert.

Fürstenfeldbruck oder Der gefangene Mond (S. 172)
Autograph. Titel: »Ein Ausflug, der nicht war«, verändert in »Fürstenfeldbruck oder Die unbesehene Heimat«, verändert in »Fürstenfeldbruck oder Der gefangene Mond«. Nicht datiert.
Zum Text: S. 172: »in abgeschlossener Luft zu ersticken« im Autograph »zu sticken«.

Im Park von Veitshöchheim (S. 174)
Autograph. Nicht datiert. Der Anfang einer Doppelgeschichte: die beiden Texte in zwei Spalten nebeneinander geschrieben.

Im Hafen von Rotterdam (S. 177)
Erste Fassung.
(1) Typoskript. Ohne Titel. Nicht datiert. Mit maschinenschriftlichen Zusätzen.
(2) Erstdruck [verändert und gekürzt, kein Belegstück im Nachlaß]: Berliner Tageblatt. Berlin. 1935. Nr. 553. 22. November. Abend-Ausgabe. Beilage Kunst und Unterhaltung. [S. 1-2]. Titel: »Im Hafen von Rotterdam«.
Satzvorlage: (1). Zum Text: S. 177: »vorwärts, den er als Kind, bunt und auffallend genug«: »den er als Kind« nicht im Typoskript, ergänzt nach dem Erstdruck. S. 179: »Mit einem Mal wurde die Bewegung, der er als einer von tausend Teilen jetzt angehörte«: im Typoskript »der er angehörte«, daraus »der er als ein Teil angehörte«, daraus »der er als einer v. t. Teilen jetzt angehörte«. S. 179: »Es mußte auf eine unmerkbare Weise viel Zeit vergangen sein ...«: alternative Fassung im Typoskript: »Es mußte aber über all dem viel Zeit vergangen sein, denn bald schluckte nicht die wachsende Entfernung, sondern die Dunkelheit das Bild des Dampfers, von dem nur noch die Lichter zu sehen waren, die aber bald von den anderen Lichter[n] des Hafens und den Laternen der Wege nicht mehr zu unterscheiden waren. Die Menge der Menschen und Fahrzeuge hatte sich schnell entwirrt, war fortgefahren und entlaufen, und Herbert wand sich allein zwischen den Schuppen, die, was ihm vorher entgangen war, nach Tee und Gewürzen dufteten. Es war ihm, als ob er den Drehorgelton eines Karussells hörte, und er folgte ihm über eine Zugbrücke, die vollkommen menschenleer war, zur zweiten Insel des Hafens. Frachtdampfer, Kohlen- und Petroleumschiffe lagen hier unter spärlich einsamen elektrischen Lichtern düster in einer stillen Bucht des Flusses. Um eine mühlenartig gebaute Mitte aber drehte sich wirklich ein Schaukelkarussell, dessen einzelne Sitze an langen, kupfernen Ketten von einem Plafond herabhingen, der, von einem oft versagenden roten Scheinwerfer beleuchtet, in Spiegeln und Glasbehängen glitzernd sich drehte. Kreischende Mädchen,

ein Seemann mit schräger Melone und seitlichem Haarbusch«. S. 181: »in einer dem Lauf des Karussells entgegengesetzten Bewegung«: im Typoskript »in einer dem Lauf des K. entgegengesetzten Bewegung«. S. 181: »die andere eines rothaarigen Mädchens zu erreichen, das, während es« im Typoskript »die andere eines rothaarigen Mädchens, das, während es«, ergänzt nach dem Erstdruck. S. 183: »von ihm ab und wieder der Theke zu« im Autograph »von ihm ab und wieder Theke zu«, ergänzt nach dem Erstdruck.

Zweite Fassung:

Typoskript. Titel: »Im Hafen«. Nicht datiert. Bemerkung: »(Aus dem Roman ›Tobias‹)«. Entwurf des Anfangs:

»Tobias, der am Mittag in Rotterdam, das er nicht kannte, ankam, wandte sich, als er die Sperre des Bahnsteigs passiert hatte, sofort und entschlossen nach links. Ohne sich um die Reihen der Kraftdroschken, die hier auf die ankommenden Reisenden warteten, die Autobusse und Straßenbahnen zu kümmern und ohne einen der groß und mächtig auf dem Platz stehenden Schutzmänner nach dem Weg zu fragen, folgte er allein seiner Erinnerung an einen Plan der Stadt, den er, bunt und auffallend genug, mit vielen himmelblau getuschten Wasserläufen im immer überheizten Kontor des Kohlenhändlers an der fleckigen, mit Ruß verschmierten Wand hatte hängen sehen, als er, ein Knabe, frostrot die Ohren und Hände, in einem allzu dünnen Mantel den hartherzigen, dicknackigen Geschäftsmann um einen Eimer Abfall und Staub für den Ofen der Mutter bat, während der Dicke, vor Hitze rot, eine Zigarre im kleinen, wie zum Pfeifen gespitzten Mund, über den blaßen Jungen hinweg auf den Plan von Rotterdam starrte, der da sinnlos hing, vergessen, und auf die Aufschrift ›Brandstoffen Matschappij‹, die ihn zu erfreuen und in seinem Willen, kein Stücklein Kohle zu verschenken, zu stärken schien.

Damals schon hatte sich Tobias gedacht, als Mann nach Rotterdam zu gehen und dort ein reicher Kaufherr zu werden, der Besitzer des Brandstoffen Handels in dieser Stadt und viel, viel mächtiger als der mächtige Kohlenhändler. Nun erreichte Tobias, indem er stetig einen Fuß vor den anderen setzte, und freilich noch immer in einem zu dünnen Mantel, den langgezogenen Coolsingel mit seinen Mädchen und seinem Wind, den Börsenplatz, wo alles seinen Preis hatte, und endlich am Ufer einer Handelsgracht, zwischen Speichern und Kähnen, die große Brücke, die sich über das breite Wasser der Maas spannt und die Stadt mit den Hafeninseln verbindet.«

Dritte Fassung:

(1) Typoskript. Nicht datiert. Entwurf des Anfangs:

»Calderon, der gegen Mittag in Rotterdam, das ihm vertraut war, obwohl er es nicht kannte, angekommen war, wandte sich, als er die Centraal Station verlassen hatte, sofort und entschieden zum Hafen, zur See.

Ohne sich um die Taxis, die hier auf die Reisenden warteten, die Autobusse und Straßenbahnen zu kümmern und ohne einen der groß und mächtig auf dem Platz stehenden, wie Londoner Constabler aussehenden Polizisten nach dem Weg zu fragen, folgte Calderon allein seiner Erinnerung an einen Plan der Stadt, den er, bunt und auffallend genug, mit vielen himmelblau getuschten Wasserläufen im immer überheizten Kontor des Kohlenhändlers an der fleckigen, rußverschmierten Wand hatte hängen sehen, da er, ein Knabe, froststeif die Ohren und Hände, in einem allzu dünnen Mantel den hartnackigen Geschäftsmann um einen Eimer Abfall und Staub für den Ofen der Mutter gebeten hatte, während der Dicke, vor Hitze und Behagen rot, eine Zigarre im kleinen, wie um ein Lied zu pfeifen, gespitzten Mund, über [den] blaßen Jungen hinweg auf den Plan von Rotterdam starrte, der da sinnlos hing, vergessen, wortlos auf die Aufschrift Rotterdamsche Brandstoffen Matschappij. Damals schon hatte sich Calderon vorgenommen, als Mann nach Rotterdam zu ziehen und dort ein reicher Kaufmann zu werden, Herr über die Brandstoffen in Europa und viel, viel größer und mächtiger als der kleine Kohlenhändler in der Heimatstadt. Schnell erreichte Calderon, noch immer in einem zu dünnen Mantel, den langgezogenen Coolsingel mit seinen Mädchen und seinem Wind, den Börsenplatz, wo er später, später, wenn alles vollbracht war, roten Portwein in der alten Bodega trinken wollte, und kam, am Ufer einer Handelsgracht, zwischen Speichern und Kähnen, endlich zur großen Brücke, die sich über das breite Wasser der Maas spannt und Rotterdam mit den Hafeninseln verbindet. Kaum, daß er die Brücke betreten hatte, fügte sie ihr Schwingen in seinen Schritt. Links auf dem erhöhten Steg der Bahnlinie überholten ihn die Güterzüge mit den Waren der Welt. Calderon trieb mit und dahin in einem Strom von königlichen Kaufherren, Handelsangestellten, Seeleuten, Dockern, Werftarbeitern und geschäftigen Boten auf surrenden, schrill schellenden Fahrrädern, und dann die Automobile mit den großen Reisenden und ihren Tropenkoffern, die Lastwagen mit dem Brandgeruch und die breitbrüstigen belgischen Pferde mit ihren«.

(2) Typoskript. Titel: »Zum ersten Mal in Rotterdam«. Nicht datiert. Mit handschriftlichen Zusätzen. Satzvorlage für (3).

(3) Erstdruck: Koeppen: Romanisches Café. Frankfurt am Main 1972. S. 77-85 → Koeppen: Gesammelte Werke. Frankfurt am Main 1986. Band 3, S. 225-231.

Die Elektrizitätsströme in mir (S. 184)

Typoskript. Datiert: »22. VI. 36«. Zusätzliche Notiz: »TB«.

Dieser und die folgenden acht Texte in der gleichen Manuskript-Mappe.

Erzählung eines Priesters (S. 185)

Typoskript. Nicht datiert. Variante des Schlusses: »(Oder: auch dies ist nichts)«.

Zum Text: S. 185: »›Warum, warum‹, riefen sie« im Typoskript »›Warum, warum‹, rufen sie«.

Frau v. d. S. (S. 186)
Typoskript. Ohne Titel. Nicht datiert.

Jannie (S. 187)
Typoskript. Titel: »Jannie (Jaanie?)«. Nicht datiert.
Zum Text: S. 187: »Sie sagte es mit der übertriebenen Betonung« im Typoskript »Sie sagten es mit der übertriebenen Betonung«.

Kempinski (S. 188)
Typoskript. Ohne Titel. Nicht datiert.

Das Problem des Zufalls (S. 190)
Typoskript. Nicht datiert. Zusätzliche Notiz: »in einem brief an l.«

Die Traurigen (S. 191)
Typoskript. Nicht datiert.

Van Beuk (S. 192)
Typoskript. Ohne Titel. Nicht datiert. Zusätzliche Notizen: »Van Beuk? Für das Ende?«. »Großer Schluß! Großer symbolischer Abgang!«

Die Christgeburt oder Des Festes Freude (S. 193)
Typoskript. Nicht datiert. Zusätzliche Notiz: »Entwurf zu einem Roman oder zu einer größeren Novelle«.
Zum Text: S. 194: »Er wartet aber auf das Kommen« im Typoskript »Er wartet aber auf das Komm.«

Die Jawang-Gesellschaft. Ein Roman (S. 196)
Typoskript [Durchschlag]. Titelblatt: »Wolfgang Koeppen – Die Jawang-Gesellschaft – Ein Roman«. Fragment: S. (1)-121 [paginiert ab S. 3, S. 64 doppelt gezählt], auf S. 121 Textabbruch. Mit zahlreichen handschriftlichen Zusätzen von Koeppen und einigen Zusätzen von einer anderen Hand.
Zum Text: S. 204: »und freier ist er darum, als die anderen« im Typoskript »und freier ist darum, als die anderen«. S. 207: »die kein Mädchen was angeht« im Typoskript »die keinem Mädchen was angeht«. S. 217: »ein Gespräch der bloßen Verlegenheit mit irgendeinem Unbekannten« im Typoskript »ein Gespräch der bloßen Verlegenheit irgendeinem Unbekannten«. S. 223: »Es gelingt ihm, weil ihm einfällt« im Typoskript »Es gelingt ihm, weil einfällt«. S. 227: »da waren die Fieber und ihre Verzükkungen« im Typoskript [durch unabgeschlossene Korrektur] »da waren die Fieber und seine Verzückungen«. S. 228: »Er brachte auch einen Brief von einer Dame« im Typoskript »Er brachte auch ein Brief von einer Dame«. S. 234: »Und ich bin auch nicht der Punkt« im Typoskript »Und ich bin

auch nicht nicht der Punkt«. S. 242: »bis sie zu seiner Wohnung kamen« im Typoskript »bis zu seiner Wohnung kamen«. S. 252: »wie von den locker schwingenden Knochen tanzender Toter« im Typoskript »wie von den locker schwingenden Knochen tanzender Tote«. S. 254: »Das ›Guten Tag‹ war dann weniger intim« im Typoskript »Der Guten Tag war dann weniger intim«. S. 255: »einen halben Meter über ihm, wie die Decke über dem Oberbett im Schlafwagen« im Typoskript der unvollständige Satz »die einen halben Meter über ihm, wie die Decke über dem Oberbett im Schlafwagen«.

Anfänge der Zweiten Fassung [vermutlich für das Romanprojekt »Mit Einsetzen der Flut«]:

Typoskript. Notiz auf dem Deckblatt: »Versuche Juli 39 Reinfeld«.

»Die Insel, die dem Freiherrn gehörte, ist eine von den kleinen friesischen Inseln vor der niederländischen Küste. Aus einer Entfernung betrachtet, gleicht sie einer, freilich simplen, Fatamorgana, die nur für den Augenblick in das Licht gehoben ist. Die kleine Feste in der großen Bewegung der Wellen wieder versinken und verrinnen zú sehen, würde natürlich erscheinen; so winzig steht sie in der Weite der See, gegen deren Brandung sie sich behauptet.

Die Familie war eine der ausgezeichnetsten im niederländischen Adel. Heute, mit dem Tod des letzten Erben, ist das Geschlecht erloschen. Sein Name wird in keinem Telefonbuch mehr zu finden sein; doch in den Büchern der Geschichte lebt sein Ruhm. Weit läßt er sich dort in die Vergangenheit zurück verfolgen, und in der großen Zeit der Niederlande, den Glaubenskriegen und dem Abfall von der Spanischen Krone, war er nicht weniger zum Symbol der Freiheit geworden, als der mehr im Gedächtnis der Menschen gebliebene, weil von der Dichtung verherrlichte, des Grafen von Egmond.

Carel Johan Tobias Pieter Blois hat die Schlußprüfung der klösterlichen Internatsschule bestanden. Ein Text des Aristoteles, den er in das Lateinische übertragen hat, sichert ihm ein freundliches Erinnern bei den alten Erziehern. Auch seine Kenntnis der neueren Sprachen befriedigte. So durfte man ihn in das Leben entlassen.

Er ist ein magerer, hochaufgeschossener Jüngling. Eine leicht vornübergebeugte Haltung gibt ihm das Ansehen einer frühen Nachdenklichkeit. Ein Mann würde ihn, danach gefragt, einen hübschen und sympathischen Jungen nennen. Mit der Einschränkung vielleicht, daß die Haltung eben ein wenig aufrechter zu sein hat.

Ob ein Mädchen auf solche Frage die gleiche Antwort geben würde, bleibt im Zweifel. Zwar könnte es von vielem verführt werden: die Augen des jungen Freiherrn sind schön, die Stirn ist von reiner und edler Form und das sauber geschnittene Haar deutet auf einen guten Sinn für das allgemein Schickliche hin, wie seine doch nicht ganz zu unterdrückende Ungebärdigkeit auf junge Kraft und eigenen Willen. Zeugt aber der Vorsprung der Nase auch noch von dem kecken Mut, der gefällt und gewinnt, so sind das Kinn und der Mund doch zu weich, zu kindlich schon für die Jahre, wenn auch auf eine Knabenweise, der die Schwermut nicht fremd ist, und die nun dem Gesicht den träumerischen Zug schlafender, dem Nachtwesen anheim gegebener Kinder verleiht. Aber selbst diese weichere Linie, die vielleicht gar romantisch [zu] nennen, ist nicht von der Art, den Mädchen zu mißfallen oder sie zu hindern, Carel zu lieben. Mit diesem Gefühl im Antlitz bleibt er ein hübscher Junge. Es ist nicht das äußere Bild, nicht die Leibesform aus Haut, Fleisch, Knochen und Blut, die die Frauen erschreckt und – wie seltsam – verletzt; nichts Physisches und nichts Sichtbares ist es, was sie stört und zögern macht, wenn sie ihm begegnen, die Ahnung allein wirkt so, daß dieser Mann einsam sein wird, daß es sein vornehmstes Schicksal ist, ganz auf sich gestellt dieses Leben zu bestehen – und dies, wie sie wohl sagen, Ungesellige seines Wesens, das ärgert die Mädchen und sie spüren es mit sicherem Instinkt, lange bevor ein Mann es empfindet. Vielleicht, daß sie dem Willen Gottes dienen. Ein Frommer mag es denken. Erzieht die Liebe der Mädchen den Mann, so ist es die straffere Zucht, wenn sie ihn fliehen. ›Gott verschwendet nicht‹, spricht Violäne in der ›Verkündigung‹ des Claudel. Und Gott will auch den Einsamen.

Er ist neunzehn Jahre alt. Er ist auf die Insel gekommen. Der Vormund hat ihn gerufen. Das Eiland wird nun dem Erben gehören,wie es seinem Vater gehört hat und dessen Vater wieder und vielen Vätern vor diesen.

Der Vormund ist ein strenger Herr: Ehrendoktor einer juristischen Fakultät, Präsident des Gerichtshofes, Vorsitzender einer Kommission zur Förderung des Rechts, Kammerherr im besonderen Dienst des Hofes, Ritter im Orden vom niederländischen Löwen. Doch ist es nicht sein Wille, mit alldem, was er ist und vorstellt, den Jüngling einzuschüchtern. Er kennt ihn kaum näher als von Ansehen; doch gibt er sich Mühe, wie ein Freund zu ihm zu sprechen. Wie ein älterer Freund natürlich, aber doch wie ein Freund.

Ein Lotsenboot hat die beiden aus dem nahen Kriegshafen auf die Insel gefahren. Der Pächter des Gutes hat sie begrüßt und seine Frau ein Essen bereitet. Der breite Kamin in der Halle des weißgekalkten, von einer Fenne umgebenen Hauses ist angesteckt. Mit einem Hinweis auf den scharfen Wind, der eine beiläufige Entschuldigung der Handlung ist, schenkt der Vormund den scharfen hellen Genever in die bereitgestellten Gläser ein. Man bringt ihnen die Pferde und sie reiten über das Land. Ein paar Äcker, so unergiebig, daß selbst der Laie es sieht, dürre Schafweiden mit den Herden fröstelnder, blökender Tiere, die vor den Reitern erschrecken. Der Hirt betrachtet sie aus großen weitaufgerissenen wasserblauen Augen; doch ist keiner Bewegung in seiner Gestalt und keiner Regung in seinem

Gesicht anzumerken, daß er überhaupt etwas sieht. Die Vögel fliegen aus ihren Erdnestern vor dem Huf der Pferde. Das Meer trifft sie mit dem Rauschen seiner Brandung, mit funkelnder Nässe, dem Salzbrand auf Wangen und Lippen und peitschendem Sturm.

Nach dem Ritt sitzen sie wieder in der Halle. Das Feuer schwelt und füllt den Raum mit seinem Rauch. Der Vormund öffnet die Akte mit den Papieren seiner Vormundschaft und legt die Rechnungen und die Belege vor Carel hin, der sie eher höflich betrachtet als sie im einzelnen zu lesen. Dann sprechen sie von der Zukunft, wie sie Carel sich bieten kann.

Viele Wege sind ihm geebnet. Ist ein nennenswertes Vermögen auch nicht mehr vorhanden, gilt der Name des jungen Freiherrn doch noch viel. Und wenn die eigene Bewirtschaftung des Inselgutes nur die bloße Existenz sichern würde, so kann man doch, hält man die Pacht mit dem tüchtigen Verwalter aufrecht, mit einem kleinen Zuschuß aus diesem Handel rechnen und dann mit ihm und den einflußreichen Beziehungen des Vormundes manches im Leben erreichen.

Da ist die Welt der Kontore. Carel kann in die Handelsgesellschaft eintreten, in eine der Banken, in ein Schiffahrtsunternehmen, und der Vormund weiß Verwandte und Bekannte zu nennen, Träger alter Namen, die jetzt in den Direktionszimmern des Handels und der Industrie sitzen und herrschen, wie nur je ein Ritter geherrscht hat. Doch leider weiß der Vormund auch von anderen zu berichten, Unbegabteren vielleicht für die Kunst des Handels, die auf dem Sessel des Clerk sitzen geblieben sind, ein bescheidenes Gehalt beziehen und traurig und enttäuscht aus den Fenstern der Büros schauen; traurig und mit einer vagen Sehnsucht sieht man sie am Abend hinter den angeschmutzten Scheiben preiswerter Pensionen stehen.

In den Ämtern ist es nicht anders. Ein Studium kann, ist man tüchtig und fleißig und bemüht man sich sehr, den Mitstrebenden zu überflügeln, allmählich zu hohen Stellungen führen. ›Interessierst du dich für etwas? Für die Wissenschaft, für die Verwaltung?‹ Der Oheim stellt die Frage wie rhetorisch und beantwortet sie selber mit einer Geste und einem Ausruf: es gibt so viel!«

»An einem Septembertag ritten zwei Männer, von denen der eine alt und der andere noch ein Jüngling war, über den Strand einer kleinen Insel, die der niederländischen Küste vorgelagert ist. Die brache Scholle der wenigen Äcker, in die man die Stoppeln einer kargen Ernte pflügte und die dürftige, vom Sand bewehte Weide einer mageren Schafherde hätte[n] allein das Auge eines Malers, nicht eines Landwirtes, erfreuen können. Der Hirt der Tiere betrachtete das Herannahen der Reiter mit dem seltsamen, ausdruckslosen Blick weitaufgerissener wasserblauer Augen, die blind oder auf einen unsichtbaren Punkt in der Weite des Horizonts gerichtet zu sein schienen. Tausende von Vögeln hoben sich vor den Hufen der Pferde aus

den Erdnestern und ihre aufgeschreckte Bewegung erfüllte die Luft mit dem ansteigenden Gesumm des Schwirrens. Das Meer leckte mit den Zungen seiner Brandung über das Land und traf die Männer mit funkelnder Nässe, Schaumspritzern, Salzbrand auf Haut und Lippen und peitschendem Wind.
Die Insel gehörte dem Freiherrn und sie war eine der kleinsten in der friesischen Gruppe. Sie war nicht viel mehr als eine größere Düne; zwei festere als des Wassers Wellen und zwischen diesen ein Tal, von Halmen, dürrem Gras und Gesträuch bewachsen und zueinandergehalten; Sand und gebrochene Muschel[n] und die Schalen ausgebrüteter Eier waren von der Strömung der See herbeigetragen, doch nie«.
»An einem windfrischen Septembertag ritten zwei Männer, von denen der eine schon alt und der andere noch ein Jüngling war, über den Strand einer kleinen Insel, die der niederländischen Küste vorgelagert ist. Die brache Scholle der wenigen Äcker, in die die Stoppeln einer kargen Ernte gepflügt waren, und die dürftige, sandverwehte Weide magerer Schafe hätte[n] wohl einen Maler, doch nicht einen Landwirt entzücken können. Ein Hirte, der inmitten seiner Herde auf einen Stock gestützt in die Ferne blickte, schien das Herankommen der Reiter nicht zu beachten. Mit einer seltsamen, ausdruckslosen Starrheit seiner weitaufgerissenen, wasserblauen Augen schien er das Nichts oder ein nur ihm erkennbares Schauspiel in der Weite des Horizonts zu sehen. Vielleicht aber folgte sein Schauen auch dem Flug der Vögel, die sich zu Tausenden vor den Hufen der Pferde aus ihren Erdnestern in die Luft erhoben, die sie mit dem ansteigenden Gesumm ihres Flügelschwirrens erfüllten. Das Meer rann mit den Zungen seiner Brandung, mit der weißen Gischt seiner Flut über den Sand und traf die Männer mit funkelnder Nässe, Schaumspritzern, Salzbrand auf Haut und Lippen und peitschendem Wind.«

Michael (S. 270)
Typoskript. Ohne Titel. Nicht datiert. Vor dem hier wiedergegebenen Text der Schluß eines nicht vollständig erhaltenen Teils: »beginn. Das Gedicht von der Gracht. Er hatte in dieses Wasser geblickt, und auch wenn er in Zukunft gut aß und glücklich war – der Moment, in dem er gestorben war, blieb. Er war mit dem dunklen Todeswasser verschwistert.« Zusätzliche Notizen zum Anfang: »Miquel da Gana, Miqueldagana die Bewahrung! Michael da Gana Eingang mit Choral – Vom Sterben des Großen und im Tode das Strandsterben des Kleinen – Der Admiral – «. Zusätzliche Notizen zur Fortsetzung: »er empfand sich vor dem Spiegel als ein fremdes und seltsames Tier. Viel Spiegelspuk – evtl. Verse«.
Zum Text: S. 271: »Aperitivtrank« im Typoskript »Aperittrank«.

Der Ryk (S. 273)
(1) Typoskript. Ohne Titel. Nicht datiert. Entwurf des Anfangs: »Es war

einmal ein Fluß – ; aber nein: er war nicht nur, er ist und wird wohl auch morgen noch fließen.«
(2) Typoskript. Ohne Titel. Nicht datiert.
(3) Typoskript. Ohne Titel. Nicht datiert. Mit handschriftlichen Zusätzen.
Satzvorlage: (3).

Eine Chausseehaus-Tragödie (S. 276)
Typoskript. Mit handschriftlichen Zusätzen. Gezeichnet: »von Wolfgang Koeppen«. Lokalisiert: »Wolfgang Koeppen, RDS [Reichsverband Deutscher Schriftsteller e. V.] / Berlin-Grunewald, Hubertus-Allee 34«.
Diese Erzählung wird hier zum ersten Mal in ihrer deutschen Originalfassung gedruckt. Eine norwegische Übersetzung erschien 1972 in Oslo als Teil der von Max Tau herausgegebenen Anthologie »Tyskland forteller. Tyske noveller«. Tau hatte das Manuskript während der dreißiger Jahre von Koeppen erhalten und mit in sein Exil genommen.
Zum Text: S. 281: »die Adresse Margot Hagens« im Typoskript »die Adresse Margot Hagen«. S. 283: »Danaergeschenk« im Typoskript »Danaegeschenk«.

Am weiten Meer (S. 287)
Erste Fassung.
(1) Typoskript. Titel: »Der Mond war aufgegangen«. Gezeichnet: »Wolfgang Koeppen«. Lokalisiert: »München 23, Ungererstr. 43«.
(2) Typoskript. Veränderte Abschrift von (1). Titel: »Am Strande«. Teil 1 des Typoskripts »Zwei Traumerzählungen« [Teil 2: »Eine Hinrichtung« → S. 290]. Gezeichnet: »Wolfgang Koeppen«. Lokalisiert: »München 23, Ungererstr. 43«.
(3) Typoskript. Veränderte Abschrift von (1). Titel: »Am weiten Meer«. Nicht datiert.
Satzvorlage: (3).
Zweite Fassung:
(1) Typoskript. Veränderte Abschrift der Ersten Fassung. Nicht datiert.
(2) Korrekturfahnen für (3).
(3) Druck [Erstdruck als Teil B der Folge »Melancholia«]: Jahresring 68/69. Stuttgart 1968. S. 40-41.
(4) Druck [verändert gegenüber (3)]: Koeppen: Romanisches Café. Frankfurt am Main 1972. S. 40-42 → Koeppen: Gesammelte Werke. Frankfurt am Main 1986. Band 3, S. 192-194.

Eine Hinrichtung (S. 290)
Erste Fassung.
(1) Typoskript. Titel: »Eine Hinrichtung«. Gezeichnet: »Wolfgang Koeppen«. Lokalisiert: »München 23, Ungererstr. 43«.
(2) Typoskript. Titel: »Eine Hinrichtung«. Teil 2 des Typoskripts »Zwei

Traumerzählungen« [Teil 1: »Am Strande« → »Am weiten Meer«, S. 287, Typoskript (2)]. Gezeichnet: »Wolfgang Koeppen«. Lokalisiert: »München 23, Ungererstr. 43«.
Satzvorlage: (2).
Zweite Fassung:
(1) Typoskript. Titel: »Ankunft in Amerika«. Nicht datiert. Mit handschriftlichen Zusätzen.
(2) Typoskript. Veränderte Abschrift. Nicht datiert.
(3) Korrekturfahnen für (4).
(4) Druck [Erstdruck als Teil C der Folge »Melancholia«]: Jahresring 68/69. Stuttgart 1968. S. 41-43.
(5) Druck: Koeppen: Romanisches Café. Frankfurt am Main 1972. S. 42-45 → Koeppen: Gesammelte Werke. Frankfurt am Main 1986. Band 3, S. 194-196.

Begegnung in Metropolis (S. 293)
Zweite Fassung.
Typoskript. Gezeichnet: »Von Wolfgang Koeppen«. Lokalisiert: »München 23 – Ungererstr. 43«.
Erste Fassung:
Erstdruck: Berliner Börsen-Courier. Berlin. 1933. Nr. 547. 22. November. S. 7. Titel: »Krise« → Koeppen: Gesammelte Werke. Frankfurt am Main 1986. Band 3, S. 111-115.

Beim Morgengrauen (S. 298)
Erste Fassung.
(1) Typoskript [Fragment]. Mit handschriftlichen Zusätzen. Gezeichnet: »Wolfgang Koeppen«. Lokalisiert: »Muenchen 23, Ungererstr. 43«.
(2) Typoskript. Korrigierte Abschrift von (1). Gezeichnet: »Wolfgang Koeppen«. Lokalisiert: »Muenchen 23, Ungererstr. 43«.
(3) Kopie von (2). Nicht datiert. Mit handschriftlichen Zusätzen.
(4) Typoskript. Nicht datiert. Mit handschriftlichen Zusätzen.
Satzvorlage: (4).
Zweite Fassung:
(1) Typoskript. Nicht datiert.
(2) Druck [Erstdruck als Teil E der Folge »Melancholia«]: Jahresring 68/69. Stuttgart 1968. S. 48-49.
(3) Druck: Koeppen: Romanisches Café. Frankfurt am Main 1972. S. 51-53 → Koeppen: Gesammelte Werke. Frankfurt am Main 1986. Band 3, S. 202-203.

»Du hast uns einen Bären aufgebunden ...«. Eine Erzählung (S. 300)
Typoskript. Mit handschriftlichen Zusätzen. Gezeichnet: »von Wolfgang Koeppen«. Lokalisiert: »München 23, Ungererstr. 43«.

Elisenhain (S. 314)
Erste Fassung.
(1) Typoskript. Titel: »Elisenhain« [aus »Der Elisenhain«]. Mit handschriftlichen Zusätzen. Gezeichnet: »Von Wolfgang Koeppen«. Lokalisiert: »Muenchen 23 Ungererstr. 43«.
(2) Typoskript. Teilweise korrigierte Abschrift von (1). Nicht datiert.
Satzvorlage: (1). Zum Text: S. 315: »eine Militärkapelle versammelt war. Ein Walzer, ein Student«: in Typoskript (1) zwischen den beiden Sätzen der handschriftliche Entwurf eines [in Typoskript (2) gestrichenen] Satzanfangs: »Ach, ich ...«.
Zweite Fassung:
(1) Erstdruck [stark gekürzt, kein Belegstück im Nachlaß]: Die Neue Zeitung. Berlin. 1950. Nr. 139. 14. Juni. S. 9. Titel: »Studenten im Elisenhain«. Illustration: Zeichnung.
»Im Frühling zog es das Fräulein in den Elisenhain. Das Fräulein hieß Berta oder Frida, und einmal hieß es Liselotte.
Im Elisenhain trafen wir die Studenten. Sie saßen unter dem jungen Grün der Birken auf vermoderten Bänken und sangen. Als ich die holländischen Tulpenfelder sah, erinnerten sie mich an die Studenten im Elisenhain. Mit ihren bunten Mützen sahen sie, nach Verbindungen gruppiert, wie Beete schnittreifer Blumen auf dem Feld des Gärtners aus.
Wir bekamen Limonade, so grün wie das Laub, und gossen sie heimlich in die Wiese. Der prickelnde Trank war uns als Medizin verdächtig, als bitterer Heilsaft einer Kur, von der Tante Gussy gesagt hatte, im Frühjahr trinke sie immer ihren Brunnen. Wir hätten das Wegschütten nicht zu verbergen brauchen. Des Fräuleins Augen waren abgelenkt und blickten in eine aufgerichtete Riesenmuschel, in deren flammenfarbener Höhlung sich eine Militärkapelle versammelte. Ein Walzer – und ein Student scharrte vor uns die Füße, daß auf dem Platz seiner Bewegung der Rasen verwundet blieb, und forderte Liselotte zum Tanz. Unser Fräulein war geadelt, der Student hatte ›gnädiges Fräulein‹ gesagt, aber wir freuten uns nicht, wir waren eifersüchtig und haßten es, allein gelassen zu werden.
Um uns zu rächen, spielten wir ›Studenten töten‹. Meine listenreiche Schwester hatte das Spiel erfunden. Brachte der Kavalier unser Fräulein zurück, erregt und schweißnaß vom Wirbel des Tanzes, starrten wir ihn mit ernsten Gesichtern an, in die wir den Ausdruck tiefer Befremdung legten, bis wir in ein einstudiertes fassungsloses Lachen ausbrachen. Die Studenten rückten an ihren Mützen, schoben das Band zurecht, das sie über der Brust trugen, mißtrauten ihrer Kleidung und Haltung und traten schließlich beschämt in das Beet ihrer Verbindung zurück. Liselotte verwies uns das Lachen; sie versuchte, uns mit neuer Limonade zu bestechen; aber Verweis und verschmähter grüner Trank hinderten uns nicht, wir lachten und verscheuchten die Freier.

Gegen Petermann verloren wir die Schlacht. Er setzte sich breit zwischen unser Gelächter, streifte mit großartig ausholendem Arm die Limonadengläser vom Tisch und bestellte Bowle, die berühmte Waldmeisterbowle des Elisenhains. Er bestach uns, indem er uns mit der Bowle zu den Erwachsenen lud. Wir verrieten die Welt der Kinder, stießen mit Petermann an und fanden den Wald auf einmal schön. Petermann stampfte mit Liselotte die wilde Polka, und ich füllte meiner Schwester und mir aus der großen Bowlenkanne die Gläser neu.

Die Dämmerung kam. Petermann war des Drehens nach musikalischen Geräuschen müde. Er schlug einen Spaziergang vor. Wir könnten Waldmeister suchen, sagte er, wer ihn fände, sollte rufen. Er verließ mit Liselotte den geraden Weg. Wir fanden kein würziges Kraut. Nur eine hübsche kleine Schlange kam über den Pfad gekrochen. Wir hielten sie für die Schlangenkönigin, die Wünsche erfüllen konnte. Meine Schwester nahm sie auf, und wir verabredeten, die Königin Tante Gussy ins Bett zu legen.

Liselotte rief. Wir eilten zu ihr. Vielleicht hatte sie den Waldmeister gesehen. Aber auch sie und Petermann hatten nichts gepflückt. Des Fräuleins gestärkter Matrosenkragen war ganz verdrückt und des Studenten Gesicht rot, als hätte sie ihn mit ihrer scharfen Seife gewaschen. Wir starrten uns alle ein wenig an, und dann biß die Schlangenkönigin meine Schwester in den Zeigefinger. Liselotte schrie furchtbar, und meine Schwester ließ die Schlange fallen, und der Student schlug sie tot. Arme kleine Schlangenkönigin! Der Student hatte sich demaskiert. Er war ein Erwachsener. Er war ein Feind. Er beugte sich über den Finger meiner Schwester und saugte die Wunde aus. Dabei machte er ein so komisches Gesicht, daß wir ›Studenten töten‹ spielten und lachten. Petermann war beleidigt. Er war Mediziner.

Wir gingen zu den vermoderten Bänken zurück. Die Studenten saßen bei schwelendem Fackellicht und sangen, daß sie lieben und sterben wollten. Petermann gab uns Schnaps zu trinken, weil uns die Schlange gebissen hatte, und auch Liselotte mußte von dem scharfen Wasser trinken, obwohl sie doch bestimmt keine Schlange verletzt hatte. Sie verschluckte sich, hustete und weinte plötzlich, was wieder sehr komisch war. Petermann streichelte Liselotte, aber lieber hätte er bei den anderen gesessen, im Farbfleck seiner Verbindung, und vom Lieben und Sterben gesungen. Endlich lag Liselotte still in Petermanns Arm, als ob sie bei ihm schlafen wollte, und wir wurden müde und fanden den Elisenhain langweilig wie zuvor.

Nach Jahrzehnten bin ich noch einmal in den Wald gegangen. Die vermoderten Bänke waren nun ganz verfallen, und die Muschel, in deren Höhlung die Militärkapellen sich verbargen, war von Wind und Regen zerfressen. Kein Mensch weit und breit. Nur eine Katze saß auf einem brüchigen Tisch. ›Guten Tag. Nichts los hier‹, sagte ich. ›Magere Feldmäuse‹, antwortete die Katze. Ein Fräulein kam, dem vorn zwei Zähne

ausgeschlagen waren, und fragte: ›Sprudel mit oder ohne?‹ Ich sagte: ›Kommen keine Studenten mehr hierher?‹ ›Die Studenten sind tot‹, sagte das Fräulein. ›Mit oder ohne Geschmack?‹ fragte sie wieder. Ich bat: ›Mit‹. Sie brachte die grüne Limonade der Kindheit. Erst jetzt erkannte ich, daß es ein Trank ›mit Geschmack‹ war.«
(2) Typoskript. Nicht datiert.
(3) Korrekturfahnen für (4). Mit handschriftlichen Zusätzen.
(4) Druck [Vollständiger Erstdruck, als Teil A der Folge »Melancholia«]: Jahresring 68/69. Stuttgart 1968. S. 37-39.
(5) Druck: Koeppen: Romanisches Café. Frankfurt am Main 1972. S. 36-40 → Koeppen: Gesammelte Werke. Frankfurt am Main 1986. Band 3.

Es war kein Traum (S. 318)
(1) Autograph. Ohne Titel. Notiz des ersten Einfalls: »Seltsames Abenteuer mit einer Telefonzelle (Sie hob sich in die Luft).«
(2) Typoskript. Mit handschriftlichen Zusätzen. Gezeichnet: »Wolfgang Koeppen«. Lokalisiert: »München 23 – Ungererstr. 43«.
Satzvorlage: (2).

Die fliegenden Töpfe. Eine Anekdote aus dem nächsten Krieg (S. 321)
(1) Typoskript. Titel: »Die fliegenden Fleischtöpfe. Eine Anekdote aus dem nächsten Krieg«. Nicht datiert.
(2) Typoskript. Titel: »Die fliegenden Töpfe. Eine Anekdote aus dem nächsten Krieg«. Gezeichnet: »Wolfgang Koeppen«. Lokalisiert: »München 23 – Ungererstr. 43«.
Satzvorlage: (2).

Das Kleid der Frau des Prometheus (S. 324)
Erste Fassung.
Typoskript. Gezeichnet: »Wolfgang Koeppen«. Lokalisiert: »München 23, Ungererstr. 43 / Postscheck 103897«.
Zweite Fassung:
(1) Typoskript. Titel: »Die Frau des Prometheus«. Gezeichnet: »Von Wolfgang Koeppen«. Lokalisiert: »München 23, Ungererstr. 43«.
(2) Typoskript. Abschrift von (1). Titel: »Die Frau des Prometheus«. Gezeichnet: »Von Wolfgang Koeppen«. Lokalisiert: »München 23, Ungererstr. 43«.
(3) Typoskript. Abschrift von (2). Titel: »Die arme und dumme Frau des Prometheus« [handschriftlich verändert aus »Die Frau des Prometheus«]. Gezeichnet: »Von Wolfgang Koeppen«. Lokalisiert: »München 23, Ungererstr. 43«.
(4) Typoskript. Titel: »Die arme und dumme Frau des Prometheus«. Mit handschriftlichen Zusätzen. Gezeichnet: »Wolfgang Koeppen:«. Lokalisiert: »München 23, Ungererstr. 43, Postscheck 103897«.

(5) Typoskript. Nicht datiert.
(6) Korrekturfahnen für (7). Veränderter Text gegenüber (5).
(7) Druck [Erstdruck als Teil D der Folge »Melancholia«]: Jahresring 68/69. Stuttgart 1968. S. 43-48.
(8) Druck [verändert gegenüber (7)]: Koeppen: Romanisches Café. Frankfurt am Main 1972. S. 45-51 → Koeppen: Gesammelte Werke. Frankfurt am Main 1986. Band 3, S. 196-201.

Ein Fremdenheim (S. 329)
Zweite Fassung.
(1) Typoskript. Veränderte Abschrift der Ersten Fassung. Nicht datiert. Mit handschriftlichen Zusätzen. Gezeichnet: »Von Wolfgang Koeppen«.
(2) Typoskript. Korrigierte Abschrift von (1). Mit handschriftlichen Zusätzen. Gezeichnet: »Von Wolfgang Koeppen«. Lokalisiert: »München 23, Ungererstr. 43«.
(3) Typoskript. Veränderte Abschrift von (2). Nicht datiert. Mit handschriftlichen Zusätzen.
(4) Typoskript. Korrigierte Abschrift von (3). Satzvorlage für (5).
(5) Erstdruck: Hier schreibt München. Herausgegeben von Karl Ude. München 1961. S. 161-164.
Satzvorlage: (5). Zum Text: S. 332: »Sie folgte mir, schloß hinter sich die Tür und sah mich verächtlich an« im Erstdruck der Setzfehler »und sah mich väterlich an«, korrigiert nach Typoskript (4).
Erste Fassung:
Erstdruck: Frankfurter Zeitung. Frankfurt am Main. Reichsausgabe. 1939. Nr. 264/265. 26. Mai. S. 11. Titel: »Ein Fremdenheim. Phantasie.«
Dritte Fassung [weitgehende Wiederherstellung der Ersten Fassung]:
(1) Korrekturfahnen für (2).
(2) Druck [Erstdruck als Teil F der Folge »Melancholia«]: Jahresring 68/69. Stuttgart 1968. S. 49-53.
(3) Druck: Koeppen: Romanisches Café. Frankfurt am Main 1972. S. 53-58 → Koeppen: Gesammelte Werke. Frankfurt am Main 1986. Band 3, S. 203-207.

Ein geheimer Auftrag (S. 334)
(1) Typoskript. Titel: »Das Maltheserhündchen. Erzählung«. Mit handschriftlichen Zusätzen. Gezeichnet: »von Wolfgang Koeppen«. Lokalisiert: »München 23 – Ungererstr. 43«.
(2) Typoskript. Titel: »Ein geheimer Auftrag«. Gezeichnet: »Von Wolfgang Koeppen«. Lokalisiert: »München 23 – Ungererstr. 43«.
Satzvorlage: (2).

Die leeren Flaschen (S. 341)
Typoskript. Gezeichnet: »Von Wolfgang Koeppen«. Lokalisiert: »Wolf-

gang Koeppen / München 23, Ungererstr. 43 / Geb.: 23. Juni 06, Greifswald«.

Das Pferd der lieben Alten (S. 347)
(1) Autograph [Fragment: Anfang]. Nicht datiert.
(2) Erstdruck [verändert]: Berliner Börsen-Courier. Berlin. 1933. Nr. 77. 15. Februar. S. 7. Titel: »Das Pferd«.
(3) Typoskript. Gezeichnet: »Von Wolfgang Koeppen«. Lokalisiert: »München 23 – Ungererstr. 43«. Titel: »Das Pferd der lieben Alten«. Retuschen: Verlegung der Handlung von Berlin nach München.
Satzvorlage: (3).

Der Sarkophag der Phädra. Erzählung (S. 350)
Erste Fassung.
(1) Typoskript. Titel: »Die Bäume sahen wie Gespenster aus«. Gezeichnet: »Wolfgang Koeppen«. Lokalisiert: »München 23, Ungererstr. 43«. Die Figur »Igor« in Typoskript (3) als »Boris«.
(2) Typoskript. Titel: »Die Bäume sahen wie Gespenster aus«. Erweiterte Abschrift von (1). Gezeichnet: »Wolfgang Koeppen«. Lokalisiert: »München 23, Ungererstr. 43«. Die Figur »Igor« in Typoskript (3) als »Boris«.
(3) Typoskript. Nicht datiert. Entwurf: »Dagegen wetteifert auf dem Sarkophag von Agrigent der Bildhauer mit dem Dichter, und schwerlich läßt sich die schöne Szene des Trauerspiels, wo die verschmachtende Phädra in Ohnmacht hinsinkt, graziöser darstellen, als es der Künstler in diesem Relief vermochte. Da ist Phädra auf den Stuhl gesunken, eine herrliche Gestalt idealen Ausdrucks – Vollends der Zug melancholischer Grazie in der Erscheinung Phädras ist hinreissend.«
(4) Typoskript. Titel: »Der Sarkophag der Phädra. Erzählung«. Korrigierte und erweiterte Abschrift von (1). Mit handschriftlichen Zusätzen. Gezeichnet: »von Wolfgang Koeppen«. Lokalisiert: »München 23, Ungererstr. 43«. Die Figur »Boris« in den Typoskripten (1) und (2) nun »Igor«.
Mit zwei Varianten des Schlusses: »Nach einer Stunde brach Therak auf. Er ging durch den Hotelgarten. In seinen Zimmern brannte Licht. Hinter dem Musselinvorhang von Phädras Fenster bewegte sich ein Schatten. Phädra war noch auf. Vielleicht wartete sie auf ihn. Therak ging nach oben und klopfte an Phädras Tür. Phädra antwortete nicht. Therak öffnete die Tür, und sah Phädra. Sie war, wie er sie kannte, schön und statuenhaft. Aber sie hatte sich mit einem Schal am Fenster erhängt.« – »Nach einer Stunde brach Therak auf. Er ging über die Straße. Eine Eule lachte im Mauerwerk des alten Sarazenenturms. Therak verweilte noch im Garten des Hotels. Die Luft war jetzt milde. Die Nacht duftete bittersüß nach der Blüte der Pomeranzen. In seinen im ersten Stock des Hauses gelegenen Zimmern sah Therak das Licht brennen. Ein leichter, im Garten nicht zu spürender Wind

bewegte sacht den zugezogenen Musselinvorhang in Phädras offenem Fenster. Sie war noch wach. Vielleicht wartete sie auf Therak. Therak konnte nicht pfeifen. Als er ein Schüler war, hatten ihn die anderen Knaben ausgelacht, weil er nie einen Signalpfiff zustande brachte. So rief er nun ›Hallo‹ zu dem Fenster hinauf, und albern klang der Ruf in der stillen Nacht. Die Eule lachte wieder. Phädra antwortete nicht. Therak dachte an die Jungens, die ihn ausgelacht hatten, und die Erinnerung hemmte ihn, noch einmal nach Phädra zu rufen. Es war schade. Er wäre gern mit ihr die Stufen zum Meer hinuntergegangen. Am Hotelschalter bestimmte Therak ihre Abreise für den nächsten Tag. Er schrieb Telegramme und gab sie dem Portier. Einige Herren kamen vom Bankett des Automobilklubs. Sie waren vom Wein und von Schnäpsen erhitzt und lachten. Therak ging zu seinen Zimmern hinauf und klopfte an Phädras Tür. Er öffnete die Tür, und er sah Phädra. Sie war am Fenster auf einen Sessel gesunken, schön, doch nicht so statuenhaft wie sonst. Sie war eine herrliche Gestalt idealen Ausdrucks, und ein Zug melancholischer Grazie war ihr zu eigen, der Therak an die vor Liebessehnsucht verschmachtende Phädra auf dem Sarkophag in Agrigent erinnerte. Seine Phädra schien eingeschlafen zu sein, während sie auf ihn gewartet hatte. Therak trat mit einer ihm neuen Empfindung der Zärtlichkeit zu ihr, um sie zu wecken, aber Phädra war tot.«
Satzvorlage: (4).
Zweite Fassung:
(1) Typoskript. Mit handschriftlichen Zusätzen. Nicht datiert. Der letzte, im Erstdruck erweiterte Absatz lautet: »Sie haben gewonnen, sie haben verloren, sie haben sich amüsiert, sie haben sich mehr versprochen, sie sind dabeigewesen, sie haben ihre Pflicht getan, sie haben ihren Mann gestanden, sie haben ihr Gehalt verdient, sie haben ihre Diäten ausgegeben, sie reisen ab, sie fahren nach Hause, sie werden von ihrer Familie umfangen, sie eilen zu neuen Sensationen, sie leben, sie sind tot.«
(2) Erstdruck: Aus aufgegebenen Werken. [Herausgegeben von Siegfried Unseld.] Frankfurt am Main 1968. S. 31-50, 191-192.
(3) Druck: Koeppen: Romanisches Café. Frankfurt am Main 1972. S. 59-76 → Koeppen: Gesammelte Werke. Frankfurt am Main 1986. Band 3, S. 173-187.

Das Unglück des Kriminalschriftstellers (S. 364)
(1) Typoskript. Titel: »Kleiner Kriminalroman«. Mit handschriftlichen Zusätzen. Gezeichnet: »Wolfgang Koeppen«. Lokalisiert: »Ungererstr. 43, München 23«.
(2) Typoskript. Korrigierte Abschrift von (1). Handschriftliche Titeländerung: »Das Unglück des Kriminalschriftstellers«. Mit handschriftlichen Zusätzen. Gezeichnet: »Wolfgang Koeppen«. Lokalisiert: »Ungererstr. 43, München 23«.
Satzvorlage: (2).

Vor dem Film (S. 366)
(1) Typoskript. Gezeichnet: »Von Wolfgang Koeppen«. Lokalisiert: »München 23 – Ungererstr. 43«.
(2) Typoskript. Mit Zusätzen. Gezeichnet: »Von Wolfgang Koeppen«. Lokalisiert: »München 23, Ungererstr. 43«.
Satzvorlage: (2).

Die Wachteln. Eine Erzählung (S. 372)
(1) Typoskript [Fragment: Schluß fehlt]. Mit handschr. Zusätzen. Gezeichnet: »von Jakob Eldena«. Lokalisiert: »Ungererstr. 43, München 23«.
(2) Typoskript. Veränderte, teilweise korrigierte Abschrift von (1). Lokalisiert: »München 23 – Ungererstr. 43«.
(3) Typoskript. Abschrift von (2). Lokalisiert: »München 23 / Ungererstr. 43«.
Satzvorlage: (3).

Ein kalter Stern (S. 386)
Typoskript. Mit handschriftlichen Zusätzen. Auf einem Blatt mit der (früheren) Lokalisierung: »München 23, Löwithstr. 2«.

Arme Diotima. Ein Märchen (S. 388)
(1) Typoskript. Mit handschriftlichen Zusätzen. Gezeichnet: »Von Wolfgang Koeppen«. Lokalisiert: »München 23, Ungererstr. 43«.
(2) Typoskript. Mit handschriftlichen Zusätzen. Gezeichnet: »Von Wolfgang Koeppen«. Lokalisiert: »München 23, Ungererstr. 43«.
(3) Erstdruck [kein Belegstück im Nachlaß]: Mannheimer Morgen. Mannheim. 1949. Nr. 217. 18. Oktober. S. 8.
Satzvorlage: (3).

Eine alte Geschichte (S. 395)
(1) Typoskript. Ohne Titel. Nicht datiert. Entwurf: »Eine alte Geschichte, die Warnung nicht vernommen, altmodisch erzählt. Ein Koffer voll Staub, der überlieferte Trick, Leichengeruch, Hinterlassenschaft, vertrocknete Kränze, verlorene Papiere, der verschämte Herausgeber, oder eitel und unverschämt, im pietätvollen, posthumen Auftrag eines verstorbenen Freundes. Ich habe keine Freunde. Also der Koffer, der Reservistenkoffer, keine Militärgeschichte, nein, man nannte ihn so, er stand auf dem Speicher, und vielleicht hatte irgendeinmal ein Einjährigfreiwilliger, doch wie freiwillig, ein Fähnrich, Leutnant oder Rittmeister der Reserve den Koffer gepackt oder ihn packen lassen ihn in die«.
(2) Typoskript. Ohne Titel. Mit handschriftlichen Zusätzen. Nicht datiert.
Satzvorlage: (2). Zum Text: S. 395: »Nach herkömmlicher Art erzählt« im Typoskript »Nach herkömmlicher erzählt«. S. 395: »vielleicht hat auch irgendeinmal« im Typoskript »vielleicht hat er auch irgendeinmal«. S. 395: »schleppte dies mit mir« im Typoskript »schleppt dies mit mir«.

Der Beißkorb (S. 396)
Typoskript (auf einem Kuvert). Nicht datiert. Zusätzliche Notizen: »Erzählung«, »Goverts«.
Zum Text: S. 396: »Der junge Mann, der mit unbeweglich mißmutigem Gesicht das Leitpferd führt«: im Typoskript »Der junge Mann mit unbeweglich mißmutigem Gesicht das Leitpferd führt«.

Clemens (S. 397)
Typoskript. Ohne Titel. Nicht datiert. Mit maschinenschriftlichen und handschriftlichen Zusätzen.

Die Briefe (S. 400)
Typoskript. Ohne Titel. Nicht datiert. Notiz: »Geschichte«.

François (S. 401)
Typoskript. Ohne Titel. Nicht datiert.
Zum Text: S. 401: »Danton wie von Rodin aus Stein gehauen auf der Place Dantome im Viertel Montparnasse«: eine Plastik George Dantons von Auguste Rodin ist nicht bekannt, eine Place Dantome existiert weder im Viertel Montparnasse noch sonst in Paris. S. 401: »wohnte bei François« im Typoskript »wohnt bei François«. S. 402: »Er, der dafür zahlte« im Typoskript »Er, der dafür zahlt«. S. 402: »und wir beliebten danach, den Kammerherrn mit unserem Tadel, daß das Parkett nicht blank genug gebohnert, das Bett nicht glatt genug gemacht sei, zu überziehen«: Versuch einer Ergänzung, im Typoskript der unvollständige Satz »und wir beliebten danach, den Kammerherrn mit unserem Tadel, daß das Parkett nicht blank genug gebohnert, das Bett nicht glatt genug gemacht sei.«

Gefangene (S. 404)
Typoskript. Ohne Titel. Nicht datiert.

Der Geruch einer Farbe (S. 405)
(1) Typoskript. Nicht datiert. Notiz des ersten Einfalls: »Der Geruch einer Farbe (Das Haus wird neu gestrichen und der Mann erinnert sich an ein lange zurückliegendes Erlebnis).«
(2) Typoskript. Nicht datiert. Mit handschriftlichen Zusätzen.
Satzvorlage: (2).

Die Horde (S. 407)
Typoskript. Nicht datiert.

Eine Geschichte (S. 409)
(1) Typoskript. Titel: »Traum eines Romans«. Nicht datiert.
»Zwei Damen, wahrscheinlich Lesbierinnen, was aber hintergründig bleibt, engagieren in Athen einen alten Juden als Dolmetscher und Fremdenführer für eine Reise nach Mytilene. Der alte Jude nimmt seine Aufgabe ernst, sieht aber, daß er von den Damen garnicht gebraucht wird. Er hielt es

für seine Pflicht, den Damen englisch-griechisch[e] Kontakte zu vermitteln. Sie aber benützen ihn, um Begegnungen zu vermeiden. Er findet bekümmert, daß die Damen sein Gehalt unnütz ausgeben. Man erreicht die Insel. Die Damen scheinen unglücklich und enttäuscht. Manchmal zanken sie sich. Sie sprechen dann französisch. Sie meinen gedankenlos, ihr Jude sei nur Dolmetscher für englisch. Er kann aber auch französisch. Er hat das nicht aus Tücke, sondern aus Bescheidenheit verschwiegen. Unausgenützt hat er viel Zeit nachzudenken. Er grübelt über die Damen nach. Es ärgert ihn, daß sie ein[e] so kostspiel[ig]e Reise machen, nur um unglücklich zu sein. Es kommt ihm der Verdacht ihrer Homosexualität. Er ist ein frommer Mann und es ist ihm ein Greuel. Er fühlt sich aber für die Damen verantwortlich. Die Damen wollen ins Innere der Insel reisen und ein Heiligtum der Diana besuchen. Auf dieser Reise kommen die Damen und der Jude um. Der Jude ist vielleicht die Hauptperson: er, ein redlicher, sich mühsam durchschlagender Mann, sieht sich durch Zufälle seines Berufs an zwei Unglückliche gekettet und von ihnen ins Verderben gezogen.«
(2) Typoskript. Titel: »Eine Geschichte«. Nicht datiert.
Satzvorlage: (2).

Gewitter (S. 410)
Typoskript. Nicht datiert.

Leda und der Schwan (S. 411)
Typoskript. Ohne Titel. Nicht datiert.

Lucien und Mathilde (S. 412)
Typoskript. Ohne Titel. Nicht datiert. Mit handschriftlichen Zusätzen. Zum Text: S. 413: »sie redeten wie eine Teegesellschaft«: im Typoskript »sie reten wie ein Teegesellschaft«. S. 413: »rief er und legte«: im Typoskript »rief und legte«.

Ein Märchen (S. 414)
(1) Typoskript. Nicht datiert.
(2) Typoskript. Nicht datiert.
Satzvorlage: (2).

München Hauptbahnhof (S. 416)
Typoskript. Nicht datiert.

Der Photograph (S. 417)
(1) Autograph. Ohne Titel. Nicht datiert. Zuletzt ein gestrichener Satzanfang (»Sie sieht, wie er eine Pis«).
(2) Typoskript. Titel: »Photograph«. Nicht datiert. Notizen für den Plan einer Filmversion mit dem eventuellen Fortgang der Erzählung: »Mädchen und Junge bereden, Philipp umzubringen. Mädchen versucht, Philipp zu erpressen. Philipp voll Leidenschaft für das Mädchen, bringt sie um.

Junge kommt und vermißt Mädchen. Frau Philipp und Junge verabreden Mord an Philipp. Philipp und Junge Militärgespräch. Frau entdeckt Ermordung des Mädchens. Verabredet sich nun, um das Geschäft zu erhalten, mit Philipp, den Jungen umzubringen. (Junge und Philipp verbünden sich gegen die Frau?) Philipp vergiftet beide. Er öffnet dann das Gas. Beethoven. Kamera fährt durchs Atelierfenster hinaus in den Raum. Schnee. Er fällt auf das erleuchtete Atelierfenster und wird zum Hügel eines Grabes. Inferno.«
Satzvorlage: (1).

Ein schlechter Mensch (S. 418)
Typoskript. Mit handschriftlichen Zusätzen. Nicht datiert. Zusätzliche Notiz: »(direkt?)«.

Der schwarze Ritter (S. 419)
(1) Autograph. Ohne Titel. Nicht datiert. Notizen: »Der Mann mit der Maske. Geh nicht ins Buero. rokoko. Der Ritter mit dem Degen. Fahr nicht ins Buero«.
(2) Typoskript. Nicht datiert. Mit handschriftlichen Zusätzen. Entwurf des Anfangs.
(3) Typoskript. Korrigierte Abschrift von (2). Nicht datiert. Mit handschriftlichen Zusätzen.
Satzvorlage: (3). Zum Text: S. 420: »die Gestalt, in der sie ihn allmorgendlich«: im Typoskript »die Gestalt, in der sie allmorgendlich«.

Traum (S. 422)
Typoskript. Nicht datiert.

Vor der Bäckerei (S. 423)
(1) Typoskript. Nicht datiert. Mit handschriftlichen Vorformulierungen und Zusätzen. Entwurf des Anfangs.
(2) Typoskript. Nicht datiert. Anderer Entwurf des Anfangs.
(3) Typoskript. Nicht datiert. Mit handschriftlichen Zusätzen. Zusätzliche Notizen zur Fortsetzung: »Er ging an der Kirche vorbei. Sie war von einer Steinmauer umfaßt, wie ein alter Kirchhof, aber Großstadt« – »Kirchhof von Neuenkirchen«.
Satzvorlage: (3).

Wiedersehen mit der Trave (S. 425)
(1) Autograph. Titel: »Wiedersehen mit der Trave«. Nicht datiert. Erste Notizen: »Ich in der Gin-Kneipe. M[arion] beim Frisör. Das Licht überm Mariendom. Die Ratten. Die Gribeldampfer [Dampfer der Stettiner Reederei Gribel].«
(2) Typoskript. Nicht datiert. Mit handschriftlichen Zusätzen. Zusätzliche handschriftliche Notiz: »Er ist Lazarettgehilfe, Krankenwärter«. Zusätzliche Notizen zur Fortsetzung: »Jetzt erwarteten sie – die Kellner der Bar –

die Musiker – Vielleicht die Frauen. Er ging. Die Läden. Seegeruch. Nebel. Vielleicht würde man ihn erschlagen. Es war die höchste Leere in seinem Dasein, daß er hierher gegangen war. Er war heimatlos. Cohn – Er hieß garnicht Cohn. Sie waren in Ihrer Heimat in Deutschland. Wie wars denn. Das Wort Heimat ärgerte ihn. Er dachte nach, was er antworten sollte. Sentimental, sagte er, scheußlich sentimental war es. Und dann sah er ihn fest an: Ich habe geweint.« – »Der dreckige Trenchcoat, der locker um seine magere kleine Gestalt saß.« – »Hotelschiff – Ausflug nach Fehmarn – Der Vater zeigte auf die Flagge des Torpedobootes, ›Stolz weht die Flagge schwarz-weiß-rot‹. Dr. Israel Cohn – damals noch Dr. Herbert Cohn, Deutschnationaler, Stahlhelmer, Marinearzt im Weltkrieg I. Ja, da hatten sie ihn wohl abgeholt. Bei Nacht. Und dennoch: hier war alles hin. Scheußlich. Das Buddenbrookhaus. Das Haus des Vaters. Es war nicht mehr da. Ein eingeebnetes Karree, auf dem Gras wuchs. Empfand er Trauer? Er empfand keine. Befriedigung? Auch keine Befriedigung.« – »Das Essen. Die niederdrückende Bescheidenheit. Die unsichtbaren Verbotstafeln. Herr Puhl mit dem steifen Hut und der weißen Weste. Paul bringt sie heim. Der Haß des Aufsehers. Die abfallende Straße. Das rote Licht. Laterne, Laterne. Der Mondgang. Der Katzengang. Der Hundegang. Im alten Leuchtturm. Quälen und Gequältsein im Bunker.«
(3) Typoskript. Titel: »Wiedersehen mit der Drave«. Nicht datiert. Mit handschriftlichen Zusätzen. Zusätzliche Notizen zur Fortsetzung: »Essen mit den alten Leuten vom Heiliggeist-Hospital. Besuch im alten Leuchtturm. Nacht mit dem Mädchen im Bunker. Fahrt mit dem Mädchen nach Mölln. Fahrt nach Travemünde zum kleinen Strandglück. Flug nach London. Im Krankenhaus in London.«
Satzvorlagen: (2), (3). Zum Text: S. 425: »Um den Tisch bildeten sich Trauben« im Typoskript »Um den Tisch bilden sich Trauben«.

Wunderbare Rettung (S. 431)
Autograph. Nicht datiert.

Zürich (S. 432)
Typoskript. Ohne Titel. Nicht datiert. Zusätzliche Notiz: »Geschichte Zürich.«

Ariadne oder Der verlorene Pfad (S. 435)
[Vermutlich im Zusammenhang mit dem Romanprojekt »Theseus, fast nichts«, das 1961 erwähnt wird]
(1) Typoskript. Nur Titel. Auf einem Blatt mit einem Kapitel-Anfang aus »Jugend« (»Meine Mutter fürchtete die Schlangen«) [nach 1960].
(2) Typoskript. Nicht datiert. Mit handschriftlichen Zusätzen. Entwurf zu Text [1].
(3) Typoskript. Nicht datiert. Mit handschriftlichen Zusätzen. Entwurf zu Text [1].

(4) Typoskript. Nicht datiert. Mit handschriftlichen Zusätzen. Text [1].
(5) Typoskript. Nicht datiert. Entwurf zu Text [2].
(6) Typoskript. Nicht datiert. Text [2].
(7) Typoskript. Nicht datiert. Entwurf zu Text [3].
(8) Typoskript. Nicht datiert. Text [3].
(9) Typoskript. Nicht datiert. Text [4].
(10) Typoskript. Nicht datiert. Notizen: »Die spielenden Kinder / am Wäschereck / dann auf dem Balkon / die sich sonnende Familie / die dikken Schenkel der Mutter / das rote schlaffe Fleisch des Vaters / die Beobachtungen aus dem Haus visavis / die gepflegte schwarzweiße Katze / die Frauen auf den Balkons: hängen Hosen aus und blicken / der amerikanische Vater auf dem Balkon / Vater des kleinen Mädchens mit den blonden Haaren, spuckt hinunter / unten der harte Hof / die Automobile / das Gezisch aus dem Sprühapparat / der Gestank / die weißliche Brühe, die sie wegspritzen / die Autos der jungen Leute / die Wagen des Säufers / Helga Reydt / und die alte Limousine des jungen Mannes / der Volkswagen des Angestellten, / der im Hof demoliert wurde / sein Aufruf an alle / die Maler visavis / ihr Todesmut / das Atelier des Kunstmalers / er sonnt sich auf dem Lokusdach / Dreieckshose lange Schenkel / beobachtet von nebenan / wer ist der Typ da / die Piratenfahne am Schornstein / trunkenes Boot / Bier beim Hausmeister im Keller / unter dem Autoladen / die Kunststickerin bei offener Tür / die dicke wasserstoffblonde Dame von der Straße / die Versuchungen des Fahrstuhls / der Lärm die Musikhölle Konserven / nachts auf dem Balkon: wollen wir uns hinunterstürzen? / Nicht ernst gemeint, aber auszumalen / Wo sind die Frauen? Sie telefonieren? Ihre Gespräche. / Das Lachen! Wie Füßekitzeln! Schwule Stimmen. / Der ältere Mann, der da war, sich verabschiedete, sein Auto verleugnete. / Düsseldorfer Dortmunder Nummern / Männer, die mit Blumen kommen / Ariadne oder Der verlorene Pfad.«
Satzvorlagen: (4), (6), (8), (9).

Eine erstaunliche Geschichte (S. 442)
Typoskript. Ohne Titel. Datiert: »28. 11. 1962«. Zusätzliche Notiz: »K«. Zum Text: S. 442: »Frankfurter Zeitung«: im Typoskript »FZ«. S. 442: »Deutschen Allgemeinen Zeitung«: im Typoskript »DAZ«.

Eine kleine Weihnachtsgeschichte (S. 444)
(1) Typoskript. Titel: »Eine kleine Weihnachtsgeschichte«. Nicht datiert. Gezeichnet: »Wolfgang Koeppen«.
(2) Erstdruck: Abendzeitung. München. 1962. Nr. 307/308/309. Weihnachten. S. 3. Titel: »Das Wunder im Kreml«. Vorspann der Redaktion: »Wolfgang Koeppen schrieb die Weihnachtsgeschichte für die AZ:«.
Satzvorlage: (2).

Situation des Verlorenseins (S. 447)
(1) Typoskript. Ohne Titel. Datiert: »18. 2. 1965«.
(2) Typoskript. Ohne Titel. Datiert: »18. 3. 1965«.
(3) Typoskript. Ohne Titel. Nicht datiert. Notizen.
Satzvorlagen: (1), (2).

Das Haus an der Costa Brava (S. 451)
Typoskript. Datiert: »16. 3. 65«. Mit handschriftlichen Zusätzen. Zusätzliche Notiz (auf einem Durchschlag): »Liebe? Gattentreue?«

Spiele in der Wüste (S. 453)
Typoskript. Datiert: »29. 3. 65«. Mit handschriftlichen Zusätzen.

Das warme Nest (S. 454)
Typoskript. Titel: »Variation zum warmen Nest«. Datiert: »29. 3. 1965«.
Zusätzliche Notiz: »Verbindung mit dem Nest?«
In den Zusammenhang dieses Textes gehören möglicherweise die folgenden Entwürfe, Typoskripte mit handschr. Zusätzen, datiert »18. 7. 66«:
»Völlig wahnsinnige Konstruktion. Ein alter Mann mietet eine Etage, um dort zu sterben. (Vielleicht mietet er auch mehrere Wohnungen, um in einer dieser Wohnungen zu sterben.) Der Mann ist anscheinend sehr reich. Er erzählt, in der Stadt ein Dutzend chemische Reinigungsanstalten und Schnellwäschereien zu besitzen. Abends, so berichtet er, fährt er bei diesen Geschäften vor und kassiert. Er fährt einen riesengroßen Mercedes oder einen noch größeren amerikanischen Wagen, in dem er wie in einem Panzer sitzt. Er hat, wie er erzählt, in einer Villa in dieser Stadt eine Frau. Diese sehr seltsame Frau holt er am Abend mit seinem Auto ab und macht mit ihr jeden Tag die gleiche sinnlose Fahrt um die Stadt herum. Manchmal fährt er die Strecke auch zwei- oder dreimal. Niemals verläßt er den Stadtbezirk. Er unternimmt diese Fahrten auf Wunsch seiner Frau. Diese Frau liebt mehr als alles neben ihm im Auto zu sitzen und gefahren zu werden. Sie würde ja gerne hinaus an die Seen oder ins Gebirge oder noch weiter weg fahren, aber dies wäre bei ihrem Mann nicht durchzusetzen. Der Mann fährt ungern Auto, überdies fürchtet er die Natur und hat Angst vor Gewittern. Er besitzt eine ganze Bibliothek über Gewitterforschung und Blitzeinschläge und steht mit einigen Experten in korrespondierender Verbindung. Sein Auto ist ein Faradayscher Käfig, doch glaubt der Mann nicht an das Faradaysche Gesetz. Die abendlichen Stadtrundfahrten mit der Gattin (die er sehr liebt, obwohl sie ihn mit hysterischer krankhafter unbegründeter Eifersucht verfolgt) bedeuten ihm ein Symbol für die Sinnlosigkeit seines Lebens. Es sind Gedanken, die ihn in Panik versetzen und ihn wünschen lassen, zu sterben. Er ist auch krank, läuft zu Ärzten, hat Leiden oder bildet sie sich ein. Er empfindet eine sehr einsame Furcht vor dem Nichts nach dem Tode. Diese Furcht unterscheidet sich von der Angst

vor dem Sterben. Es quält ihn der Gedanke der Nichtexistenz: Er sieht sich als leidender ohnmächtiger Teil eines unmenschlichen, vielleicht bösen Systems. Keine Höllenstrafen, nur ein Irren in einer gegenstandslosen Finsternis. Die Frau des Mannes fürchtet das Alter, dessen äußere Erscheinung sie lange hinausgezögert hat, und sie fürchtet den Tod an sich. Sie ist areligiös, gibt sich betrunken antireligiös. Sie glaubt nicht an Gott, doch vielleicht an die Hölle. Sie hetzt ihren Mann: du bist alt, du bist alt, du stirbst bald, bald, bald. Der Mann war früher ganz unbefangen; er fühlte sich nicht alt, er dachte wenig an den Tod. Er hat eine Lebensversicherung zugunsten seiner Frau abgeschlossen. Er erkundigt sich, ob die Versicherung bei seinem Selbstmord zahlen würde. Er will aber nicht Selbstmord begehen, er will sterben und dies auf natürliche Weise erreichen. (Möglich: Andeutungen, daß es finanziell nicht zum Besten steht, daß die Geschäfte verschuldet sind, daß das Vermögen der Frau verschwunden ist, daß diese Fahrten um die Stadt auf rätselvolle Weise Geld verschlingen, daß die Raten für die Lebensversicherung nicht mehr lange bezahlt werden können.)
Dieser Mann erinnert sich in seiner gemieteten Etage oder in seinen anderen Wohnungen seiner Jugend, seiner Herkunft, einer bestimmten und, wie ihn jetzt dünkt, entscheidenden Periode seines Lebens. Er versucht, sich über etwas klar zu werden. Bei diesen Betrachtungen überkommen ihn Trauer und Zorn. Die Wohnungen bedingen neue Erlebnisse. Er beschäftigt sich mit dem Leben der früheren Mieter (das Badezimmer). Er geht auf die Straße und lädt junge Leute in seine Wohnung ein. Er bestellt für diese Feste Champagner und ausgesuchte Weine. Gespräche mit einer Jugend, deren anarchische Geste der Mann schon vorgelebt hat. Er sagt ihnen, sie werden Bürger oder Opfer. Der Mann ist skeptisch, aber er begehrt die Jugend. Er scheut Torheit nicht, und sie bekommt ihm. Er hat mehr Phantasie als die jungen Leute, auch seine erotische Phantasie ist ausschweifender. Er malt sich in seiner Wohnung ein Pandämonium aus, das nur zu einem Besäufnis führt.
Dem Ende zu ist der Mann am Ende. Er ist verschuldet. Der Gerichtsvollzieher kommt. Das Licht, das Gas, die Heizung, die Telefone werden gesperrt. Die Wohnung wird (oder die Wohnungen werden) ihm genommen. Er ist nicht gestorben. Aber er stirbt zwischen Mülltonnen an einem Platz, auf dem sich die Gammler versammeln. Sie nehmen von seinem Tod keine Notiz.
Der Mann war nicht verheiratet, er besaß keine Gattin, er hatte auch keine Geschäfte und kein großes Automobil. Diese Existenz hatte er sich eingebildet. Er hatte nur ein kleines altes schäbiges Auto, mit dem er tatsächlich um die Stadt herumfuhr. Das Symbol der Sinnlosigkeit. (Eventuell Episode bei den Dirnen um die amerikanische Kaserne.)
Der Mann wird nach seinem Tode als ein berühmter Gelehrter erkannt, Träger wissenschaftlicher Preise, Mitglied verschiedener Akademien.«

»Der Mann beobachtet – optisch oder akustisch – aus seiner Wohnung einen törichten Menschen, der versucht, in die Bank einzubrechen. Der Mann denkt nicht daran, die Polizei zu rufen. Der Einbrecher besitzt die Sympathie des Mannes, wenn er auch seine Torheit rügen möchte. Der Wohnungsinhaber ist sich auch darüber klar, daß der Einbrecher gefährlich werden könnte, gerade weil er so töricht ist. Der Wohnungsinhaber vermeidet den direkten Kontakt mit dem Einbrecher; er ist feige oder vorsichtig.
Beschreibung des Hauses der Gattin. Das Milieu der auf Sicherheit bedachten vermehrungssüchtigen Familie. Der Mann schildert, wie er seine Gattin aus Mitleid tötet. Diese Partie muß zu einer Huldigung für die Gattin werden und ein Epitaph für ihre Schönheit und Jugend und für die schöne Seele, die sie war. Das alter ego. Vermeiden der Technik des Kriminalromans. Keine Polizei oder Entdeckung oder Verdacht oder Furcht. Das löst sich am Ende mit dem Bekenntnis, daß er nicht der Mann ist, der die Gattin, das Haus, das Auto, die Geschäfte besitzt.
Die reichen wohlgenährten gepflegten gebadeten modisch-gekleideten Schülerinnen, die sich zu den Landstreichern gesellen. Der Schulabschlußtag in dem Café. Die Zeugnisse in den braunen Briefumschlägen. Der Abschied für die Ferien. Eine Atmosphäre des Bedauerns und der Erwartung. Die verschiedenen Reiseziele. Der erotische Stall der Klasse. Es ist eine exklusive Gesellschaft. Rose gehört nicht zu ihr.
In dem Appartementhaus das Nachtlokal. Die Musiker. Die Gäste. Er hat das Appartement von einem homosexuellen Herrn gemietet. An der Tür klingeln die Strichjungen. Erwartung und Enttäuschung. Auf der Treppe wartet eine Nacht lang ein Neger, dem der Herr des Appartements auf einer Reise im Zug zwischen Paris und Madrid seine Adresse gegeben hatte. Der Neger kann nicht Deutsch und kennt niemand. Der Mann will ihm helfen. Was entsteht daraus?
In der Wohnung wird in allen Badezimmern und unter der Dusche gleichzeitig gebadet. Ein nacktes Hin und Her zwischen den Zimmern; aber diese Nacktheit ist unbefangen und ohne sexuelle Absicht. Die Vorstellung von der Frau des Anwaltes (Arztes).
Als er stirbt, reicht ihm eines der Landstreichermädchen ihren alten amerikanischen Militärmantel, außen olivgrün, innen von schmutzigem Weiß, als Tarnfarben gedacht. Irgendein teures Parfüm in dem Mantel, d'après l'au nez. Hier noch einmal ein Anklang oder eine Fortsetzung der Liebe.
Die letzten Seiten als Bericht des Journalisten. Oder die Beschreibung, wie der Journalist N. (der kein Polizeireporter ist) die Identität des Toten entdeckt.«
»Im Appartement des Schriftstellers: die Lust, seine Post zu inspizieren. Krankenversicherung, Lebensversicherung, Bank, Postscheck – Aha! Die

Pflege der kleinen Eitelkeit. Die Zugehfrau. Hemden und Anzüge. Als er, der Mieter, kam: die gewaschenen Socken über der Badewanne. Die Gammler: ihr Lager in der Schaufensterpassage des Spielzeugladens. Beschreibung der Spielzeuge. Wenn er in die große Wohnung geht, durchsucht er sie. Sucht nach einem Mörder.«

Die Bayerische Akademie der Schönen Künste (S. 455)
Typoskript. Ohne Titel. Zusätzliche Notiz zur Fortsetzung: »Die Wirkung des Ganzen in der Öffentlichkeit«.

Tanger (S. 458)
Typoskript. Nicht datiert. Zusätzliche Notiz: »Für Frau Middelhauve«. Entwurf zu einem nicht geschriebenen Text für die Anthologie »Dichter erzählen Kindern«. Hrsg. von Gertraud Middelhauve. Köln 1966.

Schuhhändler vor dem Cadore (S. 459)
Typoskript. Ohne Titel. Datiert: »Sonntag, 7. Mai 67, nach Bologna« [»Cadore«: Eiscafé in München, Leopoldstraße 52a, »Bologna«: Restaurant in München, Tengstraße 20].

Anarchie (S. 460)
Zweite Fassung.
Typoskript der Ersten Fassung. Mit handschriftlichen Zusätzen und Einzeichnungen von Vortrags-Markierungen für eine Lesung. Gezeichnet: »Wolfgang Koeppen«. Datiert: »69«.
Erste Fassung:
(1) Typoskript. Nicht datiert.
(2) Erstdruck: Merkur. Stuttgart. 1969. H. 250. Februar. S. 164-169.
(3) Druck: Koeppen: Romanisches Café. Frankfurt am Main 1972. S. 99-108 → Koeppen: Gesammelte Werke. 1986. Band 3. S. 209-216.

Camera obscura (S. 468)
Typoskript. Nicht datiert. Gezeichnet: »Wolfgang Koeppen«.
Zum Text: S. 469: »aber ich liebe ihn, entronnen« im Typoskript »aber ich liebe, entronnen«.
Dieser Text wurde zusammen mit dem Text »Ein alter Herr« (S. 648) zuerst im ZEITmagazin, Nr. 28/1986, 4. Juli, S. 28, 32 unter der Überschrift »Ich über mich« veröffentlicht.

Doktor der Medizin (S. 470)
Typoskript. Ohne Titel. Nicht datiert. Zusätzliche handschriftliche Notiz: »Zu Dr. med.«. Vermutlich zu dem Plan »Doktor der Medizin«, auch »Der Arzt«. Beide Formulierungen erscheinen in Zusammenstellungen erwogener Titel.
Zum Text: S. 471: »Die Schwestern, milde lächelnd unter ihren weißen Hauben« im Typoskript »Die Schwestern, milde lächelt unter ihren weißen Hauben«.

Du wirst es besser haben (S. 473)
Typoskript. Ohne Titel. Nicht datiert. Zusätzliche Notizen zur Fortsetzung: »Heimweg. Vergewaltigung auf der Straße. Der Herr kommt nach Hause, wischt ihr das Blut weg. Keiner darf sie anrühren.«
Zum Text: S. 473: »er umarmte mich und tat mir weh, aber ich wußte nun, was Liebe war«: Versuch einer Rekonstruktion, das Typoskript an dieser Stelle fragmentarisch »aber ich wusst ... Liebe war«.

Es ist deine Todesstunde (S. 474)
Typoskript. Nicht datiert.

In Monte Carlo (S. 475)
(1) Typoskript. Ohne Titel. Nicht datiert. Entwurf: »In Monte Carlo führten wir ein abscheuliches Leben. Wir waren vier, ein Mädchen und drei Männer, wenn man mich zu den Männern zählen will. Sie sagten, wir sind wie eine Familie. Wollte ich in einer Familie sein? Einer sprach von einer Kommune. Er wußte nicht, wovon er redete. Ich hatte ein Buch gelesen. In Paris waren sie auf dem Pflaster gestorben. Wir hatten Zimmer im alten Hotel Russie, sans restaurant. Die Zimmer waren nicht billig. Der Wirt hatte Vorauszahlung verlangt. Sonst hätte er uns nicht aufgenommen. Wir waren wie Landfahrer angekommen. Wir waren in zwei Automobilen gereist.«
(2) Typoskript. Ohne Titel. Nicht datiert.
(3) Typoskript. Ohne Titel. Nicht datiert.
(4) Typoskript. Ohne Titel. Nicht datiert. Notizen.
Satzvorlagen: (2), (3). Zum Text: S. 475: »die heute wieder so beliebt in allen Städten sind« im Typoskript »die heute wieder so beliebt in allen Städten«. S. 475: »als ich zwölf Jahre alt war und« im Typoskript »als ich zwölf Jahre alt und«. S. 475: »durchwachte Nächte im Doppelbett« im Typoskript »durchwachte im Doppelbett«.

Der Verräter (S. 477)
(1) Typoskript. Ohne Titel. Nicht datiert. Notiz: »Zu Der Verräter / Der Mörder«.
(2) Typoskript. Ohne Titel. Nicht datiert. Entwürfe:
»Der Mörder erzählt sein Leben von seinem ersten bis zu seinem letzten Tag. Er berichtet auch die Vorgänge, die er in der Realität nicht wissen kann. Er ist ein bewußtes Opfer, das auf die Verfolgung seiner Vernichter reagiert. In letzter Konsequenz, mit einer nicht auszusprechenden, aber selbstverständlichen Leugnung der Realität, erzählt er sogar die Ereignisse nach seinem Tod, die verheerenden Folgen des Geschehens, die Gemeinheit der öffentlichen Einrichtung, der Polizei, der Geheimdienste und der Gerichte. Anders möglich: Nicht der Mörder oder der zum Mörder Gestempelte erzählt die Geschichte, sondern ein anderer, ein Allwissender. Wie wäre es, wenn Gott berichtete?

Der unbekannte Mörder (oder die wahren Verschwörer) berichten. Sie erzählen, wie sie auf ihn kamen, wie sie ihn geeignet fanden, wie sie ihn aufbauten und ihn umbrachten.
In der letzten Fassung wäre die Erzählung von den roten und den weißen Pferden nur schwer unterzubringen. Möglicherweise als Epilog. Das könnte sogar sehr geschickt sein.
Ursprünglicher Plan: ein Ich als Statist. Statist in der Oper, Statist beim Presseball, Statist im Weltgeschehen. Der Mann, ein alter Mann, der nicht morden konnte, erzählt die Geschichte des Mörders. Vielleicht gewinnt er erst, während er schreibt, die Überzeugung, daß die Geschichte nicht stimmt. Er käme dann der Entdeckung der wirklichen Umstände und der wahren Mörder nahe. Er wird sie aber nur in seinem Buch, also privat, anklagen.
Die wahren Mörder: Ich weiß nicht, wie wir auf ihn kamen ...«.
Satzvorlage: (1).

Am frühen Morgen (S. 479)
Zweite Fassung.
(1) Typoskript. Veränderte Abschrift der Ersten Fassung. Titel: »Am frühen Morgen. Erzählung«. Gezeichnet: »von Wolfgang Koeppen«. Lokalisiert: »München 23 – Ungererstr. 43«.
(2) Typoskript [Fragment: Anfang fehlt]. Abschrift der Ersten Fassung. Paginiert mit »19« bis »24«. Nicht datiert. Mit handschriftlichen Zusätzen.
(3) Typoskript. Abschrift der Ersten Fassung. Titel: »Am frühen Morgen. Erzählung«. Mit handschriftlichen Zusätzen. Gezeichnet: »von Wolfgang Koeppen«. Lokalisiert: »München / Ungererstr. 43«. Im zweiten Teil des Textes Umbenennung der Figur »Herr Herbert« in »Herr Walter«.
(4) Typoskript. Titel: »Am frühen Morgen«. Nicht datiert. Mit handschriftlichen Zusätzen. Gezeichnet: »Wolfgang Koeppen«. Die Figur nun »Herr Walter«.
(5) Typoskript. Korrigierte Abschrift von (4). Titel: »Am frühen Morgen«. Nicht datiert. Gezeichnet: »Wolfgang Koeppen«. Satzvorlage für (6).
(6) Druck [Erstdruck]: Jahresring 61/62. Stuttgart 1961. S. 194-198.
(7) Druck: Koeppen: Romanisches Café. Frankfurt am Main 1972. S. 28-35.
Satzvorlage: (7).
Erste Fassung:
(1) Erstdruck: Kölnische Zeitung. Köln. 1941. Nr. 163/164. 30. März. Beilage Unterhaltungsblatt. [S. 1]. Titel: »Am frühen Morgen. Erzählung« → Koeppen: Gesammelte Werke. Frankfurt am Main 1986. Band 3, S. 131-137.
(2) Autograph. Nicht datiert. Titel: »Das Sonderbare«. Abgebrochener

Anfang eines Textes, vermutlich in diesem Zusammenhang: »Es begann in ihrem zweiten Ehejahr. Die junge Rosalinde trat ans Fenster und blickte, wie jeden Morgen, Herbert nach, der in den großen schwarzen Wagen stieg, um zum Büro der Versicherungsbank zu fahren. Heute war der erste Frühlingstag. Die Knospen hatten sich im Garten entfaltet. So wunderte sich Rosalinde kaum, als hinter dem anfahrenden Wagen ein Jüngling in Rokokotracht«. Zusätzliche Notiz zur Fortsetzung: »Ein Affenjäckchen. Sie hatte einen Ring dafür gegeben –«.

Ein Kaffeehaus (S. 486)
Zweite Fassung.
Erstdruck der Ersten Fassung. Mit handschriftlichen Zusätzen und Einzeichnungen von Vortrags-Markierungen für eine Lesung.
Erste Fassung:
(1) Typoskript. Nicht datiert. Titel-Einfall: »Das war das Romanische Café«.
(2) Typoskript. Titel: »Ein Kaffeehaus«. Nicht datiert.
(3) Erstdruck: Die neue Rundschau. Frankfurt am Main. 1965. H. 3. Juli. S. 441-443. Titel: »Ein Kaffeehaus« [ohne Setzfehler].
(4) Druck: Atlas, zusammengestellt von deutschen Autoren. Berlin 1965. S. 91-95. Titel: »Ein Kaffeehaus« [mit Setzfehlern].
(5) Druck: Koeppen: Romanisches Café. Frankfurt am Main 1972. S. 7-11. Titel: »Romanisches Café« → Koeppen: Gesammelte Werke. Frankfurt am Main 1986. Band 3, S. 165-168. Titel: »Ein Kaffeehaus«.

Die Verlobung im alten Salon (S. 490)
Zweite Fassung.
(1) Typoskript. Veränderte Abschrift der Ersten Fassung. Titel: »Die Verlobung im alten Salon. Erzählung«. Mit handschriftlichen Zusätzen. Gezeichnet: »Von Wolfgang Koeppen«. Lokalisiert: »(13b) München 23, Ungererstr. 43«. Mit Überlegungen zur Umbenennung der Figur »Keetenheuwe«: »Parchim« [gestrichen], »Velgast« [gestrichen], »Vollenhoven«.
(2) Typoskript. Veränderte Abschrift der Ersten Fassung. Titel: »Die Verlobung im alten Salon. Erzählung«. Mit handschriftlichen Zusätzen. Gezeichnet: »von Wolfgang Koeppen«. Lokalisiert: »München 23, Ungererstr. 43«. Die Figur »Keetenheuwe« nun »Vollenhoven«. Satzvorlage für (3).
(3) Druck [Erstdruck]: Deutsche Erzähler der Gegenwart. Eine Anthologie. Herausgegeben und eingeleitet von Willi Fehse. Stuttgart [1959]. S. 169-175. Titel: »Die Verlobung im alten Salon«.
(4) Druck: Koeppen: Romanisches Café. Frankfurt am Main 1972. S. 20-27.
Satzvorlage: (4).
Erste Fassung:

(1) Erstdruck [kein Belegstück im Nachlaß]: Kölnische Zeitung. Köln. 1941. Nr. 1. 1. Januar. S. 8. Titel: »Die Verlobung. Eine Erzählung« → Koeppen: Gesammelte Werke. Frankfurt am Main 1986. Band 3, S. 125-130.
(2) Typoskript. Titel: »Die Verlobung im alten Salon. Erzählung«. Gezeichnet: »von Wolfgang Koeppen«. Gekürzte und veränderte Fassung von (1). Satzvorlage für (3).
(3) Druck: Weltspiegel. Illustriertes Sonntagsblatt des Tagesspiegels. Berlin. 1949. Nr. 26. 26. Juni. [S. 2.] Titel: »Die Verlobung im alten Salon. Erzählung«. Gezeichnet: »von Wolfgang Koeppen«. Illustration: Zeichnung.

Ich müßte König in Bayern sein (S. 496)
(1) Autograph. Ohne Titel. Nicht datiert.
(2) Autograph. Ohne Titel. Zur Datierung: wohl 1972 [Olympische Spiele in München]. Notiz: »Und die Olympiastätten? Ich würde eine Wiese zur Verfügung stellen und ein Schild: Hier darf jedermann laufen, so schnell wie er kann.«
(3) Typoskript. Ohne Titel. Nicht datiert.
Satzvorlagen: (1), (3).

In einem möblierten Zimmer (S. 497)
(1) Autograph. Ohne Titel. Entwürfe:
»Es ist nichts so schön, wie das Läuten aller Münchner Glocken auf dem V-Markt zu hören, wenn ein Papst gestorben ist.«
»Sonntag früh im Haus im 1. Stock die Orgel oder das Harmonium des Rundfunks. Bei der alten reichen Dame? Sie und ihre Dienerin beim Gottesdienst? Oder die Witwe des Professors?«
»Traum heute nacht: Ich bin in einem möblierten Zimmer, das ich wohl gemietet habe. Es ist ein Zimmer von der schäbigsten Sorte. Eng, relativ lang, schlauchartig, niederdrückend ausgestattet. Deutliches Gefühl, gefangen zu sein, aus der Situation nicht mehr herauszukommen. Ich möchte weggehen, es ist gegen Abend, ich habe den Wunsch, gut zu essen, weiß aber, daß dies nie wieder sein wird. Ich putze mir die Schuhe zum Ausgang, doch wird es nicht gelingen. Den schwarzen abgetragenen Schuhen fehlt das Schuhband, es ist nur zum Teil vorhanden, eine Schlaufe wie in Kriegs- und Notzeit. Das Band wird nie wieder zu ersetzen sein. Hoffnungslosigkeit überkommt mich. Ich habe mich leichtsinnig in eine Provinzstadt begeben und ohne Möglichkeit, wieder hinauszukommen. Endgültige Gefangenschaft in engen, bedrückenden, armen, stumpfsinnigen Verhältnissen. Aus dem Fenster sehe ich, wie vor dem gegenüberliegenden alten Mietshaus sich viele Leute anstellen, wie im Nachkrieg nach Lebensmitteln. Im Souterrain des Hauses ist aber der Versammlungsraum einer Sekte.

In diesen drängt die Menge, die allmählich aufeinander einschlägt und trampelt. Schäbig gekleidete, ältere Leute, hauptsächlich Frauen.«
(2) Typoskript. Ohne Titel. Nicht datiert.
Satzvorlage: (2).

Unterirdisch überirdisch (S. 499)
Typoskript. Datiert: »Fronleichnam 73«, »Freitag 22.6.«, »23. 6. 73«.

Angst (S. 504)
[Aus dem Romanprojekt »Ein Maskenball«]
Anfang der Ersten Fassung.
(1) Typoskript. Konvolut von Entwürfen mit handschriftlichen und maschinenschriftlichen Zusätzen. Ohne Titel. Nicht datiert.
(2) Typoskript. Zusammenfassende und weitergeführte Abschrift der Texte in (1). Ohne Titel. Nicht datiert. Mit handschriftlichen Zusätzen.
Satzvorlage: (2). Zum Text: S. 505: »nahm mich gegen ihn ein«: im Typoskript »nahm mich gegen ein«. S. 507: »Kenne ich meinen Sohn nicht mehr?« im Typoskript »Kenne ich mein Sohn nicht mehr?«. S. 508: »zu dem sie es sich gemütlich gemacht haben«: im Typoskript [durch unabgeschlossene Korrektur] »zu der sie es sich gemütlich gemacht haben«.
Zweite Fassung:
(1) Typoskript. Ohne Titel. Nicht datiert. Mit handschriftlichen Zusätzen.
(2) Typoskript. Titel: »Kaplan in Washington«. Bemerkung: »Aus einem entstehenden Roman«. Nicht datiert. Mit handschriftlichen Zusätzen.
(3) Typoskript. Kopie von (2). Ohne Titel. Nicht datiert. Mit maschinenschriftlichen Zusätzen.
(4) Typoskript. Abschrift von (3). Titel: »Einer der Angst hat«. Bemerkung: »Aus dem Manuskript ›Ein Maskenball‹«. Zur Datierung: »Text wurde 1972 geschrieben«. Mit handschriftlichen und maschinenschriftlichen Zusätzen.
(5) Typoskript. Kopie von (4).
(6) Erstdruck: Merkur. Stuttgart. 1974. H. 309. Februar. S. 138-147. Titel: »Angst«. Bemerkung: »Aus dem Manuskript eines Romans« → Koeppen: Gesammelte Werke. Frankfurt am Main 1986. Band 3, S. 233-246.

München, Kaufingerstraße (S. 510)
Typoskript. Ohne Titel. Datiert: »Sonntag, 9. Juni 74 – Regen«. Zusätzliche Notiz: »Zu U-Bahn«.

Die Gefangenschaft (S. 511)
(1) Autograph. Nicht datiert. Entwurf: »Die Gefangenschaft. Der Raum Licht Sonnen(?) von oben. 2 Freunde, paaren sich, die Fäkalien, kein Waschen, keine Wäsche, Dr. Bremer, Max-Planck-Institut, Haberma[s], die Briefe, die Nährmilch. Welches Verhalten der eine an den Tag legt, wenn der andere stirbt, gestorben ist, Hungerstreik, habe ich etwas ge-

äußert (Uhr?). Einen gemeinsamen Feind? Einer wird zuerst sterben, der andere wird bei der Leiche sterben. Wir werden es nie erfahren! L wird nach dem Tollhaus-Akt zärtlich. Ich teile seine Gefühle nicht. Ich schäme mich. Man hat uns zusammengetan, zufällig, wie 2 Vögel bei Oberpollinger, aus Gleichgültigkeit ein Männchen – Er ist Chemiker bei der ASF, hat nichts gelesen. Ein noch weißeres Weiß. Er zeigt mir Bilder seiner Frau, seiner Tochter. Mich wird keiner vermissen.«
(2) Typoskript. Datiert: »Berlin, Akademie, 15. 2. 75«.
Satzvorlage: (2). Zum Text: S. 511: »Chemiker bei der BASF« im Typoskript »BAS«.

Die Ausstrahlung der Brutalität (S. 513)
Typoskript. Ohne Titel. Datiert: »10. 3. 1975«.

Morgenrot (S. 515)
[Aus dem Romanprojekt »In Staub mit allen Feinden Brandenburgs«]
Erste Fassung.
Typoskript. Ohne Titel. Nicht datiert. Mit handschriftlichen und maschinenschriftlichen Zusätzen.
Zweite Fassung:
(1) Typoskript. Ohne Titel. Datiert auf einem beiliegenden Blatt: »Oktober 76 Manuskript Morgenrot«. Bemerkung: »aus In Staub mit allen Feinden Brandenburgs«. Mit Streichungen und handschriftlichen Zusätzen.
(2) Manuskript einer Rundfunk-Lesung am 27. Januar 1976.
(3) Erstdruck: Merkur. Stuttgart. 1976. H. 341. Oktober. S. 961-971. Titelzusatz: »Beginn einer Erzählung« → Koeppen: Gesammelte Werke. Frankfurt am Main 1986. Band 3, S. 253-268, S. 321-322.
Dritte Fassung:
Kopie des Erstdrucks der Zweiten Fassung. Datiert: »1979«. Mit handschriftlichen Zusätzen. Varianten: »Ich sah uns, im Unfallwagen heimfahren. Der alte Gesang der Sirenen. Eine neue Auferstehung des ewigen Odysseus. Nur noch die Kabel der Intensivstation verbanden uns mit dem Leben.« – »Mit Herrn Blum konnte ich meine Autofahrten auf eine solide, vernünftige und nicht zuletzt wirtschaftliche Basis stellen; denn wovon sollte ich leben, Elisabeth und mich ernähren, wenn ich geschäftslos und ohne Vergnügen den Ring um unsere Stadt fuhr?« – »Elisabeth fragte diesmal, was hast du, du fährst zu schnell. Ich flüsterte sehnsüchtig, ich will nach Haus, ich will zu mir.« – »Jeden Tag und überall auf der Erde werden in solchen Häusern die katalaunischen Schlachten geschlagen, ach ja, vielleicht doch schon sichtbar, du gehst in das unbewohnte Haus, die Lampen brennen, die Fahrstühle fahren, express wenn du willst in den Himmel, alle Türen offen, in allen Räumen das atomare Licht, niemand ist da, keiner erwartet dich ...« – »Die Slumbewohner waren nicht eingezogen, Chicago mochte sie anflehen, sie dachten nicht daran sich aus-

zuliefern, der Instinkt der Armen witterte die letzte Gefahr, und auf einmal fühlte ich, ich wanderte nicht allein auf dem Schlachtfeld, er oder ich, ich wollte es nicht, aber es bietet sich zwingend an, die letzte Möglichkeit, die katalaunische Schlacht, alle Mörder in der Stadt morden weiter in den hohen Lüften ...« – »Es war eine warme Nacht. Vor den Katastrophen. Ich beobachtete sie. Ich weiß nicht warum. Er flog im Rennen aus der Bahn. Sein Kopf schlug gegen den Mast. Der Fahrer sagte, hier haben sich viele den Hals gebrochen.« – »Das Haus lag im Dunkeln. Es war ein Schloß, das Schloß eines Bankiers aus den Gründerjahren, den ersten Frevel[n], als wir einen Kaiser hatten. Auf der Veranda saß ein junges Paar, oder ich dachte mir, da liebt sich ein Paar, und natürlich ist es jung. Das sind Allgemeinplätze. Sie waren kaum zu erkennen. Sie hatten sich in ihre Mäntel gehüllt und die Kragen hochgeschlagen. Vielleicht hatten sie auch Kapuzen auf oder Nylonstrümpfe wie Bankräuber über den Kopf getan. Ineinandergeflossen waren sie nicht zu trennen.«
Vierte Fassung:
Kopie aus Koeppen: Gesammelte Werke. Frankfurt am Main 1986. Band 3, S. 253-268. Mit maschinenschriftlichen Zusätzen. Alternativtitel: »oder eine unnütze Existenz« [gestrichen]. Varianten: »Verirrt in den Fallstrikken der Grammatik, versäumte ich das Datum, das sich heranschlich, Montag der siebente, Dienstag der achte, egal Monat und Jahr. Was hilft der Kalender? Das bleibt im Vorstrafenregister.« – »Die Sonne würde wieder scheinen; ein wahrhaft unerhörter Vorgang, den man vergißt. Mich überrascht das immer wieder.« – »Wer zur Arbeit geht, hat den Tod überwunden. Ein Kampf Tag für Tag, fünfzig Jahre, ein Leben lang. Er wehrt sich nicht mehr.« – »Ich war wach. Ich hatte den Morgen nicht verschlafen. Ich bin immer früh aufgestanden.« – »Der Tag hat kaum begonnen. Es ist kalt. Ich röste mir das dunkle schwammige Kriegsbrot auf dem warmen Herd des nachglühenden Torffeuers. Ich lege zwei Scheiben auf die Ringe. Der nahrhafte Rauch von verbranntem Schrot mischt sich mit dem schwelenden Dunst des alten Moors.« – »In der Zeitung standen unsere Siege. Vielleicht waren Schiffe versenkt worden ins Meer. Die Schule würde ausfallen, die Schlacht wäre zu feiern. Ich betete, lieber Gott, laß irgend etwas gefallen sein.« – »Manchmal noch Sterne, Eis unter dem Fuß, oft Schnee aus Wolken, so tief, daß sie die Felder drückten. Die Welt war sehr finster. Ich stolperte durch die Schneeverwehungen ...« – »In der leeren Welt gabs Geschichtszahlen, Daten von Siegen, Geburtstage von Königen, Vokabel fremder Sprachen, den Lehrsatz, der nichts bewies.« – »Im Milchglas ein täuschendes Puppenspiel. Wir durften nicht hinausgucken in das Land. Auch in den Gefängnissen ist das verboten.« – »Die Geschichte gehörte mir. Aber sie gehörte auch den Polizisten. Mein Ausweis verrät mich. Ich hätte die Tüte den Polizisten schenken können. Ich hätte den Polizisten mit meinen Aufzeichnungen mein Leben gegeben. Ich

fürchtete Komplikationen. Ich will nicht mehr in Schwierigkeiten geraten. Ich flog nach Berlin.« – »Sie würden mich als Hochstapler entlarven und Steine in die Manege werfen.« – »Ich hätte den Bus nehmen können, Erinnerungen hätten mich betäubt, meine Lustfahrten auf dem Oberdeck. Wie traurig, die Mädchen als Greisinnen wiederzusehen, und dann hätte ich in die Stadtbahn umsteigen müssen.« – »Ich sagte, grüß Gott, weil ich aus München kam. Sie antworteten mir nicht am Wannsee. Nicht auf eine einzige Frage.«

Ein Anfang ein Ende (S. 524)
[Aus dem Romanprojekt »In Staub mit allen Feinden Brandenburgs«]
Erste Fassung.
Typoskript. Ohne Titel. Nicht datiert. Mit handschriftlichen Zusätzen.
Zum Text: S. 524: »die Köchin hinüberschicken, sie sollte den Unsinn abstellen« im Typoskript »sie sollten den Unsinn abstellen«. S. 525: »Ein horizontloses weißes Feld in der Mandschurei im März 1905« korrigiert nach dem Datum der Schlacht von Mukden, im Typoskript »Januar 1905«. S. 528: »und das Schlachtfeld von Fehrbellin besuchen wollte« im handschriftlichen Zusatz »und das Schlachtfeld von Fehrbellin wollte«. S. 531: »fragte ich Ulrike, ob sie Geld hätte« im Typoskript handschriftlich korrigiert in »bat ich Ulrike, ob sie Geld hätte«, hier die erste Version beibehalten wegen der Satzkonstruktion: »Sie zahlte, aber fragte dann mich«. S. 535, 536: »es war unser Chauffeur«, »der Chauffeur und Untersturmführer«: im handschriftlichen Zusatz »Schofför«. S. 538: »der alte Gott, der den neuen Gott, Thor oder Wotan« – im handschriftlichen Zusatz »der alte Gott, der neuen Gott, Thor oder Wotan«. S. 539: »schon auf Erden den Engeln gleichen« im Typoskript »schon auf Erden den Engel gleichen«.
Zweite Fassung:
(1) Typoskript. Im zweiten Teil identisch mit dem ursprünglichen Typoskript der Ersten Fassung. Ohne Titel. Nicht datiert. Mit handschriftlichen Zusätzen.
(2) Erstdruck: Merkur. Stuttgart. 1978. H. 366. November. S. 1117-1129 → Koeppen: Gesammelte Werke. Frankfurt am Main 1986. Band 3, S. 277-295.
Schluß einer Dritten Fassung:
Kopie des Erstdrucks der Zweiten Fassung. Mit handschriftlichen Zusätzen.
»In der Garnisonkirche in Potsdam war ein Buch von Kant eingesargt, über dessen Bedeutung sich die Gelehrten stritten. Ich vermied den Streit. Ich träumte. Ich war in Hindenburg hineingekrochen und dachte ihn mir gut, den alten Heiligen, der weise alles über sich ergehen und so gar nicht geschehen ließ. Hindenburg war aber in seinem Thronsessel eingeschlafen,

und der andere, der ihm die Tradition stahl, die legitime Hoheit, hämmerte sich mit beharrlicher Suada in den Greis hinein, ein Oger, der in eine andere Haut schlüpft, eine alte runzlige, der man vertraut in nie befriedigter Vatersehnsucht. Hindenburg spielte seine Rolle zu Ende. Ein Schauspieler übergab einem anderen Schauspieler, dessen Finale noch nicht geschrieben war, das Reich. Er übergab ihm Preußen als Morgengabe, überließ ihm alle Toten, die Königsgruft, das unenträtselte Buch von Kant, das unwichtig geworden war und durch ›Mein Kampf‹ ersetzt wurde. Das verstand nun jeder und keiner. Die Statisten erhoben sich. Sie brüllten Heil, Heil und Heil. Vielen liefen echte Tränen über die Wangen. Mein Vater schüttelte einem Mann, den er sehr verachtete, die Hände. Er gratulierte ihm zum neuen Amt, obwohl der Gewandte in der Hierarchie eine Stufe herabgestiegen war. Bald sah er sich im Keller. Zu Haus in Berlin erlaubte mir mein Vater, Schauspieler zu werden. Er trug noch die Uniform, in der er mich gern gesehen hätte.«

Anfang und Schluß einer Vierten Fassung:

Kopie der im Nachlaß nicht vorhandenen Satzvorlage für den Erstdruck der Zweiten Fassung. Mit handschriftlichen und maschinenschriftlichen Zusätzen.

»Am Tag von Potsdam erlaubte mir mein Vater, Schauspieler zu werden. Diesen jour de gloire, den 21. März des Jahres der Machtergreifung hielten allzuviele für einen wunderbaren, schon bei Sonnenaufgang historisch legitimierten, begnadeten Tag, den zu erleben Lebensglück genug war, und schritten wie Kostümierte auf den beliebten Gemälden volkstümlicher Schlachten- und Ballhausmaler gravitätisch taumelnd, angebiedert einem Siegesrausch, der nicht der ihre war, den allgemein nähergerückten Gräbern zu. Im Wetter wäre Frühling gewesen, selbst wenn es geschneit hätte. Vielleicht hatte es geschneit, ich erinnere mich nicht, aber ich glaube, es schien wirklich die Sonne, das Gestirn Alexanders, Cäsars, Friedrichs, Napoleons, die kurzlebige Flamme von Tannenberg, die Sonne, die Fürsten und Tyrannen liebt und Präsidenten nicht leuchtet, die gute Sonne würde morgen in der Zeitung stehen und alle, alle blenden, Kaiserwetter, die Tradition war herrlich gewahrt, sie war auf Hochglanz gebracht, und die Lautsprecher des Rundfunks verkündeten prophetisch das Staatsschauspiel, das wir sehen, die erhebende Geschichte, die wir erleben sollten.«

»Dieser Mensch wird es lassen, seine Stellung zu behaupten, und alle Strenge wird von ihm weichen. Sein Gesicht wird wieder kindlich werden und seine Augen werden wieder staunen, weil er nun endlich das dem Kind verheissene Wunder sieht, daß alles wunderbar ist, unerklärlich und nicht von Menschen getan und dem Ordnungssinn der Menschen nicht begreifbar. Dies zu erkennen, bedeutet nicht, es gut zu finden. Ich war weit von dem entfernt. Ich träumte. Ich versuchte, Hindenburg zu sein und dachte ihn mir gut, den alten preußischen Heiligen, der weise alles über sich ergehen und so gar nicht geschehen ließ. Hindenburg war aber in seinem Thronsessel eingeschlafen, und der andere, der ihm die Tradition stahl, die legitime Hoheit, hämmerte sich mit ganz unpreußischer, extrem unsoldatischer Extase, ein Hampelmann, in den Greis hinein, ein Oger, der in eine andere Haut schlüpft, eine alte runzlige, der das Volk vertraut in nie befriedigter Vatersehnsucht. Wer sein Kind liebt, der züchtigt, der schlägt es. Ein alter deutscher Familienspruch. Hier bot sich ein Peitscher an, und siehe, die Kinder liebten ihn. Hindenburg spielte seine bewährte Rolle eingelullt zu Ende. Ein erbärmlicher Abgang. Ein Schauspieler übergab einem anderen Schauspieler, dessen Partie noch nicht zu Ende geschrieben war, das Reich. Er übergab ihm Preußen als Morgengabe, überließ ihm alle Toten der Geschichte, die Königsgruft, das unenträtselte Buch von Kant, das unwichtig geworden war und durch ›Mein Kampf‹ ersetzt wurde. Das verstand nun jeder und keiner. Die Statisten erhoben sich wie ein Mann. Sie riefen Heil, Heil und Heil. Die Orgel rauschte den Choral von Leuthen. Keiner hörte den Trauermarsch. Vielen rollten echte vaterländische Tränen über die Wangen. Mein Vater schüttelte einem Mann, den er recht verachtete, beide Hände. Er gratulierte ihm zum neuen Amt, obwohl der Gewandte in der plötzlich offenen, einladenden Hierarchie erst eine kleine Stufe emporgestiegen war. Bald saß er im Keller. Zu Haus im Haus in Berlin Unter den Linden, unsern Königen nah, dem Kaiser näher, der vorbeiritt, ausritt zum Brandenburger Tor, erlaubte mir mein Vater, Schauspieler zu werden. Noch trug er stramm die Uniform, in die er mich gern hätte hineinwachsen, glänzen oder fallen sehen.«

Unsern Ausgang segne, Gott, unsern Eingang gleichermaßen (S. 541)
[Aus dem Romanprojekt »In Staub mit allen Feinden Brandenburgs«]
Erste Fassung.
(1) Typoskript. Ohne Titel. Nicht datiert. Entwürfe:
»Meine zweite Reise in die Hauptstadt der Deutschen Demokratischen Republik machte ich an einem Sonntag.«
»Wer nicht in Berlin lebt, was schade ist, denkt in seiner Provinz mit der Zeitung, die er liest, daß in der Mauer in Berlin die Welt, das Leben, die Lust, die Freude endet. Es gibt einige, sie erscheinen auch in der Zeitung, die über die Mauer hinüber müssen, das heißt hindurch, und natürlich dienstlich: Diplomaten, Kuriere, Spione, Aktensucher zweier Rechtssysteme, Ost-West-Händler, und dann noch einige, die es aus purem Wagemut tun.«
(2) Typoskript. Ohne Titel. Nicht datiert.
(3) Typoskript. Ohne Titel. Datiert: »Oktober 76«. Mit Streichungen und handschriftlichen Zusätzen.
Satzvorlage: (3). Zum Text: S. 543: »und wer weiß, ob es vorwärts oder rückwärts geht« im Typoskript »und wer weiß, ob er vorwärts oder rück-

wärts geht«. S. 544: »da muß man dem Portier« im Typoskript »da muß man den Portier«.
Zweite Fassung:
(1) Typoskript. Ohne Titel. Nicht datiert.
(2) Typoskript. Ohne Titel. Nicht datiert. Satzvorlage für (4).
(3) Korrekturfahne für (4). Mit handschriftlichen Zusätzen.
(4) Erstdruck: Jahresring 79/80. Stuttgart 1979. S. 130-134. Titelzusatz: »Aus einer Erzählung« → Koeppen: Gesammelte Werke. Frankfurt am Main 1986. Band 3, S. 297-302.

Advent (S. 546)
[Aus dem Romanprojekt »In Staub mit allen Feinden Brandenburgs«: ausgeschiedene Teile des Textes »Unsern Ausgang segne, Gott, unsern Eingang gleichermaßen« → S. 541]
Typoskript. Ohne Titel. Nicht datiert.
Zum Text: S. 547: »Auf einer schimmeligen Mauer einer Unterführung« im Typoskript »Auf einer schimmeligen Mauer einer Unführung«. S. 547: »mit trottligen Zwergen«: Versuch einer Rekonstruktion, im Typoskript »mit trttligen Zwergen«.

Der Tiergarten (S. 549)
[Aus dem Romanprojekt »In Staub mit allen Feinden Brandenburgs«]
(1) Typoskript. Ohne Titel. Nicht datiert. Entwürfe: »Ich war als Kind, in der Provinz, in Masuren, in einer Kleinstadt, wo die Erwachsenen von Berlin träumten und, wenn sie aus geschäftlichen oder anderen Vorwänden hingefahren waren, von Berlin zehrten, und wie sie erzählen konnten, wenn einer eine Reise tut, durch seinen Namen irregeführt worden: Ich sah den Tiergarten von Berlin voll von Tieren, von zahmen Rehen, Hasen, Füchsen bevölkert, auch von Bären, Löwen und Elefanten, exotischen Vögeln und deutschen Sängern, die sich dem Spaziergänger auf die Schulter setzten oder mit der Militärkapelle Heil-dir-im-Siegerkranz pfiffen, wahrscheinlich verwechselte ich den Park mit seinem Anhängsel, dem Zoologischen Garten, von dem ich ein Bilderbuch besaß, aus dem Affen mich anblickten. Dabei war meine Phantasie nicht gar so weit von der Realität entfernt, der Tiergarten war ein Jagdgrund gewesen, ein Wald, eine Wildbahn mit freien Tieren, selbst mit Bären, und die Herren der Mark und Preußens, die Kurfürsten und die Könige waren dort auf die Pirsch gegangen, später auch in Kaleschen durchs Gehölz gefahren von ihrem Schloß in Berlin zu ihrem Schloß Charlottenburg, wohl zur Lust und zu Gesundheit, und später, weil es prächtig war und man die wilde Natur umforsten ließ zu einem Park nach Versailles und Sonnenkönigtum, kurz, der Tiergarten war preußische Geschichte. So stand er denn auch im Schullesebuch, der Kaiser ritt hindurch, der Kronprinz kam vierspännig, die anderen Prinzen marschierten in Uniform, die Zuckertütenmütze des Großen Friedrich oder der Langen

Kerls auf dem Kopf, mit ihrem Erzieher durch die Alleen, sehr brav, sehr fleißig, sehr edel, und sie alle dem Schüler fern in der Provinz ein Vorbild und immer bereit, sich vom Pferd zu beugen, dem Untertan sein Recht zu geben, dem Armen mit dem Pfennig zu helfen, den er ehren sollte. Dies alles geschah vor einem Prospekt von Schlachten, Tableaus im Stile eines Anton von Werner, die Düppeler Schanzen wurden gestürmt, Königgrätz lag unter Kanonenrauch, der Trompeter von Thionville blies ins Horn, Napoleon III. übergab in Sedan seinen Degen und Bismarck und der alte Kaiser Wilhelm gründeten das Reich und ritten auf Bildern, die in der Schule hingen, durch den Tiergarten, genossen den Frieden, den sie den Frieden des Schwertes nannten, das ihn geschaffen hatte. Die ganze Größe zeigte sich in einer Siegesallee, von der die Lehrer schwärmten, mein Onkel aber als von einem unglaublichen Kitsch sprach. So sah ich Abbildungen der Standbilder dieser Allee in einer feierlichen Monographie neben Zeichnungen, die zum Lachen waren, im Simplizissimus.«
(2) Typoskript. Ohne Titel. Nicht datiert.
Satzvorlage: (2). Zum Text: S. 551: »Diederich Heßling« im Typoskript »Dietrich Heßling«.

Zwart Water. Fragmente (S. 553)
(1) Typoskript. Handschriftliche Notiz: »Zwart Water«. Datiert: »August 78«. Entwürfe: »Ankunft in Den Haag. Es war im November. Der Bahnhof, ich glaube, er nannte sich der Deutsche Bahnhof, kam mir klein vor. Er war viel kleiner als alle Berliner Bahnhöfe. Ich war enttäuscht. Ich dachte, in eine Kleinstadt zu kommen und hatte eine Großstadt erwartet. Selbst Markus, die auf dem Bahnsteig standen, kamen mir klein vor. In Berlin, im Grunewald, in ihrer Villa am Grunewaldsee waren sie mir viel größer erschienen, sie waren von größerem Gewicht gewesen, jetzt wirkten sie klein und alt und verschüchtert. Wir fuhren mit einem Taxi in ihr Haus am Stadtrand, und es war nun ein holländisches Reihenhaus aus rotem Backstein, dreistöckig zwar, aber eingegliedert in die Reihe der Nachbarhäuser, die alle gleich aussahen. Hinter dem Haus war ein kleiner Garten, wie ich später erfuhr. Ich hätte ihn auch aus dem Fenster des Zimmers sehen können, das man für mich vorbereitet hatte. Es war ein überraschend großer Raum im obersten Stock mit einem atelierartigen Fenster, vor dem noch eine große Terrasse lag. Die kleinen Gärten hinter den Häusern bildeten zusammen einen schmalen Park, waren aber durch Ziegelmauern voneinander getrennt. Bei schönem Wetter, im Frühjahr und im Sommer würden Markus auf der kleinen Terrasse im kleinen Garten frühstücken, den Nachmittagskaffee, vielleicht auch das Abendessen nehmen. Die Erinnerung an den großen Garten im Grunewald würde sie nicht bedrücken, sie taten so, als setzten sie das alte Leben in Holland fort. Ein deutsches Dienstmädchen servierte, eine österreichische Köchin stand in der Küche.

Mit dem deutschen Dienstmädchen hatten Markus sich den holländischen Verhältnissen angepaßt und nicht versucht, die alten deutschen fortzusetzen. Alle holländischen Familien hatten deutsche Dienstmädchen, obwohl es im Land Arbeitslose gab. Die holländischen Mädchen gingen nicht in den Haushalt. Hier hätte man sich erniedrigt fühlen können zu einer Nation zweiter Klasse, die die Schmutzarbeit tat. Es war aber eine alte Tradition und belastete die Verhältnisse nicht. Die Trennungs- und Erniedrigungslinie war zwischen Herrschaft und Dienerschaft unabhängig von Nationalität. Es war selbstverständlich, daß das deutsche Dienstmädchen mir das Bett machte, es wäre aber ein Verstoß gegen die gute Sitte gewesen, wenn ich mich mit diesem Mädchen, das manchmal hübsch war, für den Abend außerhalb des Hauses verabredet hätte.«

(2) Typoskript. Konvolut von Notizen. Teilweise datiert: »22. 2. 79«.

(3) Typoskript. Ohne Titel. Nicht datiert.

(4) Typoskript. Ohne Titel. Nicht datiert.

(5) Typoskript. Ohne Titel. Zusätzliche handschriftliche Notiz: »Scheveningen«. Nicht datiert.

(6) Typoskript. Nicht datiert. Entwürfe:

»Zwart Water. Berlin Sommer und Herbst 1934. Der junge Redakteur einer Zeitung, die Ende 1933 verboten wurde, kehrt zu Pfingsten '34 aus einem Aufenthalt in Italien nach Berlin zurück. Er sieht, die Leute leben hier weiter. Er genießt einen ersten Frühsommertag auf dem Kurfürstendamm. Das Leben ist noch immer großstädtisch. Selbst die Juden sind nicht verzweifelt. Einige sind ermordet worden. Viele wurden in den Lagern gequält, die extrem Gefährdeten, bekannte Namen, sind ausgewandert. Der Journalist hat sie in Paris gesehen. Einige sahen ihren Aufenthalt in Paris als ein vorübergehendes Exil. Sie bereiteten sich auf [die] Heimkehr vor. In Zürich das Kabarett der Erika Mann. Januar. Die Altstadt. Lokale Kämpfe. Im Augenblick ließ man die Juden in Ruhe. Es gab Leute, die plötzlich die Klugen waren: Das wird sich alles beruhigen, das bleibt nicht so schlimm, das würde die Wirtschaft ruinieren.

Der Journalist will während der Herrschaft der Zensur nicht wieder an einer Zeitung arbeiten. Er hat in Italien angefangen mit einem Roman. Er hat einen Vertrag mit einem sehr angesehenen, aber jüdischen Verleger. Der Lektor des Verlegers ist sein Freund. Ein guter Mensch, ein frommer Jude, ein enthusiastischer Liebhaber der deutschen Literatur. Der Lektor ist, wie viele Juden, deutschnational. Der junge Schriftsteller ist viel weniger ›deutsch‹ als der jüdische Lektor. Der Schriftsteller will seinen Roman veröffentlichen. Das möblierte Zimmer in der Bleibtreustraße. Die Villa Michaelis im Grunewald. Im Grunewald am Grunewaldsee das große Haus der Familie K. Es gehört dem sehr reichen Professor K. Der Arzt-Vater behandelte den deutschen Kaiser. Der Sohn war ein sehr junger Professor der Psychiatrie in Breslau. Die Universität mußte ihn

entlassen. Er hat eine arische Frau. Aus Schleswig, so blond es nur geht. Beide intellektuell, an Literatur interessiert. Der junge Schriftsteller schreibt sein Buch in all diesen Wohnungen. Da seine Zeitung eingegangen ist und er für keine andere arbeiten will, halten ihn diese verstörten, jüdischbelasteten Menschen für ein Opfer des Nationalsozialismus. Der junge Schriftsteller hatte sich nie darum gekümmert, ob einer Jude sei oder nicht. Es war ihm gleichgültig gewesen. Seine Sympathien oder Antipathien richteten sich nicht nach Rasse oder Religion.
Berlin war schön und aufregend wie eh und je. Wer nicht ein normales bürgerliches Leben führte, das waren vor allem die, die nachts ausgingen, in den Bars saßen, Liebe suchten, sie empfanden, daß dieses Berlin, noch lange nicht nationalsozialistisch geworden, ein Tanz auf dem Vulkan war.
Der junge Schriftsteller stand zum Befremden seiner Gastgeber früh auf, schrieb den Vormittag über an seinem Buch, trauerte einer großen Liebe nach, die in Zürich Theater spielte, saß am Nachmittag irgendwo am Kurfürstendamm, traf seine Freunde, zwei Schauspieler, ging abends in den ›Jockey‹, dann noch zu Freddy. Freddy war aufgeregt und in ständiger Angst. Sein Lokal war ein schwules Lokal. Früher hatte er die Nase gerümpft, wenn man mit einem Mädchen kam. Jetzt flehte er, kommen Sie nicht allein, und setzte einen mit dem Mädchen auf die sichtbarsten Plätze. Es gab Razzien der SA auf Schwule und sogenannte Nichtstuer. Viele Lokale waren schon geschlossen. Berlin begann schon, provinziell zu werden. Nur weil man noch mit der Gefahr spielte, wurde es noch nicht langweilig. Freddy wollte mit seinem hübschen Mixer nach Shanghai auswandern. Es gelang ihm. In Shanghai wartete der Tod auf sie.
Die Mädchen aus dem Café Bristol. Corine, die Holländerin. Er sprach sie auf der Straße an. Sie war groß und hatte einen tollen Pelz, ein Raubtier aussterbender Art. Er war enttäuscht, als er entdeckte, daß sie ein guter Mensch war. In Holland reiche Eltern. Was tat sie in Berlin? Sie saß vor dem Café Bristol. Interessierte sie, was geschah? Eigentlich nein. Sie kam erst durch ihn auf die Verhältnisse. Das andere Mädchen war wie ein Kind von Renoir gemalt. Riesige Sommerhüte, flatterndes Kleid. Das junge Gesicht so geschminkt, wie für die Blumen des Bösen. Sie führte zwei Hunde an der Leine und hatte immer Freunde um sich. Unsympathische Kerle, manche in der Uniform der Partei. Höhere Ränge, die jungen Offiziere. Dieser Eindruck milderte sich, weil sie verrückt war. Der Schriftsteller freundete sich mit ihr über die Hunde an. Sie war 18 und verheiratet. Frau eines SS-Führers. Man spottete über den Schriftsteller, daß er seinen Kopf schon so gut wie verloren hatte. Sie war eine schöne Nymphomanin. Irgendwie scharf auf kleine Jungens. Die blieben vor dem Café stehen und pißten gegen den Baum.
Das hätte so weitergehen können. Es kam aber der 30. Juni. Der Lektor rief den Schriftsteller an, er solle sich mit ihm und dem Verleger vor dem

Kabarett der Komiker treffen. Die beiden saßen dort in des Verlegers großem Horch. Sie hatten Nachrichten. Hitler zerschlage die SA. Ihr Führer Röhm habe putschen wollen. Der Verleger hielt das für das Ende des Nationalsozialismus. Es ging eine Mordwelle durch Deutschland. Das Regime aber festigte sich. Die SS-Führer-Frau saß zur gewohnten Stunde unter ihrem großen Renoir-Hut im Café. Der Schriftsteller fragte sie, ist dein Mann schon erschossen. Sie sagte, nein, er erschießt.
Am Abend sprach Hitler im Rundfunk. Der Schriftsteller hörte die Rede im Haus Eng. Bleiche Gesichter. Der große Anwalt entschloß sich, auszuwandern. Der Roman des Schriftstellers wurde gedruckt.
Es gab Ärger. Die Frau des SS-Führers meinte auf einmal, den Schriftsteller zu lieben. Sie kam nachts, ging am frühen Morgen, ließ ihre Hunde beim Schriftsteller, erzählte dem Gatten, die Hunde seien entlaufen, sie habe sie die ganze Nacht gesucht. Auch der Schriftsteller überlegte sich, auszuwandern.«
»Zwart Water. Einer reist November 1934 nach Holland, [lebt] in Den Haag und verläßt das Land wieder im November 1938. Wohnt er im Haus des Anwalts in der Hoenstraat? Oder wohnt er gleich an der Gracht bei dem transvestitischen Kostümmeister der Schauburg? Die Erzählung fördernd könnten die anderen Wohnungen sein: die bei der geschiedenen Dame im belgischen Viertel, mit dem Blick auf die Dünen und das Gefängnis in den Dünen, dann auch die Wohnung in der Artistenpension beim Zirkus in Scheveningen, dies im Herbst bei Sturmflut, Nebel, dem Klagelaut des Nebelhorns. (Das verlaufene barfüßige Kind. Dostojewski. Kellerloch.) Schließlich die Wohnung in der feinen Straße neben der Herrenbar. In der Hoenstraat die Einheit der Zeltgemeinschaft, die zerbricht.
Thomas, von dem ich zunächst nicht wußte, aber wohl annahm, nicht wichtig fand, daß er homosexuell war. Vorgeschichte: Besuch mit Thomas in Berlin in dem Strichjungenlokal ›Woodos Bar zum kleinen Löwen‹. Entlaufende Fürsorgezöglinge und andere. Einer tanzte in einem ziegelroten Pyjama. Erinnerungen an einen Anzug zu Tanzstunden bei Claire. Die Mitnahme dieses Jungen in die Wohnung Kant-Straße. Thomas hatte dort ein Appartement, das er nicht benutzte und mir überlassen hatte. Er nannte sich in der Kant-Straße Loris, der Name, unter dem Hofmannsthal seine ersten Gedichte veröffentlicht hatte. Die Eltern des Aribert Wäscher, die mich beobachteten, der Mann, der nur mit einem Hut bekleidet durch die Wohnung geht. An der Tür am Morgen des 30. Januar die alte Frau mit dem Weltuntergang. Wie weit und in welcher Weise war Thomas verwundet?
Mit Thomas durch Amsterdam: Der schöne Knabe, der auf der Straße lag mit einem verkrüppelten Bein. Besuch bei Corine? Thomas betroffen von S., die ich beschrieben hatte.

Die ›Pfeffermühle‹ in Den Haag. Auftauchen von S. (Schon vorher: Weihnachten nach Basel? Später sie in der Pension bei der Plin und ihr Verschwinden dort. Der Morgen, an dem ich sie nicht fand.) Premiere der ›Pfeffermühle‹. Mein geändertes Verhältnis zu ihr. War ihr Verhältnis zu mir geändert? Sie saß auf meinem Schoß. Ich spürte ihre Glieder durch das Kleid. Thomas war aus New York gekommen. Freude bei den Eltern. Freude in der Zeltgemeinschaft.
S. wohnt an der Gracht. Sie wohnt bei mir. Ich besuchte mit S. und Corine das Tabaris, wo ich bekannt bin. Die Mädchen tanzen zusammen. Tragischer Aufbau bei Corine. S. eine Figur durch mich. Corine möchte mit S. schlafen, weil ich nicht mit ihr will. S. tanzt mit einem Neger aus der Kapelle. Der anziehende Schweißgeruch des Negers. Thomas sitzt seit zwei Stunden bei einem Whisky und beobachtet. Er trinkt nichts. Er verabscheut dieses Tanzlokal. Er hat mir aus New York eine Lederjacke mitgebracht. Ich trage sie nicht, verschenke sie später an ein Mädchen. Tochter der geschiedenen Dame.
An der Gracht. Ich schlafe nicht in meinem Bett, lasse es unberührt. Theater vor dem kessen Vater, der die Zimmer aufräumt.
Szene in meinem Zimmer in der Hoenstraat. Thomas und S. auf dem Bett. S. hatte sich bei mir ein Kleid schneidern wollen. Sie war dafür begabt. Wie für manches. Es war Nacht. Frau M. klopfte mit moralischen Vorwürfen an die Tür. Ich lag am Boden.
Andy der Trinker. Kam aus einem Sanatorium vom Genfer See. Erzählte Geschichten aus Paris. Gast in der Zwings. Die kleinen Hotels am linken Ufer. Ich sollte Andy therapieren. Wir saßen im Wartehäuschen der blauen Tram. Er trank literweise Limonade und zwischendurch immer wieder Kaffee. Absurde Situation. Ich selbst trank schon am Morgen Genever. Als er von Paris erzählte, war mir meine Gefangenschaft bewußt.
Mit dem alten M., dem Vater der Brüder, abends auf der Plein. Ein milder Herbstabend. (Oder auch der Abend an der See, im Juni, im Club. Blick auf die Wellen. Meerleuchten.) M. erzählte mir von den Häusern, die er in Berlin am Potsdamer Platz besessen und in der Inflation voreilig verkauft hatte. Dieses Vermögen war hin. M. trank ein Bier. Der Schmutz in der Familie. M. erschien mir uralt. Es fiel mir nicht ein, ihn aufzufordern, ins Tabaris zu den Mädchen zu kommen. Ich begleitete ihn nach Hause. Allein wäre König Lear gegangen.
Thomas heiratete S. in London. Andy heiratete eine Schweizerin in Den Haag.
S. und ich betrinken uns mit heißem Cognac in meinem Zimmer bei der geschiedenen Dame. S. blutet. Thomas holt sie ab und ist empört und tut, als sähe er nicht, was ich sah. Die Situation entbehrte nicht der Reize der Ironie.«
»Oranje. [I] Die erste Zeit im Glauben an einen vorübergehenden Aufent-

halt, einen Besuch bei Freunden, Ferien. Hoffnung auf Veränderung, zu der man beitragen könnte. Vorstellung einer triumphalen Heimkehr. Begegnungen mit vermutlichen Agenten, lustig gesehen, Mitspieler in einem Kriminalroman, doch als eigentlich Unbeteiligter, weder Jäger noch Gejagter. An der Zeitungstafel im Grandhotel bei Bekanntschaften belustigtes Denken an den ›Bauernfänger‹ bei Kafka. Nicht angesteckt vom ständigen Mißtrauen der Emigranten in jedermann. Unbefangener Verkehr mit Klaus und Erika Mann. Das Café Americain in Amsterdam. Verbindung zu Querido und Allert de Lange. Klaus und Erika empört über die balancierende Haltung von Thomas Mann. Spannungen. Meine Verbindung zu Cassirer in Berlin. Besuch von Max Tau. Besuch von Herbert Ihering. Er empfängt bei mir einen Brief von Brecht, der ihn beschwört, zurückzukehren. Arbeit an dem Roman für Cassirer. Die Verfremdung des Stoffes durch die Position des Schreibers. Angriffe nationalsozialistischer Zeitungen. Mein Artikel in der ›Frankfurter Zeitung‹, die den zweiten ›Joseph‹-Band von Thomas Mann vorabdruckte. Verstimmung mit Klaus und Erika. Versteckter Angriff in der ›Sammlung‹ von Klaus. Fortsetzung der ersten Tragödie. Besuch von S. und Gastspiel der ›Pfeffermühle‹. Die ›Pfeffermühle‹ bringt Texte von mir, S. singt sie. Sie flieht. Das leere Zimmer. Der Zettel. Kein Visum für Belgien. Kein Visum für Frankreich. Die Freundschaft mit Corine in Amsterdam. Aber das Geld. Cassirer darf kein Geld schicken. Die ›Frankfurter Zeitung‹ darf kein Geld schicken. Das Geld für die holländische Übersetzung meines Buches geht versehentlich und korrekt nach Berlin. Allmähliches und wachsendes Gefühl der Gefangenschaft.

II Periode der Gefangenschaft. Der zweite Roman ist in Berlin erschienen. Er wird mißverstanden. Noch schlimmer, er wird verstanden. Im Pariser ›Tagebuch‹ von Schwarzschild erscheine ich in der Rubrik ›Abseits von der Kulturkammer‹. Zur holländischen Aufenthaltsgenehmigung gehört ein Stempel im Paß, der mir verbietet, eine bezahlte Arbeit anzunehmen. In Amsterdam und Den Haag Straßenrazzien nach Deutschen, denen Ausweisung droht, wenn sie nicht mindestens 200 Gulden bei sich haben. Ich habe keine 200 Gulden, aber der Kritiker Menno teer Braak lobt mich in seiner Zeitung ›Het Vaderland‹. Briefe und Besuche von Freunden und Kollegen aus Deutschland beschreiben mir, wie sie sich angepaßt haben und welch eine schöne Stadt Berlin zur Zeit der Olympiade sei. Sie schreiben natürlich nicht für den ›Völkischen Beobachter‹, aber sie schreiben alles mögliche Unverfängliche, Biographien über vergessene Deutsche und haben sich eingerichtet. Ich lese die Zeitungen, ich fahre Rad, ich sitze am Meer. Der Bürgerkrieg in Spanien. Bin ich noch Pazifist? Mein holländischer Übersetzer Jef Lasst [im Buch: Jan Loosders], Freund von André Gide, ging zur Internationalen Brigade nach Madrid.

III Die Periode der Verzweiflung. Bekanntschaft mit J. A. [Jan Apon]. Er

übersetzt Rilke ins Holländische und schreibt grausame Kriminalromane. Ist in Java geboren. Seine Eltern haben noch Geld von den Zuckerplantagen. Verkehr mit vielen Holländern, eine Amüsiergesellschaft junger Leute. Mein Holländisch verbessert sich nicht, da sie alle Deutsch, Französisch und Englisch sprechen. Holländisch wird für mich zu einer Mädchensprache. Die Chinesin aus Madoera. Sie kann zaubern. Leider ein guter Mensch. Mit den nicht guten Menschen in den Kneipen und Tanzlokalen. Beobachtung niederländischer Ausschweifungen. Die Straßenfeste. Die Hochzeit der Thronfolgerin. Eröffnung des Parlaments. Der schöne Sommer. Das Mädchen aus dem Zirkus. Der warme Herbst. Die Trinker und die Trinkerinnen. Die Luftabwehrgeschütze auf der Seepromenade. Der drohende Krieg.«
Satzvorlagen: (3), (4), (5). Zum Text: S. 555: »Mädchen aus Tanzlokalen« im Typoskript »Mädchen aus Tanzlokal«.

Frieda 1918 (S. 558)
(1) Typoskript. Titel: »Frieda«. Nicht datiert. Mit handschriftlichen Zusätzen. Entwürfe zur Ersten Fassung. Anfang der Ersten Fassung.
(2) Typoskript. Titel: »Frieda 1918«. Nicht datiert. Mit maschinenschriftlichen und handschriftlichen Zusätzen. Bemerkungen: »Zweite Fassung«, »Korrektur Ms«.
(3) Typoskript. Titel: »Frieda 1918«. Reinschrift von (2). Nicht datiert. Bemerkung: »Zweite Fassung«.
(4) Typoskript. Nicht datiert. Zu Anfang stark veränderte Fassung, dann identisch mit (3). Jedoch mit zahlreichen Zusätzen von anderer Hand: Bearbeitung durch die Redaktion des »stern«. Dabei: Brief an Koeppen, 22. Januar 1982: Man habe »versucht«, aus der »zweiten Fassung« und dem »ersten Stück« eine »Geschichte zusammenzusetzen, die wir als ideal begreifen«. Satzvorlage für den (die Zusätze berücksichtigenden, leicht gekürzten) Druck: stern. Hamburg. 1982. Nr. 16. 15. April. S. 122-126. Titel: »Taugte Frieda wirklich nichts?«. In der Serie »Deutsche Schriftsteller schreiben für den stern: Meine schönste Liebesgeschichte«. Diese Fassung in Koeppen: Gesammelte Werke. Frankfurt am Main 1986. Band 3, S. 303-309.
(5) Autograph. Ohne Titel. Nicht datiert. Notiz zu einem veränderten Schluß: »Ich schrie ›Sie lügen, Sie lügen‹ und ahnte, daß es grade dieses ›Sie taugte nichts‹ war, nach dem ich mich sehnte.«
Satzvorlage: (3).

Gemeinsame Reise (S. 565)
Dritte Fassung.
(1) Typoskript. Mit handschriftlichen Zusätzen.
(2) Typoskript. Bemerkung auf einem Vorblatt: »Fassung 31. 7. 1983 an R. R. [Marcel Reich-Ranicki]«.

Satzvorlage: (2). Zum Text: S. 569: »Operettengesänge« im Typoskript »Operettengesängen«. S. 574: »Sie gab das Geld zurück« im Typoskript »Sie gab Geld zurück«.
Erste Fassung:
(1) Typoskript. Gezeichnet: »Von Wolfgang Koeppen«. Lokalisiert: »München 23, Ungererstr. 43«. Entwurf des Anfangs. Die Figur »Frau Professor« der Zweiten Fassung als »Fräulein Bergold«.
(2) Typoskript. Titel: »Gemeinsame Reise«. Gezeichnet: »Von Wolfgang Koeppen«. Lokalisiert: »Ungererstr. 43, München 23«.
(3) Typoskript. Titel: »Gemeinsame Reise«. Gezeichnet: »Von Wolfgang Koeppen«. Lokalisiert: »Ungererstr. 43 – München 23«.
Zweite Fassung:
Typoskript. Titel: »Das klassische Italien. Erzählung«. Datiert: »1981«. Mit handschriftlichen Zusätzen [von Koeppen und von anderer Hand]. Die Figur »Fräulein Bergold« der Ersten Fassung nun »Frau Professor«. Notiz auf einem Vorblatt: »Fassung Funk Hannover. Dr. Gisela Lindemann« → Koeppen: Gesammelte Werke. Frankfurt am Main 1986. Band 3, S. 145-156.

Wer bereitet den Raben die Speise (S. 578)
Zweite Fassung.
(1) Typoskript. S. 1-10 Kopie von (4) der Ersten Fassung, S. 11-15 neues Typoskript, veränderte Fassung des zweiten Teils. Nicht datiert. Mit handschriftlichen Zusätzen.
(2) Typoskript. Reinschrift von (1). Nicht datiert. Mit handschriftlichen Zusätzen.
(3) Typoskript. Nicht datiert. Mit handschriftlichen Zusätzen. Varianten: »Alles in große Tüten getan. Supermarkttaschen der Hausfrauen. Beladen fliegen sie zurück in ihr Nest, streifen mit dem Bauch die Erde, füttern die Brut. Bei der Brücke schimpfen die Möwen. Hinter der Brücke der Nebelstau des Morgens. Auf der Brücke die Automobile rechts und links. Die Fahrer fahren zur Arbeit. Sie fuhren gestern zur Arbeit. Sie werden morgen zur Arbeit fahren. Das schreckt sie nicht.« – »Ich säe Samen aus. Das Bild des Sämanns in der ABC-Klasse in der Schule. Ein Sack voll Vorrat. Eine Hand, die sorgt. Der Bruder des Sämanns trägt die Sense. Der war auf einem anderen Bild.« – »Schlief er hier? War dies sein Heim? Hatte er geholfen, Narwik zu erobern, Stalingrad zu verlieren? Hatte er gefesselt gelegen wegen Feigheit vor dem Feind? War er zurückgetreten in die allgemeine Schar der gewöhnlichen Feiglinge? Nein, er war nicht aufgenommen, er hatte es zu nichts gebracht. Er hatte sich nicht organisiert. Oder hatte er sich von uns abgewandt und alle Schlachten hinter sich (?). Die Wiederkehr des Bösen.«
(4) Manuskript der Lesung in der ZDF-Matinee vom 24. April 1983.

Satzvorlage: (2). Zum Text: S. 585: »geben Sie mehr, mehr, mehr«: im Typoskript »geben mehr, mehr, mehr«.
Erste Fassung:
(1) Typoskript. Titel: »Wer bereitet den Raben die Speise«. Nicht datiert. Mit handschriftlichen Zusätzen. Gezeichnet: »Wolfgang Koeppen«. Entwürfe:
»Ich weiß, im Mittelmeer gibt es eine Insel, die Sardinien genannt wird. Ich glaube das, bin aber in Sardinien nicht gewesen. Selbst in der Ferne, von einem vorüberfahrenden Schiff, aus einem Land und Meer überfliegenden Flugzeug habe ich Sardinien nicht gesehen. Ich bin nicht in die Gegend gekommen. Ein Zufall. Aber ein Professor für alte Geschichte, der wahrscheinlich viel von Sardinien weiß, hat mir aus Hannover, wo er auf einem Lehrstuhl sitzt, eine Ansichtspostkarte mit einem grünen welligen Abbild der Insel geschickt. Es ist das weite Meer zu erkennen und Berge dahinter. Der Professor hat seine letzten Semesterferien in Sardinien verbracht und dort meiner mit einem Gruß aus Hannover gedacht. Ich glaube ihm, ohne es nachzuprüfen. Es gibt Sardinien, und irgendwo habe ich mal gelesen, daß man sich vor Räubern hüten soll. Ich beschäftige mich mit diesen Fragen, weil ein Sarde in meinem Haushalt lebt. Er ist schwarz. Wir finden ihn schön. Er bewegt sich anmutig und hat ein liebes Gesicht. Diese Vorzüge haben ihn heimatlos gemacht. Sein Wesen ist zärtlich. Heute meinen wir, er liebt uns, weil er uns anhängt. An unserer Liebe zu ihm zweifeln wir nicht. Von Cagliari nach München reiste er in einem Sack. Cagliari ist die Hauptstadt von Sardinien, und sicher gibt es dort viel Verkehr. Hinter den Straßen liegen die Berge und Schluchten. Dort in einer Hütte mag seine Mutter noch hausen, die Mona Lisa gerufen wird. Sie schielt. Ihr Herr ist Künstler. Das ist Pech. Wir könnten ML besuchen; doch aus diesem immer wieder aufgeschobenen Plan wird wohl nichts werden. Die Zeit vergeht, sie fängt zu laufen an.«
»Ich behaupte, das zu wissen: im Mittelmeer eine Insel, die Sardinien genannt wird. Ich glaube es einfach, ohne in Sardinien gewesen zu sein. Selbst von fern, mit Schiff und Flugzeug, habe ich Sardinien nicht gesehen. Ich bin nicht in die Gegend gekommen. Ein Zufall. Aber ein ordentlicher Professor für alte Geschichte, der wahrscheinlich Sardinien bis in seine Ursprünge verfolgte, hat mir aus Hannover, wo sein Lehrstuhl steht, eine Ansichtspostkarte mit einem blaßen, grünen, welligen Abbild der Insel geschickt. Es ist deutlich das weite Meer zu erblicken und die Berge dahinter. Der Professor hat seine letzten Semesterferien in Sardinien verbracht und dort meiner mit einem Gruß aus Hannover gedacht. Der Professor, mein Freund, ist gebildet. Ich nehme ihm alles ab, ohne es nachzuprüfen. Es gibt Sardinien, und irgendwo habe ich mal gelesen, daß man sich vor Räubern hüten soll.«
»Ich behaupte, das zu wissen: im Mittelmeer ein Eiland, das Sardinien

genannt wird. Ich glaube es, ohne in Sardinien gewesen zu sein. Nicht einmal von fern, mit Schiff und Flugzeug, habe ich Sardinien gesehen. Ich bin nicht in die Gegend gekommen. Ein Zufall. Aber ein ordentlicher Professor für Alte Geschichte, der Sardinien bis in die Ursprünge verfolgte, hat mir aus Hannover, seinem Lehrstuhl, eine Ansichtspostkarte mit einem blaßen, grünen, welligen Abbild der Insel geschickt. Es ist deutlich das weite Meer zu erblicken, und hinten die Berge. Der Professor hat die Semesterferien in Sardinien verbracht und dort meiner mit einem Gruß aus Hannover gedacht. Mein Freund ist gebildet. Ich nehme ihm alles ab, ohne es nachzuprüfen. Es gibt Sardinien, und irgendwo habe ich mal gelesen, daß man sich vor Räubern hüten soll. Mich belasten diese Fragen, seit ein Sarde mit mir in meiner Wohnung lebt. Er ist schwarz. Ich finde ihn schön. Er bewegt sich anmutig und hat ein liebes, ausdruckvolles Gesicht. Diese Vorzüge haben ihn heimatlos gemacht. Sein Wesen ist anschmiegsam und zärtlich. Liebt er mich, oder hängt er mir nur an? An meiner Liebe zweifle ich nicht. Von Cagliari nach München ist es weit. Zu weit, zu schwimmen und zu laufen. Auch die Alpen müssen überwunden werden und vorher der Apennin. Welch wunderbare Tat! Mein Sarde reiste in einem Sack. Ob er sich erinnern könnte? Cagliari ist, es steht im Lexikon, die Hauptstadt von Sardinien. Sicher gibt es dort Straßen und Verkehr. Automobile wie überall. Hinter den Wegen liegen die Berge und Schluchten. Dort in einer Hütte mag seine Mutter noch hausen. Sie wird Mona Lisa gerufen. Sie schielt. Und ist mit einem Künstler liiert. Einem Ästheten. Das ist ihr Pech. Ihr Sohn, der Sarde und [ich] könnten Mona Lisa besuchen, bevor wir oder sie in«.

»Im Mittelmeer eine Insel, die Sardinien genannt wird. Ich glaube dies, ohne in Sardinien gewesen zu sein. Es ist aber kein Bekenntnis. Selbst von fern, mit Schiff und Flugzeug, habe ich Sardinien nicht gesehen. Ich bin nicht in die Gegend gekommen. Ein Zufall. Aber ein ordentlicher Professor für alte Geschichte, der Sardinien bis in die Mythen erforscht, hat mir aus Hannover, seinem Lehrstuhl, eine Ansichtspostkarte mit einem blaßen, grünen, welligen Abbild der Insel geschickt. Es ist deutlich die weite See zu erblicken, das Mittelmeer, das mich beglückt, und hinten die Berge. Der Professor hat die Semesterferien wieder in Sardinien verbracht und dort meiner mit einer Postkarte aus Hannover gedacht. Der Professor ist gebildet. Ich nehme ihm alles ab, ohne es nachzuprüfen. Es gibt Sardinien, und irgendwo habe ich mal gelesen, daß man sich vor Räubern hüten soll. Mich belasten diese Fragen, seit ein Sarde mit mir in meiner Wohnung lebt. Der Sarde ist schwarz. Ich finde ihn schön. Er bewegt sich anmutig und schaut aus einem lieben Gesicht mit sanften braunen Augen. Diese Vorzüge haben ihn heimatlos gemacht. Sein Wesen ist anschmiegsam und zärtlich. Liebt er mich, oder hängt er mir nur an? An meiner Liebe zu ihm zweifle ich nicht. Cagliari–München ist eine weite Strecke, verliert man sich nicht im Relativen. Jedenfalls zu weit, zu schwimmen und zu laufen. Auch müssen die Alpen überwunden werden und vorher der Apennin. Welch imponierende Tat. Ich verfolge den Weg auf dem Atlas, der mir aus der höheren Schule geblieben ist. Mein Sarde reiste in einem Sack. Erinnert er sich? Cagliari ist, dies fand [ich] im Lexikon, die Hauptstadt von Sardinien. Sicher gibt es dort Straßen, Plätze, ein Denkmal und einige Palmen, Verkehr und Automobile wie überall. Aber hinter der Polis Berge und Schluchten. Dort in einer Hütte mag meines Sarden Mutter noch hausen. Sie wird Mona Lisa gerufen. Sie schielt. Und ist mit einem Künstler liiert. Das ist ihr Pech. Ihr Sohn, mein Sarde und ich könnten Mona Lisa in den Bergen und Schluchten besuchen. Wir erwägen es an stillen Abenden. Schon leiden wir an der Zeit. Wir müßten fahren, bevor Mona Lisa und wir in die Jahre kommen. Vergänglichkeit drängt sich auf. Werden Mutter und Sohn sich erkennen? Was würde es ihnen nützen? Und wie stünde ich zwischen ihnen? Doch ist Mona Lisa vielleicht schon tot, verscharrt an ihrem Ort, vom Künstler vergessen. Eine Kneipe und der Wein des Landes. Ich denke jeden Tag an den Tod. Die Reise nach Sardinien ist ein immer wieder verschobener Plan, aus dem nichts wird. Wie durfte ich den Sarden zu mir nehmen? Eine verschleppte Person! Die falschen Hoffnungen, die ich weckte.«

»Im Mittelmeer eine Insel, die Sardinien genannt wird. Ich glaube dies, ohne Sardinien gesehen zu haben. Ich bin nicht in die Gegend gekommen. Ein Zufall? Ein Versäumnis? Aber ein ordentlicher Professor für alte Geschichte, der Sardinien bis in die Mythen erforscht, hat mir aus Hannover, seinem Lehrstuhl, eine Ansichtspostkarte mit einem blaßen, grünlichen, welligen Abbild der Insel geschickt. Es ist deutlich die weite See zu erblicken, la Méditerranée, die mich beglückt, und hinten die Berge. Der Professor hat dort meiner mit einer Postkarte aus Hannover gedacht. Er ist so gebildet, daß er andere beschämt. Ich nehme ihm alle Produkte seines Kopfes ab, ohne sie zu überprüfen. Es gibt Sardinien, und irgendwo habe ich mal gelesen, daß man sich vor Räubern hüten soll. Mich belasten diese Fragen, seit ein Sarde mit mir in meiner Wohnung lebt. Er ist höllisch schwarz. Das hätte das Volk ehrfürchtig gesagt, als es das Volk noch gab. Reißt der Sarde den Mund auf und zeigt seine Zähne, ähnelt er den Wasserspeiern in Chartres. Ich finde den Sarden schön. Der Metzger sagt, ich sei ihm verfallen. Es ist sein Profit. Der Sarde bewegt sich anmutig und schaut aus einem lieben Gesicht mit sanften, braunen Augen. Diese Vorzüge haben ihn heimatlos gemacht. Er ist anschmiegsam und zärtlich seine Zunge. Liebt er mich, oder hängt er mir nur an? An meiner Liebe zu ihm zweifle ich nicht.«

»Nach München ist ein weiter Weg, verliert man sich nicht im Relativen. Zu weit, zu schwimmen und zu laufen. Auch mußten die Alpen überwunden werden und vorher der Apennin. Eine imponierende Tat! Ich verfolgte die Strecke auf dem Atlas, der mir von der höheren Schule geblieben ist. Mein Sarde reiste in einem Sack. Erinnerung? Cagliari ist, dies fand ich im Lexikon, die Hauptstadt von Sardinien. Ein Hafen. Und sicher gibt es dort Straßen, Plätze, ein Municipio und Gefängnis, das Denkmal Garibaldis, einige Palmen, Automobile, Verkehr und Öde. Hinter der Polis die Berge und Schluchten ... Dieser besonders bildet eine romantische, eine trutzige Landschaft, fürchtet man nicht die Gewalt. Kaiser Heinrich. Canossa.«

(2) Typoskript. Nicht datiert. Entwürfe:

»Ich fand das Mädchen nicht wieder, nach der ich verlangte, als ich kam, die Schachtel mit den Zigaretten in der verwundeten, im Frost erstarrten Hand. Ich hatte dem Automaten nicht zu befehlen vermocht, seine Sprache nicht gesprochen, wütend gegen das scharfkantige Blech geschlagen. Es war mein verdammter Hochmut, nicht zu rauchen. Ich sah nun allein das Wasser, lößfarben, gletscherkalt rann es von den Bergen, störrisch aus mir fremden Voralpen. Ich dachte an den Dichter, der in die Isar ging, ich dachte an den Dichter, der in die Seine ging. Ich dachte an Ophelia und an Virginia Woolf. Die Isar, wußte ich, fließt mit der Donau ins Schwarze Meer, den Pontus Euxinus. Am Strand von Warna Büroangestellte aus den blanken Anwalts-, Wirtschafts- und Steuerkanzleien in meiner Straße. Das Gesicht ganz und gar dieser feindlichen Sonne zugewandt. Bei Konstanza vergiftet Schwefelwasserstoff den Pool. Im Verdämmern des Tags. Ich suchte am Fluß, suchte im Wasser. Der Sarde brachte Stecken und Schlingen die Böschung hoch. Da kam der Mann, schwankend, in einer Wolke Bier, vor dem mich ekelt. Ein Funke, vorstechend aus den Fingern. Wieder das billige Laster. Er schob die Glut gegen meinen Mantel, gegen seine ausgefransten Knopflöcher. Er brannte die Fäden ab. Ein ordentlicher Mensch. Wohl kameradschaftlich. Haben Sie eine Mark für mich? Er stand groß vor mir und vom Wind geschüttelt. Ich sagte, gern. Sie sagen, gern, schrie er, geben mir gern eine Mark? Dann geben Sie mir doch zwei, drei, mehr, mehr. Und mich bedrängend, seinen schaukelnden Leib gegen meinen pressend, am Mantel zerrend, rief er: du hast ja Geld, du hast ja Geld, du hast Geld! Das brach ihm das Herz.«

»Oben auf der Straße der reichen Leute, dort, wo ich wohne und nicht zuhause bin, der Lautsprecher eines Polizeiwagens: Gesucht wird ein Schauspieler. Er irrt mit einem schwarzen Hund durch die Isaranlagen. Er ist festzuhalten. Der Sarde, schwarz, höllenschwarz, fühlte sich nicht angesprochen.«

(3) Typoskript. Nicht datiert. Notizen.

(4) Typoskript. Titel: »Wer bereitet den Raben die Speise«. Nicht datiert. Mit handschriftlichen Zusätzen. Satzvorlage für (5).

(5) Erstdruck [mit weiteren Änderungen]: Ensemble. Internationales Jahrbuch für Literatur. Lyrik, Prosa, Essay. Bd. 9. München 1978. S. 43-49 →

Koeppen: Gesammelte Werke. Frankfurt am Main 1986. Band 3, S. 269-276.

An der Isar (S. 586)
(1) Typoskript. Ohne Titel. Nicht datiert. Dem Text zufolge aus dem Umkreis von »Wer bereitet den Raben die Speise« [→ S. 578].
(2) Typoskript [Fragment: Anfang]. Ohne Titel. Nicht datiert.
»Der Fluß in den der Dichter gegangen ist, der Fluß in der Stadt in seiner schwarzen Tiefe, der Fluß und die Angstschreie der Enten in der Nacht, der träge Fluß unter den schweren Wolken, der gleichgültige Fluß in der Sonne, die bleiche Straße des Mondes, der Fluß und die Sterne und das Universum und Gott, der Fluß unter den elektrischen Lampen der Brükken, der Fluß und der Wald und sein grüner Schatten.
Unter der Sonne am Mittag in der Mittagspause ohne Mittag der Kontorist und die Kontoristin am Fluß an seinem Ufer seinem Geländer Hand und Hand oder umschlungen wie Liebende die sich hineinstürzen wollen und sinnen auf ein Marathonschwimmen unter alle Brücken über alle Wehre in den Donaustrom an der schönen Stadt Budapest vorbei durch das Eiserne Tor der Schiffbrüche zum Schwarzen Meer zum Strand der öden Siedlung Mamaia: gewählt werden Miß und Mister Pontus Euxinus. Hier wohnten Hexen. Vergessen. Der Palast der Versicherung ist an diesem Mittag ein Konservenglas voll Licht. Die Büromaschinen in der Mittagspause in Frieden gelassen glänzen in stiller Freude: kein Kontorist, keine Kontoristin, kein gieriges Betasten nicht dieser Gestank ach käm doch die Flut.«
(3) Typoskript. Titel: »An der Isar«. Nicht datiert. Gezeichnet: »Wolfgang Koeppen«.
Satzvorlage: (3).

J. Pierpont Morgan, mein Name und die kleinen Mädchen (S. 589)
Erste Fassung.
(1) Typoskript. Ohne Titel. Nicht datiert. Mit handschriftlichen Zusätzen.
(2) Typoskript [Fragment: Schluß fehlt]. Korrigierte und erweiterte Abschrift von (1). Titel: »J. Pierpont Morgan, mein Name«. Nicht datiert.
Satzvorlagen: (1), (2).
Zweite Fassung:
(1) Typoskript. Nicht datiert. Entwürfe für den Schluß:
»Der Schlagstock schwebt über deinem Haupt, wenn du in Liebe brennst.« – »Das Dancing X, das ich dir nicht empfehlen möchte. Auch wenn du Neger magst. Sie sind Rassisten. Der Schlagstock schwingt, das Messer ist gewetzt und Julia bleibt unsichtbar. Und in Onkel Toms Hütte warst« – »Sie sind Rassisten, dazu noch Cineasten. Der Policeman ist ebenso dumm. Dienstwaffe! Und Julia bleibt unsere Sehnsucht. Glück für sie? Ich weiß es nicht.« – »Der Schlagstock ist erhoben, das Messer in der trainierten Hand, ich warne nur: Dienstwaffe. Das große Glück für sie? Ich

weiß es wirklich nicht.« – »Der Schlagstock schwebt über deinem Haupt und löscht die Flamme nicht, das Messer spielt in der trainierten Hand, du bist kein Profi, Grüner Heinrich. Der Policeman ist dumm, begreift nichts. Seine Dienstwaffe ist das Weltgebäude über den Städten.« – »einer Bar in Harlem, die ich dir nicht empfehlen möchte. Auch wenn du in Onkel Toms Hütte warst, sie respektierst und magst, sie sind Rassisten und dazu noch Cineasten, der Schlagstock schwingt über deinen Gefühlen, das Messer spielt in der trainierten Hand, du bist kein Profi, Grüner Heinrich, der Policeman schaut zu, seine Dienstwaffe ist das Weltgebäude New York. Julia Spinnweb in der Nacht. Du greifst ins Leere.« – »und nun noch Cineasten, wie die kleinen Mädchen, schwarz und weiß, wenn sie zu bluten anfangen.« – »Der Policeman schaut zu. Seine Dienstwaffe zielt auf dich, bei Tag und in der Nacht. Julia, Spinnweb in der Dämmerung. Du greifst ins Leere und es lohnt sich.«
(2) Typoskript. Titel: »J. Pierpont Morgan, mein Name und die kleinen Mädchen«. Nicht datiert. Mit neuem Schluß. Satzvorlage für (3).
(3) Erstdruck: Der Verleger und seine Autoren. Siegfried Unseld zum sechzigsten Geburtstag. Frankfurt am Main 1984. S. 118-123 → Koeppen: Gesammelte Werke. Frankfurt am Main 1986. Band 3, S. 311-315.

Tasso oder Die Disproportion. Fragmente (S. 593)
(1) Typoskript. Konvolut. Mit handschriftlichen und maschinenschriftlichen Zusätzen. Teilweise datiert: »1978«, »1983«.
(2) Typoskript. Konvolut. Mit handschriftlichen und maschinenschriftlichen Zusätzen. Nicht datiert.
(3) Typoskript. Titel: »Ein Brief an wen«. Zur Datierung: »im Bett lag eine Tote« – Tod Marion Koeppens 1984. Mit handschriftlichen Zusätzen.
(4) Typoskript. Nicht datiert. Entwürfe:
»N. N. – so nennen wir einen mittellosen Mann von fortgeschrittenen Jahren –« – »Ich fing an. N. N. – so nennen wir einen unsicheren Mann von Jahren. Kein reicher Baron. Ein armer Mann? Ein Relativum. Unsicher? Ungesichert in einer auf materielle Sicherheit versessenen Welt. Es war nicht sein Bekenntnis, das Bankbuch nicht sein Katechismus. Er lebte von roten Zahlen. N. N. hatte, nachdem er frühmorgens, doch im Bett, die Samstagsausgaben der Zeitungen gelesen, wiederum verlangt, seine Memoiren zu schreiben. Er überflog den Stellenmarkt, dreißig Seiten, und welch ein Glück, sich nie dort angeboten zu haben. Es störte ihn nicht, solange er allein war. Erst Dorothea sah er im Altersheim oder, da sie sich widersetzen würde, in die Pflegeanstalt gesperrt, den Erniedrigungen durch die Leidensgenossen, den Schlägen der Wärter, der Herzlosigkeit der Ärzte und anderer Akademiker ausgesetzt. Das machte sein Herz krank und lähmte seinen Geist. Doch hätte er Kraft gebraucht, die Teufel der Zukunft zu vertreiben. Das soziale Netz hing nicht unter ihm. Er übte seine Luftnummern hoch und ungeschützt über dem bloßen Boden.«

(5) Typoskript. Handschriftliche Notiz: »Tasso«. Nicht datiert. Entwürfe: »Dorian Grey: Er bleibt über die Jahrzehnte hinweg ein Mann von jugendlicher Schönheit und engelhafter Unschuld. [Derweilen] verborgen auf dem Speicher sein Bildnis krank wird, altert, zerfällt, sich auflöst in Wollust, Gier, Gemeinheit, Trunk und Schlemmerei. Dorothea Grey: Eine junge Frau, die wie andere altert, vom Alter heimgesucht wird, in ihrem Gesicht, dem Spiegel ihrer Seele, graben sich ein Enttäuschung, Angst, Trunksucht, Verzweiflung. Das Bildnis des jungen Mädchen bleibt bewahrt in der Vorstellung ihres Gefährten. Er opfert sich einem Götzenbild von Jugend und Schönheit und Anmut der Seele. Er schöpft dieses Bild, diese Dorothea Grey Tag für Tag neu, und es kostet täglich mehr Kraft. Dorothea Zwei: Der Gefährte sieht sie ein Leben lang achtzehn Jahre alt. Die Kraft seiner Bindung an die Achtzehnjährige ist so stark, daß Dorothea körperlich dem Verfall des Alters widersteht, daß sie die Achtzehnjährige bleibt, glaubhaft selbst für andere. Das Wunder ewiger, zumindest lang anhaltender Jugend wird auch von Leuten, die zu rechnen verstehen, akzeptiert. Allein Dorothea glaubt an die Wahrheit der Personalien in ihrem Paß. Das Vorzeigen des Passes, meint sie, würde ihr Leben zerstören. Sie meidet die Konfrontation mit diesem Dokument. Sie reist nicht mehr, verzichtet auf mancherlei Vorteile und Vergnügen. Sie fürchtet jede Veränderung, verliert jeden Zeitbegriff, spricht von lange zurückliegenden Ereignissen als wären sie gestern gewesen, haßt den Tod, weil er der Dauer entgegensteht. Dorothea Drei: Den Gefährten möchte sie als versklavten, verblendeten, nie erwachenden, die Realität leugnenden lebenslang. Dies hoffend, hat sie ihn gewählt. Sie ist in eine Falle gegangen. Es wird immer anstrengender, die Figur seines Traumes zu bleiben. Der Gefährte, der Träumer ist aber viel weniger in dem Traum befangen als sie. Der Träumer sah immer auf den Teufel Dorothea, ohne seinen Traum von der Undine aufzugeben. Es störte ihn nicht mal. Er hatte nur Angst, daß, wenn er aufhören würde zu träumen, der Teufel nackt dastünde und verloren wäre. Der Gefährte wollte weder die Undine noch den Teufel umbringen. Er wollte auch nicht das Opfer der beiden werden, aber so, da er den Mord am Traum wie am Leben scheute, wurde er es.«

(6) Typoskript. Titel: »Das Bildnis der Dorothea Gray«. Datiert: »7. März 1979«. Entwürfe:

»Wie wird es ihr Bildnis und nicht ein Selbstporträt werden? Wer beschreibt ihr Leiden, ihre Ängste, ihren Verfall? Sie selbst nicht mehr fähig dazu. Ihre Sprache ein Lallen. Die Realität aus ihrer Welt gefallen. Wie ist es dazu gekommen? Ihre Biographie? In Episoden? Momentaufnahmen. Ophelia. Aber wer stand hinter der Kamera? Wer schrieb das Krankheitsjournal? Konnten sie es vermeiden zu inszenieren, zu manipulieren? Die Sicht des Autors! Gerechtigkeit? Außerdem gehört der Autor zu den dramatischen Personen. Er spielt mit. Dorothea ist sein Gegner allerweitest. Oder schlimmer, Dorothea ist sein Stoff. Überlegung: Dorothea erzählt die Geschichte. Ich, Dorothea Gray. Die Dorothea Gray, die ihr Leben erzählen, ein Buch schreiben könnte, wäre aber ein anderer Mensch. Das Kunststück: Der parteiliche Erzähler möchte den Anwalt des Teufels spielen. Schon dieser Satz ist eine Anklage: Die Gefahr, die Leiden des Gatten der Dorothea Gray. Ihr Bildnis: ein anscheinend mitleidloser Beobachter beschreibt die Geschichte eines Todes, der (auch) sein eigner Tod ist.

Hat Dorothea überhaupt einen Willen? Ja, sie konnte ihren Willen nicht durchsetzen. Es gab für sie gar keine Chance. Ihre Wünsche waren unerfüllt. Ihre Träume waren auch wieder bescheiden, aber sie tat nie einen Schritt, ihre Vorstellungen vom angenehmen Leben zu verwirklichen. Der Beobachter sagt, sie fühlte wohl, daß ihre an sich bescheidenen Wünsche nicht zu realisieren waren. Es gab auf der ganzen Welt den Gehilfen nicht. Sie klammerte sich rückblickend an fremde Lebensläufe, sagte, dies hätte ich auch erreichen können. Sie hatte es nur niemals versucht. Jede Aufgabe ließ sie sofort die Schule schwänzen. Sie wollte die erste sein. Es überraschte sie und blieb ihr unverständlich, daß die Eins im Zeugnis von einer erbrachten und erarbeiteten Leistung abhing. Geld hatte man zu haben. Ebenso Zeit. Es war häßlich und boshaft darüber zu streiten. Sie floh [vor] jeder Realität, und wenn diese sie einholte, betäubte Dorothea sich. Sie leugnete ihr Spiegelbild. Sie leugnete ihre Person, soweit sie überprüfbar war. Bei Oscar Wilde gibt es den Dorian Gray. Er zeigt sich und wird gesehen. Der Raub der Schönheit, der Verfall, die Laster, die Jahre sind in dem Gemälde verbannt auf dem Speicher. Dorothea, allem Übel ausgeliefert, verwahrt im Schrein ihrer Brust (im Filmhaus ihres Kopfes) das schöne (das ihr zusagende) Bildnis ihrer selbst. Das Bildnis des Dorian Gray vermoderte und rette[te] (zunächst) ihn. Das Bildnis der Dorothea Gray ist eine Fata Morgana und rettet sie nicht. Im Beispiel zu bleiben: sie verdurstet!«

(7) Typoskript. Titel: »Das Weinfest (Dorothea Grey)«. Nicht datiert. Notizen.

(8) Typoskript. Nicht datiert. Entwürfe:

»Freund, wie darfst du annehmen, daß ich chinesisch geschriebene Briefe [lesen] könnte?« – »Verkehrte ich mit Leuten, die einen Namen in der gebildeten jüdischen Gesellschaft in Berlin hatten. Der berühmte Graphologe – Einstein« – »die Hoch-und-Tief-Tendenzen« – »Inzwischen hatte ich mich etwas abgefunden und angepaßt – es war eine Art Markenzeich[en] Signum, der ich unterzeichnete« – »Jetzt zittert meine Hand, wenn das Gelenk sich aufstützt auf den Schreibtisch scheine ich mich in mancherlei Personen zu verwandeln. Den Hochstrichen folgen nicht mehr die Tieflotungen. Ich selbst sehe meine Schrift wie die Wegzeichen eines erschreckten Hasen, der in das Bassin einer Tigerschlage geworfen wurde.

Seine Fußspuren zeigen, er versuchte auszuweichen, glaubt aber an kein Entrinnen mehr, der Hase ist nicht dumm. In der Hasengesellschaft schimpft man [ihn] einen Intellektuellen. Das wird es sein, was ihn in die Schlangengrube geworfen hat.«

(9) Autograph. Auf einem Kuvert. Nicht datiert. Notiz: »Kalypso Ferrara. Ich heiße Kalypso Ferrara, sagte sie, Kalypso Ferrara.«

(10) Typoskript. Nicht datiert. Entwürfe:

»Erzählung ›Die Griechin‹. Tochter griechischer Eltern, in Deutschland aufgewachsen, sehr intelligent, Realschulbildung mit Abschluß, ehrgeizig, selbstbewußt, perfekt Steno und Schreibmaschine, macht Fahrkurs, kaut Kaugummi, fordert Geld für erstklassige Arbeit, ist Abteilungssekretärin bei Siemens (oder woanders, Bölkow?), hat dort eigenen Telefonapparat, ist mit Hosenanzügen gut angezogen, weniger in Kleidern, Haare lang, Hut, Frisur vom Friseur völlig mißlungen, entstellend, im Gesicht dann härter und die beginnende Gewißheit, daß höherreichende Pläne sich nicht erfüllen werden. Der wiederauferstandene Herr Keetenheuve. Ärzte: Klinik rechts der Isar, Dr. K., Dr. Bangemann mit Praxis am Max II.-Denkmal, Dr. Fröschl Thiersstraße, der Orthopäde, der Arzt im Arabella-Hotel, der vielbeschäftigte Augenarzt in der Fußgängerzone, der teure Augenprofessor neben der Theatiner-Kirche, der Zahnarzt mit der hohen Rechnung, zu diesen Ärzten Werner, der Nervenarzt aus den Tauben, der Arzt im Industriegebiet. Bonn: Aus dem Hotelzimmer Blick auf die Brücke, von der der Abgeordnete Keetenheuve sich in den Strom stürzte. Dahinter vor der Silhouette des Siebengebirges die neue, die Adenauer-Brücke. Der Verkehr auf dem Rhein im Morgennebel, am Mittag, gegen Abend, in der Nacht. Die gefestigte Stadt: Das Regierungsviertel, der Lange Eugen, die Schulklasse, alte Villen, schöne Gärten, die neue U-Bahn, die alten Professorenhäuser, die Universität, der Campus, Straße der Buchhandlungen, der Markt, das neue Leben, das Kaffeehaus, Versuch zum Boulevard, die versteckte Weinstube, die modischen Geschäfte, die Verwandten des diplomatischen Corps, Mädchen. Empfänge: Jeder kennt jeden, immer dieselben Leute. Die Isolation des eingeladenen Außenseiters. Der Stehempfang. Die Gruppen. Zwei Schießbudenfiguren klammern sich aneinander. Das kalte Buffet, Brötchen belegt mit irgendwelchen Zwiebel- und Knoblauch-Salaten, sehr beliebt der Bierempfang. Ein Faß ist aufgestellt. Die Hessische Vertretung berief sich auf ihre Weine, ungenießbares süßliches Zeug wie für fünf Mark aus dem Supermarkt. Ähnlich der Sekt, der serviert wird oder zu haben ist, wenn der Bundespräsident kommt. Von Scheel vermute ich, daß er für vorher und nachher Champagner in seinem Wagen hat. Der Diplomat der Evangelischen Kirche trug eine Art Uniform, ein Kleidungsstück geschnitten aus einem Pastorenrock und einem Frack. Pompöses Frackhemd. Um den Kragen ein Ordensband. Mit sich selbst zufriedener Mitbürger. Eitel. Fand abends neben dem Hotel, es war schon dunkel, an der Adenauer-Allee das Haus der evangelischen Nächstenliebe. Erschrak vor einem Aushang an der Tür, wo den Hilfesuchenden, ermahnend und drohend, in einem selbstsicheren Vorgesetztenton mitgeteilt wurde, wann er keine Hilfe zu erwarten hätte. Gegenüber die neue Universitätsbibliothek, der Lesesaal ein weiträumiger Käfig aus Glas. Alle Gebäude dunkel. Ein schmaler Durchgang. Stufen hinunter zum Fluß. Der Rhein still, verhangen. Die Ehrung, der Orden, das Essen mit dem Minister. Im Hotel Revolvermänner. Zuhaus. Briefe der Hausverwaltung und ähnliche Schreiben. Der Tod. Tod A: Das Testament. Die Griechin kaugummikauend, unbewegtes junges Gesicht, Teil eines Computers. Tod B: Alle Rechnungen sind sorgsam bezahlt, die Miete wurde für 3 Monate vorausüberwiesen. Bei der Post wurde ein Nachsendeantrag nach Peking gestellt. Das Doppelbett. Das Schweigen. Tod 2 bedeutet Einbau der Person M in die Geschichte.«

(11) Typoskript. Nicht datiert. Zusätzliche handschriftliche Notiz: »Tasso«. Entwürfe:

»Marions Traum. Wir fahren in unserem alten Auto und wollen zu Schneiders in Bergen. Der Wagen ist vollgepackt mit Koffern. (Hund und Vogel?) Wir kommen in einen Ort, der bergig und eng ist. Eine Kleinstadt. Unübersichtlich. Man kann und darf kaum irgendwo parken. Wie sind wir hineingekommen, wie finden wir wieder raus? Der Wagen hat eine Panne. Wir halten auf einem Gehsteig, wo es verboten ist. Ich schimpfe auf das Auto und die Autoreise, zu der Marion mich verführt hat. Vielleicht hat der Motor kein Öl mehr. Ich kauf in einer Papierhandlung (?) Öl. Marion soll das Öl einfüllen. Sie kennt sich nicht aus, weiß nicht wo. Sie zittert und fürchtet Schimpfe. Sie verschüttet das Öl. Der Wagen fährt. Dann aber sind die Reifen zerstochen. Ich suche eine Garage, verhandele mit dem Garagisten. Wir steuern in die enge Einfahrt. Der Monteur empfiehlt eine Konditorei zum Warten. Dort riecht es gut nach gutem Kuchen. Fröhliche Gesellschaft. Man will eine Hochzeit feiern. Die Bäckerin mag Marion und schenkt ihr, weil sie den Geruch der Kuchen gelobt hat, die Hochzeitstorte. Eine große Sahnetorte. Ich gehe nach dem Wagen sehen. Fahre ihn mühsam aus der Garage. Stoße an. Ein Polizist schreit, Sie müssen hier weg. Ich rufe zu Marion: Ich warte am Stadtrand. Marion steht mit der Sahnetorte auf der Straße. Die Sahne beginnt, es ist heiß, zu schmelzen. Die Torte wird kleiner. Marion weiß nicht, wohin mit ihr. Sie sucht mich. Geht im Kreis. Kommt immer wieder an denselben Platz. Sie findet die Ausfallstraße nicht. Das sei auch schwer, sagen die Einwohner. Marion fürchtet, mich nie wieder zu sehen. Einer rät ihr, doch zu der Hochzeit zu gehen. Vielleicht sei ich dort. Marion findet das Haus. Sie läutet. Der Bräutigam. Marion sagt, sie hätte die Hochzeitstorte. Der Bräutigam ist empört. Beschimpft Marion. Er entreißt ihr die kleingewordene Torte. Der Rest fällt zu Boden und schmilzt dort hin. Der Bräutigam stampft mit

Füßen in die Lache. Schließlich findet mich Marion am Stadtrand. (Vielleicht sind erst jetzt die Reifen durchschnitten?) Eine Landschaft: Wald, Wiese, ein Weiher. Kleine Mädchen, sechs- und vierzehnjährig, springen nackt herum. Als sie Marion erblicken, singen sie ›Maria aus Bahia‹, einen alten Schlager aus Reinfeld. Marion nimmt es als Spottgesang!«
(12) Typoskript. Notizen.
Satzvorlagen: aus (1), (2), (3). Zum Text: S. 593: »ihm gleichermaßen ungenügend« im Typoskript »ihn gleichermaßen ungenügend«. S. 593: »hinwegzureden schienen« im Typoskript »hinwegreden schienen«. S. 593: »ein anderes Leben hätte führen wollen, ungläubig« im Typoskript »ein anderes Leben hätte führen, ungläubig«. S. 598: »das Zimmer wieder zum Arbeitsraum eines Chefs gemacht hätten« im Typoskript »das Zimmer wieder zum Arbeitsraum eines Chefs gemacht hätte«. S. 605: »Tasso schlief in fremden Betten ...«: In das Typoskript wurden die Ergänzungen aus der beiliegenden Liste »Korrekturen« eingearbeitet. S. 608: »der Mann in der Menge verkniff nur sein Gesicht« im Typoskript »verknief nur sein Gesicht«.

Fische, die nach Luft schnappen (S. 613)
Anfang einer Dritten Fassung.
Kopie aus Koeppen: Angst. Erzählende Prosa. Frankfurt am Main 1987. S. 28-33. Darin auf S. 28-29 maschinenschriftliche und handschr. Zusätze.
Erste Fassung:
(1) Typoskript. Nicht datiert. Gezeichnet: »Wolfgang Koeppen«.
(2) Erstdruck: Der Ruf. München. 1948. Nr. 12. 15. Juni. S. 11-12 → Koeppen; Gesammelte Werke. Frankfurt am Main 1986. Band 3, S. 139-144.
Zweite Fassung:
(1) Typoskript. Titel: »Trümmer oder wohin wandern wir aus«. Handschriftliche Notiz auf dem Deckblatt: »Manuskripte in revidierter Fassung. Trümmer, oder wohin werden wir auswandern«. Nicht datiert. Die Figur »Frau Tietze« der Ersten Fassung hier als »die Mutter«.
(2) Erstdruck: Koeppen: Romanisches Café. Frankfurt am Main 1972. S. 12-19. Die Figur »die Mutter« im Typoskript wieder als »Frau Tietze« → Koeppen: Gesammelte Werke. Frankfurt am Main 1986. Band 3, S. 217-223.

Erster Klasse (S. 615)
Typoskript. Nicht datiert.

Intercity (S. 616)
Typoskript. Nicht datiert.

Die Puppenfee (S. 618)
(1) Typoskript. Ohne Titel. Nicht datiert. Mit handschriftlichen Zusätzen.

(2) Typoskript. Ohne Titel. Nicht datiert.
(3) Typoskript. Titel: »Die Puppenfee«. Nicht datiert. Mit handschriftlichen Zusätzen. Vor dem Text ein Entwurf des Anfangs: »Gerda war ein Mädchen in der Bank. Sie nannten sie die Fee. Als es noch Varietebühnen gab, den Wintergarten, die Scala in Berlin, hätte sie [im] Rampenlicht stehen können, die Telefonnummern von Berlin und die Primzahlen bis zur höchsten im Kopf.«
Satzvorlage: (3).

Schön gekämmte, frisierte Gedanken (S. 622)
Dritte Fassung.
Erstdruck der Ersten Fassung. Mit handschriftlichen Zusätzen.
Zum Text: S. 627: »Jeanne Luces Haar«: im handschriftlichen Zusatz »Jean Luces Haar«.
Erste Fassung:
Erstdruck: Texte und Zeichen. Berlin, Neuwied. 1956. H. 2. S. 120-124.
Zweite Fassung:
(1) Typoskript. Abschrift des Erstdrucks der Ersten Fassung. Datiert: »1965«. Mit handschriftlichen Zusätzen.
(2) Typoskript. Abschrift des Erstdrucks der Ersten Fassung. Mit handschriftlichen Zusätzen. Notiz: »Korrektur Suhrkamp-Fassung«. Satzvorlage für (3).
(3) Druck: Koeppen: Romanisches Café. Frankfurt am Main 1972. S. 113-120 → Koeppen: Gesammelte Werke. Frankfurt am Main 1986. Band 3, S. 157-163.

Sehr geehrter, lieber Herr von Playboy (S. 629)
Typoskript. Nicht datiert. Mit handschriftlichen Zusätzen. Notiz auf dem Vorblatt: »Fragmentarisch«.
Zum Text: S. 630: »den Leiden des jungen und alten Werther«: im handschriftlichen Zusatz »den Leiden des j. u. a. Werther«. S. 630: »die am besten blüht in der Bastille«: im handschriftlichen Zusatz nach »blüht« ein unleserlicher Schreibansatz.

Petra (S. 631)
[Aus dem Projekt »Das Schiff«]
(1) Typoskript. Nicht datiert. Entwürfe:
»Ich hatte mir eine Karte des Stillen Ozeans besorgt und vor das Bücherregal in einem schmalen Gang meiner Wohnung genagelt. Dieses Wasser hat viele schöne Namen, Pacific Ocean, das Gelbe Meer, die Malayische See, die Bucht von Bengalen und dann die Arabische See und das Rote Meer. Ich stand morgens und abends vor der bunten Geographie und träumte ihre Träume. Hinter dem Papier ruhten die Bücher. Ich reiste mit Sindbad und Joseph Conrad.«

»Es war ein kurzer Flug. Er stieg in München ein und in Amsterdam aus, doch sein Koffer und seine Schreibmaschine reisten schon nach Singapore. In Amsterdam ging ein kalter Regen nieder. In München hatte es geschneit.
In Amsterdam war ein Buch, das er nicht geschrieben hatte. Er war jung in Amsterdam, wie er jetzt wußte. Ohne Geld und begehrte Mädchen, war ausgewichen dem Verbrechen, verstrickt in Flüchtlingsillusionen, liebte ein Mädchen auf einer Bühne in Zürich, schlief mit einer jungen Zauberin aus Madura.«
»Singapore liegt 38 km nördlich vom Äquator, Durchschnittstemperatur 31°. Ein großes Fest in Singapore ist der Geburtstag des Affenkönigs. Es finden Straßenumzüge seiner Anhänger statt, die freudig erregt sein Bildnis tragen.
Ich ahnte richtig, daß es für mich wichtig gewesen wäre, vor dem Gang auf das Schiff zwei oder drei Tage in Singapore zu bleiben. Das war aber nicht möglich, oder ich strengte mich nicht an, es möglich zu machen. Mit dem Segen des Affenkönigs hätte ich mehr erreicht. Übrigens auch mit Joseph Conrad und einigen verstorbenen englischen Schriftstellern gut gegessen. Vielleicht wären wir in später Stunde auf den Chinesenmarkt der Transvestiten gegangen. Vielleicht schöne gelbe Knaben, tanzend zu Ehren des Affenkönigs und der festen Valuten.«
»In der Nacht war ich auf dem Sportplatz, der auch das oberste Deck war, allein. Die Sterne waren fremd. Das war schön. Ich hielt sie für Wächter ferner Welten. Hinter ihnen gab es Farbspiele, vielleicht den Feuerschein von Explosionen. Unter mir schliefen wohl hundert, vielleicht zweihundert, dreihundert, gar vierhundert Menschen in unserem schwimmenden Kasten. Ich malte mir aus, wenn er plötzlich versinken würde, ganz lautlos untergehen, wie ein Stein ohne Schramme im Spiegel. Das Volk der Seetiere, hätte es uns aufgenommen?«
»Es war mein Tag. Ich hatte von Petra geträumt. Das Radio meldete fortdauernde Zerstörungen in Beirut. Der Mensch sorgt für neue Ruinen. Mich lockten die alten einer verschütteten Kultur. Die Reederei bot einen Ausflug nach Petra an. Am Fallreep warteten zwei ergraute Autobusse, die Ausflügler zu holen. Ein Gedränge. Der Bordpfarrer spielte den Führer. Ich mochte solche Fahrten nicht. Ich nahm nicht teil. Petra war mein eigenes Ziel. Die Sehnsucht nach alten Gräbern und Geschichten. Das blieb geheim. Ich wollte in Petra allem allein begegnen.«
»War ich in Petra? Am Morgen lag das Schiff am langen Kai von Akaba. In der Nacht waren wir durch das Rote Meer gefahren, über Quallen und Korallen, vorbei an Mekka und Medina, den heiligen Stätten des Islam. Berge, Steine, Zungen der Wüste, verlorene Hütten, kleine Wälder durstiger Palmen. Akaba ist der Hafen Jordaniens. Verriegelte Schuppen. Ein Trupp Soldaten ruhend in ihrem Schatten. Lastwagen, die auf einen Befehl

warten. Es rührt sich nichts. Der Hafen ist offen und still. Die Sonne brannte.
Das war mein Tag. Ich wollte an Land gehen. Ich hatte mir ein Ziel gesetzt. Ich hatte von Petra geträumt. Das lag weit vom Meer zwischen Sand und Stein. Ein Ort der Sage, eine reiche Stadt, eine tote Stadt, lange vergessen, die Schönheit von Ruinen, entdeckt und wiederbelebt von Forschern, Abenteurern und Archäologen zu einem großen Theater der Gespenster. Die Reederei bot einen Ausflug nach Petra an. Am Fallreep warteten ergraute Autobusse. Die Passagiere des Schiffes drängten zu den Gräbern. Jeder Platz wurde besetzt. Der Bordpfarrer machte den Führer. Ich mochte diese Fahrten nicht. Ich nahm nicht teil. Ich wollte mich der Fremde ausliefern, diesmal der Geschichte. Ich wollte allein in Petra sein. Vielleicht auch ich ein Gespenst.
Und wurde ein Nachzügler, ein unorganisierter Reisender, ein planloser Voyeur, Petra zu allen Zeiten im Kopf.
Hinter dem Warenschuppen wartete ein Taxi mit seinem Fahrer in großer Geduld. Wir fuhren auf asphaltierter Straße von Akaba dem Hafen nach Akaba der Stadt. Uns kamen Tankwagen entgegen, die das Öl forttrugen. Das Land wirkte aufgeräumt, mochte langweilen und war doch schön. Der Fahrer des Wagens verstand mich nicht. Erst auf dem Hauptplatz von Akaba begriff er, daß ich nach Petra wollte. Ich war in einer Stadt des Königs von Jordanien. In den Schaufenstern kleiner Läden hing das Bild des Königs. Er trug seine Uniform und alles war friedlich. Es kam ein Mann zu unserem Taxi, der Englisch sprach. Er war freundlich und hilfsbereit. Überhaupt alle Leute in der stillen Stadt waren liebenswürdig und ohne Fremdenhaß. Nur leider, sie sagten mir, daß man für die Taxifahrt nach Petra eine Erlaubnis des Gouverneurs brauchte. Das konnte Stunden dauern. Es war Mittag, es wurde sehr heiß. Gegen Abend sollte mein Schiff weiterfahren. Ich hätte das Schiff gern fahren lassen. Die Vernunft verbot es, doch leicht lebe ich die Unvernunft. Gestrandet in Akaba teilte sich mir sein Friede mit. Ich wollte nach Petra, aber fast vergaß ich es. Ein glücklicher einsamer Tag in Jordanien. Ich saß auf einer Bank im Stadtpark unter Kübelpalmen. Das war wie in einem Wintergarten wohlhabender Bürger im alten Europa. Es war warm, doch nicht unter Glas. Es geschah ringsum nichts. Vielleicht war es die Stunde der Siesta, ich fühlte mich wohl.
Gegen Abend kamen die Ausflügler von Petra zurück auf das Schiff. Ich war schon da und blickte vom obersten Deck auf sie herab. Sie wirkten verschwitzt, gereizt, fahrig. Das Signal aus den Lautsprechern rief sie zur Sitzung, wie an Bord das Essen genannt wurde in Reih und Glied. Die obligaten Nachrichten sprachen von Kämpfen und Ruinen in Beirut. Die Dämmerung hüllte uns langsam ein. Vom Land und den Schuppen des Handels beruhigend der monotone arabische Gesang. Jenseits der Bucht, eine Lustfahrt im Kahn entfernt, eine Straße hellster Glühlampen. Das war

Elat, Israel, ein Kur- und Badeort. Die Jordanier blickten rüber in das Licht. Die Israelis schauten in die Nacht über Akaba. Die Kapelle des Schiffes spielte den Abschiedsmarsch. Lauter helle Bläser. Wir entfernten uns von Petra, das ich nicht erreicht hatte.

Der Suezkanal, sagt man, ist von großer strategischer Bedeutung. An seinen Ufern brennen die Feuer der Ölbohrungen und Raffinerien. Es sind böse Zeichen aus der Erde. Im flackernden Licht zerschossene Panzer der letzten Schlacht. In den fünf Barräumen des Schiffes tanzten sie und tranken Krimsekt und schottischen Whisky. Über mir, alleine auf dem obersten Deck, ein klarer Himmel mit metallglänzenden Sternen.

Käfig oder Zelle einer Kabine. Eine verlorene Reise, ohne in Petra gewesen zu sein. Das schmale Bett, kein fliegender Teppich. Im Land der Bibel und der Tausendundeinen Nacht.

Ich schritt, ich wanderte, lief, kletterte, fiel, denn es war bergig um Petra herum, ja, dies war der Fels, Petra, das schöne, das geschändete, das reiche, das arme, das tote, das vergessene und wiederentdeckte, auch Sela genannt, die Felsenstadt, die Festung, die Fliehburg, unerreichbar und erobert, die verborgenen, vergrabenen, geraubten Schätze, im Ring der Berge und der Wüsten, sie atmete, vielleicht im Wind, den Jordan, der zu überblicken war, den Lebensstrom, den Glaubensfluß, das grüne Tal, zu ruhen und zu zelten, vor dem Überfall, der Schlacht, dem verlorenen Sieg, der gewonnenen Niederlage, immer dem Grab, dem man Größe gab, das man umkränzte, Sodom, das Tote Meer. Die Nacht war nicht schwarz, der Himmel eher blau wie der Mantel eines Fürsten und ein rosarotes Licht, hier zuhause. Ich folgte der Bibel, guter Reiseführer, ich suchte den Berg Horb oder Nebo, sie waren da, gleich dem zerstreuten Spielzeug eines Kindes, vieldeutig, sagenunklar, Gottesland und Haderland von je her und bis heute, Mose stand auf dem Gipfel Pisga, sah was Gott ihm versprochen hatte, Kanaan, erreichte es nicht, starb. Sein Grab unter anderen Gräbern im Fels. Über dem Himmel der Nacht leuchteten weiterhin all die unerfüllten Verheißungen. Gibt es das Paradies?

Die Bibel leitete mich zu dem Schlangenmonument einer Nekropole. Das hat einer auf einen Schutthügel gesetzt, schön quadratisch gemauert. Da liegt eine dreifach gekrümmte Schlange, sehr fett, Symbol des Bösen, den Kopf in ihre Masse versteckt und sehr sehr müde. Mose hatte nach dem Rat des Herrn die eherne Schlange geschmiedet, die sein Volk Israel vor den feurigen Schlangen schützte, die der Vater bissig unter die Auswanderer aus Ägypten geschickt hatte. So oder so, es geschah draußen auf dem Feld; sie erreichten auch Petra nicht. – Ich stand vor dem langen, schmalen Weg, der, aus dem roten Fels gehauen, nach Petra in die Stadt führt. Ohne Dynamit und Maschinen. Ein Rätsel und eine Prüfung. Ich fürchtete mich. Die hohen Felswände stehen so dicht zueinander, daß sie sich vor dem Himmel zu schließen scheinen. Es könnte ein Erdbeben geben und vielleicht wäre man verloren. Ich dachte an Bileam und an seine Eselin. Sie gingen auf ähnlichem Pfad, berührten die Wände links und rechts, die Eselin blieb stehen und Bileam schlug sie. Da sprach das Tier zu Bileam: ›ein Engel hindert mich‹. Doch Bileam sah den Engel nicht und schlug weiter ein auf seine kluge, sprechende Eselin. So erzürnte er Gott. Es sind Grabbilder geschlagen hoch in den Fels. Das Wasser, das Mose für die Dürstenden aus dem Stein schlug, rinnt noch immer. Nach so viel Unglück. Am Ende der Schlucht leuchtet die Sonne, und es strahlt die bekannte Postkartenschönheit des Schatzhauses des Pharao. Es beginnt die Straße nach Petra hinein mit einer Mär und einer Lüge. Kein Räuber fand im Haus den Schatz des Pharao. Der Pharao in Ägypten wusch seine Hände in Unschuld. Aber die Tochter des Pharao wurde gesehen im Tanz der Gespenster im großen Theater. Es ist nicht weit zum Ruhm aus den Gräbern unter der Bühne.

Die Nabatäer liebten wohl den Tod, wir die Schönheit der Fassaden.

Weiter: Lügen und Moral der Sage, der Flaneur zwischen den Trümmern, Träume in der Sonne, die Biographie der Stadt, die Macht kam und ging, letzte Stunden eines Entdeckers, Blicke in der Stadt und Blicke über die Stadt, ein Gastmahl im Triklinium, die Brunnen, die Bäder, die Opferstätten, die Tempel, die Tage der Literaten und Künstler, das Familienleben der ernsten Leute. Heute in allen Wohnlöchern die Obdachlosen mit Kind und Kegel. Esel, die Lasten, Araberpferde, die Touristen bringen. Glücklich, wer in Petra gewesen ist.

Mose hatte auf Gottes Rat eine eherne Schlange geschaffen, die das Volk Israel vor den feurigen Schlangen schützen sollte, die der gleiche Gott unter die Auswanderer und Flüchtlinge aus Ägypten geschickt hatte. Ich blickte nach biblischem Rat dem Tier in die Augen, fühlte mich aber durch nichts gefeit.«

(2) Typoskript. Reinschrift. Titel: »Petra. Aus einem Roman von Wolfgang Koeppen«. Zur Datierung: Begleitbrief vom 29. Mai 1989 zur Übersendung des Manuskripts an die Redaktion Saison. Satzvorlage für (4).

(3) Layout-Entwurf für (4) mit montierten Bildern und Text-Platzhaltern.

(4) Erstdruck: Saison. Das Reisemagazin von Geo. Hamburg. 1989. H. 3. S. 42-45. Titel: »Ich kam nie nach Petra«. Gezeichnet: »Von Wolfgang Koeppen«.

(5) Druck: Wolfgang Koeppen: Ich ging Eulenspiegels Wege. Ein Lesebuch. Herausgegeben von Dagmar von Briel. Frankfurt am Main 1996. S. 346-353. Titel: »Ich kam nie nach Petra.«

Satzvorlage: (4). Zum Text: S. 633: »Pietro ein Knabe am Tiber« im Typoskript und im Layout-Entwurf »Petro«. S. 633: »das gechlorte Wasser« im Typoskript und im Layout-Entwurf »das chlorisierte Wasser«. S. 634: »tonnenschwere Tankwagen« im Typoskript »sonnenschwere Tankwagen«. S. 635: »Ich suchte das Gebirge Abarim, den Berg Horeb, auch Sinai genannt« im Typoskript und im Layout-Entwurf »Ich suchte das Gebirge Abaren, den Berg Horb, auch Nebo genannt« [vielleicht Korrektur durch die Redaktion]. S. 636: »Mose stand auf dem Gipfel Nebo des Gebirges Pisga« im Typoskript und im Layout-Entwurf »Mose stand auf dem Gipfel Pisga« [vielleicht Korrektur durch die Redaktion]. S. 636: »So erzürnte Bileam Gott, der nun ihn strafte« im Typoskript und im Layout-Entwurf »der nun ihn prügelte«.

In Sodom und um Sodom herum (S. 638)
[Aus dem Projekt »Das Schiff«]
(1) Typoskript. Titel: »In Sodom und um Sodom herum«. Nicht datiert. Gezeichnet: »Wolfgang Koeppen«. Entwürfe:
»In Akaba, der Hafenstadt Jordaniens am Roten Meer, wo alles so hell und freundlich war, sauber und langweilig, überkam mich Lust, über Elat, der Stadt am israelischen Ufer, deren Lichter am Abend über den Golf strahlten, nach Sodom und ans Tote Meer zu reisen.
Ich erfüllte mir einen Wunsch aus Kindertagen. Ich hatte immer schon die Bibel gelesen, nachts im Bett, das Alte Testament, gefangen von seinen wundersamen, oft schrecklichen Geschichten. Die Familiensaga des sanften Lot in Abrahams ewig erregter und skandaldurchwachsener Sippe und vom Himmel inszenierter Skandale.
Ich kam übers Wasser, das fabelreiche Rote Meer, und die Israelis, Zoll und Paß und Landeswehr, empfingen mich so liebenswürdig wie die Jordanier mich ziehen ließen. Erst als ich auf ihre Frage, wohin in Israel, nach Sodom antwortete, wurden sie amtlich und drückten mir einen dicken Stempel in meinen Paß. Sie und ich wußten, daß ich mit meinem Paß in kein arabisches Gebiet mehr reisen durfte! Sodom hatten sie wohl für einen Witz gehalten und mich für einen Witzemacher.«
»Zu einer Lesung in einem kleinen Kreis, die aber ohne mein Wissen verschoben war, ein Mißverständnis, ein Versehen ohne Bedeutung, doch ärgerlich und bedrückend, stand ich in Hebron, der großen alten Stadt der Patriarchen Abraham, Isaak, wo David zum König gekrönt wurde und viel orientalisches Volk über bunte Märkte und durch enge Gassen läuft und fragte, wohin geht die Reise von hier aus.
Der Direktor des Clubs ›Lies und lebe‹ riet mir zur Ausspannung im schönen Heiligen Land Kanaan, empfahl mir Salomons Teiche oder die Paradies genannte Siedlung auf Bergeshöhe. Er sagte, am besten mieten Sie ein Auto, sehenswert ist das ganze Land. Da fiel mir ein Wunschtraum ein: Sodom. Er meinte, da sei nichts los! Ich bat ihn, mir einen kleinen behenden Wagen, einem Esel gleich, zu vermitteln.
Wo es möglich war, wich ich von der Straße ab. Da war die neue Zeit, viel Lastwagenverkehr und von altersher Militärkolonnen. Das Heilige Land jetzt ein liebliches Voralpenland, Gartenhäuser und Bürgerglück. Ein

warmer trockener Wind, die Sonne nicht zu glühend. Belebte Landschaft, Vögel in den Bäumen, Weidetiere auf den Wiesen. Die Berge wurden mehr und höher.
Doch war alles anders. An den Berghängen fromme Siedlungen (Kibuze), doch auf den Gipfeln hatte sich Gott, der allein anzubetende Gott, und seine Engel waren bereit, ins Tal zu den Menschen zu fliegen, dem verpflichteten Volk Israel, zu raten, zu lenken, zu strafen, Gottes Gebot zu vollziehen.«
»Ich hatte mich verirrt. Über kurvenreiche steile Abfahrten kam ich nach Arad, einem Verkehrsknotenpunkt am Rande einer Wüste. Auf einem Berg Tel Arad. Eine Seilbahn hätte mich zu den Ruinen des Vorbilds des Tempels in Jerusalem gebracht, doch folgte ich unwiderstehlich angezogen den Wegweisern nach Sodom oder Sedom, wie sies nannten.
Auf der Herfahrt hatte ich einen Ausblick auf das Tote Meer gehabt, das Wasser der Verfluchung von unbeschreiblicher Schönheit.
Die Beschilderung täuschte mir Sodom vor. Ich hielt vor einer Fabrik, einem großen Industriewerk ebenerdig gebauter Werkhallen. Arbeiter in der Sonne, die nun stach, mit breiten Hüten aus dem amerikanischen wilden Westen. Es roch nach Schwefel. Der See war nicht zu sehen, ein sumpfiges Ufergelände ohne Wasser. Wo gehts nach Sodom, fragte ich, und sie antworteten, dies sei Sodom, die Dead Sea Works, sie schöpften Reichtum aus dem See, Salz, Schwefel, Kali, Asphalt, Pottasche, das Gut der Finsternis.«
(2) Typoskript. Nicht datiert. Teilweise Satzvorlage für (3).
(3) Erstdruck: Saison. Das Reisemagazin von Geo. Hamburg. 1990. H. 3. S. 139. Titel: »Sodom – Der magische Name«. Gezeichnet: »Von Wolfgang Koeppen«. Vorspann der Redaktion: »Eine Reise in Gedanken, auf den Flügeln der Träume. Das Ziel: ein biblischer Ort, dessen Name einen besonderen Klang hat.« Illustration: Zeichnung [von Tomi Ungerer].
(4) Druck: Wolfgang Koeppen: Ich ging Eulenspiegels Wege. Ein Lesebuch. Herausgegeben von Dagmar von Briel. Frankfurt am Main 1996. S. 353-356. Titel: »Sodom.«
Satzvorlage: (3).

Zwischenakt (S. 642)
(1) Typoskript. Nicht datiert. Notizen.
(2) Typoskript. Nicht datiert. Zusätzliche Notiz: »(Notizen zu einem Film oder einer Geschichte)«.
Satzvorlage: (2).

Arthur und Japan (S. 645)
Typoskript. Datiert: »13. 11. 9+« [1991?].
Zum Text: S. 645: »eines Passagierschiffes vom Norddeutschen Lloyd« im Typoskript »eines Passagierschiffes vorm Norddeutschen Lloyd«. S. 645:

»verwirtschaftete und vertrank das Gut« im Typoskript »verwirtschaftete und vertrat das Gut«.

Ein alter Herr (S. 648)
Typoskript. Ohne Titel. Nicht datiert.
Vgl. die Anmerkung zu dem Text »Camera obscura« (S. 730).

Weihnachtsbrief (S. 649)
Typoskript. Nicht datiert.
Zum Text: S. 649: »Kein Wunder, daß sie sich also so freute« im Typoskript »Kein Wunder, daß sie sich also so freut«. S. 650: »und Berta ist ganz entzückt« im Typoskript »und Berta ganz entzückt«. S. 651: »daß durch eine weit verbreitete Unsitte« im Typoskript »daß eine weit verbreitete Unsitte«.

Zum Jahreswechsel (S. 652)
Typoskript. Nicht datiert.
Zum Text: S. 652: »daß dieses Christkind lebte, von dem alle sprachen« im Typoskript »daß dieses Christkind, von dem alle sprachen«. S. 655: »und von dem Sessel die Flusen der Babydecke entfernte«: im Typoskript »und den Sessel von den Flusen der Babydecke entfernte«.

Berlin (S. 656)
(1) Typoskript. Nicht datiert.
(2) Erstdruck: Frankfurter Allgemeine Zeitung. Frankfurt am Main. 1992. Nr. 97. 25. April. Beilage Bilder und Zeiten.
Satzvorlage: (2). Zum Text: S. 656: »Zum Teil ließ ihre schäbige Kleidung sie als Juden erkennen«: im Typoskript »ihre Kleidung«.

Der Freund (S. 658)
(1) Typoskript. Nicht datiert.
(2) Erstdruck: Frankfurter Allgemeine Zeitung. Frankfurt am Main. 1992. Nr. 97. 25. April. Beilage Bilder und Zeiten.
Satzvorlage: (2).

Die jüdische Hochzeit (S. 660)
(1) Typoskript. Nicht datiert.
(2) Erstdruck: Frankfurter Allgemeine Zeitung. Frankfurt am Main. 1992. Nr. 97. 25. April. Beilage Bilder und Zeiten.
Satzvorlage: (2). Zum Text: S. 661: »Ich war entschlossen, sie zu heiraten«: im Typoskript »sie nach zehn Jahren zu heiraten«.

Nachtgedanken (S. 662)
[Aus dem Projekt »Das Schiff«]
Typoskript. Datiert: »08. 07. 92«.

Im Hochsitz (S. 665)
(1) Typoskript. »Gedanken zur Mordgeschichte.« Nicht datiert.

(2) Typoskript. Ohne Titel. Datiert: »17. 8. 93«. Entwurf:
»Helmut war mein bester Freund und ich war der seine. Mit acht Jahren kamen wir zusammen auf die Grundschule und zwei Jahre später auf das Gymnasium. Es war ein humanistisches Gymnasium, die erste Fremdsprache war Latein. Ich freute mich, weil ich ahnte, daß die alte Sprache zu vielen Büchern führte. Helmut hielt das für Unsinn. Er tat sich schwer im Lateinischen und wäre lieber auf eine Realschule gegangen. In Streichen waren wir uns einig. Wir lachten gern. Aber dann ab Tertia versuchte er, mich für einen Körperertüchtigungsverein zu werben. Ich lehnte ab. Ich wollte in gar keinem Fall. Er nannte mich einen Einzelgänger, einen Spinner, einen Bücherwurm. Das beleidigte mich nicht. Aber wir fanden kaum noch Zeit füreinander.
Unsere Schule lag in einer kleinen Beamten- und Handels-Stadt. Die Landschaft war schön. Mein Vater hatte ein Einfamilienhaus gemietet. Ein kleiner Vor- und Hintergarten. Er grenzte an den parkartigen Garten des alten Patrizierhauses. Ich war oft zum Spiel zu ihm gegangen. Die vielen abgeschlagenen Köpfe von Tieren, die an die Wände der Wohnung genagelt waren, fielen mir auf und, ich weiß nicht warum, beunruhigten mich. Helmut sagte stolz: ›Mein Vater war ein großer Jäger. Auch mein Großvater war es gewesen.‹ Mir kamen die Räume des großen Hauses wie Gräber vor. Sie waren dunkel. Die Bäume des Gartens spendeten viel Schatten. Es fehlte sogar ein gutes Licht für meine Lektüre.
Ich verließ die Schule und zog mit meinen Eltern nach Berlin. Ich studierte Theaterwissenschaft, wurde Dramaturg und Regie-Assistent an einem berühmten Stadt-Theater, wurde freier Mitarbeiter an Theater- und Filmproduktionen. Schaute nach Hollywood hinein und kam zurück nach Berlin.«
(3) Typoskript. Titel: »Im Hochsitz«. Nicht datiert. Entwurf:
»Helmut war mein bester Freund und ich der seine. Wir waren Nachbarn in der kleinen Beamten- und Handelsstadt, ich in der Mietwohnung meiner Eltern, Helmut in einem alten Patrizierhaus mit einem großen Garten. Mit sechs Jahren kamen wir zur Schule, zwei Jahre später auf das Gymnasium. Es war ein humanistisches Gymnasium, die erste Fremdsprache war Latein. Ich freute mich auf den Unterricht, versprach mir aufregende Lesefreuden aus dem alten Wörterbuch. Helmut war anderer Meinung, er war kein Freund des Lesens, er wäre lieber auf die Realschule gegangen, versprach sich dort mehr Leben und Wahrheit.
In den höheren Klassen wollte er mich in seinen Sportverein bringen. Ich mochte schon damals keine Vereine. Helmut schalt mich einen Bücherwurm. Es war keine Beleidigung. In Streichen waren wir uns einig. Wir lachten gern, über andere, auch über uns, aber wir fanden kaum noch Zeit füreinander. Der Garten von Helmuts Patrizierhaus glich einem wilden Park. Ich kletterte gern über den Zaun. Die Räume des alten Hauses waren

sehr groß. Ich fand sie prächtig. An den Wänden hingen Jagdtrophäen, abgeschlagene Köpfe von erschossenen Hirschen. Die scharfen Geweihe stachen in die dumpfe Luft des Hauses. Die toten Tiere waren die Jagdbeute von Helmuts Vater. Mich beunruhigten sie; ich weiß nicht warum. Waren es Grabstätten? Es war alles schlecht beleuchtet. Man konnte dort nicht lesen.

Ich verließ die Schule und zog mit meinen Eltern nach Berlin. Ich studierte Theaterwissenschaft, war ein Jahr Dramaturg und Regieassistent, schnupperte erfolglos in die Ateliers von Hollywood, kam zurück nach Berlin und nannte mich einen freien Theater- und Filmregisseur.

Eine Filmidee erinnerte mich an die kleine Stadt meiner Schulzeit. Vielleicht wäre sie die rechte Kulisse für die Idee. Ich fuhr hin, um das zu prüfen.

Ich kam gegen Abend etwas müde in den stillen Ort. Ich ging in das Hotel am Bahnhof. Bahnhof und Hotel lagen in der Altstadt. Sie war der Spielplatz meiner Jugend. Es hatte sich nichts geändert. Das Hotel gehörte einer Brauerei. Es würde kaum Wein geben. Ich mache mir nichts aus Bier. Im Speisesaal waren um diese Stunde kaum Gäste.«

(4) Typoskript. Nicht datiert. Entwürfe: »Ich verließ die Schule und zog mit meinen Eltern nach Berlin. Ich studierte Theaterwissenschaft, wurde Dramaturg und Regieassistent, schaute nach Hollywood hinein, blieb freier Mitarbeiter der Theater- und der Filmproduktion.

Ein Filmplan brachte mich auf meine alte Schule. Man könnte vielleicht den Film dort drehen. Ich entschloß mich hinzufahren und mich umzusehen. Ich kam gegen Abend etwas müde in das Hotel direkt am Bahnhof. Es gehörte einer Brauerei. Ich fürchtete, keinen Wein zu bekommen. Im Speisesaal tranken alle Bier. Ich bestellte ein kleines Glas. Das Essen war gut.«

(5) Typoskript. Titel: »Im Hochsitz«. Nicht datiert. Bemerkung auf dem Deckblatt: »Neue Fassung«.

Schluß: »Helmut nahm jetzt Maß. Er hatte das Ziel im Visier. Er war in einer Spannung, die über ihn hinausging und mich peitschte. Ich sprang auf, packte das Gewehr, wir kämpften um den Besitz der Waffe, seine Hand war noch am Anschlag, ein Schuß löste sich, wir zuckten zurück. Helmut war außer sich. Er beschimpfte mich, sieh' zu, was Du angerichtet hast, der Hirsch ist weg. Ich rief, Gott sei Dank, der stolze Hirsch! Helmut war verblüfft. Er konnte vor Erregung kaum sprechen. Er stieß mich zum Blick auf die Lichtung, da lag auf dem Gras ein weißes Fell, im Abendlicht unsauber. Ich stürzte zu unserer Leiter, sprang hinunter, vor mir lag Irmi, das junge Reh. Sie blutete aus dem Mund. Ich streichelte ihren Kopf, meine Hand wurde feucht und rot. Sie war tot. Ich wandte mich gegen Helmut, Du bist ein Mörder. Er war gefaßt: Ich? Nein, Du hast den Lauf des Gewehrs an Dich gerissen, durch Deine unsägliche Torheit hast Du

Irmi erschossen. Ich stand auf. Wir standen einander gegenüber. Wir blickten erbittert aufeinander. Die Kugel hätte auch mich treffen können. Vielleicht hättest Du das gebilligt. Ich sah meinem Jugendfreund in die Augen und sagte: Ja! Ich konnte nicht mehr denken. Helmut nahm das Gewehr, das er bei sich hatte und warf es mir vor die Füße. Die Waffe lag zwischen uns. Helmut schrie spöttisch: Bedenke, ich bin flinker als Du. Ich rührte mich nicht. Es war eine Demütigung.

Er wandte sich zum Gehen zum Platz des Jeeps. Ich blickte auf die kleine Irmi am Boden, willst Du sie hier liegenlassen. Mein Förster wird sie holen. Ein Rehbraten für die Waldschenke. Er zuckte die Achseln. Wir fuhren stumm aus dem Wald. Wir waren beide verbittert.

Mir schien der Wald nicht mehr der alte, liebe Märchenwald zu sein, er war ein böser Wald. Märchen enden ja auch oft böse. Wir kamen schnell in die Stadt und hielten vor meinem Hotel. Ich sprang aus dem Wagen. Ich merkte, wie ich die Tür hielt, daß ich zitterte. Helmut wohl auch. Er blickte auf mich, als ich in der Wagentür stand. Er sah mich an: Warum hast Du mir die Freude verdorben? Er hatte plötzlich wieder das verschmitzte Gesicht des Knaben, dem ein Streich gelungen oder mißlungen war. Ich schlug die Tür des Jeeps zu, rannte zum Hotel, bestellte mir am Ausschank ein großes Bier auf mein Zimmer. Ich warf mich erschöpft auf das Bett. Ich sah nun in der Dämmerung, daß auch über meinem Lager zwei Hirschköpfe in die Wand genagelt waren. Es war wohl eine Stadt der Jäger. Im matten Schein der Bettlampe meinte ich, die Hirsche weinten.

Da weinte ich auch.«

(6) Typoskript. Veränderte Abschrift von (5). Titel: »Im Hochsitz«. Nicht datiert. Mit handschriftlichen Zusätzen. Mit einer neuen Version des Schlusses.

(7) Typoskript. Korrigierte Abschrift von (6). Titel: »Im Hochsitz«. Nicht datiert. Gezeichnet: »Wolfgang Koeppen«. Satzvorlage für (8).

(8) Erstdruck: Süddeutsche Zeitung. München. 1993. Nr. 228. 2./3. Oktober. S. 17. Titel: »Auf dem Hochsitz. Eine Erzählung«. Gezeichnet: »von Wolfgang Koeppen«. In der Serie »Ein Mord, den jeder begeht«.

Satzvorlage: (8). Zum Text: S. 667: »Ich hasse die lauwarmen, die rückgratlosen Sprüche«: im Erstdruck der Setzfehler »die lauwarme, die rückgratlosen Sprüche«, korrigiert nach Typoskript (7). S. 669: »Gleich wird er kommen«: in Typoskript (7) der Schreibfehler »Gleich wird der kommen«, so auch im Erstdruck, korrigiert nach Typoskript (6).

INHALTSVERZEICHNIS

Dritter Teil
Der unbekannte Schriftsteller 1934-1941

Vierter Teil
Der einsame Erzähler 1945-1950

Sechster Teil
Der schweigende Romancier 1961-1986

Anhang